严敬群 编著

青少年开心故事会

金盾出版社

内 容 提 要

本书荟萃了青少年喜闻乐见的各类精品故事,堪称故事之集大成者。故事具有很强的趣味性、知识性、传奇性、可读性,会让读者爱不释手。

图书在版编目(CIP)数据

青少年开心故事会/严敬群编著 . —北京:金盾出版社,2010.3
ISBN 978-7-5082-6160-7

Ⅰ.①青…　Ⅱ.①严…　Ⅲ.①故事—作品集—世界　Ⅳ.①I14

中国版本图书馆 CIP 数据核字(2009)第 235818 号

金盾出版社出版、总发行

北京太平路 5 号(地铁万寿路站往南)
邮政编码:100036　电话:68214039　83219215
传真:68276683　网址:www. jdcbs. cn
封面印刷:北京精美彩色印刷有限公司
正文印刷:北京四环科技印刷厂
装订:海波装订厂
各地新华书店经销
开本:787×1092 1/16　印张:25　字数:380 千字
2010 年 3 月第 1 版第 1 次印刷
印数:1~10 000 册　定价:40.00 元
(凡购买金盾出版社的图书,如有缺页、
倒页、脱页者,本社发行部负责调换)

前言

　　本书精选青少年最喜爱的对联故事 34 则、谜语故事 36 则、妙语故事 20 则、寓言故事 53 则、美德故事 23 则、哲理故事 67 则、幽默故事 94 则、智慧故事 19 则、体坛故事 54 则、政坛故事 62 则、历险故事 10 则、成长故事 53 则、景观故事 20 则、由来故事 35 则、民间故事 10 则，为青少年打开了一扇全新的阅读之窗，使其在阅读中拓展知识，增长智慧，获得快乐。

　　本书具有两大特点：一是内容丰富，涵盖了故事的方方面面，可以说应有尽有。二是堪称故事中的精品。它们是从数以千计的广泛流传的故事中筛选出来的，具有很强的趣味性、知识性、传奇性、可读性，会让读者爱不释手。

　　在本书的编写过程中，我们参阅了一些报刊和著述，采用了其中的一些资料。在此向有关作者表示衷心的感谢。

　　由于联系上的困难，至今仍无法与部分作者（权利人）取得联系，谨致深深的歉意。为了保证此书的顺利出版并尊重作者的著作权，请有关作者速与我们联系，以便按国家有关规定支付稿酬并赠送样书。

联系人：严敬群

联系电话：010—83262379

联系邮箱：83262379@163.com

目　录

第三篇 妙语故事

第四篇 寓言故事

第五篇　美德故事

第六篇　哲理故事

青少年
故事会
开心

第七篇　幽默故事

青少年开心故事会

第八篇　智慧故事

第九篇　体坛故事

第十篇　政坛故事

第十一篇　历险故事

第十二篇　成长故事

第十三篇　景观故事

10

青少年开心故事会

第一篇 对联故事

第一副春联

相传在春秋战国时代,由于人们缺乏科学知识,将某些自然灾害和生老病死现象,误认为是神鬼作怪。于是,便在春节时,用传说可以"驱鬼避邪"的桃木,制成一寸多宽、七八寸长的木条,上面写上"灭祸降福"之类的吉祥语,钉在大门两旁,这样的木条,人们把它称做"桃符"。

到了五代时期,后蜀国君孟昶,在公元964年春节时,要翰林学士作诗句题写桃符。他命一个名叫辛寅逊的学士为自己寝室门的桃符题诗,辛寅逊拟出诗句后,孟昶觉得诗句文辞欠佳,很不满意。于是他便自己拿起笔来,亲自写了一联诗:

> 新年纳余庆;
>
> 佳节号长春。

这两句诗,对仗工整,含义明白,而且首尾二字连起来便是"新春",很适应春节的气氛。这两句诗分别写在两条桃木板上,一左一右,嵌缀在孟昶的寝室门旁。

孟昶题写的一联桃符诗句,被人们公认为我国的第一副春联,春联就由这时候正式诞生了。

公元965年,后蜀国为北宋所灭。孟昶归降了北宋,被封为秦国公,当年就死去了。但是,他首创的春联习俗,却一直在我国流传下来,至今已有一千多年历史了。

苏轼的对联故事

苏轼(1037—1101),字子瞻,号东坡居士,四川眉山人。千百年来,民间流传着许多有关他的对联故事。

"坐"与"茶"

苏东坡在任杭州刺史时,一次,只身一人穿着便服去游莫干山。时值盛夏，苏东坡走得又渴又累，便到山中的一座庙宇内歇息。庙里的主事道人见其衣着简单，便漫不经心地说："坐！"又对道童随便吩咐道："茶！"

待两人落座交谈起来，道人发现，来人言语不凡，学识渊博，暗想：此人决非等闲之士。于是便请客人进厢房叙话。进屋后，道人热情地礼让道："请坐！"又吩咐道童："敬茶！"经进一步交谈，道人方知客人是当地的刺史苏东坡，于是连忙起身施礼，引苏东坡走进客厅，并连声说道："请上坐！"又嘱咐道童："敬香茶！"

看看天色已晚，苏东坡起身告辞，道人取来纸笔，执意请苏东坡题字留念。苏东坡稍加思索，一挥而就：

坐，请坐，请上坐；

茶，敬茶，敬香茶。

此联以道人之语联缀而成，看似信手拈来，实则字字如芒。道人见了，悔不该"见人下茶"，落得个出乖露丑。

巧用《诗经》解难题

苏东坡有个朋友有意用难题考他，对他说："我有个十分简单的上联，只有五个字，如果你能用一顿饭的工夫把它对上，我就佩服你。"

苏东坡说道："哪里要用一顿饭的工夫，如果是五个字，只要你说出口来，我便可以立即对上。"

那朋友以为自己的对联十分难对，就说："既然如此，我给你半顿饭的工夫吧！如果对不上，你要输我一席酒宴！"

苏东坡答应了。这位朋友就把对联的上句说出：

三光日月星；

上联一出，苏东坡不禁愕然。因为这是"绝对"。上联的数目字一定要用数目字来对。这上联的"三光"两字，用了一个"三"，下联当然要用其他数目字。但是，"三光"之下，跟着又注明了"日、月、星"三样东西。那么，难题就来了：无论你用哪个数目字来对，下面跟着提出的具体事物，不是多于三个，就是少于三个。这样的对联，确实难极了。但是，苏东坡不肯服输。他熟读《诗经》，从《诗经》里得了"救兵"，随口答道：

四诗风雅颂。

这真是妙对。其妙处就在于一个"四"字。以"四"对"三"，十分妥帖。但是，如果在"四"字以下跟着提出四样东西来，那就不可能跟"日、月、星"相对。妙就妙在他所提出的"四诗"只有"风、雅、颂"三个名称。原来《诗经》中的"雅"这一部分，又可以分为"大雅"和"小雅"，所以通常又称为"四诗"。

苏东坡巧用《诗经》，解决了难题，真是十分机智而又饶有兴味。

智对黄山谷

一日,苏东坡与黄山谷郊游归家时,时值红日西坠,但见晚霞似火,映红江面。黄山谷胸中涌上一联,便停步对苏东坡说:"想那曹子建当年七步成诗,成为千古美谈,你我三步一联如何?若不能对,当罚后退七步。"苏东坡点头应允。黄山谷吟道:

晚霞映水,渔人争唱《满江红》;

联中嵌入《满江红》这一词牌子,贴切自然,颇有趣味。黄山谷吟罢,即奋力拖东坡快走,东坡却蹲下身来不动,任黄山谷怎样拉扯也不走。黄山谷急了,用力拽住东坡的胳膊,东坡一甩臂,黄山谷冷不防跌出老远,未等站起身来,便听东坡吟出下联:

朔雪飞空,农夫齐唱《普天乐》。

联中也用了一个词牌子,既和上联相对,又含戏谑之意:黄山谷摔了跟头,引得"普天乐"。

又一日,苏东坡与黄山谷泛舟江上,饮酒谈笑。黄山谷见河岸上一醉汉骑驴,模样甚是可笑,便戏吟道:

醉汉骑驴,颠头簸脑算酒账;

苏东坡一时无以为对,正苦思间,忽见前面一摆渡的艄公送客人上岸,接过船钱,正向那客人施礼,于是,便对道:

艄公摇橹,打拱作揖讨船钱。

上下两联,都即景而生,足见两人才思之敏捷。

巧用谐音对妙联

苏东坡谪居黄州时,经常与好友佛印和尚诗文往来。一天傍晚,他们二人泛舟长江之上,对酒倾谈。时值深秋,两岸景色如画,美不胜收。酒至半酣,苏东坡偶尔向河岸望去,只见一条大黄狗正在啃着一块骨头,便借着酒兴,随口吟出一联,请佛印对。联曰:

狗啃河上(和尚)骨;

佛印知是东坡在取笑他,略加思索,随即将自己手中题有东坡诗句的扇子扔入水中,同时脱口对道:

水流东坡诗(尸)。

吟罢,二人相视大笑。

事隔不久,苏东坡到寺中去拜访佛印和尚。进门后,一股鱼腥和酒味直冲他的鼻孔。他知道佛印和尚平日极好吃鱼饮酒,并且每次都给他留一份。但这次佛印和尚却若无其事,不露一点声色。东坡明白佛印是在故意逗他,便在屋子里四处观察起来,想找出鱼来下酒。可是,整个屋子里除了一只大磬以外，再没有可藏东西的地方。东坡断定那鱼就在磬里边，但却不说出来，他冲着佛印笑道："今天请你对一联，如对得上，我就吃鱼，对不上，我就不吃。"说罢，吟出上联：

向阳门第春常在；

这是一副大户人家常用的对联，人人皆知，佛印不知东坡用意，便脱口对道：

积善人家庆有余。

苏东坡听罢，哈哈大笑道："既然磬（庆）里有鱼（余），为何不拿给我吃？"佛印这才知道上了苏东坡的当。

黄山谷巧妙应对

北宋诗人黄山谷（1045—1105），字鲁直，号山谷先生。自幼天资聪颖，年纪轻轻就颇负盛名。他觉得当地已无人堪与自己相比，应该走出家乡的小天地，游历名山大川，一来长长见识，二来显显名声。于是，便离开老家修水，首先来到当时江南的繁华胜地江州府（今九江市）。当地的一些文人学士听说修水才子黄山谷光临，便一起相邀陪同黄山谷游览当地名胜，想乘此机会吟诗联对，试试他的才学。

这天，他们来到甘棠湖中的烟水亭上，只见亭上有个游客正在吸水烟。一同来的书生触景生情，心生一联，请黄山谷作对。联曰：

烟水亭，吸水烟，烟从水起；

联中的"烟水亭"原名"浸月亭"，建于唐元和十一至十三年（816—818），相传为三国时东吴都督周瑜点将台旧址。唐朝诗人白居易贬为江州司马时，建亭于其上。后人因其《琵琶行》诗中有"别时茫茫江浸月"之句，遂命名为"浸月亭"。北宋熙宁年间理学家周敦颐来九江讲学，其子在甘棠湖堤上建楼筑亭，取"山头水色薄笼烟"之意，而名"烟水亭"。上联既含此名胜，下联亦须以名胜对之。黄山谷毕竟博学多才，听罢，立即想起刚才游过的"浪井"来，灵机一动，随口对出下联：

风浪井，搏浪风，风自浪兴。

众人听了，连称"绝妙"！原来，此井为西汉名将灌婴在高祖六年（公元前201年）带兵驻扎九江时所凿，人称"灌婴井"。因井紧靠长江边，每当大风吹起，江涛汹涌，井中有浪，故又名"浪井"。唐朝诗人李白曾有诗曰："浪动灌婴井，浔阳江上风。"

黄山谷听到大家的夸赞，不觉得意起来，行至思贤桥的时候，他神气十足地对众人说道："此次出游，承蒙各位垂爱相陪，现在我也有一联，聊助各位雅兴，请不吝赐教。"说完，即念出上联：

青少年开心故事会

思贤桥，桥上思贤，德高刺史名留世；

联中的"德高刺史"，指的是曾做过江州司马、后又做过杭州和苏州刺史的白居易。他离开江州后，当地百姓十分思念他，便建了一座"思贤桥"，以资纪念。

此联一出，众皆愕然，谁也没有想到黄山谷突然有此一举，一时间，竟无人能对。黄山谷见此情景，颇有些得意地说："各位不必为难，这里已有了现成的一联。"遂念道：

琵琶亭，亭下琵琶，情多司马泪沾襟。

联中的"情多司马"指的仍是白居易，他在任期间，曾于此亭送客，夜闻琵琶声，作《琵琶行》，亭因此得名。

大家见黄山谷年纪轻轻，竟如此见多识广，才思敏捷，不由暗暗吃惊。黄山谷也愈加得意起来，心想：这江州府素享"人杰地灵"盛誉，可眼前这些文人士子也不过如此而已。于是，便面露骄矜之色，说道："久闻江州人才济济，敢问诸位，有何难成之对示教，也不枉小弟至此一回。"

面对黄山谷傲气凌人的态度，大家都愤愤不平，决意要找机会将他一军，让他出乖露丑。又行一程，来到小乔梳妆楼下，有人趋前一步，对黄山谷道："不久前，本地有位才女，新婚之夜，仿苏小妹三难新郎之举，以此楼为题出一上联，要新郎对出下联，否则不准进入洞房。可那新郎却未能对出，竟至后来因此郁郁而死。我辈才疏学浅，也一直无以为对，今幸先生大驾光临，务请赐教，以开茅塞。"说罢吟出那句上联：

梳妆楼头，痴眼依依，痴情依依，有心取媚君子君不恋；

黄山谷毕竟聪明，那人话音刚落，他就觉出了弦外之音。心想：我正视他们如草芥，他们却将我比做痴女献媚，真是可笑可恼，若不想个妙句回敬一下，他们必定小瞧于我。正思索间，他抬头看见延支山上叶落花残，顿时文思泉涌，于是便语带讥讽地说："可叹那位新郎心窄命薄，死得可怜，我来替他对上一联，让他在九泉之下也得以瞑目。"言罢吟道：

延支山上，落木萧萧，落花萧萧，无缘省识春风春难留。

众人听了，不由暗暗叫苦：黄山谷在对句中自比春风，把他们比做依附春风的花草树木，但却文辞精妙，不露些微痕迹。因此，虽然被他捉弄，但又不得不叹服他的才学超群，于是，便争相恭维起来。这个说："久闻先生大名，如雷贯耳，今日得见尊颜，果然名不虚传。"那个道："先生如此青春年少，竟然这般才华横溢，将来定是鹏程无量。"

听着这些奉承之言，黄山谷不由更加陶醉起来，自以为小小江州府，不值得久留。于是，便辞别众人，乘一叶轻舟顺流东下，想去吴越苏杭一带一显才华。他站在船头，望着天光水色交相辉映，美不胜收，不觉诗兴大发，旁若无人地吟哦起来。这时,正在桅杆下扯着篷索的少年非常谦恭地问道:"敢问先生就是大名鼎鼎的修水才子黄山谷吗?"黄山谷诗兴正浓,不料被人打断,心中十分不悦,因此,也不吭声,只是轻轻地点了点头,算是回答。

少年系好篷索,走过来说道:"适才见先生吟诗,本不该打扰,只因家父在世时曾留下一上联,许多年来,一直无人能对下联。听说先生才学盖世,尤善妙对,我恐失此良机,急切之下,唐突冒犯,不知先生肯赐教否?"

黄山谷听说是一句多年无人能对的上联,又见少年态度恳切,顿时来了兴致,点头应道:"既然如此,快请说来我听。"

少年歉意地拱手笑道:"请教了!"便念出那上联:

驾一叶扁舟,荡两支桨,扯三四片篷,坐五六个客,

过七里滩,到八里湖,离开九江已有十里。

黄山谷听完哈哈大笑道:"这种俗俚之联,我本不屑一对,不过,念你心诚意切,我也只好凑此俗趣了。"于是,便低头默想起来。想着想着,猛然悟到:上联中,数词一至十均已用过,而下联必须以数对数,且不得有一字与上联相同,到哪里找许多数词与上联对仗呢?这时,他才翻然悔悟:天外有天,人上有人,自己年纪轻轻,不该目空一切,盛气凌人。于是,立刻请船家调转船头,改变了去苏杭的打算,回家乡刻苦攻读去了。

博学多才的苏小妹

传说苏东坡有个妹妹,人称苏小妹。她博学多才,一心想配个才学出众的如意郎君。她的父亲苏老泉便将年轻秀才们的诗送给她批点,让她挑选可意的人。遗憾的是,不知有多少秀才学子的诗作,都被小妹视作涂鸦,没一个看得上眼的。有一天,苏老泉又送来一卷诗稿。苏小妹看后,对作者的才华极为欣赏,最后在卷上题诗道:"今日聪明秀才,他年风流学士。可惜两苏同时,不然横行一世。"意思是说,此人才华,仅次于她的两个哥哥苏轼和苏辙;若没有这两个人,秀才便可算举世第一了。苏老泉看了女儿的题诗,明白是女儿相中了如意人,便通知秀才,准备择吉日完婚。

这位年轻的诗作者不是别人,而是宋代著名诗人秦观,字少游。苏小妹虽然选婚标准高,但秦少游却并不因为她是学士东坡之妹、书香门第千金,便欣然接纳。他还想亲眼看看苏小妹的人品如何,亲自试试苏小妹的才情怎样。这一天,秦观打听到苏小妹要到寺庙进香,于是,他便化装成道士,前去试探。当苏小妹来到寺中后,秦观便上前以"化缘"的形式,出句道:

小姐有福有寿,愿发慈悲。

苏小妹见是道士,便冷冷地对句道:

> *道人何德何能，敢求布施？*

小妹说完，转身便走。少游赶上一步，又出个上句说：

> *愿小姐身如药树，百病不生。*

苏小妹仍然不假思索，随口应对：

> *随道人口吐莲花，字文不舍！*

当小妹进香完毕，要返回时，秦观又挡住去路，打拱施礼，再出一句：

> *小娘子一天欢喜，如何撒手宝山？*

苏小妹见"道士"三番五次地纠缠，有点讨厌，便对句答道：

> *疯道人怎地贪痴，哪得随身金穴！*

随口答对，显示出苏小妹聪慧机敏，才情横溢，秦观自然高兴，加上又亲眼见小妹相貌虽非十全十美，却也算得上婀娜多姿，就愉快地答应了这门亲事。

谁知苏小妹斥过"道士"，回身之际，听见一书童唤"道士"："相公，更衣！"她察觉出"道士"便是少游。于是，在花烛之夜，小妹又想报复少游一下。她紧闭洞房门，出题三道，让少游在外面答。第一道题是一首诗，每句嵌一字，秦观一眼看出其中嵌的是"化缘道人"，知道是讥嘲自己；第二道题是四个谜语，秦观也很快猜出来了；第三道题是个对联出句：

> *闭门推出窗前月；*

秦观初不在意，仔细一琢磨，却为难了，在洞房门前苦苦徘徊多时，也对不好。这时，苏东坡知道了此事，想提示少游，又不好开口，便急中生智，捡起一颗石子，投入天井的鱼缸中。秦观听见投石击水的声音，立即触景生情，对出下句：

> *投石冲开水底天。*

小妹这才让丫鬟开门，将少游迎入洞房。

苏小妹在洞房花烛之夜，以联句难住秦少游的故事，几乎尽人皆知。其实，苏小妹也被哥哥苏东坡以对句难过一次哩！

那是在苏东坡居官时，有一次小妹去看望他，兄妹俩在月光下对饮交谈。东坡听说妹妹才学大有长进，终未确知，想考考她，于是，便出了一个上联：

> *水仙子持碧玉箫，风前吹出声声慢。*

这个出句，不仅意境优美，而且妙在将几个词、曲牌名精巧地串在一起。苏小妹正在思索对句时，忽然看见一位穿着红绣鞋的丫鬟，踏着月光一步步地上楼来送茶，当即受到启发，对出下联：

> *虞美人穿红绣鞋，月下引来步步娇。*

苏小妹的对句，同样串进了几个词、曲牌名，而且意境亦可与东坡出句相媲美。东坡听罢,连声称赞。

有趣的回文联

回文是一种特殊的文体,通常指可以倒读的文字,用这种形式写成的对联,就叫回文联。它是我国对联中的一朵奇葩,既可顺读,也可倒读,不仅意思不变,而且颇具趣味。如江苏连云港云台山的花果山水帘洞中有一副回文联:

> 洞帘水挂水帘洞;
>
> 山果花开花果山。

河南省境内有一座山名叫鸡公山,山中有两处景观:"斗鸡山"和"龙隐岩"。有人就此作了一副独具特色的回文联:

> 斗鸡山上山鸡斗;
>
> 龙隐岩中岩隐龙。

还有,厦门鼓浪屿鱼脯浦,因地处海中,岛上重峦叠嶂,烟雾缭绕,海森森水茫茫,远接云天。于是,一副饶有趣味的回文联便应运而生:

> 雾锁山头山锁雾;
>
> 天连水尾水连天。

湛江德邻里有一副反映邻里之间友好关系、鱼水情深的回文联,至今传颂不衰:

> 我爱邻居邻爱我;
>
> 鱼傍水活水傍鱼。

关于回文联,还有一段故事呢。清代,北京城里有一家饭馆叫"天然居",乾隆皇帝曾就此作过一副有名的回文联:

> 客上天然居;
>
> 居然天上客。

上联是说,客人上"天然居"饭馆去吃饭。下联是将上联倒着念,意思是没想到像是天上的客人。

乾隆皇帝想出这副回文联后,心里挺得意,就把它当成一个上联,向大臣们征对下联,大臣们面面相觑,无人言声。只有大学士纪晓岚即席就北京城东的一座有名的大庙——大佛寺,想出了一副回文联:

> 人过大佛寺;
>
> 寺佛大过人。

上联是说,人们路过大佛寺这座庙;下联是说,庙里的佛像大极了,大得超过了人。纪学士的下联,想得挺不错。这副回文联和乾隆皇帝的放到一

块,就组成一副极妙的新回文联了:

客上天然居,居然天上客;

人过大佛寺,寺佛大过人。

妙联显人品

　　吕蒙正(944—1011),北宋时代河南洛阳人,字圣功,太平兴国进士。他曾于太宗、真宗在位时,三次出任宰相,不但以"智压朝纲"闻名,而且以正直敢言著称。

　　可是,就是这样一位历史上著名的宰相,早年却经历过一段十分辛酸的生活道路。他多次应举不第,为人又不知变通,和妻子住在一孔破窑中,贫困交加,亲戚朋友们也都远远地躲着他,连告借的门也没有。吕蒙正家贫贱而志不移,处逆境而身不屈,仍然坚持刻苦读书,结果,在大比之年应举时,终于中了状元。这一下,可大非昔比了。过去,见了穷困潦倒的吕蒙正就远远躲开的亲戚邻里们,这时却像苍蝇见了血似的,纷纷趋身前来,登门送礼,表示"祝贺"。面对这种情景,吕蒙正不免回想起辛酸的往事。当日贫穷不第时,世态似冰,人情如纸,看尽了势利人们的眉高眼低。今科中举,人们却争相逢迎,丑态着实可厌。于是,他愤从心起,才涌笔端,撰写了一副奇妙的对联,贴在他一直居住的破窑门口:

　　旧岁饥荒,柴米无依靠;走出十里街头,赊不得,借不得,许多内亲外戚,袖手旁观,无人雪中送炭;

　　今科侥幸,衣禄有指望;夺得五经魁首,姓亦扬,名亦扬,不论张三李四,蹱门庆贺,尽来锦上添花。

　　这副对联,对那些溜须拍马、趋炎附势的势利小人们进行了辛辣的讽刺。对联一贴出来,那些送礼的人们看见,免不得面红耳赤,灰溜溜地走开了。

万能的萝卜

　　有一家富户,极吝啬刻薄。他家请了一位私塾先生,每顿饭只给一盘萝卜作菜,天天如此,从不变味。先生虽有怨气,却无由发作,只好将就着,忍耐着。

　　有一天,主人在吃饭时,要考他儿子会不会做对联。先生预先叮咛学生说:"席前令尊出句时,你看我筷子夹何物,便以何物对之。"学生怕对错了父亲要责怪,便把老师的话牢牢记住。在考对时,富翁出上句说:核桃。学生见先生筷子上夹的是萝卜菜,对道:萝卜。

　　富翁不大满意。他又出一句:绸缎。学生瞅瞅先生的筷子,又对道:萝卜。

富翁斥道："萝卜对核桃，尚说得过去；绸缎如何可用萝卜来对？"先生解释说："这是谐音对。'萝'谐绫罗的'罗'，'卜'谐布匹的'布'，有何不可？"

富翁一听蛮在理，又给儿子出一句：鼓钟。学生见先生筷子上仍然夹着萝卜，便对：萝卜。

富翁说："这更对不上了！"先生又解释道："这还是个谐音对。'萝'谐锣鼓的'锣'，'卜'谐铙钹的'钹'，是对得很工稳的。"

富翁语塞，接着再出一句：岳飞。先生又夹起萝卜菜，学生照样对道：萝卜。

富翁生气了，恼怒地冲着先生说："你为什么就只给学生教萝卜二字，让他来对？"先生不慌不忙地说："你天天叫我吃萝卜，我眼睛里看的是萝卜，肚里装的也是萝卜，你不让我教令郎对萝卜，我肚子里还有什么货色呢？"

富翁听罢，无言以对。

有趣的拆字联

北宋佛印和尚有一天去拜访苏东坡，大吹佛力广大，佛法无边。坐在一旁的苏小妹便有意开他的玩笑：

> 人曾是僧，人弗能成佛；

佛印一听，也反戏她一联：

> 女卑为婢，女又可为奴。

苏小妹和佛印的妙对，就是利用拆字法巧拼"僧"、"佛"、"婢"、"奴"四字，互相戏谑，妙趣横生。

唐伯虎才思敏捷，写有一副脍炙人口的拆字联：

> 十口心思，思国思君思社稷；
> 八目尚赏，赏风赏月赏秋香。

此联巧妙之处在于把"十口心"合成"思"字，"八目尚"合成"赏"字，而又串成一气，文义通畅。

传说，康熙求才若渴，一旦发现，便不拘一格地重用。一天，康熙听说一位和尚很有学问，便请他来宫中下棋。康熙连输三盘，出上联试和尚：

> 山石岩下古木枯，此木为柴；

此联拆"岩"、"枯"、"柴"三字而成，文字连贯。不料，和尚随口而出：

> 白水泉边女子好，少女更妙。

康熙一听，和尚妙拆"泉"、"好"、"妙"三字，对得无懈可击，心中十分高兴，便委以重任。

据说，有两姓联姻，男方姓潘，女方姓何，在举行婚礼这天，一客人赠联

青少年开心故事会

祝贺：

> 嫁得潘家郎，有水有田方有米；
> 娶得何家女，添人添口便添丁。

上联以"水、田、米"合成"潘"字，下联以"人、口、丁"合成"何"字，既暗含双方的姓氏，又反映了双方的愿望，幽默诙谐之中增添了喜庆的气氛。

西湖天竺顶有一座庵寺，叫"竺仙庵"，庵边有个泉眼，泉水极其清洌。有两个脱俗静心修道的人，经常在庵中用泉水煮茶品尝。有一联悬于庵门：

> 品泉茶三口白水；
> 竺仙庵二个山人。

上联"品"拆成"三口"，"泉"拆成"白水"；下联"竺"拆成"二个"，"仙"拆成"山人"，把道士在庵中的情境写得惟妙惟肖。

施耐庵巧联治心病

施耐庵是元末明初一位著名的文学家，我国四大名著之一《水浒传》的作者，几乎是家喻户晓，但鲜为人知的是，他还是一位同情穷苦百姓、有高超医术的良医。

相传，施耐庵曾一度居住在江苏兴化城里。当时，有位病人叫顾斐，患病数月，面黄肌瘦，神情恍惚，整日口中不断念叨着："五月艳阳天。"多名郎中诊治后，都认为病人脉搏微弱，舌苔焦红，是肝火太旺之故，均开出去火药之方。但使用后其病情非但不见减轻，反而日甚一日。如此怪病，使得施耐庵亦感到难以对症下药。

一日，他坐在顾斐的床前，仔细冷静地观察了病人的病情与神态变化，当病人自言自语"五月艳阳天"时，他立即对上了"三春芳草地"。

奇迹在瞬间出现了，病人顿时精神振奋，竟像常人一样，且口中又吟出一句："丁香花，百头，千头，万头。"施耐庵又对上一句："冷水酒，一滴，二滴，三滴。"

这时，病人病容荡然无存，掀开被子，起身下床，郑重地给施耐庵施了一礼，说："山石岩前古木枯，此木即柴。"施耐庵稍一思索，即时对上"白水泉中月日明，三日是晶"。至此，病人便痊愈了。

原来顾斐患的是心病，他所爱慕的姑娘是位才女。但姑娘要求必须对上三副对联后，才答应与他成婚。他苦思冥想，越想越急，越急越难思就佳联，因而急出病来。而多名郎中虽能诊出他是肝火太旺，但究竟为何引起肝火太旺他们却未作思考，结果就头痛医头、脚痛医脚，都无法从根本上医治病痛。而施耐庵则通过细心观察，认真分析，意识到病人患的是心病，因而对症施治，以渊博的文学知识和精湛的医道，拯救了这位久治不愈的病人。

解缙智斗曹尚书

毛泽东曾在文章中引用了一副对联，来比喻那些光有虚名、并无实学的人：

墙上芦苇，头重脚轻根底浅；

山间竹笋，嘴尖皮厚腹中空。

这副对联的作者，是明代的文学家解缙（1369—1415）。他出生在江西吉水，小时候家境贫困，一家人省吃俭用，供解缙上学。解缙自幼聪明好学，特别擅长于作对联。

解缙少年时，家对面住着一个专门欺压百姓的乡绅。有年腊月三十，乡绅家里张灯结彩，准备欢度除夕；解缙家里却缺衣少食，冷冷清清。解缙想，咱人穷志不穷，也要写副春联贴上。他抬头望了望对面乡绅府内的竹林，提笔写道：

门外千杆竹；

家内万卷书。

这副对联字句工整，笔力遒劲，吸引了全村的读书人。乡绅一看大为恼火，认为竹林是他家的，却为解缙装了门面，便命家人把竹子全砍了。乡绅洋洋得意地说："看这穷小子还有什么'门外千杆竹'！"

解缙见乡绅如此可恶，也想气气乡绅，立即拿来笔砚，在春联末尾分别添上一个字，将春联变成：

门外千杆竹短；

家内万卷书长。

乡绅一看，气得七窍冒烟，盛怒之下，命家人把竹子连根刨掉。他心想，这回看你还添什么短长。解缙暗自好笑，又在春联底下挥笔各添上一个字，春联变成：

门外千杆竹短命；

家内万卷书长存。

村里人看了，都拍手称赞写得好。乡绅望着解缙这副春联，更加生气却无可奈何。

少年解缙如此聪慧，名声越来越大。这件事传到了曹尚书耳里，他心想：一个毛孩子有什么了不起，准是乡下人少见多怪。为了亲自考察一下，他派人把解缙叫来。解缙面无惧色地走上大厅。曹尚书当着满堂官宦的面，想杀杀解缙的威风，也想借机显示一下自己的博学，就对解缙说："你不是擅长对子吗？我念出上句，你对出下句。答非所对，算输；间有停歇，算

输。"他不等解缙答应,便抢先念道:

小犬无知嫌路窄;

解缙觉察出曹尚书的用意,把胸脯一挺,毫不示弱地答道:

大鹏有志恨天低。

曹尚书手指堂前狮子:

石狮子头项焚香炉,几时得了?

解缙紧答:

泥判官手拿生死簿,何日勾销!

曹尚书又抬手指天:

天作棋盘星作子,谁人能下?

解缙挥手指地:

地为琵琶路为弦,哪个可弹!

曹尚书事先苦心想好的这几道难题,一个也没难住解缙,心里暗暗着急。他改变主意,想利用解缙的"短处"替自己解围。他明知解缙的父母是卖烧饼、推豆腐磨子的"贱民",偏故意含笑道:"你父母是做什么的?"曹尚书想,如果解缙如实回答,必然会引起满堂官宦的耻笑;如果不据实回答,更有妄言之嫌。无论哪一种,解缙都定输无疑。谁知解缙毫不犹豫,从容笑道:

严父肩挑日月前街卖;

慈母手推磨盘转乾坤。

曹尚书一计不成,又生一计。他冷眼打量着解缙身上的粗布绿袄,恶意戏弄道:

出水蛤蟆穿绿袄;

说完他得意地哈哈大笑,满堂官宦也讨好地跟着哄笑。

解缙却镇定自若,双眼斜视曹尚书身穿的大红袍,待笑声过后,从容答道:

落汤螃蟹着红袍。

曹尚书一听,顿觉老脸无光,满堂陪员大惊失色。这时,有个善于溜须拍马的官员上前替曹尚书帮腔,出联羞辱解缙:

两猿断木深山中,小猴子也敢对锯(句)?

解缙一听,出口就对:

一马陷足污泥内,老畜生怎能出蹄(题)!

这官员面红耳赤,狼狈不堪;其他官员也都瞠目结舌,噤若寒蝉。曹尚书本想显示一番自己的才学,不料偷鸡不着蚀把米,反在大庭广众之下丢了面子。他恼羞成怒,但也无可奈何,只得拂袖退堂。从此,解缙的名气就更大了。

林大茂巧对叶梅开

相传,明末清初有个长工的儿子叫林大茂,七岁就给地主放马。大茂聪明伶俐,却没钱上学读书,只好每天牵着马到学堂围墙外的草地上放牧,偷听先生讲课。长年累月,大茂已学得满腹学问,能吟诗作对。

大茂11岁那年春天,县里举行了科举考试,村里一些富家子弟坐着大轿,带着书童,到县里应试。大茂也偷偷地骑上一匹沙灰大马,直奔县衙门应试。可是,当他走到县衙门前的时候,便被土官喝住:"哪里来的村野顽童,敢不下马?"大茂毫无惧色地说:"我是来应试的。"官员见大茂乃三尺孩童,衣衫褴褛,身上沾满泥沙,冷笑道:"泥腿子也要考状元——癞蛤蟆想吃天鹅肉。好吧,我出个对子给你对,对得上,就放你去考。"说着,土官说:

沙人骑沙马,沙头沙尾沙屁股;

大茂一听,沉思片刻,轻蔑地对答道:

土官坐土城,土头土脑土王法。

对得那土官哑口无言,大茂则骑上沙灰马直奔考场。监考官姓叶名梅开,是县里有名的人物,哪里把他放在眼里,于是就说:"我出个对子,你能对上,就让你进去考。"大茂说:"随你便吧!"叶梅开出了一上联:

嫩竹书生,几时等到林大茂;

大茂一听,知道他是讥讽自己,当即回敬道:

梅花开放,何日见过叶先生?

叶梅开的上联,意思是,林大茂你只不过是一介嫩笋般的书生,几时才能出息成茂盛竹林呢?"林大茂"又是林大茂的名字,用的是谐音法。林大茂对的下联,针锋相对,意思是,梅花开放时,总是花先于叶,何日见过叶先于花呢?"叶先生"又指叶梅开,用的也是谐音法。真是巧妙至极。

幽默的讽刺联

讽刺与幽默常常像是一对孪生兄弟,讽刺中含幽默,幽默中又带讽刺。对联中运用了讽刺和幽默的手法,可以淋漓地嬉笑怒骂,可以善意地批评规劝,使人读了之后,有的令你解颐,有的令你捧腹;或如骨鲠在喉,或如芒刺在背。

古往今来,这类含有讽刺与幽默的对联有不少。据清代文廷式《闻尘偶记》所载,中日甲午战争议和后,慈禧太后粉饰太平,大庆万寿,有人在城门上贴了一副对联:

万寿无疆，普天同庆；

三军败绩，割地求和。

既而社会上又传出一副对联：

台湾省已归日本；

颐和园又搭天棚。

这两副对联对慈禧太后一边卖国，一边庆寿的可耻行径做了多么辛辣的讽刺！

民主革命时期，我国无产阶级革命家郭亮，看到广大人民群众生活在饥饿劳苦之中，便写了一首很通俗、很锐利的白话诗，题目是《问问社会》。这首诗很快就传开了，不久便传到了当地自治局局长那儿，于是，郭亮被传去训话。郭亮出来以后，便动笔写了一副对联，贴到自治局局长的衙门上：

鱼所肉所麻将所，所肉者甜，所外者苦；

猪公狗公乌龟公，公道何在，公理何存？

这是一副讽刺性很强的对联，它有力地鞭挞了自治局局长一类的官老爷们，讽刺他们只知鱼肉人民、吃喝玩乐，不过是一群猪狗乌龟。

像这一类讽刺贪官污吏的对联过去也有。清代有个叫蒋伯生的，在外做官，搜刮了一些钱财，后罢官回乡，盖了一座园子。他的弟弟看不下去，便在园成之日，在大门上贴了一副对联：

造成东倒西歪屋；

用尽贪赃枉法钱。

这位蒋大人见了这副对联只好干笑而已，他还能说什么呢？

还有一讽刺知府的联云：

见州官则吐气，见道台则低眉，见督府大人，茶话须臾，只解道说几个"是，是，是"；

有差役为爪牙，有书吏为羽翼，有地方绅董，袖金赠贿，不觉得笑一声"哈，哈，哈"。

此联在写作技巧上，抓住了贪官"媚上欺下"的特点，揭露贪官利用手中的权柄，在光天化日之下，明目张胆地受贿。上联的"吐气"、"低眉"、"是，是，是"，描绘出这位贪官谄上骄下的奴才情态；下联说贪官有"爪牙"、"羽翼"保护，公开受贿，乐得"哈，哈，哈"的情态。绘形绘声，令人忍俊不禁。

清代还有个叫乌达峰的尚书和一个叫恽次远的学士，一同被派到浙江主持考试。可是这位乌尚书是一肚子草包，那位恽学士又是个大烟鬼。有人为这两位官人题了副对联：

乌不如人，胸中只少字点墨；

军无斗志，身边常倚一条枪。

这是以乌、恽二姓做文章，用讽刺性的笔调将二人的神态活灵活现地描绘出来。

害死岳飞的秦桧是个千古遗臭、万人唾骂的卖国奸贼，在西湖岳坟的对联中被人们斥为佞臣。清代的阮元曾经模仿秦桧夫妇二人追悔的口气写了副对联，贴在岳飞庙铁铸的秦桧与王氏的像上：

　　　　咦！仆本丧心，有贤妻何至若是；——秦桧

　　　　咦！妇虽长舌，非老贼不到今朝。——王氏

幽默里含讽刺，风趣中有痛斥，连阮元本人以后谒岳飞庙时见了这副对联还不禁失笑呢。

有的对联对封建迷信思想给以讽刺，也有一定意义，请看财神庙里的对联：

　　　　颇有几文钱，你也求，我也求，给谁是好？

　　　　不做半点事，朝也拜，夕也拜，教我如何！

还有人为某道士写了副挽联，用幽默的笔调讽刺了迷信和骗人：

　　　　吃的是老子，穿的是老子，一生到老全靠老子；

　　　　唤不灵天尊，拜不灵天尊，两足朝天莫怪天尊。

还有些对联幽默、诙谐而不含有任何讽刺意义，亦足以供人欣赏。比如《楹联三话》录载的两副酒肆联，一副是：

　　　　刘伶借问谁家好？

　　　　李白还言此处佳。

用古代两位以饮酒著称的名士、诗人的一问一答，在诙谐之中为自己的酒店做了鼓吹。虽然说是"老王卖瓜，自卖自夸"，可是夸得巧妙。另一联是：

　　　　入座三杯醉者也；

　　　　出门一拱歪之乎。

看了更是让人喷饭。

庄有恭巧对将军

清朝中期，广东番禺（今广州）有个著名的书法家，名叫庄有恭。这庄有恭从小就聪明过人，他家附近便是镇粤将军的官署。

据说他十一二岁时，一次与一群儿童放风筝，哪知一不小心，扯断了风筝线，那风筝便飘飘荡荡地掉进了将军官署的内宅。其他儿童都傻了眼，呆呆地站在官署门外，连呼"可惜"，懊恼不已，却又束手无策，唯独庄有恭道：

青少年开心故事会

"既掉在将军署中,取出来就是了,有什么可懊恼的?"小伙伴们七嘴八舌地说:"将军的官署,平民百姓怎么进得去?""即使混进去了,不被当成小偷打个半死才怪呢。"庄有恭自告奋勇地说:"好,那你们在这儿待着,看我进去取风筝。"说着,装出一副漫不经心的样子,慢慢地凑近官署大门玩耍。守门人见是个小孩子,也没有在意。庄有恭突然跌入门内,直向内宅奔去。待守门人发觉时,庄有恭已在数十步外了,急得守门人连呼:"站住!"在后面紧紧地追赶他。

镇粤将军正在客厅里与客人下象棋,听到呼声,连忙起身而出,拦住庄有恭,并将他带进客厅询问。庄有恭不慌不忙地说明了来意。镇粤将军见他眉清目秀,一副伶俐相,心中已有几分喜爱,却故意板起面孔,问了他一些家中情况,庄有恭对答如流。

镇粤将军更加高兴,又问:"你有没有读过书?"庄有恭答道:"正在读。"将军问:"那么,你会不会对对子?"庄有恭满不在乎地说:"对对子是小事一桩,有什么不会?"将军一听,暗想这小子好大的口气,于是不露声色地问:"你能对几个字的对子?"庄有恭道:"一个字的能对,一百个字的也能对。"将军哪里肯信,不满地说:"好,那我就出副对联让你对对,若对不出来,我可不饶你!"抬头看见客厅上悬挂着一幅《龙虎斗》彩图,便随口吟道:

旧画一堂,龙不吟,虎不啸,花不闻香鸟不叫,见此小子可笑可笑。

将军的意思当然很明白:你看堂上龙虎尚且不吟不啸,你这个无知小子,不知天高地厚,竟敢口出狂言,若对不出下联来,我可要好好教训你了!哪知庄有恭略一思索,指着将军与客人下的象棋残局,答道:"就凭着这个棋局,便能对出将军的下联了。"然后朗声吟道:

残棋半局,车无轮,马无鞍,炮无烟火卒无粮,喝声将军提防提防!

庄有恭的意思也很明白:你将军的棋艺并不高超。不过,输掉一局棋倒也罢了,若真的统兵打仗,碰上这车马炮卒均难运用的窘境,看你如何对付!

将军与客人听了,都大为叹赏。将军亲自捡起风筝,递给庄有恭,拍着他的肩膀说:"好孩子,果然聪明异常。好好用功读书吧,日后前途无量呀!"

乾隆与对联

相传,清朝乾隆皇帝游览西湖时,在灵隐寺见到一位长寿老人,这位老人时年141岁。乾隆即兴制了这么一副对联赠给老人:

花甲重开,外加三七岁月;

古稀双庆,再多一个春秋。

这是一副内含数字运算的对联,上下联不仅词句对仗,而且运算的方式相同,结果相等。上联中"花甲",指60岁;重开者,乘以二,则是120岁;外加三七二十一,合起来,岂不正是 141 岁。下联中"古稀",指 70 岁;双庆者,两倍,再加一个春秋,则加上一岁,也正好是 141 岁。

相传,乾隆皇帝擅长对对联,且常借此戏人。一次,他乔装改扮,与张玉书在酒楼上饮酒。席间,他乘着酒兴指着一姓倪的歌姬出了上联:"妙人儿倪氏少女",要张玉书接对。这上联是"妙"、"倪"二字的拆字联,张玉书一时苦思莫对。歌姬在一旁随口答道,"大言者诸葛一人",将"大"、"诸"二字拆开。乾隆大为赞赏,命张玉书赐酒三杯。不巧,酒已喝完,倾壶只滴出几点。歌姬见此,笑着对乾隆说:"'水凉酒一点两点三点',下联请先生赐教。"上联既暗含前三个字的偏旁,又冠以数字,窘得乾隆面红耳赤。幸好此时楼下走过一个卖花人,张玉书灵机一动,代言道:"丁香花百头千头万头。"才算为他解了围。据说,打那以后,乾隆皇帝再不轻易用对联戏人了。

郑板桥对联趣话

老先生巧对郑板桥

清朝时,有一位教书先生在一个有钱的人家当教师。春天双方商定一年酬金八吊。可是,到了年终,主人不仅一文钱不给,还把老先生辞退了。老先生便到县衙门告状,县令郑板桥听了老先生的申诉之后说:"恐怕你才疏学浅,误人子弟,不然,人家怎么会不给你酬金呢? 我今天要当场考考你,看看你的学问如何?"老先生急忙申辩,并表示愿意当场应试。郑板桥随手指着大堂上挂着的灯笼说:"就以灯笼为题,我出一上联,你对下联。"于是郑板桥出了一个上联:

> 四面灯,单层纸,辉辉煌煌,照遍东南西北;

老先生听了,沉思片刻,便脱口而出:

> 一年学,八吊钱,辛辛苦苦,历尽春夏秋冬。

郑板桥听了,很欣赏老先生的才华,当即下令把被告传来,结了此案,并把老先生留在自己身边当差。

板桥自寿联

> 常如做客,何问康宁;但使囊有余钱,瓮有余酿,釜有余粮。 取数叶赏心旧纸,放浪吟哦;兴要阔,皮要顽,五官灵动胜千官,过到六旬犹少;

> 定欲成仙,空生烦恼;只令耳无俗声,眼无俗物,胸无俗事。 将几枝随意新花,纵横穿插;睡得迟,起得早,一日清闲似两日,算来百岁已多。

这副对联,写得轻松愉快,洒脱自在,极为有趣,传神地表达出郑板桥的

青少年开心故事会

风度和胸怀，以及老年时的兴趣和性格。

嵌名联趣说

嵌名，是对联中常用的一种组句技巧。它把某些人名或事物名称嵌入相关的地方，并保持其相对的独立性，造成意中有意，以获得特殊的艺术效果。它还常同别的遣词、组句技巧交互混合应用，更是色彩纷呈，妙趣横生。

明代文学家李梦阳在任江西提学副使时，发现一名书生与自己同名，便将这个学生叫来，出了一个上联叫他应对，以试其才。联曰：

> 蔺相如，司马相如，名相如，实不相如；

联中嵌用了两个人名，运用了重言技巧，叠用了四个"相如"。"名相如，实不相如"，意思是：他俩名字相同，其实不能相提并论。那个学生稍加思索，便从容对答：

> 魏无忌，长孙无忌，尔无忌，吾亦无忌。

魏无忌，是战国的魏公子，即信陵君。长孙无忌，是唐太宗时的一名大臣。联中也嵌用了两个人名，叠用了四个"无忌"，还在后半联中也巧妙地应用了拆词技巧，其含义是：咱们师生同名，你不必讳忌，我也无须过虑。整个答联不仅对仗工整，而且不卑不亢，极其得体。如此巧妙的应对，自然博得了李梦阳的赞赏。

近代改良派领袖康有为曾为悼念谭嗣同写过一副挽联：

> 复生，不复生矣！
>
> 有为，安有为哉？

谭嗣同，字复生。他与康有为、梁启超等一起参与"戊戌变法"运动，失败后被杀害。全联的意思是：你谭复生遭遇不幸，不能起死复活了；我康有为虽在人间，可是还能有什么作为呢？既表达了作者痛心疾首的悲愤心情，也赞扬了谭嗣同在变法中的重要作用。

当代作家端木蕻良曾为"五四"作家许地山撰写过一副挽联：

> 未许落华生大地；
>
> 不叫灵雨洒空山。

落华生，是许地山的笔名。他的代表作《落花生》写得淳朴感人，曾产生过较大的影响。《灵雨空山》是他的散文集名。联中巧妙地嵌用了许地山的姓名、笔名和作品名。上联还应用了"两兼"技巧，一个"生"字，既和"落华"两字组成名词，又同后面的"大地"构成偏正词组。全联的意思是：为何不让落华生这样有才华的作家多生存在人间大地？为什么不叫他有更多的优秀作品像春雨一样滋润读者干渴的心灵？这副挽联哀婉而深沉地表达了作者对许地山不幸早逝的无比惋惜的心情。

李调元巧对船夫

清代文学家、戏曲理论家李调元，字羹堂、赞庵、鹤洲，号雨村、童山蠢翁，乾隆进士，历任广东学政，直隶通水道。著有《雨村曲话》、《雨村剧话》、《童山全集》等多种著作。他为人较耿直，曾因得罪权臣和绅，被发配伊犁，后因母老无人侍奉而获释回乡。

李调元任职期间，有一次赴江南主考，渡长江时，船夫见他是读书人装束，就以答对为乘船条件。船夫出的上联是：

   洞庭湖，八百里，波滔滔，浪滚滚，大人从何而来？

李调元听船夫的上句出得极好，很是高兴，稍加思索，也即景对出下联：

   巫山峡，十二峰，云霭霭，雾腾腾，本院从天而降。

船夫听了很满意，便恭恭敬敬地请他上船，高高兴兴地渡他过江了。

歇后联妙趣横生

对联园地，百花齐放，争奇斗艳。歇后联就是其中别具风姿的一朵小花。它巧妙隐去联语中的关键性字词，不但委婉含蓄，寓意深刻，而且幽默机智，趣味横生。一副好的歇后联，往往叫人拍案叫绝，回味无穷。

清王朝宗室双富，别号士卿，是个贪婪腐败之徒。他任某省按察使时，贪赃枉法，无恶不作，百姓恨之入骨。有人赠一副表面吹捧他的歇后联，既将其名字嵌入联中，又隐去骂他的文字，讽刺极为辛辣。联云："士为知己，卿本佳人。"上联取自《战国策》中句："士为知己者死，女为悦己者容。"隐去"死"字，是骂他死期将至。下联用《北史》中"卿本佳人，奈何做贼"的典故，讥其贪污盗窃，可谓淋漓尽致，入木三分。

抗日战争胜利后，一流亡南方的教授回到河北老家，见家乡满目疮痍，今非昔比，不由悲愤交集，当即撰歇后联云："千古艰难唯一；八年扫荡已三。"上联隐去"死"字，下联隐去"光"字，联语含蓄概括了自己九死一生的流亡经历，深刻揭露了日寇实行烧、杀、抢"三光"政策的血腥罪行。

小陶澍出口不凡

陶澍（1779—1839），字子霖，号云订，安化县小淹乡人，从小勤奋好学。嘉庆七年（1802）中进士，任翰林院编修后升御史。曾先后调任山西、四川、福建、安徽等省布政使和巡抚，后官至两江总督加太子少保，道光皇帝曾亲书"印心石屋"匾赐之。

陶澍从小才智过人，他跟父亲到湖南益阳毛栗坪学馆，一边读书，一边为东家放牛。

一天，陶澍放牛收工早了，东家出上联骂他：

小子牵牛入户；

小陶澍随即对道：

状元打马还乡。

东家从此再也不随便骂他了。

这天，陶澍梳着双髻到学堂上学。一个叫兰木春的僧人看到他这副模样，戏弄他道：

牛头喜得生龙角；

陶澍见他在讥笑自己，马上回敬了一句：

狗嘴何曾出象牙。

回到家后，陶澍对母亲说："今后我不梳双髻了，别人光取笑我。"

过了数日，兰木春恰好路过学堂，见陶澍头发梳成了三岔，又戏弄道：

三角如鼓架；

陶澍又对道：

一秃似擂槌。

兰木春惊叹陶澍的敏捷，告诉陶澍的老师说："这孩子长大必定是国家栋梁。"

陶澍所在的学堂很破旧，一遇下雨天，教室里有的座位便漏雨。这天，大雨滂沱，下个不停。陶澍与一个有钱人家的孩子为争坐不受水滴的座位，一直相持不下。老师说："不要争了，我有一句五字联，能对好的坐好位。"于是念道：

细雨肩头滴；

那个有钱人家的孩子，一听目瞪口呆，顿时傻了眼。陶澍却胸有成竹地应声道：

青云足下生。

老师于是把好座位让给了他。

有钱人家的孩子不服气，回家告诉了父亲，其父大怒，派人把陶澍叫来，气急败坏地喝道：

谁谓犬能欺得虎；

陶澍见他依仗权势嘲笑自己，便鄙视地一笑，从容答道：

焉知鱼不化为龙。

财主见陶澍出口不凡，从此再也不小看他了。

落第秀才自挽

封建制度下的科举考试中,一举成名,便会身价百倍,荣华富贵;不幸落第的,便会落个数年寒窗、一无所得、穷困潦倒的下场。有一位老学究,终生不第,临死时自挽道:

> 想吾生竭力经营,无非是之乎者也;
>
> 问此去何等快乐,不管它柴米油盐。

联语故作旷达谐谑,实则沉痛之至。

还有一位老儒生,一生屡考屡不第,到临死前,他自撰挽联道:

> 这回吃亏受苦,都因入孔氏圈中,坐冷板凳,做老糊独,只说限期已满,竟换到头童齿豁,两袖俱空,书呆子真可怜矣!
>
> 此去喜地欢天,必须到孟婆庄外,赏剑树花,观刀山瀑,可称眼界大开,再和此酒鬼诗魔,一尊常聚,南面王无以易之。

读罢令人在一丝苦笑之余,也不免随着叹一声:"书呆子真可怜矣!"

改联换字出新意

诗文创新的途径多种多样,而别具匠心的增删调换,巧加点化,为我所用,常有意想不到的效果。改联换字,就是其中一法。

某师六十大寿,几位学生拟一副对联相送:"诗书满架;桃李盈门。"不料老师乐极生悲,突然病逝。正当家人取下这副对联时,只见一位弟子在原联上各增三字:"诗书满架悲空座;桃李盈门哭吾师。"寿联遂成挽联,且十分切合此景此情。

洪承畴是明代崇祯时的宠臣,官至兵部尚书,后来受命抗清,被俘变节,终于成为千古罪人。然而这个恬不知耻的民族败类竟手书一联高悬大门两侧:"君恩似海;臣节如山。"一位读书人看了,气愤不过,在其上下联尾各添一字,改为:"君恩似海矣!臣节如山乎?"改联用上表确定语气的"矣"和表反诘语气的"乎"后,顿觉其辞锋利,其味辛辣,产生了妙不可言的讽刺效果。

郭沫若还曾改联救过一位少女呢。1962年秋,郭沫若同志到普陀山游览,在梵音洞拾得一个笔记本。打开一看,扉页上写着:"年年失望年年望,处处难寻处处寻。"横批:"春在哪里?"再翻一页,是一首绝命诗,署着当天的日期。郭老看了很着急,马上叫人寻找失主。原来,失主是一位少女,考大学三次落榜,爱情也遭受挫折,于是下决心"魂归普陀"。郭老耐心开导她:"这副对联表明你有一定文化水平,不过太消沉了。我替你改一改:'年年失望年年望,事事难成事事成。'横批'春在心中'!"姑娘看后感佩不已,当即向

青少年开心故事会

郭老表示：要永记教诲，在人生道路上奋勇向前！

精彩的教师联

由教师创作，又包含教师职业特点，或者嵌入学科术语等的对联被称为教师联。下面介绍三副精彩的教师联：

恋爱自由无三角；

一生幸福有几何。

这是一对数学教师的婚联。上联中"三角"是双关语，如果仅仅解释为他们俩谈恋爱时没有三角关系，那实在是大杀风景了。这"三角"又是指他们共同钻研的一门数学分支学科——三角学。下联中的"几何"同上联中的"三角"有异曲同工之妙，也是双关语，整个下联可以解释为"一生幸福究竟有多少"，也可以解释为"他们一生的幸福全靠几何——数学的一个分支——为他们招来"。所以说上下联对得真是天衣无缝，十分贴切。有的报刊在引用这副对联时，在下联后面加上问号，这是不妥当的，这样使下联只能有疑问句的一种解释，失去了一语双关的妙处，应该去掉问号，使下联更加含蓄有致。

为 X、Y、Z 送了君命；

叫 W、F、S 依靠何人？

这是解放前，某数学教师穷困潦倒染病成疾倒在讲台上，撇下家中孤儿寡妇与老爹，匆匆而去。与其同校教英语的妻子痛不欲生，写下上面的挽联哀悼亡夫。这副对联不但对仗工整，汉字对汉字也许不算第一流，中间巧妙嵌入三个英文字母对另三个英文字母，却是借代精巧，语带双关，既有学科的特点，又表达了确切的意义：X、Y、Z 是数学在代数式中的常用未知数的代号，自然代表数学教学；W、F、S 分别为英文"妻子、父亲、儿子"的第一个字母。这副"教师联"遣词奇特而又饱含辛酸，读来真是催人泪下。

室内客古今中外；

琴中飞 1356。

这是一副历史教师和音乐教师的结婚联，上联通俗朴素，下联诙谐有趣。"古今中外"自然是历史的最简练的概括，而"1356"绝对不是元朝的某一年，而是音乐曲谱中的四个音符，自然又成了音乐的代名词，上联中"古今中外"是联合词组，下联中"1356"也相当于一个联合词组，对仗也非常工整。读到这副精彩的教师联，我们虽不能对这两位充满生活情趣的教师"如见其人"，至少可以"如闻其声"，相信他们一定是乐于做一辈子园丁的好教师。

俞曲园一家答趣对

清代著名学者俞樾,字荫甫,号曲园,是当代著名"红学家"俞平伯先生的祖父。他平生著作等身,晚年讲学于杭州西子湖畔的"诂经精舍"。俞曲园擅长答对,有不少佳作传世。

有一次,他与夫人姚氏一起去游览灵隐寺,来到飞来峰下的冷泉亭旁,看见明代大画家董其昌为冷泉亭书写的对联:

> 泉自几时冷起?
>
> 峰从何处飞来?

姚夫人觉得这副对联写得很妙,便请丈夫也用对联作答。俞曲园随口答道:

> 泉自有时冷起;
>
> 峰从无处飞来。

姚夫人听了,笑道:那还不如说:

> 泉自冷时冷起;
>
> 峰从飞处飞来。

的确,姚夫人答得比丈夫好得多。曲园听夫人答得更有趣,更深邃,两人不禁相对大笑。

过了几天,老人的二女儿绣孙来看望父母。她自幼受家庭书声墨香的熏陶,也颇通诗文。俞曲园向绣孙讲了他们夫妇答对的事,请女儿也做一副对联作答。绣孙频皱娥眉,沉吟片刻,笑着答道:

> 泉自禹时冷起;
>
> 峰从项处飞来。

老人听了,觉得这副对联答得奇怪,问女儿说:"上联的'禹',显然指的是治水的大禹,而下联这'项'又指什么?"绣孙回答说:"难道父亲知道大禹治水,就不知道项羽拔山吗?要不是他把此山拔起,它怎么会飞到这个地方来呢?"

俞曲园正喝上一口茶,未及咽下,听见女儿这联想天真、奇妙的回答,忍不住"哧"一笑,嘴里的茶水喷了满地,一家三人全都捧腹大笑起来。

妙趣横生的象声联

1933年的"双十节",成都市昌福馆门口有一副对联:

> 普天同庆,本晋颂调言;料想斗笠岩畔,毗条河边,也来参加同庆?那么,庆庆庆,当庆庆,当庆当庆当当庆;

举国若狂，表全民热烈；为问沈阳城中，山海关外，未必依然若狂？这才，狂狂狂，懂狂狂，懂狂懂狂懂懂狂。

这是成都楹联大师刘师亮所拟。作者抓住当时内战外患的事实，讽刺国民党反共不抗日的政策。上下联用了摹声词（上联的"当庆"，是摹小锣、铜钹声；下联的"懂狂"是摹川剧锣鼓点子声）。联语具有象声的趣味性，使人听了大有为"反动政府"和"反动军阀"敲丧钟之感。

聪明的小蔡锷

蔡锷，字松坡，是辛亥革命中功勋卓著的领导人之一，中国近代军事家。他出生于湖南邵东农村，小时家境贫困，无力求学，但却心存高远，在家里坚持刻苦读书。

当时，本地有一位名士，叫做樊雉。他见蔡锷勤奋好学，非常喜爱，主动上门指教。有一天，蔡锷下河洗澡，将衣服挂在河边的树枝上。樊先生看见后，就给蔡锷出了一个上联：

千年柳树作衣架；

蔡锷在河中应声对道：

万里山河当澡盆。

又有一次，樊先生叫蔡锷用联回答什么最高、什么最深。蔡锷答道：

高，高于人心；

深，深于书籍。

听到这样寓意深邃的联语，樊先生不禁动情地说：松坡真不愧是我的学生啊！

有一次，蔡锷"骑马马"坐在父亲的肩膀上，进城应童子试。县官见状，出了个上句：

子将父作马；

蔡锷闻言，随即对道：

父望子成龙。

县官听了，连夸："神童！神童！"

还有一次，蔡锷与小伙伴们一起放风筝。风筝断线后，落到太守的府衙院中。蔡锷去找风筝，太守出来，带着侮辱性的口吻出了一个上联，说是对上了才还给他风筝。上联是：

童子六七人，无如尔狡；

蔡锷对道：

太守二千石，唯有公……

他故意留下一个字不说。太守追问他："唯有我怎么样？"蔡锷说："你若还我风筝，我就说'唯有公廉'；你若不给风筝，我就说'唯有公贪'。"

太守听了，不仅感到蔡锷的下联对得好，而且这一"廉"一"贪"的选择，也逼得他只好把风筝还给蔡锷了。

萧燧巧妙补对联

萧燧的春联写得好，每年的春节他的对子才贴在门上，便有人抄去了。有一年的除夕之夜，他写了一副对子贴在门上：

福无双至；

祸不单行。

那些大户人家的文人照例站在他的门外守候，哪知，等了大半夜，原来是这么两句不吉利的话，没精打采地溜回去了。

等这些人走了之后，萧燧才拿了纸笔出来，慢慢地把对联改为：

福无双至今年至；

祸不单行昨日行。

第二天，那些大户人家的人们经过他的门前，才知道被萧燧捉弄了。可是又无话可说，只得以后不再搞"文抄公"的活动了。

26

青少年开心故事会

郭沫若联评鲁迅

鲁迅与郭沫若在中国文学史上都有崇高的地位，都是著名的文学家。郭沫若与鲁迅曾有过不必要的误会，但他们更有同声相应之处，其情谊是真诚可见的。郭沫若曾坦率地表示："在今代学人中，我最佩服的是鲁迅。"从以下对联中，不难看出他对鲁迅先生的敬仰之情。

鲁迅是奔流，是瀑布，是怒涛，但将来总有鲁迅的海；

鲁迅是霜雪，是冰雹，是恒寒，但将来总有鲁迅的春。

上联前半部，用江河溪流、险滩深壑、迂回奔流、曲折奋进的景象，形象地比喻鲁迅不妥协的倔强性格与明快的文风；下联前半部是上联前半部的映衬、加深，以霜雪、冰雹、恒寒，含蓄地说明鲁迅对恶势力的斗争，像秋冬那样的肃杀酷冷。上下两联的最后一句，相承相衬，预示着鲁迅的影响日益广泛，后继者必然日增。这副对联，正是鲁迅人格的写照，是鲁迅精神的体现。

名人的自题联

名人的不少自题联，犹如座右铭，用以自警，激励行事。清代著名考据家阎若璩从小口吃，又很愚钝，但勤奋好学，曾写一联作座右铭来激励自己：

一物不知，以为深耻；

遭人而问，少有宁日。

蒲松龄赴考落第后，为激励自己发愤写作，在压纸的铜尺上刻了一副对联：

> 有志者，事竟成，破釜沉舟，百二秦关终属楚；
>
> 有心人，天不负，卧薪尝胆，三千越甲可吞吴。

此联巧妙引用项羽和勾践两个典故，表达了自己决不罢休的信心和决心，经过毕生努力，终于写成《聊斋》一书，为我国古典文学竖起了一块丰碑。

革命先烈方志敏有一联：

> 心有三爱：奇书骏马佳山水；
>
> 园栽四物：青松翠竹白梅兰。

他爱松之苍劲，竹之坚韧，梅之俊俏，兰之幽香，连儿女取名，也以此四物名之。

对联发警告

旧社会，人们常说"兵匪一家"，真是一点不假。1949 年冬，中国人民解放战争已经接近尾声，国民党反动派的统治正面临着"无可奈何花落去"的总覆灭的命运。在此前夕，胡宗南的部队被我军击败后，退入成都。这些凄凄如惊弓之鸟、惶惶若丧家之犬的残兵败将，在人民面前，却如同匪徒强盗、凶狼饿虎一般。他们沿街抢骗掠夺，奸淫烧杀，作恶逞凶，为所欲为，逼得全城百姓家家关门闭户，闹得满街鸡犬不宁。为了警告蒋胡匪军，有人用口语入联，写了一副斩钉截铁的对联，贴在大街的墙壁上：

> 问道：入冬蚂蚱还能蹦跶几下？
>
> 记着：落网豺狼难免咔嚓一刀！

真是快语如剑，令匪军胆寒！

妙联斗群魔

八国联军入侵中国时，清政府腐败无能，丧权辱国。在一次"议和"会议上，有一个帝国主义国家的代表借机寻衅，阴阳怪气地对清政府代表说："听说你们中国人很擅长对对联，现在我出一上联，看你们能不能对出下联。"接着，他故意停顿了一下，用傲慢的目光环视了一下全场，说："我这上联是：'琵琶琴瑟八大王，王王在上。'"

八国代表马上明白了他的意思，会心地发出一阵狂笑声。面对这种蓄意挑衅和戏弄，在场的清政府官员虽然个个义愤填膺，但因一时无辞答对，也是无可奈何。正在尴尬之际，一位坐在后排的清政府代表霍然站起，用洪亮的嗓音义正词严地说道："既然你们外国能想出上联，中国人也就必定能对出下联。我们的下联是'魑魅魍魉四小鬼，鬼鬼犯边'。"

这副对联对仗工整，文字严密，内容犀利，针锋相对，使得挑衅者相顾愕然、满脸窘态。

梅兰芳最喜爱的对联

据说，我国京剧"四大名旦"之魁梅兰芳，生前十分喜爱一副谈演戏艺术的对联：

看我非我，我看我，我也非我；

装谁像谁，谁装谁，谁就像谁。

梅兰芳之所以喜爱这副对联，原因大约有两个：一是这副对联用语虽然平易通俗，但却反映了戏剧艺术的真谛，那就是演员演戏要入戏，即所谓"进入角色"，真正做到"我看我也非我；谁装谁就像谁"。二是这副对联大约恰切地表达了梅兰芳的演戏体会。他由幼年时入戏班被视作"废料"而遭拒绝，到后来经过一生不懈的刻苦磨炼，终于达到了炉火纯青、装谁像谁的程度，以至有人说："梅兰芳就是杨贵妃，杨贵妃就是梅兰芳，形似神也似，非他不似也！"这个故事不仅仅是个戏剧艺术和名人轶事问题，似乎还有更深刻、普遍的含义，有待人们去思索。

李木匠羞煞张弓手

从前，有个弓手，名叫张弓，射得一手好箭，也喜欢自吹自擂。一天，他自鸣得意之际，写了一副上联，问何人敢对：

弓长张，张弓，张弓手；张弓射箭，箭箭皆中。

这个上联，标出了自己的姓、名字、职业和本领，不但难对，而且无人敢对。

大家都对不上来。这时，一位卖弓的人走过来，让张弓试一试他的弓，张弓拉了几张弓都拉不动。那木匠说："这是我李木用李木做的弓，李木非良材，但到我李木手中就能做出良弓。"于是，对出下联云：

木子李，李木，李木匠；李木雕弓，弓弓难张。

张弓看了对句，羞愧得无地自容。

华罗庚绝对

华罗庚是我国著名的数学家，同时也是一位诗人。1953年，科学院组织出国考察团，由著名科学家钱三强任团长，科学院副院长邓稼先带队。团员有华罗庚、张钰哲、赵九章、彭少逸、钱保功、冯德培、朱洗、贝时璋、沈其震、吴征镒、马溶之、张文裕、武衡、梁思成、吕叔湘、刘大年等。途中，科学家们谈古说今。华罗庚触景生情，出了一个上联：

> 三强韩赵魏；

这个出句，不仅与苏东坡对辽使一联同样难，而且"三强"既说的是战国三强，又指代表团中钱三强的名字。四座无人能对，华罗庚便自己对道：

> 九章勾股弦。

"九章"既是古代数学名著，又切团员中"赵九章"的名字，在场的人无不叹服。

陶行知教育联

陶行知先生是一位坚强的民主战士，同时也是一位人民教育家。他经常用对联的形式宣传改革教育的思想主张。

1927年，陶行知先生为了推行"改革全国乡村教育"的主张，创办了晓庄师范。3 月 15 日举行开学典礼那天，他为典礼会场撰写了两副对联：

> 和牛马羊鸡犬豕做朋友；
> 对稻粱菽麦稷棉下功夫。

> 从野人生活出发；
> 向极乐世界进军。

这副对联，通过形象的比喻，反映了他将求实精神与远大目标结合起来的教学思想。另一副是他挂在自己办公室的对联：

> 捧着一颗心来；
> 不带半根草去。

字里行间，都闪耀着一位人民教育家为了人民的教育事业不谋私利、鞠躬尽瘁的高尚精神的光辉。

第二篇
谜语故事

绝妙好辞

话说三国时，曹操和杨修一起来曹娥庙祭拜。看到碑阴"黄绢幼妇，外孙齑臼"八个字感到很奇怪，不解其义，最后还是杨修破译了这个谜语，说答案便是"绝妙好辞"。他给曹操解释说：黄绢是有颜色的丝绸，那便是"绝"字；"幼妇"是少女，即"妙"字；外孙是女之子，那是"好"字；"齑"是捣碎的姜蒜，而"齑臼"就是捣烂姜蒜的容器，用当时的话说就是"受辛之器"，"受"旁加"辛"就是"辞"的异体字。所以"黄绢幼妇，外孙齑臼"，谜底便是"绝妙好辞"。

一 合 酥

三国时，曹操的主簿杨修很聪明。一次，曹操在他很爱吃的酥点盒上写了"一合酥"三个字。杨修见了，便打开盒子与众人将酥点分吃了。事后，曹操查问下来，杨修一本正经地说："盒上写着'一人一口酥'，我们不敢违背丞相的命令，便分着吃掉了。"曹操心中不痛快，却无话可说。

王安石作谜

王安石善作谜语，有一年春节他作了一个字谜让王吉甫猜。谜曰："画时圆，写时方，冬时短，夏时长。"王吉甫听了不直接说出谜底，而同样作了一个谜："东海有一鱼，无头又无尾，更除脊梁骨，便是这个谜。"

你知道他们的谜语打的是哪个字吗？（谜底：日）

王安石字谜招书童

王安石打算身边再要个书童，可连着看了几个都不中意。这一天，家人又找来个书童，请王大人过目。王安石问了他几个问题，小家伙答得不错。王安石看他聪明伶俐，也没说什么，在纸上写了几行字，交给了家人：一月又一月，两月共半边；上有可耕之田，下有长流之川；一家有六口，两口不团圆。家人看了，沉思了一会儿，终于明白了主人的意思，就把小家伙留下了。

读者朋友，你知道这是为什么吗？原来王安石写的是个字谜，谜底就是一个"用"字。

花亭求婚

有一年重阳节，宋朝翰林学士苏东坡邀才子秦观同赴秋香亭赏菊饮酒。酒至半酣，苏学士捋须笑问："贤弟才高八斗，貌胜潘安，何以迟迟不择佳偶？"秦观放下银杯，拱手回答："弟非草木，岂能无情。吾心久慕一位窈窕淑女，只是难于启齿。"

苏学士爽朗一笑："只要道出是哪家闺秀，为兄的定牵线搭桥，成全贤弟美事！"秦观沉吟片刻，笑道："待小弟制个字谜，敬请仁兄一猜。"说罢即赋词一首："原中花，化为灰，夕阳一点已西坠。相思泪，心已醉，空听马蹄归。秋日残云萤火飞。"苏学士细细推敲，恍然大悟。哈哈笑道："原来如此。这不难，包在愚兄身上！"于是引线穿针，尽力撮合，成了秦观的金玉良缘。

秦观吟的词是一个什么字（说明：为繁体字）？才子心慕的淑女是谁？你猜到了吗？（谜底：蘇，意指苏小妹）

三字一诗

有一次苏轼到其妹妹苏小妹家做客，看到妹夫秦少游一首未写完的诗句："任你横冲直撞，我要四面包围。"看后对秦少游说："原来是个字谜，妙！"说完他提起笔来，也写了个字谜："四个山字山靠山，四个川字川靠川；四个口字口对口，四个十字颠倒颠。"

秦少游拍手道："妙极！妙极！"苏小妹忙过来看了看，信口说道："四面有山不显，二日碰头相连；居家一十四口，两五横行中原。"

他们三人说的都是同一个字，即是"田地"的"田"字。

灵丹妙药

宋朝时，山东才貌双全的太学生赵明诚，吟诗作赋、琴棋书画皆精。一日，赵明诚外出会友，回家后便食欲大减，形体渐瘦。其父赵侍郎十分焦虑，问儿子想吃什么。赵明诚说："昨夜梦见一游方道士，为儿开了一剂药方……"赵父忙问："先人怎写？"赵明诚怯生生地说："因为梦中，未得片纸，但药单所列方剂，儿仍记得。"说罢吟曰："言与司合，安上已脱，芝麻除草麻，芙蓉开新花。"赵父是位翰苑名贤、文章巨公，此谜有何难解。当即笑曰："这事好办，为父即刻派人去办!"结果，赵明诚的病很快好了。你知道治好赵明诚病的灵丹妙药是什么吗?

原来，那药方是赵明诚所编。那天他外出访友，碰巧与婉约派女词人李清照邂逅，二人一见钟情，相见恨晚，只因封建时代婚姻要由父母包办，不能自主，于是拐弯抹角讲出想做"词女之夫"之意。赵侍郎精通文墨，当即派人去李宅求亲，这才治好了儿子的相思病。

巧慰武官

唐朝长庆二年(公元 822 年)，冬雪纷飞，覆盖江南。这时，年已半百的白居易，到杭州担任刺史才一个月。他听说自己手下的两名武官被狂风大雪封锁在城外山寺中受冻挨饿，心里很是不安，于是立即叫人准备了两件大衣和酒饭，又赶回宫邸从自家书房取出一盒精致灵巧之物，幽默地附了首小诗:"两国打仗，兵强马壮。马不吃草，兵不征粮。"派人一道冒雪送往古刹。两名武官一见大喜，穿上厚厚的棉大衣，边吃边乐呵呵地摆开阵势，相互"斗"了起来。

你知道白居易送的是什么吗? 他送了一副象棋。

狂士设坛

唐朝末年有一个狂士，自以为精通庾辞隐语，因而便号称天下第一。为了使自己名扬天下，狂士决定设一谜坛，并高悬一副对联:破谜世间无对手，射虎天下我为魁。正巧有一个云游的和尚路过此地，见到这副对联不禁嗤之以鼻，自言自语地说:"好大的牛皮。"和尚的话正巧被狂士的手下人听见，立即禀告给狂士，狂士立即找到和尚说:"你若不服，可以一试。"和尚双手合十，念了声"阿弥陀佛"之后，口占四句，每句各打一个字谜:

> 百里千军新白旗，
>
> 天子门下无人去。
>
> 秦皇亲了余元帅，
>
> 骂得将军没马骑。

那狂士想了半天也没猜出，在围观的众人哄笑中扯下对联狼狈而去。

(谜底:一、二、三、四)

题诗骂奸商

相传唐代韩愈在湖北江陵任职时，当地一个叫李皇兴的粮店奸商多次求他题诗赐墨，以期光耀门庭。韩愈久闻此人刁钻奸诈，便给他题诗道:"皇兴大粮店，慈凤江陵传。四字去上部，饥民笑开颜。"李皇兴把这首诗装裱好

挂在粮店耀眼处,逢人便炫耀一番。

一天,某秀才见之暗暗发笑。李问何故。秀才对"皇兴"、"慈凤"解释道:"这四个字上部去了是何字?"众人一看,却成了"王八大粮店,心歹江陵传"。李皇兴既羞愧又生气。

珠联璧合娶佳人

唐代大诗人孟浩然的亲事也很有风趣。他是通过猜谜,娶了一个美貌俏佳人的。

其时,年刚弱冠的孟浩然闻听临近村子一张姓员外家摆了一个谜局,猜谜招亲。张小姐不仅貌美如花,而且精通诗文音律,是当地有名的才女。消息传出,轰动远近。引来不少文人秀士尽技求亲。

孟浩然也欣然前往。张府张灯结彩,热闹非凡。孟浩然被仆人引进府中,只见门前贴了一张诗文。诗云:

> 家有女裙钗,年方十六春,
>
> 心灵手又巧,下笔善诗文。
>
> 设下射虎局,选取乘龙人,
>
> 看你多才士,寒门来问津。

诗的内容很明白,这次招亲,不重家财,只重文采。

张小姐落落大方地站在父亲的身边,接待各方人士,无奈没有一个使他们父女满意的。

孟浩然环顾左右,漫步走了上去,谦恭地对张小姐说:"请小姐出题。"

张小姐一见来人,气宇轩昂,顿生好感,但不知才气如何,便莺声说道:"妾身有一谜语请公子猜。谜面是:风流女,湖边站,杨柳身子桃花面,算命打卦她没子,儿子生时娘不见。打一花名,公子以为……"

孟浩然不等张小姐说完,便脱口回答:"这是荷花。"他凝视张小姐,张小姐怦然心动,飞红了脸。

张员外也很高兴,也想这位公子看来不凡,便指着桌上摆的四种谜具——一枚银针、一根红线、四颗明珠、两方羊脂白玉说道:"这是小女出的一则哑谜,请公子以动作表明两句成语。"

孟浩然仔细端详了一会,沉思有顷,便从容不迫地将红线穿入银针,接着把四颗珠子一一串了起来,然后把分开的两方羊脂白玉拼拢在一起,深情地看着张小姐说道:"这叫做'穿针引线,珠联璧合',小姐以为如何?"

张小姐芳心窃喜:此人思维敏捷,儒雅倜傥,是我的如意郎君。但她仍不露声色,口诵诗谜一首,要孟浩然猜。诗云:

> 东境脚为佳,女未肯成家;

半口吃一口，音息心牵挂。

张小姐诵罢，问孟浩然道："公子知道小女子的意思吗？"

孟浩然低头一想，面色增辉，他赶忙向张员外躬身作揖，拜道："泰山大人在上，受小婿一拜！"

张员外一时还未回省过来，后来一想，原来他的女儿在诗谜中已同意了这门婚事。"东"字的下半部为"小"，"女未"二字合为"妹"，"半口"隐含"囗"，囗里加"一口"成为"同"字，"音"、"心"二字合为"意"字，连起来就是"小妹同意"了。

张员外大喜过望，今日谜局为他得一乘龙快婿，立即命家人鸣炮奏乐，向宾客宣布了这桩婚事。

诗仙以诗取名

唐朝天宝年间，诗仙李白被玄宗召入京城做了供奉翰林。开始，他十分得意，很想有所作为，但这时是玄宗当政后期，政治日趋腐败黑暗，根本就不可能给李白以施展才能的机会。李白便日夜饮酒解忧。

一天，李白刚饮罢酒，醉醺醺地回到住处，一个名叫李谟的学士抱着个刚满月的孩子，来到了李白的住处，兴高采烈地对他说："李翰林，看看我的小外孙，多可爱，你学识渊博，请给孩子起个名字吧！"李白醉眼蒙眬地看了看李谟的小外孙，便拿起笔来写了20个字"树下彼何人，不语真吾好。语若及日中，烟霏谢成宝"。

李谟一看，心想，李白真喝醉了，让他起名字，他却写了首诗，便告辞说："本来是请翰林给起名字，可是你却写了首诗，不明白是什么意思。您喝醉了，休息吧！"李白笑嘻嘻地说："没醉，没醉，名字就在这四句诗里呢。树下人是木'子'，即'李'也，不语是'莫''言'，即'谟'也，好是'女''子'，女之子，'外孙'也。语及日中是谈到中午即'言''午'，即'许'字也，烟霏谢成宝，'烟霏'是'云'，'成宝'即'封'中，乃云封也。这四句诗联起来即是'李谟外孙许云封'也。"

李谟一听，才知道是首诗谜，对"许云封"这个名字很满意，高高兴兴地抱着外孙走了。

李白斥县令

一天，唐朝大诗人李白骑着一头小毛驴赶路。当时正是夏天，烈日炎炎，热得李白口渴难忍，嗓子都快冒烟了。李白心想要是有个酒店就好了，可以痛快地畅饮一番。忽然，他发现前面不远处有户人家，门前挑出一面小旗。李白心中一阵高兴，"啪啪"两鞭，驱赶着小毛驴直奔那家小店。到了跟

青少年故事开心会

前一看，才看清小旗上写的不是"酒"字，而是"佳醋"！李白心里一下凉了半截，原来是醋店。他转念一想，倒也罢了，喝上几口茶水，也比干渴着强。于是走进店里，只见屋里桌旁坐着一个县令正在歇息。

李白对店主说："一人一口又一丁，竹林有寺没有僧，女人怀中抱一子，二十一日酉时生。"

店主是个很聪明的人，他听出李白是用诗谜在问他，心中十分佩服，就答道："您问这是'何等好醋'，跟您说吧，这是有名的山西老陈醋，味道极佳，先生尽可品尝。"

李白说："醋我可以买一坛，不过我口渴极了，烦店主给沏壶茶。"说罢掏出银两递给店主。

店主高高兴兴地给李白沏好了茶，又挑了一坛醋。李白端起茶壶一饮而尽，然后对店主说道："鹅山一鸟鸟不在，西下一女人人爱，大口一张吞小口，法去三点水不来。"

店主点头应道："您是说'我要回去'。多谢光顾小店，先生走好。"

李白手提醋坛，刚要迈出门槛儿，只见那个县令站起来喝道："你是何等浅薄之人，竟敢在本官面前咬文嚼字，好不自量！"李白瞥了他一眼，一板一眼地说道："豆在山根下，月亮半空挂，打柴不见木，王里是一家！"

说罢，走出门，骑上毛驴，一甩鞭子，扬长而去。李白说的是"岂（岂）有此理"！可是蠢县令却不知道其中含义，听后，反而暗自发笑。心想：可不是吗，我好比那一轮明月，他就是那山下的豆；我姓王，我老婆姓李，本来就是一家嘛！

梁山伯问路

有一天，梁山伯到祝家庄去探望他的同窗好友祝英台。一路上花红柳绿，风景如画。梁山伯欣赏着美景，不觉走到了一个三岔路口。这一下，梁山伯不知该走哪条路才好。忽然，他发现不远处有一位老伯正靠在路口的一块大石头下休息。于是走上前去，恭恭敬敬地向老伯作揖问道："老人家，请问往祝家庄怎么走？"老伯一看，是个书生，也不答话，却绕到大石头后面，伸出头来，看着梁山伯直笑。然后老伯拍拍身上的土，朝着梁山伯刚才过来的路走了。

这下可把梁山伯给弄蒙了。这位老伯既不指路，也不答话，却绕到石头后面，伸出头来，看着我直笑，真可气。但梁山伯又一想，这里面一定有文章，他把刚才的情景又仔细地琢磨了一遍，不觉脱口而出："原来如此！"于是他按照老伯给他指引的方向，向祝家庄走去。

你能猜出梁山伯走的是哪条路吗？原来，老伯设了个谜让梁山伯猜，谜底就是梁山伯要打听的路。老人绕到石头后面，伸出头来，意思是"石头"的"石"字，再"出头"，不就是"右"吗，所以梁山伯选择了右边的那条道，直奔祝家庄而去。

摇 钱 树

从前，有个人从小就好吃懒做，长大以后仍然恶习不改，整天吃喝玩乐，东游西逛。后来，他把父亲的遗产都糟蹋得干干净净，连吃饭都没辙了。就这样，他还宁可饿着肚皮，也懒得去干活。

有一天，他听人家说有一种摇钱树，只要找到这种树，用手一摇，那钱就"哗哗"往下掉。懒汉心想：我一定要找到摇钱树，找到它，这辈子就有享不尽的荣华富贵了。于是，他见人就打听："摇钱树在哪儿？你们这儿长摇钱树吗？"人们被问得莫名其妙，都以为碰到神经病了，谁也不答理他。就这样他问了 99 天，也没问出个结果来。虽然累得精疲力竭，但他还是不死心。到了第 100 天头上，他见到了一位精神饱满的老农夫在田里干活，就拱手问道："老大爷，您知道哪儿有摇钱树吗？"老人家上下打量了他一番，然后笑着对他说："你要找的这摇钱树啊，到处都有。"懒汉一听，急忙说："老大爷，您赶紧带我去找一棵。"老人家一摆手，说："你先别着急，让我把摇钱树的样子告诉你，你自己就可以找到它。你听着：摇钱树，两枝杈，两枝杈，十个芽，摇一摇，开金花，柴米油盐全靠它。"

懒汉听了，如梦初醒，连声向老人道谢。从此以后，他按照老人的指教，日子过得一天比一天富裕起来了。你们说，老人说的摇钱树是什么呢？懒汉后来为什么能过上好日子了呢？对了，老人说的"摇钱树"就是"双手"。

借 衣

有一年的大年三十，丈夫和妻子商量正月初一去给岳父大人拜年。可是，这位姑爷家境贫寒，连件像样的衣服都没有，如此寒酸，有何脸面去拜见丈人。他眉头一皱，计上心来，打算到隔壁刘三家去借件衣服穿。刚巧刘三出门不在家，家中只有刘三嫂。于是穷姑爷对刘三嫂说："大嫂，我明天要和妻子去给岳父大人拜年，可我穷得连肚子都填不饱，更谈不上有件像样的衣服了。您行行好，把刘三大哥的长衫借我穿一天吧。"说着，他用手指了指放在桌子上的那件长衫。刘三嫂笑眯眯地说："长衫倒是有一件，可是正月没有初一啊，你拜的哪门子年。"穷姑爷一听，心里凉了半截，正月明明有初一，她怎么说没初一呢？分明是不愿借给我。于是，穷姑爷悻悻地走出刘三的家门，口中还不停地嘟囔着："哼，正月没有初一，正月没有初一……"忽然他眼睛一亮，恍然大悟，急忙返身走回刘三家，一面向刘三嫂道谢，一面拿起桌子上的长衫,高高兴兴地回家去了。

朋友们,穷姑爷是怎么弄清楚刘三嫂是同意借给他长衫的呢?原来,刘三嫂的话是个字谜。"正月没有初一"是谜面,打一字。谜底是"肯"。这里用的是增损离合的手法,把"正月"上下合成一个字,"没有初一"就是去掉"一"字,也就成了"肯"了。你们说刘三嫂聪明不聪明?这位穷姑爷也真够机灵的!

农夫巧谜戏秀才

从前有个秀才,整日酸文假醋,到处卖弄自己的"学问"。他自以为自己作谜语有一手,所以经常出谜语让别人猜。可是每次他都难不倒别人,人家一猜就中。

一天,他闲得无聊,出来逛荡,不觉走到郊外,见前面有个老农夫在田里正低头锄地。秀才想,这下机会来了。老农整日摆弄铁锹锄耙,能有什么学问?我何不出个谜语考考他,也好让他见识见识我的学问。于是,秀才走到农夫跟前,说道:"农家,敝人有一小小谜语,不知你能猜否?"老农夫答道:"你说吧。"秀才说:"长脚小儿郎,嗡嗡入洞房,欲饮朱砂酒,一拍见阎王。"老农夫听罢,不禁一笑,马上说道:"老夫这里也有一个谜语,请你也猜猜:信号一声响,红娘上跑道,一圈一圈跑完时,不见红娘不见道。"秀才一听,愣住了,抓耳挠腮,半天也想不上来。老农夫见他这副难堪相,就笑着说:"告诉你吧,你的谜底见着我的谜底就跑。"说得秀才满脸愧色,扭身逃走了。原来,秀才的谜底是"蚊子",老农夫的谜底是"蚊香"。蚊子见了蚊香还有不逃的?

《西厢记》诗谜传世

《西厢记》是元代文学家王实甫的优秀作品,流传至今仍脍炙人口。《西厢记》不仅情节曲折,引人入胜,而且在关键之处还巧用诗谜,使作品更添情趣。

《西厢记》中第三本第二折,写的是老夫人赖婚后,崔莺莺和张生陷入了相思之苦。张生因此而病倒。莺莺知道后,托红娘给病中的张生捎去书简,书简上面是这样写的:"待月西厢下,迎风户半开;隔墙花影动,疑是玉人来。"

张生一见红娘送来的书简,十分高兴,打开一看,原来是一首情诗,再仔细一看,让我今夜到花园里来。红娘不明白,张生便将这首诗谜逐句向红娘解释:"'待月西厢下',是让我在月亮上来的时候来;'迎风户半开',她开门等待我;'隔墙花影,疑是玉人来',是让我跳墙过来。"

红娘听后,恍然大悟地说:"原来那诗句儿里包笼着三更枣,简帖儿里埋伏着九里山。"

红娘说的"三更枣"也是一个谜语故事。相传佛教禅宗第六祖到黄梅县拜师时,他老师五祖送给他粳米三粒,枣一枚。六祖聪明绝顶,领悟到这是老师令他三更早来。于是三更时到了老师处,老师果然在等他。"九里山"说的是楚汉相争的时候韩信在九里山前十面埋伏,逼得项羽自刎乌江的故事。这里是说,诗句含有张生三更早到之意,以及简帖里原来打了埋伏。

当天夜里,当月移花影上西厢之时,张生跳墙进了花园,莺莺果然在那儿等着他。后来,这对有情人终成了眷属,其间谜语起了不少作用呢!

巧对成巧谜

有一年春节,杭州西湖总宜园举行春节灯谜会,吸引了许多游客。

刚巧,徐文长路过园门口,只见一群人拥挤在大门口,在对一副对联谜。好多文人雅士摇头搔耳,苦苦思索,一时对不出下联。徐文长上前一看,只见上联写着:白蛇过江,头顶一轮红日。下面写着"打一日常用物,并用一谜对下联"。

徐文长微微一笑,觉得谜底虽平常,但要同样用一谜对下联,感到一时难以作答。忽然,他望见门房墙上挂着一物,便说:"下联有了。"接着吟道:"乌龙上壁,身披万点金星。"

亲爱的读者,你可知道上联打的是什么日常用品?徐文长对的下联,又猜的是什么日常用品?

(上联为青油灯,下联为一杆秤。)

吃 杏

有几个秀才一同上路进京赶考。天气很热,个个口干舌燥。走着走着,他们来到一片杏树林,想买几个杏子解解渴。老农夫说:"吃我的杏有个条件,猜中我出的谜,任吃任拿,分文不取;要是猜不中,请你们回去。"

猜个字谜有何难处?秀才们齐声说道:"快出谜吧。"

老农说道:"上看像不,下看像不,不是不上,就是不下。"

秀才们听了,个个你看看我,我瞅瞅你,谁也猜不中。

这时走来一个牧童,听完老农的谜面,一笑说:"这么多秀才,怎么这么简单的字也猜不中!你们听着,我再给你们出一个谜猜猜。"牧童便说道:"此物世上不算少,没有此物不得了,年纪活到八十八,还是人人都需要。"

老农听了,连连说:"对,对,你猜得很对。"他一摆手对秀才说:"我看你们还是学习学习,再进京赶考不迟。"说完,走了。

亲爱的读者,请你猜猜看,这是个什么字?

(谜底:米)

祝枝山赏花猜谜

江南才子祝枝山,能诗善文,书画俱佳。他家院里有个美丽的大花园,每当春天到来,园中牡丹盛开,五颜六色甚是好看。有一年,正当牡丹盛开时,祝枝山请了唐伯虎、文征明、周文允等好友前来赏花,并要大家从各色牡丹中评出最佳的一株为花中之魁。顿时,众说纷纭,有的说红的,有的说紫的,有的说白的……只见唐伯虎在花丛中,赏花而不语。大家知道,他是评花高手,于是都请他发表高见。唐伯虎却微微一笑说:"百无一是。"大家一听都很惊奇,觉得唐伯虎出言有些狂傲。但主人祝枝山听了后,非但没有露出丝毫不悦,反而拈须赞叹道:"高见,高见!花中自无一是。"

聪明的读者,唐伯虎与祝枝山说的是一个谜,你能揭开这个花的谜底吗?

原来,"百无一是"是个"白"字,自无一是,也是"白"字。唐伯虎与祝枝山二人都认为白牡丹最佳。

请坐,奉茶!

唐伯虎与祝枝山,是一对意气相投的好友,平日亲密无间,常来常往,不是吟诗绘画,就是对联猜谜。一日,祝枝山兴致勃勃地去找老友唐伯虎。然而出乎意料的是:他被唐伯虎拦在门口。唐伯虎微笑着说:"祝老兄,你来得正巧。小弟刚作了一则诗谜,正想找你猜猜呢。"祝枝山问:"猜得着怎样,猜不着又怎样?"唐伯虎说:"猜得着,好招待;猜不着,不招待。""好,一言为定。"

接着,唐伯虎吟起了自己的诗谜,并说每句猜一个字,四字连起来是两句话。诗曰:言有青山青又青,两人土上看风景。三人牵牛少只角,草木丛中见一人。

祝枝山听后,不假思索,就迈开大步,径自走进屋内,朝太师椅上一坐,并叫:茶来!唐伯虎见状,不但不怪,反而立即奉上香茶一盏,并拱手作揖,连道:"老兄不愧谜界高手,佩服!"

原来,谜底正是:请坐,奉茶!

李时珍药谜戏昏官

传说明代杰出的医药学家李时珍,曾任四川蓬溪知县,后因继承父志编修《本草纲目》,决意辞官还乡蕲州。离职前,接任的县官为李时珍饯行,席间,那新官请求道:"索闻李公医术高明,可否为下官开帖滋补药方?"

李时珍早闻此人是个"酒色财气"四全的昏官,于是佯装允诺,取过文房四宝，开了一剂药，并说："此方治你的病最好，也是众百姓希望的。"说罢将药方送给接任的县令便扬长而去。其处方是：柏子仁三钱，木瓜二钱，官桂三钱，柴胡三钱，益智仁二钱，附子三钱，八角三钱，人参一钱，台乌三钱，上党三钱，山药二钱。

第二天，那昏官将这个处方交师爷去买药。师爷仔细一看，忙说："大人你被李时珍骂了。"昏官莫名其妙，师爷便依次念出药方的头一个字：柏木官（棺）柴（材）益（一）附（副），八人台（抬）上山。

康熙寻父

清朝的顺治皇帝从六岁即位，做了17年皇帝，便把皇位传给他儿子康熙皇帝，自己上五台山出家做和尚去了。

有一年，康熙乔装改扮去五台山寻父，刚进山门，只见一位中年和尚朝他走来，开口问道："这位施主，请问你来此地有何贵干？"康熙说："不瞒师傅，我是来此寻我的父亲顺治。"中年和尚一听正色说："五台山没有顺治逆治的，你还是回去吧。"

康熙又道："请问师傅尊姓高名？"中年和尚说："出家人并无姓名，只取法号，你叫我八叉和尚好了。"说完中年和尚就下山了。康熙在五台山没找到父亲，只好回京，并将此禀报母亲，母亲一听，就说："那中年和尚就是你的父亲！"

为什么八叉和尚就是康熙的父亲？原来八叉合起来就是"父亲"的"父"字。

一副对联难倒满朝文武百官

清朝的乾隆皇帝非常喜欢谜语，他的一位心爱的大臣纪晓岚也是一位善于制谜和猜谜的能手。君臣二人经常以对诗猜谜为戏。一年元宵节，乾隆主持宫中举行的灯谜晚会。纪晓岚写了一副对联，挂在会场的当门上：

黑不是，白不是，红黄更不是，和狐狸猫狗仿佛，既非家畜，又非野兽；诗也有，词也有，论语上也有，对东西南北模糊，虽是短品，确是妙文。

这是一副对仗十分工整的谜联，要求打二字。

这一下不但把绝大多数满朝的文武百官及宫廷嫔妃给难住了，就连一向自认为善于猜谜的乾隆皇帝站在对联前面想了很久也猜不出来，最后只得请纪晓岚自己出来解释。纪晓岚解释说："在五色之中黑、白、红、黄都不是，是什么？"乾隆立刻说："是青色了。"纪晓岚又问："狐狸猫狗这几个字相同的地方在哪里？自然是'犬'字旁了。"说到这里，乾隆便说："不用你再说了，这下联的字我也猜到了。"原来这副对联隐的是"猜谜"二字，大家听了，无不赞叹称妙。

戏弄王孙

清朝乾隆年间,皇宫侍读学士纪晓岚,能诗善文,通晓经史,生性诙谐,常以奇言妙笔戏愚权贵。一次,尚书和绅为示风雅,在官邸后花园建书亭一座,邀请纪晓岚题匾。纪晓岚素闻和绅的几个儿子,全是嫖赌逍遥、不通文墨的花花公子,有意捉弄一下。他挥笔写下"竹苞"二字,莞尔而去。和绅以为纪晓岚学士是取"竹苞松茂"之意,赞的是书亭的周围的翠竹美景。于是乐呵呵地说:"清高,雅致,妙不可言!"继而令工匠将这龙飞凤舞的"竹苞"两字,精雕细刻,镶挂于书亭之上。

不久,乾隆皇帝御驾光临,见书亭匾额,大笑不止。和绅瞠目不解,乾隆解释说:"爱卿,这是纪晓岚在嘲笑你家宝贝!"稍停,向和绅道出了二字的真相。和绅听了,哭笑不得,直骂自己糊涂。

你知道"竹苞"二字的真正意义吗?

(谜底:个个草包)

卖画不要钱

清朝末年,有个云游四方的道士。这道士知识渊博,能画一手好画,尤其酷爱猜谜。

一天,他来到京城。心想,人们都说京城里人才济济,我要亲眼见识见识。于是,他精心画了一幅画。画的是一只黑毛狮子狗。那狗画得栩栩如生,尤其那一身油黑发亮的皮毛,更是让人赞不绝口。道士来到闹市,把画悬挂在路旁,顿时招来许多行人看客。有人出钱要买这幅画。道士笑着说道:"我这画不卖,出多少钱也不卖。这幅画内藏有一字,要是有谁猜中,本人分文不要,白白将画送给他。"

众人一听,天下竟有这等便宜事,不花一文钱,白得一幅好画,于是争相猜测起来。可是猜了半天,谁也没有猜中。这时,只见一位老者,分开众人,走上前去,将画摘下卷好,也不言语,夹起就走。众人看了愕然,道士也上前问道:"老翁您还没猜呢?怎么就拿走我的画?"老人仍不吭声,还是往外走。众人也七嘴八舌地嚷开了:"嘿,先别拿画,你说出谜底是什么。"老人如同聋了一般,还是不吭声,只顾往前走。道人看到这里,不禁哈哈大笑道:"猜中了!猜中了!"

你说说这位老翁为什么猜中了。原来,道士出的是一个画谜。画中的"黑狗",隐喻着"黑犬"的意思。"黑"与"犬"一合成,就是"默"字。所以老人自始至终默不作声,难怪道士说他猜中了。

蒲松龄嘲弄财主

清朝著名文学家蒲松龄，屡试不第，只好靠教书为生。有个财主望子成龙，慕名请蒲松龄去当师爷。教书三个月，临近春节，蒲松龄便要告辞。财主问："吾儿文章如何？"蒲松龄回道："高山响鼓，闻声百里。"财主又问："吾儿在易、礼、诗诸方面不知长进如何？"蒲松龄应道："八窍已通七窍。"说罢便启程返家。财主赶去衙门，将这喜讯告诉当师爷的胞弟。师爷说："大哥，你让那教书匠戏弄了。"你知道蒲松龄的话是何含义吗？

原来蒲松龄说的谜底是：不通，不通！一窍不通！

纸短画长

初称"老佛爷"的清朝皇太后慈禧，一天别出心裁，降旨画院："这里有一张1.67米的宣纸。慈禧太后要画一幅3米高的观世音菩萨站像，谁来接旨应命？"一官向众画家宣布。画家中无一人敢出来接旨，因为1.67米纸怎能画3米高的全身站立佛像呢？这时，有位老画家想了想说："我来接！"说完，画童磨墨展纸，老画家一挥而就。大家一看，无不惊奇叹绝，心悦诚服。此画传到慈禧手中，她也连连称妙。

老画家怎样画的呢？老画师画的观音和大家常见的没有多大差异，只是把观音画成了弯腰在拾净瓶中的柳枝，如果观音直起腰来则正合3米。

踏花归去马蹄香

据说古代京城画院曾用"踏花归去马蹄香"一句诗为画题，来考应试的画师。这句诗中的"踏花"、"归去"、"马蹄"都好画，唯独这"香"字不好入笔。香是香味，能闻到而看不到，怎么画呢？因此，画师个个为难，不知怎么办才好，有的画一路鲜花，一游人骑在马上手持鲜花轻闻；有的画百花丛中，一游人在马上沉醉等等，考官们都不满意。后来见到有个画师的一张画，先生连连称好，认为另有新意。这幅画面的构思异常巧妙：画面上繁花压枝，落花通地，游人骑在马上。马儿轻快地扬起一只后蹄，两旁蝴蝶在马蹄左右起舞，显然蝴蝶扑香。

王老板请酒

古时候，一位李秀才好酒，也善猜谜。

一日，他照例来到"太白楼"。王老板一见是李秀才，便笑道："我出个谜给你猜。"说罢吟道："唐虞有，尧舜无；商周有，汤武无。"

青少年开心故事会

李秀才道："我将你的谜底也制成一谜，你看对不对：'跳者有，走者无；高者有，矮者无；智者有，愚者无。'"

李秀才又接着说："右边有，左边无；凉天有，热天无。"

王老板又道："哭者有，笑者无；活者有，死者无。"

秀才接着说："哑巴有，麻子无；和尚有，道士无。"

王老板哈哈大笑，摆出丰盛酒菜，请秀才开怀畅饮。

你知道他们说的是什么字吗？原来是"口"字。

贾小二巧骂胡财主

从前有个财主姓胡，长得头尖身细，常在街上走来晃去，以显示他的富贵。他为人吝啬，见人皮笑肉不笑。因此人们给他个外号"笑面虎"。每到过年前夕，常有人到他家借钱，他只借给穿着华丽的人，对穿着破烂的贾小二却拒之门外。贾小二没借到钱，心生一计，就在元宵节的晚上，提一盏花灯，走到"笑面虎"面前，"笑面虎"见灯上写着：

> 头尖身细白似银，
>
> 论称没有半毫分，
>
> 眼睛长在屁股上，
>
> 只认衣裳不认人。 （打一生活物品）

看到这四句诗，胡财主气得暴跳如雷，嚷道："好小子，胆敢骂老爷！"便命家丁去抢花灯。贾小二忙挑起花灯，笑嘻嘻地说："哎，老爷莫犯猜疑，这四句诗是个谜，谜底就是'针'，你想想是不是。这'针'怎么是对你的呢？莫非是'针'对你说的，不然你又怎么知道说的是你呢？"胡财主一想，可不是，只好气得干瞪眼，灰溜溜走了，周围的人都高兴得哈哈大笑。这事传开后，越传越远。

丫鬟考先生

从前有位教书先生自命不凡。一日，他去拜访同村财主。财主家丫鬟见来了一位老学究，便有礼貌地问："先生高姓，有何贵干？"教书先生故作姿态卖弄地说："老夫本姓'十字路口，嫦娥一边走'。"聪明的丫鬟当即笑道："啊，先生姓胡。"丫鬟想，这老夫子，既然存心考人，不妨也考考他吧。于是笑道："也请先生猜猜我的姓：'一点一画，两点又一画，目字少一画，上字无下画，已字添三画。'"那老学究辗转寻思老半天，也未猜出丫鬟的姓，只好支支吾吾地走开了。

这个丫鬟到底姓什么呢？（说明：为一繁体字）

（谜底："龙"的繁体字"龍"）

书生巧求老农

从前有一个进京赶考的书生。一天，日近正午，书生走路正累，想歇歇脚。

此时他刚好在一农家田地前，看见一个老大爷坐在地头正在抽烟，于是便走上前去准备搭讪。老大爷看见书生向自己走过来，便问道："年轻人，有事吗？"

书生见老大爷向自己发问，便作诗一首："大寺旁边一头牛，两个小人抬木头；西山脚下一少女，大火烧了因家楼。"

老大爷听了，哈哈大笑，把烟递给书生，说道："里边有，抽吧。"

原来书生说的是四个字：特来要烟。

会做诗的厨师

有位厨师精通诗词，他做的每道菜，都能对出一句优美的诗句来。一位秀才故意出个难题，给厨师两只鸡蛋，要他办成一桌酒席，并且每道菜要表示一句古诗。厨师欣然接受，做了四道菜。第一道菜是两个炖蛋黄，几根青菜丝；第二道菜，把熟蛋白切成小块，排成一个队形，下面铺了一张青菜叶子；第三道菜，清炒蛋白一撮；第四道菜，一碗清汤，上面浮着四只蛋壳。秀才见了，深表佩服。

这四道菜代表的四句诗即"两个黄鹂鸣翠柳，一行白鹭上青天。窗含西岭千秋雪，门泊东吴万里船"。

谜 对 谜

从前，有家饭店，店主姓周，颇有才华，为揽生意，制了一字谜张贴门外，并宣布：猜中请进，招待酒饭。谜面是：

曹子建才高八斗，

诸葛亮舌战群儒，

鲁智深倒拔杨柳，

姜太公斩将封神。

一位卖艺人途经此地，正饿得不行，见此谜语，便入内应试。他对店主道："我用一字谜，不知能否对上？谜面为古剧四出：第一祢衡击鼓，第二苏秦说赵，第三霸王举鼎，第四关公赴会。"

老周听完，大吼一声："快上好酒、好菜！"

（谜底是个"捌"字。店主与艺人的谜语都隐藏着用手、用口、用力、用刀的意思。）

青少年开心故事会

第三篇

妙语故事

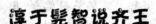

淳于髡智说齐王

齐威王在位时,只管饮酒作乐,不理朝政,官吏们也怠工腐败,国家日渐衰落,诸侯屡次进犯,齐国的危亡迫在眉睫。但是没有人敢向威王进谏。齐威王不听忠言劝告,却喜欢隐语,就是那种不直接说出本意,而借别的故事来进行暗示的劝谏。

淳于髡很为国家前途担忧,他巧妙地运用隐语,含蓄地批评齐威王的错误,促使他振作起来。

威王即位三年,没有治理过国家大事。淳于髡就用隐语说他:"国中有只大鸟,栖息在大王的宫廷里,三年不飞也不叫,大王可知道这鸟是为什么?"

威王立刻明白了淳于髡的意思,颇有感触,痛下决心地说:"你知道么,这鸟儿不飞便罢,一飞就直冲云霄;不鸣便罢,一鸣必定震惊世人!"

齐威王说到做到,立刻上朝,召集全国72名县长议事,当庭奖励一人,处死一人,满朝文武都受到震动。威王重振军威,亲领大军出征,收复被诸侯掠过的土地,使齐国的声威盛行了36年之久。

齐威王八年,楚国大举进攻齐国。威王派淳于髡到赵国去请救兵,让他带黄金百两、车马十套去做礼品。淳于髡见了仰天大笑,笑得把头上的冠带都震断了。

威王问:"先生嫌礼物少吗?"

淳于髡说:"岂敢!"

威王问:"那是笑什么呢?"

淳于髡说:"今天小臣来的路上,看到路边一个农夫,拿着一只猪蹄和一壶酒,对天祈祷说:'遭旱的高地粮食装满笼,受涝的洼田粮食装满车,丰收的五谷装满家。'他拿很少的祭品,却想得到那么多东西,所以想来好笑。"

威王立刻明白他的意思,于是增加黄金千镒,白璧十双,车马一百套。

淳于髡辞别动身，到了赵国。赵王给他精兵十万，战车千乘。楚国得到这个消息，连夜撤兵回国。

淳于髡出使赵国回来，威王在后宫办了酒宴请他。席间问淳于髡："先生能饮多少酒方醉？"

淳于髡说："饮一斗也醉，一石也醉。"

威王问："先生饮一斗便醉，怎么能饮一石呢？"

淳于髡说："在大王面前饮酒，旁边有执法官，后边有御史，又要跪着饮酒，很受拘束，这样一斗酒便醉。若在家中接待贵客，不断起身祝酒，伺候客人，喝不到二斗也就醉了。若是遇上多时不见的好友，聚在一起，欢欢喜喜，畅叙衷情，大概喝五六斗可醉。若是节日盛会，男女杂处一起，大家随心所欲，这样能喝个八九斗才有三分醉意。最痛快时可以喝到一石。所以说酒喝到顶就会出乱子，快乐之极就要引出悲伤来，凡事都要适度才好！"

威王听了，连连叫好，从此停止滥饮习惯。王室举行酒宴，都由淳于髡陪饮。

陈平智答文帝问

汉文帝是位贤明的君主，在位期间，休养生息，励精图治，一心想把国家治理好。他采取了许多措施：赈济贫民；派官员到各地考察郡守县令，鉴别优劣，决定升降任免；规定郡县不得向宫廷进献珍宝，等等。结果天下大治，百姓安定，使汉朝走向鼎盛时期。

一天，文帝上朝时，查问右丞相周勃："天下一年之内，断了多少犯罪案件？"

周勃一愣，只得照实回答："不知道。"

文帝又问："国家每年的钱粮，一共收入多少？支出多少？"

周勃又不知道底细，依旧回答说："也不大清楚。"

口中虽然这样回答，心里却是万分惭愧，急得冷汗直流，后背湿透。

文帝看到周勃如此狼狈，很不满意，便转过头去，查问左丞相陈平。

陈平其实也并不熟悉这两方面的详细情况，但他不像周勃那样直说，而是随口答道："像这类事都各有官员专职处理，陛下不必问臣。"

文帝追问一句："那该问谁呢？"

陈平从容回答说："陛下要知道断了多少罪犯，请查问延尉；至于钱粮出入多少，请查问一下治粟都尉就清楚了，这是他们分管的事。"

文帝板起脸问道："照你这样说来，丞相究竟管些什么事情？"

陈平跪在文帝面前叩头谢道："陛下不嫌臣是个愚拙的人，让臣担负起丞相的重任。臣只知道丞相的职责是：对上辅助天子，制定治国大计；对下安抚万民;对外镇服四夷、诸侯;对内使卿大夫和各部官员尽忠守职。任务很重大呢!"

文帝见他说得在理,连连点头,不再追问。

周勃看到陈平不慌不忙,对答如流,更觉得自己相形见绌,越加惭愧。

等到文帝退朝,周勃和陈平一同出殿,周勃就埋怨陈平,说:"你为什么不先教我?"

陈平笑着回答说:"你身居丞相的高位,怎么连自己的职责都不清楚,还要别人教你?倘若皇上问你,长安的盗贼现在还有几人,试问你将如何回答呢?"

周勃无话对答,默默退回家去,知道自己才智比不上陈平,就推说有病,将相印交还。文帝也不挽留,免去了周勃的右丞相职务,只用陈平一人为相,处理国家大事。

卓文君巧责负心郎

西汉时蜀中才子司马相如赴长安,被选为中郎将。他迷恋京城灯红酒绿的繁华生活,忘记了离家时对妻子卓文君的海誓山盟,直到第五年才写回一封家信。

卓文君拆信一看,纸上只写着十三个字:"一二三四五六七八九十百千万。"

文君知道这封单调的数字信,含着对自己冷落厌弃的意思,一夜痛哭,她把这十三个数字联缀成诗文,寄给了相如:

"一别之后,二地相思,只说三四月,谁知五六年,七弦琴无心弹,八行书无人传,九连环从中折断,十里长亭望眼欲穿,百思念,千系念,万般无奈把郎怨。万语千言说不完,百无聊赖十依栏九重九登高看孤雁,八月中秋月圆人不圆。七月烧香秉烛问苍天,六月伏天人人摇扇我心寒,五月石榴似火,偏遇冷雨阵阵浇花瓣。四月枇杷未黄,我欲对镜心意乱,急匆匆,三月桃花随水转;飘零零,二月风筝线儿断。噫!郎呀郎,巴不得,下一世你为女来我为男。"

司马相如读了这封信,深为卓文君的文采和深情所感动,终于高车驷马还乡,把卓文君接到了长安。

王僧虔巧说输赢

南朝有个王僧虔,他是晋朝大书法家王献之的后代,学识渊博,智慧过人,尤其以书法闻名于世。

王僧虔在少年时,曾在一把扇面上用隶书写了一首诗,被宋文帝看到了，大为惊奇，便将他召来做太子的门人。元徽年间被拜为吏部尚书。

当时雍州破获了一桩盗掘古墓的案子，收缴大批珍宝文物，其中还有竹简、锦帛和皮革，上面写了许多文字，没有人识，人们便拿去请教王僧虔。僧虔说，这是蝌蚪文，记载的是周朝典籍中所缺遗的材料。齐高帝萧道成十分赏识他，拜为侍中。

萧道成也擅长书法，但他知道，还比不上王僧虔。一天，他突然心血来潮，要跟王僧虔一比高低。

不用比，胜负也是明摆着的。也不因为对手是皇帝，就故意谦让。王僧虔写字从来都是严肃认真，一丝不苟的，他仍像往常那样，写出了一幅浑厚淳朴的正楷大字与一幅游龙走凤的草书。

在场看热闹的大臣，在由衷赞叹之余，都为王僧虔暗暗捏一把汗。难道他不知道对手是至高无上的皇帝吗？赢了皇帝，这还了得！

写完了字，萧道成问王僧虔："你看我们谁是第一名？"

王僧虔仔细看了高帝的字，回答说："臣第一，陛下也是第一。"

萧道成笑了，说："世间哪有这个道理，比赛会有两人都得第一的吗？"

王僧虔从容回答说："世间本来就没有天子屈尊与臣子比赛的呀！臣说陛下第一，是指对其他帝王而言；说小臣第一，是指对周朝的大臣而言的。"

萧道成大笑说："你真会说话！若是叫我处在你的地位，就这样说：'臣正楷第一，草书第二；陛下草书第三，而正楷第二；陛下没有第一，臣没有第三。'"

"你虽善于词令，但还不知道这样的道理：天下的真理，就是圣人孔老夫子也是改变不了的啊！"

秦宓巧辩难张温

刘备死后，诸葛亮继续奉行联合东吴、抗拒魏国的政策。在用计退走了侵犯西蜀的四路大军之后，孔明派户部尚书邓芝出使东吴，劝说孙权与蜀国和好。孙权愿意与西蜀通好，也派了中郎将张温到成都进行回访。

后主刘禅在大殿召集文武官员，接待张温。张温自以为得志，昂着头上殿，谈笑自如，很是傲慢。

第二天，后主赏赐给张温金帛，并在城南的邮亭上摆下酒宴，召集百官，为张温送行。孔明正向张温劝酒，忽然闯进一个人来。那人也是高昂着头进来的，他只给大家拱了一下手，就自动入席就座了。

张温觉得奇怪，就问孔明："这是什么人？"

孔明回答说："他姓秦，名宓，现在是益州的学士。"

张温笑了起来，说："他的名称是学士，就不知道胸中究竟有多少学识？"

青少年开心故事会

秦宓严肃地说："我们蜀中连三尺高的童子都有学问，何况我呢？"

张温问："请说说你学的是哪一门知识？"

秦宓说："上至天文，下至地理，三教九流，诸子百家，无所不通；圣贤经传，无所不知。"

张温笑了，说："你的口气不小，我且用天来做题目，提几个问题。天有头吗？"

秦宓说："有头。"

张温说："头在哪方？"

秦宓说："在西方。《诗经》中说：'乃眷西顾'，是说以仰慕的心情回头看着西方，由此推想，天的头在西方。"

这明明暗含着西蜀是中国之首的意思，但张温又不能辩驳，于是又问："天有耳朵吗？"

秦宓说："天虽然很高，却能听到地上的声音。《诗经》中说：'鹤鸣九皋，声闻于天。'鹤在深远的沼泽间鸣叫，天都能听到。没有耳朵怎么能听？"

张温又问："天有脚吗？"

秦宓说："有脚。《诗经》上说：'天步艰难。'没有脚哪来的天步？"

张温又问："天有姓吗？"

秦宓说："怎么会无姓呢？姓刘。"

张温问："这有什么根据？"

秦宓说："天子姓刘，天当然姓刘了。"

张温马上反驳："太阳不是出在东方吗？"

他的意思是：东吴才是中国之首。但秦宓并没有被他难倒，立刻回答说："但太阳还是落在西方呢！"

秦宓对答如流，满场的人都大为惊叹。张温却一时说不出话来。

秦宓马上进行反攻，对张温提问："先生是东吴名士，既然用天上事来问我，必定深通天文了。当初混沌既分，轻清的东西浮上去成为天空，重浊的物质沉下来凝结为大地。后来共工氏吃了败仗，头触不周山，撞断擎天柱，于是西北方的天塌下来了，东南方的地陷下去了。请问先生，天既是轻清的上浮之气，怎么会塌下来呢？不知道除轻清上浮的气以外，天还有别的什么东西？"

张温被问得张口结舌，说不出话来，过了好大一会，才叹服道："没料到蜀中会出这样的英雄豪杰！"

孔明怕他下不了台，就安慰他说："这都是在酒宴上的戏谈罢了，你深通安邦定国的大道理，何必在意这种唇齿游戏呢！"

张温完全改变了先前的傲慢之气，恭顺地与大家拜别，回东吴去了。

幼童巧答元帝问

东晋元帝司马睿的儿子司马绍,自小聪明,深受元帝宠爱。

一次有使者从长安来拜见元帝,元帝让司马绍坐在自己膝上接待客人。交谈之时,元帝突然向儿子发问:"你说说看,是长安远呢还是太阳远?"

司马绍随口答道:"当然是太阳远。"

又问:"为什么太阳比长安远呢?"

司马绍解释说:"我时常看到长安有人到建康来,却不见有人从太阳来,由此可见,太阳比长安远得多。"

元帝大为惊异,使者也夸奖不已。

第二天,元帝大宴群臣,又叫儿子坐在身边。元帝为了显示儿子的聪明,就向他提出了同样的问题,没想到司马绍回答说:

"当然是长安远。"

元帝大惊失色,以为这下子要当众出丑了。就急着责问道:"为什么和昨天回答的不一样?"

司马绍理直气壮地说:"我们只要抬起头,就可以看到太阳;但是有谁在建康能望得见长安呢,这不是证明长安要比太阳远吗?"

这使得元帝更加惊奇。

童子一言定军心

南宋宁宗时期,有位少年将军名叫赵葵。他在童年时代便一直跟随父亲赵方,在军营中成长。

赵方是位名将,担任京湖制置使,与入侵的金兵作战,常年转战于淮西一带。他作战勇猛,屡战屡胜,使金兵闻风丧胆。

赵葵十一二岁时就向将士们学习骑马射箭,练出一手好箭法,他立志要像父亲那样,杀敌立功,保卫国家。赵方因此很器重他。

每次有战斗警报,赵葵都跟随将士们一起上阵,与敌人进行死战。将官们唯恐失去了制置使心爱的儿子,遇到危险时都拼死保护他。赵葵不仅在实战中提高了自己的武艺,也与将士们结成了生死与共的亲密友谊。

一次,一场激烈的大战胜利结束后,赵方决定论功行赏,并慰劳参加战斗的官兵。赵葵得到消息非常高兴,就到各个兵营去玩耍,与大家共享胜利的欢乐。

这场大战赵葵也参加了,他当然先去与他一同战斗的一位军官营中,向他祝贺。他亲眼看到那位名叫王恩的军官勇猛冲入敌阵,用手中的长矛横扫金兵,将敌人杀得落花流水,他无疑会受到重赏的。

他一到军营,意外的是竟看不到一点欢乐的影子。王恩铁板着脸盯着赵葵一声不吭,士兵们也是个个愁眉不展,真不知道究竟发生了什么不如意的事。

赵葵不解地问:"打了这么大的胜仗,为何不欢庆一番呢?"

王恩冷冷地说:"我们打了败仗,正在等待受罚呢!"

赵葵越加糊涂了,忙问:"我也参加作战的,谁说吃了败仗?"

王恩说:"既然作战取胜,别部都有奖赏,我们为什么没有呢?如此赏罚不明,令人失望,大家都在收拾行装,准备散伙了!"

赵葵发现事态严重,忙劝解说:"将军跟我父亲多年,一同出生入死,怎能为了一点误会就产生异心呢?"

王恩说:"明明不给奖赏,怎说误会,制置使不把我们放在眼里,才是实情!"

赵葵灵机一动,立刻接口说:"现在发的是朝廷的奖赏,制置使的赏赐正要另行颁发呢,怎说不是将军误会了?"

王恩忙问:"果真如此?"

赵葵说:"我亲耳听到父亲这样议论的。"营内的气氛立刻活跃起来。

赵葵回来后将这事告诉了父亲,并且表示了自己的意见。赵方发现确是自己的失误,十分焦急,但又想不出恰当的补救办法。

赵葵方才说:"孩子撒了个大谎,请求大人饶恕!"他把"制置使另行赏赐"的话告诉父亲之后,赵方十分惊喜,又派人进行调查,不让一个该得奖的人遗漏。然后以制置使的名义,补充奖赏,鼓舞了军心。

赵方看到这么小的孩子能用一句话就稳定了军心,很赞赏他的机警。

后来,赵葵和他的哥哥赵范,都成了父亲的得力部将和南宋著名的抗敌将领。

机智嘲讽变节人

明朝末年,常熟人钱谦益参加全国科举考试,取得第三名,称为探花。他的诗文闻名海内,担任过礼部尚书。

清朝入关,明朝灭亡之后,钱谦益又投降大清,担任礼部侍郎。因为他失去了民族气节,不断受到文人们巧妙的讥讽。

钱谦益家的大门上原有一副对联,是他担任明朝官员时写的:

君恩深似海, 臣节重如山。

在他降清以后,依旧挂着这样一副对联,不知是谁在对联下各加一字,变成:

君恩深似海矣！　臣节重如山乎？

有个名叫潘班的青年，一天见到钱谦益，很不礼貌地称他为谦益兄。钱谦益大怒，说："你知道我已经七十多岁了吗？"

潘班昂着头回答说："你只比我大十几个月，称你为兄，完全合乎礼教，老兄何必发怒？"在场的人禁不住大笑，因为大家知道，他俩的年龄相差五十岁以上。钱谦益更加生气，连连摇头说："胡闹，胡闹！"潘班却理直气壮地说："老兄是明朝人，生在明朝的年纪只可与明朝人去论资排辈，不应带到本朝来。若论本朝的年岁，老兄是顺治元年归顺大清的，弟是顺治二年生，不是只差十几个月吗？"众人一下子明白过来，齐声鼓掌大笑，钱谦益狼狈离座而去。

清朝初年，松江郡的文人很多，他们经常聚会谈论诗文，并公推钱谦益为首领。

一次，这批文人又在一条画舫上聚会，备了酒菜，将船开到白龙潭，迎接钱谦益上船。当时华亭县有个名叫金天石的诗人，对钱谦益的失节行为颇为不满。他知道了这件事，就赶到白龙潭送上一首诗：

> 乘着画舫在江面上游览，
> 故国的山川真使人动情。
> 明朝一七百官都已散去，
> 无须再听尚书的脚步声。

钱谦益看到这首诗，不再上船，文人们也都默默地散去了。

太仓的吴梅村，明朝末年担任祭酒，明亡后投降清朝。当年奉清廷的召令去上任做官时，江南的士大夫们都聚集在苏州虎丘山千人石上，摆酒为他送行。

酒吃到一半，忽有一个少年送来一封信。打开一看，原来是绝句一首，写道：

> 千人石上坐千人，
> 一半清朝一半明。
> 寄语娄东吴学士，
> 两朝天子一朝人。

在座的人看了这首诗，都默默无声，不欢而散。

清朝初年，有个姓张的石匠，善于垒假山。他砌的假山，人人称奇，个个叫绝，大家都十分尊敬他，从不把他当石工对待，也没有人叫他张石匠。有一天，吴梅村到一家豪贵的人家赴宴，意外地发现张石匠也在同桌，心中很不高兴，觉得主人怠慢他，竟叫石匠来作陪。酒宴过后，要观看演出，演员呈

青少年开心故事会

上节目单,请吴梅村点戏。吴梅村有意点了一出《烂柯山》,因剧中有个角色叫做张石匠,想借这个机会来戏弄一番张石匠。其实张石匠更加瞧不起吴梅村,因为他是失去民族气节的人。

演出开始了,吴梅村只等张石匠出场,好不容易等到,却被演员将台词改了,把张石匠改成了李石匠。吴梅村并不甘心,还是要戏弄他一下,就故意碰碰张石匠的手臂笑着说:"这个戏子可机灵呢!"

后来演到张别古寄书的情节,有句台词本来是:"朱买臣有什么亏负你的?"却被演员改成为"姓朱的有什么亏负你的?"张石匠也推推吴梅村的手臂,摇摇头说:"他这就太不机灵了!"

吴梅村立刻羞得面红耳赤,原来明朝的皇帝都姓朱,这等于说:明朝并没有亏待过你吴梅村,为什么还要投降清朝,为他们效忠?

吴梅村如坐针毡,等不到演出结束,就借口身体不适,灰溜溜地退席了。

谭鑫培随机应变

著名京剧表演艺术家谭鑫培先生,不仅有精湛的演技,而且有临场不乱、善于巧妙应付舞台变故的才能。

有一次,他饰演《黄金台》中的田单,因为赶戏匆忙,出场后才发觉忘了戴乌纱帽。台下观众看见,甚感诧异,不料他灵机一动,在唱词前加了两句吟白"国事乱如麻,忘却戴乌纱"作引子,不但摆脱了窘境,还针砭了时弊。

道具有时也会出现混乱。有一次唱堂会,谭鑫培在《过昭关》中饰演伍子胥,管道具的人误将宝剑换成腰刀挂在谭鑫培的腰上,直到上场后他手按剑柄才发觉,又不能下场再去换剑,可唱词中偏偏有这剑的内容。由于是堂会,看的人离得近,还不好蒙混过关,怎么办?谭鑫培略一沉思,将原来的唱词"过了一天又一天,心中好似滚油煎,腰中枉悬三尺剑,不能报却父母冤"临场改成了"过了一朝又一朝,心中好似滚油浇,父母冤仇不能报,腰间空挂雁翎刀"。观众听出了他的改动,顿时叫好不已。

还有一次,谭鑫培在《辕门斩子》中饰演杨六郎,他上场后,饰演焦赞的演员匆忙中忘了挂胡须出来。谭鑫培一见,假装生气地指着这个演员唱道:"你父哪里去了,快快与我唤来。"那个演员也很警觉,赶忙下去挂了胡须再重新出场。

苏吉亚巧辩幼主

在古代印度,有个叫苏吉亚的孩子,他非常聪明,没有人能够难住他。这天,他受国王的邀请来到王宫。

今年才11岁的幼主听说苏吉亚来到了王宫,就和自己的同伴商量道:

"等一会儿苏吉亚来了，用什么方法难住他才好呢？"

这些少年是为了给幼主作伴，从众多同龄的孩子中选拔上来的，一共有四个，个个聪明非常。但是，这回面对的是全印度最聪明的孩子苏吉亚，他们一时没了主意。当孩子们个个绞尽脑汁想办法的时候，一个孩子突然高兴地说："殿下，有好办法了！苏吉亚一直没有见过你，也未见过我们，所以，我们也打扮成和您一样，在这里站一排，苏吉亚再聪明也找不出殿下，就无法向您问候，那他非惊慌失措不可。"

幼主一听，拍掌叫好。于是立即叫来侍女，让她把四个少年打扮成和幼主一模一样，衣服就不用提了，连发型到鞋子也和幼主的装束全然一样。装扮完毕，他们板着面孔，和幼主并排站着，连侍女也很难找出哪个是幼主了。

于是幼主派人去请苏吉亚来。

在国王面前，在众多大臣们簇拥下，苏吉亚利用他那无穷的智慧，频繁地逗人们开怀发笑。这时听说幼主殿下要召见，便离开了座席，跟着来人进入幼主的宫殿。

苏吉亚一进殿门就要拜见幼主，可是当他抬起头时，不禁大惊失色。殿堂里坐着五个穿戴完全一样的孩子，他不知道哪个是幼主。但他马上就镇静了下来，知道幼主是在故意给他出难题。

苏吉亚哈哈大笑着，目光锐利地环视了大家的脸。"嘿嘿嘿，你们诸位，想得倒是很妙啊！但是，可惜得很，有一个漏洞。瞧，偏偏在殿下的脸颊上沾上墨啦！"

听苏吉亚这么一说，大家不知不觉地回头看坐在正中间的幼主的脸。苏吉亚立即向那真正的幼主鞠了一躬，恭恭敬敬地问候道："殿下，小民是苏吉亚，但愿您前程无量，今后请多关照！"

幼主很遗憾地眨巴着眼睛，再三抚摩着脸颊说："是苏吉亚吗？不必多礼啦。不过，万没想到脸上沾了墨。"

苏吉亚忍着笑道："殿下，那是我的策略。我一说殿下脸上沾了墨，其他人就会疑惑地看殿下的脸，所以我才那么说，果然不出所料，大家都看正中间的人的脸，于是我马上知道你是殿下了。"

大家忘记自己输了，异口同声地称赞苏吉亚的聪明和妙语。

没 睡 醒

大仲马是写过《基度山恩仇记》等许多世界名著的法国作家。有一天晚上，他和另一位剧作家苏密来到法兰西大剧院观看演出。

刚好，这天晚上演的是苏密创作的悲剧。大仲马目光掠过整个观众席，

意外地发现了一个人正在呼呼大睡。大仲马拉了拉苏密的袖子："你瞧，朋友，这就是你的剧本的效果！"

第二天晚上，两个人又来到剧院，这次演的却是大仲马的剧本。苏密记住昨天大仲马的笑话，目光一个劲地搜寻观众席。终于，他也发现了一个睡得正香的观众。苏密来了精神，"啪"地拍了一下大仲马的肩膀，不无得意地说："你瞧，我亲爱的大仲马，原来你的剧作也会给观众催眠啊！"

大仲马装作认真地观察了一下那个正睡着的观众，对苏密说："嗯，不错，这就是昨天晚上的那个观众。他到现在还没有睡醒呢！"

见到熟人

19世纪著名的意大利作曲家罗西尼家里，有一天来了一位自命不凡的作曲家，带着自己新谱的一首曲子请罗西尼评价。当这个作曲家洋洋自得地弹奏他曲子时，只见罗西尼频频脱帽。演奏完后，作曲家奇怪地问："是屋子太热了，还是曲子里有一些叫您起敬的地方？"

罗西尼回答道："不，我见到熟人，有脱帽致意的习惯，在阁下的曲子里，我碰到那么多的老相识，我不能对他们失礼呀！"这个作曲家一听，知道自己从别人的曲子里七拼八凑的这个东西被罗西尼识破了，先前的高傲劲儿一下了飞得无影无踪了。

"慈悲"的目光

美国的一个百万富翁坏了左眼，出重金请医生为他装了一只假眼；假眼装得很好，与真眼无甚差异。他常常在人前炫耀；许多人也恭维说："哎哟哟，您的左眼比右眼还要像真的，目光炯炯！"

有一次，他遇到了马克·吐温，心想，我要让这位大作家猜一猜。他说："杰出的作家先生，你能不能猜出我哪一只眼睛是假的？"

作家看着这位盛气凌人的富翁，皱了皱眉头，指着他的左眼说："这只是假的！"

百万富翁非常惊异，问道："猜对了。但你是怎么知道的？"

马克·吐温淡淡地说："在我看来，你这只眼睛里还有一点慈悲。"

犹太法典

米姆尔问他的朋友史耐依："你在法理学院学习，可以给我讲讲什么是犹太法典吗？"

"米姆尔，我可以给你举个例子来解释。我可以先向你提个问题吗？如果有两个犹太人从一个高大的烟囱里掉了下去,其中一个身上满是烟灰,而另一个却很干净,那么他们谁会去洗洗身子呢?"

"当然是那个身上脏了的人!"

"你错了,那个人看着没有弄脏身子的人想道:我的身上一定也是干净的!而身上干净的人,看到满身烟灰的人,就认为自己可能和他一样脏。所以,他要去洗澡。"

"见鬼!"米姆尔嘀咕了一句。

"我要再问第二个问题。他们两个人后来又一次掉进了高大的烟囱——谁会去洗澡?"史耐依问道。

"我这就知道了,是那个干净的人!"

"不!你又错了!身上干净的人在洗澡时发现自己并不太脏,而那个弄脏了的人正相反。他明白了那位干净的为什么要洗澡。因此,这次他跑去洗了。我再问你第三个问题。他们两个人第三次从烟囱里掉下来——谁又会去洗澡呢?"

"那当然还是那个弄脏了身子的人!"

"不!你还是错了!你见过两个人从同一个烟囱里掉下来,其中一个干净,另一个人肮脏的事情吗?"

"这就是犹太法典!"

新政策与胡须

英国前首相温斯顿·丘吉尔不但具有敏锐的政治头脑,而且还拥有灵敏的思维和极强的幽默感。对那些肆意攻击他的刻薄言语,他向来是反唇相讥、如数奉还的。当丘吉尔脱离保守党而加入自由党后,一位媚态十足的贵妇人对他说:"丘吉尔先生,您有两点我是不喜欢的。"

"是哪两点呢?"

"您奉行的新政策和您嘴上的胡须。"

"哎呀,是吗,夫人?"丘吉尔彬彬有礼地回答说,"不过请不要担心,您没有机会接触到其中任何一点。"

擦谁的皮鞋

林肯出身于平民,许多事情有自己动手做的好习惯。他当美国总统的时候,有一次一个欧洲国家的公使来访,直接进了他的府邸,正巧林肯正在擦皮鞋。在这位公使看来,擦皮鞋是下等人做的贱事。为了反衬他自己以及他的国家政府的高贵,立即暗含讥讽地问道:"总统先生,您经常擦自己的皮鞋吗?"

林肯完全明白这句奚落自己的话，但却不露声色，装作迷惑不解的样子说："是啊，我是经常擦自己的皮鞋，那么公使先生，你经常擦谁的皮鞋呢？"

擦自己的皮鞋是做自家的事，而擦别人的鞋就是伺候人的或街上鞋童做的事了。公使无法抵挡这句看似平常的反难问话，一时举止失措，十分狼狈。

孩子的天真

有一家人为了搬进城里，在找房子。

全家三口，夫妻和一个5岁的孩子。他们跑了一天，到傍晚才好不容易看到一张称心的公寓出租广告。他们赶紧跑去，果然房子出乎意料的干净舒适，于是就前去敲门询问。

这时，温和的房东出来，对这三位客人从上到下打量了一番。丈夫鼓起勇气问道："这里是广告里说的出租房屋吗？"

房东遗憾地说："啊，实在对不起，我们公寓不出租给有孩子的住户。"

丈夫和妻子听了，一时不知如何是好。于是默默地想要走开。

那5岁的孩子，从头至尾都看在眼里。那可爱的心灵，大概拼命地在想：真就没办法了？

他用那红叶般的小手，去敲房东的大门。

这时，丈夫和妻子已走出5米来远，在回头望着。

门开了，房东又出来了。

这孩子精神抖擞地说："老爷爷，那个房间我租了，我没孩子，只有两位老人。"

房东听了高声笑了起来。房子肯定是租成了。

赚钱有术

英国国王乔治五世小时候是个非常顽皮的孩子，花起钱来大手大脚，每当遇到自己喜爱的东西，总要千方百计地把它买回来，而从不在意价格是否昂贵。为此，他的祖母，维多利亚女王忧心忡忡，她担心小乔治如果不彻底改掉这个坏毛病，将来就不能治理好国家。

有一天，小乔治又给他的祖母寄出了一封信，信中写道："我最亲爱的祖母：昨天下午我在一家玩具店里看见一匹漂亮的小木马，它需要25法郎，我太想得到它了，可是我连一分钱也没有了。我写信给您是想请您寄点钱给我。看在上帝的面上，就请您满足我的这个要求吧。您亲爱的孙子乔治。"

维多利亚女王接到信以后，思忖了片刻，就提起笔来写了一封回信："我亲爱的孩子：看到你这样乱花钱，我非常难过。你父亲曾对我说，你一有点钱就花个精光。你的玩具买得实在太多了,而你现在已到了该明白东西真正价值的年纪了。我不能满足你的要求,你要好好听话。你亲爱的祖母维多利亚。"

过了几天,维多利亚女王又收到了小乔治的第二封信:

"我亲爱的祖母:您的来信真叫我高兴,我太谢谢您了。我把您的信以25法郎的价钱卖给了一位手稿收藏商。您从这件事中可以清楚地看出,我是明白东西的真正价值的!您亲爱的孙子乔治。"

丘吉尔讲的故事

在英国,有些国会议员曾一度对首相丘吉尔的政绩略有微词,意思是首相做事情"不够尽善尽美",这使他们不够满意。丘吉尔听到这类批评和议论后,并未做直言反驳,也没有进行自我辩解,他仅仅讲了一个小故事:在普利茅斯港口,有一位船员冒着生命危险,竭尽全力救出一个失足落海、即将溺死的少年。一个星期后,一位太太叫住这个船员:"上星期救我孩子一命的人是不是你?"

"是的,太太。"船员答道。

"哦!我找你找了好几天了,我孩子的帽子呢?"

趣语解尴尬

有一次,里根总统与夫人南希应邀参加白宫的钢琴演奏会。里根在发表讲话的时候,身旁的南希一不小心连人带椅子一起跌落在台下的地毯上。观众们发出一片惊叫声,人们不知所措地呆呆望着里根夫妇。正在这时,南希一骨碌从地上爬起来,在200多名宾客的热烈掌声中又回到自己的座位上。里根扭头看看夫人并没有受伤,就俏皮地打趣说:"亲爱的,我告诉过你,只有在我没有获得掌声的时候,你才应该这样表演。"

第四篇
寓言故事

聪明的天鹅

在一片树林子里,有一棵枝干粗大的无花果树;在这棵树上,住着天鹅一家子;在这一棵无花果树的底下,长出了一棵叫做桥赏弥的蔓藤。于是老天鹅说道:"这一棵往树上爬的蔓藤,对我们来说是非常危险的。说不定什么时候有人攀援它爬上树来,把我们害死。当它还柔弱容易砍掉的时候,应该把它去掉!"但是其他天鹅却不听它的话。时间慢慢过去了,这一棵蔓藤就从四面八方把树围起来了。

有一次,当这些天鹅都去寻找食物的时候,一个打猎的抓着蔓藤爬到这棵无花果树上来,在天鹅的窝里放上绊索,就回家去了。当这些天鹅都吃得饱饱的在夜里飞回窝来的时候,它们都给绊索捉住了。于是老天鹅就说道:"我们现在都倒了霉,都给绊索捉住了,就因为你们都不照着我的话办事。现在我们都完蛋了。"于是这些天鹅都对它说:"可尊敬的先生呀!现在既然到了这个地步,我们怎么办呢?"它说道:"如果你们听我话的话,那个打猎的一来,你们就装死。打猎的心里会想:这些家伙都死了。然后就把你们都扔在地上。当他往下爬的时候,你们就在同一个时候一齐飞起来。"天一亮,打猎的就回来了,他看到,它们都像死了一样;他心里丝毫也没有怀疑,就把它们从绊索上解下来,一只一只地丢到地上去。当它们看到他正准备往下爬的时候,就照着老天鹅出的主意,在同一个时候,一齐飞起来,飞走了。

天鹅们第一次不听老天鹅的忠告,险些送掉了性命;天鹅们第二次听从了老天鹅的忠告,奇迹般地重获新生。这都说明老天鹅的意见是非常值得重视的,因为它见多识广,非常富有经验。在我们的生活里,其实也常常遇到类似的问题,我们不是也常常听到长辈、老师的谆谆教诲吗?每逢此时,你是怎样做的?你从心里珍重他们的忠告了吗?

驴子和骡子

有一个赶车的,赶着一头驴子和一头骡子动身出门去了。驴子和骡子都驮着重东西。

驴子起初在平地上还能稳稳当当地走;可是到了一座大山脚下,要走上陡坡,就觉得有点儿受不了了。它要求骡子代它担负一小部分,好让它把大部分东西驮到家里。

可是骡子不答应。

不久,他们走到一个荒僻的地方,驴子驮得筋疲力尽,一跤摔倒,顿时就死了。

赶大车的无法可想,只好把原来归驴子驮的东西都加在骡子身上,连剥下来的一张驴皮也放了上去。

骡子驮着这么多的东西,一边叹气一边对自己说:"唉,真是活该!当初驴子要我帮他一点儿忙,要是我答应了,现在也不至于除了驮上他驮过的东西之外,还得驮他的臭皮囊了。"

这个故事说明,帮助常常是互相的,帮助了别人,实际上就等于帮助了自己。如果对朋友的困难采取"事不关己"的态度,自己往往会受到无情的惩罚。那么生活中,当你的朋友需要帮助时,你是怎么做的呢?

一只老狼的故事

(一)

一只凶狠的狼上了年纪,于是打定主意要同牧羊人友好相处。它上了路,先到羊群离它洞口最近的牧羊人那里去。

"牧羊人,"它说,"你把我称做嗜血的强盗,可我事实上并不是。当然,我饿了的时候,也不得不去捕食绵羊;饥饿是不好受的。只要我不挨饿,只要把我喂饱了,那你对我会真的感到满意的。当我饱的时候,我实在是个最温顺、最温柔不过的动物。"

"当你饱了的时候?这也许可能吧,"牧羊人回答说,"可你什么时候才会饱呢?你的贪欲从来是不知足的。滚开!"

(二)

被撵走的狼来到第二个牧羊人那里。

"你是知道的,"它这样开头,"在一年里我能吃掉你好些羊。如果你愿意每年给我六只羊,那我就满足了。这样保你安稳地睡觉,也不必去养狗了。"

"六只羊？"牧羊人说，"这是整整一个羊群呢！"

"好吧，看在你的面上，我只要五只就满足了。"狼说。

"你在开玩笑，五只羊！我祭祀潘恩，全年还没用过五只羊呢。"

"那四只也不行？"狼继续问道。牧羊人嘲弄地摇了摇头。

"三只——两只？"

"一只也不行，"回答得很干脆，"如果我用自己的警惕能确保安全，我还向敌人进贡纳礼，那我可真是愚蠢到了极点。"

（三）

"三是个吉祥的数字。"狼这样想着，就到第三个牧羊人那里去了。

它说："在你们牧羊人中间，我被诽谤成一个最残忍、最不讲良心的动物，这使我很伤心。来，现在我要向你证明，人们这样对待我是多么不公正。每年给我一只羊，你的羊群就可以自由自在、不受侵害地在那座林里吃草，除了我是没有任何其他动物敢来侵扰那座林子的。一只羊！那么微不足道！——你笑，牧羊人？你笑什么呢？"

"噢，不笑什么！可你年纪大了，好朋友。"牧羊人说。

"我的年纪跟你有什么相干？即使再老也能吃得动你那些可爱的羊羔呢。"

"我很抱歉，你到这里来提这个建议，未免晚了几年。你那支离破碎的牙齿泄露了你的企图。你装作大公无私的样子，不过是为了更安逸一些，更不担些风险来养活自己。"

（四）

狼变得愤怒起来，但它仍控制住自己，到第四个牧羊人那里。恰巧这个牧羊人的一条忠实的狗刚刚死去，狼便利用了这个好机会。

"牧羊人，"它说，"我在森林里和我的兄弟们闹翻了，闹得永远不会和解。我知道你是多么害怕它们！如果你用我来代替那只死去的狗，我敢向你保证，叫它们对你的羊连斜着眼望一下都不敢。"

"那么说，你是要保护它们不让你森林里的兄弟们吃掉？"

"我还会有什么别的意思呢？当然是这样的。"

"这倒不坏！可是我如果把你收留在我的羊群里，请告诉我，谁来防范你，使你不会吃掉我可怜的羊呢？为了防备外贼，却要养一个家贼，我们人类把这种事叫做……"

"我听到了，"狼说，"你开始说教了！再会！"

（五）

"要不是我这样衰老的话，哼！"狼咬牙切齿地说，"可我不得不顺时应势。"于是它就到第五个牧羊人那里去。

"认识我吗，牧羊人？"狼问道。

"像你这一类我至少是认识的。"牧羊人回答说。

"像我这一类？我很怀疑这一点。我是一只非常特别的狼，配得上同你和所有牧羊人交朋友。"

"你究竟有什么地方特别呢？"

"我从不咬也不吃任何一只活羊，就算饿得要命也不干。我只是用死羊来维持生活。难道这不值得称赞吗？请允许我时不时到你的羊群里来一趟，打听一下你是不是——"

"少废话！"牧羊人说，"如果要我不成为你的敌人，你一只羊也不能吃，连死的也不能吃。吃过死羊的动物就很容易由于饥饿学会把病羊看做死羊，把好羊看做病羊。别跟我套交情了，走开！"

（六）

"为了达到目的，不得不施展我的拿手好戏了！"狼这样想着，就去找第六个牧羊人。

"牧羊人，喜欢这张皮吗？"狼问道。

"你的皮？"牧羊人说，"让我看看！它很美，看来狗咬你的次数并不太多。"

"好吧，那你听着，牧羊人。我老了，不会活得太久了。把我喂养到死吧，我把我的皮留给你。"

"嘿，瞧你说的！"牧羊人说，"你也要玩老吝啬鬼的把戏？不行，不行！为了你这张皮，我到头来要付出比它本身贵七倍的价钱。如果你当真把这件礼物送给我，那就现在给吧。"——说着牧羊人拿起棍子，狼马上逃走了。

（七）

"啊，这些无情的家伙！"狼极端愤怒地叫了起来。"与其饿死，倒不如做他们的敌人死去，因为他们不想更好啊！"

于是它跑去，闯进了牧羊人的住宅，咬死了他们的孩子，牧羊人费了很大力气才把它打死。

这时，牧羊人中的一个聪明人说道："我们原来做得不太妥当，把这个老强盗逼上了绝路，剥夺了它改过自新的机会，即使说它是迫不得已也为时过晚！"

这个故事深刻地说明了一个道理：狼就是狼，尽管它可以变换手段，但其嗜血成性的本质是永远也不会改变的。如果我们将这一现象移向广阔的人类生活，就应该懂得：恶的终归是恶的，不管它怎样翻新花样，我们都要保持高度的警惕才好。

狼 和 狗

一天,狼和狗在森林里相遇了。

狼问狗道:"兄弟,你怎么保养得那么好?皮毛都光亮得渗油了。"

狗答道:"喔,是这么回事:我是房屋的看守。无论小偷还是强盗,没有哪个敢往屋里走进一步。我只要一报告小偷来了,就能得到很多吃的。主人还会赏给我一根很大的肉骨头,其他人对我也是如此。佣人们非常喜欢我,总是将桌上吃剩的食物或者他们有谁不爱吃的东西,统统掷给我。也就是说,我一直是吃饱喝足的。那还用说,自然毛光皮亮了。我躺在房门底下,深受宠爱,从来连滴水都没缺少过。我享受这一切,而工作却并不多。"

狼一听,说道:"啊,兄弟,你过着多么舒适的生活啊!但愿我也能这样就好了!要是我能到处游荡,又能舒舒服服地吃饱喝足,有一块完全可靠的栖身之地,过着无忧无虑的富足生活,那该多好啊!"狗答道:"要是你愿意的话,那就跟我一起来,你终身都用不着愁吃愁喝的了。"狼高兴地点头同意。

它们俩便一起继续散步。

它们俩肩并肩地走着。突然,狼发现狗的颈子上有一圈皮毛都被磨得光光的了。它站住问道:"兄弟,你颈上的毛怎么都快磨光了?颈上的皮怎么擦伤得如此厉害?"狗答道:"是这样的:我性野狂暴,为此,白天人们便将我用铁链锁着,夜间才放我出来,随我在房子四周游转。哪里合适,我就在哪里躺下睡一会儿。"

狼一听,忙说:"啊,我再也不向往你所得到的那种舒适生活了。我宁愿自由自在地在田野上游荡,随心所欲。没有什么链条会锁着我,即使最无聊时,我也赞美这种自由。我无须为明天而操心。我能巧妙地将所有的猎狗哄骗,难道我还算不上畜群中真正的主人吗!好啦,你就照现在这个样子生活下去,而我还是过我原来那种生活吧!"

于是,它们友好地告别,分道扬镳,各走各的路了。狗回到它的主人那儿,狼依然流落荒野。

令狗引以为自豪的是:"我享受一切,而工作却并不多。"但是,付出的代价又是什么呢?它得到的"享受"和"宠爱"原来不过是佣人们"将桌上吃剩的食物或者他们有谁不爱吃的东西,统统掷给我"。它为此付出的代价,不仅是亦步亦趋的侍奉,而且失去尊严地被主人用铁链锁着。由此不难看出,狗的生活及其价值标准既卑微又可怜。相比之下,狼虽然也向往温暖安定的生活,但它决不肯用自由与尊严去进行交换。"我宁愿自由自在地在田野上游荡,随心所欲。"那么,你们现在对这个故事所表现的对自由的热爱和渴望,尤其是对狼为了自由,纵使流落荒野也在所不惜的赞美,是不是已经有所领悟了呢？

山雀的困惑

啄木鸟妈妈和儿子都是森林医生，一天，邻居山雀问它："您的孩子里，谁的医术最高，名声最大？"

啄木鸟妈妈"嘭嘭嘭"地敲击着树干，答道："老三的医术最高，却默默无闻；老大本事不大，可是名声最大。"

"这是怎么回事呢？"山雀瞪大眼睛惊讶地问。

"老三给树治病，它能从树叶的颜色看出征兆。害虫的幼虫和虫卵刚爬上树叶，就被它吃光了。"

"佩服！"山雀扑扑翅膀为老三鼓掌，"它的医术真高明呀！"

"可是，被老三治愈的树，还没有察觉病魔缠身哩。"啄木鸟妈妈接着说，"老大跟老三不同，它要等树皮下的害虫多了，已经钻到树干的深处了，这才把尖嘴伸进树洞去捉大虫吃。有一次，它治愈了一棵重病的树，那棵树感激涕零，远近的树木也都夸它是鸟中的华佗。"

"唉！"山雀摇摇头，大惑不解地问，"这棵树病愈前不是吃了很多苦头吗？再说，被蛀空了的树，要是遇上大风，不是很容易被刮断吗？"

"是啊，老三的医术为什么不受到普遍重视和赞美呢？"啄木鸟妈妈陷入了深思，也为之困惑了。

有本事的人不一定名声大，默默无闻的人应该受到重视和赞美，实际上人们需要的正是这一类人。

蜗牛的疑惑

蜗牛极其羡慕兔子奔跑得快，它也曾竭尽全力想加快自己爬行的速度，可无论怎么努力，速度还是快不了。对此它百思不得其解。为了弄清这个问题，它只好去请教兔子。

"我尽了最大努力想提高自己的速度，可为什么还是爬得那么慢呢？"

兔子看了它一眼，一针见血地对它说："这原因就在于你背上背着的那个'包袱'太沉了。你如果把它扔了，那爬行的速度就会快得多了。"

蜗牛连连摇头说："这可扔不得。扔掉它，下雨了，我往哪儿躲？刮风了，我往哪儿藏？扔不得，扔不得！"

由于它怕这又怕那，所以至今还没扔掉背上的"包袱"，还在慢慢爬行……

不能勇于对待自己的不足，怕这怕那，裹足不前，是永远不会进步的。

以德报怨

魏国靠近楚国边境的地方有一个小县，两国交界的地方住着两国的村民，两国的村民都喜欢种瓜。

这年春天，天气比较干旱，魏国的村民每天到地里挑水浇瓜，村民的瓜苗长势非常旺盛。楚国的村民非常忌妒，有些人晚间便去踩瓜秧。魏国的村民们气得直冒火，就请县令给他们作主，也要去践踏楚国村民种的瓜秧。

县令对他们说："我看，你们最好不要去践踏他们的瓜地。"

"如果你们一定要去报复，最多解解心头之恨，可是，以后呢？他们也不会罢休，如此下去，你们和他们都不会得到一个瓜的收获。"

"你们每天晚上去帮他们浇地，结果怎样，你们自己就会看到。"

村民们按县令的意思去做了。楚国的村民发现魏国村民天天帮他们浇瓜，惭愧得无地自容。

这件事后来被楚国边境的县令知道了，便将此事上报楚王。楚王原本对魏国虎视眈眈，听了此事，深受触动，甚觉不安，于是，主动与魏国和好，并送去很多礼物，对魏国有如此好的官员和国民表示赞赏。

有时，感化的力量远远超过武力的效应。当别人做了对不起你的事时，能不能冷静下来，甚至更加理解和关心他的苦楚呢？也许，你真的能感动他，而使他悔过自新呢。当然，能够做到以德报怨是需要有很好的涵养和开阔的胸襟的。

狮子的阴谋

从前，有三只牛在一起生活，它们形影不离，无论吃草还是做游戏，它们从不分开，而且彼此友爱互助，因此，谁也不敢欺负它们。

有只狮子，自以为是百兽之王，一直想对这三只牛下手，可是它知道三只牛很团结，恐怕很难对付它们。

狮子想出了一个计谋对付三只牛。它趁着三只牛分散吃草的时候，先走近花色牛身边，装着很亲热的样子和它打招呼："你好啊，花牛。我知道你们很厉害，但不知你们之中哪个最厉害？"

"我们三个都一样，不分上下。再说，我们之间从来不打架，怎么能比较出谁比谁更厉害呢。"

狮子听了花牛的话，故意摇着头，一本正经地说："不会吧？据我所知，可不像你说的那样。"

花牛被狮子的样子给弄糊涂了，它不解地问："那你到底听说了什么？"

狮子心里暗自高兴，却装着没事儿似的说："最近，我常听红牛对人讲，你们三个顶属它厉害,如果没有它,你们俩早没命了。"

花牛听了,心里很生气。狮子一看自己的计谋得逞了,高兴极了,于是,又依照同样的办法分别到红牛和褐牛那儿搬弄是非。红牛和褐牛也都相信了狮子的话。

从此以后,三只牛再不像以往那么和气、那么团结了。它们一见面就打架,谁也不服谁,打得不可开交。狮子终于如愿以偿,一只一只把它们都吃掉了。

这个寓言给我们的启示是:朋友之间要互相信任,团结友爱。不要听信谣言和谗言,以免上了某些别有用心的人的当,也伤害了自己的感情。

挤牛奶的小女孩

从前,有一个挤牛奶的小女孩。一天清晨,小女孩早早地起床,然后,拎起牛奶桶到院子里去挤牛奶。她今天的心情特别好,因为昨天夜里她做了个非常美妙的梦。

小女孩一边挤牛奶,一边还在想着昨晚的梦。挤完牛奶,她就把牛奶罐顶在头上,到集市去卖牛奶。

顶着奶罐往集市走的路上,她还是忘不了昨晚的梦。她一边走,一边回忆着梦里的情景,脸上现出甜甜的笑容。

昨天夜里,小女孩梦见她一下子挤了好些好些牛奶,她把这些牛奶拿到了集市,不一会儿,全卖光了。她得到了很多很多的钱,这些钱她数都数不过来。

要是真的该多好啊! 小女孩憧憬着未来,心想:"如果真有那么多钱,我该怎么花呢?"她又陷入了美好的遐想……

首先呢,我要买许多许多漂亮的衣服,把自己打扮得漂漂亮亮的。

然后呢,我就会挺起胸脯在村里走来走去,我再也不会每天清早起来就去挤牛奶,收拾牛栏、牛舍。我的手也不会像现在这么粗糙。

"砰!"奶罐从小女孩头上摔下来,摔碎了,流了一地的奶。

小女孩呆呆地愣在那里好半天。

幸福要靠劳动创造,未来要靠双手建设,切不可不切实际地想入非非,把幸福建筑在美丽的肥皂泡上。

无处藏身的狼

有一只狼从森林深处狂奔了出来,满头大汗,气喘吁吁,顾不得东南西北,一头扎进一个村子里。因为后边有猎人和猎狗在拼命追赶它,它已经跑得筋疲力尽了。

进了村子的狼，四处张望，竟没有一家的院门是开着的，它四处转悠着。在一家院门外的树上，有一只猫看见了正在逃窜的狼。于是，悠闲自在的猫向狼打听：

"喂，你在干什么？"

"我在逃命，后边有猎人和猎狗在追我，帮我想个主意吧。"

猫想了想说："躲避一下算什么难事，这么大的村子，有几十户人家，随便哪家都很容易找到藏身的地方。比如我的这个主人家，你就可以进去说说看，我看没问题的。"

狼瞧了瞧眼前这扇紧闭的大门，记得这一家它曾经来过，那是一个没有月光的晚上，它偷偷抓走了这家的几只鸡。主人家发现后，打着火把追了它几里地，虽然它最终逃脱了，但头上至今还有一道被火把烫伤的疤痕呢。于是，它说："不行，这家不行，我曾偷过他们的鸡。"

猫又指着远一点儿的一户人家，对狼说："那一家也可以去试试，那家的老奶奶心眼儿特别好，总喜欢帮助别人，你向她求求情，我看也没有什么问题。"

狼只往那家看了一眼就一个劲地摇头："你不知道，那家老太太的羊被我吃过一只，她恨我恨得咬牙切齿。这种人家我怎么敢去呢！"

猫又建议说："那就上村头那一家吧，那家有一个很大的地窖，是个藏身的好地方，不妨去试试。"

狼还是不停地摇头："不行，不行，那家唯一的一头小奶牛是我咬死的，我可不敢自投罗网。"

猫也有点没信心了，埋怨狼说："你平时总做坏事，得罪、伤害过那么多的人，现在自己有难，还指望谁会来搭救你呢？"

这时，猎人已经追了上来。

一个作恶多端、积恶很深的坏人，待灾难来临时，别指望有人来搭救，最终只会落得人人喊打、人人拍手称快的地步。

不肯认输

有个棋迷，他的棋技并不高明，却又不肯认输。

有一天，他硬要和一位高手下棋。一连下了三盘，结果全输了。

别人故意问他："老兄！胜负如何？大概又输了？"

他马上大言不惭地回答说："第一盘，他不曾输；第二盘，我不曾赢；第三盘是和局，他又不肯和！"

有的人输了不肯认输，错了不肯认错，并且文过饰非。这样的人是不会有进步的。

掩饰过失的猫

有那么一只猫，它总把自己吹嘘得了不起，对于自己的过失，却百般掩饰。

它捕捉老鼠，一不小心，老鼠逃掉了。它说："我看它太瘦，只好放走它，等以后养肥了再说。"

它到河边捉鱼，被鲤鱼的尾巴劈脸打了一下，它装出笑容："我不是想捉它——捉它还不容易？我就是想利用它的尾巴来洗洗脸。刚才到阁楼上去玩，把我的脸搞得多脏啊！"

一次，它掉进泥坑里，浑身糊满了污泥。看到同伴们惊异的眼光，它解释道："身上跳蚤多，用这办法治它们，最灵验不过！"

后来，它掉进河里。同伴们打算救它，它说："你们以为我遇到危险了吗？不，我在游泳……"话没说完，就沉没了。

"走吧！"同伴们说，"现在，它大概又在表演潜水了。"

狐狸和它的影子

一只狐狸越来越孤独。

它的贪婪和奸诈，使它失去了所有的朋友和亲人。

傍晚到了，太阳快下山了。

看到别人家里一片热闹的景象，狐狸很悲哀。

它对它的影子说："看来，只有你愿意和我做伴了。"

狐狸的影子说："我也不愿意和你做伴，可是有什么办法呢？太阳把我给了你，我实在无法离开你。你没听到吗？人们都说：'我一见到狐狸的影子就讨厌。'人们还说：'瞧，多好，连狐狸的影子都不见了。'"

狐狸听了很吃惊，说："难道你没说过，你愿意一辈子陪伴着我吗？"

狐狸的影子说："我是说过的，那是在你很小的时候。那时你远没有现在这样坏。我曾劝过你，劝你学好，劝你变得善良一点。"

狐狸回忆说："是的，你劝告过我，可是我没听……"

这时，太阳下山了，四周黑了下来，狐狸连它的影子都找不到了。

它更悲哀了。

做人不能像狐狸那样，最后连自己的影子也离开了它，这完全是因为它的贪婪、奸诈造成的。

大鱼和小鱼

在辽阔的深海里，住着数不清的鱼类，更多的是大鱼的天下。

大鱼们凭着自己健壮魁伟的身躯，威风凛凛地占据着深海地区，不让小鱼们介入。

小鱼们心里难过极了，心想：海洋是我们大家的乐园，为什么不让我们随意游玩呢？大鱼们不过是仗势欺人。

有一天，一群小鱼又游到了大鱼们霸占的地区，小鱼们刚想走，一群大鱼围了上来，七嘴八舌地嚷着："你们这些小鱼，真是自不量力，难道你们也配和我们为伍吗？"

小鱼们缩着身子，不知该怎么办才好。

正在这时，突然间感到天地一片昏暗，海水被激起很大的浪花，只听"砰"的一声巨响，原来是渔民撒下的网，把它们一股脑儿全罩在了网里。

网里的大鱼小鱼都惊慌地嚷了起来。

"怎么办呀？我们被网套住了。"

"我们这次肯定没命了！"

大鱼们更是难受了，平时在宽敞的海洋里自由自在，这回被套进鱼网，你挤我、我撞你的，简直连转身都困难。

小鱼们在网边上找到网眼稍大一点儿的地方，一个个全挤了出来。

大鱼们看到小鱼挣脱了鱼网，也学着小鱼的样子，在网眼处使劲挤，但哪里挤得出来？

生活在社会大家庭里，人们应该友好相处，不可以大欺小，以强凌弱，要知道，强者有强者的优势，弱者有弱者的智慧，谁都不要轻视别人，抬高自己。

猫 与 鸡

鸡病了，卧在鸡栏里休息。

猫听说后，以为天赐良机，便假装成医生，带着治病的用具，走到鸡栏前。

猫问："鸡啊，你的病好些了吗？让我来给你看看病吧。"

鸡回答道："很好，只要你离开这里，我就更好了。"

恶人即使装出和善的样子，有思想的人也是能一眼识穿的。

乌鸦与孔雀

有一只乌鸦看不起它的同类。它偷偷地把它所能寻到的孔雀羽毛全都搜集起来，等集够了，便用来插到自己的黑毛之间，使自己看上去有如孔雀般的五彩缤纷。随后，它离开乌鸦群，混迹于孔雀群中。然而，当那些孔雀注意到这个新伙伴，发现它原来是穿着别人的衣裳装模作样，并且还要逞强于它们大伙时，它们火了。它们扯掉了乌鸦身上所有的假毛，拼命地啄它、抓它，一直整得它死了似的躺在它们面前。

乌鸦重新醒来后感到无所适从了。它不好意思再回到乌鸦同伴中去，因为当初它曾是那样地瞧不起它们，高傲地戴着孔雀毛四处炫耀。但最后它还是决定谦卑地去找它们了。这时，有只乌鸦说话了："告诉我，你曾蔑视自己的同类，把自己凌驾在我们之上，你对此竟一点不害臊吗？如果你当初不鄙弃自己天然的黑衣，现在就不必体无完肤地忍受疼痛和耻辱了。如今，你身上不伦不类的装饰都给扯光了，活该落得这样的下场。"

说罢，它们撇下这只曾经想做孔雀的乌鸦，与同伴们一起飞上了天空。

小毛虫

一只小毛虫趴在一片叶子上，用新奇的目光观察着周围的一切，各种昆虫欢歌曼舞，飞的飞，跑的跑，又是唱，又是跳……到处生机勃勃。只有它，可怜的小毛虫，被抛弃在一旁，既不会跑，也不会飞。

小毛虫费了九牛二虎之力，才能挪动一点点。当它笨拙地从一片叶子爬到另一片叶子上，自己觉得就像是周游了整个世界。

尽管如此，它并不悲观失望，也不羡慕任何人，它懂得：每个人都有自己该做的事情。它，一只小小的毛虫，应该学会吐纤细的银丝，为自己编织一间牢固的茧房。

小毛虫一刻也没迟疑，尽心竭力地做着工作，临近期限的时候，把自己从头到脚裹进了温暖的茧子里。

"以后会怎么样？"与世隔绝的小毛虫问。

"一切都将按自己的规律发展！"小毛虫听到一个声音在回答，"要耐心些，以后你会明白的。"

时辰到了，它清醒过来，但它已不再是以前那只笨手笨脚的小毛虫。它灵巧地从茧子里挣脱出来，惊奇地发现自己身上生出一对轻盈的翅膀，上面布满色彩斑斓的花纹。它高兴地舞动了一下双翅，竟像一团绒毛，从叶子上飘然而飞，它飞啊飞，渐渐地消失在蓝色的雾霭之中。

灵床上的狼

狼奄奄一息地躺在停放尸体的灵床上，以审视的目光回顾自己过去的一生。

"当然啦，我是一个罪人。"它说，"但我希望我不是罪大恶极。我作过恶，但也行过许多善。我想起来了，有一次，一只离群的小羊，"咩咩"叫着来到我的跟前，离我是那样近，我本来可以毫不费力地一口把它咬死，可我一点也没伤害它。与此同时，我还听到一只绵羊，以绝无仅有的轻蔑向我发出嬉笑怒骂，虽然我连猎狗都没有怕过。"

"这些我都可以为你作证。"一个正准备为它料理后事的狐狸朋友打断它的话说，"当时的情况我还记得很清楚。那时，正赶上一块脚骨鲠得你痛不欲生，而好心的仙鹤还没有把它从你的喉咙中衔出来。"

猎人与弓

一个人有一张出色的用黑檀木制成的弓，这张弓射得又远又准，因此这个人非常珍爱它。

有一次，他仔细观察它时，说道："你稍微显得有些笨重！外观毫不出色。真可惜！——不过，这是可以补救的！"他想："我去请最优秀的艺术家在弓上雕一些图画。"——他去了，艺术家在弓上雕了一幅完整的行猎图。还有什么比一幅行猎图更适合这张弓的呢？

这个人充满了喜悦。"你正配有这种装饰，我亲爱的弓！"——一面说着，一面试验，他拉紧了弓，弓呢？断了。

商人赶路

市场上，一位商人生意兴隆，货物全卖掉了，腰间的皮夹里塞满了金币和银币。现在，他想回家并想赶在天黑前到家。于是，他把装有钱的背包在马背上捆好，便骑着马动身了。中午，他在城里休息了一会儿。当他想继续赶路时，仆人把马牵到他面前说："主人，马左后脚上的蹄铁掉了颗钉子啦。"

"随它去吧，"商人说，"还有 6 个小时的路程，蹄铁不会掉吧。我急着赶路呢！"下午，他又下马歇脚，叫仆人给马喂食。仆人回到房里对他说："主人，马左后脚上的蹄铁掉啦，要把马牵到铁匠那儿安块蹄铁吗？"

"随它去吧，"商人说，"只剩下两小时的路程了，马会挺得住的吧。我急着赶路呢！"他骑上马走了。可是没多久，马就瘸腿了；瘸了没多久，就跟跟跄跄；跟跄了没多久，就摔倒了，折断了一条腿。商人不得不丢掉马，解下背包，扛到肩上，步行回家。直到深夜，他才走到家。"真是倒霉透了！"

他自言自语地说："这全怪那颗该死的钉子。"

狮、鹿、狐

一只狐狸看见一只鹿，想道："它身上的肉多么肥呀！"

一只许久没有找到东西吃的狮子，正在远处寻食。

狐狸自语道："倘若我把那只鹿指示给这个狮子，它就可以把它抓去当早餐吃,而把我留下了。"因此它就跑到狮子面前,很恭敬地一鞠躬,说:"倘若陛下打那边走去,小臣当能提出些对于陛下很中意的东西。"

狮子听了很快乐地说:"好极了!"于是就跟着狐狸走去。

然而那只鹿已经会意到它们的奸谋,早就悄悄地逃到一个安全的地方,而且在那边偷看它们的行动。

狮子既然找不到鹿,就对狐狸说:"你这个混蛋东西!你来欺骗我!我却饿得发狂了。你也像那只鹿一样,够得我一口,不过小一点罢了。"说着,它就向狐狸身上一跳,立刻把它吞下去了。

鹿说:"恶的东西往往自讨苦吃。"

羊狼签约

山羊们聚会在一起,写了一封信给狼,说:"为什么你们总是无没宁日地与我们作战呢?我们恳求你们,和我们和平相处吧,我们大家讲和了吧!"

群狼对此非常喜悦,立刻写了一封长信,伴着许多礼物,送给山羊们。狼在信上说:

"刚才知悉你们美妙的决议,我们真是谢天谢地的喜悦。这个和平的消息,能使四海欢腾歌舞。但我们要告诉你们:就是那牧羊人和他所养的狗,实在是我们互相敌视和斗争的原因。你们果真能设法赶走他们,和平便可立刻实现了。"

山羊果真听了狼的话,把牧羊人和狗全都赶跑了,并与狼签订了和平条约,双方声明永远友好。

山羊们于是在山之巅、水之涯悠闲散步,一点也用不着担心了,它们非常感谢上帝。

群狼静候了几天,便集合在一起,突然袭击羊群,可怜的山羊们没有一只幸免于难。

三个画师

从前,有一个国王,长得身高体壮,只是一只眼睛是瞎的,一条腿是瘸的。一天,他召来三位有名的画师给他画像。

第一个画师,把国王画得双目炯炯有神,两腿粗壮有力,而且膀大腰圆,英俊威武。国王看过画之后,气愤地说道:"这是善于逢迎的家伙。"他叫卫兵把这位画师推出去斩首。

第二位画师,按照国王原来的样子画得逼真如实,国王看过像之后,又是一脸怒气,说:"这叫什么艺术!"叫卫士把这位画师的头也砍了。

轮到第三位画师了。他把国王画成正在打猎的样子:手举猎枪托在瘸腿上，一只眼紧闭着瞄准前方。国王看了十分高兴，奖给他一袋金子，誉他为"国内第一画师"。

猫颈系铃

有一天，老鼠们开会商量躲避猫的方法。一只老鼠说："怎么躲得了！猫最狡猾。"另一只老鼠说："它走得那么轻，你怎么听也听不到它的声音。"第三只老鼠说："它藏得巧妙极了，怎么看也发现不了它。"

这时，最小的老鼠走上前说："我知道怎么办。在猫的头颈上系个铃，它来的时候，我们一听到铃声就可以逃了。"

大家一起叫好："对，对，好主意，我们得救了！"于是就这么决定了。

这时，一只年纪最大的、最聪明的老鼠钻出来说："主意是很好的，不过谁去把铃系在猫的头颈上？"

老鼠们都推来推去："你去系！""不，你去！"它们就这么互相争吵，一直到现在，猫还是照旧捉住老鼠。

所以说，一个好主意还只是完成事情的一半。

乌鸦兄弟

乌鸦兄弟俩同住在一个窠里。

有一天，窠破了一个洞。

大乌鸦想："老二会去修的。"

小乌鸦想："老大会去修的。"

结果谁也没有去修。后来洞越来越大了。

大乌鸦想："这一下老二一定会去修了，难道窠这样破了，它还能住吗？"

小乌鸦想："这一下老大一定会去修了，难道窠这样破了，它还能住吗？"

结果谁也没有去修。

一直到了严寒的冬天，西北风"呼呼"地刮，大雪纷纷地飘落。乌鸦兄弟俩都蜷缩在破窠里，哆嗦地叫着："冷啊！冷啊！"

大乌鸦想："这样冷的天气，老二一定耐不住，它会去修了。"

小乌鸦想："这样冷的天气，老大一定耐不住，它会去修了。"

可是谁也没有动手，只是把身子蜷缩得更紧些。

风越刮越凶，雪越下越大。结果，窠被风吹到地上，两只乌鸦都冻僵了。

这则寓言使我们想起了一个和尚挑水喝，两个和尚抬水喝，三个和尚没水喝的故事。寓言告诉我们，要热爱劳动，不能有得过且过、坐享其成的懒汉思想。想一想，你是不是有时也像这对乌鸦兄弟呢？记住：自私、懒惰、依赖别人只能害了你自己。

猫头鹰东迁

猫头鹰匆匆忙忙地向东边飞行，累了，便停在树林里歇息。正好一只斑鸠也在那里，看见猫头鹰"呼哧呼哧"地直喘粗气，便问："大哥，你这么匆忙，到哪里去呀？"

猫头鹰说："我要搬到东边去。"

斑鸠连忙追问："那是为了什么？"

猫头鹰委屈地说："小老弟，你不知道呀，西边的人都讨厌我，说我的声音难听，我住不下去了，只好搬走。"

斑鸠说："大哥呀，依我看，搬家也不能解决问题。"

猫头鹰听后，略有所思，大惑不解地问："何以见得呢？"

斑鸠说："这还不明白吗？你难听的声音没有变，东边的人照样也会讨厌你的。"

猫头鹰向东迁徙，是因为西边的人讨厌它难听的声音。但搬家能解决问题吗？这无疑是徒劳的，因为环境虽变了，它那令人生厌的声音还是没变。

这篇寓言告诫我们：有了缺点、错误，不要消极回避，也不要掩盖，只有彻底改掉，才能取得人们的谅解和欢迎。

愿换手指

有一神仙到人间找徒儿，他想寻个不贪财的就"度"他成仙。怎么寻呢？点石成金，试验人心。但他寻遍大江南北，指大石成金，没有嫌大，只有嫌小的。

正当老神仙大失所望，准备回天宫之时，他又遇见最后一位，老神仙想：这最后一个说不定就是我的徒儿呢。

神仙指着一块不大的石头开始试探："我将此石点成金，给你好吗？"这个人摇摇头。神仙以为他嫌小，又指着一块大石头说："我将这最大的石头点成金，给你好吧！"这个人也摇头不要。老神仙心中大喜：此人毫无贪财之心，难得啊难得，我定要收他为徒，"度"他成仙。于是欣然问道："你大小金子都不要，想要什么呢？"

这个人伸出手指说："我别的都不要，只要老神仙把点石成金的指头，换在我的手指上。"本想寻找一个大小金子都不要的廉正的善士，却碰到了一个"愿换手指"的贪得无厌的小人。从另一角度看，这位"愿换手指"者，舍弃那些具体的财富，却选择那创造财富的能力，岂不也是一位善于把握事物本质的智者！

两 把 犁

铁匠用同一块铁，在同一所作坊里，做了两把犁，一把落到农夫手里，立刻干起活来；另一把毫无用处地躺在商人的小铺子里，躺了很久。

过了一个时期，这两个老乡又相遇了。在农民家里待过的犁银光闪闪，甚至比刚离开作坊的时候更亮了；无所作为地在小铺子里躺了很久的犁却颜色发乌，生了锈。

"请你告诉我，你为什么这么亮？"生锈的犁问它的老相识。

"因为我劳动，我亲爱的，"那一把犁回答，"你生了锈，变得不如以前了，全因为这一阵子你躺在那儿什么也没干。"

劳动创造美。不是吗？一把犁干活，"银光闪闪"；一把犁闲置，"锈迹斑斑"。这寓言告诉我们，如果一个人像铺子里的犁一样停滞不前，那他的生命也就会"锈迹斑斑"，毫无价值。

猫头鹰和它的孩子

猫到树林里去逮鸟，碰到一只猫头鹰。猫头鹰问猫："你到哪儿去啊，亲爱的猫？"

猫答道："我去树林里逮鸟吃。"

"啊，我的小猫咪，你可千万别把我的小孩吃掉啊！"

"你的小孩长得怎样呢？这点我得知道。"

"我的小孩最漂亮！"

猫听后便去捕食了。它到了第一个灌木丛，又到了第二个灌木丛，见到鸟窝里尽是些漂亮的小鸟。在第三个灌木丛里，它才找到一群丑陋的小鸟，于是逮住它们大啃大嚼起来。它津津有味地吃完，便起身回家。在路上，又碰到了猫头鹰。

猫头鹰问道："你不会把我的孩子吃掉了吧？"

"哪儿的话，我吃的是最丑的鸟。"

猫头鹰回到家里，它见到的只是一个空空的窝。

爱孩子是母亲的天性，但缺乏理智分析的偏爱却会害了孩子。猫头鹰知道猫是去逮鸟的，但由于它把自己孩子的丑陋说成漂亮，反而断送了孩子的性命。

寓言告诉人们：认识、情感上的细小差误也会造成巨大灾祸，溺爱对于孩子总是有害的。而当你错误地估计了你自己，你就害了自己。

沙　漠

初夏的雨水非常活跃，几天就降一次。雨水降到农田里，种子发了芽，把农田染成一片新绿；雨水降到果园里，果树吐出嫩绿的叶子，开出缤纷的花朵；雨水降到坡地上，长出了如茵的青草，放牧着成群的牛羊；雨水降到池塘湖泊里，繁殖着鱼虾蟹，青蛙也不分昼夜地歌唱，歌唱这繁荣富饶的大地。

雨水同样也降到沙漠上，沙漠却只会吸收，吸收完毕，自己仍然是一片沙漠，什么反应也没有。管雨水的雨神看了有点困惑不解，就问沙漠："给你降了那么多雨水，你都弄到哪里去啦？"

"都吸收了。"沙漠悠然自得地说。

"那你吸收雨水要干什么呢？"雨神又问。

"什么干什么？"沙漠以为雨神问得奇怪，"我是最虚心接受雨水的，你降多少，我就吸收多少。难道我有什么不正确的地方？"

"我问你，"雨神听了，明快地说，"大地上的一切地方，都是吸收了雨水，就有所贡献，所以大地才无比的繁荣昌盛；你吸收的雨水不算少，可你贡献出什么来了呢？"

沙漠听了只是眨眼，连一个字也回答不上来。它是第一次听到这种意见，也是第一次思考这个问题：是啊，我吸收了这么多雨水，到底是为了什么呢？

只管吸收，不进行消化，不转化为能力和财富，这吸收又有什么用呢？

猴子小姐和它的眼镜

猴子小姐觉得，随着年龄增长，视力逐渐衰退了。它的人类朋友曾经告诉过它："那是立刻就可以解决的困难，只要配一副眼镜就成了。"于是，它便到城里去买了好几副眼镜。

猴子小姐把眼镜这样那样地摆弄。它一忽儿把眼镜顶在头上，一忽儿把眼镜套在尾巴上；一忽儿把眼镜舐舐，一忽儿又把眼镜闻闻。可是全不中用，无论它怎么摆弄，眼镜总是不管用。

"该死！"它嚷道，"我可上了当了！下一回人还有什么可胡扯的呢？关于眼镜的事，全盘是撒谎。我觉得眼镜根本没有用处。"

猴子小姐又急又气，抓起眼镜向墙上摔去，碎玻璃片儿四处飞溅。

你有一天也能看见，人类就跟猴子一样：无知的人拥有顶好的宝贝，不知道它的价值，却百般地提出非议。假使无知的人有钱有势，他就把宝贝扔掉了。

狐狸和仙鹤

有一天，狐狸阿爷花了点钱，请仙鹤阿母到它家吃饭。

狡猾的狐狸原本吝啬，请人吃饭只做了一道稀薄的汤。"请吧。"狐狸推推盛汤的盘子，"饭菜很简单，没有什么准备。"说着，这个坏蛋一会儿便把汤舐光，而长嘴的鹤一点也没吃到。

"一定要惩治这个坏蛋！"过了些时候，仙鹤也请狐狸吃饭。可狐狸毫不推辞："我非常乐意奉陪，因为我是不会跟朋友们客气的。"

到了约定的时间，狐狸跑到东道主仙鹤家里，一进门就闻到了烧肉的香气，因此对主人的款待大加恭维："仙鹤阿母，您烧的饭菜恰到好处，引起了我很好的胃口。"

仙鹤把肉切成小块，盛在一只长颈小口的瓶子里，然后端上来了。仙鹤的长嘴很容易插入瓶口，可狐狸阿爷的嘴巴太大了，想吃肉，够不着，急得抓耳挠腮，口水直滴。

狐狸空着肚皮回到家里，羞愧得像是被老母鸡捉住似的，夹着尾巴，两耳下垂，连声叹气。

记住，只有付出真诚才能得到别人真诚的回报。

三尾鱼

有一个池塘，里面有三尾鱼，一尾是精明的，一尾是平凡的，一尾是傻子。

有一天，有两个渔翁由河岸上经过，瞥见了这个池塘，便相互约定，马上动手打捞塘里的鱼。

那尾精明的鱼听到了，心里非常恐惧，毫不迟疑，从通向河流的水道逃到河里去了。那位平凡的鱼听了，仍然待在原地不作声，等到渔翁真的来了，它才想由水道逃出，殊不知这条水道已被渔翁们堵塞住了。它心里非常焦急，便谴责自己："我太过于迟疑了，所以才到了这个地步，现在要想逃脱却是非常困难的。但是，也不能完全失望，不论用智谋或是用武力，非尽力挣扎不可。"于是，它便装做死鱼，浮在水面，有时翻过肚皮来。渔翁见了，以为它已死了，便把它拾起来，顺手丢在河岸上。它得到了机会，用力一跳，便跳到河里去了，因而才免一死。

至于那尾傻鱼，依旧在水塘里游来游去，结果就被渔翁打去了。

农夫和他的孩子们

农夫快要死了，想要传授务农的经验，便把儿子们叫到一起说："孩子们，我快要离开这个世界了，有件宝物留给你们。它埋藏在咱们家的葡萄园里，你们去把它找出来吧。"

儿子们以为葡萄园里一定埋藏着数不清的珍宝，在掩埋了父亲的尸体之后，便一起来到了葡萄园。

兄弟几人把葡萄园的地全都掘了一遍，可宝物谁也没有找到。

然而，葡萄园的地松软极了，第二年结出了几倍的果实。至此，大家才知道父亲留下的宝物：勤劳。

勤劳是珍贵的宝物，因为它能创造一切。

旅行人与熊

两个朋友一起外出旅行，半路上遇到一只熊。一个人丢下朋友，迅速爬上一棵大树，躲在树枝里；另一人来不及逃走，只好直挺挺地倒在地上，假装死人。

熊向倒在地上的人走过来，用鼻子嗅他，嗅遍了他的全身。他屏住呼吸，尽力装出死人的样子。熊不吃死尸，便离开他了。

熊走远了，那个人从树上爬下来，笑嘻嘻地问他的朋友："熊在你耳边低声说了些什么？"他回答说："熊给了我一个忠告：别再和临难相弃的朋友一道旅行了。"

只有在患难之中，才可见到真诚的朋友。真正的友谊是不仅能"同甘"，而且能"共苦"，而患难是考验友谊的最佳时机。

空中楼阁

从前，有个家境富裕的愚人，什么知识都没有。一天，他来到邻近一户富人家里，见一座三层高的楼房，高大雄壮、宽敞疏朗，心中十分羡慕。他想："我的钱财不少于人家，怎么不拿来也造一座高楼呢？"他喊来木匠："他家里的楼房是你盖的吗？"木匠答是，他便雇了这个木匠。

木匠在他家挖地、垒墙、盖楼。愚人见木匠一层砖一层砖地垒墙造屋，心中很不明白木匠在干什么，就问："你垒墙有什么用啊？"木匠回答："盖三层楼呀！"愚人又说："我不要你下面的两层，先给我盖最上面的一层房子吧。"

木匠答道："没有这个道理！哪里有不盖最下层的房子而造第二层？不造第二层，怎么能造第三层？"

愚人坚持他的想法，固执地说："我今天不要下面两层屋，必须给我盖最上一层楼！"

大家听了他的话，都觉得好笑，便不再理他了。

"万丈高楼平地起"，没有基础的"空中楼阁"是造不出来的。做事情也是一样，要脚踏实地，从头做起；不可急功近利，投机取巧，一蹴而就。

夜莺和孔雀

一只喜欢交际的夜莺，在森林里遇到的尽是嫉妒者，连一个朋友都没有。

"或许能在另一种鸟类中找到朋友。"它思忖着，很自信地飞到了孔雀家里。

"美丽的孔雀，我真羡慕你。"夜莺说。

"我也羡慕你，可爱的夜莺。"孔雀高兴地答道。

"那让我们做朋友吧。"夜莺继续说道，"我们俩是不会相互嫉妒。你使人得到眼福，有如我使人得到耳福一样。"

于是，夜莺和孔雀做了朋友。

德国肖像画家克耐勒和英国诗人蒲伯成了好朋友，好得比蒲伯与英国作家艾狄生之间还要亲密。

共同的理想和美好的品质，可以把你与他（她）变成真正的朋友。

空 心 树

河岸上长着两棵柳树。老柳树谦虚地低着头，铺展自己的树叶。可是年轻的柳树却认为自己长得又匀称又好看，老是仰着脸，想尽量把自己的枝子、杈子侍弄得比老树漂亮一些。

有一天，年轻的柳树炫耀自己说："你为什么老是低着头趴着？你看看我，多么的扬眉吐气呀！那些房子呀、人呀，我都不放在眼里，他们全在我这漂亮的脚底下呐！他们哪一个不咂着舌头称赞我长得又高又大又漂亮？"

它摆出一副瞧不起老柳树的样子。

老柳树反复地对它说："我不是不知道你长得又高又大又漂亮，可你要当心树心会变空的呀！"

年轻的柳树不理睬老柳树的忠告，仍旧趾高气扬，炫耀自己。

日子一天一天过去了。因为年轻的柳树老是把吸收到的养分用在修饰外表上，树心就变空了。不久，这两棵树的主人把他们伐倒，主人看见年轻的柳树心是空的，痛心地说："唉！本来我是打算用你做大梁的，可现在除了把你当柴火烧掉，再也没有别的用处了！"

他又看了看老柳树，说："你倒是一块顶用的木材！"

这则寓言告诉我们：骄傲自满，徒求虚名，没有一个不失败的。

蜡　烛

一支用蜡做成的软弱而易曲的烛，因为一碰便要损坏，所以非常悲哀。

它除长叹而外，没有方法可想，苦苦地抱怨着它悲惨的命运。它想，那些砖头当初也是脆弱的，为什么在火里一烧便硬了起来，经过若干年也不坏呢？为了获得像砖头一样的硬度及其好处，它奋身跃进火中，于是被火熔化了。

不要羡慕别人。每个人是不一样的，各有特点。发挥你的长处和优点，自信地做人，不要模仿别人。

愚人食盐

从前，有一个傻子到朋友家做客。主人请他吃饭，他嫌菜太淡，没有味道。主人听说后，便往菜里加了一点盐。傻子尝了加了盐的菜感到味道美多了，便自言自语地说："菜之所以鲜美，是因为有了盐。加一点点盐，菜的味道如此鲜美，更何况加更多的盐呢？"在傻子看来，盐的味道比菜鲜美。

于是，这个愚昧无知的傻子，便空口吃盐，一口接一口地吃。吃了以后，由于盐的刺激，舌头便失去了味觉，什么味道也尝不出来，反受其害。

骆　驼

人们初次看见骆驼，对这样的庞然大物都感到恐惧和震惊。他们说："快逃吧，这样高大雄伟的动物一定是神物，是神派来统治和惩罚我们的啊！"于是人们纷纷逃走。

过了一些时候，人们发现骆驼性子温和，便壮起胆子靠近它，看它做出什么反应。待见它仍然不反抗，就敢接近它、使唤它了。

不久以后，人们又认识到这种动物一点脾气也没有，牙齿和爪也不尖利，就瞧不起它，给它套上辔头，叫孩子们牵着走。

如果我们接近一些令人望而生畏的东西，观察它、分析它，就能掌握它的规律，消除心中的恐惧和困惑，如果我们遇到了，别怕。它只是貌似强大，而我们总会找到解决它的办法。

野山羊和牧人

有一个牧人把羊赶到草地去放牧，发现自己的羊和野山羊混在一起了。

牧人看到野山羊一个个膘肥体壮，便起了贪婪之心，想把它们收为己有。傍晚，牧人把野山羊和自己的羊一起赶进了羊圈。第二天，草原上风暴大作,牧人不能把羊赶到常去的草地,只有在圈里喂养。他扔给自己的羊有限的饲料,仅仅使它们不至于挨饿;而对野山羊呢,他为了收拢它们的心,便堆上多得多的饲料,使它们怎么吃也吃不完。风暴停息以后,牧人把羊赶到草地去,那些野山羊却爬上山逃走了。

这时,牧人责备野山羊忘恩负义,怪它们得到特殊照顾,却扔下他走了。野山羊回过头来说道:"正因为如此,我们更应该小心,因为你照顾我们这些昨天才来的羊比那些早就跟你在一起的还要好。很明显,假如以后又有别的野山羊前来,你又会偏爱它们,而不照顾我们了。"

这故事是说,那些喜新厌旧的人的友谊是不足取的。因为即使我们同这种人相交很久,他们一旦有了新交,又会偏爱那些人。你是不是为了取悦你的新朋友,而冷落了和你朝夕相处、友情深厚的老朋友呢? 记住,如果不能真诚相待,你就会失去所有的朋友。

孔雀和白鹤

孔雀是百鸟中长得最美的一个,骄傲得像个公主。它那修长的身体配着五光十色的翎羽,发出耀眼的光泽,显得富丽堂皇。它高高地挺着胸脯,像一个贵妇人那样庄严地从众鸟面前走过,对那些小而难看的鸟看也不看一眼。它瞧不起白鹤羽毛的颜色,就冷笑着讥讽它说:"我披金挂紫,如此美丽,你的羽毛却只是白白的一片,一点也不华丽。见了我,你难道不感到羞愧吗?"

白鹤笑了笑,礼貌地回答说:"我鸣叫于星际,飞翔于九霄,呼吸着高山上的新鲜空气,享受着蓝天白云的爱抚;而你的翅膀却不能高飞,只能与公鸡和家禽为伍,在地上行走。"

穿戴朴素而有实际本领,胜过浓妆艳抹而一无所能。

鸽与秋果

从前,有一对鸽子,同住在一个巢中,相依为命地过着快乐的生活。

在一个金色的秋收季节,树上的果子都熟透了。它俩共同采集了满满的一巢。过了一段时间,果子风干了,渐渐缩少到只剩半巢了。

雄鸽子气愤地斥责雌鸽子说:"别吃了! 当初采集果子的时候是多么辛勤劳苦,现在你独自大吃,只剩下一半了!"

雌鸽觉得受了委屈,就分辩说:"我根本没有独自大吃,是果子自己减少了。"

雄鸽不信,又气又恨地说:"不是你独自大吃,那果子为什么会自己变少呢?"说完,便用嘴把雌鸽啄死了。

又过了些日子,天降大雨,干果子得到雨水的滋润,膨胀起来,又同原来一样,装了满满的一巢。

因此,不可只见到表面现象,就主观武断地出口伤人,要透过表面现象,深入了解事物内在的发展变化,掌握其规律和特点,这样才不会犯错误。

愚人积乳

从前,有一个愚蠢的人,为了将来宴请宾客,需要很多的牛奶。他家的奶牛一天产的奶当然不够用,需要把很多天的奶积存起来。

他想:这么天天挤奶,多了往哪儿放呢?放久了会不会变酸呢?不如就积存在牛的肚子里,到用的时候一次挤出来就行了。

一个月后,客人来了。他牵出母牛挤奶,这时却连一点奶也没有了。大家都嗔怪他、嘲笑他。

办任何事情都要一以贯之,勿躁勿辍,日积月累方能成功,怎能为求方便,中断日日挤奶,指望一日功成呢?

猴子磨刀

一只猴子拾到一把刀,但这把刀很钝,连一棵小树也砍不断。

它跑去请教砍柴的人:

"告诉我,你的刀为什么那样锋利?"

"我把它在石头上磨过的。"

"磨过就行了吗?"

"磨过了就行。"

猴子高兴地跑回去,拿着刀就在石头上使劲地磨,磨着,磨着,一直把刀口磨得和刀背一样厚了。等它再拿去砍树时,不用说,就更加砍不动了。

"哎!我已经学习了别人的经验,还是毫无办法,如果不是经验本身不可靠,那一定就是这把刀有问题!"猴子下了结论说。

学别人的经验,如果浅尝辄止,满足于一知半解,就只能事与愿违,而把事情越弄越糟。

小本领也有用处

公孙龙在赵国的时候,曾经对他的弟子说:"一个没有才能的人,我是不愿和他在一起的。"

有一天,有个穿粗布衣服的人,要求公孙龙收他做弟子。公孙龙就问他有什么专长,那人说:"我没有什么大本领,只是我的声音响亮,喊叫起来比别人要响得多。"

公孙龙回头问他的弟子："你们中间有没有比他叫得响的人？"

弟子们都回答说："没有。"

几天以后，公孙龙要到燕国去见燕王，路上要过一条河面很宽的大河。河这边没有船，远远看去河对岸有一只小船。

公孙龙就吩咐那个新收的弟子去叫船。只听他大声地喊了一声，那声音大得震耳。于是河对面那只小船上的人听到了，就摇着小船到这边来了，很快地把他们渡过河去了。

任何特长都有用武之地，不能轻视别人的长处。

自鸣得意的老鼠

有个人很迷信，他自己是属老鼠的，就把老鼠看做是子年的神灵，因此格外地爱护老鼠。他家里从来不养猫，也不让家里的人打老鼠。他家的粮仓和厨房任凭老鼠折腾，他从来不过问。

老鼠们知道了这家主人的心意，便互相转告亲友，这些亲友又去转告别的老鼠，一传十、十传百，于是一大群老鼠都跑到这家来了。

老鼠们在这家吃得饱饱的。白天，成群结队地在家里来来往往；夜里，它们不时地打打闹闹，还发出种种怪叫，吵得这家大小没法睡觉。这还不算，屋里的家具没有一样不被老鼠咬坏的，衣架上也没有一件完好的衣服。家里所有吃的喝的，都是老鼠吃剩下的，但这家的主人，仍然不讨厌它们。

几年后，这户人家搬到别处去了，又搬来个新主人。老鼠们仍是照样胡作非为。这可把新主人气坏了。他想："老鼠本是在阴暗角落里活动的坏家伙，在这里怎么敢这样明目张胆呢？"

于是新主人借来了五六只猫，把门关紧，并拆除了房顶的瓦片，又用水灌洞，使所有的老鼠都没有安身之处。另外，他还专门请了几个人，用网来捕捉老鼠。这样一来，杀死了无数只老鼠，堆在一起简直像座小山。

从此后，这家屋里再也见不到老鼠的踪影了。

这些自鸣得意的老鼠，一时得计，便自以为饱食终日，长久平安无事，所以它们不顾一切地为所欲为。

这则寓言说明，凡事须知深浅虚实，切不可得意忘形而轻举妄为。

跌　　倒

有个懒汉，一不小心，在路上跌了一跤。但是他不接受教训，走路时还是不看路。后来，又跌了一跤。

这一次，他就趴在地上不动了，他后悔地说："早知如此，上一次就不应该爬起来！"

跌跤、犯错误是常有的事，关键在于跌倒了要接受教训，继续前进，而不是躺倒不干。

一只小鹿

一天，老鹿领着小鹿在林中散步，林中的小牛、小羊、小兔见了小鹿，头都不回地走开了。老鹿问小鹿是不是在它们面前夸耀过自己的快腿。小鹿说："这有什么呢？小牛本来就笨，小羊本来跑得就慢，小兔呢，连腿都长得不一般长。"

"呀，孩子，"老鹿说，"你知道，你得到的只是一时的虚荣，失去的却是许多朋友。"

爱自我炫耀的人是找不到真正的朋友的，因为他在满足自己虚荣心的同时，也损害了别人的自尊心。

一棵弯腰树

林西栽了一棵小树，一天风把树干吹弯了。他的朋友水台告诉他，只要轻轻地一扶，小树就直了。可林西想，慌什么，树还小，过些时候再扶也不迟。日子一天天、一年年过去了。转眼小树长成了大树，林西发觉这树长成了一棵弯腰树，既难看，又无用，才决定去把树扶直。可这时，无论他用多大的力，都无法再把树干扶直了。

林西最后才懂得了，一个人如果有了缺点或毛病，要及时改正，不要养成坏习惯或酿成大错，否则就很难改正了。那么，你呢？

鸟类选美

在鸟类选美大会上，孔雀被选为最美丽的鸟。可是有些鸟却不服气，传出了对评委们的指责。其中最有意见的是麻雀。

麻雀因为和人接触得多，耳闻目睹，颇有些人的心眼和德行。遇到什么事都喜欢指手画脚议论一番，特别愿意评论别人的缺点。

这次，麻雀虽然自己没报名参加选美，也不知道孔雀是怎样当选的，反正是不公平。它说："孔雀那么笨，飞不高也蹦不远，它怎么配当最美丽的鸟？评委们准是收了孔雀的贿赂。"

风波越闹越大，孔雀已经不敢出门了。评委们只好上门征求麻雀的意见，问它谁比孔雀更美？麻雀说："你们这还不知道？人类都说凤凰是最美的鸟，难道你们没听说过？"说完还得意地翘了翘尾巴。这一下可把评委们难住了。

它们也听说过凤凰，可惜的是谁也没见过。评一只没见过的最美丽的鸟，不像话。

一个评委说："我见过人类给凤凰画的像，模样跟孔雀也差不多。""不一样！不一样！人的事你哪有我知道的多。"麻雀反驳说。

又一个评委把孔雀也请来了，孔雀展开尾屏，金光闪闪。麻雀提高声音吵得更凶了："差远了，差远了！凤凰不是这样的。"评委们就请它画一只凤凰让大家看看。麻雀低头画了半天，画出来还是跟孔雀差不多。

牛角尖中的老鼠

老鼠钻到牛角尖中去了。它跑不出来，却还在拼命往里钻。

牛角对它说："朋友，请退出去，你越往里钻，路越狭窄了。"

老鼠生气地说："哼！我是百折不回的英雄，只有前进，决不后退！"

"可是你的路走错了啊！"

"谢谢你，"老鼠还是坚持自己的意见，"我一生从来就是钻洞过日子的，怎么会错呢？"

不久，这位"英雄"便这样活活闷死在牛角尖里了。

百折不挠的精神令人赞赏，但若你钻的是牛角尖，还是及早回来的好，因为你钻得越深，便离希望出口越远。

第五篇 美德故事

大禹治水

大禹（约公元前 18 世纪末—公元前 17 世纪初），中国古代传说中治理洪水的英雄。在远古时代，洪水泛滥，人们经常受到洪涝的侵害。在尧帝当政的时候，又发生了一场可怕的洪水灾害：大地上一片汪洋，房屋被冲塌，田地被淹没，死人成堆；人们扶老携幼，到处漂泊逃难。尧看到人民如此受苦，心里忧虑不安，就派鲧去治理洪水。鲧带领大家治水，采用阻挡的办法，哪个堤岸被冲了补哪个，结果挡来挡去，这边的挡住了，那边的又冲垮了，劳民伤财了 9 年，一无所成。

禹认真总结了父亲失败的教训，感到用堵的办法是行不通的，于是大胆地设想了一个与父亲背道而驰的治水方案——疏通河道，顺其流势，将水引走。

方案制定后，禹决定走遍天下，察清地势，探明河道，引水下流。他带领大批助手，踏遍了闹水灾的 9 个州，测量好地势高低，分别竖立木桩作为标记。那时，大多数地方荒无人烟，禹风餐露宿，经常冒着大风大雨，在恶劣的环境中奔走。

然后，禹根据调查得来的资料，从水灾最严重的地区开始治水。禹和大家一起，用石斧、石刀等简陋的工具挖河修堤。他的手上长满了老茧，脚底长满了脚茧，脸也顾不得洗，经常蓬头垢面。由于长年累月地泡在水里，他的脚指甲都脱落了，人们看到了都感动得落泪。为了治水，禹到了 30 岁还没有结婚，后来和一个叫女娇的姑娘结婚了，婚后刚 4 天，他就告别新婚的妻子，忙于治水去了。

大禹治水 13 年，3 次经过家门都没顾得上进门看一看。第一次经过家门口，他听到自己新生的儿子正在呱呱啼哭，妻子由于生产的痛苦也正在呻吟，他的助手都劝他进去看看。禹也多想进去看一眼啊，可是他有要紧的事要办，怕耽误工作，硬是没有进去。第二次经过家门时，禹的儿子已经能叫爸爸了。小家伙在妈妈怀里使劲叫着爸爸，禹只是深情地向妻儿挥挥手就过去了。第三次，禹经过家门时，儿子已经十多岁，他跑过去要把爸爸往家里拉，禹抚摩着儿子的头，叫儿子转告妈妈，等治好水后再团圆，又匆匆地离开了。

13年后，禹历经千难万险，开沟修渠，终于战胜了洪水的灾害，促进了农业发展，使百姓能安居乐业。禹因为治水有功，被舜立为君位的继承人，成了夏朝的第一个君主，所以历史上称他为夏禹或大禹。

大禹当上部落联盟首领以后，仍然不贪图享乐，他不辞辛苦地到各地去巡视，为百姓做了很多有益的事情。

兄弟匾

勤俭节约是我国劳动人民的一种美德。

传说古时候，有个老汉日子过得挺好，乡亲们都佩服他有办法，纷纷登门求教。老汉没有说话，只是用手朝正屋墙上的一块朱红匾指了指，这匾上写着"勤俭"两个大字。乡亲们明白了，原来"勤俭"两字就是老汉过好日子的办法。

后来，老汉得了病。他把两个儿子叫到跟前说："儿啊，我死后，你们兄弟俩要照匾上的字过日子。"不久他就死了。

转眼兄弟俩长大成人，由于不团结，就分了家，他们分家可真彻底，一家分一间偏房，连正屋中间也打上竹笆，抹层泥，一家一半。匾也隔成两半。哥哥住西边，只能看见匾上的"勤"字；弟弟住东边，只能看见匾上的"俭"字。可兄弟俩并没有忘掉父亲的嘱咐。只是老大光顾"勤"字而忘掉了"俭"字；老二光顾"俭"字而忘掉了"勤"字。

老大夫妻俩起早摸黑，上山种田，成天忙忙碌碌，手脚不停。屋前鸡兔，后塘鹅鸭，栏栅里还圈着肥头肥脑的大猪。架上豆角棚上瓜，收得也不少，可是他们不注意节俭，大手大脚，一开春，米桶肉罐都空了。幸而还没有碰上荒年，要来个荒年可怎么得了呀！"爸爸说得对不对呢？"老大夫妻俩总是闷闷不乐地想着。

老二夫妻俩计算着吃又计算着穿，从不浪费一点儿。身上总是穿着补补缝缝的旧衣裤，连巴掌大的布片片也都缝起来做裤衩穿。吃的又是什么呢？该吃稠的喝稀的，该喝稀的喝口汤，连一小块盐巴颗粒也砸开分几颗吃。可是他们俭而不勤，一到开春，米桶肉罐都空啦。还没碰上荒年呢，要来个荒年该怎么办呢？"爸爸说得对不对呢？"老二夫妻俩也总是闷闷不乐地想着。

一天，舅公走来一看，哎哟哟，不对不对！怎么每个人都耷拉着脑袋呀？

一问，哦，原来抱怨爸爸呢。他想了想，不觉哈哈一笑，把四个人拉到门口，指着正屋中间的匾说："勤是摇钱树，难填无底洞；俭是聚宝盆，没余聚不成。勤俭兄弟匾，一字不能少，要勤又要俭，团结家业盛。"两兄弟一听，连连称是，两妯娌也羞得满脸通红。于是舅公领着大家拆去隔墙，把匾洗刷干净，安放好。从此，兄弟俩齐心合力，既勤又俭，日子越过越好，后来人们就把"勤俭匾"称为"兄弟匾"了。

祁黄羊大公无私

春秋时，鲁国有个叫祁黄羊的官吏，为人正直公正。一天，鲁平公问他："南阳县缺个县长，你看，应该派谁去当比较合适呢？"

祁黄羊毫不迟疑地回答说："叫解狐去，最合适了。他一定能够胜任的！"

平公惊奇地又问他："解狐不是你的仇人吗？你为什么还要推荐他呢？"

祁黄羊说："你只问我什么人能够胜任，谁最合适；你并没有问我解狐是不是我的仇人呀！"

于是，平公就派解狐到南阳县去上任了。解狐到任后，替那里的人办了不少好事，大家都称颂他。

过了一些日子，平公又问祁黄羊说："现在朝廷里缺少一个法官。你看，谁能胜任这个职位呢？"

祁黄羊说："祁午能够胜任的。"

平公又奇怪起来了，问道："祁午不是你的儿子吗？你怎么推荐你的儿子，不怕别人讲闲话吗？"

祁黄羊说："你只问我谁可以胜任，所以我推荐了他；你并没问我祁午是不是我的儿子呀！"

平公就派祁午去做法官。祁午当上了法官，替人们办了许多好事，很受人们的欢迎与爱戴。

孔子听到这两件事，十分称赞祁黄羊。孔子说："祁黄羊说得太好了！他推荐人，完全是拿才能做标准，不因为他是自己的仇人，心存偏见，便不推荐他；也不因为他是自己的儿子，怕人议论，便不推荐。像黄祁羊这样的人，才够得上'大公无私'啦！"

俞伯牙摔琴祭知音

俞瑞，字伯牙，战国时的音乐家，曾担任晋国的外交官。

俞伯牙从小就酷爱音乐，他的老师成连曾带着他到东海的蓬莱山，领略大自然的壮美神奇，使他从中悟出了音乐的真谛。他弹起琴来，琴声优美动听，犹如高山流水一般。虽然，有许多人赞美他的琴艺，但他却认为一直没有遇到真正能听懂他琴声的人。他一直在寻觅自己的知音。

有一年，俞伯牙奉晋王之命出使楚国。农历八月十五那天，他乘船来到了汉阳江口。遇风浪，停泊在一座小山下。晚上，风浪渐渐平息了下来，云开月出，景色十分迷人。望着空中的一轮明月，俞伯牙琴兴大发，拿出随身带来的琴，专心致志地弹了起来。他弹了一曲又一曲，正当他完全沉醉在优美的琴声之中的时候，猛然看到一个人在岸边一动不动地站着。俞伯牙吃了一惊，手下用力，"啪"的一声，琴弦被拨断了一根。俞伯牙正在猜测岸边的人为何而来，就听到那个人大声地对他说："先生，您不要疑心，我是个打柴的，回家晚了，走到这里听到您在弹琴，觉得琴声绝妙，不由得站在这里听了起来。"

俞伯牙借着月光仔细一看，那个人身旁放着一担干柴，果然是个打柴的人。俞伯牙心想：一个打柴的樵夫，怎么会听懂我的琴呢？于是他就问："你既然懂得琴声，那就请你说说看，我弹的是一首什么曲子？"

听了俞伯牙的问话，那打柴的人笑着回答："先生，您刚才弹的是孔子赞叹弟子颜回的曲谱，只可惜，您弹到第四句的时候，琴弦断了。"

打柴人的回答一点也不错，俞伯牙不禁大喜，忙邀请他上船来细谈。那打柴人看到俞伯牙弹的琴，便说："这是瑶琴！相传是伏羲氏造的。"接着他又把这瑶琴的来历说了出来。听了打柴人的这番讲述，俞伯牙心中不由得暗暗佩服。接着俞伯牙又为打柴人弹了几曲，请他辨识其中之意。当他弹奏的琴声雄壮高亢的时候，打柴人说："这琴声，表达了高山的雄伟气势。"当琴声变得清新流畅时，打柴人说："这后弹的琴声，表达的是无尽的流水。"

俞伯牙听了不禁惊喜万分，自己用琴声表达的心意，过去没人能听得懂，而眼前的这个樵夫，竟然听得明明白白。没想到，在这野岭之下，竟遇到自己久久寻觅不到的知音，于是他问明打柴人名叫钟子期，和他喝起酒来。两人越谈越投机，相见恨晚，结拜为兄弟。约定来年的中秋再到这里相会。

和钟子期洒泪而别后第二年中秋，俞伯牙如约来到了汉阳江口，可是他等啊等啊，怎么也不见钟子期来赴约，于是他便弹起琴来召唤这位知音，可是又过了好久，还是不见人来。第二天，俞伯牙向一位老人打听钟子期的下落，老人告诉他，钟子期已不幸染病去世了。临终前，他留下遗言，要把坟墓修在江边，到八月十五相会时，好听俞伯牙的琴声。

听了老人的话，俞伯牙万分悲痛，他来到钟子期的坟前，凄楚地弹起了古曲《高山流水》。弹罢，他挑断了琴弦，长叹了一声，把心爱的瑶琴在青石上摔了个粉碎。他悲伤地说："我唯一的知音已不在人世了，这琴还弹给谁听呢？"

悬梁刺股苦求学

勤奋好学,是中华民族的传统美德之一。"头悬梁,锥刺股"就是这一传统美德的生动写照。

提起"悬梁刺股"的故事,人们首先想到的是苏秦。苏秦,字季子,战国时洛阳(今河南洛阳东)人。苏秦在小的时候,就十分喜欢学习,他曾在很有名望的鬼谷子门下学习纵横家的言论。当时,苏秦的家境不好,连温饱问题都解决不了,更没有钱买书读了。为了读书,他时常把自己的长发剪下来卖掉,或者给别人打短工、卖力气,以换取微薄的收入来勉强维持自己的生活和学业。由于苏秦勤奋好学,在开始的一段时期内,取得了很好的成绩。

然而,就在苏秦取得好成绩的时候,他骄傲自大起来,老师的话渐渐听不进去了,自以为已经学到了纵横术的所有知识,能够"运筹帷幄"了。于是,他收拾好行李,告别了老师和朋友,一个人外出游说他的"合纵连横"理论去了。

苏秦先是主张"合纵"的,于是他去求见周天王,劝弱小的国家联合起来,阻止强国的兼并。由于没人给他引见,被冷落了一年多。一气之下,他又到了秦国,向秦惠王宣传"连横"的意见,劝他用此办法来兼并各诸侯国,以统一天下。他先后十来次上书秦惠王,但都没有引起秦惠王的重视,秦惠王只是草草地看一下,就随便放到一边,不予理睬了。

由于路途比较远,缺吃少喝,加之心情不好,奔波了好多天才回到家中。这时他已瘦得不成样子,皮肤被晒得黑糊糊的。回到家里怪难为情的,都不愿抬头见家人。妻子看见他这副样子,叹了一口气,低下头去织布了;嫂子看见他这副样子,也不想马上给他去做饭;父母见他这副样子,也不想与他说话。

苏秦的心里难受极了。他长长地叹了一口气,自言自语地说道:"唉,妻子不认我这个丈夫,嫂子不认我这个小叔子,父母也不认我这个儿子,这全是由于自己不争气造成的啊!"

于是,他又重新开始埋头读书。当天夜里,他把自己几十箱藏书找了出来,从此不分昼夜,刻苦攻读。有时候读着读着就在案头上睡着了。每次醒来,看到时间过去了很多,都十分懊悔,痛骂自己无用。可是一时也找不到合适的办法来制止自己打瞌睡。

有一次,他读着读着又开始打瞌睡了,身子一下扑在了案桌上,放在案上的一把锥子刺痛了他的手臂,使他一下子清醒过来。他看着锥子,眨了眨眼,忽然想出了一个制止自己打瞌睡的好办法:用锥子扎自己的大腿。此后,每当困意袭来的时候,他就拿起锥子,朝自己的大腿狠扎几下。由于扎得狠,往往是鲜血淋漓。他的家人看了,于心不忍,就规劝他说:"你不必这样折磨自己了,只要你痛改前非,就一定可以成功的。"

就这样,苏秦勤学苦读了一年多的时间,才觉得比以前学得深了,能够说服当代的君主了。

经过这一番准备,苏秦于公元前 334 年开始游说六国,终于得到了六国君王的重用,并担任了六国的宰相,提出了有名的六国合纵共同抵抗秦国的政策。长沙马王堆汉墓出土的帛书——《战国纵横家书》中,就有苏秦的书信和游说辞 16 章。

在我国历史上,像苏秦这样刻苦求学的人很多,晋朝的孙敬就是其中的一位。孙敬酷爱学习,每日攻读到深夜。日复一日,年复一年。由于他把时间几乎都用在学习上,所以很少外出。当他偶尔到集市上去的时候,有的人就在他的背后指指点点地说:"看哪,这就是'闭户先生'呀!"

为了避免在深夜学习时产生疲倦,他想了一个办法:把头发结在绳子的一头,将另一头挂在屋梁上,每当打瞌睡时,就会因为扯痛头发而惊醒过来。

苏秦和孙敬在那样艰苦的条件下,不需别人督促,都知道努力勤学,这种精神是值得我们学习的。

清高廉洁的介子推

晋文公在未做国君时,逃亡在外面 17 年,回国登位后第一件事,便是赏赐和他一起逃亡的功臣。

那些人都有了金银财宝和很高的官爵,独有介子推一人,被晋文公忘记了。在逃亡期间,介子推忍饥、受冻,吃了很多的苦,但他却供奉晋文公所需要的一切,使他生活得十分舒服。

一天下午,介子推倒在椅子上连声叹气。母亲安慰他说:"你的功劳很大,为什么不和国王说明,求一个官做做呢?"

介子推坐直身子对他母亲说:"我不是想得到赏赐,而是看不惯那般小人,自以为有功就摆出一副得意洋洋的样子,那些卑鄙的人,都想将功劳拉在自己的身上,实在太可耻了,我不愿意和他们在一起做事,我想回到乡下种田,又怕您不同意我的做法。"于是,他的母亲连连点头说:"你的志向很高,不贪求功利,我太高兴了。"他和母亲便住到绵山去了。

过了一些日子,晋文公忽然想起了介子推的功劳,便叫人到绵山去找他。可是绵山很大,又长满了树木,100 多个人在绵山找了三天三夜,还没有找到介子推。当时有人建议,用火烧山,他们见了火,一定会自己跑出来。

介子推和他母亲藏在山内,知道晋文公派人来找他,他仍然不愿意出来。后来大火烧到他们的身旁,介子推连忙对母亲说:"我背您出去吧,不然就要被烧死了。"

他的母亲睁大眼睛对他说："你不是不愿意和那些争权夺利的小人在一起吗？现在怎么又怕死了呢？"

火熄了，树木烧光了。大家看到介子推和他的母亲合抱着一棵树，都被烧焦了。

晋文公看到后非常悲痛，为了纪念介子推，改绵山为介山，将山上所有的田，改为祭田。还下令要全国老百姓在烧山的这一天，不准起火烧饭，一律吃冷食。这一天是清明的前一天，我们叫做"寒食节"。

苏武牧羊持节杖

苏武是西汉时期的皇帝侍从。汉武帝时，我国北方的游牧民族——匈奴贵族，经常派骑兵骚扰汉朝边境，杀人放火，抢夺财物，不但给汉族人民的生活带来很大痛苦，而且也威胁到汉朝的封建统治。汉武帝即位以后，派出军队，多次击败匈奴的进攻。匈奴的首领且鞮单于害怕汉朝军队乘胜追击，就故意装出和好的姿态，把以前扣留的汉朝使节放了一些。汉武帝得知这一消息后很高兴，马上派正直廉洁、有胆有识的苏武，率领张胜、常惠等100多人，带着大批礼物出使匈奴。

临行前，汉武帝召见了苏武，亲手把旌节交给他。这是一根七八尺长的木棍，顶部弯曲的地方挂着一串用毛做成的绒球，表明使节的身份，也是使臣出使的凭证。苏武接过使杖，激动地说："只要我人在，这节杖就不会丢，使命就不会受辱。"

苏武一行风餐露宿，长途跋涉，终于到达了匈奴单于居住的地方见到了单于。谁知单于是个吃硬不吃软的家伙，见苏武送礼上门，就以为汉朝软弱求饶，所以对苏武及使臣们傲慢无礼，态度专横，苏武忍辱负重，完成了使命，正准备返回长安时，发生了一件意想不到的事。

原来几年前，汉朝使者卫律出使匈奴后不久就投降了，并被单于封为王。卫律原来的副使虞常对卫律卖身投靠匈奴的做法，一直不满，见到老朋友张胜后，他就和张胜暗中商量，想乘单于出外打猎时，劫持单于的母亲，杀了卫律。然而正当他们七十多人准备起事时，有人告了密。于是单于逮捕了虞常，并想趁机逼迫苏武投降。

卫律奉令威逼苏武投降，遭到严辞拒绝。苏武说："我是汉朝使者，如果丧失了气节，使国家受到侮辱，活下去还有什么意思？"说着便拔出宝剑，向自己身上猛刺，卫律慌忙抱住苏武，夺下剑来，然后找来医生为他包扎伤口。

单于听到这个消息，不禁对苏武的爱国气节产生了敬意，但他想得到更多的是让苏武投降，忠心耿耿为他服务。他让卫律当着苏武的面审问虞常和张胜。

卫律把苏武叫来，先把虞常一刀砍死，吓得张胜当场表示投降。卫律乘机要挟苏武说："你的副使都认罪投降了，你作为正使也要治罪。"苏武严正地回答："我奉命来与匈奴结好，和张胜既非同谋，又非亲属，凭什么治我的罪？"卫律理屈词穷，挥刀要杀苏武。苏武毫不畏惧，迎上前去："你要有胆量杀死堂堂汉朝使臣，就快点动手吧！"卫律见硬的不行，就用高官厚禄来劝降，谁知苏武一听勃然大怒，破口痛骂道："你背叛了君主和父母亲戚，不知廉耻，还有什么脸跟我说话？"

单于见苏武软硬不吃，又生一计，想用艰苦的生活环境来消磨苏武的爱国意志，诱使他最终投降。于是下令把苏武放逐到北海（今俄罗斯西伯利亚贝加尔湖）去放羊。临行前，单于对苏武说："等你放的公羊产了奶，你才能回去。"

北海荒无人烟，一年到头白雪皑皑，连鸟兽也很难见到。有时苏武饿得没有办法，就掘开野鼠洞，掏洞里的草料来充饥。每天，他一面放羊，一面抚弄"节杖"，希望总有那么一天，能够拿着节杖，重返祖国。天长日久，节杖上的绒毛脱光了，成了一根光秃秃的棍子，但苏武仍视之为生命的支柱，连睡觉的时候，都紧紧地抱在胸前，就这样，苏武在匈奴生活了19年。

公元前81年，汉朝与匈奴几经交涉，匈奴才把苏武及其随员共9人放回长安。长安的老百姓听说苏武回来了，都出来迎接。他们看到满头白发的苏武，手里还紧紧握着那根光秃秃的"节杖"，无不感动得热泪盈眶。

荀巨伯重义轻生

荀巨伯是汉桓帝时的贤士，一向恪守信义，珍惜友情。

他听说千里之外的一个好友得了重病，心急如焚，匆匆安排了家事，收拾好行装，便赶去探视。他晓行夜宿，披星戴月奔波了半个多月，才到达好友居住的县城。谁知进城以后，只见街上冷冷清清，悄无一人，觉得很奇怪。他好容易才找到好友的住处，发现好友躺在床上，面色惨白，连声低呼："水！水！"荀巨伯忙从桌上取过土碗，四处寻水，好一会才在厨房水缸里找到了一点水，马上装入碗内，递到友人口边。友人呷了几口，精神稍好一些，抬头见是荀巨伯给他递水，惊喜地问道："你什么时候来的？"

荀巨伯答道："刚到。"

友人见荀巨伯满面风尘，为看望自己不惜千里奔波，深为感动。但想到目前情况紧急，又焦急地对荀巨伯说："胡兵马上就要来攻城，城里的人都跑光了，你还是赶快走吧，晚了就走不了啦！"

荀巨伯诚挚而又坚定地说："你重病在身，旁边没一个亲人，作为朋友，我现在能够离开吗?"

友人感动地说:"贤弟盛情,令人感动,我是将死的人了,怎么能够连累你呢?还是快点走吧!"说完,又吃力地把手一挥。

荀巨伯恳切地说:"我不远千里来看你,你却要我走。弃义以求生,我荀巨伯是那样的人吗?"

正说到这里,突然听到门外有人高喊:"这里有人!"

友人听见喊声,焦急地对荀巨伯说:"胡人来了!你快从后门逃走吧!"说到这里,由于情绪激动,又禁不住连声咳嗽。

荀巨伯忙把土碗递到他口边。正在这时门突然被踢开,一个身材魁梧、身着胡装、手执钢刀的大汉,带领几个随从冲了进来。

友人十分着急,荀巨伯却镇定如常。

大汉见屋中只有两个男子,一个卧病在床,一个亲为递水,便走上前去,大声地问荀巨伯道:"我大军一到,一郡尽空,你是何人,竟敢独自停留?"

荀巨伯从容不迫地回答道:"在下荀巨伯,因友人重病在身,无人照顾,因此千里探视,不忍离去。望刀下留情,要杀就杀我,千万不要伤友人之命!"

大汉想不到一郡尽空,竟有人愿舍己救友,颇为感动,便对随从们说:"我等不该入此有义之国,走!"

友人此时方才如释重负,紧紧拉住荀巨伯的手,一句话也说不出来,眼泪滚滚而下。

曹操割发代首

曹操,东汉末年的丞相,后被封为魏王,是三国时期著名的政治家、军事家。曹操带兵军纪十分严明,并且自己也以身作则,带头遵守,因此,他的军队很有战斗力,很快就消灭了多股强大的军阀割据势力,统一了中国北方。

曹操看到中原一带,由于多年战乱,人民四处流散,田地荒芜,就采纳部将的建议,下令让军队的士兵和老百姓实行屯田。很快,荒芜的土地种上了庄稼,收获了大批的粮食。有了粮食,老百姓安居乐业了,军队也有了充足的军粮,为进一步统一全国打下了物质基础。看到这一切,大家都很高兴。可是,有些士兵不懂得爱护庄稼,常有人在庄稼地里乱跑,踩坏庄稼。

曹操知道后很生气,他下了一道极其严厉的命令:全军将士,一律不得践踏庄稼,违令者斩!

将士们都知道曹操一向军令如山,令出必行,令禁必止,决不姑息宽容。所以此令一下,将士们小心谨慎,唯恐犯了军纪。将士们操练、行军经过庄稼地旁边的时候,总是小心翼翼地通过。有时,将士们看到路旁有倒伏的庄稼,还会过去把它扶起来。

有一次，曹操率领士兵们去打仗。那时候正好是小麦快成熟的季节。曹操骑在马上，望着一望无际的金黄色的麦浪，心里十分高兴。

正当曹操骑在马上边走边想问题的时候，突然"扑棱"一声，从路旁的草丛里窜出几只野鸡，从曹操的马头上飞过。曹操的马没有防备，被这突如其来的情况吓惊了。它嘶叫着狂奔起来，跑进附近的麦子地。等到曹操使劲勒住了惊马，地里的麦子已经被踩倒了一大片。

看到眼前的情景，曹操把执法官叫了来，十分认真地对他说："今天，我的马踩坏了麦田，违犯了军纪，请你按照军法给我治罪吧！"

听了曹操的话，执法官犯了难。按照曹操制定的军纪，踩坏了庄稼，是要治死罪的。可是，曹操是主帅，军纪也是他制定的，怎么能治他的罪呢？

想到这，执法官对曹操说："丞相，按照古制'刑不上大夫'，您是不必领罪的。"

"这怎么能行？"曹操说，"如果大夫以上的高官都可以不受法令的约束，那法令还有什么用处？何况这糟蹋了庄稼要治死罪的军令是我下的，如果我自己不执行，怎么能让将士们去执行呢？"

"这……"执法官迟疑了一下，又说："丞相，您的马是受到惊吓才冲入麦田的，并不是您有意违犯军纪，踩坏庄稼的，我看还是免于处罚吧！"

"不！你的理不通。军令就是军令，不能分什么有意无意，如果大家违犯了军纪，都去找一些理由来免于处罚，那军令不就成了一纸空文了吗？军纪人人都得遵守，我怎么能例外呢？"

众将官见执法官这样说，也纷纷上前哀求，请曹操不要处罚自己。

曹操见大家求情，沉思了一会说："我是主帅，治死罪是不适宜。不过，不治死罪，也要治罪，那就用我的头发来代替我的首级（即脑袋）吧！"说完他拔出了宝剑，割下了自己的一把头发。

孔融、孔褒兄弟争死

孔融，字文举，是东汉末年的学者，有名的"建安七子"之一。

孔融很小的时候，就懂得友爱和谦让。他4岁时，有一次家里人在一起吃梨。母亲将洗好的梨放在盘子里，让年纪最小的孔融先拿。孔融看到盘子里的梨有大有小，他就从中挑了一个最小的梨。母亲问他为什么要这样做，他回答说："我年龄最小，应该吃最小的梨。"

东汉末年，宦官把持着朝政，政治十分腐败。孔融15岁的时候，有个叫张俭的官员，揭发了当权的宦官侯览和他的家人所犯的罪恶，却反遭陷害，官府要抓捕他治罪。张俭是孔融的哥哥孔褒的好友，急迫之中，他逃到孔家，请求掩护。不巧孔褒外出不在家，孔融就出来接待了他。张俭见孔融还是个孩子，就没有说明来意。孔融看出了张俭神情紧张、欲言又止的样子，一定是有什么为难的事，就对张俭说："我哥虽然不在家，但你是他的好友，难道我就不能做主收留你吗？"听了孔融的话，张俭心里踏实下来，他在孔融家里躲藏了好几天，找了个机会，终于安全地逃走了。

不料有人知道了这件事情，就去向官府告发了。官府抓不到张俭十分生气，就把孔融和他的哥哥孔褒抓了起来。

审官对孔融和孔褒说："你们兄弟到底是谁放走了张俭？你们知道不知道，张俭是朝廷的要犯，放走了他就是犯了杀头之罪！"

听了审官的话，孔融知道哥哥和张俭是好朋友，朝廷是不会轻易放过他的。只有自己主动承担罪责，才会保全哥哥的性命。于是，他对审官说："留藏张俭的是我，你要治罪的话，就请治我的罪吧！"

听了弟弟把罪责承担在自己身上，孔褒忙说："张俭是来投奔我的，这不关我弟弟的事！要杀就杀我吧！"

孔融、孔褒兄弟在堂上争了起来，都说是自己放走了张俭。审官见兄弟俩争罪，怎么也拿不定主意。最后，只好如实上报。后来，皇帝定了孔褒的罪，下令杀死了他。孔融虽然没能救哥哥，但是他友爱兄长、凛然争死的事迹却流传了下来。

陈寿写历史

陈寿在写《三国志》的过程中，还有过一个有趣的小插曲呢。

陈寿在开始写《三国志》之前，曾做了大量的调查研究工作。他翻阅了原先三国留下的各种文献记录，搜集了大量的私人笔记资料，还到许多重大事件发生的地点做过现场勘察，决心把这段历史写得真实、准确。

可是，有一段时间，陈寿忽然停笔了，而且人们看见他总在书房来回踱步，常常陷入沉思。这是怎么回事呢？

原来，不久前来了一个亲戚，发现陈寿正写到《诸葛亮传》这一章，就问陈寿打算如何写诸葛亮这人。陈寿说诸葛亮是一位功不可没的历史人物。亲戚听了很生气，责备陈寿忘记了家仇。

陈寿一家在三国时是蜀国人，他父亲曾是诸葛亮手下的一员将官。一次，他父亲办事时犯了错误，被执法严明的诸葛亮狠狠地训斥了一顿，还按军法惩罚了他父亲。陈寿的父亲愧悔交加，从此再也没有振作起来。慢慢地，他忧郁成疾，终于一命归天了。后来，陈寿又受到宦官的迫害，处境十分凄凉。因此，陈寿一家认为他们落到这步田地，都是诸葛亮造成的，心中十分怨恨诸葛亮。

现在，听亲戚这么一说，陈寿也不禁彷徨起来。他想，诸葛亮一生励精图治,公而忘私;而且南征北战,百战百胜,的确是位了不起的人物。按理说,应该实事求是地把这些写出来,可是,自己一家的遭遇,又使他在感情上对诸葛亮有些别扭,而且,如果照实写,亲戚们也不会原谅他。到底该怎样写呢?陈寿心里很乱,于是,他干脆停下笔来,想把自己的思绪理清楚。

这天,一位朋友来看他,陈寿憋不住,就把心里的苦恼告诉给了朋友。那位朋友听后说:"人们都称赞司马迁的《史记》,说它正直公允,准确无误,不假意赞美,不隐瞒丑恶。你这部《三国志》是否也能如此呢?"听了朋友的话,陈寿一下子醒悟过来:是啊,作为一个历史学家,第一要做到的就是诚实无私。当年司马迁宁肯得罪皇上,也要尊重事实,秉笔直书。现在,我难道能为自己私人的恩怨而歪曲历史吗?那我不是成了千古的罪人了吗?

陈寿又飞快地写了起来,很快"诸葛亮传"就写成了。陈寿还特地把这篇文章拿去给朋友们看,请他们提出修改意见,生怕自己有什么写得不公正的地方。

后来"诸葛亮传"成了《三国志》一书中写得最为精彩的部分。

"眼前有景道不得"

有一次,李白来到武昌蛇山,登上黄鹤楼观景。

面对烟波浩淼的长江,古往今来的事一齐涌上李白心头。他正想咏景抒怀,猛然抬头,发现墙上有崔颢的一首题诗:

昔人已乘黄鹤去,此地空余黄鹤楼。

黄鹤一去不复返,白云千载空悠悠!

晴川历历汉阳树,芳草萋萋鹦鹉洲。

日暮乡关何处是? 烟波江上使人愁。

李白吟咏再三,不禁拍手叫绝。这位一向爱题咏山水的大诗人,感到自己的构思、立意没有超过崔颢,于是断然放弃了做诗的念头,只说了"眼前有景道不得,崔颢题诗在上头"这两句,便离去了。

李白后来到了古代名城金陵,游览当地名景凤凰台,突然诗兴大发,便步崔颢《黄鹤楼》诗韵,也写了一首七律《登金陵凤凰台歌》:

凤凰台上凤凰游,凤去台空江自流。

吴宫花草埋幽径,晋代衣冠成古丘。

三山半落青天外,二水中分白鹭洲。

总为浮云能蔽日,长安不见使人愁。

两首诗一样有名,李白谦虚的美德和他自己的诗更为后人传颂。

晏殊忠厚老实受重用

晏殊是北宋著名的文学家和政治家。大家熟悉的范仲淹、欧阳修等宋代大诗人,都曾经当过他的学生。

晏殊在十三四岁的时候,就以博学多才出了名。后来,他被地方官作为"神童"推荐给朝廷,让他去面见皇上。

事情巧得很。当晏殊赶到京城时,正赶上科举会试。参加会试的都是各地选拔上来的名列前茅的才子。晏殊是作为"神童"选来见皇帝的,本可以不参加考试,但晏殊觉得只有经过考试,才能检验自己有没有真才实学。于是,他主动要求参加考试,并得到了皇帝的批准。

参加考试的有1000多人。有的是连考多年、两鬓斑白的老学者,有的是风华正茂的青年书生,年龄最小的就是晏殊,他还不满14岁。开始,他心里有点不踏实,可他马上又想到,自己年纪还小,如果考试成绩不好,说明自己的学问还不够,那就需要自己继续苦读,有什么可怕的呢?

当考题发下来之后,晏殊认真一看,简直不相信自己的眼睛。考试题目自己曾经作过,当时写的这篇文章还受到好几位名师的称赞。这时候,晏殊的心里很矛盾。按说,那篇文章的确是自己独立写成的,现在把它照抄下来,当然也能反映自己的水平,不应该算是作弊,再说主考官和考生谁都不知道。

但是他又想,那篇文章是自己在家里写成的,写作的条件比考场上要优越得多,如果在考场上写,就不一定能够写得那么好。晏殊又想起老师曾讲过的话:做学问必须老实,如果对自己放松,那只能害了自己。想到这里,他决定把实话讲出来,要求主考官给自己另出一个题目。可是,考场上的规矩太严了,晏殊几次想说话,都被监考人制止了。迫不得已,晏殊只好以那篇文章为基础,又做了些修改加工。写好之后,交了卷。

几天之后,十几位成绩最好的考生被召到皇宫大殿上,将接受皇上的复试。晏殊也是其中之一。在对晏殊复试时,皇上高兴地对他说:"你的文章,我亲自看过了,没想到你小小年纪,竟有这样好的学问。"不料晏殊却跪下来,连忙自称有罪。接着,他把考试的经过讲了一遍,并且要求皇上另出一个题目,当堂重考。

晏殊说完后,大殿上鸦雀无声。人们被惊呆了,心想这个少年真是傻到极点了,别人想找这样的好事都找不到,自己却要求另换题目,再考一次。

过了片刻,皇上突然大笑起来,说道:"真看不出,你这孩子不仅学问好,还这样诚实。好吧,我就成全你吧。"

当下,皇上与大臣们一商议,就出了一个难度更大的题目,让晏殊当堂作文。晏殊克制着内心的紧张，集中全部精力，很快把文章写好交了上去。大家一看，交口称赞。皇上十分高兴，对晏殊赞不绝口，并当场授予他一个相当于进士的学位，还吩咐人给晏殊安排一个官职，先让他锻炼一下，希望他日后成为国家的栋梁之材。

晏殊做官之后，开始只在翰林院里担任一个小小的秘书职务，官位低，薪俸少，日子过得挺清苦。

当时，天下太平，京城里一派歌舞升平的景象。朝廷官员几乎都是三日一宴，五日一游，过着花天酒地的生活。

晏殊也喜欢饮酒赋诗，愿意同天下的文人们交往，可是他没有钱，无法参加这些活动。于是，他每日办完公事，就回到住地读书，或者和他在京城求学的兄弟们一起讨论古书中的问题。

过了些日子，朝廷要选拔协助太子处理公务的官员。条件是：学问高、品德好。负责选拔的大臣们非常慎重，反复筛选、考察，一直也定不下来。因为选不好，就要受到皇上的责备。

一天，忽然传来皇上的一道御旨，要选拔官们把晏殊算上一个候选人。不少大臣都不知道晏殊是谁，一打听，才知道是翰林院的一个小秘书。大家都挺奇怪，皇上怎么就看上了他？

原来，皇上听说晏殊闭门读书，从不吃喝玩乐，又想起晏殊在考场上的表现，认为他是一位既有才气，又忠厚勤勉的人。选这样的人到太子身边，真是再合适不过了。所以，就亲自点了晏殊的名。

晏殊上任前，照例到皇上那里去谢恩。皇上勉励他一番之后，又夸他闭门读书，不参加游乐，是个好青年。

晏殊听完皇上的夸奖后却低下了头，并向皇上说："臣并非不想和文人们宴饮游乐，只是因为自己家贫无钱而不能去，如果臣有钱，肯定也会去的。我有愧皇上的夸奖。"

皇上听后深为感动，一定要重用这样诚实的人！

从此以后，晏殊的官越做越大，名望也越来越高。

程门立雪

宋朝的时候，有一位有学问的人，名叫杨时，他对老师十分尊重，一向虚心好学。"程门立雪"便是他尊敬老师、刻苦求学的一段小故事。

杨时在青少年时代，就非常用功。后来中了进士，他不愿做官，继续访师求教，钻研学问。当时程颢、程颐兄弟俩是全国有名的学问家。杨时先是拜程颢为老师，学到了不少知识。4年后，程颢逝世了。为了继续学习，他又拜程颐为老师。这时候，杨时已经40岁了，但对老师还是那么谦虚、恭敬。

有一天,天空浓云密布,眼看一场大雪就要到来。午饭后,杨时为了找老师请教一个问题,约了同学游酢一起去程颐家里。守门的说,程颐正在睡午觉。他们不愿打扰老师午睡,便一声不响地立在门外等着。

天上飘起了鹅毛大雪,越下越大。他们站在门外,雪花在头上飘舞,凛冽的寒气,冻得他们浑身发抖,他们仍旧站在门外等着。过了好长时间,程颐醒过来了,这才知道杨时和游酢在门外雪地里已经等了好久,便赶快叫他们进来。

这时候,门外的雪,已经积得有一尺多深了。

杨时这种尊敬老师的优良品德,一直受到人们的称赞。正由于他能够尊敬师长,虚心向老师求教,学业才进步很快,后来终于成为一位全国知名的学者。四面八方来向他求教的人,都不远千里地来拜他为老师,大家尊称他为"龟山先生"。

"精忠报国"的岳飞

岳飞(1103—1142)出生于河南省汤阴县一个贫苦农家。据说岳飞呱呱坠地的那天傍晚,刚巧一只大鸟从屋顶上飞鸣而过。父亲岳和便给他取名叫"飞",字"鹏举"。

由于家境清贫,岳飞小小年纪就得打柴割草,还要帮助父母下地耕作。在艰辛的劳动中,岳飞练就了一副强健的体魄,并学得一手好箭法和好武艺。

岳飞青年时代,是在国家内忧外患之中度过的。宋朝统治者纵情享乐,长期生息在我国东北的女真族勃然兴起,建立了金政权。1127年金攻陷宋都城汴京,北宋宣告灭亡。

这一年,岳飞正好20岁。这个饱读兵书、谙熟武艺、身强力壮的年轻人,盼望有一天能够投身疆场,为国家报仇雪耻。当招募"敢战士"的消息传来时,他报名参军。就在他走上战场的前夕,深明大义的母亲,特意在他背上刺下"精忠报国"四个大字,嘱咐他一生一世都要为国家和民族的利益而奋勇杀敌,决不吝惜自己的生命。

岳飞参军后,一直坚持战斗在抗金的最前线,为挽救民族的危亡而英勇杀敌。他率领的"岳家军"不畏强敌,独当一面,先后六次与金兵交锋,均获全胜,"岳家军"声威大震。而赵构却重用宠臣主和派代表黄潜善、汪伯彦等人。为了拯救沦陷在敌占区的苦难同胞,把敌人驱逐出境,岳飞不顾自己位卑言轻,上书给皇帝赵构,坚决反对继续向南逃跑,力谏赵构返回汴京,亲率六军北渡黄河,这样将帅一心,一定可以收复中原。这道奏书进呈后,触怒了赵构和黄、汪这些妥协投降派。他们以"小臣越职,非所宜言"的罪名,把岳飞的官职革掉了。闲居三个月后，岳飞难以压抑心中报效国家的强烈意愿，投奔河北路招抚使张所。岳飞慷慨陈词，决心以身许国，消灭敌人，恢复故疆，以报答父老乡亲。从此，岳飞又转战在抗金的战场上，而且越战越勇，"岳家军"的旗帜成了抗金力量的象征。金兵统帅不得不惊呼："撼山易，撼岳家军难！"

　　1140年，正当岳飞奋勇前进，胜利在望的时候，赵构和宰相秦桧却害怕"岳家军"强大起来之后，成为南宋政权的威胁。因此，不惜出卖民族利益，以"孤军不可久留"为借口，在一天之内连下12道金牌，强令岳飞退兵。岳飞对此极为悲愤，长叹道："十年之功，废于一旦！"岳飞退兵时，中原人民拦住军马，哭声盈野，岳飞也潸然泪下。

　　岳飞回到临安后，赵构和秦桧为了向金兵求和，诬陷他唆使部下谋反，以"莫须有"的罪名把岳飞送进监狱。1141年12月29日，岳飞和他的儿子岳云、部将张宪等一同被害，当时岳飞年仅39岁。临刑前，他奋笔疾书，写下"天日昭昭，天日昭昭"八个大字，意思是"老天有眼呵，老天有眼呵！"岳飞被害后，南宋与金人订立了可耻的绍兴和议，向金朝称臣纳贡，大片国土沦于金人之手。

　　岳飞虽然惨遭杀害，但他的爱国主义精神和光辉业绩，深深地铭刻在世代中国人民的心中；而奸臣秦桧等人，却被铸成铁像，反剪双手，长跪于英雄墓前，被万世人民唾骂！

深山画虎

　　古时候，我国有一个画老虎出名的画家，叫厉归真。他画的老虎简直和真的一样。刚开始，厉归真画的老虎，大家看了，有的人说像条狗，有的说像只死虎。厉归真听了很伤心，因此下决心，一定要把虎画好。他带上干粮和纸笔，到深山老林里去，在大树顶上搭了一个棚子，藏在棚子里，等候老虎出来，好观察老虎的神态和动作。

　　半夜，深山里很静。突然一声雷鸣一般的吼声，震得山摇地动。厉归真吓得差点儿从木棚子上掉下来。他知道这是老虎来了，连忙壮着胆儿探出头来，拿着纸和笔，把老虎走路的样子很快地画了下来。

　　就这样，老虎一出来，他就抢着画，过了几天，他把老虎怎么跑，怎么跳，怎么卧，怎么发怒，怎么捕捉小动物，都一一画了下来，一共画了100多张草图。

　　回家以后，厉归真又向猎人买了一张老虎皮，有工夫就披上老虎皮，在院子里蹦蹦跳跳揣摩老虎的神情。跳累了，他就休息一会儿，然后动手画老虎。

　　经过这样顽强、刻苦的学习，厉归真终于把老虎画得像真的一样啦！

67个补丁的睡衣

在中南海的毛主席故居里，陈列着两样引人注目的东西：一样是两件睡衣，一样是一双拖鞋。两件睡衣，毛泽东已经穿了好多年了。线开了，缝一缝再穿；破了，就用布补起来。也不知缝了多少次。

一次，工作人员趁毛主席休息之机，给他换了一件新睡衣。起床穿衣时，毛泽东发现睡衣被换了，很不高兴地问："我原来的那件睡衣呢？给我搞到哪里去了？"

工作人员支支吾吾地不肯说，毛泽东更不高兴了："快给我找回来，哪个叫你们换了的！"工作人员见势不妙，赶紧把换走的旧睡衣又拿了回来。毛泽东接过旧睡衣，边穿边说："习惯了，还是这件睡衣好穿。"

结果，这两件睡衣一直被老人家穿到逝世。工作人员把它们作为陈列品收藏时，特地数了数上面的补丁：一件上有 67 个，一件上有 59 个。

毛泽东的拖鞋也穿了好多年，鞋底磨出了个洞，鞋面也开线了。工作人员几次要给扔了，毛泽东总是不让，说修一修还可以穿。工作人员只好拿到外面去修。修鞋师傅看了都直犯难："都坏成这个样子了，还怎么修哇！"

尽管这样，毛泽东还是不叫扔。工作人员只好自己用针线缝一缝，再摆在毛泽东的床下。

这个硬币是我挣来的

列夫·托尔斯泰是俄国著名的作家，他写的《战争与和平》、《复活》等小说，都是世界名著。他虽然很有名，又出身贵族，却喜欢和平民百姓在一起，与他们交朋友，从不摆大作家的架子。

一次，他作长途旅行时，路过一个小火车站。他想到车站上走走，便来到月台上。这时，一列客车正要开动，汽笛已经拉响了。托尔斯泰正在月台上慢慢走着，忽然，一位女士从列车车窗里冲他直喊："老头儿！老头儿！快替我到候车室把我的手提包取来，我忘记提过来了。"原来，这位女士见托尔斯泰衣着简朴，还沾了不少尘土，就把他当做车站的搬运工了。

托尔斯泰赶忙跑进候车室拿来提包，递给了这位女士。

女士感激地说："谢谢啦！"随手递给托尔斯泰一枚硬币，"这是赏给你的。"

托尔斯泰接过硬币，瞭了瞭，装进了口袋。

正巧，这位女士身边有个旅客认出了这个风尘仆仆的"搬运工"就是托尔斯泰，就大声对女士叫道："太太，您知道您赏钱给谁了吗？他就是列夫·托尔斯泰呀！"

"啊！老天爷呀！"女士惊呼起来，"我这是在干什么事呀！"

她对托尔斯泰急切地解释说："托尔斯泰先生！托尔斯泰先生！看在上帝的面儿上，请别计较！请把硬币还给我吧，我怎么会给您小费，多不好意思！我这是干出什么事来啦！"

"太太，您干吗这么激动？"托尔斯泰平静地说，"您又没做什么坏事！这个硬币是我挣来的，我得收下。"

汽笛再次长鸣，列车缓缓开动，带走了那位惶惑不安的女士。

托尔斯泰微笑着，目送列车远去，又继续他的旅行了。

鲜花丛中寻找谁

玛丽·居里，是法籍波兰物理学家和化学家，法国科学院第一位女院士。1903年她和丈夫一起获诺贝尔物理学奖金。1911年又荣获诺贝尔化学奖，成为迄今为止唯一的两次获得诺贝尔奖金的女科学家。

1912年，华沙"镭"实验室建成了。居里夫人——"镭的母亲"接到消息后，立刻打点行装，从巴黎飞往华沙。晚上，为居里夫人举行的欢迎宴会开始了。居里夫人成了贵宾，她被请到插满鲜花的桌前坐下。她隔着鲜花，在努力寻找。

突然，居里夫人的目光碰上对面一位白发苍苍的老妇人的目光，老妇人正敬佩地望着她。居里夫人激动地站起身来，向老人走去。她伸出双手，紧紧地拥抱这位老妇人，在老妇人的双颊上吻了又吻，一面说道："我以为这是不可能的，可却是真的，是真的！我一直想念着您，斯克罗斯校长！"

斯克罗斯女士热泪盈眶，她紧紧握住居里夫人的手，不住地说："好样的，玛丽亚！好样的，玛丽亚！"在场的人都被她们深深地感动了，人们的眼中也都噙满了泪花……

侍者送来了酒，居里夫人拿起一杯，敬给斯克罗斯，她转身对众人说："尊敬的主人，尊敬的来宾们，我提议，为用真诚、勇敢和智慧教育过我的斯克罗斯校长干杯！"

"干杯！"

"干杯！"

迎接和款待居里夫人的晚宴，在玛丽亚·居里高尚的爱戴老师、尊敬老师的情怀感染下，达到了高潮。

"那不是我写的"

门德尔松20岁那年，到世界各地进行旅行演奏。他精湛的表演，获得了巨大成功，所到之处总要引起轰动。

当英国女王得知门德尔松到达英国的消息后，专门在富丽堂皇的白金汉宫为门德尔松举行隆重的招待会。英国的社会名流都来到白金汉宫，他们都想亲自欣赏一下这位年轻的外国音乐家的演奏。

演奏开始了。绝妙的音乐从门德尔松手下流泻出来，博得了大家高度的赞赏。女王更是听得入了迷，不时微笑点头。

当门德尔松弹奏完《尹塔尔兹》这支曲子后，女王再也控制不住自己的感情，高声赞叹道："单凭这一支曲子，就完全可以证明他是个天才！"

门德尔松谦恭地走到女王面前，对女王连声说："羞愧，羞愧！"

女王有些莫名其妙，便问道："你羞愧什么呢？"

门德尔松解释说："女王陛下，您赞扬的这首曲子，其实并不是我创作的，而是我妹妹芬妮的作品，只不过署了我的名。我实在不应该归为己有。"

女王听后，对门德尔松更增加了几分敬意，心想：这是一位多么诚实的音乐家啊！

司汤达与巴尔扎克

司汤达是法国作家。他生于律师家庭，思想上受到 18 世纪启蒙运动影响，向往法国资产阶级革命，曾先后在拿破仑军队中服务。他的第一部长篇小说是《阿尔芒斯》，著名作品是《红与黑》和《巴尔玛修道院》，理论著作是《拉辛与莎士比亚》。

《巴尔玛修道院》完成后，司汤达宣称：这部小说要到1880 年以后才会被人理解。可是，它不久就得到了享有法国文学界"最高评判者"之称的巴尔扎克的推荐。

巴尔扎克读了该书描写滑铁卢战役的一章后，在一封信里写道："我简直起了妒忌之心。是的，我禁不住一阵醋意涌上心头。关于战争，他写得是这样高妙、真实，我是又喜、又痛苦、又着迷、又绝望。"

第二年，巴尔扎克还写了长篇论文《司汤达研究》，对《巴尔玛修道院》大加赞赏，热情推荐。

巴尔扎克对同行积极支持、鼓励、帮助，这种精神是难能可贵的。

明星上的"微尘"

一次，我国著名的数学家华罗庚正在北京参加数学研究会。

一天，他收到一封中学老师的来信，信上说："我读了您最近写的一本书，觉得很好。可是经过反复计算，发现书里面有一道题的计算是错误的。如果把这本书比作一颗明星，那么这个错误就好像是一颗微尘，希望您能改正这个错误。"

华罗庚看完信后，立即检查了书中的那道计算题，果然有误，他连声赞

青少年开心

故事会

叹道："真是太好了，太好了！"

华罗庚立刻在大会上宣读了这封信，赞赏写信人的才华，同时还建议把这位中学教师请来参加会议，这位中学教师是谁呢？他就是数学界的后起之秀——陈景润。

华罗庚并不因为自己是著名数学家就不承认错误，而且正是由于他的谦虚，才发现了一个难得的数学人才。

"奥运第一人"刘长春

刘长春（1905—1983），辽宁省大连人，出生于一个贫苦的农民家庭。他从小爱跑爱跳，意志顽强。14岁那年，他在一次中日中小学生田径对抗赛中，以100米11秒8、400米57秒的优异成绩一举战胜所有的日本少年选手，显示了他的田径才华。1928年10月，在沈阳举行的中、日、德三国田径对抗赛中，刘长春又一举击败日本著名选手吉岗，成为当时远东地区跑得最快的人。

刘长春的才华得到东北最高军政长官张学良的赏识。张学良每月给刘长春30块银元的补助，还以每月800块银元的重金为他聘请了一名德国教练，使他在东北大学学习期间得以继续训练，进步显著，并于1930年在杭州举行的第四届全国运动会上，连夺100米、200米、400米三项全国冠军。杭州市为纪念他的卓越表现，特意将通往田径场的大马路改名为"长春路"。

1931年，"九·一八"事件后，日寇占领了东北三省，随后建立起满洲国。为了继续训练，刘长春躲过日本特务的严密监视，秘密南下北京，继续东北大学的学业。

1932年春，第十届奥运会将在美国洛杉矶举行。成立不久的满洲国，为了制造舆论，争取国际承认，在伪满的报纸上自作多情，宣称："刘长春等人将代表满洲国参加7月举行的奥运会。"

5月初，刘长春在《大公报》上庄严声明："我是中华民族炎黄子孙，我是中国人，决不代表伪满洲国出席奥运会。"刘长春的爱国行动，得到全国人民的赞赏和张学良将军的大力支持。在张学良的安排和赞助下，刘长春等6人组成的中国队得以赴美参赛。后来，又由于南京国民党政府麻木不仁和日伪特务的破坏，刘长春成了唯一参赛的中国运动员，也是中国历史上第一个参加奥运会的运动员。

7月29日，刘长春乘坐的邮轮到达洛杉矶。这时奥运会已经开幕，刘长春经过20多天海上风浪颠簸，体力严重下降，来不及休息，更谈不上适应性训练，第二天就仓促上阵，结果在100米、200米小组预赛中，分别以第五、六名的成绩被淘汰。刘长春为此痛心不已。刘长春虽然在竞赛中失利，但他挫败了日伪满洲国的政治阴谋，使中国人的名字第一次写上了奥运会的纪录。

鱼竿和鱼

从前,有两个饥饿的人得到了一位长者的恩赐:一根鱼竿和一篓鲜活硕大的鱼。其中,一个人要了一篓鱼,另一个人要了一根鱼竿,于是他们分道扬镳了。得到鱼的人就原地用干柴搭起篝火煮起了鱼,他狼吞虎咽,还没有品出鲜鱼的肉香,转瞬间,连鱼带汤就被他吃了个精光,不久,他便饿死在空空的鱼篓旁。另一个人则提着鱼竿继续忍饥挨饿,一步步艰难地向海边走去,可当他已经看到不远处那片蔚蓝色的海洋时,浑身最后的一点力气也使完了,他也只能眼巴巴地带着无尽的遗憾撒手人间。

又有两个饥饿的人,他们同样得到了长者恩赐的一根鱼竿和一篓鱼。只是他们并没有各奔东西,而是商定共同去找寻大海,他俩每次只煮一条鱼,他们经过遥远的跋涉,来到了海边,从此,两人开始了以捕鱼为生的日子,几年后,他们盖起了房子,有了各自的家庭、子女,有了自己建造的渔船,过上了幸福安康的生活。

一个人只顾眼前的利益,得到的终将是短暂的欢愉;一个人目标高远,但也要面对现实的生活。只有把理想和现实有机结合起来,才有可能成为一个成功之人。有时候,一个简单的道理,却足以给人意味深长的生命启示。

跑出笼子的袋鼠

有一天动物园管理员们发现袋鼠从笼子里跑出来了,于是开会讨论,一致认为是笼子的高度过低。所以它们决定将笼子的高度由原来的十公尺加高到二十公尺。结果第二天他们发现袋鼠还是跑到外面来,所以他们又决定再将高度加高到三十公尺。

没想到隔天居然又看到袋鼠全跑到外面,于是管理员们大为紧张,决定一不做二不休,将笼子的高度加高到一百公尺。

一天长颈鹿和几只袋鼠们在闲聊，"你们看，这些人会不会再继续加高你们的笼子?"长颈鹿问。

"很难说。"袋鼠说，"如果他们再继续忘记关门的话!"

其实很多人都是这样，只知道有问题，却不能抓住问题的核心和根基。

金 人

曾经有个小国的人到中国来，进贡了三个一模一样的金人，金碧辉煌，把皇帝高兴坏了。可是这小国的人不厚道，同时出一道题目：这三个金人哪个最有价值?

皇帝想了许多的办法，请来珠宝匠检查，称重量，看做工，都是一模一样的。怎么办? 使者还等着回去汇报呢。泱泱大国，不会连这个小事都不懂吧?

最后，有一位退位的老大臣说他有办法。

皇帝将使者请到大殿，老臣胸有成竹地拿着三根稻草，插入第一个金人的耳朵里，这稻草从另一边耳朵出来了。第二个金人的稻草从嘴巴里直接掉了出来，而第三个金人，稻草进去后掉进了肚子里，什么响动也没有。老臣说："第三个金人最有价值!"使者默默无语，答案正确。

这个故事告诉我们，最有价值的人，不一定是最能说的人。老天给我们两只耳朵一个嘴巴，本来就是让我们多听少说的。善于倾听，才是成熟的人最基本的素质。

责 任

5岁的汉克和爸爸、妈妈、哥哥一起到森林干活，突然间下起雨来，可是他们只带了一个雨披。爸爸将雨披给了妈妈，妈妈给了哥哥，哥哥又给了汉克。汉克问道："为什么爸爸给了妈妈，妈妈给了哥哥，哥哥又给了我呢?"爸爸回答道："因为爸爸比妈妈强大，妈妈比哥哥强大，哥哥又比你强大呀。我们都会保护比较弱小的人。"汉克左右看了看，跑过去将雨披撑开来挡在了一朵风雨中飘摇的娇弱小花上面。

真正的强者不一定是多有力，或者多有钱，而是他对别人多有帮助。责任可以让我们将事做完整，爱可以让我们将事情做好。

表演大师的智慧

有一位表演大师上场前，他的弟子告诉他鞋带松了。大师点头致谢，蹲下来仔细系好。等到弟子转身后，又蹲下来将鞋带解松。有个旁观者看到了这一切，不解地问："大师，您为什么又要将鞋带解松呢？"大师回答道："因为我饰演的是一位劳累的旅者，长途跋涉让他的鞋带松开，可以通过这个细节表现他的劳累憔悴。""那你为什么不直接告诉你的弟子呢？""他能细心地发现我的鞋带松了，并且热心地告诉我，我一定要保护他这种热情的积极性，及时地给他鼓励，至于为什么要将鞋带解开，将来会有更多的机会教他表演，可以下一次再说啊。"

人一个时间只能做一件事，懂抓重点，才是真正的人才。

硬币和人生

有个叫阿巴格的人生活在内蒙古草原上。有一次，年少的阿巴格和他爸爸在草原上迷了路，阿巴格又累又怕，到最后快走不动了。爸爸就从兜里掏出 5 枚硬币，把一枚硬币埋在草地里，把其余 4 枚放在阿巴格的手上，说："人生有 5 枚金币，童年、少年、青年、中年、老年各有一枚，你现在才用了一枚，就是埋在草地里的那一枚，你不能把 5 枚都扔在草原里，你要一点点地用，每一次都用出不同来，这样才不枉人生一世。今天我们一定要走出草原，你将来也一定要走出草原。世界很大，人活着，就要多走些地方，多看看，不要让你的金币没有用就扔掉。"在父亲的鼓励下，那天阿巴格走出了草原。长大后，阿巴格离开了家乡，成了一名优秀的船长。

珍惜生命，就能走出挫折的沼泽地。

把阳光扫进来

有兄弟二人，年龄不过四五岁，由于卧室的窗户整天都是密闭着，他们认为屋内太阴暗，看见外面灿烂的阳光，觉得十分羡慕。兄弟俩就商量说："我们可以一起把外面的阳光扫一点进来。"于是，兄弟两人拿着扫帚和簸箕，到阳台上去扫阳光。等到他们把簸箕搬到房间里的时候，里面的阳光就没有了。这样一而再再而三地扫了许多次，屋内还是一点阳光都没有。正在厨房忙碌的妈妈看见他们奇怪的举动，问道："你们在做什么？"他们回答说："房间太暗了，我们要扫点阳光进来。"妈妈笑道："只要把窗户打开，阳光自然会进来，何必去扫呢？"

记住：把封闭的心门敞开，成功的阳光就能驱散失败的阴暗。

蜘蛛的启示

雨后，一只蜘蛛艰难地向墙上已经支离破碎的网爬去，由于墙壁潮湿，它爬到一定的高度，就会掉下来，它一次次地向上爬，一次次地又掉下来……第一个人看到了，他叹了一口气，自言自语："我的一生不正如这只蜘蛛吗？忙忙碌碌而无所得。"于是，他日渐消沉。第二个人看到了，他说："这只蜘蛛真愚蠢，为什么不从旁边干燥的地方绕一下爬上去？我以后可不能像它那样愚蠢。"于是，他变得聪明起来。第三个人看到了，他立刻被蜘蛛屡败屡战的精神感动了。于是，他变得坚强起来。

生活中，有成功心态者处处都能发觉成功的力量。

成功者自救

某人在屋檐下躲雨，看见观音正撑伞走过。这人说："观音菩萨，普度一下众生吧，带我一段如何？"

观音说："我在雨里，你在檐下，而檐下无雨，你不需要我度。"这人立刻跳出檐下，站在雨中："现在我也在雨中了，该度我了吧？"观音说："你在雨中，我也在雨中，我不被淋，因为有伞；你被雨淋，因为无伞。所以不是我度自己，而是伞度我。你要想度，不必找我，请自找伞去！"说完便走了。

第二天，这人遇到了难事，便去寺庙里求观音。走进庙里，才发现观音的像前也有一个人在拜，那个人长得和观音一模一样，丝毫不差。

这人问："你是观音吗？"

那人答道："我正是观音。"

这人又问："那你为何还拜自己？"

观音笑道："我也遇到了难事，但我知道，求人不如求己。"

丢弃的鞋

一个老人在高速行驶的火车上，不小心把刚买的新鞋从窗口掉了一只，周围的人倍感惋惜，不料老人立即把第二只鞋也从窗口扔了下去。这举动更让人大吃一惊。老人解释说："这一只鞋无论多么昂贵，对我而言已经没有用了，如果有谁能捡到一双鞋子，说不定他还能穿呢！"

启示：成功者善于放弃。

主考者的问题

某大公司准备以高薪雇用一名小车司机，经过层层筛选和考试之后，只剩下三名技术最优良的竞争者。主考者问他们："悬崖边有块金子，你们开着车去拿，觉得能距离悬崖多近而又不至于掉落呢？"

"二公尺。"第一位说。

"半公尺。"第二位很有把握地说。

"我会尽量远离悬崖,愈远愈好。"第三位说。

结果这家公司录取了第三位。

记住:不要和诱惑较劲,而应离得越远越好。

两个和尚

有两个和尚住在隔壁,所谓隔壁就是隔壁那座山,他们分别住在相邻的两座山上的庙里。这两座山之间有一条溪,于是这两个和尚每天都会在同一时间下山去溪边挑水,久而久之他们成为了好朋友。

就这样时间在每天挑水中不知不觉已经过了五年。突然有一天左边这座山的和尚没有下山挑水,右边那座山的和尚心想:"他大概睡过头了。"便不以为意。

哪知道第二天左边这座山的和尚还是没有下山挑水,第三天也一样。过了一个星期还是一样,直到过了一个月右边那座山的和尚终于受不了了,他心想:"我的朋友可能生病了,我要过去拜访他,看看能帮上什么忙。"

于是他便爬上了左边这座山,去探望他的老朋友。

等他到了左边这座山的庙,看到他的老友之后大吃一惊,因为他的老友正在庙前打太极拳,一点也不像一个月没喝水的人。他很好奇地问:"你已经一个月没有下山挑水了,难道你可以不用喝水吗?"

左边这座山的和尚说:"来来来,我带你去看。"于是他带着右边那座山的和尚走到庙的后院,指着一口井说:"这五年来,我每天做完功课后都会抽空挖这口井,即使有时很忙,能挖多少就算多少。如今终于让我挖出井水,我就不用再下山挑水,可以有更多时间练我喜欢的太极拳。"

高难度的乐谱

一位音乐系的学生走进练习室。在钢琴上,摆着一份全新的乐谱。

"超高难度……"他翻着乐谱,喃喃自语,感觉自己对弹奏钢琴的信心似乎跌到谷底,消磨殆尽。已经三个月了!自从跟了这位新的教授之后,不知道什么教授要以这种方式整人。勉强打起精神。他开始用自己的十指奋战、奋战、奋战……琴音盖住了教室外面教授走来的脚步声。

指导教授是个极其有名的音乐大师。授课的第一天,他给自己的新学生一份乐谱。"试试看吧!"他说。乐谱的难度颇高,学生弹得生涩僵滞、错误百出。"还不成熟,回去好好练习!"教授在下课时,如此叮嘱学生。

学生练习了一个星期,第二周上课时正准备让教授验收,没想到教授又给他一份难度更高的乐谱,"试试看吧!"上星期的课教授也没提。学生再次挣扎于更高难度的技巧挑战。

第三周。更难的乐谱又出现了。两样的情形持续着,学生每次在课堂上都被一份新的乐谱所困扰,然后把它带回去练习,接着再回到课堂上,重新面临两倍难度的乐谱,却怎么样都追不上进度,一点也没有因为上周练习而有驾轻就熟的感觉,学生感到越来越不安、沮丧和气馁。教授走进练习室时,学生再也忍不住了。他必须向钢琴大师提出这三个月来何以不断折磨自己的质疑。

教授没开口,他抽出最早的那份乐谱,交给了学生。"弹奏吧!"他以坚定的目光望着学生。

不可思议的事情发生了,连学生自己都惊讶万分,他居然可以将这首曲子弹奏得如此美妙、如此精湛! 教授又让学生试了第二堂课的乐谱学生依然呈现出超高水准的表现……演奏结束后,学生怔怔地望着老师,说不出话来。

"如果,我任由你表现最擅长的部分,可能你还在练习最早的那份乐谱,就不会有现在这样的程度……"钢琴大师缓缓地说。

人,往往习惯于表现自己所熟悉、所擅长的领域。但如果我们愿意回首,细细检视,将会恍然大悟:看似紧锣密鼓的工作挑战,永无歇止难度渐升的环境压力,不也就在不知不觉间养成了今日的诸般能力吗? 因为,人,确实有无限的潜力!

执著的力量

有这样一个孩子,因为父母双双早逝,自幼就开始了贫病交加、无依无靠的生活,尝尽了人生的艰辛。为了养活自己,他不得不到一家印刷厂做童工。虽然环境很苦,但喜爱看书读报的他还是非常珍视这份工作。

一天,他在一家书店的橱窗前看到一本书,便伫立在书橱前,贪婪地盯着那本书,手不停地摸着口袋里仅有的买晚饭的钱。

为了能够买下自己喜爱的书,他不得不挨饿,从饭费中挤钱。这天,在他路过书店时,发现书店的书橱上有一本打开的新书,便如饥似渴地读了起来,直到把打开的两页读完才恋恋不舍地走开。第二天,他又身不由己地来到书店内的橱窗前,令人惊奇的是,那本书往后翻开了两页! 他又一口气读完了。他是多么想把它买下来啊,可是书价太高了。第三天,奇迹又出现了。那本书又往后翻开了两页。此后,每天书页都会往后翻开两页。他就每天都来读,直到把全书读完。这天,从书店里走出一位慈祥的老人,抚摸着他的头说道:"好孩子,从今天起,你可以随时来这儿任意翻阅所有的书,不需要付一分钱。"

岁月如梭,这个少年成了著名的作家和记者,他就是英国一家著名晚报的主编——本杰明·法利吉尤。

让身处困境的本杰明·法利吉尤成就绚丽人生的有书店老人的温存怜爱、爱护关怀、鼓励鞭策，更重要的是他自己对命运的不屈服，对所爱的执著。

面对梦想道路上的艰难坎坷，执著是最好的利刃。它能帮助你劈开荆棘，穿越困境，抵达铺满鲜花的梦想彼岸。也许，有时执著也并不一定能将你带进成功，但一定会让你离目标最近，让你的生命俯仰无憾。

登顶珠穆朗玛峰的"秘诀"

两年前，一支由7名业余队员组成的登山队宣布攀登珠穆朗玛峰，央视首次全程直播，引起了人们前所未有的热情关注。

在7名队员中，有两个人尤为引人注目。一个是深圳万科集团董事长王石，鼎鼎有名的地产泰斗。但是对于登山，他充其量只是个业余爱好者，何况他已年过50，要想征服世界第一高峰，谈何容易？

另一个是比王石小10岁的队友，身体素质和状态都特别好，在北京怀柔登山基地训练时，一般人登山负重最多只有20公斤，他负重40公斤仍然行走自如；别人走两趟，他能走三趟。于是人们纷纷预测，这名队员应该是第一个登顶的，自然他也成了媒体关注的焦点。

按照预定计划，登山队如期踏上征程。整个登山过程中，那名呼声最高的队员身兼数职，一路上他要接受记者采访，每天还要抽空上网，看看网友发的帖子，回复人们的关心和祝福。不仅如此，他还要全程跟踪拍摄登山过程，并把一些相关图片按时发给家乡的电视台。与之相反，王石只默默地专心登山，显得十分低调。

在海拔8000米营地宿营时，金色的夕阳倾泻在白雪皑皑的珠峰上，风景奇丽，无比壮观，队友们个个兴奋异常，纷纷跑出去欣赏美景，只有王石不为所动，坚持闭门不出。

第二天，登山队到达海拔8300米高度。众所周知，越是接近顶峰，危险和挑战也就越大。当晚，大家开始慎重地选择是否登顶，那名呼声最高的队友却因体力消耗殆尽而不得不放弃了登顶。最终，7名队员中只有4人成功登顶，包括王石，而且自始至终全队只有他一人没受伤，近乎完美地登上了世界第一高峰。

最具实力的队员没有登上顶峰，而最不被看好的王石竟一举登顶，这样的结局大大出乎人们意料。下山后，王石欣然接受采访，记者的第一句话就是："王总，难道你有什么登顶的秘诀吗？"此刻他开心地笑了，"哪有什么秘诀啊？自从第一脚踏上珠峰，我的心中就只有一个目标，那就是登顶，任何与此无关的事情我一概不做。"其实，王石已经一语道破天机，那就是两个字——专注。

绝境里的机会

智利北部有一个叫丘恩贡果的小村子，这里西临太平洋，北靠阿塔卡玛沙漠。特殊的地理环境，使太平洋冷湿气流与沙漠上的高温气流终年交融，形成了多雾的气候。可浓雾也丝毫无益于这片干涸的土地，因为白天强烈的日晒会使浓雾很快蒸发殆尽。

一直以来，在这片干旱的土地上，看不到绿色。

加拿大一位名叫罗伯特的物理学家来到这里。除了村子里的人，他没有发现多少生命迹象。但他有一个重要发现，那就是这里处处蛛网密布，这说明蜘蛛在这里四处繁衍。为什么只有蜘蛛能在如此干旱的环境里生存下来呢？罗伯特把目光锁定在这些蜘蛛网上。借助电子显微镜，他发现这些蜘蛛丝具有很强的亲水性，极易吸收雾气中的水分。而这些水分，正是蜘蛛能在这里生生不息的源泉。

人类为什么不能像蜘蛛织网那样截雾取水呢？在智利政府的支持下，罗伯特研制出一种人造纤维网，选择当地雾气最浓的地段排成网阵。这样，穿行其间的雾气被反复拦截，形成大的水滴，这些水滴滴到网下的流槽里，就成了新的水源。

如今，罗伯特的人造蜘蛛网平均每天可截水 10 580 升，而在浓雾季节，每天可截水 131 000 升，不仅满足了当地居民生活之需，而且还可以灌溉土地，这里已长出了百年不见的鲜花和青绿的蔬菜。

这世界上，从来没有真正的绝境，有的只是绝望的思维。

智慧不会淹没在嘲笑中

安德鲁·戈登出生在苏格兰。两年前的一天，他和一个朋友喝啤酒，无意间发现酒吧桌子下垫着几张餐巾纸。原来，因为桌子总是摇晃，酒吧的员工只好用这种方法把桌子垫平。

这个不经意的细节激发了戈登的灵感。他想，能不能设计出一种小巧的装置来解决桌子摇晃的问题？最终，他用 8 个塑料片制成了这个小装置，并起名叫"桌子防摇器"。它可根据桌子的摇晃程度进行调整，垫平桌脚，也可以用来平衡洗衣机、书柜、花架等器具。

"龙穴"是 BBC 商业台一个商机创意节目。戈登带着自己的发明来到这个节目。可是，他遭到了嘲笑。

当时的节目嘉宾——"喜庆日子"公司主管蕾切尔·埃尔诺竟然说，"桌子防摇器"是她听过的"史上最荒诞的想法"。

那一刻让戈登沮丧不已,但是他坚信自己发明的小装置并不荒诞。他把他的小装置放到了网上推销,已经赚进50万英镑,很快就将成为百万富翁。

不久前,戈登接到英国考试协会送来的20万个"桌子防摇器"订单。就连英国肯辛顿王宫也向戈登订货。

虽然很多智慧的火花在一些人看来是一种荒诞的想法,但谁能肯定,在那些看似荒诞的事物中,真的就不可能蕴涵着智慧?

为自己准备一把船桨

有一个渔夫,打了一辈子的鱼。如今老了,于是把渔船交给儿子。

小船上,儿子从渔夫手中接过了一根磨得发亮的竹篙,意外地发现舱里还有一把船桨。船桨还散发着原来的光泽,看样子几乎没怎么使用。这是一条夹在两山之间的小河,水流一直不深,用竹篙撑船完全足够,船桨的确派不上用场。

渔夫从儿子的目光中看出了惊讶,他说:"当年你爷爷把船交给我的时候就有这把桨,他告诉我,不管什么时候都要带着它,把渔船传给下一代的时候,也要一样传给他。尽管我这辈子没有使用过,但你也得遵照祖训,好好带着它。"儿子尽管诧异,还是记在心上。

子承父业,一篙在手,驾船漂流,捕鱼捞虾。因为从未使用过那把船桨,几乎淡忘了它的存在。有一天,儿子像往常一样,在河面上劳作,突然发现河水暴涨。原来,上游突降暴雨,河水泛滥。儿子拼命将船向河边撑去,却发现竹篙太短,无法在河底找到支撑点,船因此失去了控制顺流而下。危急关头,儿子看见了那把闲置的船桨,便拿起来使劲划动。小船这才避开了无数的障碍,完好无损地驶入下游的一个湖泊。最后又借助那把船桨,安全划向岸边。儿子这才明白,这把船桨是多么重要。

同样的,当我们的人生之舟还漂流在小河中,只需要竹篙驾驭的时候,准备一把"船桨"吧。其实这是为将来在大河大江甚至海洋中搏击风浪所做的一种长远准备。

先使你自己成为珍珠

有一个自以为是全才的年轻人,毕业以后屡次碰壁,一直找不到理想的工作,他觉得自己怀才不遇,对社会感到非常失望。找工作多次碰壁,让他伤心而绝望,感到没有伯乐来赏识他这匹"千里马"。

痛苦绝望之下,有一天,他来到大海边,打算就此结束自己的生命。在他正要自杀的时候,正好有一位老人从附近走过,看见了他,并且救了他。老人问他为什么要走绝路,他说自己得不到别人和社会的承认,没有人欣赏并且重用他……

老人从脚下的沙滩上捡起一粒沙子,让年轻人看了看,然后就随便地扔在了地上,对年轻人说:"请你把我刚才扔在地上的那粒沙子捡起来。"

"这根本不可能!"年轻人说。

老人没有说话,从自己的口袋里掏出一颗晶莹剔透的珍珠,也是随便地扔在了地上,然后对年轻人说:"你能不能把这颗珍珠捡起来呢?"

"当然可以!"

"那你就应该明白是为什么了吧?你应该知道,现在你自己还不是一颗珍珠,所以你不能苛求别人立即承认你。如果要别人承认,那你就要想办法使自己成为一颗珍珠才行。"年轻人蹙眉低首,一时无语。

有的时候,你必须知道自己是普通的沙粒,而不是价值连城的珍珠。你要卓尔不群,那要有鹤立鸡群的资本才行。所以忍受不了打击和挫折,承受不住忽视和平淡,就很难达到辉煌。

若要自己卓然出众,那就要努力使自己成为一颗珍珠。

营养不足的优点

一个少年认为自己最大的缺点是胆小,为此,他很自卑,觉得前途无望。

一天,少年去看心理医生。医生听了他的诉说,握住他的手:"这怎么叫缺点呢?分明是个优点嘛。你只不过非常谨慎罢了,而谨慎的人总是很可靠,很少出乱子。"少年有些疑惑:"那么,勇敢反倒成为缺点了?"医生摇摇头:"不,谨慎是优点,而勇敢是另一种优点;只不过人们更重视勇敢这种优点罢了,就好像白银与黄金相比,人们更注重黄金。"

心理医生又问:"你喜欢啰唆的人吗?"少年说:"不喜欢。"医生:"但是,你若看过巴尔扎克的小说,会发现这位伟大的作家就很啰唆,常为一间屋子、一个小景色,婆婆妈妈讲个不休;但是,剔除这一点,那就不是巴尔扎克的小说了,你能说那一定是巴尔扎克的缺点吗?"少年"哧哧"笑了。医生又问:"你讨厌酒鬼吗?"少年说:"当然。"医生说:"但,李白难道不是酒鬼吗?"少年打断医生的话:"不是,他和陶渊明一样,是爱喝酒的诗人,李白斗酒诗百篇呢!"医生鼓掌笑道:"对,我赞同你的观点,你的意思是说——缺点在不同的人身上,会呈现不同的色彩:有的酒鬼,仅仅是个酒鬼;而李白则是栖身于酒中的诗仙。"

医生又说:"所谓的缺点,至多不过是个营养不足的优点。如果你是位战士,胆小显然是缺点;如果你是司机,胆小肯定是优点。你与其想办法克服胆小，还不如想办法增长自己的学识、才干，当你拥有较多见识、较宽阔视野的时候，即使你想做个懦夫，也很困难了。"

花树眼中的园丁鸟

果园里，一棵小树仰头望着旁侧的一棵开花树，好奇地问："阿姨，阿姨，那只讨厌的鸟为啥老是要从您的身上取走花瓣呢？它是什么鸟啊？"

"孩子，那是只园丁鸟。虽说长相普通些、平庸些，但它绝对是鸟王国里的建筑奇才，现在它正忙于筑巢，急需从我这里取走花瓣来装饰自己的家居呢。"

"真奢侈。为啥不去叼衔些稻叶抑或草屑之类的材料？我听说过很多鸟搭巢都去找稻叶抑或草屑垫窝的呀！"小树一脸天真地说。

"稻叶草屑哪有花瓣漂亮？园丁鸟原本长得就不可爱，如若不能拥有一个住得舒适的家，怎么能吸引异性，赢得雌鸟的芳心与青睐？所以，它们只有凭借自己的勤劳与技巧弥补这一缺陷。只要你仔细观察，就不难发现在园丁鸟生活的世界里，有这样一种现象：越是羽毛色泽枯淡的园丁鸟，越有才智，越能干无比。它们会把窝设计得别具一格，搭造得精美绝伦！是呀，孩子，当你的生命在这一方面处于劣势时，要想不受鄙视讽嘲，要赢得他人的尊重，你就得从另一方面试图去改变自己。只有这样，你才能提炼出生命中的荣耀因子，不致被湮埋无闻了！"

听了长者的一番教诲，小树终于明白了生活的一大真谛：生存之道就在于当一条前行的路被封堵之后，你就得另谋出路，从别处再找回来。

蘑菇法则

一个山村里的人都喜欢捡蘑菇，而且有一条不成文的法则，谁第一个发现了新的蘑菇窝，那里的蘑菇就归谁，别人再不能到那里去捡。

一个小伙子为了拥有永久的蘑菇资源，在一个雨后的清晨，走了七八里的山路，终于在一处潮湿低洼的地方发现了一个蘑菇窝，这里的蘑菇多得让人欣喜。这里离村子这么远，这里的蘑菇这么多，更主要的是，除了他自己的脚印外，在这里，他再也看不到别的脚印。也就是说，没人来过这里，他是第一个发现这里的人。

他的欣喜可想而知，但就在他准备弯腰捡拾那些蘑菇的时候，他的身后传来了一位妇女的呵斥声，妇女说，这个蘑菇窝是她先发现的，理应归她所有。

"你先发现的？"小伙子不屑地说，"你看看，这里只有我的脚印，我才是第一个到达这里的人。"

妇女理直气壮："没有别人的脚印，不等于别人没有来过。我昨天就来过这里，只不过，昨天没有下雨，我踩过的地方才没有脚印罢了。"

两个人争执不下，去找村里人评理，这一评理，问题出现了。那个蘑菇窝不是小伙子第一个发现的，也不是那个妇女，而是有更早发现它的人，一个小女孩在一个月前就发现了它。

但小女孩也不是最早的，还有一位老伯，一年前就发现了。不，还有更早的！于是一个一个地站出来，到最后，是一位行动不便的老奶奶。老奶奶说，她五十年前就知道那个地方，而且一直去那里捡蘑菇，只是近几年腿脚不方便了，才没有再去。

"您是怎么发现那里有蘑菇的呢？"有人问老奶奶。老奶奶说："是我的婆婆生前告诉我的，她原来就常在那里捡蘑菇。"

那么，是不是那位老奶奶的婆婆才是第一个发现那里的人呢？到这个时候，谁都不敢下这样的断言。

没有脚印，不等于没人来过。其实，我们很多时候的主观判断是错误的，总是有意夸大了自己的感受。发现了，就觉得自己是第一个发现的，成功了，就觉得自己是第一个成功的。其实，哪有那么多的第一？你不是这个世界上第一个成功的人，也不是这个世界上第一个失败的人，在你的前面，已经有很多人蹚过。

别为自己的一时成功而妄自尊大，也别为自己的一时失败而妄自菲薄。你的欢笑和眼泪，许多人都有过。所以，别指望你能成为第一个发现蘑菇的人，但你要坚信，只要你坚持一路走下去，不断地去寻找，不断地去捡拾，你的篮子，总有满的时候。

土拨鼠哪去了？

上初中时，老师给我们讲了一个故事：有三只猎狗追一只土拨鼠，土拨鼠钻进了一个树洞。这个树洞只有一个出口，可不一会儿，居然从树洞里钻出一只兔子，兔子飞快地向前跑，并爬上另一棵大树。兔子在树上，仓皇中没站稳，掉了下来，砸晕了正仰头看的三条猎狗，最后，兔子终于逃脱了。

故事讲完后，老师问："这个故事有什么问题吗？"我们说："兔子不会爬树，一只兔子不可能同时砸晕三条猎狗。""还有呢？"教师继续问。直到我们再也找不出问题了，老师才说："可是还有一个问题，你们都没有提到，土拨鼠哪去了？"

土拨鼠哪去了？老师的一句话，一下子将我们的思路拉到猎狗追寻的目标上——土拨鼠。因为兔子的突然冒出，让我们的思路在不知不觉中打岔，土拨鼠竟在我们头脑中自然消失。

在追求人生目标的过程中，我们有时也会被途中的细枝末节和一些毫无意义的琐事，分散了精力，扰乱了视线，以至于中途停顿下来，或是走上岔路，而放弃了自己原先追求的目标。

不要忘了时刻提醒自己，土拨鼠哪去了？自己心中的目标哪去了？

碗中的金币

乔治是一个喜欢开玩笑的庄园主，圣诞节前夕，他觉得应该给予兢兢业业的管家以嘉奖。于是他拍着管家杰克的肩膀说："这里有四大碗粥，我在其中一碗的碗底放了两枚金币，亲爱的杰克，看看你的运气怎么样了。"

杰克非常渴望得到金币，但是他不确定究竟哪个碗里放有金币。他犹豫着把第一碗里的粥喝了一部分，忽然觉得金币应该在第二个碗里，于是他又去喝了一半第二碗的粥，但是心里还是不甘心，便把第三碗的粥又喝掉了一部分，最后又改变了主意，第四碗粥又被他艰难地喝了一半——这时候，杰克感到自己的胃里再也装不下任何东西了。

结果，他一枚金币也没有得到。

其实，乔治在每碗粥的碗底都放了两枚金币，他只要随便喝掉一碗美味的粥，都会得到梦寐以求的金币。

无论做什么事情，都不能急于求成，而应把基本功做实、做到位，否则，就会前功尽弃，一无所得。浅尝辄止常常会失去唾手可得的成功，生活中这样的人实在是太多了。曾几何时我们也有过这样的经历，什么都懂却什么也不能精通，什么都想学，却常常是表面文章，这也着实会让我们吃很大的亏，我们似乎忘记了只有付出才会有回报，忘记了拥有的前提是舍弃、舍得，不舍哪有得？

从设定目标开始

比塞尔是西撒哈拉沙漠中的一颗明珠，每年有数以万计的旅游者来到这儿。可是在肯·莱文发现它之前，这里还是一个封闭而落后的地方。这儿的人没有一个走出过大漠，据说不是他们不愿离开这块贫瘠的土地，而是尝试过很多次都没有走出去。

肯·莱文当然不相信这种说法。他用手语向这儿的人问原因，结果每个人的回答都一样：从这儿无论向哪个方向走，最后都还是转回出发的地方。为了证实这种说法，他做了一次试验，从比塞尔村向北走，结果三天半就走了出来。

比塞尔人为什么走不出来呢？肯·莱文非常纳闷，最后他只得雇一个比塞尔人，让他带路，看看到底是为什么。他们带了半个月的水，牵了两峰骆驼,肯·莱文收起指南针等现代设备,只挂一根木棍跟在后面。

十天过去了,他们走了大约八百英里的路程,第十一天的早晨,他们果然又回到了比塞尔。这一次肯·莱文终于明白了,比塞尔人之所以走不出大漠,是因为他们根本就不认识北斗星。

在一望无际的沙漠里,一个人如果凭着感觉往前走,一会走出许多大小不一的圆圈,最后的足迹十有八九是一把卷尺的形状。比塞尔村处在浩瀚的沙漠中间,方圆上千公里没有一点参照物,若不认识北斗星又没有指南针,想走出沙漠,确实是不可能的。

肯·莱文在离开比塞尔时,带了一位叫阿古特尔的青年,就是上次和他合作的人。他告诉这位汉子,只要你白天休息,夜晚朝着北面那颗星走,就能走出沙漠。阿古特尔照着去做,三天之后果然来到了大漠的边缘。阿古特尔因此成为比塞尔的开拓者,他的铜像被竖在小城的中央。铜像的底座上刻着一行字:新生活是从选定方向开始的。

一个人无论他现在多大年龄,他真正的人生之旅,是从设定目标的那一天开始的,以前的日子,只不过是在绕圈子而已。

鸟的上方有什么

一天,一所学校的学生进行射箭训练。校长把一只玩具鸟放在一棵树的树干上,他要求学生把它射下来。

校长首先叫了学生Ａ。

学生Ａ走上前,拉弓,瞄准。

"你看到鸟的上方有什么?"校长突然问。

"我看到了蓝天。"学生Ａ回答。

校长让学生Ａ站到了一边。

学生Ｂ像学生Ａ一样走上前,校长问了他同样的问题。

学生Ｂ回答:"我看到了树和树叶。"

校长同样叫学生Ｂ站到了一边,然后,他叫了学生Ｃ。

校长问他:"你看到鸟的上方有什么?"

学生Ｃ凝视着那只玩具鸟,说:"我只看到那只玩具鸟,别的什么也没看见。"

"好极了!"校长拍着Ｃ的肩膀说。

"现在,射击!"校长命令道。

学生Ｃ拉满了弓,瞄准,把箭射了出去,玩具鸟应声而落。

校长看着他的学生说:"一个弓箭手的眼里必须只有目标,不能有其他的东西。"

不要过早放弃

一个人在路上碰到一位宗师，于是问他："哪条路是成功之路?"这个长须智者一言不发，只是指向远处。

成功竟可以如此快捷，这个人异常兴奋地朝那个方向飞奔过去。突然，传来"噼啪"一声巨响。随后，这个人一跛一瘸地折了回来，衣衫褴褛，晕乎乎地以为自己误解了宗师的意思。于是，他又向宗师问同样的问题，而宗师依然默默地指向了同一个方向。

他又一次唯唯诺诺地离开。这次的"噼啪"声震耳欲聋。当他爬回来时，已是遍体鳞伤，衣服破烂不堪。"我问你哪条路通向成功，"他冲宗师歇斯底里地吼道，"我顺着你指的方向走，可每次都被击倒!"

这时，宗师终于开口了，他说："成功之路就是那条，不过是在'噼啪'声之后再往前一点点。"

其实，成功者与失败者的区别，往往不在于机遇或者智商，而在于能否坚持到最后那一刻。也许一年，也许一天，也许只有一秒，只要你不放弃，就能看到希望。

生活与点心

一个小家伙向祖母抱怨说一切都很糟糕:学校、家庭、健康……没有什么让自己满意的。此时祖母正在烘制点心，她问小孙子要不要吃点什么，小家伙马上欣然接受。

祖母说:"吃点面粉吧!"

小家伙不满意地叫道:"多难吃啊! 奶奶!"

祖母说道:"那就尝几个生鸡蛋怎么样?"

"决不! 那更难吃了!"

"那么就尝尝烹调油或者酵母粉好吗?"

"奶奶，您怎么了? 这些东西都很难吃啊!"

祖母接着说:"实际上所有东西本身就很难吃，但是当它们以正确的方式混合在一起，再通过烘制以后就可以成为美味的点心了。"

生活也是如此，很多时候我们会迷茫、难过，但是，生活会调和所有的事物，将它们变得对我们有益。我们唯一需要做的就是相信生活，当生活把所有的事物调和融洽的时候，一切不美好的东西都会变得神奇。

蚂蚁和鱼

有一条鲤鱼，腾空一跃，想要跃过那道高高的龙门，结果一不小心掉到了堤岸上。堤岸上落满了枯叶，鲤鱼蹦跳着往下滑。枯叶在保护它鳞片的同时，也妨碍着它的前进。鲤鱼每前进一步，都要付出艰辛的努力。没多久，那条鲤鱼遍体干燥，呼吸困难，筋疲力尽。也许，它自觉回河乏力，就放弃了努力，鼓动着腮帮直挺挺地躺在枯叶里，绝望地等待死神的来临。

这时，一群蚂蚁围了上来，七嘴八舌地议论着。其中一只蚂蚁说："这条鱼完了，再也回不到大江大河里了。"

"是呀，命运给它安排的最终结果，不是让路过的人捡走，就是让猫狗叼走。"其中几只蚂蚁附和道。

鲤鱼听了更加悲观，一脸沮丧地闭上了眼睛，眼角挤出了几滴眼泪。

"不一定，"一只小蚂蚁插嘴道，"我能让它重新回到河里去。"

蚂蚁们先是一阵惊讶，继而是一阵哄笑："那你把它驮到河里去看看。"

小蚂蚁不慌不忙道："不是驮，而是咬。"

蚂蚁们听了，觉得这只小蚂蚁挺好玩。甚至有几只身强力壮的蚂蚁也跃跃欲试，要和这只小蚂蚁一起去咬那条鲤鱼。于是，小蚂蚁便和那几只身强力壮的大蚂蚁一起爬到鲤鱼的尾部，狠狠地叮咬。那条鲤鱼痛痒难忍，蹦跳着想弹掉尾部的蚂蚁，却怎么也弹不掉，只好一次又一次地弹跳。鲤鱼每弹跳一次，身体就往下滑一步。枯叶渐渐地湿润起来，鲤鱼闻到了水草的气息，顿时精神大振，奋力拼搏，往下弹跃。这时，小蚂蚁和那几只大蚂蚁赶紧跳了下来。

很快，那条鲤鱼便蹦到了河水里。鲤鱼和蚂蚁们恍然大悟，原来不是所有的"痛"都是坏事。

最会旅行的人

很久以前，一个国王让人为他的国民修了一条宽阔的公路。在公路竣工，但还没有向公众开放时，国王决定举行一次大赛。他邀请了尽可能多的国民来参加比赛。比赛项目就是看谁最会在这条路上旅行，胜利者将得到一箱金子。

比赛那天，所有的人都来了。他们中有的驾着漂亮的四轮马车，穿着华丽的衣服，带着美味的食物，以充分享受这次旅行；有的穿着耐磨的鞋子，沿着公路奔跑，以显示他们的技能。他们在公路上行走了一整天。每一个到达终点的人都会向国王抱怨：公路上的一个地方，有一大堆岩石和碎片，它们差不多把公路阻断了。那不仅挡住了他们的道路，还妨碍了他们的行程。

那一天结束时，一个孤独的旅游者小心地跨过终点线。他看上去又脏又累，但还是满怀敬意地面见国王，并递给国王一小箱子金子。他说："我中途停了下来，清除那一堆挡路的岩石和碎片。这箱金子就是在那里面捡到的，请把它交还给真正的主人吧！"

国王回答："你就是它们的主人。""噢，不。"旅行者说，"这不是我的，我根本就不知道这些钱。""噢，是的。"国王说，"你已经挣到了这些金子，因为你在这场比赛中获胜了。最会旅行的人就是那些让道路更顺畅的人，因为他方便了后来者。"

如果把人生看做一场旅行，那么最快乐、最充实的旅行者就应该是这样的：付出爱，在助人的同时，也帮助了自己。

高贵的秘密

一个精明的荷兰花草商人，千里迢迢从遥远的非洲引进了一种名贵的花卉，培育在自己的花圃里，准备到时候卖个好价钱。商人对这种名贵花卉爱护备至，许多亲朋好友向他索要，一向慷慨大方的他却连一粒种子也不给。他计划繁育三年，等拥有上万株后再开始出售和馈赠。

可令这位商人沮丧的是，这些名贵的花的花朵一年比一年小，花色也越来越差，完全没有了它在非洲时的那种雍容和高贵。难道这些花退化了吗？商人百思不得其解，便去请教一位植物学家。植物学家拄着拐杖来到他的花圃看了看，问他："你这花圃的隔壁是什么？"

他说："隔壁是别人的花圃。"

植物学家又问他："他们种植的也是这种花吗？"

他摇摇头说："这种花在全荷兰，甚至整个欧洲也只有我一个人有，他们的花圃里都是些郁金香、玫瑰、金盏菊之类的普通花卉。"

植物学家沉吟了半天说："我知道你这名贵之花不再名贵的秘密了。因为你的花圃毗邻的花圃种植着其他花卉，你的这种名贵之花被风传授了花粉后，又染上了毗邻花圃里的普通品种的花粉，所以你的名贵之花一年不如一年，越来越不雍容华贵了。"

商人问植物学家该怎么办，植物学家说："谁能阻挡住风传授花粉呢？要想使你的名贵之花不失本色，只有一种办法，那就是让你邻居的花圃里也种上你的这种花。"

于是商人把自己的花种分给了自己的邻居。次年春天花开的时候，商人和邻居的花圃几乎成了这种名贵之花的海洋。花朵又肥又大，花色典雅，朵朵流光溢彩，雍容华贵。这些花一上市，便被抢购一空。

近朱者赤，近墨者黑。要想拥有一片高贵的花的海洋，就必须与人分享美丽，同大家共同培植美丽。由此可见，懂得分享是一种高贵的品质，更是成功必不可少的秘密武器。

过不去的悬崖

一头狮子躺在大树下休息，看见一只蚂蚁正急匆匆地赶路，狮子奇怪地问："小家伙，你这是往哪儿去呀？"蚂蚁说："我要到山那边的大草原去，那里可美啦。"

狮子一听，来了兴趣，对蚂蚁说："你给我带路，我来背你，我们一起去吧。"狮子看蚂蚁面有难色，说："我跑得可比你快呀！"蚂蚁说："狮子先生，不是我不带你去，你是到不了大草原的。"

狮子生气了："在这个世界上，还有我去不了的地方？不就是山的那边吗？你慢慢爬吧，我自己先去了。"

狮子按蚂蚁所指的方向，赶到了一座悬崖边。悬崖宽数十米，而且深不见底，悬崖的对面就是美丽的大草原，狮子犹豫了半天，也不敢拿性命开玩笑跳过悬崖，只好垂头丧气地回去了。

几天后，蚂蚁也来到了悬崖边，它顺着悬崖爬到谷底，又沿着对面峭壁爬了上去，来到了心慕已久的大草原。

人间万物皆各有所长，亦每有所短，狮子虽然强大，但也有它力所不能及的事情；蚂蚁固然渺小，但却能因势利导。所以，不要以自身的强大而骄傲，也不要以自己的渺小而自卑，应该坚信天生我材必有用，也要明白人外有人，天外有天的道理。

金鸟和银鸟

有一位樵夫，每天上山砍柴，过着平凡的日子。

一天，樵夫像往常一样上山砍柴，在路上捡到一只受伤的小鸟。小鸟全身长满闪闪发光的银色羽毛，樵夫欣喜万分地赞道："真美！你一定就是传说中的银鸟，世上最美的鸟！"樵夫把银鸟带回家，精心为银鸟疗伤。在疗伤的日子里，银鸟每天唱歌给樵夫听，樵夫过着快乐的日子。

有一天，邻居看见了樵夫的银鸟，他告诉樵夫他曾经见过金鸟，金鸟比银鸟漂亮不止几千倍，而且，金鸟的歌也唱得比银鸟要好听得多。

樵夫心想，原来世上还有金鸟啊。从此，樵夫每日只盼遇见金鸟，银鸟美丽的歌声依然如故，而樵夫却再也不像以前那样喜欢银鸟，那样快乐了。

一日黄昏，樵夫坐在门外，呆呆地望着远处金黄的夕阳，心想，金鸟到底有多美呢？

此时，已完全康复的银鸟飞到樵夫面前，用婉转的歌喉唱起美丽的歌，樵夫听完后漠然说道："你的歌声虽然好听，但却远不及金鸟的好听；你的羽毛虽然漂亮，但却远比不上金鸟的漂亮。"

樵夫的话伤了银鸟的心。银鸟绕着樵夫飞了三圈，算是答谢疗伤之恩，然后朝着金黄的夕阳飞去。

樵夫望着渐渐远去的银鸟，突然发现银鸟在夕阳的照射下，变成了美丽的金鸟。

他梦寐以求的金鸟，原来一直在身边。只是，金鸟已经飞走了，飞得远远的。它被伤透了心，再也不会回来了。

人在不知不觉中，常常就做了这个"樵夫"，孜孜以求比"银鸟"更金贵的"金鸟"，却不知道"金鸟"其实就在自己身边。

最重要的是成长

一棵苹果树，终于结果了。

第一年，它结了 10 个苹果，9 个被拿走，自己得到 1 个。对此，苹果树愤愤不平，于是自断经脉，拒绝成长。第二年，它结了 5 个苹果，4 个被拿走，自己得到 1 个。"哈哈，去年我得到了 10%，今年得到 20%！翻了一番。"这棵苹果树心理平衡了。

但是，它还可以这样：继续成长。譬如，第二年，它结了 100 个果子，被拿走 90 个，自己得到 10 个。

很可能，它被拿走 99 个，自己得到 1 个。但没关系，它还可以继续成长，第三年结 1000 个果子……

其实，得到多少果子不是最重要的。最重要的是，苹果树在成长！等苹果树长成参天大树的时候，那些曾阻碍它成长的力量，都会微弱到可以忽略。真的，不要太在乎果子，成长是最重要的。

过分注重结果的人往往患得患失，结果也常常不尽如人意；反而是注重过程体验、注重自身成长的人收获颇多，因为不管怎样，他毕竟收获到了"成长"。

推太阳下山

一个船夫摇着一只小船在大海中行驶，浪花不断地向小船涌来，小船随着波浪微微地荡漾。一只海鸥栖在船夫的肩头，对他说："你多幸福啊，大海摇荡着你，就像在荡秋千似的。"

船夫听了，摇摇头笑着说："不对，是我在摇荡着大海！你看，大海的波涛都被我摇起来了。"

所谓的大与小、强与弱，很多时候都是依照人们的感官和习惯定论的。只要你不甘示弱，那么，弱小又从何谈起呢？

面对夕阳，失意的人往往怅惘沮丧不已，可是对于那些积极乐观向上的人来说,却不是这样——

"我向天涯走一步,天涯就向后退一步。太阳不是自己落下山去的,而是我把它推下去的,看看我的力量有多大!"

说得真好,只要你向前走,天涯就会往后退,在你昂然自信的步伐面前,天神都对你畏惧。

所以,再不要说自己怎样微小,你的心里原本就蕴藏着无坚不摧的力量,它不仅能使大海起浪,山林震撼,还能把太阳推下山去!

灵丹妙药

再过一个月,小白马就要参加森林里一年一度的赛马大会了。

大家一直公认小白马奔跑能力极强,前途不可限量。但小白马似乎有个致命的弱点——不自信。它常常对妈妈说:"妈妈,我能行吗? 我能跑得过小黑马、小枣红马、小斑马它们吗?"它还经常打退堂鼓:"妈妈,我不参加比赛了,行吗?"

妈妈看它这个样子,就对它说:"孩子,别担心,我去向常胜将军赤兔马爷爷讨些灵丹妙药,保证可以让你拿到冠军。"

妈妈去讨了,还真讨到了一点。不过,妈妈说,灵丹妙药本来就很少,赤兔马爷爷一般是不给的,它费了九牛二虎之力才讨了一点。

吃了妈妈讨来的灵丹妙药后,还真行,几天练下来,小白马觉得精神振奋,信心十足,收效很不错。

要是比赛得了冠军,一定要登门好好地向赤兔马爷爷表示感谢,小白马想。

一个月后,小白马精神抖擞、信心百倍地参加了森林里的赛马大会,并战胜了众多对手一举拿下了冠军。

赛后,小白马专程登门向赤兔马爷爷表示感谢。

"哈哈哈,什么灵丹妙药!"赤兔马爷爷大笑道,"那只不过是最普通的食物而已!"

小白马被说得丈二和尚摸不着头脑:"普通食物?"

"对!"赤兔马爷爷说,"你妈妈只是拿走了一点儿最普通的食物,根本不是什么灵丹妙药!"

"那——"小白马有些疑惑了,"是谁帮助了我?"

"你说呢?"赤兔马爷爷笑呵呵地问。

小白马终于明白了,原来最能帮助自己的就是自己。

只需一分钟

著名的教育家班杰明曾经接到过一个年轻人的求教电话，并与那个向往成功、渴望指点的年轻人约好了见面的时间和地点。

当那个年轻人如约而至的时候，班杰明的房门大敞着，眼前的景象令年轻人大吃一惊——班杰明的房间乱七八糟，狼藉一片。

没等年轻人开口，班杰明就招呼道："你看我这儿太乱了，请你在门口等一分钟吧。"他边说边把房门关上了。

不到一分钟的时间，班杰明打开了房门，并热情地把年轻人请进了客厅。这时，年轻人的眼前是一个非常整齐的房间，桌上还放了两杯刚倒好的红酒。

班杰明举起酒杯说："干杯，年轻人，你已经得到答案了吧。"

年轻人很尴尬地说："可是我还没向您请教呢……"

"这难道还不够吗？"班杰明一边看着自己的房间一边说，"你进来又是一分钟了。"

"一分钟？"年轻人若有所思地说，"我懂了，您让我明白了一分钟的时间可以改变很多事情。"

其实，只要把握好生命的每一分钟，也就把握住了理想的人生。

邮箱上的钉子

从前，一个农场主有个叫约翰的儿子，他是个粗心的孩子，让他做的事，总是做不好。一天，他父亲对他说："约翰，你这么粗心又健忘，以后你每次做错事情时，我就在这个邮箱上钉一颗钉子，提醒你做错事情的次数。当你做对了事情，我就拔出一颗钉子来。"于是，以后每次他做错事，他父亲就在邮箱上钉一颗钉子，有时候，一天钉很多钉子，但是很少拔出钉子。

最后，约翰看到邮箱上钉满了钉子，他开始忏悔自己犯了这么多错误，他决心做一个好孩子。第二天他表现得非常好，也非常勤恳，结果拔出了几颗钉子。每天都是如此，持续了很长一段时间，直到最后只剩下一颗钉子了。他的父亲把他叫来，说："看，约翰，这里还有最后一颗钉子了，现在我打算把它拔出来。你不觉得高兴吗？"

约翰看着邮箱，并没有像父亲期待的那样高兴，而是哭了起来。他哽咽道："是，钉子是没有了，但创伤还在那里呀。"

其实，每当我们做错一件事，无论这种错误是大还是小，都会给别人和自己造成伤害，或产生一些坏影响。因此，即使错误有办法弥补，我们也应尽量避免犯错。"勿以恶小而为之"，否则，它将成为一种坏习惯，最终令你伤痕累累。

苹果里的星星

一个人的错误,有可能侥幸地成为另一个人的发现。

儿子走上前来,向我报告幼儿园里的新闻,说他又学会了新东西,想在我面前显示显示。他打开抽屉,拿出一把还不该他用的小刀,又从冰箱里取出一个苹果,说:"爸爸,我要让您看看里头藏着什么。"

"我知道苹果里是什么。"我说。

"来,还是让我切给您看看吧。"他说着把苹果一切两半——切错了。我们都知道,正确的切法应该是从茎部切到底部窝凹处。而他呢,却是把苹果横放着,拦腰切下去。然后他把切好的苹果伸到我的面前:"爸爸,看哪,里头有颗星星呢。"

真的,从横切面看,苹果核果然显出一个清晰的五角星状。我一生不知吃过多少苹果,总规规矩矩地按正确的切法把它们一切成两半,却从未疑心过还有什么隐藏的图案我尚未发现! 于是,在那么一天,我的孩子把消息带回家来,彻底改变了冥顽不化的我。

不论是谁,第一次切"错"苹果,大凡都仅出于好奇,或由于疏忽所致,使我深深触动的是,这深藏其中、不为人知的图案竟具有如此巨大的魅力,它先从不知什么地方传到我儿子的幼儿园,接着便传给我,现在又传给你们大家。

是的,如果你想知道什么叫创造力,往小处说,就是苹果——切错的苹果。

手和命运

一次,去拜会一位事业上颇有成就的朋友,闲聊中谈起了命运。我问:"这个世界到底有没有命运?"他说:"当然有啊。"我再问:"命运究竟是怎么回事? 既然命中注定,那奋斗又有什么用?"

他没有直接回答我的问题,但笑着抓起我的左手,说不妨先看看我的手相,帮我算算命。给我讲了一些生命线、爱情线、事业线等诸如此类的话之后,突然,他对我说:把手伸好,照我的样子做一个动作。他的动作就是:举起左手,慢慢地且越来越紧地握起拳头。末了,他问:"握紧了没有?"我有些迷惑,答道:"握紧啦。"他又问:"那些命运线在哪里?"我机械地回答:"在我的手里呀。"他再追问:"请问,命运在哪里?"我如当头棒喝,恍然大悟:命运在自己的手里!

他很平静地继续道:"不管别人怎么跟你说,不管'算命先生'们如何给

第

六

篇

哲

理

故

事

127

你算，记住，命运在自己的手里，而不是在别人的嘴里！这就是命运。当然，你再看看你自己的拳头，你还会发现你的生命线有一部分还留在外面，没有被握住，它又能给我们什么启示？命运绝大部分掌握在自己手里，但还有一部分掌握在'上天'手里。古往今来，凡成大业者，'奋斗'的意义就在于用其一生的努力，去争取。"

三只蚂蚁

三只蚂蚁在一个躺在温暖阳光下打盹的男子的鼻间偶遇。它们按照各自部落的礼节致意后，便停在那里交谈起来。

第一只蚂蚁说："这里的山丘和平原是我平生见过的最贫瘠的地方了。我寻觅了一整天想弄到哪怕是一粒粮食，但一无所获。"

第二只蚂蚁说："我也空手而归，尽管我找遍了每一个偏僻的角落和每一片林间空地。我敢说，这儿就是我们部落所传说的柔软的，可移动的，寸草不生的大陆了。"

这时第三只蚂蚁扬起头说："我的朋友，我们现在正站立于一只超级巨蚁的鼻翼间。这是只拥有无穷威力与无限强权的巨蚁，他的身躯宽广到我们极目不能见，塔吊身影如此广袤以至我们无法逾越，他洪亮的声音充斥宇宙，震耳欲聋，啊，他是无所不在的！"

听到第三只蚂蚁如此高谈阔论，另两只蚂蚁相视大笑起来。正在这时，打盹的人动了动，伸手挠了挠鼻子，三只蚂蚁全被捻得粉碎。

启示：洞开未知世界的大门，自以为是地盲目判断可不是好钥匙。

自己建造的房子

有个老木匠准备退休，他告诉老板，说要离开建筑行业，回家与妻子儿女享受天伦之乐。

老板舍不得他的好工人走，问他是否能帮忙再建一座房子，老木匠说可以。但是大家后来都看得出来，他的心已不在工作上，他用的是软料，出的是粗活。房子建好的时候，老板把大门的钥匙递给他。

"这是你的房子，"他说，"我送给你的礼物。"

他震惊得目瞪口呆，羞愧得无地自容。如果他早知道是在给自己建房子，他怎么会这样呢？现在他得住在一幢粗制滥造的房子里！

我们又何尝不是这样。我们漫不经心地"建造"自己的生活，不是积极行动，而是消极应付，凡事不肯精益求精，在关键时刻不能尽最大努力。等我们惊觉自己的处境，早已深困在自己建造的"房子"里了。

把你当成那个木匠吧，想想你的房子，每天你敲进去一颗钉，加上去一块板,或者竖起一面墙,用你的智慧好好建造吧!你的生活是你一生唯一的创造,不能抹平重建,即使只有一天可活,那一天也要活得优美、高贵,墙上的铭牌上写着:"生活是自己创造的。"

断　箭

春秋战国时代,一位父亲和他的儿子出征打仗。父亲已做了将军,儿子还只是马前卒。又一阵号角吹响,战鼓雷鸣了,父亲庄严地托起一个箭囊,其中插着一只箭。父亲郑重地对儿子说:"这是家袭宝箭,配带身边,力量无穷,但千万不可抽出来。"

那是一个极其精美的箭囊,厚牛皮打制,镶着幽幽泛光的铜边儿,再看露出的箭尾,一眼便能认定是用上等的孔雀羽毛所制作。儿子喜上眉梢,贪婪地推想箭杆、箭头的模样,耳旁仿佛"嗖嗖"地箭声掠过,敌方的主帅应声折马而毙。

果然,配带宝箭的儿子英勇非凡,所向披靡。当鸣金收兵的号角吹响时,儿子再也禁不住得胜的豪气,完全背弃了父亲的叮嘱,强烈的欲望驱赶着他"呼"一声就拔出宝箭,试图看个究竟。骤然间他惊呆了。一只断箭,箭囊里装着一只折断的箭。我一直挎着只断箭打仗呢!儿子吓出了一身冷汗,仿佛顷刻间失去支柱的房子,意志轰然坍塌了。

结果不言自明,儿子惨死于乱军之中。

拂开蒙蒙的硝烟,父亲捡起那柄断箭,沉重地啐一口道:"不相信自己的意志,永远也做不成将军。"

把胜败寄托在一只宝箭上,是多么愚蠢。而当一个人把生命的核心与把柄交给别人,又多么危险!比如把希望寄托在儿女身上;把幸福寄托在丈夫身上;把生活保障寄托在单位身上……

自己才是一只箭,若要它坚韧,若要它锋利,若要它百步穿杨,百发百中,磨砺它,拯救它的都只能是自己。

快 乐 镜

一个富家少爷再也感觉不到快乐了,驾车到处找刺激。这日来到一座山前,一位老人告诉他:这山上有一面快乐镜,谁找到这面镜子谁就会有享不尽的快乐。

少爷于是上山了。开始是有路的,山腰上的路,谷底的路,山梁上的路,老林里的路,再就是似路非路的脚窝,脚窝走尽就没路了。这时他已累得快要趴下了,真想倒下来躺一会儿,但老人说了不能停,而且说没路时就快到了。没路就更艰难了,野林、柴坡、山肚子、山窝,汗淋淋地,浑身被荆棘柴草割破了的肉火辣辣的疼。再找，疼就是小事了，最难受的是热和渴。

富家少爷实在不想找了，也走不动了，他决定找个阴凉处躺一会就出山。

阴凉处不太难找，走近柴藤如棚的岩前树下，太阳就没有了。他用最后的力气艰难地到达，刚要躺下时，发现岩下有一眼泉水。他惊叫着跑了过去，立即跪趴在泉边，伸头像头牛那样饮水。好清凉甘甜的泉水啊！他一时痛快地忘掉了一切，只是喝呀喝，直到身心大爽，直到心满意足高高兴兴地站起来，忽然明白过来：这不就是人生最大的快乐吗？自己从来没有过的啊！再看泉水，真就是一面镜子！

其实几口泉水就可以成为人生最大的快乐，只要是自己找到的而不是别人给的。

跨越自己

有一天，龙虾与寄居蟹在深海中相遇，寄居蟹看见龙虾正把自己的硬壳脱掉，只露出娇嫩的身躯。寄居蟹非常紧张地说："龙虾，你怎可以把唯一保护自己身躯的硬壳也放弃呢？难道你不怕有大鱼一口把你吃掉吗？以你现在的情况来看，连急流也会把你冲到岩石上去，到时你不死才怪呢！"

龙虾气定神闲地回答："谢谢你的关心，但是你不了解，我们龙虾每次成长，都必须先脱掉旧壳，才能生长出更坚固的外壳，现在面对的危险，只是为了将来发展得更好而作出准备。"

寄居蟹细心思量一下，自己整天只找可以避居的地方，而没有想过如何令自己成长得更强壮，整天只活在别人的护荫之下，难怪永远都限制自己的发展。

对于那些害怕危险的人，危险无处不在。每个人都有一定的安全区，你想跨越自己目前的成就，请不要划地自限，勇于接受挑战充实自我，你一定会发展得比想象中更好。

心中的顽石

从前有一户人家的菜园摆着一颗大石头，宽度大约有四十公分，高度有十公分。到菜园的人，不小心就会踢到那一颗大石头，不是跌倒就是擦伤。

儿子问："爸爸，那颗讨厌的石头，为什么不把它挖走？"

爸爸这么回答："你说那颗石头喔，从你爷爷时代，就一直放到现在了，它的体积那么大，不知道要挖到什么时候，没事无聊挖石头，不如走路小心一点，还可以训练你的反应能力。"

过了几年，这颗大石头留到下一代，当时的儿子娶了媳妇，当了爸爸。

青少年开心故事会

有一天媳妇气愤地说:"爸爸,菜园那颗大石头,我越看越不顺眼,改天请人搬走好了。"

爸爸回答说:"算了吧!那颗大石头很重的,可以搬走的话在我小时候就搬走了,哪会让它留到现在啊!"

媳妇心里非常不是滋味,那颗大石头不知道让她跌倒多少次了。

有一天早上,媳妇带着锄头和一桶水,将整桶水倒在大石头的四周。

十几分钟以后,媳妇用锄头把大石头四周的泥土搅松。

媳妇早有心理准备,可能要挖一天吧,谁都没想到几分钟就把石头挖起来,看看大小,这颗石头也没有想象的那么大,都是被那个巨大的外表蒙骗了。

其实,阻碍我们去发现、去创造的,仅仅是我们心理上的障碍和思想中的顽石。

飞翔的蜘蛛

信念是一种无坚不摧的力量,当你坚信自己能成功时,你必能成功。

一天,我发现,一只黑蜘蛛在后院的两檐之间结了一张很大的网。难道蜘蛛会飞?要不,从这个檐头到那个檐头,中间有一丈余宽,第一根线是怎么拉过去的?后来,我发现蜘蛛走了许多弯路——从一个檐头起,打结,顺墙而下,一步一步向前爬,小心翼翼,翘起尾部,不让丝沾到地面的沙石或别的物体上,走过空地,再爬上对面的檐头,高度差不多了,再把丝收紧,以后也是如此。

蜘蛛不会飞翔,但它能够把网凌结在半空中。它是勤奋、敏感、沉默而坚韧的昆虫,它的网制得精巧而规矩,八卦形地张开,仿佛得到神助。这样的成绩,使人不由想起那些沉默寡言的人和一些深藏不露的智者。于是,我记住了蜘蛛不会飞翔,但它照样把网结在空中。奇迹是执著者造成的。

海 螺

海螺的壳相当坚硬,它生活得无忧无虑,因为它深信,不把头伸出来就无人能伤害得了它。

它的好友蝶鱼羡慕地说:"螺兄,你的要害实在保护得相当严密,只要盖上外壳,谁也无法伤害到你,这的确是十分美妙的构造。"

海螺很自信地说:"只要我这样,就不会有任何的苦恼。"此时,突然传来一声"叮咚"的声音,海螺立即紧闭外壳:"到底是什么声音呢?难道是鱼钩吗?以前曾经有过这样的事情,千万不可大意。也许,蝶鱼已经被捉走了,不晓得它现在怎么样了?幸好,我还能平安地活着,真该感谢我坚硬的外壳啊!"

经过一段时间,海螺心想,现在打开外壳,应该没问题了吧?

于是,就把头伸出来,看看四周。可是,觉得周围的环境相当陌生。仔细一看,原来自己的身上,已经被贴着"50元"的牌子,被摆在海鲜店的摊位上了。

人生无常,没有永远不变的事物,守着固定的概念,则永远无法突破自我,臻于完美。学会变化吧,世间没有吃不完的"奶酪",变化是人的"维生素"。

狐狸、野猪和陷阱

狐狸和野猪是好朋友,有一天,他们一起出外去游玩。因为听说这个地方常有猎人布设陷阱,狐狸就让自己走在前面,因为它可以识别陷阱。

走了不久,狐狸就在前边发现有一个陷阱,绕过去,并对身后的野猪说:"有陷阱,小心注意!"

野猪听了,不服气地哼了一声,说:"别卖弄聪明了,谁不知道前边有个陷阱!"野猪走到陷阱边,看了看陷阱,绕道而行。

走了不远,狐狸又发现了一个陷阱,绕道而过,但这一次狐狸没有回头告诉野猪,狐狸认为野猪也能识别出陷阱来,多说确实小看野猪了,令野猪生厌反而自找难堪。所以狐狸不发一声,自顾自地走自己的路。谁知,刚走了不远,就听到身后有野猪的号叫声。

狐狸飞快地跑到野猪号叫的地方一看,野猪已经掉进了陷阱里。陷阱很深,狐狸也无计可施。

野猪愤怒地大骂道:"该死的狐狸,和猎人串通一气,设陷阱来谋害我!"

狐狸一声不响,找了些食物丢在陷阱里,然后默默地走了。

有些人总认为自己聪明,而且不服气别人比自己聪明。当自己身陷困难的时候,却不反省自己的过失,而总去抱怨别人。这种人,永远会失去别人的帮助,也永远不会有好路走。

扫树叶的小和尚

有个小和尚,每天早上负责扫寺庙院子里的落叶。

清晨起床扫落叶确实是件苦差事,尤其秋冬之际,每一次起风时,树叶总随风飘落。

每天早上都要花费许多时间才能清扫完树叶,这实在让小和尚头疼不已!他一直想找个好办法让自己轻松些。

后来有个和尚跟他说,你在明天打扫之前先用力摇树,把落叶统统摇下来,后天就不用扫落叶了!小和尚觉得这是个好办法,于是隔天一早起床使劲地摇树,这样他可以把今天和明天的落叶一起扫了! 这一天小和尚非常开心。

第二天,小和尚刚到院子就傻眼了,院子里如往日一样满地落叶。

这时候老和尚走过来说:"傻孩子,无论你今天怎么用力,明天的落叶还是会落下来。"

小和尚终于明白了,世上有很多事是无法提前的,唯有认真地活在当下,才是最真实的人生态度。

许多人喜欢预支明天的烦恼,想要早一步解决明天的烦恼! 很多烦恼是无法提前解决的,每天都有新的人生功课要交,努力做好今天的功课再说吧!

最棒的玉米

一个老婆婆在屋子后面种了一大片玉米。

一个颗粒饱满的玉米说道:"收获那天,老婆婆肯定先摘我,因为我是今年长得最好的玉米!"可收获那天,老婆婆并没有把它摘走。"明天,明天她一定会把我摘走!"很棒的玉米自我安慰着。第二天,老婆婆又收走了其他一些玉米,可唯独没有摘这个玉米。"明天,老婆婆一定会把我摘走!"棒玉米仍然自我安慰着……

可从此以后,老婆婆再也没有来过,直到有一天,玉米绝望了,原来饱满的颗粒变得干瘪坚硬,整个身体像要炸裂一般,它准备和玉米秆一起烂在地里了,可就在这时,老婆婆来了,一边摘下它,一边说:"这可是今年最好的玉米,用它作种子,明年肯定能种出更棒的玉米!"

也许你一直都很相信自己,但你是否有耐心在绝望的时候再等一下?

名医的医术

魏文王问名医扁鹊说:"你们家兄弟三人,都精于医术,到底哪一位最好呢?"

扁鹊答说:"长兄最好,中兄次之,我最差。"

文王再问:"那么为什么你最出名呢?"

扁鹊答说:"我长兄治病,是治病于病情发作之前。由于一般人不知道他事先能铲除病因,所以他的名气无法传出去,只有我们家的人才知道。我中兄治病,是治病于病情初起之时。一般人以为他只能治轻微的小病,所以他的名气只及于本乡里。而我扁鹊治病,是治病于病情严重之时。一般人都看到我在经脉上穿针管来放血、在皮肤上敷药等大手术,所以以为我的医术高明,名气因此响遍全国。"

文王说:"你说得好极了。"

事后控制不如事中控制,事中控制不如事前控制,可惜大多数的人均未能体会到这一点,等到错误的决定造成了重大的损失才寻求弥补,有时是亡羊补牢,为时已晚。

铁杆和钥匙

一把结实的大锁挂在铁门上,一根铁杆费了九牛二虎之力,还是无法将它撬开。钥匙来了,它瘦小的身子钻进锁孔,只轻轻一转,那大锁就"啪"地一声打开了。铁杆奇怪地问:"为什么我费了那么大力气也打不开,而你却轻而易举地就把它打开了呢?"钥匙说:"因为我最了解它的心。"

只有进入别人的心灵才是人际沟通的金钥匙!

轻信的狼

一只狼出去找食物,找了半天都没有收获。偶然经过一户人家,听见房中孩子哭闹,接着传来一位老太婆的声音:"别哭啦,再不听话,就把你扔出去喂狼吃。"狼一听此言,心中大喜,便蹲在不远的地方等起来。太阳落山了,也没见老太婆把孩子扔出来。晚上,狼已经等得不耐烦了,转到房前想伺机而入,却又听老太婆说:"快睡吧,别怕,狼来了,咱们就把它杀死煮了吃。"狼听了,吓得一溜烟跑回老窝。同伴问它收获如何,它说:"别提了,老太婆说话不算数,害得我饿了一天,不过幸好后来我跑得快。"

别人信口开河,你就信以为真,全然不知许多时候人家只是在拿你说事而已。不要让别人的话改变了你的正常工作、生活。

油漆未干的椅背

一个女孩毫无道理地被老板炒了鱿鱼。中午,她坐在单位喷泉旁边的一条长椅上黯然神伤,觉得生活失去了颜色,暗淡无光。这时她发现不远处一个小男孩站在她的身后"咯咯"地笑,就好奇地问小男孩:"你笑什么呢?""这条长椅的椅背是早晨刚刚漆过的,我想看看你站起来时背是什么样子。"小男孩说话时一脸得意的神情。

女孩一怔,猛地想到:昔日那些刻薄的同事不正和这小家伙一样躲在我的身后想窥探我的失败和落魄吗?我决不能让他们的用心得逞,我决不能丢掉我的志气和尊严!

女孩想了想,指着前面对那个小男孩说:"你看那里,那里有很多人在放风筝呢。"等小男孩发觉到自己受骗而恼怒地转过脸时,女孩已经把外套脱了拿在手里,她身上穿的鹅黄的毛线衣让她看起来青春漂亮。小男孩甩甩手,嘟着嘴,失望地走了。

生活中的失意随处可见,真的就如那些油漆未干的椅背在不经意间让你苦恼不已。但是如果已经坐上了,也别沮丧,以一种"猝然临之而不惊,无故加之而不怒"的心态面对,脱掉你脆弱的外套,你会发现,新的生活才刚刚开始!

诗人的灵感

一位著名的诗人最近思路打不开,怎么也冲不出思想的牢笼,于是想到外面寻找灵感。这一天,他到乡间野外散步,阳光下,忽然远远看见一块牌子掩映在树林里,上书四个大字特别醒目"阳光不锈",诗人当场呆住,心想,这是多么有寓意的词语,绝对不是一般人能够想到的。于是,他非常想拜访一下书写这个精辟之极的词语的高人。等他走近这块牌子,发现被树丛挡住的那部分牌子写着"钢制品厂"。

水桶和花

一位挑水夫,有两个水桶,分别吊在扁担的两头,其中一个桶子有裂缝,另一个则完好无缺。在每趟长途的挑运之后,完好无缺的桶子,总是能将满满一桶水从溪边送到主人家中,但是有裂缝的桶子到达主人家时,却剩下半桶水。

两年来,挑水夫就这样每天挑一桶半的水到主人家。当然,好桶子对自己能够送满整桶水感到很自豪。破桶子呢,对于自己的缺陷则非常羞愧,他为只能负起责任的一半,感到非常难过。

饱尝了两年失败的苦楚,破桶子终于忍不住,在小溪旁对挑水夫说:"我很惭愧,必须向你道歉。""为什么呢?"挑水夫问道,"你为什么觉得惭愧?""过去两年,因为水从我这边一路地漏,我只能送半桶水到你主人家,我的缺陷,使你做了全部的工作,却只收到一半的成果。"破桶子说。挑水夫替破桶子感到难过,他满有爱心地说:"我们回到主人家的路上,我要你留意路旁盛开的花朵。"

果真,他们走在山坡上,破桶子眼前一亮,看到缤纷的花朵,开满路的一旁,沐浴在温暖的阳光之下,这景象使它开心了很多!但是,走到小路的尽头,它又难受了,因为一半的水又在路上漏掉了!破桶子再次向挑水夫道歉。挑水夫温和地说:"你有没有注意到小路两旁,只有你的那一边有花,好桶子的那一边却没有开花呢?我明白你有缺陷,因此我善加利用,在你那边的路旁撒了花种,每回我从溪边来,你就替我一路浇了花!两年来,这些美丽的花朵装饰了主人的餐桌。如果你不是这个样子，主人的桌上也没有这么好看的花朵了!"

自救的驴子

有一天某个农夫的一头驴子，不小心掉进一口枯井里，农夫绞尽脑汁想办法要救出驴子，但几个小时过去了，驴子还在井里痛苦地哀号着。最后，这位农夫决定放弃，他想这头驴子年纪大了，不值得大费周折去把它救出来，不过无论如何，这口井还是得填起来。于是农夫便请来左邻右舍帮忙一起将井中的驴子埋了，以免除它的痛苦。农夫的邻居们人手一把铲子，开始将泥土铲进枯井中。

当这头驴子了解到自己的处境时，刚开始哭得很凄惨。但出人意料的是，一会儿之后这头驴子就安静下来了。农夫好奇地探头往井底一看，出现在眼前的景象令他大吃一惊：当铲进井里的泥土落在驴子的背部时，驴子的反应令人称奇——它将泥土抖落在一旁，然后站到铲进的泥土堆上面！就这样，驴子将大家铲倒在它身上的泥土全数抖落在井底，然后再站上去。很快地，这只驴子便得意地上升到井口，然后在众人惊讶的表情中快步地跑开了!

就如驴子的情况，在生命的旅程中，有时候我们难免会陷入"枯井"里，会被各式各样的"泥沙"倾倒在我们身上，而想要从这些"枯井"脱困的秘诀就是：将"泥沙"抖落掉，然后站到上面去!

事实上，我们在生活中所遭遇的种种困难挫折就是加诸在我们身上的"泥沙"。然而，换个角度看，它们也是一块块的垫脚石，只要我们锲而不舍地将它们抖落掉，然后站上去，那么即使是掉落到最深的井里，我们也能安然地脱困。

会弯曲的树

加拿大魁北克有一条南北走向的山谷。山谷没有什么特别之处，唯一能引人注意的是它的西坡长满松、柏、女贞等树，而东坡却只有雪松。这一奇异景色之谜，许多人不知所以，然而揭开这个谜的，竟是一对夫妇。

那是 1993 年的冬天，这对夫妇的婚姻正濒于破裂的边缘，为了找回昔日的爱情，他们打算做一次浪漫之旅，如果能找回就继续生活，否则就友好分手。他们来到这个山谷的时候，下起了大雪，他们支起帐篷，望着满天飞舞的大雪，发现由于特殊的风向，东坡的雪总比西坡的大且密。不一会儿，雪松上就落了厚厚的一层雪。不过当雪积到一定程度，雪松那富有弹性的枝丫就会向下弯曲，直到雪从枝上滑落。这样反复地积，反复地弯，反复地落，雪松完好无损。可其他的树,却因没有这个本领,树枝被压断了。妻子发现了这一景观,对丈夫说:"东坡肯定也长过杂树,只是不会弯曲才被大雪摧毁了。"少顷,两人突然明白了什么,拥抱在一起。

生活中我们承受着来自各方面的压力,积累着终将让我们难以承受。这时候,我们需要像雪松那样弯下身来,释下重负,才能够重新挺立,避免压断的结局。弯曲,并不是低头或失败,而是一种弹性的生存方式,是一种生活的艺术。

走钢丝的启示

特技团来了个新的弟子,教练从走钢丝开始教起,这个弟子在练习的时候,总是没走几步就掉下来,反复练习还是如此,最后沮丧地坐在地上不起来,教练走了过来,拍拍弟子的肩膀说:"掉落,是走稳的先决条件。"弟子闻言,又重新爬上去练习。教练在旁叮咛着:"走,不停地走,直到你忘了那条钢丝的存在,忘了掉落这件事,你就算真正学会了。"

人生处处充满意外,我们必须像练习走钢丝一样,带着微笑、抬头挺胸,若是不慎掉落,就重新再站起来。当我们不再在意"意外",不再在意"掉落",我们就可以走得比别人稳。

张三开车

某日,张三在山间小路开车,正当他悠哉游哉地欣赏美丽风景时,突然迎面开来一辆货车,而且满口黑牙的司机还摇下窗户对他大骂一声:"猪!"

张三越想越纳闷,也越想越气,于是他也摇下车窗回头大骂:"你才是猪!"

才刚骂完,他便迎头撞上一群过马路的猪。

不要错误地诠释别人的好意,那只会让自己吃亏,并且使别人受辱。在不明所以之前,先学会控制情绪,耐心观察,以免事后生发悔意。

父亲和儿子

小男孩问爸爸:"是不是做父亲的总比做儿子的知道得多?"

爸爸回答:"当然啦!"

小男孩问:"电灯是谁发明的?"

爸爸:"是爱迪生。"

小男孩又问:"那爱迪生的爸爸怎么没有发明电灯?"

很奇怪,喜欢倚老卖老的人,特别容易栽跟头。权威往往只是一个经不起考验的空壳子，尤其在现今这个多元开放的时代。

不过一碗饭

两个不如意的年轻人，一起去拜望师父："师父，我们在办公室被欺负，太痛苦了，求你明示，我们是不是该辞掉工作？"两个人一起问。

师父闭着眼睛，隔半天，吐出五个字："不过一碗饭。"就挥挥手，示意年轻人退下了。

才回到公司，一个人就递上辞呈，回家种田，另一个什么也没动。

日子真快，转眼十年过去了。回家种田的以现代方法经营，加上品种改良，居然成了农业专家。另一个留在公司的，也不差。他忍着气，努力学，渐渐受到器重，成了经理。

有一天两个人遇到了。

奇怪，师父给我们同样"不过一碗饭"这五个字，我一听就懂了。不过一碗饭嘛，日子有什么难过？何必硬在公司，所以辞了职。农业专家问另一个人："你当时为何没听师父的话呢？"

"我听了啊，"那经理笑道，"师父说'不过一碗饭'，多受气，多受累，我只要想不过为了混碗饭吃，老板说什么是什么，少赌气，少计较，就成了。师父不是这个意思吗？"

两个人又去拜望师父，师父已经很老了，仍然闭着眼睛，隔半天，答了五个字："不过一念间。"然后挥挥手……

是不是很有意思呢？很多事，真的是一念之间啊，所以在决定什么事时，要多想想哦。

成功的秘密

有人问一位智者："请问，怎样才能成功呢？"智者笑笑，递给他一颗花生："用力捏捏它。"

那人用力一捏，花生壳碎了，只留下花生仁。

"再搓搓它。"智者说。

那人又照着做了，红色的种皮被搓掉了，只留下白白的果实。

"再用手捏它。"智者说。

那人用力捏着，却怎么也没法把它毁坏。

"再用手搓搓它。"智者说。

当然，什么也搓不下来。

"虽然屡遭挫折，却有一颗坚强的百折不挠的心，这就是成功的秘密。"智者说。

青少年故事会开心

沙漠里的水

有一个人在沙漠里行走了两天。途中遇到暴风沙。一阵狂沙吹过之后，他已辨不清正确的方向。正当快撑不住时，突然，他发现了一幢废弃的小屋。他拖着疲惫的身子走进了屋内。这是一间不通风的小屋子，里面堆了一些枯朽的木材。他几近绝望地走到屋角，却意外地发现了一座抽水机。

他兴奋地上前汲水，却任凭他怎么抽水，也抽不出半滴来。他颓然坐地，却看见抽水机旁，有一个用软木塞堵住瓶口的小瓶子，瓶上贴了一张泛黄的纸条，纸条上写着：你必须用水灌入抽水机才能引水！不要忘了，在你离开前，请再将水装满！他拔开瓶塞，发现瓶子里果然装满了水！

他的内心，此时开始交战着——

如果自私点，只要将瓶子里的水喝掉，他就不会渴死，就能活着走出这间屋子！

如果照纸条做，把瓶子里唯一的水，倒入抽水机内，万一水一去不回，他就会渴死在这地方了——到底要不要冒险？

最后，他决定把瓶子里唯一的水，全部灌入看起来破旧不堪的抽水机里，以颤抖的手汲水，水真的大量涌了出来！

他喝足水后，把瓶子装满水，用软木塞封好，然后在原来那张纸条后面，再加上他自己的话：相信我，真的有用。在取得之前，要先学会付出。

拼　　图

一个牧师正在准备讲道的稿子，他的小儿子却在一边吵闹不休。牧师无可奈何，便随手拾起一本旧杂志，把色彩鲜艳的插图——一幅世界地图，撕成碎片，丢在地上，说道："小约翰，如果你能拼好这张地图，我就给你2角5分钱。"

牧师以为这样会使约翰花费上午的大部分时间，但是没过10分钟，儿子又来敲他的房门。牧师看到约翰如此之快地拼好了一幅世界地图，感到十分惊奇："孩子，你怎么这样快就拼好了地图？"

"啊，"小约翰说，"这很容易。在另一面有一个人的照片，我就把这个人的照片拼到一起，然后把它翻过来。我想如果这个人是正确的，那么，这个世界也就是正确的。"

牧师微笑起来，给了他的儿子2角5分钱。"你替我准备了明天讲道的题目：如果一个人是正确的，他的世界也就会是正确的。"

如果你想改变你的世界，改变你的生活，首先就应改变你自己。如果你的心理态度是积极的，你的生活也会是快乐的；如果你的心理态度是消极的,那么,生活也会是忧伤的。

心愿石

有个年轻人,想发财想到几乎发疯的地步。每每听到哪里有财路他便不辞劳苦地去寻找。有一天,他听说附近深山中有位白发老人,若有缘与他见面,则有求必应,肯定不会空手而归。

于是,那年轻人便连夜收拾行李,赶上山去。

他在那儿苦等了5天,终于见到了传说中的老人,他向老者请求,赐珠宝给他。

老人便告诉他说:"每天早晨,太阳未东升时,你到村外的沙滩上寻找一粒'心愿石'。其他石头是冷的,而那颗'心愿石'却与众不同,握在手里,你会感觉到很温暖而且会发光。一旦你寻到那颗'心愿石'后,你所祈祷的东西都可以实现了。"

青年人很感激老人,便赶快回村去。

每天清晨,那青年人便在沙滩上检视石头,发觉不温暖也不发光的,他便丢下海去。日复一日,月复一月,那青年在沙滩上寻找了大半年,始终也没找到温暖发光的"心愿石"。

有一天,他如往常一样,在沙滩开始捡石头。一发觉不是"心愿石",他便丢下海去。一粒、二粒、三粒……

突然,"哇……"青年人哭了起来,因为他刚才习惯地将那颗"心愿石"随手丢下海去后,才发觉它是"温暖"的!

机会降临眼前,很多人都习惯地让它从手上溜走,一旦发觉就后悔莫及了,"哭"和"早知道"都是没用的。

第七篇

幽默故事

卖 象

一个商人正在出售一匹大象。有一个人来到大象跟前，仔细地端详起来，还伸出手摸了摸粗壮的象腿。商人见状，快步走到他跟前，对着他的耳朵悄悄地说："我卖出去之前，你千万不要谈论这头大象，我将给你报酬。"

那人说："好吧。"大象卖掉之后，商人把卖价的十分之一给了他，说："那么请你告诉我，你是怎么看出大象左前腿上的毛病的？我觉得它是很隐蔽的，就连这家隔壁的兽医也给蒙了过去。"

那人说："我根本就没有发现什么毛病。""那么你为什么对大象的各部分看得那么仔细呢？""因为我从来没有见过象，想知道象是什么样子的。"

老板与诗人

一位诗人欠了酒店老板的酒钱，一时无力偿还，却一如既往地去酒店喝酒。

一天，诗人又两手空空地来到了酒店。老板灵机一动，想出了一个法子来杜绝他赊账，便对他说："如果我向你提四个问题，你能出口成章，吟诗一首，来回答我的问题，我就免了你的酒钱。否则你今后就不要来赊账了。"

诗人答道："我很高兴试试，请你提吧。"老板说道："上帝最喜欢什么？魔鬼最喜欢什么？人们最喜欢什么？我最喜欢什么？"

诗人不加思索地答道："上帝最喜欢世人改恶从善，魔鬼最喜欢世人作恶多端。人们最喜欢你的酒货真价实，你最喜欢我喝酒能掏出现款。"

挨巴掌

小学生阿呆的爸爸警告说："若没有超过60分，准有人挨巴掌！"

阿呆忧心忡忡来到学校，对老师说："不是我吓唬您，老师！我爸爸说，我如果这次考试不及格，准会有人挨巴掌。"

没有生胡子的巴彦

从前,有一个没有生胡子的老巴彦,一天得了不治之症死去了。巴彦的灵魂到了阎王那儿,阎王问他:"老头!你活着的时候,都干了些什么事?"巴彦说:"我活着的时候,什么事都做了。""那么,你究竟干了一些什么事啊?"阎王追问道。"不瞒大王,我小斗出、大斗进,小秤出、大秤入,收租放息,占尽便宜。我不择手段,也不论是谁,连我的亲爹也不肯放过,所以我便成了良田万顷、五畜遍野的大巴彦了。"

阎王又问:"你活着的时候,有过什么遗憾的事吗?"

巴彦说:"我最遗憾的是,我活到年过花甲,两鬓斑白,腮牙脱落,可是连两指长的胡子都没有长过。我对大王您,赐给我一副人皮,享尽人间的荣华富贵,是感恩不尽的,但对您没有赏给我胡子这件事,真是太感遗憾了!"

"你说什么,没长过胡子?"阎王听了巴彦的申诉很是惊奇。于是,便命令判官看案卷。

判官读道:"巴彦有一张人皮,两指长的胡子。"

阎王一听,怒气冲冲地大声申斥巴彦道:"你听,这里明明记着你有两指长的胡子,你为什么要耍无赖?"

"请大王息怒!亡魂就在您的面前,请您看,我哪里有什么胡子啊!"巴彦抬起头来,委屈地说道。

阎王一看,巴彦果真没有胡子,很是奇怪。于是,他便又亲自仔细地审视了一遍案卷,这才发现下面还有一行注释的小字:"此人脸皮三指厚。"原来是,两指长的胡子未能透过三指厚的脸皮。

于是,阎王向巴彦说道:"你休要埋怨我没有让你生胡子,还是怪你自己的脸皮太厚吧!"

瞬息万变

从前,有个士兵到一座古寺去游玩,寺里的主持见他穿着打扮一般,对他很不礼貌,这位士兵便想借机戏弄他一番,于是说道:"这座寺院太破了,快拿化缘簿来,我好施舍。"

主持闻言大喜,马上鞠躬请坐、倒茶、拿出化缘簿。士兵提笔写道:"京都八十万禁军总督",写到这里,他就端起茶碗喝了起来。

主持一看,以为是总督大人微服私访,不由自主地跪倒在地。士兵瞟了一眼跪在地上的主持,又提笔接着写道:"标下左营兵士。"

写到这里,又喝了一口茶。主持一看,他原来只是个士兵,脸色顿时变得非常难看,马上站了起来。士兵接着又添写上"喜施三十",又喝起茶来。

主持以为是三十两银子，马上转恼为喜，再次跪下。

士兵喝够了茶水，最后才又在后面加上"文钱"两个字。和尚一看只是三十文钱，顿时拉长面孔叫道："送客！"

国王和术士

某一国王在执政期间，有一位著名的术士，不幸地预言了国王一个宠臣的死期。这个预言真的应验了，国王的宠臣碰巧就在术士所预言的那天死了。国王非常生气，他把宠臣的死完全归咎于术士的预言，就派人把术士抓来了。国王说："你能预言我爱卿的死，你也能预言你自己的死期吗？"

可怜的术士听了这话非常害怕，因为他明白国王打算处死他。他沉默了一会儿，没有立即回答。因为他正考虑怎样才能挽救自己。后来他终于想出了个主意。

"陛下，"他鞠着躬说，"我不能预言我死亡的准确日期，但我能预言，我一定会死在陛下驾崩的前一天。"

这下轮到国王害怕了。他下令，由最高明的医生和最强悍的武士护卫着这位术士，要尽最大努力，使他活得越久越好。

一千个吻

杰克与安妮新婚不久，新郎就要离开家，到外地工作挣钱。他答应半个月后就寄钱给安妮。可是安妮等了两个月仍没收到这笔钱，就打电话说："请速寄钱，房东逼租。"

杰克回电道："最近实在无钱，过几日一定寄出。亲爱的，给你一千个吻。"

几天后，杰克又收到回电说："亲爱的，不急了，你给我的一千个吻，我转给了房东，他说房租可以免交了。"

魔术师

魔术师在演出前叮嘱他的儿子说："在演出时，当我说完要请一个孩子上台时，你就立刻上来，但千万不要让观众知道我认识你。"

"那好吧！"

演出开始了。魔术师话音刚落，他的儿子随即跑到台下，协助演出。演出获得巨大成功。这时，魔术师十分得意地对观众说："诸位先生、女士们！你们都亲眼看到了，这个从观众席跑上来的孩子，我从来不认识，在他的协助下，我完成了演出。"

接着,他转身对孩子说:"小孩,你说是不是呀?!"

"是的,爸爸。"孩子毫不犹豫地回答道。

满意的答复

法国大文豪大仲马在成名之前,穷困潦倒。有一次,他跑到巴黎去拜访父亲的一位朋友,请他帮助找个工作。

他父亲的朋友问他:"你能做什么?""没有什么了不得的本事,老伯。""数学精通吗?""不行。""你懂得物理吗?或者历史?""什么都不知道,老伯。""会计呢?法律如何?"

大仲马满脸通红,第一次知道自己太不行了,便说:"我真惭愧,现在我一定努力补救我的这些不行,我相信不久以后,我一定给老伯一个满意的答复。"

他父亲的朋友对他凝神地望着:"可是,你要生活啊?将你的住处留在这纸上吧。"

大仲马无可奈何地写下了他的住址。他父亲的朋友笑着说:"你终究有一样长处,你的名字写得很好呀!"

冰箱的新用途

哈利今年12岁。他有一个非常精致的存钱盒,放在衣柜的抽屉里。他的爸爸妈妈需要零钱时,就从他的钱盒里掏,并留下一张借条。哈利显然不喜欢爸爸妈妈的这种做法。因为他好不容易积攒起来的钱,在钱盒里躺不了多久,便被他的爸爸妈妈请出去了,留下的只是一张没有偿还日期的借条。

一天,有人交给哈利的爸爸一张数额很小的发票。他跑进哈利的卧室,找到那只钱盒。但里面只有一张小纸片,上面写着:"亲爱的爸爸妈妈,我的钱转移到了冰箱里,我希望你们明白,我所有的资金全部冻结了。"

两个亲家生一种"病"

一天,甲亲家打了张新床,式样挺漂亮。他想:"这么好看的床,如果给乙亲家看到了,自己脸上多光彩啊。于是,他就假装生病,躺在床上,等乙亲家来看他,好把床给乙亲家看看。

这时,乙亲家正好做了条漂亮的裤子,也很想找机会让甲亲家看看,炫耀炫耀自己。听说甲亲家生病,他马上就去探望。

乙亲家来到甲亲家床前,坐在椅子上,把长衫一撩,露出漂亮的裤子。

接着,把右腿架在左腿上,抖个不停,引逗甲亲家注意,嘴里却说道:"我这腿也有病,不抖抖就不舒服。"说完,看了一眼甲亲家的新床,问他道:"你生的是什么病啊?"

甲亲家瞟了一下乙亲家的漂亮裤子,笑着说:"我的病和你的病差不多,咱们同病相亲。"

教士的隐秘

四位德高望重的传教士聚到一起,他们约定各自谈谈自己内心的隐秘。当然,这些话不能外传。

第一位说:"老实讲,我酒喝得太多,还常常喝醉。"

随后一位道:"既然你坦率,我也说实话,我最大的毛病是赌,且执迷不悟。"

第三位接着说:"我实在摆脱不了烦恼的缠绕,因为我爱上了常来我的教堂的一位女士,而她已经出嫁了。"

轮到第四个人却沉默不言。几经催促,他才开口道:"唉!我平生最爱说别人的闲话,我真不知怎样才能为你们保密。"

考官的评语

清朝末年,一次科举考试,考官出了《尚书·秦誓》中的"昧昧我思之"一句,作为试题。昧昧,即想念深切的样子。有位考生不知其意,把题目抄成"妹妹我思之"。遂据此大做文章,自是下笔千言,离题万里了。

考官阅卷,不禁哑然失笑,提笔批道:"哥哥你错了。"

一 等 兵

从前有一个一等兵,他在第一次世界大战期间可谓尽心尽职。有一天他开着带帆布顶篷的卡车艰难地行驶在沃尔豪前线那条异常泥泞的道路上。

卡车已两次陷入泥浆之中,到第三次时,一等兵最担心的事发生了,汽车一直陷到车轴处。

正在这时,随着一阵汽车喇叭声,一队轿车从右边驶过,看到这辆陷入困境的车,车队停了下来,一位身着红绶带的将军从头一辆轿车中走出来。

"遇到麻烦了?"

"是的,将军先生。"

"车陷住了?"

"陷在泥坑里了，将军先生。"

这位大官回身叫喊道："注意了，全体军官们下车！干活吧，先生们，我们要让一等兵先生重新跑起来！"

从 8 辆汽车里钻出整整一个司令部的军官、少校、上尉、中尉和少尉，一个个穿得笔挺整洁。他们同将军一起埋头猛干，又推又拉，又扛又抬。这样干了 10 多分钟，汽车才很不情愿地爬出泥坑停在道上准备上路。

将军为自己的善举洋洋自得。

"对我们还满意吗？先生。"

"是的，将军先生。"

"您在车上装了些什么？让我看看。"

将军揭开篷布，他看见，在车厢里坐着整整 18 个一等兵。

不奉承

从前，有个很有骨气的穷人，从来不肯奉承富人。有个富人对他说："我家有财产万贯，你为什么不肯奉承我？"

穷人答道："家财是你的，你又不分给我点，我为什么要去奉承你呢？"

富翁虚情假意地说："这样吧，我把家财分给你两成，你该奉承我了吧！"

穷人说："你十成家财，只分给我两成，太不公平了！我不会奉承你的！"

富翁想了一会儿，说，"那我就分给你一半财产，你总该奉承我了吧！"

"分给我一半？"穷人讥讽地笑了笑，说，"那我就和你平起平坐了，我干吗还要奉承你？"

富人把心一横，索性玩笑开到底，说道："我把全部家财都送给你，难道你还不该奉承我吗？"

"哈哈哈！"穷人放声大笑，说道，"到那时候，你穷我富，你就成了我，我就成了你，我恐怕连理都不会理你的！"

钢琴家和皮鞋匠

有一次，德国著名钢琴家库勒克，应素不相识的富翁白林克之邀，参加了一个宴会。与会者都是些俗不可耐的男女，库勒克很不高兴，但又不便退席。

宴会中间，主人请钢琴家弹钢琴，库勒克当时不好拒绝，只好勉强弹了一曲。

事后了解，白林克原来是个皮鞋匠，近年暴发起来，便经常举行宴会，巴结上流人物，借以提高自己的身价。

不久，库勒克举行宴会，除了文坛名人外，还特地请了白林克和参加那天晚宴的一些阔少、小姐。

饭后，库勒克捧出一双破旧的皮靴来，递给白林克说："请您帮忙补补这双皮靴。"

白林克惊奇地问："这是什么意思？"库勒克说："我是个钢琴家，你是个皮鞋匠；上次宴会，你叫我当众表演我的看家本领；这一回，你也要当众表演你的看家本领！"

一对亲家

从前有两亲家，一个姓张，一个姓陈，他们各有一股怪脾气。一日，姓张的得知亲家杀了一头清明猪，垂涎三尺，急匆匆来到陈家想吃肉。姓陈的知道他专吃白食，偏不给肉吃。

这样过了几日，姓张的想："你太小气，不给我吃肉，我偏要住上十天半个月。"姓陈的想："你这厚脸皮，不留你，也会天天赖着不走。"他不好意思直言叫亲家回去，眼看猪肉就要变质了，便想了个妙法。

天刚蒙蒙亮，姓陈的叫醒了亲家："亲家公，我们到田畔去转一圈，看看稻田好吗？"姓张的想："大概给我肉吃了，去散散心也好。"于是两人踏着露珠向田畔走去。

不一会儿，姓陈的突然停住，指着远处的一个草人说："亲家，你看，那个东西是不是人？是人怎么老赖着不走？"那姓张的一听，知道是在转弯抹角讥讽他，想了想，马上回敬道："亲家，你说得对，我看那个一定不是人，是人的话应该有肉吃。"

姓陈的原想回绝亲家，结果反被讽刺一顿，便只得烧肉给亲家吃。

还有一只鸡

罗兰在一个亲戚家做客已经很长时间了。主人变着法子想把他打发走，于是与妻子商定，在吃饭的时候吵架，这样罗兰就会支持一方，另一方就可以借故赶走他。

吃晚饭的时候，夫妻俩为了一点小事吵了起来，足足吵了一刻钟。这当中，罗兰把桌上所有的东西都吃光了。

"你给评评理吧！"主人向罗兰求道。罗兰说："我还要在这里住六个星期，不想得罪你们任何一方。"

六个礼拜终于过去了，罗兰到了该动身的那一天了。主人夫妇再也按捺不住了，在黎明之前，他们便把罗兰叫醒了。"快起来吧！"女人喊道，"鸡都叫了。"

"什么？"罗兰睡眼惺忪地说，"还有一只鸡？那我再住两天吧！"

三句话不离本行

木匠、厨子跟和尚一块儿走路。一路上各人都夸自己的行当好。后来，和尚说："咱们不要王婆卖瓜，自卖自夸。从现在起，谁也不再说本行话，好不好？"

木匠和厨子都很赞成，并且立了罚规：谁要再讲本行话，到家之后要摆一桌酒席请客。

立了罚规，谁也不轻易说话了。走了一程，又热又累，三人便坐在路边一棵树下歇脚乘凉。木匠坐在大树下，盯着大树端详了一会，点着头说："这棵大树长得真好，足够做条船。"

厨子闻言兴奋地指着木匠说："你犯了罚规啦！"木匠只好认输。可是他说："我请两位倒是没啥，可惜我做不好菜。"

厨子忙说："办酒席你别愁，我包啦！"木匠一听乐了，说："你也犯规啦！"一直不敢说话的和尚，一看木匠和厨子全输了，这才松了口气说："阿弥陀佛，我可赢了。"

一包"蜜"

有一种擅吹捧的人，阿谀之词运用自如，不论对谁，也不论是什么事，他都能大吹一气，简直可以将人吹上天去。被吹的人反应则分两种，有的内心憎恶，不屑一顾；有的则如饮琼浆为之醉倒，而且醉倒的人还不是少数。某甲擅吹，一天，他请了几位小有名气的人到家里吃饭，准备施展一下自己的专长。他临门恭候，当客人们接踵而至的时候，但见他笑容可掬地用同一句话挨个问道："您是怎么来的呀？"

第一位客人说："我是坐小汽车来的。"某甲立即用感叹加赞美的语调说："啊，华贵之至！"

第二位客人听了，一皱眉头打趣道："我是坐飞机来的！"某甲赞曰："高超之至！"

第三位客人眼珠一转："我是坐火箭来的。"某甲大喜："勇敢之至！"

第四位客人坦白地说："我是骑自行车来的。"某甲话锋一转脱口而出："朴素之至！"

第五位客人羞怯地说："我是徒步走着来的。"某甲合掌作揖："太好啦，走路可以锻炼身体，健康之至呀！"

第六位客人故意出难题："我是爬着来的！"某甲真是词汇丰富，立刻恭维："稳当之至！"

第七位客人讥讽地说："我是滚着来的！"某甲并不脸红，哈哈大笑："啊，周到之至啊！"

钱　包

一个有钱人把钱包丢了。他许下诺言，"谁替我找回来钱包，我就把其中一半的钱分给他。"

一个清洁工捡到了钱包，把它还给了那个有钱人。可是有钱人变了卦，舍不得将钱分给他。

有钱人对清洁工说："我的钱包里还有一枚钻石戒指，你得还我戒指，我才能分给你那一半钱。"

清洁工抗议道："见鬼！钱包里绝对没有你所说的什么钻石戒指。"他们争吵了好久，最后吵到法官那儿。法官听完他们的申诉后，对商人说："你丢了钱包和钻石戒指，这是真的。这个钱包里只有钱，很显然，钱包不是你的那只。你不用着急，好心人捡到你的那只钱包会送还给你的。"

法官又对清洁工说："这个钱包先放在你那儿，如果失主三天不来认领，这钱就归你了！"

驴　叫

有一位歌手自认为自己唱起歌来嗓音迷人，悦耳动听，吹嘘说他能把深海中的梭鱼或是海豚引诱出水面听他唱歌。

一天，教堂做弥撒，请他来唱赞美歌。他一边唱，一边看到有一位老妇人跪在地上痛哭流涕，便以为是自己美妙的歌声把这位老妇人感动得流下了眼泪。于是他唱完歌之后，马上走到这位老太太面前，当着全教堂的人问这位老太太："老人家，您为什么哭得这样悲伤？"

他满心想听到的是赞美，谁知老太太答道："先生，您唱歌的时候，使我想起了我的驴子。三天之前，我的驴子丢了，我家驴子的叫声和您的歌声一模一样，所以我越想越伤心。天哪！在天的圣父，要是我能找到我的驴子，让它来这里唱歌，那该有多好啊！"

不许扔箱子

华西里和奥列格一起坐火车到莫斯科去。列车员看到华西里头上的行李架上有个巨大的木箱子，就对他说："您的这只箱子必须拿去办理托运，如果您不遵守铁路规定，只好请您把这只箱子从窗户扔出去。"

华西里坚决地表示："我不能把这只箱子扔掉，也不会去办理托运。"他们因此事争吵了起来。列车长来了也无济于事。最后只好把乘警叫来了。

这个警察大声对华西里叫道："要么去办理托运手续，要么扔出窗户去！"

华西里还是说："不！"警察发怒道："为什么？""因为它不是我的！"大家都吃了一惊。"那么它是谁的呢？""是我的朋友奥列格的。"

列车长、警察、列车员一起转过身来，冲着奥列格大叫道："这么半天，你为什么无动于衷？"

奥列格嘟囔道："刚才没有任何人说过要我去做什么呀！"

改换门庭

一天，在苏南的一家公园里，一群游客纷纷嚷着向公园管理处办公室走来：

"太不像话了，找公园领导去。这叫什么公园？连门票算上一共有六个收费处。还让不让人游玩了？抬腿就要钱，真是钻钱眼里了。"

公园管理处李主任一看，急了，指着楼下的游客对刘秘书说道："你怎么不想个办法，拦住他们别往我这里来呀？"刘秘书说："他们偏要来，我挡也挡不住。有啥办法呢？"李主任思索片刻果断地说："那就快把'公园管理处'的牌子摘掉。"刘秘书不解地问："摘掉管理处的牌子干啥？"

李主任不耐烦地说："你真是木鱼脑袋。摘下牌子换成'售票处'，看他们还来不来。"

黄面包

有一天，一家人刚摆好新婚盛宴，等待宾客们和新郎新娘入席，突然，一位不速之客走进来。他是山里人，要去附近的磨坊磨玉米面。按照当地习俗，不管是谁碰上婚宴，都得饱餐一顿，满意地离去。于是女主人请这位山里人先吃，以免误了他的行程。这人无知，也过于贪吃，随便坐好之后，就狼吞虎咽起来，他松了好几次裤腰带，最后干脆把腰带解下来，搭在椅背上。

他吃着吃着，最后选中了一大盘切好的蛋糕，他一边大啃牛排、鸡肉，一边在蛋糕上涂了厚厚的奶油，大嚼特嚼起来。这一下吓坏了女主人，因为这是专门给新郎新娘准备的蛋糕，于是她力劝客人吃些饼干，并且把用雪白的面粉做的饼干端到他面前，想让他把注意力集中到饼干上来。

然而，这个山里人满心感谢地说："多谢您，太太，您把这些雪白的饼干留着吧，这些黄面包对我来说已经够好的了。"

请　客

主人请四个客人吃饭，只来了三位：甲、乙、丙。等了好久，丁还没来。

主人不耐烦地说："真是，该来的没来！"

甲听了不高兴："该来的没来，那我就是不该来的了？"一生气，走了。主人没拦住，懊恼地说："你看，不该走的走了。"乙听了很不高兴："他是不该走的走了，那我就是该走的没走？"一生气，也走了。请来的三位客人只剩下了丙，丙上前劝说主人："老弟，今后说话要注意，不注意会得罪人。"主人急忙解释："哎呀，我不是说他俩的！""不是说他俩的，那一定是说我的了？走。"最后丙也走了。

不懂装懂

一天，一个家住农村的也门人收到他在美国的哥哥寄来的信，信中告诉他美国挣钱多，要他到美国去。

于是这个也门人便卖掉了自己的土地，兴高采烈地来到美国。刚下飞机的第一句话，就问哥哥："我不会讲英语，如果有人和我说话，我该怎么办呢？"哥哥想了想对他说："你回答'Yes'就行了。"

一次，他上街游玩，进了一家俱乐部，这时一个练习拳击的人，走过来用英语对他说："你要和我较量一下吗？"他高兴地回答道："Yes"，于是练习拳击的人狠狠地去打了他一顿。

次日，哥哥对他说："如果再有人和你说话，你就对他说'No'。"他又到了那家拳击俱乐部，那个打过他的拳击者见了他就问："你昨天打够了吗？"他爽快地答道："No。"于是，拳击者毫不手软地又打了他一顿。

失　算

一位英国旅游者发现口袋里剩下的钱，只够买一张回家的船票了。他估算了一下，回程是两天，因此决定两天不吃东西，用所有的钱买了一张船票。他把耳朵堵上，不去听开饭的铃声；还装作不舒服，早餐、午饭都不到饭厅去。但到了晚上，他饿得发慌了，便把心一横：即使把我扔进大海，也要去吃饭。

他把侍者为他端来的食品一扫而光，并且准备好挨一顿责骂。他硬着头皮向侍者拿账单，但侍者奇怪地说："账单！怎么会有账单呢？要知道，乘客一日三餐的费用都是算在船票里的啊！"

省了四英磅

有个人去看病，他事先听说初诊收费六英磅，而复诊只收两英磅。他觉得这里面有空子好钻，于是眉头一皱，计上心来。轮到他看病的时候，他先说:"大夫,我又来看病了。""我好像没见过您。"医生客气地说。"噢,那大概是您记不清了。我是上个星期来的。""真有可能是忘了。"医生想了想,自言自语道,又问病人:"现在感觉怎么样?""不行,好像一点也没有见好。"

医生给他检查了一下,然后对他说:"那么,还按上次的处方再服一个星期的药。现在请您付两个英磅。"

绝妙的回答

学生在上化学实验课的时候,老师一只手拿着装有硫酸的试管,另一只手拿着一枚十马克的钱币,然后把钱币放入试管里。

老师问学生:"酸的强度能不能溶解这块钱币?"学生都沉默了。过了好一会儿,坐在后排的一个男孩子站起来回答:"不能!"

老师满意地说:"答得对,那么你能告诉我,为什么不能吗?"学生不假思索地说:"假如酸达到溶解钱币的强度,那您就不会放一个十马克的硬币,而是放一个芬尼了。"

分 鹅 肉

一位宗教法官给国王送来一只煮熟的鹅,说道:"陛下,今天是您的生日。您是最喜欢吃鹅肉的,我亲自给您煮了一只送来。请您和王后、太子、公主尝尝。"两个太子闹着要吃鹅胸脯,两位公主吵着要吃鹅大腿。国王、王后没了主意,索性叫打扫宫院的仆人给他们分配。

仆人一刀子割下鹅头,递给国王说:"陛下,您是国家的最高首领,应该吃头,祝您永为一国之首!"说完仆人又割断鹅脖子,双手递给王后说:"常言道:丈夫好比头颅,妻子好比脖颈。你吃了脖子,愿你跟国王永不分离。"

接着他又割下两只翅膀,分给两个公主,说:"公主早晚就要出嫁了。吃上翅膀,有助于远走高飞!"然后,仆人割下鹅爪子,给两个太子每人手里一只,说道:"太子是王位的继承者。吃上爪,才能立足王位!"最后,仆人笑嘻嘻地对国王一家人说:"这剩下的鹅胸脯和鹅大腿,也真是弃之可惜,食之无味了,你们吃了又很不吉利。这样吧,我帮忙帮到底,就为你们吃了它!"

说毕,仆人走出王室,一屁股坐在屋檐下大吃大嚼起来。

聪明的渔夫

有个渔民向国王献了一条鱼,国王一时兴起,赏给渔民一个银币。

渔民走后,一个大臣向国王进言道:"陛下,如果这事传出去,就会有很多渔民来向您献鱼,您就得按先例每人送一块银币,那您的国库就会变空

青少年开心
故事会

的，因为世界上的鱼实在太多了。""唔？说得不错，但银币已给过了，怎么办呢？"国王心痛地问。"这容易。把刚才那个渔民叫回来，您就问他，这鱼是雌的还是雄的。如果他说是雌的，您就说需要雄的；如果他说是雄的，您就说要雌的。如此这般，不就把银币要回来了吗？"

国王觉得这是条妙计，马上派人把渔民叫回王宫。"你这条鱼是雌的还是雄的？"国王问。这渔民略一沉吟，便知道了国王的诡计，从容答道："陛下，我之所以把这条鱼献给皇上，就因为它是条阴阳鱼。"国王无奈，只好眼巴巴地看着这位渔民扬长离去。

不花钱买两匹马

从前有个商贩，在集市上卖马，每匹马要价五百块钱。他吹嘘自己是个养马能手，他驯养的马，跑起来四蹄腾空，快如闪电。无论跟什么马比赛，他的马总是得胜。如果试下来不是这样，他愿意倒贴五百块钱。

一个驭手经过这里，听了他的话，接口说："你这马真是太好了，我要买了下来。不过先得让我试一试它的脚力。"

"行，行！"商贩连声同意，驭手把马牵走了。待会儿，驭手又经过这儿，见到这人又在为他的另一匹马吹嘘，说的话跟刚才一模一样。驭手二话没说，又牵走了第二匹马。

又过了一会儿，商贩找到驭手，要他支付两匹马的价款。驭手说："我已经跟你结清了账，一分钱也不欠你了。"商贩一听，急得跳了起来，说："第一匹马是五百块钱，第二匹马也是五百块钱，你一分钱也没给我，怎么说不欠我的钱呢？"

"有意思！"驭手撇撇嘴，说，"我让你的两匹马比试一下，结果是一匹在前，一匹在后。在前面的，我应该付给你五百块钱，在后面的，你应该倒贴我五百块钱，这样一来一去，我们的账不是算清了吗？我还欠你什么钱呢？"

商贩目瞪口呆，答不出一句话来。

名 言

女教师在课堂里提问："'要么给我自由，要么让我死。'这句话是谁说的？知道的请举手。"

隔了一会儿，才有人用不熟练的英语答道："1775 年，巴特利克·享利说的。"

"对，同学们。刚才回答的是日本学生。你们生长在美国回答不出，而来自遥远的日本的学生却能回答，多么可怜哟！"

"把日本人干掉！"教室里传来一声怪叫。女教师气得脸通红，问："谁？

这是谁说的?!"沉默了一会,教室的一角有人答道:"1945 年,杜鲁门总统说的。"

妙 笔

三人相邀拜望一位著名老画家。室内空无一人,只见案上摊着一幅尚未完稿的山水画。画面上山峰险拔,行云若浮,气势不凡。唯画中一株老松树的根部下面一团墨黑,非云非雾,非山非石,令人费解。

突然,甲抚掌笑而称颂道:"妙笔!"乙连连点头:"妙笔,妙笔!"丙拍腿叫绝:"妙,妙,妙呵!"画家走进屋来,见状问道:"有何妙呀?"

甲抢先说:"松树下如此重墨,寓以根基坚实之意,您老匠心独运!"乙含笑摇头:"以我之见,此即朦胧手法,含蓄深沉,先生别开生面!"丙双手一拱,佩服道:"老师松下笔意,乃把西洋抽象派的手法和国画传统的笔法融为一体了!"老画家听罢几乎笑出泪来:"唉,哪来妙笔? 这是我那淘气的小孙儿偷着跑进来,不小心碰翻了砚台,把好端端的一幅画给搞糟啦。"

磁石与酒钱

南京有一个人卖药,车上放置一尊观世音菩萨的佛像,用来问病,他把药从佛像手中经过,有留在佛手上不掉下来的,便给病人服用。如此,这个卖药人每天可以获利上千。

一天,有一个青年在旁边观看,想掌握这种技术。等周围的人散去以后,便邀请卖药人到酒店去喝酒,他不交酒钱,喝完就走,而酒店的掌柜好像没有看见这一切似的。卖药人如此这般喝过几趟"白"酒后,终于打熬不住好奇心,向这个青年求教其中的奥秘。

青年人回答说:"这不过是雕虫小技,先生您如果答应咱们彼此交换各自的技法,那就太好了。"

卖药人说:"我没有什么奥妙,仅仅是佛像手中有磁石,药里要是有铁屑就会被磁石吸住了。"

青年人说:"我更没有什么奥妙,只不过事先已经把酒钱交给酒店,再约客人您到酒店喝酒,店主当然就不过问。"

军官和老兵

一个新上任的军官要在火车站打个电话。他翻遍所有的口袋,也没找到零钱,于是他到站外看有没有人能帮他的忙。

终于有一位老兵走过来。年轻的军官拦住他说:"你有十便士零钱吗?"

"等一等,"这位老兵回答,忙把手伸进口袋,"我找找看。""难道你不知道对军官应该怎样说话吗?"年轻的军官生气地说:"现在让我们重新开始。你有十便士零钱吗?""没有,长官!"老兵迅速立正回答说。

军队处置法

一位刚刚从前线回来的军官坐在火车车厢里,感到十分疲倦。他刚进入迷迷糊糊的睡境,忽然邻座两个贵妇人的争吵惊醒了他。原因是,她们中的一个要打开窗户,另一个则要关上窗户,互不相让。最后,只好找来乘务员评理。

"窗户开着,我会冻死的!"一个太太高傲地说。"不行,窗一关上,我就要憋死!"另一个也不甘示弱。乘务员看到这种情况,也没了主意。这时,他看到了身旁的军官,便说:"先生,如果在部队的话,这种事该怎么办呢?"军官睁开眼,想了想,说:"好办,通常情况下,我们采取各打五十大板的办法。也就是说,现在您最好先打开窗户,冻死一个,然后再关上窗,憋死一个。"

水手的回答

一个农民问一个准备出海的水手:"你父亲是怎么死的?""死在一次海难中。"

"你的祖父呢?""在一次暴风雨中,死在海里。""那你祖父的父亲呢?""也死在海里。"

"那么,我的朋友,你出海航行为什么一点也不害怕呢?"水手没有直接回答,只是问农民:"你的父亲死在什么地方?""床上。""你的祖父呢?""也像其他人一样死在床上。"

"那么,我的朋友,"水手说,"你每天晚上睡在床上,为什么不害怕呢?"

无票乘车

开往日内瓦的快车上,列车员正在检票。一位先生手忙脚乱地寻找自己的车票,他翻遍所有的口袋,终于找到了。他自言自语地说:"感谢上帝,总算找到了。"

"找不到也不要紧,"旁边的一位绅士说,"我到日内瓦去过二十次都没买车票。"

他的话正巧被站在一旁的列车员听到,于是快车到达日内瓦站后,这位绅士被带到了拘留所,受到严厉的审问。

"您说过,您曾二十次无票乘车到日内瓦。""是的,我说过。""你知道,这是违法行为。""不,我不这么认为。""那么,您如何说服法官无票乘车是正当的呢?""很简单,我是开汽车来的!"

相 对 论

爱因斯坦常到大学去讲授相对论。有一次在去讲学途中,司机对他说:"博士,我听过你的课大概有三十次了,我已了解得很清楚了,我敢说,这课我也能上哩!"

"那么,好吧,我给你一个机会,"爱因斯坦说,"现在我们要去的学校,那里的人都不认识我。到了学校,我就戴上你的帽子充作司机,你就可以自称爱因斯坦去讲课了。"

司机准确无误地讲完了课。正当他准备在掌声中离开时,一位教授忽然提出了一个复杂的问题,要他解答。司机一愣,立即不动声色地说道:"这个问题实在太简单了,我很奇怪您竟要问我。好吧,为了让您明白它是多么容易,我现在就叫我的司机来给您解答。"

邮寄大石头

一天,德国著名诗人海涅收到了一个大邮包,里面填塞着一大堆软纸,纸堆里藏着一只小盒子,盒子里有一封信。这是一个朋友写给海涅的,信只有一句话:"我很健康,也很快活!"

不久,这位朋友也收到了一个邮包。是海涅寄来的。但他发现那是一只又大又重的木箱,要请搬运工人才能运回家去,打开箱子一看,除了一块大石头和一张便条外,并无别的东西。便条自然是海涅写的:

"亲爱的朋友:读到你的来信,知您很健康,我心里的这块大石头也就落下来了!"

踢垃圾桶

一个退休老人的住宅附近,常常有三个年轻人踢所有设在路边的垃圾桶。

这个老人受不了他们制造的噪音,出去跟这几个该下地狱的人谈判。"你们几个年轻人玩得很开心。"他说,"我喜欢看你们像这样表达你们的欢快之情,我年轻的时候也常常做这样的事情,你们能不能帮我一个忙?如果你每天过来踢垃圾桶,我给你们每人一元钱。"

这三个年轻人很高兴,他们使劲地踢所有的垃圾桶。有一天,这个老人带着愁容去找他们。"通货膨胀减少了我的收入。"他说,"从现在起,我只能

青少年开心故事会

给你们每人五毛钱了。"

这几个制造噪音的人不大开心，但还是接受了老人的钱，每天下午继续去踢垃圾桶。一个礼拜后，老人再找他们。"瞧！"他说，"我最近没有收到养老金支票，所以每天只能给你们二毛五分。成吗？"

"只有区区二毛五分？"一个年轻人大叫，"你以为我们会为区区二毛五分钱浪费我们的时间在这里踢垃圾桶？不成，我们不干了！"

小偷与照片

警察正在给一个小偷拍照——正面的，侧面的，戴帽的，脱帽的。当他们拍完最后一张照片时，小偷乘隙逃走了。

一星期后，有个人打电话给警察局。"你们是在搜捕比尔·克劳斯吗？""是的，他现在哪里？""一小时前他去水桥镇了。"

警察局立刻给水桥镇警察所送去了小偷的四张不同角度的照片。不到十二小时，警察局就接到水桥镇警察所打来的电话。"我们已抓到了你们所要的三个人"，他兴奋地说，"我们相信，那第四个人今晚也一定能抓到。"

挤 柠 檬

博比·贝克是伯勒马戏团的大力士，他的表演很受观众的欢迎，一根很粗的铁棒，他用手轻轻那么一扳就折断了，就像人们折断一根甘蔗那么轻巧。然后，在观众的阵阵喝彩声中，博比向观众提出他那著名的一百英镑的赏金。"你们看到这个柠檬吗？每个人都可把柠檬挤干，如果谁能来把我挤过的柠檬挤出一滴汁来，我就给他一百英镑。"一般情况下，总有那么三四个力气大的人上去试试，但都失败了。

一天晚上，一个五十多岁的小个子走进表演场来碰运气了。这引起人们一阵阵哄笑声。然而，令人大吃一惊的是，这个小个子居然把大力士博比挤过的柠檬挤出汁来，而且几乎挤出一汤匙！博比不禁惊叫："先生，你真行！你是干哪行的？"小个子"啊"了一声，说："收税的。"

发　　挥

一位太太去找医生，诉说她的身体不好。医生说："你应该洗冷水浴，多呼吸新鲜空气，穿薄一点的衣服。"

这位太太回家后，对他的丈夫说："医生说我必须到海滩度假，洗海水浴，要呼吸山顶上的空气，还要有很多新的薄的衣服。"

请留在陆地上

一名叫罗纳尔德·谢尔德斯特列姆的退休老海员,在瑞典的几家报纸上刊登广告,宣称他有一种永远发挥作用的防治海洋病(晕船)的药,谁要给他寄上三克朗,便可以得到这种药方。数以千计的人给他寄来了三克朗,但收到的却是一个极为简单的答复:"请留在陆地上!"

商人本色

美国一家水果店里放着两堆苹果,一堆又红又大,另一堆又青又小。装箱之前,一个刚进店的伙计向老板请示说:"把大的搁在上面,小的搁在下面吗?"

"那怎么可以!"老板沉下脸教训他说,"诚实是我们美国商人的本色,怎么能欺骗主顾呢? 把小苹果搁在上面,大的搁在下面。"伙计暗暗称奇,心想:这样诚实的老板倒真是少见。"木箱装满了吗?"老板问。"装满了,箱盖也钉好了。"伙计说。"行了,把木箱倒过来,贴上标签装车吧!"

请你借给他

伊西家里的电话铃响了,伊西拿起听筒,只听得电话里响起了接线员的声音:"Hello! 这是一个长途,有人找你说话。"

"那就请他讲吧!"伊西说。

"Hello,你是伊西吗? 我是亚倍。"

"我就是伊西,亲爱的亚倍,你有什么事吗?"

"伊西,我穷得快要饿死了,你能借我一百美元吗?"

"什么,我听不清楚!"

"我要向你借一百美元。"亚倍大声说。

"我仍旧一点也听不清你的声音。"伊西说。"我听得很清楚,怎么你会听不清?"接线插话员说。"你听得清楚,那么就请你借一百元钱给他吧!"伊西对接线员说。

拔 牙

父亲领儿子到一家牙科诊所去拔牙。拔完牙之后,医生对小孩的父亲说:"先生,你得付给我五个卢比的诊疗费。""五个卢比!"小孩的父亲惊奇地说,"您不是先对我说过,一个病人只收一个卢比的诊疗费吗?""一点不错!"牙科医生说,"可是,当我给您儿子拔牙时,由于他喊叫得非常吓人,把坐在

青少年故事会开心

候诊室里的四位患者给吓跑了。"

到了哪一头

小伙子当恩在街上碰到几个月前给他主持婚礼仪式的牧师。当恩问牧师："在举行婚礼的时候,您不是代表上帝宣布,我和我的妻子的一切烦恼都已经到头了吗? 可是现在我正烦恼得很哪!""对,我是这样说过。"牧师不慌不忙地回答,"烦恼有开始的一头,有消失的一头,当时我可没说明你们是到了哪一头。"

靠 不 住

哈雷向他的同事罗贝斯抱怨:"我这个儿子真不知道拿他怎么办好,他特别地靠不住!"

罗贝斯建议说:"那就让他到气象局去工作好了,反正气象预报也没准儿,那儿正对他的路。"

多"病"的太太

有一位有钱的太太觉得很无聊,于是她常常到医院去。今天说:"我感到有什么东西在我的肝脏里。"明天说:"大夫,我的心跳得太快了。"后天说:"我昨天开始头痛。"

每一次,医生都诊断说:"没有病,太太,绝对没有病。"有一段时期,她没来医院。

一天,她终于又来了。医生问:"太太,好久没有看到你了。什么事啊?""噢,大夫。因为生病,我就不能来了。"

请强盗帮忙

斯基拉奇先生在黄昏的时候徒步回家。走进僻静的弄堂里时,突然从黑暗里闪出一名强盗,手持左轮手枪,要他把身上的东西交出来。

斯基拉奇先生战战兢兢地向强盗哀求:"好汉饶命,我宁愿把身上的全部财产都交给您,只是不要伤害我的性命。不过为了使事情更加顺利一些,请您先帮个小忙。"

"有话快讲,别啰唆!"强盗迫不及待地嚷道。"为了我回家好向老婆交待,请您在我的帽子上、提包上、鞋子上、大衣上、雨伞上、手套上都打上枪眼,这样就能证明我确实遭到了抢劫。"

强盗按照要求连着打了 6 枪,然后喝令他把钱交出来。斯基拉奇先生一把抓住强盗的手腕,笑着说:"谢谢! 谢谢! 既然你枪膛里的子弹已经射完,就请把你身上的钱交出来吧!"

妙　语

一对新婚夫妇在一幢大楼前面商议该住在几楼。一楼有漂亮的花园,二、三楼则阳光充足,空气新鲜。最后他们选定了二楼。为了庆祝乔迁之喜,他们在新居举行了一个晚会。男主人是乐队的鼓手,所以他的朋友们几乎把整个乐队都搬来了。随着主人有节奏的鼓点声,宾主们跳啊、唱啊地闹个不停。

深夜一点钟,清脆的电话铃响了。女主人接过电话后,自鸣得意地对丈夫说:"亲爱的,你看我们多幸运,好在我们没选住楼下,刚才楼下的人打电话来说,下面简直吵得不行!"

奇怪的命令

一天,一个旅行者骑着马赶路时,天下起了大雨,浑身淋得又湿又冷。后来他来到县城的一家小客店。客店里挤满了人,使他无法去接近火。这时他喊出客店老板说:"拿点鱼去喂喂我的马。"老板说:"马并不吃鱼呀!"旅行者接着说:"不要紧,按我告诉你的去做。"客店中的人听到这奇怪的命令,都纷纷跑去看马吃鱼。这样整个店里只剩下旅行者一个人,他在火旁边坐了下来,暖和自己。当客店老板和那一群人回来时,老板说:"你的马不吃鱼。"旅行者答道:"不要紧,把鱼放在桌子上,等我把衣服烤干了,我自己来吃它。"

诗集的妙用

诗人:"我想你收到我送你的那本诗集了吧?"

女士:"唔,对,我收到了——这本书太好了。可我忘记把它放在哪儿了!"

她的小儿子:"妈妈,桌子有点不稳当,你不是垫在桌子腿下了吗?"

找不到心脏的位置

一个大学生,平时经常旷课,又没参加过学术讨论,所以考试的时候,俄国著名医学家鲍特金教授出的题目,他一个也回答不出来。鲍特金教授很恼火,一气之下把这个学生赶出了考场。

不一会,这个学生的一个要好的朋友慌慌张张地跑来找鲍特金教授,说

青少年开心故事会

鲍特金的做法对这个学生打击太大,因此他想自杀,正在用刀子在身上比画着,准备刺穿自己的心脏而死。

鲍特金教授说:"让他比画去好了,这个人不懂人体构造,根本找不到心脏的位置。"

大仲马的书

有一个出身豪门的青年,从来不学习,而自尊心又很强。他买了好多书胡乱堆放在屋子的几个书架上。有位朋友问他,为什么不把这些乱七八糟的书分门别类地整理一下,他风度翩翩地答道:"世界上很多著名学者都是这样堆放书籍的。"朋友问他有没有大仲马的书,想借本看看。他为难地望一眼满屋子的书,略想了一下说:"我现在正研究畜牧学,有关'大种马'和'小种马'的书都不能外借。"

藏书

N先生到朋友家借书。

朋友:"抱歉得很,我的书不外借。"

"为什么?"

"因为借出去了从来没人还。"

"你以为我也会这样吗?"

"当然,凭我的经验。因为我的全部藏书,就是这样搞来的。"

弄巧成拙

一位旅客沿着车厢寻找座位。在一节车厢里,他看到一个空位子,上面放着一个小衣箱,旁边坐着一个胖子。

"请问,这个座位有人吗?""有的,是我的朋友,他马上就到,这是他的衣箱。""好吧,在您的朋友到来之前,我暂时在这儿坐一会儿。"五分钟过去了,列车开动了,还不见有人来。"您的朋友误点了。他没赶上火车,可他不能再丢失衣箱了。"他边说边提起箱子,一下扔出窗口。那胖子起身企图夺过衣箱,可是已经晚了。原来那口衣箱就是胖子自己的。

高明的医术

一位青年走进医生的房间,他说:"我是来感谢您的,您的医术实在高明。"

"可我并没有给你看过病呀!"医生疑惑不解。

"您给我的叔叔看过病，是吃了您开的药后，才使我得到了一大笔遗产的。"

你的名字

史密斯是个年轻的律师，业务上很能干，但十分健忘。一次，他被派往圣路易斯去会见一位重要的诉讼委托人，以解决一桩疑难案件。第二天，他那个事务所的老板收到他从圣路易斯发来的一封电报："忘记诉讼委托人的姓名，请即电复。"老板复电："委托人的名字叫霍布金斯，你的名字叫史密斯。"

对　　话

旅客："真让人受不了，火车老晚点，你们的时刻表是干什么用的？"
服务员："如果火车老是正点到达，那么候车室又是干什么用的？"

赞　　赏

一位年轻的诗人刚给客人们朗诵了他的新作并期望得到赞赏。一位客人说："您的诗集我已经读了三遍了，可是我还必须读第四遍才成！"

"谢谢您，"诗人起身鞠躬致谢，"承您过誉了，说真的，您太夸奖我了吧！"

"不是的，"客人申辩道，"完全不是夸奖，我准备第四遍读您的诗，再仔细地理解一下您作品里的胡言乱语。"

马拉松比赛

甲："你见过马拉松比赛吗？"
乙："见过。那一匹一匹的高头大马，拉着苍翠的松树。嗬，跑得可欢呢！"

认真对待

——医生，一年前，您曾嘱咐我，为了我的风湿病，应该避免潮湿。
——不错，你提起它干什么呢？
——我想再请教您，我能不能去浴室洗一次澡？

富翁的心肠

一个慈善单位的筹款委员，向一位富商募捐："阁下富甲一方，想必乐于

赞助善举!"

"你不了解我的情形,"富翁说,"我91岁的老母亲已在医院里住了5年;女儿寡居无助,还要抚养五个幼儿;两个兄弟又欠了政府一大笔税款。"

募捐者一听,连连道歉说:"我真不知道你有这么多负担。""不,"富翁说,"我只是想告诉你:我一分钱都不给他们,又怎么会给你们呢?"

如此"法办"

老扒手卡鲁在作案时被警察逮住了。警察叫老扒手交出一百法郎的罚款,并且还要拘留,可是卡鲁身边只有九十法郎。"警察先生,请求减免十法郎吧!"

"不行,必须按照规定交齐一百法郎!这样吧,卡鲁,我释放你一个小时!"

"哦?为什么?"

"你有了十法郎,再回到这儿来,依法惩办!"

取口香糖

多纳尔第一次坐飞机,女招待员给她递上口香糖,他问:"小姐,这是干什么用的?"女招待员说:"防止耳膜在飞机上升时鼓胀用的。"两个半钟头以后,多纳尔下飞机时经过女招待员身边,他说:"真是一个了不起的经验啊,小姐。不过,请你告诉我一件事。""什么事?""怎样把口香糖从耳朵里取出来呢?"

得不偿失

一个守财奴要小高斯帮他收割麦子,答应以三顿饭作报酬。并说:"你是孩子,要早起早睡,明天一早,早点回来吃饭、下地。"

次日,天刚蒙蒙亮,高斯就来到守财奴家里,吃毕早餐,正准备下地。守财奴说:"中午回来吃饭还要走一段路,干脆把中饭吃了,省事。"他心里在盘算:"高斯刚吃完早饭,一定吃不下中饭,岂不是既省了饭又多叫他干了活?"高斯只是勉强地扒了两口饭。守财奴得意地说:"割完麦子,肚子空空的,赶回来吃饭多难受啊,现在就把晚饭吃了吧。"高斯只呷了两口汤就吃不下了。守财奴说:"高斯,现在我们该下地了。"

高斯回答说:"我三顿饭都吃过了,该回家睡觉了,你不是说小孩要早起早睡的吗?"

还在原地方

一位旅行者离开旅馆,急着去赶火车。可是,走到门口,见外面正"哗哗"地下着雨,他对旅馆服务员说:"对不起,请你去看看,我的雨伞是否在我的房间里。"几分钟后,服务员气喘吁吁地跑回来说:"先生,雨伞还在原地方,靠床头柜放着。"

2 + 2 = ?

一个声名狼藉的实务办理员,正在对两位总会计师申请人进行口头审查。他分别问两人:"二加二等于几?"回答都是"四"。结果他们没有得到总会计师的职务。于是来了第三个申请人。

当此人被问及二加二等于几这个问题的时候,他关上门,放下窗帘,倚着办公桌轻声问道:"您喜欢几?"他因此获得了总会计师的头衔。

世界末日

财主:"我梦见红日西坠,这兆头定要天下大乱。你看呢?博士。"

博士:"您气色不佳,的确大乱有日。"

财主:"啊,上帝!那么,你能够推测这世界末日会是哪一天吗?"

博士:"就在您死去的第二天。"

财主:"这怎么说?"

博士:"您死去的第二天,您的子孙为争抢您的遗产,一定会闹个天翻地覆。"

新 鞋

卡尔买了一双新鞋,但不马上穿。他的朋友路德问他买了鞋为何不穿,他说:"噢,是这样的,售货员说,穿新鞋头几天会感到有些夹脚,所以我要过几天再穿。"

小高斯探望叔叔

有一天,小高斯去探望他的叔叔,路上,他遇到了叔叔的儿子——堂弟乔治。高斯问:"乔治,你爸爸在家吗?他好吗?"乔治说:"好极了。他的东西吃不完,还这里收收,那里藏藏的。"高斯说:"他藏的是什么呢?"乔治说:"他的竹箩里装的菠萝,砂锅里盛着旺鹅,天台上晒着一丈长的腊肠,纱橱里有新鲜的鱼肉,餐柜里还有一瓶蜜糖哩。"

高斯来到叔叔家里,向叔叔问好。叔叔和他开玩笑说:"啊呀,小高斯,你来得太晚了,我已经吃过了晚饭,什么东西也没剩下。你为什么不早点来呀?"小高斯说:"真可惜,本来我可以早些来的,可是我在路上遇上了一件很了不起的事!"叔叔说:"什么事那么了不起?"

高斯说:"我在路上杀死一条大蛇呢。它的头有你竹箩里的菠萝那么大,全身有你天台上那些腊肠那么长,像你砂锅里的鹅一样肥,肉像你纱橱里的鱼那么白,它流出的血,就像你餐柜里的蜜糖那样浓哩。"

叔叔呵呵大笑起来,就把所有的东西都拿了出来,请小高斯美美地吃了一顿晚饭。

像话吗

老板气势汹汹地问道:"马尔坦,为什么你迟了两个钟头才上班?"

"请原谅我,先生。我遭到了不幸。"马尔坦哀求道。

"什么不幸?"

"我从我房间的窗台上跌了下来。"

"你住在哪一层楼?"

"三楼。"

"什么?三楼!"老板咆哮起来,"这像话吗?从三楼跌下来,需要这么长时间吗?"

最好的介绍信

一位先生在报纸上登了一则广告,要雇一名勤杂工到他的办公室做事。约有五十多人闻讯前来应招,但这位先生却只挑中了一个男孩。

"我想知道,"他的一位朋友问道,"你为何喜欢那个男孩,他既没带一封介绍信,也没受任何人的推荐。"

"你错了,"这位先生说,"他带来许多介绍信。他在门口蹭掉脚上带的泥,进门后随手关上了门,说明他做事小心仔细。当看到那位残废老人时,他立即起身让座,表明他心地善良,体贴别人。进了办公室他先脱去帽子,回答我提出的问题干脆果断,证明他既懂礼貌又有教养。"

取其精华

有一天,法国一家出版社的总编收到一位年轻女小说家的来稿,连同小说原稿寄来的还有一大盒杏仁糖。看完了稿件,总编给她回了一封信:"你的杏仁糖很可口,我们收下了;可是你的小说太糟糕,我们不能收。以后只寄杏仁糖就可以了。"

逆反心理

一位男士正在和他的朋友述说他是如何害怕晚上玩牌回家迟了。"你不会相信我每次都是怎样设法避免弄醒我妻子,"他说,"我每次回家总是离老远就把发动机关了,靠惯性把车驶进停车房,然后轻轻打开房门,脱下鞋子,蹑手蹑脚地走进卧室,可是就在马上要上床的时候,我妻子总是突然醒来,并随之给我一顿训斥。"

"我每次回家时则是故意弄出很大声响。"他的朋友说。"真的?"

"当然。我每次一到家门口就按响喇叭,进家后再用力把门关上,然后打开房间所有的灯,故意跺着脚走进卧室,并给我妻子一个深深的亲吻,'嘿,艾丽丝,'我对她说,'吻我一下好吗?'"

"那她说什么?"他有点不大相信地问。"她什么也没说,"他的朋友回答,"她总是假装睡着了。"

歌德在魏玛公园

一天,德国著名思想家、诗人歌德(1749—1832)在魏玛公园散步。正巧,在一条仅容一人通过的小道上,碰到了一个曾经把他的作品贬得一钱不值的批评家。两个人面对面地站着,那位批评家傲慢地说:"对一个傻子,我决不让路!"

"我和你正好相反。"歌德微笑着说完站到了一边。

总统的房间

一位绅士来到某游览地的一家旅店,要求给他开个房间。"请问,您有预订吗?"办事员问。"预订?没有。"绅士说,"我每年这个时候都到这儿来,都已经十年了,我从来不用预订。""对不起,"办事员说,"今天确实是全满了。如果你没预订的话,我们没法为你安排房间。""听着!"绅士说,"假如我告诉你,今天晚上总统要来这儿,我敢打赌,你一定会痛痛快快地拿出一个房间来。""当然了,他是……"办事员解释。绅士打断他的话,说:"好了,我告诉你,今晚总统不来了,你把房间给我好了。"

救　火

斯克尔顿上过牛津大学,后当了桂冠诗人。有一次他去赴宴,喝了不少酒,吃了不少咸肉。因为天色已晚,回不了牛津,便住在一所小客店里。半夜时分,他口渴得要命,就大喊伙计要水喝。但没有人应他,他又喊自己的马夫,马夫也没听到他的喊声。

"天哪,我快要渴死了,该怎么办!"他灵机一动,大喊道:"救火!救火!"

这一下全店乱成一团,大家都起来了,有的赤身裸体,有的半睡半醒。他继续高声大喊:"救火!救火!"

最后,他的马夫和一群伙计端着蜡烛走进了他的房间,大家问道:"火在什么地方呢?我们怎么看不见呢?"

斯克尔顿用手指自己的喉咙说:"火在这儿,火在这里面,快给我端水来,扑灭这里的火!"

我打赢了冠军

维克多遇见了从文化宫出来的一位朋友。他问这个朋友:"你玩得怎么样?""玩得很好!"朋友回答,"我打了网球,下了象棋,既赢了象棋冠军,又赢了网球冠军。""你打网球、下象棋都很行吗?"维克多问。

"我和网球冠军一起下象棋,赢了他。后来我又和象棋冠军一起打网球,我也赢了他。"

调 音 师

钢琴调音师:"对不起,先生,我是来给您的钢琴调音的。"

主人:"哦?可是我没有请你来给钢琴调音啊。"

钢琴调音师:"这我知道。是你的邻居们要我来的。"

聪明的农夫

一个种土豆的农夫,在大忙季节被警方以莫须有的罪名拘捕入狱。眼看农忙季节快过,家中又无劳力,农夫急得团团转。突然,他灵机一动,悄悄托人给妻子捎去一封信,上面写道:"你千万别动土豆田,我把钱和枪都藏在那里了。"

几天后,妻子回信说:"正当我望着土豆发愁时,不知为何突然来了一队警官,帮我把土豆田从头到尾深翻了一遍。"

秃子理发

有个秃子,头发寥寥无几。他到理发店理发。理完了,他对理发师说:"师傅,我的头发那么少,你应该收我半费才公道呢!"

理发师说:"哪里的话,你的头发那么少,我好容易才找到一根来理,花了那么多工夫,我不加收你的钱,那才是公道过了头啦!"

船都底朝天了

山姆先生目不识丁,可他要让别人认为他识字。一天,他倒拿着报纸在看。一个人走过来,问道:"山姆,什么消息啊?""可怕呀! 海又出事故了,你瞧,这个船都底朝天了。"

书　架

怀特:"啊,你有一个多么漂亮的书架呀,可惜上面一本书也没有。"

布朗:"是呀,以前我倒是有很多书的,可是,为了买这个书架,我把书全卖啦。"

成语解释

听说小虎在学校语文学得不错。家里人有些不信,想故意考考他。姐姐问:"什么叫'千金难买'?"小虎:"这是价值昂贵的意思。比如,你的男朋友给你买了一千多元的东西了,你还不答应结婚,这就叫'千金难买'。"姐姐生气了:"呸!"

哥哥问道:"什么叫'扑朔迷离'?"

小虎:"这是雌雄难分的意思。比如,你和女朋友都留着长发,都穿着花衫子,谁是男,谁是女,叫人分不清,这就叫'扑朔迷离'。"

哥哥生气了:"滚!"

爸爸又问:"什么叫'锦上添花'?"

小虎:"这是好上加好的意思,比如,你们厂长的儿子结婚,人家本来什么东西都有了,您还送去一台录音机,这就叫'锦上添花'。"

爸爸大发雷霆:"混蛋! 这书你别念了。"

打错了

电影院的灯刚熄灭,一个小偷把手伸进了雷加的衣袋,当即被雷加发现了。小偷说:"我想掏手帕,掏错了,请原谅!""没关系。"雷加平静地回答。

过了一会儿,"啪"的一声,小偷脸上挨了一记重重的耳光。"对不起,打错了,我脸上落了一只蚊子。"雷加说。

拙劣的画家

"我想把这房间的墙壁粉刷一下,然后在墙上画一些画。"画家说。

"你最好先在墙上画画,然后再粉刷墙壁!"画家的朋友这样劝画家。

误了八个

杜邦先生第一次去听交响乐就晚了。入座后他对邻座说:"劳驾,现在演谁的交响乐?"邻座回答:"贝多芬第九交响乐。"杜邦先生遗憾地说:"嗨!我来晚了,前面八个交响乐没听上。"

"去他的丘吉尔!"

英国前首相丘吉尔的一生中有很多有趣的经历。有一次,丘吉尔要前往一家电台发表演说。时间快要到了,于是丘吉尔急忙叫了一辆出租车,对司机说:"请把我送到 BBC 电台去,我多付给你些车费。"

司机答道:"对不起,我不能送您,因为我要赶快回家去听丘吉尔的演说。"丘吉尔一听,别提有多高兴了,当即赏给司机一英镑。

谁知那司机却马上说:"上车吧,去他的丘吉尔!"

第八篇

智慧故事

独眼和双眼

某岛上有一个懒汉,名叫东条敏郎。他从早到晚都躺在草席上,嘴里不知在说些什么。

"东条敏郎,你一天到晚在说什么?"邻居小冬对他说,"你还是干点事吧!"东条敏郎回答说:"我一连祈祷了几天,祈求天神使我脱离穷苦,神一听到我的祈求,马上会给我幸福的!"

有一天,东条敏郎打听到邻近岛上的人都是独眼,高兴极了。懒汉对人说:"神听到了我的祈祷,天赐幸福于我了! 我马上到独眼人住的岛上去,骗一个独眼的人到这里来!"

邻居听了后,惊奇地问:"独眼人对你有什么用?""我把他关在笼子里,给人看,能赚钱,因为每个人都要看这样的怪物。"懒汉上了船,到邻近岛上去了;靠上岸,马上就看见了他要找的一个独眼的人。"幸福啊,财富自己向我走来了!"懒汉心中大喜。他向独眼人行个礼,装出微笑的样子,说:"多年来,我一直想遇到像您这样好的人。"

独眼人用自己唯一的眼睛打量了懒汉,然后恭敬地说:"您也是我一直想遇到的那么好的人。"

这时,阴险的懒汉说:"我请您到我家去做客,快上船,到我家去。"

独眼人说:"我非常荣幸地接受您的邀请,但请原谅,我先要请您光临寒舍。我的亲人们对我能认识您这样的人,都是极其高兴的。"

"我很高兴到您府上。"懒汉一面恭敬地回答,心里却在想:明天你要被关在我的笼子里,银币就会源源不断地从四面八方向我滚来。

懒汉刚走进独眼人的家里,主人的兄弟立即围住了他,争先恐后地叫道:"看,他有两只眼睛! 真是怪人! 他从哪里来的?""我马上告诉你们,不过你们得把他捆得牢一点。"主人吩咐说。懒汉的眼睛还没眨一下,就被捆住了。这时,独眼主人对兄弟们说:"你们高兴吧! 我的苦日子结束了! 我们把这个怪物关在笼子里,去展览赚钱,因为每个人都想看一看两只眼睛的人!"

没过一小时,懒汉已被关在笼子里了。独眼岛上的人都赶来看长着两只眼睛的人。每个观看的人向笼子的主人付一个银币。

想害别人的人,他的下场往往如此。

投　　胎

从前有一个和尚,一天,他在山道上遇到一名猎人。

"喂,喂,你等一等,你每天靠打猎过日子,杀生可不是一桩好事情哪!"和尚劝戒说。"哦,杀生不好吗?""不好,杀了牲口,来世就要投胎成为你所杀的那种牲口,那就糟糕了。我不会骗你的,你还是从现在起,不要再杀生的好。"听他说得神乎其神,猎人就忧心忡忡地问:"那么,今世杀过狐狸,来世就投胎当狐狸吗?""对了,一定会变成狐狸的。""杀过牛的话,一定投胎变牛?""对了,一定会变成牛。"

听到这儿,猎人索索发抖。最后,他流着眼泪问道:"你这话肯定不错吗?""是啊,肯定不会错的。"这时,猎人突然把枪口对准了和尚。和尚吓了一跳,赶紧问:"你……你干什么? 你疯了?""请你镇静一点,你动了我就瞄不准。""那么,你想干什么?""哎,杀了你,我还是投胎当个和尚算了。"

铁钉熬汤

从前有一个旅行家,在森林里走。一路上,房屋稀少,看来要想在天黑前找到一个住处,希望很小。突然,他看见前面的树丛中透出几点亮光。他再往前走了走,发现是一间小茅屋,里面的火炉正烧着一堆火。他心里想,要是坐在火炉边暖暖身子,再弄点吃的,那该有多好哇。于是,他拖着疲倦的身体,向小屋走去。

正在这时,一位老太婆走出来了。"晚上好,见到您真高兴。"旅行家说。"晚上好,"老太婆说,"你从哪里来?"

"太阳的南面,月亮的东面,"旅行家说,"我现在是回家。除了这个地区还没来过外,我已经游遍了世界。"

"那么,你一定是个伟大的旅行家了。"老太婆说,"你到这里来干什么呢?"

"哦,我想找个地方过夜。"他说。

"我想也是,"老太婆说,"但是,你最好马上离开这里,我丈夫不在家,而且我这里也不是旅店。"

"好夫人,"旅行家说,"你不要这样粗暴和狠心,我们都是人,应该互相帮助,书上就是这样写的。"

"互相帮助?"老太婆说,"你听说过这样的事情吗?你想,谁会帮助我?我屋里什么吃的都没有!不,你还是到别处去找住处吧。"

但是像所有的旅行家一样,他并不肯轻易罢休。尽管老太婆喋喋不休地唠叨着,他还是坚持不走,不停地恳求和祈祷,就好似一条饿狗。最后她终于让步了,同意他睡在地板上过夜。

那太好了,他心里想,于是谢过了她。"躺在地板上,就是不睡觉,也比在树林里受冻要强。"他说。他是一个乐天派,随时都可以哼上一首曲子。他走进屋里,发现老太婆并不像她自己所说的那样穷,只不过她是个最最尖酸的女人,口里总是怨天怨地。他显现出一副很随和的样子,拐弯抹角地要她弄点吃的东西。"我到哪里去弄吃的?"老太婆说,"我自己今天一天什么也没有吃。"

但是,这位旅行家是个很有心计的人。"可怜的老奶奶,您一定饿了吧?"他说,"好,好,我想我该请您与我一道吃点东西。"

"你有吃的?"老太婆惊讶地说,"你看上去不像有什么东西可以邀请别人一道吃!你有些什么可以请客呢?我倒想看看。"

"出过远门的人见过许多别人没见过的事,见多识广的人总是充满智慧,感觉敏锐,"旅行家说,"与其失去智慧,还不如死去!借我一个锅,老奶奶!"

老太婆很是好奇,于是就给了他一个锅。

他往锅里加好水,把它放在火炉上,便用力吹起火来,很快火苗就窜了上来。然后,他从衣袋口摸出一根四寸长的铁钉,放在手心上转了三下,然后把它放进锅里。

老太婆把两眼睁得大大的,仔细地盯着看。

"这是做什么?"她问道。

"铁钉汤。"旅行家一边说,一边用搅稀饭的棍子搅动着水。

"铁钉汤?"老太婆问。

"是的,铁钉汤。"旅行家答道。

这个老太婆一生的见闻不算少,可是用铁钉煮汤这样的事,她从来也没有听说过。

"这可是件穷人该知道的事,"她说,"我想学会怎样用铁钉做汤。""不值得学的东西,总是无人问津。"旅行家说,"但是,如果您想学会,您只看我怎么做就可以了。"他一边这么说,一边搅动着锅里的汤。

"一般来说,这能做出味道鲜美的汤,"他说,"但是这一回,汤可能会稀薄,因为我这个星期一直是在用这根铁钉做汤。要是再加上一把燕麦粉,那这汤就很不错了。"

他又说："可是，没有的东西，想也想不来。"于是，他又搅起汤来。"哦，我想我好像还有一点燕麦粉。"老太婆说着，便取了一些面粉来。旅行家把精细的面粉撒到汤里，继续搅了起来。老太婆坐在旁边，一会看着他，一会看着锅里，两只眼睛突了出来。

"这汤可以请客了。"他一边说，一边一把一把地往汤里加燕麦粉，"如果放上一点咸牛肉和几个土豆，那么口味再挑剔的绅士也会喜欢了。"他又说："可是，没有的东西，想也想不来。"

老太婆一想，记起她还有一些土豆，而且可能还有一点牛肉，她把这些东西取来，给了旅行家。他把它们放进去，继续搅着，而她依然坐在旁边盯着看。

"这汤可以上宴席了。"他说。"是吗，真是不可思议！"老太婆说，"就这么一根铁钉！""如果再加上一点大麦和一点牛奶，我们可以请国王来尝一尝了。"他说，"国王每天晚餐吃的都是这种汤——我曾经在御厨房里帮过厨。""天啊，请国王来尝一尝！真是不可思议！"老太婆一巴掌拍在腿上，叫了起来。她对旅行家和他与皇族的关系感到肃然起敬。

"可是，没有的东西，想也想不来。"旅行家又说。

这时，老太婆记起她还有一点大麦；至于牛奶，那她有的是，因为她的奶牛刚刚生下小牛。于是她去把这两样东西取来。旅行家拿着棍子，搅呀搅呀，老太婆坐着，两只眼睛睁得大大的，一会看着他，一会看着锅里。过了一会儿，旅行家把钉子取了出来。

"汤做好了，我们可以美餐一顿了。"他说，"但是，国王和王后在喝这种汤的时候，总是要喝上一两杯酒，至少还外加一块三明治。同时，他们还要在饭桌上铺上一块桌布。"他又说："可是，没有的东西，想也想不来。"

这个老太婆一辈子都没有吃过这么丰盛的美餐，她从来也没有尝过这样的汤，真是不可思议，用铁钉煮的汤！她学会了这样一种经济简便的煮汤法，心里十分高兴，不知道怎样感谢恩师才好。他们吃呀喝呀，喝呀吃呀，最后两个人都疲倦了，想睡觉了。旅行家准备睡在地板上。但是，那不行，老太婆心里想，不行，那样绝对不行，"这样高贵的人一定得睡在床上。"

他自然不需要老太婆施加太多压力。"这像是甜蜜的圣诞节日，"他说，"我从未碰到这么好的女人。啊，太好了！遇上这么好的人，真是有福气。"他一边说，一边倒在床上睡着了。

第二天早上，他一醒来，老太婆就给他端来了咖啡和一杯酒。他走的时候，老太婆给了他一枚闪闪发亮的钱币。"谢谢，十分感谢。你教了我。"她说，"我学会了用铁钉煮汤，从此，我可以舒舒服服地过日子了。""这不难，只要在汤里加上一些好吃的东西就行。"旅行家说完,就上路了。

老太婆站在门口,目送着他远去。她说:"这样的人可真难得!"

猜谜的老爷

从前有一个喜欢猜谜语的老爷。正像俗话说的那样:熟能生巧。不管怎么难的谜语,这位老爷也能一下子就猜中。朋友们煞费苦心,想给他出一个难猜的谜语,却怎么也难不倒他。

如今,这位老爷自诩为猜谜大王,傲气凌人,不可一世。

老爷家里有个名叫又八的仆人。一天,他对老爷说:"老爷,我有一则稍微难点的谜语。"

老爷一听,赶紧摇了摇头说:"像你这种人出的谜语,我听都不必听。不猜,不猜。""哎,老爷别那么说,请您先听一听,说不定老爷猜不出来。""胡说八道。好吧,那我就听你说一遍。""好,那么我就说啦。"又八说道,"有2个头,19只脚,4只手,79个肚脐眼,3条尾巴,17只眼睛。长着翅膀不会飞,走起路来却像个飞毛腿。老爷猜猜是什么?"又八说完后,直盯着老爷看。

老爷歪着脖子,一副愁眉苦脸的样子。他左思右想,唯有这则谜语,怎么也猜不出。

"老爷,你猜不出了吧?"

"别啰唆,立刻就猜中。"

"不,老爷,这则谜语啊,您是怎么也猜不中的。"

"岂有此理,我就是要猜中给你看。"

老爷很生气,越想猜中它,却越是猜不中。最后,他垂头丧气地问:"又八,实在猜不中了,究竟是什么呀?"

又八听了后,心中暗暗高兴:这一回算是把他诓住了,于是回答说:"啊,是个妖怪。"

我不见了

从前,有一名解差,押送服罪的和尚,途中在客栈借宿。到客栈后,和尚说:"来到这儿,已经快到江户了。一路上蒙你照应,为聊表寸心,请干上一杯。"说完后向解差频频敬酒,直到把解差灌得烂醉如泥,然后摸出剃刀把解差的头发剃光,把他打扮成个和尚的模样,再把绳索套在他的脖子上,自己逃之夭夭。

到了半夜,解差酒醒后问:"和尚在哪里? 和尚在哪里?"找来找去也没有找到。

突然,他摸了摸自己的脑袋瓜,发现没有头发,而且脖子上还套着绳索,就恍然大悟地叫道："哦,找到了,找到了,原来和尚在这儿呢!"但寻思片刻,又说:"不对呀,和尚在此,那么,我又到哪儿去了呢?"

狮子和山羊

从前有一群山羊,它们每天到树林里去吃草。有一天,在晚上回家的时候,它们中间有一只老母羊走得累了,落在了后面。天渐渐地黑了,它迷了路,跑到附近一个洞里去藏身。它走进去,发现有一只狮子坐在里面,就大吃一惊。它吓得呆了一会儿,定了定神,就盘算应该怎么办。"我若是跑了的话,"它想,"这只狮子一定马上捉住我,若是我能鼓起勇气,沉着地对付它,我也许可以逃过去。"

它就大摇大摆地走到狮子面前,一点没有害怕的样子。狮子对它看了又看,它猜不透为什么一只山羊,竟敢这样大胆,一点都不像别的山羊那样,它们从来不敢走近他。最后它想它一定不是山羊,而是它从来没有看见过的一种怪兽。

"老人家,你是谁呀?"狮子大着胆子恭敬地问。

"我是山羊的女王,"母山羊回答说,"我是西伐神的信徒,我曾经向它立誓要 100 只老虎,25 只象和 10 只狮子。我已经吃了 100 只老虎和 25 只象了,现在我正在寻找 10 只狮子。"

狮子听了,吓得不得了,它相信山羊真是来吃它的,于是推说它要到河边去洗脸,就从洞里溜出去了。

它跑到洞外,碰见了一只豺狗。豺狗看见百兽之王那种惊慌的样子,就问它什么缘故。狮子慌慌张张地告诉豺狗,说它碰见了一只怪兽,看上去很像山羊,却一点也不像山羊那样胆小。

豺狗是很聪明的。它一下子就猜到,把狮子吓到这个地步的,不过是一只可怜的老山羊,就安慰狮子说,这不过是那只老弱的动物,为了避免自己被吃掉而玩弄的一条诡计。

"你沉住气,跟我一块儿回到洞里去,把这个冒牌的东西当一顿饭吃了吧。"豺狗提议说。

狮子听了它的话,就和豺狗一块儿回去了。

山羊看见狮子回来了,知道一定是和它同来的豺狗教给他的。但是它一点也不惊慌,迎上前去,做出非常庄严的样子,对豺狗说:"你就是这样执行我的命令的吗?我叫你去捉 10 只狮子来,给我做一顿饭吃,你却只带 1 只来。为着你这个罪过,我就该剥了你的皮!"

狮子听见了,它以为是上了豺狗的当,马上狂怒地扑到豺狗身上,把它吃掉了。

这时候，母山羊赶紧溜出山洞，安全逃出了狮子的爪牙。

猴子种葡萄

猴子很聪明，而且善于模仿人类的动作。

它想学种葡萄，便走到葡萄园里。它见园丁正在给葡萄浇水，就说："原来种葡萄需要水，这还不容易！我要使葡萄有更多的水，结更多的葡萄！"于是，它把一棵葡萄秧子插进河里。当然，葡萄秧被淹死了。

猴子又走到葡萄园里，它见园丁正在给葡萄施肥料，就说："哦！原来种葡萄需要肥料。我要给葡萄施更多的肥料，结更多的葡萄！"于是，它把葡萄种在粪堆上。当然，葡萄秧被烧死了。

猴子再走到葡萄园里，这时已到了冬天，它见园丁用稻草把葡萄秧包起来埋在地下，就说："哦！原来葡萄害怕寒冷！我要特别保护，使它免受风霜！"

次年春天，猴子又种上一棵葡萄秧，而且用稻草包得结结实实地埋在地下。当然，葡萄秧被闷死了。

蝙蝠和黄鼠狼

一只蝙蝠掉到地上，被一只黄鼠狼捉住了。蝙蝠哀求饶命，黄鼠狼不答应，说："普天下，我最恨的是鸟，一只鸟落到我手上，怎能轻易放过呢？"

蝙蝠委屈地说："我虽然长着两只像翅膀的东西，可那是皮质膜。我不是鸟，是老鼠。"这样，黄鼠狼释放了它。

不久，蝙蝠不小心又掉到了地上，被另一只黄鼠狼捉住，它同样哀求饶命，黄鼠狼说啥也不答应，说："普天下，我最恨的是老鼠，一只老鼠落到我手上，还指望能活命吗？"

蝙蝠高兴地说："我虽然头和躯干像老鼠，可我的四肢和尾部之间长着翅膀，你见过能飞的老鼠吗？我是一只鸟。"因此，它第二次逃出了危险。

随机应变，总会有聪明的办法。

盐贩和驴子

一个盐贩，赶着他的驴子到海边去买盐。回家的路上，要经过一条小河。驴子不小心踏空了一步，跌倒在水里，等爬起来时，担子的重量减轻了许多，原来是水把盐溶解了。

驴子非常高兴，盐贩却很恼火。他赶着驴子折回原路，在驮担里装了比上次更多的盐。当他们再次经过小河时，驴子故意在老地方滑了一脚，跌落到河里,担子的重量果然又减轻了许多。驴子高兴极了,不觉自鸣得意地叫起来。

盐贩明白了驴子的诡计,再次赶驴子回到海滨,买了一大包海绵装在驮担里。驴子走到小河边,"老毛病"重新发作,故意跌下水去。不料,那海绵吸饱了水,身上的驮担越来越重,驴子再也站不起来了。

有些人因循自己的老经验,走老路,结果反使自己受到了处罚。

船夫和哲学家

有一个船夫在激流的河中驾驶小船,船上坐着一个想渡到对岸的哲学家。于是发生了下面的对话:

哲学家问:"你懂得历史吗?"

船夫回答:"不懂。"

哲学家说:"那你就失去了一半的生命!"

哲学家又问:"你研究过数学吗?"

船夫回答:"没有。"

哲学家说:"那你就失去了一半以上的生命!"

哲学家刚刚说完这句话,风把小船吹翻了,哲学家和船夫都落入水中。

于是,船夫喊道:"你会游泳吗?"

哲学家回答:"不会。"

船夫说:"那你就失去了整个生命。"

画鬼最易

有一天,齐王请来一位画家到宫里绘画。齐王问画家:"什么东西最难画呢?"

"狗最难画,马也最难画。"画家答道。

齐王又问:"画什么最容易呢?"

画家回答:"画鬼最容易。"

齐王听了大笑不止,以为画家是在说笑话。画家解释说:"狗和马确实很平常,大家天天看得见,摸得着,难就难在这一点。人们都熟悉狗和马的样子,画狗、画马若有一丁点儿不像,马上就会被人们看出来,必须画得惟妙惟肖,才能被大家认可,这是很不容易的。而画鬼就不同了,因为谁也没有见过鬼的样子,凭着我的想象、发挥去画,谁也说不出来它像不像鬼,所以画起来就格外容易了。"

智捉小偷

深夜，一个农夫听到屋外有脚步声。他开门出来一看，月亮下，只见一个人头顶着一大包东西向邻村跑去了。

第二天，农夫发现原来是自己准备出售的棉花被窃，于是便把这事报告了警察局。警察查寻了一天，棉花竟毫无下落。农夫没法，就来找弟弟约翰，同他商量下一步该怎么办。

约翰说："你且准备些酒菜。明天是星期六，把邻村的人都邀来，举行一次舞会。"农夫不懂弟弟的用意，但还是照办了。

星期六傍晚，月光如水，盛大的舞会在农夫屋前的草地上举行。邻村的人都来了，他们又吃又喝，又唱又跳。

在舞会达到高潮时，约翰来到草地中央，高声说："乡亲们，请暂停一下，大家知道，前天夜里，我哥哥的棉花被盗了。警察没能抓到小偷，而小偷今晚却自己来了。你们瞧，到现在他脸上和头发上还沾着棉花呢。"

这样一说，一个瘦小的人急忙放下手中的啤酒，反复揩着他的脸和头发。约翰将这一切都看在眼中，三步并作两步走到那个瘦小的人跟前说："瞧，小偷就是他！"

瘦小的人涨红了脸，争辩说："你凭什么说我偷了棉花，我脸上和头发上并没有沾着棉花呀？"

约翰嘿嘿一笑说："你脸上和头发上是没有沾着棉花，但我刚才一说小偷的脸上和头发上沾着棉花，你就立即用手去揩自己的脸和头发。这是你做贼心虚的表现，说明正是你偷了棉花！"就这样，偷棉花的人给抓住了。

聪明人和傻瓜

有一个人，自称是世界上最聪明的人。因为他亲口说了这句话，所以别的人也跟着这么说了。

另有一个人，大家都认为他是世界上最笨的人，因为大家都这么说，所以他自己也这么认为了。

有一天，笨人到聪明人家里，说："兄弟，我要听听你的忠告，不过我怕像你那么聪明的人未必肯帮助我。"

聪明人说："你有什么事，就问吧！"

笨人说："我要把一只山羊、一些白菜和一头豹送到山溪对面去，可我的船很小，要装运三次。所以，我要问问你，因为你是聪明人，一切都知道，你像我的处境时将怎么办？"

聪明人说："事情再简单也没有了！我先送豹过河。"

这时笨人说:"但你先送豹时,山羊要吃掉白菜。"

"对了!"聪明人说,"那么先送山羊过河,然后送豹,最后送白菜。"

"但在装运白菜时,豹要吃掉山羊的。"笨人说。

"对,对,应该这么办,你听着,先送山羊,然后送白菜……不,等一等,山羊和白菜不能留在一起,最好是这样:先送白菜,后……不,这也不行,豹要吃掉山羊的,你简直把我搞糊涂了!难道这么简单的小事你自己解决不了?"

笨人说:"大概我自己可以解决的,这里不需要什么大的聪明,我先把山羊送到对岸去……"

"我不是告诉过你了吗?"

"然后把白菜……"

"你看,你做的,就是我告诉你的!"

"然后……"

"以后,以后怎么做?我不也对你说过了吗!"

"以后我同山羊一起回来,留下山羊,把豹送到对岸,它是不会吃白菜的。"

"当然不会吃的!你这才明白啊!"

"然后我再去运山羊,这样我的山羊、白菜和豹都完整无损了。"

聪明人说:"现在你明白,你没有白来找我吧?你还怀疑,我不能帮助你吗?"

笨人说:"你真的帮助了我,为此我要衷心感谢你,你使我自己解决了问题,这就是你给我的忠告!"

棋盘上的麦粒

古时候,印度有个国王很爱玩。一天,他对大臣们说,希望得到一种玩不腻的玩意儿,谁能贡献给他,将有重赏。

不久,有个聪明的大臣向他献上一种棋子,棋盘上有 64 个格子,棋子上刻着"皇帝"、"皇后"、"车"、"马"、"炮"等字。下这种棋子,是玩一种变化无穷的游戏,确实让人百玩不厌。国王就对那个聪明的大臣说:"我要重赏你。说吧,你要什么,我都能满足你。"

那个大臣说:"我只要些麦粒。"

"麦粒?哈,你要多少呢?"

"国王陛下,你在第一格棋盘上放 1 粒,第二格上放 2 粒,第三格上放 4 粒,第四格上放 8 粒……照这样放下去,把 64 格棋盘都放满就行了。"

国王想:这能要多少呢?最多几百斤吧,小意思。就对管粮食的大臣说："你去拿几麻袋的麦子赏给他吧。"

管粮食的大臣计算了一下，忽然大惊失色，忙向国王报告道："照这样计算，把我们全国所有的粮食全给他，还差得远呢！"说完把计算题列给国王看——$1+2+2^2+2^3+\cdots+2^{63}=18\,446\,774\,073\,709\,551\,615$（颗麦粒）。

1立方米麦粒大约有1500万粒，那么照这样计算，得给那位大臣12 000亿立方米，这些麦子比全世界2000年生产的麦子的总和还多。

国王脸色铁青，忙问管粮食的大臣说："那怎么办？要是给他吧，我将永远欠他的债；要是不给他吧，我不就成了说话不算数的小人了吗？请你给想想办法吧。"

管粮食的大臣想了想说："办法只有一个，你应该说话算话，才能让全国人民相信您是位好国王。"

"可是我没有那么多的麦子呀。"

"请您下令打开粮仓，然后请献棋的大臣自己一粒一粒地数出那些麦子就行了。"

"那么要数多长时间呢？"

管粮食的大臣计算了一下说："假设每秒钟能数2粒麦子的话，每天他数上12小时，是43 200多秒，数上10年才能数出20立方米，要数完那个数目将需要2900亿年呢。他能活多少年呢？再说枯燥的生活能折磨人，他这样下去岂不要短寿？因此我想，他的本意并不是想要得到那些不可能得到的麦粒，他只是试试我国有没有比他更聪明的人罢了。"

国王大喜，夸奖道："看来，至少你比他还要聪明呢！智慧人物治理国家，国家才能兴旺发达。我决定提拔你俩当我的左右宰相！"

抽烟与祈祷

欧洲某国的一个教堂里，教士们聚在一起，正一本正经地做礼拜。忽然，有个教士烟瘾大发，实在忍不住了，便去问主教："我祈祷时可以抽烟吗？"

主教一听，大为光火，立即对他进行了严厉的呵斥："什么？你祈祷时还要抽烟？上帝在你心中占有何种地位？在上帝面前都抑制不住你那可耻的私欲，你怎么能当一个好的教士？"这位教士烟没抽成，反而白挨了一顿训斥，只好垂头丧气，往肚里咽口水。

又过了一会儿，另一个教士也憋不住想抽烟，但他却换了一种非常聪明的说法，他悄悄问道："主教大人，请问我在抽烟的时候，是不是可以做祈祷？"

主教一听，此人诚心可嘉，莞尔一笑，点头同意。于是这位教士点燃雪茄,吞云吐雾,悠哉游哉,好不惬意。只不过继续装模作样,像是仍在做祈祷罢了。

事后,主教大人又发表一通宏论,褒扬这位教士:"上帝始终在他心中,连抽烟的时候都还要坚持做祈祷。可不像有的人,祈祷的时候还心猿意马,竟然要去抽烟!"

救救我吧

夜幕降临,在加拿大艾德蒙顿市闹市区传出一阵凄楚而又娇滴滴的声音:"救救我吧!快把我从这里救出去啊。"循声找去,只见一位美丽绝伦的女郎被关在一家商店狭窄的橱窗里。美女这一惊叫,自然惊动了过往行人,橱窗四周很快被围成了一个人墙。

看到行人聚得够多了,玻璃橱窗里的美女才指着放在她旁边新出品的"运动家"牌滤嘴香烟,哭诉道:"先生们,女士们,这些香烟不卖光的话,我是没法出去的,请帮帮忙,可怜可怜我吧!"美女凄婉动人,人们本能的怜惜之心油然而生。

H·M烟草公司的这一推销噱头,使新产品"运动家"牌香烟一炮打响,首批生产的100万包"运动家",经美女在玻璃橱窗里那么"一哭一诉",只用了130个小时便告售罄。

金币贴墙

香港一家专营胶粘剂的商店,一直生意平平,最近他们推出一种新的"强力万能胶水"。因为顾客的习惯心理使然,这种胶水的优点不被认识。正当商店老板苦闷的时候,有一位朋友为老板出了一个近乎荒唐的点子,使销售一下子猛增。

这个点子就是:店主用该胶水把一枚价值几千元的金币粘贴在墙上,并宣布谁能用手把这枚金币掰下来,金币便归其所有。一时,顾客云集,纷纷一试身手。然而许多"壮士"在费尽九牛二虎之力以后,仍然只能望"墙"兴叹。

一日,来了位自诩"力拔千钧"的气功师,他专程来小试牛刀,只见他对着金币,站定敛神,气沉丹田,手掌对着金币发功,片刻过去,金币丝纹不动,可气功师自己满头冒大汗,身体摇晃,观者纷纷取笑。就这样,这种胶水的良好性能被广泛宣扬,商店走上了兴隆之路。

不普通的猴子

英国科学家达尔文经过多年刻苦研究,发表了一系列学术著作,奠定了生物进化论的基础。他的学说被恩格斯称为19世纪自然科学的三大发现之一。但在当时，不少人对进化论还有些半信半疑，因此他经常不得不回答一些人奇怪的提问。

在一次宴会上，达尔文与一位年轻貌美的女士坐在一起。这位女士当然不肯放过机会，也要给达尔文出个小难题。

美人丹唇轻启："达尔文先生，听说您断言，人类是由猴子变来的？"

达尔文含笑点了点头。美人紧接着又问："那么，我也属于您的论断之列吗？"

这微微的一问，可暗藏着机锋。因为这美人身段苗条，体态风骚，眉积春山，目含秋波，是宴会上众人注目的中心人物，要直说这样的美人也是由浑身棕毛、赤红脸眼的猴子变的，不仅会大杀风景，对美人似乎也不礼貌；可要说不是，又等于自己推翻了自己的学说。答不好，就要出现令人尴尬的场面。达尔文毕竟智慧过人，这难题竟让他轻轻解开了。

达尔文看了女士一眼，彬彬有礼地答道："是的。不过，您可不是由那种普通的猴子变来的，而是由长得非常迷人的猴子变来的。"

达尔文的回答，既维护了自己的学说，又巧妙地把这位女士恭维了一番。这位女士十分满足和得意，旁人也齐赞达尔文"答得好！"宴会上的气氛更活跃了。

182

跳椅子的总编辑

南方某报社有一位年轻的总编辑，他初当总编时更年轻，因为是自己创业成功，所以在孩子气未脱的时候就位尊权重了。在下属面前，他必然是个老练的主宰，但关起自己办公室的门来，却总想找点什么玩玩。

有一次，他忙完稿务，童心大发，竟把椅子叠到办公桌上，爬上去又跳下来，颇感有趣，宛如童年"跳大石"。正在这时，门开了，一位老资格的报界权威站在门口，而他正高高地立在桌子上的椅子上，尴尬极了。

"我找总编辑。""我就是总编。""啊哈，您就是吗？怪不得您也爱好这种健身运动。"那位有相当地位的老报人笑着说，"我们报社的同事也是这样练习的，不过您叠的椅子还不够高。我们要多叠一张，一有空我们就在编辑部里跳椅子。"

年轻的总编"咚"地跳下来，高兴地握住老报人的手，觉得遇上了知己。其实，他也知道，老报人的编辑部里并无这种游戏，但对方竟能在一瞬间找到适合双方地位、处境，顾及总编自尊心的应变方法，使这位年轻总编既感激不尽，又自叹弗如，从此两人成了忘年交。

青少年开心故事会

第九篇

体坛故事

奥运冠军第一人

第一届现代奥运会有 13 支代表队参加,第一个冠军是美国的詹姆斯·康诺利。

康诺利 1896 年就读于美国哈佛大学,研究古代语言学。他也非常喜爱田径运动,擅长跑和跳,是波士顿田径联合会成员。"奥林匹克之父"顾拜旦曾经访问过美国,传播奥林匹克思想。当时美国知识界和体育界一些人士积极地介绍古代奥林匹克竞赛情况,倡导奥林匹克思想,使康诺利非常向往。当他得知将在雅典举行现代奥运会的消息后,立即向校方请假准备前往参加比赛。几经交涉,均未获准,他便不顾学校反对,自筹经费,和一些体育爱好者组织起来,赶赴雅典参加比赛。

他们原以为运动会是 4 月 18 日开幕,想在意大利观光游览一番,然后去雅典,后来他们才得知运动会在 4 月 6 日开幕,便放弃了旅游计划,匆忙赶到雅典,总算在开幕式举行之前到达了会场。

第一天第一个决赛的项目是三级跳远。当时的跳法是没有助跑的立定三级跳。由于在海上颠簸,康诺利的身体仍未恢复,但他以顽强的意志和毅力战胜了疲劳,跳出了 13.71 米的成绩,赢了所有的参赛者,成了奥运史上第一个冠军。在这届奥运会上,他还获得了跳高的第二名和跳远第三名。

从雅典返回美国后,哈佛大学认为康诺利不遵守校规而开除了他的学籍。1900 年的第二届奥运会,康诺利又在三级跳远中夺得第二名。这位奥运史上的第一个冠军,后来在《波士顿邮报》和波士顿《地球》杂志等新闻单位从事记者和作家工作,美国总统罗斯福接见过他,后来两人常有书信往来。

罗斯福对他写的书评价甚高。1949 年,已是 81 岁老翁的康诺利,接受了他的母校哈佛大学授予他的名誉博士学位,表彰他对奥林匹克运动做出的贡献。

投篮的趣闻

远距离投篮:1970年1月16日在太平洋路德大学进行的一场友谊赛中,斯·迈尔斯从端线掷界外球,只见他奋力一掷,球竟入网。此球虽不符合规则,但在全场观众热情欢呼的压力下,裁判判此球有效。赛后测量此次投篮的距离为28.129米;1985年2月,美国马歇尔大学队对圣何赛马拉威亚大学队的比赛中,队员莫利斯一次远投命中,距离是27.37米。

盲人神投手:19岁的美国盲姑娘姬蒂,在5分钟内连续投进98个球,几乎是百发百中。

蒙眼投篮之最:1978年2月5日,美国加州圣何赛的弗·纽曼蒙上眼睛,连续投中88个球,创造了世界纪录。

罚球命中率之最:1975年5月31日至6月1日的24小时里,美国的弗·纽曼罚篮13 116次,命中12 874次,命中率高达98.15%。

非运动员连续投篮之最:迪·马丁是美国华盛顿州人,他从小喜欢打篮球,但因身高只有1.70米,所以失去了当运动员的机会,因此他也没有接受过专业训练。一个偶然的机会,他试着投篮,一口气命中了210个,接着他又连续投中514次,远远超过了当时144次的世界纪录。1972年,他连续投中2000次,打破了世界纪录,以后又接连9次打破世界纪录。1977年,他在4小时30分的时间里,连续投中2036次,创造了世界纪录,并被记入吉尼斯世界纪录大全。

篮球史上的"子"字歌

篮球运动是在19世纪末传入我国的,先是在上海、广东、北京、天津等学校出现,其后才逐渐在各地流行开来。

当时我国还由清朝政府统治,社会习俗很封建,人们为了显示其身份的高贵,还穿长袍子、留辫子、留长指甲、穿厚底鞋。这样很不利于运动,但是青年学生们出于好玩、爱运动的天性,对篮球产生了浓厚的兴趣,所以在打篮球时动作往往很滑稽,并经常闹出一些笑话来。比如,长袍子缠腿,常常摔倒;辫子在脑后甩来甩去常被人有意无意地拽住;长指甲常被碰断,让人疼得龇牙咧嘴;厚底鞋一跑一跳常掉下来,只好光脚打球了……于是在一旁观看的人就编了一首顺口溜嘲弄他们:

身着长袍子,
拖着长辫子,
留着长手指盖子,
穿着厚底鞋子,

青少年开心故事会

虽拉着运动员的架子，

可没有运动员的样子！

昔日的书呆子，

活像耍活宝的花花公子！

后来，青年学生们改进了装束，同时也将上边的顺口溜改了一下：

脱去长袍子，

挽上长辫子，

剪去长手指盖子，

换上轻便鞋子，

身轻像燕子，

跑跳得像兔子，

昔日书呆子，

还真有两下子！

男队中的女队员

　　林内特·伍德伍得是美国有史以来第一位与职业男运动员一起参加比赛的女运动员。伍德伍得当年 28 岁，身高 1.88 米，曾是美国国家女子篮球队的主力后卫，1984 年洛杉矶奥运会上，她为美国队夺冠立下了汗马功劳。

　　1985 年，美国著名的哈莱姆环球旅游者职业男子篮球队，想出了一个绝妙的点子，准备招收一名女运动员加盟男子球队，达到红花绿叶的效果。伍德伍得在数百名应招者中，一举击败群芳而入选。

　　从此，她便同男伙伴们同场献技。在场上，她与男同伴们配合相当默契，并能完成许多高难度的男子化动作。由于伍德伍得的加盟，哈莱姆球队比赛的门票收入大增，球迷们都想一睹这位女将的风采；就连莱克斯队的"魔术师"约翰逊也对伍德伍得赞不绝口。

超级盖帽

　　从 1959 年起，苏联的中央俱乐部篮球队，连续 20 年所向无敌，始终保持着国内甲级联赛冠军的位置。后来，该队又增加了一位世界著名的超高中锋，名叫阿赫塔耶夫，身高 2.32 米，篮下威胁极大。

　　一次，中央俱乐部队和另一支篮球队进行了一场篮球赛。为了对付阿赫塔耶夫的身高优势，对方突发奇想，使出了一个篮球史上前所未见的招式。阿赫塔耶夫在对方篮下得球，正欲转身投篮，只见两个防守方队员交换了一下眼色，其中一个迅速骑到另一个人的肩上，骑在肩上的队员一挥手，"啪"的一声，一个漂亮的盖帽，将巨人阿赫塔耶夫的球击飞。阿赫塔耶夫愣住了,没想到世界上还有人能盖他的"帽"。

在场的两名裁判员一时也没了主张。他们当了几十年的篮球裁判,场上这种情形还是第一次碰到,算守方犯规吧,规则上没有这种条文;不算吧,这种合二为一的身高优势怎能服人?观众初则惊愕,继而哄堂大笑,并为这个篮球史上罕见的精彩动作拼命鼓掌。

为所欲为的选手

1904 年,第 3 届奥运会在美国圣路易举行。古巴马拉松运动员菲利克斯·卡瓦查尔为了凑路费,在哈瓦那市中心表演跑步募捐。但是,在去美国的船上,他和人玩掷骰子,结果把钱输光了,没有钱买运动服,只好穿着皮鞋、长裤、长衫参加比赛。一位美国运动员实在看不下眼,找来了剪刀,把他的长裤长衫的裤脚和袖子剪掉。

卡瓦查尔虽然是第一次参加马拉松大赛,但速度掌握得相当好,起跑后一直遥遥领先。在跑到半路时,他看见路边果园里边的苹果和梨子成熟了,散发出诱人的香味,卡瓦查竟然忘记了自己是在参加比赛,拐进果园大吃起来。吃完他才想起来马拉松比赛还没跑完呢,于是他又上路接着跑,并不时地和沿途的观众聊天说笑。即使这样,卡瓦查尔还得了第 5 名。

失败的英雄

1908 年第 4 届奥运会的马拉松比赛,由于天气炎热,不少运动员退出了比赛。意大利的比德里一直在坚持着,当他跑到距终点只有 40 米时,再也坚持不住了,突然昏倒在地。场边的医生赶紧跑上前去急救。这时,比德里清醒过来,推开医生摇摇晃晃地继续向前跑,全场观众都为他加油。他毕竟已筋疲力尽,在距终点 15 米的地方又倒下了。一位好心的裁判和一名记者把他扶起来,走到了终点,比第二个到达终点的美国人海斯快了 30 秒。全场观众对他报以热烈的掌声。但由于那最后 15 米是在别人帮助下完成的,所以海斯得了冠军。为了表彰比德里的顽强精神,大会授予他"真正胜利者"的称号,英国女王以自己的名义奖给比德里一枚同海斯一样的金牌。

1964 年的东京奥运会上,斯里兰卡运动员拉那图岗在 10 000 米比赛中,被其他运动员落下了整整三圈!顽强的拉那图岗坚持着跑到了终点。当然,最后三圈整个跑道上只有他一个人了。初时人们并没有怎么注意他。不久人们就被拉那图岗的行动感到了,向他鼓起掌来,掌声越来越响。最后看台上的八万观众全体给他加油,用有节奏的掌声伴他到达终点。那拉图岗激动地说:"我这是第一次参加国际比赛,第一次得了最后一名,但也是第一次得到这么热烈的掌声。对我来说,这比得到奖牌还高兴。"

英国著名运动员、欧洲男子400米跑冠军雷德蒙德·德瑞克,在1992年巴塞罗那奥运会半决赛中,刚跑完150米就因肌肉拉伤而突然摔倒,其他选手则风驰电掣般从他身旁掠过跑完全程。德瑞克爬起来,用单脚向终点跳去,全场观众向他欢呼。距终点还差100米时他又摔倒了,他的教练吉米跑上去劝他退出比赛,德瑞克拒绝了。他挂着满脸的泪珠,忍受着巨大的疼痛,跳到了终点,用时达4分多钟!这才是令人钦佩的运动员,这才是真正的奥林匹克精神!

替对方得分

保加利亚男队与捷克斯洛伐克男队,争夺小组出线权。根据胜负比率推算,保队必须在这场比赛中净胜捷队3个球才能出线,否则将被淘汰。可当比赛进行到离终场8秒钟的时候,保队仅领先一球,这时保队虽掌握着发球权,但要在短短8秒钟内连进两球,已不太可能了。场内的观众都认定保队败局已定。然而保队教练却镇定自若,从容叫停,对上场队员面授机宜。叫停结束后,双方队员重新上场由保队发球,此时,捷队队员也严阵以待,按照捷队教练旨意,捷队队员全部退防在自己守区的篮下。不料保队发球后,一队员突然带球转向相反方向,飞速跑动上篮,球进锣响,将球投进自家篮筐,捷队队员见状一时目瞪口呆,观众更如堕入云里雾里,觉得不可思议。

终场前由于保队队员为捷队投进一球,这样保队与捷队比分相等。按照竞赛规定,需要打一个延长期,在这最后的比赛时刻,保队队员士气旺盛,配合默契,再加上保队教练指挥得当,终于净胜了3球。这时全场观众才恍然大悟,无不钦佩保队教练的才智。由于保队教练采用了这一妙计和队员的加倍努力,使得保队进入第二阶段而捷队被淘汰。

1.70米的扣篮冠军

扣篮技术是从篮球运动中派生出来的一种新的篮球技术。扣篮运动也是美国篮球界引以为豪的运动。

扣篮,又称为塞射。是指运动员在身体腾空的瞬间,用单手或双手把球塞入筐内,这是个高技能的动作,只有身体素质好、弹跳力高、训练有素的运动员才能做出。人们风趣地称它是篮球场上的"杂技"。

1976年,美国篮协举办了首届扣篮锦标赛,全美各地篮球高手各显技艺。结果,来自费城的球星朱利斯·欧文脱颖而出,勇夺桂冠。从那以后,美国篮协每年举办一次同样的比赛。这引起了人们越来越大的兴趣,纷纷前来参赛和观摩。

最为激烈的扣篮比赛,是1985年那届。球星们表演出了各种令人眼花缭乱、难以置信的动作。印第安纳队的斯坦思伯里的"绝招"更是惊险无比，从坐在椅子上和跪在地上的两个人头上高高飞过，在飞行中将球扣入篮中。

经过预、复赛，场上最后只剩下了两名决赛者，他们是身高2米的威尔金斯和只有1.70米的韦布，两人均来自亚特兰大的"鹰"队。韦布首先上场，只见他快速运球至篮下，像踩了弹簧一样高高跃起，整个人在空中转体360度，然后单手干脆利落地将球塞入筐中，裁判给了他完美无缺的满分50分。威尔金斯用同样的动作也得了50分。场上达到白热化的程度。韦布再次登场，将球往地板上用力一拍，弹起后碰到篮板；在这一瞬间，韦布一个旱地拔葱，再次用单手将球扣入篮中。又是一个50分！而威尔金斯这次只得了48分。就这样，韦布这名当时全美最矮的职业篮球队员夺得了本届扣篮金杯。

"赤脚大仙"

第17届奥运会的马拉松比赛开始了，在运动员的行列里，一位中等身材的黑人选手格外引人注意。不是因为他是什么世界名将，而是因为他赤着双脚！这在世界大赛上是从来没有过的。

他就是28岁的埃塞俄比亚选手贝基拉。他本是一名宫廷警卫，踢过足球，打过篮球，4年前改练马拉松。埃塞俄比亚的大沙漠练就了他的飞毛腿和铁脚板，比赛中他从来不穿鞋。这是他第一次代表自己的国家参加奥运会。

随着发令枪响，马拉松开始了。几位名手冲到前面，贝基拉夹在人群中，既不落后，也不领先。10公里后，他从人群中脱颖而出，轻松地跑到了最前面。贝基拉精力充沛、体力过人，跑得越来越快，跟在后面的人渐渐被落下来了，街道两旁的观众开始惊奇，并且为这个非洲人欢呼。

最后几公里，几位名手试图超过他，但是失败了。贝基拉在观众的喝彩声中跑到了终点，成绩是2小时15分16秒，非洲人第一次在奥运会上获得了金牌。一些非洲来的观众冲下看台，把他高高抛到空中，摄影机对准了他，向全世界介绍这位来自非洲的世界冠军。

埃塞俄比亚人载歌载舞，欢迎贝基拉凯旋，塞拉西皇帝举行宴会欢迎他，亲手把一枚金光闪闪的"埃塞俄比亚之星"勋章挂在他胸前，并且宣布提升贝基拉为军官。后来，贝基拉卷入了一场反对皇帝的宫廷政变，政变者受到了严厉的制裁。金牌救了贝基拉的命，皇帝赦免了他。

在四年以后，已过了而立之年的贝基拉在第18届奥运会上，他把自己的成绩提高了3分多，以2小时12分21秒的成绩再次获得金牌，开创了一人蝉联两届马拉松冠军的先例。

青少年故事开心会

守教规失去冠军

1900 年，第 2 届奥运会在法国巴黎举行。男子跳远预赛是在一个星期六举行，星期天进行决赛。

美国运动员普林史泰在预赛中以 7.175 米名列第一，这还不是他最好的成绩，他在这届奥运会前曾经跳出 7.50 米，打破了世界纪录。看来这届奥运会的男子跳远冠军非他莫属了，而且他还有可能再次打破世界纪录。

可是普林史泰是个虔诚的基督教徒，当时教徒们坚定地认为"星期天是神圣的休息日"。因此他拒绝在星期天参加决赛，虽然经过教练和队友的劝说，但他还是不同意。

第二天风和日丽，温度适宜，另一名美国运动员克连茨莱以 7.185 米的成绩获得了冠军。而普林史泰不仅失去了奥运会的冠军，也错过了再次打破世界纪录的机会。

决不出冠军的冠军赛

体育比赛，最后总会产生冠军。如果双方实力旗鼓相当，那也采用并列冠军或抽签决定一个冠军的方式。但在 1912 年的第五届奥运会上却出现过一次没有冠军的比赛。

第 5 届奥运会的摔跤比赛只有古典式一项，有来自 11 个国家的 29 名选手角逐。经过 6 天的争夺，由瑞典选手安德斯·阿尔格伦和芬兰选手伊瓦尔·柏林来决出冠军。冠军争夺战开始后，两人一回合又一回合地斗智、斗勇、斗技艺，几个小时过去了，尽管双方施展了浑身解数，还是胜负难分。看台上观众耐心有限，相继离席而走，剩下的少数观众已嘘声阵阵。裁判员累得眼花腰酸，心中暗暗叫苦不迭。为了争夺冠军，两名运动员还是机械地挪动着脚步。最后裁判实在支撑不了，只得宣布停止比赛。冠军究竟应该属于谁？由于当时还没有并列冠军的规定，只好决定了阿尔格伦和柏林两人都是第二名。就这样，这场摔跤比赛，就成了奥运会史上唯一一次没有冠军的比赛。

假 标 枪

20 世纪 80 年代末，在希腊雅典举行的欧洲田径锦标赛上，苏联的标枪运动员是几名新秀。为了探知这几名新秀的实力，一些标枪强国的教练"潜入"苏联队的练习场地，打探虚实。

这一情况被苏联教练知道了，他决定将计就计，让运动员贾·卢齐斯使用一种外形同比赛用枪一模一样，而重量却轻得多的标枪练习。试投时，卢齐斯还装模作样，助跑后一声大喊，投出的标枪远远落在世界纪录标志前边，"打破"了世界纪录。那些标枪强国的教练们见此情景目瞪口呆，心灰意冷。他们的情绪影响到了运动员，使运动员们在比赛中士气大跌，没能发挥出应有的水平，因而卢齐斯便顺利地夺得了此项目的冠军。

让标枪成绩下降 20 米

在田径比赛中，掷标枪属于"长投"项目。几十年以前，标枪的杆一直采用木材制作。后来美国的赫尔德兄弟标新立异改用金属铝制造标枪。1952年，兄弟俩制成了世界上第一根铝材标枪。为了探索出减少标枪空气阻力的方法，二人还专门学习了空气动力学，对标枪头部加以改进，大大提高了标枪在飞行过程中的升力。

1964 年日本东京奥运会后，木制标枪才完全被金属标枪所取代。从此，标枪的投掷纪录不断被刷新。1984 年，在美国洛杉矶奥运会上，原民主德国选手乌贝霍恩有力地一掷，使标枪飞出了 105 米。这一惊人的世界纪录引起了世界田径界的不安。因为标准的田径比赛场是 400 米跑道场地，它使得标枪投掷区域不可能再加长了，这样标枪的成绩超过 100 米以后就要越出跑道，飞上观众席，这是非常危险的。鉴于此，国际田联于 1988 年便做出了限制标枪远度的规定，将标枪的重心最大距离向前移动 4 厘米。

自从有了这一规定之后，标枪的世界纪录下降了约 20 米。

"妈妈选手"

一个运动员的运动生命是比较短暂的，女运动员的运动生命更短。她们在结婚生育做了妈妈之后，似乎就只能退出体坛了。但是，也有不少"妈妈选手"，以自己的顽强意志和出色表现，创造了更好的成绩，打破了这个"规律"。

荷兰女运动员科恩，18 岁参加柏林奥运会时，并没有取得奖牌。1943年科恩连创女子跳高和跳远两项世界纪录，成为世界知名的运动员。以后，科恩结婚了，并生了两个孩子，人们为这位天才的田径选手过早陨落而惋惜。

但是，科恩却出人预料地重登体坛了，并取得了惊人的成绩。1948 年，她打破了已经保持了 11 年的 100 米跑世界纪录。在当年举行的第 14 届奥运会上，科恩参加了 100 米、80 米栏、200 米和 4×100 米四个项目的比赛，她在预赛、复赛和决赛中，共出场 12 次，5 次创造了奥运会的新纪录，获得全部 4 个项目的冠军。荷兰的报纸把科恩称为"会飞行的家庭主妇"。科恩回国时,受到同胞的夹道欢迎,她和她的丈夫以及两个孩子坐在敞篷的四匹白马拉的王室马车上,一直走到市政厅,女王朱莉安娜亲自封她为骑士。在荷兰享此殊荣的女运动员仅她一人。

女明星剃光头

第18届奥运会于1964年10月在日本东京举行。比赛期间,人们在奥运村看到一位头戴假发的姑娘,她就是上届奥运会金牌获得者、三破女子标枪纪录的苏联优秀运动员埃尔拉·奥佐林娜。

奥佐林娜在第17届奥运会上,投第一枪就奠定了冠军的基础。随后不久,她又拿到了欧洲冠军。人们把她列为本届奥运会的第一号种子,她本人也认为稳操胜券,还向她的教练发誓,如拿不到冠军就剃光头。

本届奥运会女子标枪比赛是从10月16日下午10时开始的。首先是及格赛,在比赛中,队员叶·戈尔恰科娃创造了62.40米的世界新纪录,顿时为奥佐林娜的夺冠罩上了一层阴影。下午决赛时,奥佐林娜由于急于求成,动作技术有失水准,6次试投4次犯规,仅2次成功,最好成绩只有54.81米,名列第五。

比赛结束后,奥佐林娜越想越懊丧,跑进奥运村的理发室,兑现她自己许下的诺言。可是理发师不忍剃去她那美丽的金发,于是她抢过理发师手中的剪刀,自己动手剪下大绺头发。就这样,理发师最后只得为她剃光了头发。

成绩随"杆"而进

撑杆跳高是田径比赛中技术性很强又很惊险的项目。运动员使用什么杆则是影响成绩好坏的非常重要的因素。

在20世纪40年代以前的历次奥运会以及其他重大国际比赛上,日本撑杆跳高运动员都取得了好成绩,令其他国家的运动员羡慕不已。原来,那时撑杆跳高所用的杆都是竹竿,日本竹资源丰富,盛产世界上独有的高强度、高韧性的竹子。这一得天独厚的条件带来了日本撑杆跳高的黄金时代。

但是,到了50年代,金属撑杆开始取代竹竿,因为金属杆本身材料质地均匀且不易弯曲。美国运动员德比斯用金属杆创造出4.83米的世界纪录,这标志着日本撑杆跳高黄金时代的结束。但是,金属杆一统天下近20年,撑杆跳高的世界纪录进展缓慢,只提高了6厘米。

真正给撑杆跳高插上翅膀、使之腾飞的还是玻璃纤维杆。玻璃纤维杆具有竹杆、金属杆共有的优点,又能克服金属杆在插地时冲击力大的缺点。1960年,美国的尤尔塞斯用玻璃纤维杆跳过了4.98米的高度,打破了"人的体力不能跳过 4.87 米"的极限说。而如今,撑杆跳高的世界最高成绩已经达到了 14 米。其实,凭人体的弹跳力是无论如何也达不到 6 米的,在撑杆跳高中,运动员是利用助跑速度和体重将玻璃纤维杆压弯,然后利用杆的回弹力将人体高高弹起越过横杆的。

勇敢的女斗牛士

一提起西班牙,人们就会联想到西班牙斗牛。勇敢、英俊的斗牛士,身着镶金挂银的斗牛服,以矫健、潇洒、沉稳、轻盈的动作,挥动红黑两面的斗篷,引逗着那凶猛暴躁、角利体壮的公牛,埋头低吼着向自己冲来,然后向旁边轻轻一闪,凶牛扑空,斗牛士在全场观众的喝彩声中,继续挥动斗篷引牛攻击,那场面真是惊心动魄,充满强烈的刺激。

人们也许还不知道,斗牛并不是男人的专利。女子很早以前就已经活跃在斗牛场上了,直至今天,她们的身影也未曾从斗牛场上消失。

西班牙洛斯的一座修道院中至今还保存着一张画像,画面上是一位女子手持短剑在斗牛。这就是说,至少在 500 年以前女子便和男子一样参加斗牛运动了。

18 世纪初,西班牙著名画家戈雅对斗牛题材非常喜爱,曾作过多幅画,其中便有数幅是女斗牛士的形象。当时著名的女斗牛士尼古拉萨·埃斯卡米拉的风姿就是借助戈雅的画笔才得以保存至今的。

女斗牛士最活跃的时期是在 19 世纪上半叶,人们称之为女子斗牛的黄金时代。这一时期的女斗牛士不仅人数多,而且技术全面。斗牛手(用红斗篷使牛发怒)、刺牛手(用长矛刺牛)和斩牛手(用短剑把牛杀死)中都有女子。此外,这些女斗牛士们身着各具特色的服装,更增添了几分妩媚的风姿。当时享有盛名的刺牛手特蕾沙·阿隆索的几次出色表演都曾被详细记载下来。

1836 年至 1840 年以马蒂娜·加尔西娅为首,组织了一批女斗牛士。这些女子专门组织起没有男子参加的斗牛表演。表演中,同时上场的女斗牛士身着不同服装,有的是乡村少女打扮,有的全副武装。1836 年的一张报纸上曾这样说:虽然她们的体质是弱的,但是在斗牛场上却显得很果断,能够迅速、准确地做出各种动作,看上去十分镇定。

进入 20 世纪以来,仍有不少女子从事斗牛运动,她们的身影遍及伊比利亚半岛和美洲大陆。这些女斗牛士中最出色的有智利人孔奇塔,她很小的时候便随家人移居秘鲁,曾被误认为是秘鲁人。孔奇塔出生于 1924 年,在秘鲁成名,后又到墨西哥斗牛,晚年居住在墨西哥。她被认为是本世纪最伟大的女斗牛士,她能熟练地掌握斗牛的各种技术。在场上,她的动作潇洒、优美。

斗牛是一项体力消耗极大的运动，一般情况下女子很难从事这项运动。社会上的压力也有许多，18世纪西班牙国王曾下令禁止女子斗牛，至今仍有不少舆论认为女子不应参加这项运动。牛的体重均在数百公斤以上，疯狂起来更是令人生畏，斗牛士稍一疏忽就有受伤、丧生的危险。但是，女斗牛士们并没有退缩，她们仍像男子一样活跃在斗牛场上。

54年跑完的马拉松

1912年，第五届奥运会在瑞典斯德哥尔摩举行。日本运动员金栗志藏参加了马拉松比赛，途中他又累又渴，便放弃了比赛，找到路边一个人家休息睡觉去了。比赛结束后，未跑完全程的运动员都陆续回到了赛场，只有金栗"失踪"了。直到次日他才回到驻地。他回国以后一直为未能跑完马拉松全程而耿耿于怀。

1966年，已经76岁高龄的金栗有机会到瑞典，他旧地重游，回想起当年半途而废的马拉松赛事仍然深感遗憾。于是找到当年他休息睡觉的那个人家，又从那开始，向当年马拉松比赛的终点——斯德哥尔摩奥林匹克运动场跑去。当然，由于金栗年事已高，在途中他是走跑交替进行的。进了运动场后他也和当年其他运动员一样绕场地跑一周，最后向终点"冲线"。

绝无仅有的"安慰奖"

第四届奥运会于1908年在伦敦举行。在马拉松比赛中出了一件意外之事：意大利运动员皮特利一路遥遥领先，在进入运动场离终点不到一圈时却因虚脱摔倒了。大会工作人员把他扶起来，告诉他还有300多米就到终点了，鼓励他坚持到底。皮特利摇摇晃晃向终点走去，经过艰难的拼搏终于到达了终点。观众以热烈的掌声向他祝贺，大会工作人员也祝贺他得了冠军。几分钟后第二名美国运动员德海斯才进场内。但美国代表团队认为德海斯应该是第一，理由是皮特利得到了他人的帮助。美国代表向大会提出了抗议，大会无章可循，只得取消皮特利的冠军资格，以至于连第二、第三的名次都不能得了。

受到这一意外情况的打击，皮特利又昏倒在地，大会工作人员只好把他送往医院。观众和大会工作人员都非常同情皮特利，对他只因得到那么"一点点"帮助就失去了冠军都感到很遗憾，鉴于此情此景，大会专门进行了研究，决定破例给皮特利颁发"安慰奖"，以表彰他顽强的意志和优异的成绩。这在奥运史上也是绝无仅有的。

门将直接得分

1900年，英国的曼彻斯特队和新德兰队交锋。比赛中，曼彻斯特的守门员威廉在开门球时，一脚将球踢出。对于此球新德兰队守门员并没有在意，他正和后卫队员谈笑。这时突然刮起一阵大风，将高高踢起的足球不偏不斜地刮向大门右下角，新德兰的守门员见球向大门飞来急忙向球扑去，但为时已晚，足球晃晃悠悠地从球门右下角滚了进去。

曼彻斯特队守门员威廉不仅为本队直接射门得分，而且成为足球史上守门员直接得分的第一人。直到1980年10月，南斯拉夫足球队和奥地利足球队比赛时，南队守门员潘得利茨在离对方球门92米处一脚破门，成为第二人。

骗了自己

乌拉圭的拉姆普拉足球队，一次迎战利贝普尔足球队。比赛中，拉姆普拉队的一位前锋接队友的妙传后，带球突破了利贝普尔队的防线，直捣球门。正当他要起脚破门时，利队守门员奥尔蒂斯"灵机一动"，利用自己平时练就的口技，模仿起裁判员的哨声来。拉队的前锋竟然上当受骗，以为裁判员判自己越位了，便停止了射门。

但是没想到，真正裁判员的哨声响了，利队队员被判手球犯规，处罚点球，拉队一前锋主罚命中。比赛结果，利贝普尔队以0∶1败北。

上帝帮助的进球

巴西里奥普雷托足球队的守门员伊兰德是个虔诚的基督教徒。他每次比赛前都要跪在球门口祷告，祈求上帝赐福于他，保佑他能守住大门不被攻破。

不过，上帝也不总保佑他，有一次竟和他开了个大玩笑。那次，比赛已经开始了，伊兰德跪在地上作祈祷尚未完，球就从他耳边呼啸着飞进了球门，仅用了3秒钟，这次比赛开创了开球后最短时间进球的世界纪录，伊兰德也因此而出了名。这一进球被后人称做"上帝帮助的进球"。

进球后的"表演"

足球运动员在比赛中进球后都会欣喜若狂，许多人还会情不自禁地来些"表演"。

英格兰"球场垃圾"温布尔登队，每当进球后便由队长法河努率领，来段

青少年开心

故事会

集体舞蹈——拍头、撞头、唱歌,这种肆无忌惮的"表演"令在场的观众哭笑不得。

喀麦隆老将米拉被称为绿茵场上的"常青树",1990年他参加世界杯赛时已38岁了,每当进球后,他都要跑到角旗附近,向观众不停地有规律地扭摆着屁股。

哥伦比亚"终结者"队的阿斯普里拉,曾经将意大利的AC米兰队置于"死地",他成名后突然在球场上出现一个新动作,那就是进球后来个"仰八叉"。球迷们对他的"表演"很感兴趣,为得到他的"仰八叉"彩照,竟开出100美元的高价。

斯库特拉维身高1.92米,是前捷克斯洛伐克国脚,他进球后总以双手倒立背翻来庆贺,球迷给他做统计,他的进球数和翻跟头数成正比。

桑切斯是墨西哥的国脚,36岁时还在踢球。他自20世纪80年代成名以来,每当进球都以独特的一个空翻来庆贺,被国际足坛誉为"跟头王",也被称为"桑切斯式欢腾"。

封塞卡是乌拉圭的国脚,他最擅长跳拉丁舞,每当进球后他都要来上一段,他的"表演"不仅观众很欢迎,就连球场的法官——裁判员为了欣赏他的舞蹈而破例延长了该队欢庆的时间。

1 对 11 的比赛

有时,称赞某人的能力时,称他能以一当十。可是在丹麦的温西利德城,曾有过一场奇特的足球赛,一方上场11人,而另一方只有1人。真可谓比以一当十者还厉害。

原来,撒鲁姆俱乐部队参加比赛,记错了比赛时间。比赛开始时只有守门员奥力逊赶来,他请求裁判员把比赛时间再延迟10分钟,未被获准,并被告知:如不想弃权,那就由他1人先上场。

奥力逊上场了,随着裁判的哨响,比赛开始了。奥力逊想的就是如何拖延比赛时间,等待队友的到来,一个大脚把球踢到了场外的观众席上,然后飞也似的退回到自己的球门,在接连几分钟内,奥力逊使尽浑身解数,奋力抵抗对方10名锋卫队员的进攻,只要一得球,就一个大脚把球开到远远的观众席上。不久,他的队友们就赶来了,此时奥力逊仅仅失了1球。

5 对双胞胎

当今世界足球是全攻全守时代,对垒双方都头疼这种推土机式的跟踪追击。在进攻中要摆脱对方的纠缠实属不易。

美国惠顿中学的新生美式足球队教练洛赫特,招收了5对孪生兄弟加盟球队。第一天训练时,10个孪生兄弟一齐亮相,洛赫特瞪大眼睛,嘴角露出一丝笑意。不过这些孪生兄弟同处一队,也给教练洛赫特带来麻烦,他说:"我经常分不清哪个打哪个位置!"

姓西伯特的一对孪生兄弟,格拉格是中卫,史各特是中锋。格拉格说:"教练至今还分不清我们兄弟俩,有时史各特犯错误,教练却骂我,搞得我莫名其妙。"然而,连自己教练都分不清谁是谁,那么对手就更犯难了。当这支球队出战时,对方就认为自己看见双重影子,往往两个去盯一个人,从而为另一个同胞大开方便之门,使对方阵脚大乱,漏洞百出。因此这支球队一直所向披靡。

球,抛进了自家球门

在一次丹麦国内足球甲级联赛中,格兰比足球队主场迎战客队爱克斯特队。格兰比足球队守门员克里斯汀森在5000多名当地球迷的观看之下居然在自己的门前为对方攻进一球。

事情是这样的:克里斯汀森捡起队友传来的球之后,顺势采用掷铁饼的方式,想把球抛传给另一名队友,可是由于用力过猛,在他还未来得及把球抛出之前,足球就已经从他的手里溜出来,神奇般滚进了自己把守的球门。全场观众和双方球员都为之哗然。守门员克里斯汀森眼睁睁地看着球滚进自己的球门,一直不停地抓自己脑袋,做出简直不能令人相信的样子。

幸好当时的比数是2∶0,克里斯汀森一方领先,而且离终场几分钟时间。最后格队以2∶1获胜。赛后,克里斯汀森知趣地说:"看样子,我得买箱啤酒请客,才能免遭队友奚落。"

费利的"功劳"

费利是意大利国际米兰俱乐部的职业球员。他在职业球员生涯的13年中,共为本队射进6个球(攻入对方大门),而将球误踢入自家大门的进球数却达到了7个。这个纪录恐怕可以说是空前绝后的了。

费利第一次踢入自家大门的球是在1982年3月28日,由他所在的国际米兰队迎战罗马队。费利当时担当中场队员,在一片混乱中他"迷失了方向",在自家大门前见球后就"一脚劲射",球应声入网。当时双方以2∶2踢平,由于费利的自破家门使罗马队以3∶2获胜。事后费利被教练和同伴痛骂一顿。

费利第7个自破家门的球是在最近的一场比赛中,由他所在的国际米兰队对尤文图斯队。在这场比赛中,费利又一次倒霉地"失误"将球"碰进"了自家大门。

图案球衣风波

在 1978 年巴拉圭全国足球甲级联赛中,亚松得拉队在主场迎战老对手维卡迪斯队。比赛时,主队门将有意穿上胸前印有球门图案的运动服,以致维队"金脚"、全国最佳射手奥佩洛脚法大失水准,几次绝好射门都正中亚队门将的胸怀,结果主队以 2:0 获胜。时过几天,维卡迪斯队主场迎战亚松得拉队,维卡迪斯队以牙还牙,他们在 4 个前锋的绿色球衣胸前印上了同真球大小一样、颜色相同的足球图案,结果,亚松得拉队后卫和门将漏洞百出,使维队大开杀戒,5 次破门。鱼目混珠的做法,使巴拉圭一些弱队大开眼界,纷纷仿效,结果使这年甲级联赛混乱万分,最后巴拉圭足联出面干预,宣布禁止穿印有图案的球衣,才使这场闹剧平息下来。

亚松得拉队与维卡迪斯队比赛结束后不久,巴拉圭足联就亚、维两队球衣一事向地方法院起诉,因为此事当时并不违反足球比赛规则,难以判决,所以一拖再拖,直到 7 年后的 1985 年 2 月,案子转到最高法院,分别处以亚、维两队 7000 美元和 3000 美元的罚款才算有了结果。

足球网的由来

19 世纪中叶以前,足球门是没有网的,只有两根直立的木柱,以后上面又加入了一根横木。这样的球门,裁判员要判断一次射门是否得分实在太难了。因为运动员的一次劲射,球速可达每小时 80 公里以上。这样快的球速在门框旁边飞过,恰如"白驹过隙",裁判很难判断球是从球门里进去的还是从球门外飞出的。因而往往使许多球迷和球员意见分歧,引起纷争,甚至多次引起相互殴斗,造成流血事件。

一次英国利物浦城内某一渔具制造厂的老板格林·鲍尔斯去观看足球赛,就发生了一起这样的纠纷。在满场的哄闹声中,他突然灵机一动:"如果把鱼网挂在球门架上,射进去球不是跑不了了吗?"他急忙跑回厂里,用马车拉来了两张鱼网,费了好多口舌才说服裁判员把鱼网挂在双方的球门架上,果然非常管用。从此,利物浦城的所有足球门上都挂上了鱼网。以后鲍尔斯渔具厂还获得了制造足球球门网的专利呢。

现代足球使用的球门网,已成为体育专用器材,制作越来越标准,材料也越来越讲究了。原来以棉、麻线为主,由于强度不够,有时会被运动员射来的足球冲破。我国老一辈足球运动员孙锦顺就曾因此被誉为"孙铁腿"。现在的球门网多改用强度更大的锦纶或尼龙线纺织而成了。

少见多怪的报道

19世纪末,英国两支足球队远涉重洋,来到当时为英国属地的印度,为还没见过甚至没听说过足球的印度人表演一场足球赛。这场球赛使观众莫名其妙,目瞪口呆。一家报社的记者还少见多怪地做了如下报道:

一个酷似人头、用猪皮缝的怪物在草地上来回滚动。两队人都发疯似的争着,以踢它一脚为乐。令人摸不着头脑的是,只有看门的两个家伙方能用手抓那怪物,其他人,手一碰它就挨罚。而那个穿黑衣的家伙更是个地道的疯子,他一边发狂般跟着"圆怪物"转,一边手舞足蹈地大声喊着什么。总之,这些英国佬们好似一个个中了邪,着魔啦!我们印度人才不愿干这类傻事哩!

说是说,做是做,从那以后,足球这项运动逐渐地在印度开展起来了。

最佳体育报道

在法国的里昂市,曾举办过一次体育报道竞赛,其内容是报道当地的一场足球赛。这次竞赛竟吸引了1000多名职业记者与业余新闻爱好者参加。出人意料的是,头等奖竟被一个叫纽隆的无名小卒夺得,15 000美元的奖金归他所有了。

纽隆刚刚21岁,是一家银行的职员,这是他第一次写体育新闻稿。当他得到奖金后,高兴得又蹦又跳,挥舞着奖金绕场跑了一周,这下可把那些参赛的职业记者们气昏了。

原来,那些职业记者大都绞尽脑汁,花费了大量的笔墨来报道那场足球赛,而纽隆的报道仅仅几个字:"——0∶0",就夺得了最佳报道奖,这怎能不叫职业记者们嫉妒?

《里昂时报》的一位老资格记者懊丧地说:"想不到我搞了几十年的体育报道工作,这次竟败在这个年轻人的手下,看来我们的文风已面临着危机。"竞赛评选委员会主任在解释评奖时指出,纽隆用最简练、明确的手法报道了比赛情况,同时又给读者留下了耐人寻味的思考和猜想。因为那场球踢得实在太平常了,丝毫没有值得详细报道的地方。人们可以从"——"的一声联想到比赛开始,而从"——"的长声后又看到比赛结果,这里包含比赛的一切。可我们有些记者却喜欢对一些鸡毛蒜皮的小事发表长篇大论,言过其实。这种文风早该改了。

挨重拳聋子复聪

丹尼·伦敦是美国人,他先天聋哑,却从小喜欢拳击运动。开始他只是凑凑热闹,后来真的加入了一个拳击队。由于他天性聪明,所以进步很快,成了队里的主力。

一次教练带伦敦去比赛,第一回合结束的锣声响了,对手停止了比赛,但伦敦听不见,还在向对手猛击。裁判员忙把他拉开,并严厉地警告他。这时伦敦的教练忙上来向裁判、对手解释,这样才消除了误会。当观众知道他是个聋哑人时不禁同情起他了,从第二回合起为他鼓掌助威。最后,伦敦胜了这场比赛。

另一次伦敦与一位强手比赛,头部被对方狠狠击了一拳,他开始只觉得头昏沉沉的,而后突然耳间响起了一阵从未感觉到的"嗡嗡"声,他不明白出了什么事。这一回合结束时,他看到裁判员做出结束手势同时还清楚地听到了一个响亮的声音,他本能地意识到:莫非自己恢复了听觉?然而他还不会说话,还不懂语言,只觉得身边声响不绝。伦敦把自己的感受告诉了教练。教练激动地示意:你能听到声音了。后来,伦敦又学会了说话,成了一个健全的人。

挨了一重拳竟能使一个聋子恢复听觉,真是天下奇闻。

海底体育

西欧、北美、大洋洲的一些运动员,别出心裁地开展了种种海底体育运动,把体育竞技场从陆地、空中、水面扩展到了海底。

在海底比赛,运动员要身穿潜水服,背负氧气瓶,承受一定的水压,能见度也很差,困难自然不少。但是,这些并没有吓住勇于探索的人们。

意大利成立了一个"水下击剑队",在地中海的海底进行了一次击剑比赛,数十名剑手在强光灯的帮助下激烈拼杀。

美国有一个"水下射击队",在浅海海底进行了一次射击比赛,使用特制的防水手枪,靶子是一块闪闪发光的荧光板。

最有意思的要算澳大利亚人组织的一场水下象棋赛了。两位象棋大师全身披挂潜入海底,摊开电子棋盘,足足鏖战了两个小时。还有三名棋迷也潜入海底在一旁观战。赛后,大师们认为,海底寂静无声,更能聚精会神地思考。

潜水摔跤赛

通常摔跤比赛都是在陆地上进行的。而在莫斯科中央海洋俱乐部的游泳池里,自1976年开设了水下摔跤比赛。它的发明者是莫斯科食品工业技术研究所"水下竞赛"俱乐部的成员。

开始,它只是作为一种训练手段,后来逐渐形成了一个独立的竞赛项目，并制定了比赛规则。比赛开始前，腰系加重腰带的两名运动员分别站在池底划定的正方形"垫子"的对角位置上，比赛较量持续2—4分钟，谁能把对手挤出限制线外、压倒在池壁上；或用任何动作，把对手压在池底上，并持续30秒钟，谁就算胜利。

由于潜水摔跤有别于其他水下运动，它既能发展力量、灵巧性以及水中控制自己身体的能力，同时又可以培养水中摆脱抓握的技能，这在营救溺水者时是很重要的。因此该项运动被人们认为有很大的实用价值，深得人们的喜爱。

马上篮球赛

不论是在美国的NBA职业联赛，还是世界篮球锦标赛、奥运会篮球比赛场上，各国篮球巨人选手骁勇争先，脚底生风，远射千投，频频命中篮筐。还有不少如泰山压顶式的扣篮，使得成千上万的观众大饱眼福。可是，很少有人知道，阿根廷高卓人的马上篮球比赛也令观摩者叫绝。

比赛开始后，队员从地上捡起篮球跃马前进，在特别的球场上拼抢争夺，策马飞奔。配合默契的传接球，使得这种球赛在马蹄嗒嗒、风尘滚滚、观众狂吼怒喊的情况下，热闹非凡。

性别之谜

1980年12月4日，一名69岁的老妇人在美国克利夫兰遭到暴徒枪杀。凶杀案发生后，报界披露说死者是1932年第10届奥运会上夺得女子100米短跑金牌的波兰运动员，她的原名为斯坦尼斯拉娃·瓦拉谢维奇。紧接着又登载了验尸官公布的报告：死去的瓦拉谢维奇是男性。一时舆论哗然。这个新闻不但在美国引起轩然大波，全球体育界都为之震惊。

瓦拉谢维奇1911年4月11日出生在波兰维什霍沃，1914年随父母移居美国克利夫兰，改名斯特拉·瓦尔什，但仍保留波兰国籍。17岁时，她就长得身材高大，体格健壮，言谈举止有似男性。她喜爱体育，尤其是田径，18岁那年，在一次60米跑比赛中达到7秒6，是当时的世界最好成绩，后来她在美国全国田径赛中，一人独得100码、200码和跳远三个项目冠军，成就超过了同时代的其他女运动员。

1932年在洛杉矶举行的第10届奥运会上，瓦拉谢维奇代表波兰参加了100米跑，她为波兰夺得一枚金牌，还创造了11秒9的奥运会纪录。两年后，她远渡重洋，回到自己的祖国，在华沙一次田径比赛中，跑出11秒7，在田径史册上写下了第一个100米跑的正式世界纪录。次年，她又创造了200米的第一个正式世界纪录，成绩是23秒6。1936年，她再次代表波兰参加柏林奥运会,得了 100 米银牌。此后,瓦拉谢维奇多次参加国际比赛,几乎所向无敌。

1956 年,瓦拉谢维奇在加利福尼亚州结了婚,过上了安静正常的家庭生活。如果不是发生凶杀事件,她的性别永远不会引起争议。

关于她的性别之争,在她被害后持续了几个月之久。克利夫兰验尸官们最初宣布,瓦拉谢维奇出生时性别就不明确,她既有男性染色体又有女性染色体,但女性的成分多一些。到 1981 年 2 月,美国另一名验尸官终于发表了如下声明:"从社交上、文化上和法律上说,69 年来斯特拉·瓦尔什一直被承认是女性,她活着时和死时都是女性。"这里回避了生理上的结论,因为她实际上是个两性畸形人。

无独有偶。1964 年东京奥运会女子 100 米第 2 名、4×100 米第 1 名的波兰选手爱科罗布克斯卡,后来也被发现是"两性畸形人"。

1992 年美国大学生游泳比赛上,加利福尼亚大学的女选手帕蒂一举夺冠,一位冷静的医生却对帕蒂的某些性状特征引起怀疑,他进行了秘密的追踪调查,发现帕蒂不久前还是个货真价实的男子汉,是一名游泳高手,刚刚做完变性手术,"由男变女",并立即改名换姓,转到无人了解他的加州大学,报名参加了女子比赛。

在日本举行的一次国际柔道赛上,也发现过一名身高马大、"男扮女装"的德国运动员。

体育婚礼

英国有一对游泳好手的婚礼是在横渡英吉利海峡中进行的。那天,新郎、新娘穿上漂亮的新式泳衣,在亲朋好友的陪护下,花了两天时间才游到彼岸。上岸后,尽管他俩疲劳不堪,但却很愉快。他们说:"这是我们共同生活所战胜的第一个困难。"

德国有一对男女杂技演员,其表演的拿手节目是:空中飞人。新婚那天,他俩租了一架直升飞机,在飞行途中,突然用绳索将头发系于机舱内,然后滑到机身上,真可谓千钧一发。在地面人们的惊呼中,双方在高空中交换结婚戒指,历时 10 多分钟。

美国总统角逐高尔夫

美国总统克林顿和前总统布什、福特等在 1995 年春参加了一场募捐性质的高尔夫球表演赛,尽管比赛的水平不是很高,但笑料迭出。

前总统福特在高尔夫球场上已是"臭名昭著"的人物,他一贯用高尔夫球打击观众。这一次也如法炮制。他是第一个上场的队员,上场后打出的第一杆便把球击向了围观的人群,好在人们对他早有防备,见球袭来便作鸟兽散,高尔夫球呼啸而过。

前总统布什给人的印象一向是老成持重,谁成想这次却变成了"第一杀手"。他击第一杆时很顺利,击第二杆时球撞到树上又反弹回来,但反弹的地方有点不对,正弹到一观众的脸上,把人家的眼镜片击个粉碎。布什很遗憾。幸运的是这不是故意伤害,大概不会吃官司。

不到50岁的克林顿看到自己的对手都是八九十岁的老人,声称非拿冠军不可,然而运气不佳,第一杆就把白球击进沙坑里,尽管他扯着嗓子喊"往前走",但球不是美国公民,不听他的,滚进沙坑后便一动不动了。

这次比赛是由著名喜剧明星鲍勃·霍普组织的,在加利福尼亚的印第安威尔斯乡村俱乐部举行。除了克林顿只有48岁外,布什已70岁,福特81岁,最让人担心的是霍普已92岁。霍普虽然能走动,只是走得太慢,总给人以"蠕动"的感觉。

其实,这几位美国总统并非是要在高尔夫球场上分出个胜负,而是通过体育运动来树立他们的良好形象。

狮子伴跑

著名的马拉松长跑运动员,曾获罗马和东京奥运会冠军的埃赛俄比亚的阿比·杰基拉,他用奇特的训练方式使自己取得了好的比赛成绩。

1967年,他驯养了一头不大不小的狮子,和它一起作几公里长跑训练。开始杰基拉跑不过狮子,只能被狮子甩下后坐等它回来,但后来杰基拉渐渐地跑得越来越快,最后竟可以与狮子比试一番了。在狮子的巨口前,他没命地跑,练就了一双飞毛腿,无人能够超越他。人们欣赏他的速度,更赞赏他的胆量。敢在狮子嘴边生活的运动员,毕竟是凤毛麟角。

马拉多纳与警察

在世界上,有很多人不知道阿根廷的总统是谁,但是却都知道马拉多纳是何许人也。他率领阿根廷国家足球队曾获得1986年墨西哥第13届世界杯足球赛冠军和1990年意大利罗马第14届世界杯足球赛亚军,并带领意大利那不勒斯队获得一年一度的意大利甲级联赛冠军。

马拉多纳也有倒霉的事情。那是1985年8月1日,他驾驶一辆本茨牌轿车,从自己的一所别墅出发去那不勒斯俱乐部。当他驾驶汽车在高速公路上全速行驶时,突然,从后面追来一辆警车,鸣笛示意他停下来,这辆警车的目标是巡查一个驾驶本茨轿车潜逃的小偷。马拉多纳停车后,戴着墨镜下了车,两名警察荷枪实弹,命令他双手高举,面向汽车,身体靠在汽车上接受检查。检查结束后,马拉多纳转过身来,两名警察才发现站在面前的人不是小偷而是大名鼎鼎的足球名星马拉多纳。两名警察喜出望外,竟忘了赔礼道歉,赶紧抓住这千载难逢的时机,让马拉多纳签名留念。哭笑不得的马拉多纳,在此时也只好给这两位崇拜他的警察签了名。

贝利的奇遇

世界著名的足球运动员贝利曾先后向足球爱好者们赠送过各式各样的礼物。但1962年的一次比赛中,一个足球俱乐部老板挤到贝利眼前,竟向贝利要"几滴血"。贝利愣了一下,这位老板央求说:"请给我几滴您的血,我要把它输入到我们球队中锋的身上,这会增强他们比赛的斗志啊!"贝利饶有风趣地回答他:"你能送我几滴血,让我增加些财气吗?"

在一次足球比赛中,由于贝利对裁判的一项裁决不服而抗争,结果裁判罚贝利下场。这时,激昂愤怒的观众冲向场地,向裁判抗议。在场地四周的警察的保护下,这位倒霉的裁判总算逃之夭夭,赛会换了一位裁判。但是人们要求贝利重新上场,否则不许比赛继续进行下去。为了避免流血事件,比赛当局作了足球史上第一次让步,否决了这一个裁判的裁决,让贝利重新上场。这件事的最惊人之处在于,它不是发生在贝利的故乡,也不是发生在贝利的祖国——巴西,而是发生在异国哥伦比亚。这说明球王贝利,当时不但球技高超,而且在足球场上有良好的球风,从而赢得了亿万球迷和观众的心。

"创纪录大王"索科尔

美国索科尔被认为是世界上的"创纪录大王"。他曾经创下许多惊人的纪录,包括在32小时17分内连续做52 002次仰卧起坐;7小时20分钟内做30 000次举手跳跃运动;从旧金山骑自行车到洛杉矶用了43小时,全程800公里途中没有休息。

37岁的索科尔现住加州圣何塞,是一家跑步健身器的公司的宣传代表,他身高1.80米,但体重仅70公斤,他坚持每日清晨4时起床,连续运动8小时,其中包括仰卧起坐3000—5000次、骑车80—90公里、游泳3000米、在跑步器上运动两小时并练一小时举重。

索拉尔如今身强体壮,但他并非天生如此。他幼年时患有哮喘,体弱多病。后来医生建议他游泳锻炼,体质才逐渐恢复。从此,他与运动结下了不解之缘。

索科尔在20世纪90年代初参加过夏威夷铁人三项赛。以后,他就开始向体能挑战,目前集20项世界纪录于一身,除上述提到的纪录,他创的纪录还有:在5小时45分内做踢腿13 031次,15分钟内仰卧起坐1000次等。

不当国王当拳王

20世纪90年代初,美国职业拳坛涌现了一颗耀眼的新星莫贝·穆罕默德。他以29胜1平的战绩保持不败,他将是轻重量级世界拳王的最有力竞争者。更令人吃惊的是,莫贝竟然是非洲一个部落王国的合法继承人。

1995年32岁的莫贝,性格活泼,滑稽幽默,生于加纳东北部塔马利的达古姆巴部落。这是一个由21个民族组成、约3.5万人的王国,国王是莫贝的父亲伊萨·穆罕默德。因为莫贝是长子,生下就注定要继承王位,尽管这是一个小王国,但非常有权势,就连总统也要对他敬让三分。谁不愿意成为一国之君呢?但莫贝却不同。在他很小的时候,就形成了一种不愿意受约束的性格。当他还在一个军事基地上中学时,就偷偷地开始了拳击训练。在他22岁时,就已经参加了200多场业余拳击比赛,5次获得军队拳击赛的冠军。老国王不喜欢儿子打拳,多次劝他,企图说服他继承王位,但始终没有什么效果。为了使自己的拳击技术进一步提高,莫贝在1989年通过一个名叫穆勒的经纪人到了美国,并请教练斯顿训练他,参加了职业拳击赛。前不久,他在一场比赛中战胜了美国著名拳击手莫尔而一举成名。

有人问莫贝:"难道当国王不是一件很好的事情吗?"他回答说:"国王的生活确实很舒服,令人向往。但金钱并不是我生活中唯一追求的东西。我更喜欢一种富有挑战性的生活。"

体育幽默奖

美国每年颁发一次"体育幽默奖",专门授予那些在体育比赛中成绩突出但又引起争议的个人或集体。由于第15届世界杯足球赛在美国举行,因此,1994年度的该奖全部授予与该赛有关的人了。

前锋奖:比利时队与德国队争夺进入前8名的比赛快要结束时,比队以2∶3落后。比队守门员普雷德霍姆,心急如焚,他竟像一名前锋队员那样跑上前去主罚任意球,希望再攻入一球,但未能如愿。他被授予了该项奖。

最令人烦恼的时刻奖:保加利亚队与尼日利亚队比赛时,保队头号球星斯托伊奇科夫主罚任意球直接入网,他顿时高兴万分,但裁判宣布此球无效,斯托伊奇科夫如冷水浇头,他获得了该项奖。

进球庆贺奖:在巴西队和荷兰队比赛中,贝贝托进球后兴奋得与另两名队员跑到场边作婴儿状,庆贺他进球得分和不久前喜得贵子。贝贝托被授予该项奖。

减肥速度最快奖:阿根廷的马拉多纳,为了参加此届大赛,服用药物减肥，谁知减了肥却犯了规，被赶出了赛场。他获得了该项奖。

"老人与海奖"：喀麦隆队的前锋国罗杰·米拉已经42岁了，这个年龄打破了世界杯赛纪录。他获得了这项以美国著名作家海明威《老人与海》一书命名的大奖。

让我们去看录像奖：意大利与西班牙比赛中，意队的莫罗·塔索蒂用胳膊肘打伤了西队恩里克的鼻子，当场裁判没有发现。但国际足联官员看录像时发现了，给予他禁赛8场的处罚，他因此获得了该项奖。真可谓"法网"恢恢，疏而不漏。

骄傲的孔雀奖：墨西哥队的守门员霍尔格·坎波斯比赛时服装五颜六色，鲜艳夺目，图案奇特，很像一只花孔雀。他因此获得了该奖。

形形色色的俱乐部

胖子俱乐部：日本有个胖子俱乐部，其成员遍及全国，他们的口号是：胖是和平、善意和圆满的象征。

高个子俱乐部：前苏联列宁格勒有个高个子俱乐部，其成员300多人，约占全市高个子的1/10。男性公民只要身高在1.90米以上均可加入。俱乐部以英国作家斯威夫特的长篇小说《格利佛游记》中的主人公巨人格利佛命名，宗旨在于鼓励高个子掌握自己的命运，共同克服生活中的困难。

秃头俱乐部：该俱乐部在法国卢瓦歇尔省，有102名成员，其中有6位女性。他们的格言是"即使天塌下来，秃头同样微笑"。

媒人俱乐部：该俱乐部在日本东京。该部举办滑雪旅游、酒会、划船漫游、运动会等活动，给青年男女提供互相接近的机会。目前撮合成了140余宗姻缘。

笨人俱乐部：美国堪萨斯州有个"笨人俱乐部"。该部的口号是：愈学愈无学，愈知愈无知。俱乐部还专门举办一些违背常理的活动。

丑人俱乐部：意大利蒂比科村有个"丑人俱乐部"。该部的成员主要是因外貌丑而找不到生活伴侣的人。该部的标志是罗马神话中的火神。火神很丑，但是火神的伴侣是爱和美的维纳斯女神。

机器人现身体育界

体育机器人，是现在国际上形成的新的体育用品族，下面介绍几种运动训练的机器人。

网球机器人：这种机器人由日本研制成功，可与世界上最佳的网球运动员对阵。其力气比普通男子网球运动员大5倍，反应速度也比运动员快许多，且每秒击球可达1次。

足球机器人：这种机器人由比利时研制成功，高度为1.65米。该机器人可将球直接射向不同的角度和高度，射程达50米，时速达40公里，并且可发射高球、直球和弧形球。

乒乓球机器人：这种机器人由日本研制成功，它和乒乓球运动员一样，既能左右开弓，又能前后回击，击球方式变化多端。该机器人是用电传动装置直接控制的。可凭装置在操纵器上面的双筒电视摄像机观察球的飞行情况。

击剑机器人：国外研制出一种专门用来训练击剑运动员的机器人。这种机器人身上安装有一套高级电脑信息系统，它不仅熟谙各种路数的击剑程序，而且还怀藏"应急防卫措施"。

拳击机器人：德国研制出一种拳击机器人。它由计算机程序控制，能躲避拳击运动员的攻击，并可以进行快速还击。为使它适应不同运动员的训练需求，机器人身上有升降装置，用以根据拳击者身材高矮来适当调整高度。

柔道机器人：日本开发出一种用橡胶制成的柔道机器人。这种机器人身高1.75米，重75公斤。当运动员把它背起来摔倒的时候，它能测出这一动作的速度和力度。它不仅能准确地监视对手的弱点，还可供单人训练。

入党看球

1988年3月2日，欧洲冠军杯1/4决赛将在罗马尼亚举行，对阵的双方是英国甲级足球劲旅苏格兰拉斯哥巡游队和罗马尼亚布加勒斯特斯泰亚乌亚队。

一些苏格兰拉斯哥巡游队的球迷很想前去助阵，但是该队的负责人则要求球迷们不要前往，而罗马尼亚方面也不愿意向这些球迷发入境签证。这是因为英国球迷的名声不好，罗方担心英国球迷在罗境内再闹出什么事端来。人们对英国球迷在1985年比利时海瑟尔运动闹事造成多人伤亡的惨案记忆犹新。

为了能看到这场球赛，格拉斯哥巡游队的球迷们想了不少办法，绞尽了脑汁。后来，球迷们听说罗马尼亚方面对于共产党可以给予优惠，于是他们便纷纷申请加入了英国共产党，许多球迷终于如愿以偿了。

打赌输掉一身毛

1994年在美国举行的职业网球公开赛上，美国选手布拉德·吉尔博特不仅输了球，还输掉了一身毛。

吉尔博特当时34岁，他性格开朗，爱和人开玩笑。一次，他参加加拿大

公开赛时,向美国选手安德烈·阿加西挑战,他打赌说,如果阿加西获胜,他将把耳朵穿个孔,阿加西当即表示同意。也许是打赌刺激,阿加西赢了这场比赛,夺得了奖杯,吉尔博特无奈,只好把耳朵穿了孔。

这次吉尔博特又不甘示弱,他再次向阿加西挑战打赌:阿如果在美公开赛上获胜的话,他将剃掉全身的毛。这次阿加西又获胜了。他为了扩大影响,特地请美国一家电视台安排了一个仪式,让吉尔博特在摄像机面前兑现诺言。

吉尔博特坦然地接受了自己给自己造成的"刑罚",他当着成千上万电视观众的面,由他的妻子吉姆和电视台专题节目主持人丽莉联手执行。她们给他全身抹上剃须膏,然后用剃刀认认真真地剃个干净。"仪式"结束后,吉尔博特显得有些好笑,他自嘲地说:"这可能还可以改进我的空气动力外形呢!"

奥运会的奖品

在第1—6届古代奥运会上,希腊人发给优胜者的奖品仅为一只山羊。大约从第7届古代奥运会上开始,奖给获胜者由橄榄枝编成的花冠。获奖者头上附有一条毛织的束发带,用来系缚花冠。据说当时还发给一条棕榈枝,优胜者右手持枝,以示荣耀。橄榄枝花冠是古代奥运会神圣至上的奖品,这种奖励表示那时的希腊人搞竞赛是为了荣誉,而不是为了金钱。

古希腊还规定:免去奥运会优胜者的赋役,在剧场或节日盛会上,还为他们设置荣誉席位。有的优胜者还被雕成纪念铜像,有的地方还发优胜者终身津贴。雅典索伦时候的奥运会,则发给优胜者一笔数目可观的奖金。

古代奥运会是男子的天下,但据传说,其国曾有一届破例为妇女单独设立一项竞赛,获胜者同样可以得到橄榄枝花冠和一张自己的画像,还有块祭祀赫拉女神(妇女的保护神)时用的牛肉。

1896年,第1届现代奥运会在希腊首都雅典隆重举行。这次授予冠军的是橄榄枝环、月桂冠和一枚银质奖章,而亚军和第三名则都是铜质奖章。作为奖品,橄榄枝环直到20世纪30年代才取消,它的神圣象征性意义延续了两千余年。

在1900年举行的第2届现代奥运会闭幕式上,第一次为获得前三名的运动员分别颁发金、银、铜质奖章,这种奖励一直沿用至今。

苍蝇葬送了世界冠军

1865年9月7日,美国纽约罗彻斯特的华盛顿礼堂的舞厅,被来自世界各地的观众挤得水泄不通,一场台球世界冠军争夺赛正在进行。争夺是在路易斯·福克斯和约翰·迪瑞之间进行的,这两位台球大师同时也在争夺一笔4万美元的奖金。

在最后决胜局比赛中,路易斯·福克斯的得分扶摇直上,并还在继续上升。他已遥遥领先,只要再得几分,这场比赛就将宣告结束。他的对手约翰·迪瑞沮丧地坐在一个角落里,眼看着自己的失败无能为力。正在这时,在那安静的比赛大厅里出现了一只苍蝇,嗡嗡作响,它绕着球台盘旋了一会儿,然后落在主球上。路易斯·福克斯微微一笑,轻轻地一挥手,"嘘"一声赶走了苍蝇。他又盯着台球,俯下身子准备击球。可是这只苍蝇第二次又落在了主球上。观众中发出了一阵笑声,福克斯又轻"嘘"一声将苍蝇赶跑了,他的情绪并没有因为这种干扰而波动,但是这只苍蝇第三次又回到球上。观众中发出了一阵阵狂笑。这时,福克斯失去冷静,用球杆去捣那苍蝇,想把它赶走。不料球杆擦着了主球,使主球滚动了10英寸。苍蝇飞走了,可是由于他触击了主球,这就造成了他的一次失误,于是他也就失去了继续击球的机会。他的对手约翰·迪瑞赢得这一幸运的机会,在这次机会中迪瑞打得极漂亮,长时间地连续击球得分,直至比赛结束。迪瑞夺得了这届台球世界冠军。

一句口号定成败

奥运会的举办权,近些年一直是世界各国非常希望得到的。因为举办奥运会能大大提高本国以及举办城市在国际上的地位,促进各行各业的发展。为此各申办国和城市之间展开了激烈的竞争。

1996年奥运会举办权的争夺就达到了白热化。希腊的雅典、澳大利亚的墨尔本和美国的亚特兰大三个城市其条件不相上下,都摆出一副势在必得的架子。但是这三个城市所提出的申办口号却显示出不同的心计,雅典的口号是:"1996年属于雅典"。墨尔本的口号是:"奥运会应回到南半球来"。这两个口号都有一种非我莫属的意味,虽然来势汹汹,但难免让人感到有些傲慢,难以令人接受。而亚特兰大在认真分析了上述口号的利弊之后,别出心裁地提出一个十分谦虚的口号:"尊重国际奥委会的选择"。似乎自己对举办奥运会并不非常迫切。但正是这句显得十分谦虚的口号给人们留下了美好动人的印象,从而赢得了投票者的信任和支持,一举申办成功。

当然,能否争得奥运会的举办权主要看条件如何,但是在条件旗鼓相当时,一句非常恰当的申办口号就显得十分重要了。

棋圣的克星

聂卫平在我国是一位被公认的"棋圣"。他在一段时间里有一位叫黄德

青少年开心故事会

勋的克星,这是人们所知晓的。但是,黄德勋为什么能成为聂卫平的克星恐怕就鲜为人知了。

聂卫平性格特点是争强好胜,自称"赌徒",对一切有输赢的事情都感兴趣。一次他竟与队友黄德勋打赌比赛吃饺子。聂卫平平时不过吃 40 多个,这次打赌他开始就吃了 50 多个。黄德勋也不示弱,也吃了 50 多个,聂卫平再吃了 10 个,黄也又吃了 10 个,他们就这样你吃几个我也吃几个地赛下去,一直到以 96：96,聂卫平估计大不了此次打个平手,因为他此时的肚子都快撑破了,眼珠子都要掉出来了。没料到黄德勋一咬牙又塞进肚里两个饺子,而聂卫平却再也吃不下去了,只得服输。这本来是生活中的一段插曲,谁知却成了聂卫平的一块心病。在相当长的一段时间里,聂卫平只要一碰上黄德勋就输棋,仅在全国一级的大赛上就输了 5 次。有时明明占上风的棋,可下到终盘还是被黄德勋胜了。

真想不到,生活中的一些小事竟会对体育比赛产生如此之大的影响。

围棋高手的怪癖

围棋界超一流九段棋手林海峰,对局中常"刷"的一声抖开折扇。一次,他与藤泽秀行九段对局时,突然抖响了折扇,藤泽秀行恼火地说:"扇声实在刺耳,请注意点。"林海峰当即警告对方:"你最好少吸点烟。"一时,"怪癖"发展成"心理战"了。

围棋界的"棋圣"冠军赵治勋从不吸烟,但他在对局中养成了折火柴和撕废纸的习惯。因此,每当他出场比赛时,工作人员总要为他准备一个大的火柴盒,内中装满火柴,同时还要为他准备一堆废纸。他边折火柴,边撕废纸,度过运筹帷幄的时光。而当比赛进入读秒阶段的关键时刻,他那捏住棋子的手就会在棋盘上不停摇动,被称为"空中飞行"。比赛结束时,他的身边满是折断的火柴和撕成长条的废纸。

韩国的棋手曹薰铉是有名的"大烟鬼"。平时每天吸 3 包烟,而每到下棋时,一天要吸 4 包香烟,搞得赛场烟雾弥漫,他的另一特点是边吸烟边晃动身躯。从前,这位高手在对局中总是不停地用手指抚摩表带,同时连续不断地点头。

日本著名的九段棋手坂田荣男,一贯主张"忠于棋道",参赛时总是衣帽端正。但比赛一旦开始,他却又一反常态,脱掉袜子扔到一旁。当他一着棋失误时,又会发出自弃的叹息声,甚至莫名其妙地装腔作势,故作姿态,有意使对方感到困惑。

第十篇
政坛故事

国际会议为什么多用圆桌

在一个国家或一个单位内部开会,采用什么样的桌子没有什么关系,因为与会者的身份地位有高有低,很好排列。但在国际上就不同了,谁坐在首席,谁坐在次席,不好确定,因为国家不论大小,地位总是平等的。

为了解决先后次序的问题,国际性集会和会议的组织者真是费了不少心机,但也时常闹出不愉快的事情。

1969年巴黎举办的旨在尽早结束越南战争的谈判,谈判桌的形状竟然成了障碍。参加谈判的有四方代表,开始是摆成四方形的。但往席上一坐时就出了问题,谁都想争首席。而坐在首席对面的一方又好像是敌对的一方,立刻有一种对立情绪产生。最后,各方代表都离开了会议大厅。经过协商之后,到底是采用了圆形桌子,才把这个会议开了下去。

据说,"圆桌会议"是公元5世纪产生于英国的。当时的亚瑟王有许多骑士,这些骑士一个个争强好胜,都想得到亚瑟王的喜爱。亚瑟王召集他们开会也大伤脑筋,最后想出了用圆形桌子一法。这样一来果然奏效,骑士们人人地位平等,不分首席末席,个个喜上眉梢。于是"圆桌会议"的名称就产生了。

从第一次世界大战以后,国际会议采用圆桌的形式就逐渐多了起来。

放礼炮的讲究

礼炮最早源于英国海军。当时,英国最大战舰装有21门大炮,全部鸣放便是最高礼节。这就是21响礼炮的来历。其次是19门炮,19响便是次一点的礼节了。1875年,美国人从英国那里学来这种方法,正式采用放礼炮的礼节,后来便风行世界,并一直延续到今天。

一般欢迎礼炮的讲究是:国家元首或相当于元首的贵宾(如总统、国王、天皇、执政党主席等)鸣放21响;政府首脑或相当于政府首脑的贵宾鸣放19

响。庆典礼炮却不像欢迎礼炮了，它是各国自行规定的，很有些随意性。英国君主诞辰、加冕的庆典鸣放 62 响；美国国庆时鸣放 50 响，表示美国有 50 个州；我国开国大典时用 54 门大炮，齐放 28 响。54 门大炮表示当时第一届政协有 45 个政治单位和 9 个方面的特约代表，共 54 个方面的人士；28 响则表示新中国成立时正值中国共产党成立 28 周年。

国歌之最

歌词最古老的是日本的国歌《君之代》，这是日本平安时代（794—1192）的一首贺歌。日本人认为这首古老的贺歌适合做国歌的歌词，于是为它谱了新曲，使古歌焕发了青春。

世界上最短的无歌词国歌是巴林和卡塔尔的国歌。巴林国歌只是 7 个小节的号角之音；卡塔尔的虽然比巴林的多 3 小节，但每小节只有 2 拍，中间还要休止 2 小节，这样短的国歌，在举行迎国宾礼时演奏，可方便了许多，也让贵宾少站一段时间。

世界上最长的国歌要数孟加拉国的《金色的孟加拉》了。它长达 142 小节。在举行重大节日、会议、迎接外宾、运动会升旗，要奏他们的国歌时可就麻烦了，非把人们累坏不可。所以，没有办法，只能奏上国歌的几小节来做做样子。

标题最长的国歌当属沙特阿拉伯的国歌了。这首国歌乐谱出版时的标题是《以大慈大悲的上帝的名义，为受到赤胆忠心地为之献身的人民所拥戴的皇帝陛下所作的颂歌》。

推"八字"

有一次，两个别有用心的商人找到孙中山，说是要为他推算一下"生辰八字"（旧时用天干、地支表示人出生的年、月、日、时，合起来是八个字。迷信的人认为根据生辰八字可以推算出一个人的命运好坏）。

"推'八字'？"孙中山哈哈大笑说，"要是推出我的'八字'不好来，我就不要革命了？干脆我对你们讲明我的'八字'吧：打倒军阀，革命到底！"两个商人一听，愣在那里半天也说不出话来。孙中山大笑着说："你们远道而来，干脆我再送你们个'八字'吧：百折不挠，挽救中华！"两个商人见说服不了孙中山，只好悻悻地离去了。

"先种树再说"

吴佩孚的势力日渐强大，成为权倾一方的实力人物。

一天，他的一位同乡前来投靠他，想在他那儿谋个事儿做。吴知道那位同乡才能平平，但碍于情面，还是给他安排了一个上校副官的闲职。不久那位同乡便嫌弃官微职小，再次请求想当个县长，要求派往河南。吴佩孚听了，便在他的申请书上批了"豫民何辜"4个大字，断绝了他的念头。谁知过了些时间，那人又请求调任旅长，并在申请书上说："我愿率一旅之师，讨平两广，将来班师凯旋，一定解甲归田，以种树自娱。"看到同乡这样没有自知之明，吴佩孚觉得又好气又好笑，于是又提笔批了"先种树再说"5个大字。

"张作霖手黑"

素有"东北虎"之称的张作霖虽然出身草莽，却粗中有细，常常急中生智，突使奇招，使本来糟透了的事态转败为胜。

有一次，张作霖出席名流集会。席上不乏文人墨客和附庸风雅之人，而张作霖则正襟危坐，很少说话。席间，有几位日本浪人突然声称，久闻张大帅文武双全，请即席赏幅字画。张作霖明知这是故意刁难，但在大庭广众之下，"盛情"难却，就满口应允，吩咐笔墨侍候。这时，席上的目光全都集中在张作霖身上，几个日本浪人更是掩饰不住讥讽的笑容，只见张作霖潇洒地踱到桌案前，在满幅宣纸上，大笔挥写了一个"虎"字，左右端详了一下，倒也匀称，然后得意地落款"张作霖手黑"，踌躇满志地掷笔而起。

那几个日本浪人面对题字，一时丈二和尚摸不着头脑，不由得面面相觑。其他在场的人也是莫名其妙，不知何意。

还是机敏的随侍秘书一眼发现出了纰漏，"手墨"（亲手书写的文字）怎么成了"手黑"？他连忙贴近张作霖身边低语："大帅，您写的'墨'字下少了个'土'，'手墨'写成了'手黑'。"张作霖一瞧，不由得一愣，怎么把"墨"写成了"黑"啦？如果当众更正，岂不大杀风景？还要留下笑柄。这时全场一片寂静。

只见张作霖眉梢一动，计上心来。故意大声呵斥秘书道："我还不晓得'墨'字下面有个'土'？因为这是日本人索取的东西，不能带土，这叫寸土不让！"语音刚落，立即赢得满堂喝彩。

那几个日本浪人这才领悟出意思来，越想越觉得没趣，又不便发作，只好悻悻退场了。

武绍程计保毛泽东

1917年春，著名教育家武绍程先生任湖南第一师范学校校长。当时，毛泽东等一批积极追求进步的热血青年，在该校就读。他们为了追求救国救民的真理，秘密从事着革命活动。这一切得到了一师校长武绍程及部分进步教师的支持,却也引起了反动当局的仇视。

一天,武绍程突然接到湖南省政府的一纸密函,打开一看,竟是要校方羁押毛泽东!眼看自己的得意门生处境极其危险,武绍程心急如焚。可是,如何设法使毛泽东尽快得知消息,早早脱离险境呢?武绍程心急火燎地四处寻找,找遍了整个校园却不见毛泽东的影子。

武绍程灵机一动,信手写了一张"开除"毛泽东学籍的告示,并特意将落款的时间向前推移了10天。

第二天上午,毛泽东突然出现在武绍程的面前。武绍程还没等对毛泽东说明利害,一个进步学生气喘吁吁地跑来报告:"校长,一伙军警已冲进校园!"面对这突发的事变,他无暇思索,用命令的口吻说:"快,润之,到我的卧室躲一躲!"毛泽东刚刚走进校长的卧室,那伙军警便气势汹汹地来到了武绍程的面前,武绍程扫了他们一眼,沉着镇静地问道:"诸位前来敝校,不知有何贵干?"一个当官的警察"喀嚓"一个立正行礼:"报告校长,我们是奉命前来捉拿毛润之的。"武绍程不慌不忙地指着昨天晚上贴出的那张告示,煞有介事地连连说道:"唉,可惜,可惜!你们来迟了,你们看,那上面白纸黑字写得一清二楚,毛润之不务正业,违反校规,早在10天前就让我开除了。诸位既然来了,不妨到处找找,看他是否还在学校。"军警们在校内胡乱地搜寻了一番,一无所获,只好回去禀报了。

这"楚女"不是那楚女

1922年,我党早期革命者肖楚女同志受党委派去四川开辟工作。他应邀担任了那里的《新蜀报》主笔,几乎每天都以"楚女"之名发表文章,由于他文笔潇洒俊逸、逻辑性强,很快就声名大震。有的青年猜测,这"楚女"一定是个楚楚动人之女子,于是一封封求爱信像雪片儿似的飞到编辑部。肖楚女见后啼笑皆非,于是就在报上刊登了一则启事:"本报有楚女者,绝非楚楚动人之女子,而是身材高大、皮肤黝黑并略有麻子之一大汉也。"

还有的人未得见报,精心修饰打扮了一番,赶到编辑部去"约会"肖楚女。当看到走出来的竟是一个黑大汉时,他们瞠目结舌,继而面带羞色地离去。肖楚女见状,大笑不止。

驴唇不对马嘴的训话

原国民党山东省主席韩复榘本是个大老粗,可他偏偏喜欢到处讲话,结果往往弄得驴唇不对马嘴,令人啼笑皆非。

有一次,济南大学校庆,韩复榘不请自来,而且还非要当众训话不可。他一站上讲台,先干咳了一声,接着便对台下发问:"开会的人都来齐了吗?

没有到的请举手!"他见没有伸手臂的人,很满意地点了点头:"很好,很好,都来齐了。下面我要训话。"

接着,他便非常"谦虚"地发表了如下开场白:"在场的都是文化人,是大学生、中学生、留洋生,都懂得七八国的英文。兄弟我呢,却是个大老粗,连中国的英文也不懂。你们是从笔筒里钻出来的,兄弟我却是从炮筒里爬出来的,所以我是不配到这里来讲话的。既然你们一定要请我来,真使我'蓬荜生辉'。其实我是没有资格来和你们讲话的,一讲起话来嘛,就像,就像……噢,噢对了!就像是'对牛弹琴'……"

机智的"伙夫"

1927年,南昌起义失败以后,朱德率领一支部队在江西的诸广山一带活动。有一天晚上,队伍开到了一个小村庄,宿营在村中的祠堂里。半夜,一股土匪前来偷袭,他们悄悄地摸到了朱德所住的祠堂后面的一间小屋附近。听到外面的响动,朱德连忙跑了出来。看到敌人从四面八方包围了过来,他赶紧一闪身躲进了旁边的厨房,并随手抓起一条伙夫用的围裙系在腰上,镇定自若地坐在门槛上淘米。几个土匪走过来,用枪对着他的胸口问:"喂!你们的朱总司令在哪儿?"

"在后边。"朱总司令头也没抬地指了指屋后。"那你是干什么的?"那几个土匪追问着说。"伙夫头。"朱总司令爽快地答道。土匪上上下下地打量他一番,只见他穿得破破烂烂,胡子又乱又长,腰间还系着一条打着补丁的围裙,就信以为真了,赶忙向屋后追去。

见土匪走远了,朱德马上打开窗户,跳了出去,正好迎面碰上了一队前来寻找他的战士,他立即组织力量发动反攻,很快就把那股土匪打垮了。

新闻的唯一来源

1929年,蒋(介石)冯(玉祥)大战以冯玉祥失败而宣告结束。后来,阎锡山把冯玉祥骗至山西软禁起来了。

几个月以后,冯玉祥的旧部刘郁芬、宋哲元在甘肃、陕西再次兴兵讨蒋。有人问冯玉祥前方的战事有何消息,他用筷子指着桌子上的火锅说:"我现在新闻的唯一来源就是它。"

见来人面露疑惑,冯玉祥又进一步解释说:"每次,刘郁芬、宋哲元他们打胜了,这火锅里就有了肉片、肉丸;如果只有白菜、粉条,那一定是他们失利了。这是我屡试不爽的。今天,你看,这里面肉片、肉丸不少,还有几条海参,看来,他们一定又打了大胜仗了。"

意外的佳作

国民党元老于佑任的书法很有名气,但他平日从不轻易为别人题字。

有一天,一位附庸风雅的人死死地纠缠住他,非要他留下墨迹不可。在万般无奈的情况下,于佑任只好挥毫疾书了"不可随处小便"六个大字。他满以为这句不雅的话,得之无用,那人不会公开张挂的。

不料过了几天以后,那求书者却喜滋滋地来拜访于佑任,进门便说:"蒙先生赠我座右铭一幅,不胜感谢!"弄得于佑任好不纳闷。原来,那人将于先生所题的字幅拿回家中后,巧妙地把六个字的顺序改换了一下,就变成了一幅绝佳的警世格言:"小处不可随便。"

"肚先生"的意见

在抗日战争时期,陕北的延安在中国共产党的领导下,成为鼓舞全国人民斗志的革命圣地。许多革命者和进步学生都纷纷投奔那里,并希望留在党中央身边工作。这使得当时本来就已经相当匮乏的物资供应变得更加紧张了。

有一次,毛泽东在抗大讲课时,专门谈到了这个问题。他说:"最近几天,有不少同志给中央写信,说:'我们好不容易才来到党中央的身边,怎么一到就叫离开呢?'我说对呀,中央许多同志也很同情这些同志的想法。但是,就有那么一个人不同意,整天叽里咕噜地有意见。这个人是谁呢?"说到这里,毛泽东故意停了下来,环视一下台下的人群,慢悠悠喝了一口茶水,惹得大家你看看我,我看看你,猜不出来。毛泽东看到时机已到,才不慌不忙地指了指自己的肚子幽默地说:"这个人就是'肚先生',我们的肚子嘛。"

话音未落,全场已是哄堂大笑。人们在笑声中接受了毛泽东的观点。

贺龙智斗英官员

1925年的一天,湖南澧州军事长官贺龙得到下属报告:他们在津市附近抓住了一个偷运军火和鸦片的英国商人。没过多久,一个英国领事馆的官员在省政府一名官员陪同下来见贺龙。

英国官员对贺龙的态度十分傲慢,气势汹汹地要找贺龙算账。贺龙则不动声色,显出谦恭的样子,引请他们到会客厅去坐。并向英官员说:"这件事情我已知道,并已派了人调查,等调查后,我会做出适当处理的。"

英国人认为贺龙也是奴颜婢膝的软货,便猖狂地说:"每一件被你们抢走的财物必须统统赔偿。"贺龙说:"那么,就请您在这张单子上把贵国商人丢失的物资开列出吧。"

于是，英官员就在单子上把走私物品一一写了出来，就在这时，一名士兵走进会客室向贺龙报告："报告长官，调查完毕，我们的人确实在津市扣留了一个英国商人，他携带的一批物资，都是枪支、弹药和鸦片。"

贺龙早已拿好了英国官员交过来的单子，听完士兵的报告后，贺龙一反常态，把脸一沉，一拳头击在桌子上，厉声说道："你们屡屡触犯中国的法律，我正要重办这些军火和鸦片的走私商呢，想不到你今天给我送上门了。"他立即命令将这个英国官员开列的单子，同被查获的实物一一核对，听候发落。

那个英国官员中了贺龙欲擒故纵之计，让贺龙拿到证据，这下子威风扫地，只好哭丧着脸悻悻而去。

趣对"了"字

在红军转战陕北的艰苦岁月里，有一天深夜，部队进驻田次湾。由于人多村小房子少，毛泽东与十几位同志只能共同睡在一间小窑洞里。房东大嫂很过意不去，走过来忐忑不安地说：

"这窑洞太小了，地方太少了，对不住首长了。"毛泽东温和地看着这位大嫂，幽默地学她的腔调说："我们队伍太大了，人马太多了，难为您大嫂了。"

3句话对3句话，3个"了"对3个"了"，直把大嫂和十几位同志都逗得笑弯了腰。

巧骂汉奸

汪精卫卖国求荣，充当了日本鬼子羽翼下的伪中央主席，有人赠送他一副对联：昔具盖世之才，今有罕见之德。"盖世"谐音"该死"，"罕见"谐音"汉奸"。日本侵略军侵占我华北以后，扶植王克敏任伪华北临时政府行政委员会委员长，后又两度封他为伪华北政务委员会委员长。他做七十大寿时，有人赠送一大块寿匾，上书四言短词致贺："王公克敏，八德兼全，龟龄鹤寿，子孝孙贤。"这四句颂赞之词，冠以"王八龟子"四字，发泄了作者对卖国贼的深恶痛绝。

周恩来智拒敬酒

在第二次国共合作时期，周恩来经常辗转于国民党占据的地区。1943年7月9日，周恩来、邓颖超等10余人乘汽车由重庆返回延安，途经西安时，第八战区副司令长官、西安党政军最高首脑胡宗南决定，为周恩来举办宴会，为他摆酒洗尘。胡宗南还规定，黄埔六期以上的30名将官偕夫人出席，并授意他们对周恩来以礼相待，为了制造出一种热情友好的气氛，把周恩来灌醉也无妨。

欢迎酒会由第八战区政治部主任王超凡主持。他在祝酒辞的末尾提议："在座的黄埔校友，起立先敬周先生三杯酒，欢迎周先生光临西安，请周先生和我们一起，祝领导全国抗战的蒋委员长身体健康，请干这头一杯。"

周恩来似举杯响应的样子，站起来答辞，大家洗耳恭听，周恩来微笑着说："王主任在这个场合上，提到全国抗战，我很欣赏。大家都知道，全国抗战的基础是国共两党的合作，我作为中国共产党党员，愿意为蒋委员长的健康干杯。各位都是国民党员，也请各位为毛泽东的健康干杯！"

胡宗南闻听此言顿时不知如何为好，愣在那里不表态，自然他满座的下属也不敢轻举妄动。周恩来正好抓住这个机会，仍然笑容可掬地说："看来诸位有为难之处，我不强人所难，这杯酒就免了吧。"周恩来巧妙地挫败了胡宗南把他灌醉的预谋。

叶挺写"信"

"皖南事变"后，新四军军长叶挺被俘。一天，国民党军队从江西上饶将叶挺押到山城重庆。车到重庆，叶挺下了囚车，顺着马路朝前走。他一边走一边想无论如何也要党知道我的消息，尽快和党取得联系，揭露国民党反共反人民、制造"皖南事变"的真相。走着走着，他忽然发现路边有个厕所，便灵机一动要求上厕所，特务不得不应允。

厕所里臭气熏天，特务们只好守在厕所门口。叶挺利用这个机会急忙写了一封短信，并附上一张纸条和5元钱。纸条上写道："请拾信的朋友买个信封，按上面的地址发出去，本人将终身感激不尽！这5元钱作为酬谢。"写完，他顺手捡起了一块砖压在信上，砖下露出5元钱钞票的一个角。

后来，这封信真的传到了当时在重庆的周恩来手里。周恩来看完此信，立即去找国民党重庆当局交涉。在铁的事实面前，国民党当局不得不承认，叶挺被关押在重庆。经过周恩来义正词严的质问和多方交涉，当局只好答应保证叶挺的人身安全、改善生活条件并在适当的时机释放叶挺。

巧改电文避惨祸

1949年云南解放前夕，蒋介石密令特务头子沈醉率领大批军统特务窜至昆明，妄图以所谓"铁的手腕"来稳住大西南。沈醉指挥爪牙残害进步学生，并逮捕了90多名爱国民主人士。正在准备起义的原国民党云南省主席卢汉将军急忙发电报给蒋介石，陈述利害，为这批民主人士说情。蒋的回电是："情有可原，罪无可恕。"卢汉看毕电文后，知道蒋介石仍执意坚持杀人，十分焦急，便把此电文拿给协助他筹划起义的李根源先生看，征询一个万全之策。

李先生看后沉吟了一会儿，便提笔将电文的词序一改，变成："罪无可恕，情有可原。"在昆明的军统头目阅读了电文以后，以为蒋介石"恩威并举"，镇唬几个争民主的出头鸟，达到争取民众的目的也就行了，于是就把那90多个爱国民主人士释放了。后来蒋介石得知此事火冒三丈，他怀疑是机要秘书记错了自己口授的电文，却又不能排除自己有搞"颠倒"语序的可能性。于是只好骂几声"娘希匹"完事。一场惨祸终因李先生的机智而得以幸免。

无字的讲稿

陈毅讲话不喜欢用讲稿，即席发言，诙谐幽默、生动活泼，很受与会者欢迎。

20世纪50年代初的一天，陈毅在上海文化广场做报告，却破例拿了一张发言提纲，并不时举起来看看，很像按提纲讲演的样子。当时，著名导演黄佐临正巧坐在他身后，发现陈毅拿的是一张白纸，上面一个字也没有，心中十分奇怪。会后，佐临问："陈老总，您怎么用一张空白的稿纸呢？"陈毅爽朗地一笑回答说："不用讲稿，人家会讲我不严肃、信口开河。你们做戏，我也做戏嘛！"

不是美国鸭

1954年4月，周恩来总理赴日内瓦出席印支战争问题的日内瓦会议。一天，他趁着休会，邀请美国电影喜剧大师卓别林夫妇到中国使馆相叙，并共进晚餐。

席间，卓别林望着刚上桌的北京烤鸭，故作为难的样子，诙谐地说："我这个人对鸭子有着特殊的感情，所以我是不吃鸭子的。"众人听了以后，都疑惑不解，忙问其中的缘故。卓别林说："我所创造的流浪汉夏尔洛，他走路时令人捧腹大笑的步态，就是从鸭子走路的形态中得到启发的。为了感谢鸭子，我从那以后就不吃鸭子了。"正当别人为此而感到歉意时，周恩来微笑着接口说："不过，这一次可以例外。因为这不是美国鸭。"一席话，说得大家笑声不断，宴会的气氛也随即达到了高潮。

青少年开心故事会

钢笔的来历

20世纪50年代的一天，一个美国记者在采访谈话时，看到周恩来总理的办公桌上有一支美国派克钢笔，就以讥讽的口吻问道："请问总理阁下，你们堂堂的中国人，为什么还要用我国生产的钢笔呢？"

周恩来听了微微一笑，风趣地说："提起这支钢笔嘛，话就长了，这是一位朝鲜朋友的抗美战利品，作为礼物赠送给我的。朋友说留下做个纪念吧，我一想觉得很有意义，就收下了。"

那个美国记者本想借题发挥，挖苦一下中国人，不料经过周恩来一番机智的解释，自己反而很难堪，真是偷鸡不成蚀把米，算人不济反算己，他顿觉如鲠在喉，尴尬极了。

毛泽东的特殊情趣

毛泽东一代伟人的特殊身份，使得一些初次与他接触的人，自己先紧张起来，甚至按捺不住怦怦的心跳。毛泽东有个好办法，就是通报姓名后，以对方姓名为引子，打破彼此间的僵局，使对方很快进入轻松、亲切的氛围之中。

程思远第一次见到毛泽东时，也有些不大自然。毛泽东便先开口："程先生是很有学问的读书人，肯定有字号啦。"程思远听了以后，感到这个话题容易回答，于是说："主席，有的，本人字退之。"

"退之，退之，还是进之好噢，我们都在进之嘛。"主席的几句话，说得程思远先生心里很舒服，拘束的感觉很快消失了，于是跟主席愉快地交谈起来。

毛泽东晚年，曾患严重的白内障，眼科专家唐由之大夫要给主席做手术。给人民敬仰的领袖做手术，唐大夫实在感到担子的沉重。

毛泽东见了他，依旧是先问他的姓名。唐大夫说出自己的名字时，毛泽东饶有兴味地说："唐大夫，你的名字起得好，看来你父亲肯定是读书人，这是取自鲁迅先生诗的名句，起得很有学问。"接着，毛泽东吟诵起鲁迅先生的那首诗："岂有豪情似旧时，花开花落两由之。何期泪洒江南雨，又为斯民哭健儿。"

毛泽东亲切、平和地做了番唐大夫名字的文章后，唐大夫不安的情绪消减了下来，他终于心情平静地为毛泽东顺利地做了眼疾手术。

顶头上司

1962年1月31日，同是湖南籍的社会名流章士钊、程潜、仇鳌、王季范接到毛泽东主席的请帖，要他们去毛泽东家陪客。

他们4人聚到一起，来到毛泽东家，毛泽东说："今天请乡亲们来，是要陪一位客人。""客人是谁呢？"章士钊问。"你们认识他，"毛泽东故意不说破，"来了就知道了。也可以事先透一点风，他是你们的顶头上司呢！"

章士钊他们都很纳闷。他们几个或是职业革命家，或是名重一时的社会贤达，谁会是他们共同的顶头上司呢？正在他们苦苦猜测之际，一个高个头消瘦男子在工作人员的引导下走了进来。毛泽东迎上去同他握手，微笑地向章士钊等人介绍说："他是宣统皇帝嘛，我们都曾经是他的臣民，难道不是顶头上司？"

原来，客人是中国末代皇帝溥仪。他在我党的改造、教育下，已脱胎换骨，成了一名共和国的合格公民。

巧取九龙杯

20世纪60年代初期，某一外国贵宾来我国访问，在上海市参观期间，东道主为他举办了招待宴会。宴会上使用的酒杯是一套价值连城的九龙杯，其形古朴苍劲，玲珑剔透，特别是龙口上那颗光耀夺目的明珠更是巧夺天工。客人被这精美而又珍贵的艺术品深深吸引住了，拿在手上仔细欣赏，赞不绝口，啧啧称奇。也许是由于饮酒过多的缘故，他竟将一只九龙杯有意无意地顺手装进了自己随身携带的公文包中。我方陪同人员见状后，说也不是，不说也不是，觉得直接索要不太礼貌，甚至还会影响到两国的关系，眼巴巴地看着客人夹起公文包兴冲冲地离去。

有关人员及时将这一情况向当时正在上海视察工作的周恩来总理做了汇报。周恩来听后指示：九龙杯是我国的稀有珍宝，一套36只，缺一岂不可惜，不能就这样让他轻易拿走，当然追回也应采取最为合适的办法。当周恩来得知这位贵宾将要去观看杂技表演时，思忖片刻，心生一计，便把有关人员召来，如此这般地吩咐了一番。

晚上，明亮的表演大厅里笑语欢声，热闹非凡。精彩的杂技表演使观众如痴如醉，特别是那位贵宾被中国演员精湛的技艺所折服，一个劲地热情鼓掌。台上表演正值高潮，只见一位魔术师走上舞台，潇洒地将3只杯子摆放在一张桌子上。观众定睛一看，原来是奇光耀眼的九龙杯。再看魔术师举起手枪，朝九龙杯扣动扳机，随着一声枪响，转眼间那3只九龙杯只剩下2只，另一只不知去向。观众们兴趣热烈，既为魔术师的技艺叹服，又都在纳闷：那只九龙杯到底被藏在了什么地方？这时，那位魔术师对观众说道："观众同志们，那只杯子刚才被我一枪打进了坐在前排那位尊贵的客人的皮包里了。"说完，便轻步走下台来，对那位贵客道："先生，能打开您的包吗？"贵客明知是计,但不好作声,便从包里将那只九龙杯取了出来,当他看到满场的观众都在热烈地鼓掌时,也高兴地笑了起来。

周恩来的"茅台外交"

在一次招待日本乒坛友人的宴会上,周恩来亲手将两瓶茅台酒赠送给世界乒坛名将松崎君代,并对她说:"听说你父亲在制酒业干了好几十年,很辛苦。你回国后,一定替我问他好,并请他尝尝我们中国的茅台酒。这酒度数虽然高一点,但不伤人,味道也很不错的。"松崎听了,十分激动,旁边的中日朋友也都热烈地鼓起掌来。

这时,日本另一乒坛名将荻村乘机机智地说:"周总理,您曾赠送我一瓶茅台。我一直珍藏着舍不得喝,一次,不小心将酒瓶摔破了,酒洒在我的球拍上,为此,我伤心了好几天。后来,每当我比赛处于劣势时,只要使劲闻闻残留在球拍上的酒味,我就会信心十足,勇气倍增,反败为胜。"

周恩来被他这番话逗笑了,亲切地对荻村说:"我可没想到茅台酒有那么大的神通。真有神通,我也去买几瓶茅台酒洒在中国小将们球拍上,就万事大吉了。"他又拍了拍荻村的肩膀说,"你不但球打得好,还是位难得的外交家。不过你不必性急,过一会儿,我一定向你和长谷川先生各赠一瓶茅台酒。"荻村松了一口气,连连称谢。

舌战外交官

我国和苏联就两国边界问题举行过多次谈判,那时两国关系不好,在谈判中唇枪舌剑是常有的事。

在一次边界谈判中,苏联的一位外交官说:"你们中国的边界在哪里?不就在长城一线吗?长城是干什么的?是边防工事嘛。"

我国外交人员当即回答说:"不错,长城是边防工事。那么说贵国是愿意按着这一前提确定边界啰?"苏外交官说:"那当然。"

我国外交官接着说:"可是,我们中国修万里长城时,你们苏联的边防工事在哪里呢?你们的莫斯科直到12世纪才筑城堡——那也是防御工事,你们的边界就定在那里吧。"苏联的那位外交官一下子被驳得哑口无言。

美国的绰号为什么叫"山姆大叔"

美国有个很有趣的绰号,叫"山姆大叔",这是怎么来的呢?

据说,在1812年,美国和英国为争夺殖民地而打仗。当时纽约州特罗伊城有个商人,专门负责供给美军牛肉。他的名字叫山姆尔·威尔逊,当地人都叫他"山姆大叔"。政府收购部门在收购他的牛肉时都在牛肉箱上盖一个"US"的符号标记，表示这是美国的财产（美国国名的英文缩写是"USA"或"US"）。可巧，山姆大叔(Uncle Sam)的英文缩写也是"US"。于是人们都开玩笑说，这些印有"US"字样的箱子都是"山姆大叔"的，后来这件事传开了，"山姆大叔"就成了美国的绰号。19世纪30年代，一位美国的漫画家又将"山姆大叔"画成一个长有白发、蓄着山羊胡子、头戴星条高帽的高个瘦弱老人，这样，"山姆大叔"就更成了一个有血有肉的形象了。1961年，美国的国会正式通过决议，确认"山姆大叔"是美国的象征。

换手表还是换秘书

华盛顿总统曾有一个年轻的秘书，平时不太注意小节，特别是时间观念比较差，几次都差点儿因此耽误正事。

这天早晨，这位秘书又因故迟到了。看到华盛顿在路边等他，秘书感到很不好意思，就企图以手表出了毛病为借口来为自己辩解。华盛顿一下子就听出了他在扯谎，于是轻声地对他说："恐怕你得换一块手表了，否则我就得换一位秘书了。"一番软中带硬的话语羞得秘书面红耳赤，不住地点头称是。

总统偷吃花生米

富兰克林·罗斯福是美国历史上一位有作为的总统，斐然的政绩使他深负众望。但这并不能保证他想要什么就能得到什么。他非常喜欢吃花生，所以不时有人送袋花生给他，但保安人员却担心花生里有毒，有污物，或混有炸弹，于是每次都不厌其烦地用X光检查，农业部甚至还把每颗花生的壳都剖开，检查果仁的成分是否异常。有时，为避免麻烦，他们干脆把花生丢到一边去了。

罗斯福对此非常不满，他对人诉苦说："他们这样做连说也不对我说一声。"他手下的工作人员感到作为总统不该受此不公平的待遇，就起了恻隐之心，跑到街上买了一袋花生悄悄地塞给了罗斯福。罗斯福如获至宝，连忙把花生藏在口袋里，不声不响地躲到一边儿全吃光了。

"三明治"与连任总统

有一次，美国的一位记者去采访富兰克林·罗斯福总统，请他谈谈第四次连任的感想。罗斯福没有立即回答，而是很客气地请这位记者吃了一块"三明治"。记者得此殊荣，便高兴地吃了下去。总统微笑着请他再吃一块。

他觉得这既然是总统的诚意，盛情难却，就又吃了一块。当他刚想请总统谈谈时，不料总统又请他吃第三块，他简直有些受宠若惊了，虽然肚子里早已不需要了，但还是勉强地把它吃了。谁知这时候罗斯福竟又说了一句："请再吃第四块吧！"这位记者赶快申明，说实在是吃不下去了。

这时，罗斯福才微笑着对记者说道："现在，你不用再问我对于第四次连任的感想了吧！因为你刚才已经感受到了。"

惊人的巧合

第16届总统林肯与第44届总统肯尼迪的身上有许多惊人的巧合，历来引起人们的极大兴趣。

一、林肯于1860年当选总统，肯尼迪于1960年当选。

二、两个人都在未任满的时候被暗杀，而且时间都是星期五，当时他们的夫人也都在场。

三、林肯是在福特戏院被杀的，肯尼迪被杀时乘坐的汽车是福特汽车公司的产品。

四、两个人的继任人都是名为约翰逊的副总统，而且他们都是南方人、民主党人，又都当过参议员。更令人惊奇的是他们一位生于1808年，一位生于1908年。

五、林肯的秘书名为约翰·肯尼迪，肯尼迪的秘书名为艾维麟·林肯。

六、暗杀林肯的凶手布斯在戏院射杀林肯以后，逃到了一座仓库；暗杀肯尼迪的凶手奥斯华从一座仓库里开枪打死肯尼迪以后，逃到了一家戏院。

七、林肯（Lincoln）和肯尼迪（Kennedy）的英文名字都是7个字母。

两个诚实的人

在美国南北战争时期，以林肯为代表的北方资产阶级同南方种植园奴隶主之间展开了毫不妥协的斗争。

一次，有个姑娘要求林肯为她开具一张去南方探亲的通行证。林肯看了看她和蔼地说："你准是个北方派，要去那里劝说你的亲友。"不料那姑娘却坚决地说："我是个南方派，我要去鼓励那里的人同你战斗，不要悲观失望。"林肯听了以后十分不悦："那你还来找我干什么？"姑娘镇静地回答："总统先生，我在学校读书的时候，老师就给我们讲过诚实的林肯的故事，从此，我便下决心要学林肯，一辈子不说谎。我当然不能为了获取一张通行证就改变自己坚持多年的信仰。"

听了姑娘这合情入理的一番话，林肯顿时感到自己的看法有些失之武断了。于是又和蔼地对她说："好，那我给你开一张。"说着，就在一张卡片上写了这样一行字:"请让持本卡片的姑娘通行,因为她是一个可以信得过的人。"

女子掌权的城市

在美国,有一个完全由女子操纵全市要职的城市——根特市。

根特市的市长是女性,邮政局局长、税务局局长、地方法官、教育部部长乃至市政府议员全都是女的。此外,该市的一些非官方机构的主管也大多是由女性担任,如该市唯一报纸的总编辑是女性,市内3家银行中两家的经理也是女性。最令人感到女性力量的是该市消防队中的大部分队员也是女性。

至于根特市出现女性"当政"现象的原因,据该市的市长介绍,那完全是由于那些职位的薪金太低,未能对男士产生足够的吸引力所导致的。

推迟百年的恶作剧

在美国南北战争刚刚结束后不久,著名的教育学家霍里·诺顿前去拜会战功赫赫的格兰特将军。在友好的交谈中,格兰特递给诺顿一根雪茄,诺顿舍不得吸它,把它带回家里珍藏起来,以示纪念。

后来,格兰特被选为总统,诺顿则创办了一所以自己名字命名的大学——诺顿大学。在诺顿大学75周年校庆的时候,霍里·诺顿之孙威士迪·诺顿接受邀请,参加庆祝活动。威士迪·诺顿特意把那支雪茄找出来带上,在演讲台上,他向人们展示了这支雪茄,并述说自己祖父与格兰特会晤时的情景以及这支雪茄的来历。

他说:"在这个伟大的纪念日子里,我要在大家面前,点燃这支雪茄,让每个人都吸上一口,以此来纪念本校的创始人和格兰特将军。"

说罢,他就点燃了雪茄,深深地吸了一口。霎时,台下掌声雷动。不料就在这时,意外的事情发生了。那支雪茄砰然爆裂,七彩的烟花向四周飞溅开来。

原来,素以英勇庄严著称的格兰特将军,亦有开玩笑的兴趣。不过这场玩笑,由于霍里·诺顿对他的崇敬而推迟了近百年才得以实现。

胸有成竹

有一次,林肯准备前往美国东部的一个城市葛底斯堡,为建在那里的国家公墓揭幕。在动身的那天上午,他的助手担心他赶不上火车,林肯却胸有成竹地对众人说:"你们的想法使我回忆起一次要绞死盗马贼的情形。那天,在通往刑场的路上,挤满了去看热闹的人,以致使押送犯人的囚车不能按时到达。这时,后面的人还唯恐错过了看绞刑的机会,不断向前边拥来。人群乱作了一团,惹得那个犯人高声嚷道:'你们急什么? 我到不了刑场,你们有什么好看的?'"

众人听了,都佩服还是林肯总统有见识。

巧计赢人心

1832 年,安德罗·杰克逊竞选美国总统。有一天,他和朋友约翰·伊登正在广场上向人群发表演说,一位大胆的妇女走上来把一个脸很脏的小孩塞到他的怀里,这突如其来的举动吓了杰克逊一跳,但他很快就镇静如常了。"啊,这是个多么漂亮的小伙子啊。"杰克逊怀抱小孩热情地说,"看,他的眼睛多么明亮,他的四肢多么强壮,而这小嘴唇又是多么甜蜜。"说到这里,他便回身把小孩交给了他的朋友约翰·伊登,"亲亲他,伊登。"吩咐完他便走开了,那倒霉的伊登却不得不在众目睽睽之下亲了那肮脏的小脸蛋。这个平易近人的举动,顿时赢得了在场的大多数人的好感。杰克逊在这一年便成了美国的第 7 任总统。

一天总统的一天"工作"

美国的戴维·赖斯·艾奇逊只在 1849 年 3 月 4 日当了一天的美国总统,这大概是世界上任期最短的总统了。

艾奇逊在任那天,美国的国内国外都平安无事。有的记者感到非常新奇,就专程采访了他,问他在那具有特殊历史意义的 24 小时内都干了些什么事。他想了想,认真地回答说:"3 月 4 日那天是星期天,我睡了整整一天。"

正反斥敌

美国著名的作家马克·吐温,是一个勇敢的反帝战士。他的讽世之作《镀金时代》问世以后,美国上下反应强烈。有位记者还特地就"镀金议员"的真实性询问过作者,马克·吐温在酒席上明确指出:"美国国会中,有些议员是狗婊子养的。"

那位记者把马克·吐温的话在报上公布以后,全国舆论大哗。特别是一些本来就对这本书极为愤怒的国会议员,这时更加恼火了。他们纷纷要求马克·吐温公开道歉,否则将诉诸法律。马克·吐温同意了。几天后,《纽约时报》上果然登出了他的《道歉启事》:日前我在酒席上发言,说有些国会议员是"狗婊子养的"。事后有人向我兴师问罪,我再三考虑,觉得这话不够妥当,故特登报把我的话修改如下:"美国国会中的有些议员,不是狗婊子养的。"

"最胆小" 和 "最胆大" 的美国总统

1881 年，当爱迪生公司为白宫安上电灯以后，入主白宫的哈里逊总统却像惧怕毛毛虫一样，对这玩艺儿心怀戒心。他不敢去碰电灯开关，但又不好意思说自己不懂电，只好经常亮着灯睡觉。

与此形成鲜明对比的是，尼克松对电比哈里逊"有胆量"。有一次他在纽约市住所听到屋顶的警钟误鸣，急忙抓起手枪上去察看。当他的保镖们赶到现场时，只见这位总统正无所畏惧地拿着螺丝钻在拼命地钻一架大冷气机。他弄得火花四溅，口里还念念有词地叨咕着："我准能把警钟修好！"这次"逞能"，几乎使尼克松触电丧命。

三位名人的祝酒词

有一次，富兰克林同几位名流在一起用餐，一位英国人用傲慢的语调祝酒说："为大不列颠——给地球上所有国家送去光明的太阳——干杯。"一位法国人听了以后接着提议说："为法兰西——用自己奇妙的光轮辉映世界潮汐的月亮——干杯。"最后，富兰克林缓缓地站起来，用谦逊而又虔诚的语调说："请为我们尊敬的乔治·华盛顿——美国的约书亚（西方神话传说中的一位能让太阳和月亮站住不动的圣人）——干杯，他命令太阳和月亮站住不动——而他们果真就踏步不前了。"

两个字的谈话

卡尔文·库立奇是美国第 13 任总统。他生性孤僻，不爱讲话，在担任总统期间，时常要参加一些社交活动，但无论走到哪儿，他都守口如瓶，不肯多说一句话，常常弄得主人们束手无策。

有一次，一位社交界的知名女士与总统并肩而坐，她滔滔不绝地独自高谈阔论，而总统却依然故我，一言不发。最后，一筹莫展的女士只好央求说："总统先生，您也太沉默寡言了。今天，您无论如何也得为我多说几句话，起码要超过两个字。"库立奇有些恼火地咕哝说："徒劳。"

美化语言的效果

美国前总统杜鲁门的语言非常粗鲁，在公共场合讲话时，他总是不自觉地说上几个"见鬼"和"去他妈的"。据说，一位民主党的知名人士曾请求杜鲁门夫人劝她丈夫说话干净些，因为他刚刚听到杜鲁门在指责某位政治家

青少年开心故事会

的发言"像一堆马粪"。杜鲁门夫人听后,却不吃惊地说:"你不知道,我花了许多年的时间和心血,才把他的语言美化到现在这种地步。对他来讲,这已经算是很文明的了。"

赖不掉的赌债

1944年圣诞节前夕,艾森豪威尔接到了蒙哥马利的一份电报,电文是这样的:"该是你还我所欠5英镑的时候了。"

起初,参谋人员还以为这是一条重要的军事行动暗语呢,不料艾森豪威尔果真找出了5个英镑,派人给蒙哥马利送去。

原来这是一笔赌债!

1944年秋天,艾森豪威尔作为盟军远征军的总司令,前往意大利墨西拿湾蒙哥马利的作战指挥所巡视,两个人谈起了欧洲战场战争的前景问题。艾森豪威尔认为欧洲战场战争一定会在圣诞节以前结束。而蒙哥马利则认定欧洲的战事要拖到1945年。两人各执己见,谁也说服不了谁,于是蒙哥马利提议就此打赌,艾森豪威尔当即允诺。

打赌早已成为蒙哥马利军旅生活中的一件不可缺少的乐事,每当他与人发生争论而相持不下时,就会提议以打赌的方式定输赢。当然,蒙哥马利每次打赌的赌注数目不多,他还专门为此设了一个记事簿,上面记着每次打赌的原因、日期及其赌注数额。为了防备别人日后赖账,他还要求打赌人正式签字画押。

蒙哥马利打赌很少成为输家,这次他又赢了。不过,艾森豪威尔因为军务太忙,他差不多把这件事给忘掉了。但是蒙哥马利并未忘记,一来他是赢家,二来他有时常翻阅记录的习惯。

喧宾夺主的访问

1962年,美国总统肯尼迪偕夫人访问法国。由于肯尼迪的夫人杰奎琳能说一口标准流利的法语,故而法国人民和戴高乐总统都对她怀有深深的好感,她所到之处都受到最隆重、最热烈的欢迎。与她相比,肯尼迪倒反而有些被人们冷落了。

在巴黎的最后一天,肯尼迪在夏乐宫召开的记者招待会上这样对记者说:"我觉得有必要向在座的各位做一番自我介绍。本人是陪同杰奎琳·肯尼迪到巴黎来的男士,为此,我深感荣耀和高兴。"

价值 2000 美元的筷子

1972年,尼克松总统开始了他"改变世界的一星期"的中国之行。

为了准备这次出访，尼克松真可谓费尽了心机。他知道到了中国后免不了要使用筷子。为了到时不至于在众人面前出洋相，保证能熟练准确地使用筷子，尼克松在出发前下苦功认真练习了一番。

2月21日，尼克松一行到达北京的当天晚上，周恩来总理设盛宴款待来自大洋彼岸的贵宾。在餐桌上，尼克松风头出尽，他轻松自如地运用筷子夹取食物，还兴致勃勃地让记者给他拍照。不少人都对此感到惊奇，那些随行的美国人也对尼克松钦佩不已。宴会刚一结束，还不等众人走散，一位加拿大的年轻记者就捷足先登地飞奔过去将尼克松用过的那双筷子揣在怀中拿走了。开始人们还迷惑不解，等到醒悟过来，筷子早已成为那人的私藏珍品，再也没有第二双了。据说后来曾有人愿出2000美元的高价收购这双不同寻常的筷子，可那记者就是坚决不答应。

巧守秘密

1972年5月下旬，美苏关于限制战略武器的4个协定刚刚签署，美国国家安全事务特别助理基辛格就在莫斯科的一家旅馆里，向随行的美国记者团介绍这方面会谈的情况了。

"苏联每年生产导弹的速度大约是250枚。"基辛格微笑着透露这一信息，并幽默地说："先生们，如果在这里把我当间谍抓起来，我们知道该怪谁啊？"

敏捷的记者们立刻接过了话头，探问美国的国防机密。"我们的情况呢？我们有多少潜艇导弹在配置分导式多弹头？有多少'民兵'导弹在配置分导式多弹头？"一个记者迫不及待地问。

基辛格耸了耸肩："我不确切知道正在配置分导式多弹头和'民兵'导弹有多少。至于潜艇嘛，我的苦处是，数目我是知道的，但我不知道这是不是保密的。"

记者说："不是保密的。"

基辛格反问道："不是保密的吗？那你说是多少呢？"

记者听后，方知"上当"，只好"嘿嘿"一笑。

诚实的孩子

前美国总统格兰特约8岁时，看到邻居有匹小马，他非常喜欢，就央求父亲把它买过来，他父亲出价20块钱，可邻居却一定要25块。

格兰特要马心切，他恳求父亲无论如何也得把马买下。他父亲说，那马最多只值20块钱，但对方如果实在不卖，他可以出价22元5角；如果再不卖，就给他25块钱。

小格兰特是个诚实的孩子。当他来到邻居家买马时,说:"我爸爸说了,你那马最多值20块钱,如果你不卖,我们可以出到22元5角;如果你还是不卖,我们可以出25块。"

反 比 例

美国第28任总统伍德罗·威尔逊是个非常擅长演说的人,为此,许多人都认为他有什么绝妙的窍门。

有一次,一个采访者问他:"请问您准备一份10分钟的讲稿需要多长时间?"

威尔逊非常轻松地答道:"两星期。"采访者钦佩得不得了,又接着问道:"那若是准备一份一小时讲稿呢?""一个星期足够了。"威尔逊非常自信地说。采访者很是惊异,又追问道:"那两个小时的讲稿呢?""用不着准备,马上就可以讲。"威尔逊不假思索地脱口而出。

"如果殡仪馆同意"

伍德罗·威尔逊担任美国新泽西州州长时,他的好友、新泽西州参议员病逝在华盛顿,他得到这个不幸消息后,非常悲痛。不料,在参议员尸骨未寒、葬礼未举行时,本州一位政治家给威尔逊打来这样一个电话:"州长,"那人吞吞吐吐地说,"我希望接替他的参议员位置。"

威尔逊对权欲熏心的人一向很鄙视,这位政治家在人家还没发丧时,就急不可待了,他更加反感和讨厌,他把满腔的气愤化做一句辛辣的嘲讽:"好吧,如果殡仪馆同意的话,我本人完全赞成。"

总统开"国际玩笑"

有一次,里根要向全国发表广播讲话,在即将开始正式讲话前,播音室的工作人员在做最后的准备。

"里根先生,请您再试一下音响,几分钟以后就要正式播音了。"里根坐在话筒前,用一种庄重的声音说:"美国的公民们,我很高兴地告诉你们,今天我签署了一项毁灭俄国的法令。5分钟以后我们将开始轰击俄国。"

这句话刚刚说完,播音室里马上就乱了套,有人怀疑音响发生了故障,有人以为自己的耳朵出了毛病。一位工作人员战战兢兢地问:"总统先生,您不是正式宣布吧?"

"当然不是,只不过是个玩笑而已,就像倒数9—8—7—6—5—4—3—2—1一样。"

"还剩下两分钟,您不想再试一次吗?"

"不想试了。"

"请无论如何再试一次吧?"

"为什么?"

"现在音响控制室里的许多人已经放下了手里的工作,跑出去给自己的太太打电话了。"

"究竟发生了什么事?"

"他们要告诉家里早早做好对付俄国核攻击的准备。"

英国王室的特殊规矩

英国是一个高度发达的资本主义国家,但它却保留了古老的英国王室。有意思的是,英国王室成员不但享有优厚的物质生活待遇,王室中还形成了一些特殊的规矩。王储查尔斯虽然和女王是母子之亲,但他要和慈母共膳,一定要事先提出申请。储妃戴安娜每次拜见家姑陛下,一定要吻女王两颊和右手,然后行屈膝礼。

被邀到苏格兰"巴摩尔行宫"做客留宿的人,要等女王陛下及王妹玛嘉烈归寝后才能睡觉,而女王是在晚上 11 点 30 分时就寝,王妹却常常到第二天凌晨 2 点才就寝。所以,贪睡的人要到行宫里做客留宿,简直如受刑一般。

王家游艇"不列颠尼亚号"船上禁止喧哗,所以船员们都用手语交谈。不了解内情的人还以为上了聋哑人的船呢。

女王也迷信,如果她宴客的人数是 13 时,她便安排 10 位客人坐大桌,另外 3 人坐小桌,决不容许 13 人同桌。

女王绝对禁止王室人员在给她侍膳时戴眼镜,无论他们的视力差到什么程度,都不可以。

英国女王虽然是世界上最富有的女性,但她节俭成性。王储查尔斯婴儿时期的睡床和一张摇篮床,还要留给查尔斯的儿子使用。王储查尔斯到外国访问时,要仆役带着他农场所出产的蜜糖同行供他饮用,盛蜜糖的瓶里如剩有少许蜜糖时,他也要把它带回国。

英国王宫中最吸引人的规矩就是皇家卫队了。在白金汉宫,卫队的官兵们一年四季都必须穿御林军礼服,头戴高大的传统军帽。每天上午 11 点 30 分,两队互换的卫兵在古老乐曲的伴奏下,举行庄重的换岗仪式,整个仪式一丝不苟,一下子把人带到了 700 多年前的古代。这时,许多旅游者都挤在栅栏外面,观看这一奇景。

死后还能出席会议的人

边沁是英国著名的哲学家和法学家,他一生著述丰厚,颇有建树,特别是对建设伦敦大学曾做出过很大的贡献。

1832 年,这位孜孜不倦的学者与世长辞了。在临终前,他立下了一份遗嘱,要将自己的身躯捐献给伦敦大学的医学系,用做医学解剖实验。但他又提出了一条特殊的要求,就是必须保留他的骨骼,以便能让他永远出席各种会议。

出于对这位杰出人士的尊敬,伦敦大学按照他的遗嘱,用他的骨骼做支架,造了一尊蜡像,保存在玻璃柜内,一旦有会议召开,就把他"请"到会场。这样,在每次会议的记录上就都有边沁先生出席的记载了;而每位与会者在发言之前也都会按惯例有礼貌地向他点头致意。这种情况从边沁先生逝世到现在,还从未间断过哩。

因祸得福

19 世纪 50 年代,定居在南非的荷兰布尔人为了巩固自己的殖民统治,在当地建立了两个"国家"。英国殖民主义者也对那块宝地垂涎已久,为了独霸南非,他们于 1899 年发动战争,对布尔人实行武力征服。当时,年轻的丘吉尔正以伦敦《晨邮报》随军记者的身份在南非前线采访。

有一次,丘吉尔与两个伙伴乘军用火车到火线附近侦察,半路上遭遇布尔人的伏击,双方展开了激烈的枪战,最后,终因寡不敌众,丘吉尔等人全部被俘,给关在一座大院内。若想求生只有想办法逃跑。晚间,丘吉尔与伙伴仔细地观察了周围的环境,决定冒险越墙潜逃。丘吉尔第一个翻出墙外,等了 10 多分钟,却还不见两个同伴的动静,他估计那两个人已被巡逻兵捉住,便一个人沿墙根逃走了。他东碰西撞,好不容易才找到了火车站,刚好有一列运煤车缓缓驶出,于是连忙爬了上去,藏在装煤的麻袋堆里。黎明前,列车忽然转弯减速,他趁机跳车,很幸运没有受伤。他找了一处池塘,喝足了水,并吃了两块随身携带的巧克力糖,然后向不远处的一所住宅走去。房主恰好也是一个英国人,在附近的一个煤矿担任经理,他非常热情地收留了丘吉尔,并找个机会把丘吉尔送上一列开往外地的装满木材的火车。后来,丘吉尔又几经辗转,终于安全地到达英军总部所在地。

这次冒险给丘吉尔带来了好运。事后他给《晨邮报》写的一份详细报道,被人们当做惊险小说一般津津有味地阅读。他返回伦敦的时候,也顿时成为万众瞩目的新闻人物。保守党看到此时的丘吉尔已具有广泛的注意力和影响力了,为便于拉拢选票,就决定邀请他作为保守党的议员候选人,选举后进入国会。由此,丘吉尔因祸得福,名利双收,奠定了日后在英国政坛上叱咤风云的地位。

白宫的客人

第二次世界大战期间,丘吉尔第一次访问美国。富兰克林·罗斯福总统邀请他在白宫下榻于皇后卧室。那个房间装饰得富丽堂皇,而且还有一张白宫中最舒适的床,丘吉尔对此非常满意。

不久以后,在丘吉尔的另一次访问时,罗斯福却坚持让客人睡在著名的林肯卧室,说这样他的客人就可以对人炫耀自己曾在林肯的床上睡过觉了。但是林肯卧室的装饰过于简单了,房内安放的也是白宫里最不舒适的床。丘吉尔虽不情愿,但碍于情面也只好答应了。不料那天晚上,一位管家却无意中发现丘吉尔身穿睡袍,手拎提箱,蹑手蹑脚地从林肯卧室穿过大厅溜进了皇后卧室。这件事后来在白宫被人传为笑谈。

自己扮演自己

在丘吉尔晚年的时候,美国的一家电影公司准备拍摄一部反映他的生平的电影。双方一经洽谈,丘吉尔欣然同意。这部影片中要多次出现丘吉尔在65岁和86岁时的镜头,而且已经物色好了一位著名的电影明星来扮演丘吉尔。当丘吉尔得知那位电影明星由于扮演自己将获得一笔数目相当可观的酬金时,不禁勃然大怒,并且声称:"第一,这个明星太胖了,不适合扮演那个角色;第二,他太年轻,与其让他去扮演我而得到一大笔钱,倒不如由我自己来扮演更合适,这笔钱应该由我来赚。"

后来在亲属们的反复劝说之下,丘吉尔才打消了当演员的念头。

车票的用途

英国著名外交家毛洛读书常常入迷。有一次,他在电车上仍专心致志地读书,快到终点站了,毛洛还没有放下书本。售票员问他有没有车票,毛洛急忙四处翻找,手提包里、衣袋里、裤袋里都翻遍了,可就是找不到车票。售票员信任地说:"不要紧,毛洛先生,你找到车票后请寄到电车公司来好了。我相信您一定会有车票的。"

毛洛仍然翻着他的衣袋,着急地说:"我一定要找到车票,否则我不知道要在哪个站下车。"

国徽上的手

在爱尔兰的国徽上，画着一只鲜红色的右手，说起它来有一段有趣的故事。

据传，大约在 3000 年以前，有两个欧洲的海盗头子带着一群海盗分别乘坐着两只大船，同时向爱尔兰进发，去夺取那里的土地和财富。在临行前他俩约定，谁先摸到爱尔兰的土地，谁就将得到那里国王的宝座。途中两只船一直是并排前进的，可即将靠岸的时候，那个名叫亨利的海盗头子一看自己已经落到了别人的后边，在情急之下拔出刀来砍下了自己的右手，用力把断手扔到岸上。这样，他就如愿以偿地当上了爱尔兰的国王。

这个故事在爱尔兰民间流传广泛。所以爱尔兰共和国独立以后，它也就作为一个民族的特征在国徽上体现出来了。

比马粪更臭的东西

1959 年，当时任美国副总统的尼克松出访苏联。在此之前，美国国会通过了一项关于被奴役国家的决议，这项决议重申了对被苏联控制奴役的国家人民的正当意愿的支持。不料，赫鲁晓夫在与尼克松会谈时却突然怒不可遏地抨击起这个决议来，最后，他还余怒未消地嚷道："这项决议很臭，就像刚拉过的马粪一样，再没有什么东西比这更难闻的了。"

面对这种极不礼貌而又赤裸裸的挑衅与攻击，尼克松强压怒火，决定以其人之道还治其人之身，好好地回敬他一下。他记起在为他准备的背景材料中介绍说赫鲁晓夫小时候曾当过猪倌，于是就逼视着赫鲁晓夫的眼睛，用平静的语气回答说："恐怕主席说错了。还有一样东西比马粪更臭，那就是猪粪。"

显要人物

苏联总统戈尔巴乔夫抓工作非常严厉。他对首都莫斯科的交通秩序混乱非常恼火，曾严令交通部门加强管理，说过"就是我开车违反了交通秩序，也要进行处罚和教育"。于是交通安全部门不敢掉以轻心，对车辆严加检查。

一次，戈尔巴乔夫要参加一个重要会议，他见时间很紧，怕赶不上，就叫司机全速前进。司机害怕违章，不敢猛开。戈尔巴乔夫便命令司机坐到后座自己的座位上，而他亲自当司机去开车。车速立刻快了起来。

不到 10 分钟，戈尔巴乔夫的车就被值勤的警察截住，并把违章开车者拘留起来。几分钟后,交通警察拨通了给上司的电话,报告说他们截住了一辆违章车辆,并说:"车上坐的是一位显要人物,不好究查法办。"上司在电话里十分恼火:"戈尔巴乔夫总统亲自说过,就是他本人开车也要处罚,何况别人呢?"

"我说不准这人的身份,"警察小心地说道,"这人地位一定很高,因为戈尔巴乔夫总统是他的司机。"

巧戒迟到者

拿破仑是个时间观念极强的人,他最看不惯那些不知道爱惜和遵守时间的人,经常找机会教训他们。

有一次,拿破仑邀请手下的几位将军一起用餐,可是左等右等,还是有几个人没有赶到。这时,聚餐的时间已经到了。拿破仑果断地挥了挥手:"不等了,开席!"接着,便旁若无人地大吃起来。他们刚刚吃完,那几个迟到者也赶到了。拿破仑用手帕揩嘴,笑容可掬地招呼道:"几位,吃饭的时间已经过了,现在咱们开始研究事情吧!"

顿时,那几个人被窘得下不了台,以后再也不敢无故迟到了。

《圣经》与土地

南非大主教图力毕生致力于世界和平运动事业,为此他获得了诺贝尔和平奖。在纽约的一次礼拜仪式上,他发表了一个著名的演说,以其特有的幽默和生动的语言形象地揭露了殖民主义者的传教是幌子、是魔术、是骗局,而对非洲人民贪婪的掠夺和无止境的占有才是他们的真正目的。他说:"当传教士最初到达非洲时,他们拥有的只是《圣经》,我们拥有的是土地。他们对我们说:'让我们来祈祷吧。'于是我们便天真地把眼睛闭上了。等我们睁开眼睛时,情况却倒过来了。结果我们拥有的是《圣经》,而他们拥有的却是土地了。"

第十一篇
历险故事

探察吃人部落的秘密

1948年,南斯拉夫探险家帖波尔·西克尔得知巴西边界的丛林里住着六个未知的民族,其中有一个部族是吃人的。

西克尔对这个消息很感兴趣,因为当时人类学里还没有人考证过这一点。西克尔决定冒险去探察传说中的吃人部落。小探险队除了西克尔之外,还有一位阿根廷医生、一位阿根廷植物学家和西克尔的女友玛利。他们乘独木舟在玻利维亚布兰科河上航行了一个月,越过了玻利维亚和巴西交界的瓜波累以后,便进入了巴西境内的布兰科河。

这段路程是很艰苦的,因为他们是逆风而行。河流是森林的血管,在河流的两岸生命是最活跃的。丛林在河两岸格外的繁茂,随时都能发现罕见的花木。所有的动物都到河边来饮水。有一次,在河流的拐弯处,小船和突然出现的一头美洲豹相隔还不到十米远,把船上的人吓了一大跳。玛利尖叫一声,医生慌忙举起了枪。西克尔制止了医生,没让他开火,因为他看得出,这头美洲豹不会扑到水里来攻击人的。此刻,它只是好奇地看着船上的人。这倒使探险队员们得到了一个近距离观赏它的好机会。这可是观赏动物园铁笼之内的美洲豹所不能比拟的啊。

接着呈现在队员们面前的奇观是漂浮在河湾水面的一大片"维克多利亚·利吉亚花"——也许这是世界上最大的花,跟卷心菜一样大,有红的也有白的,花间飘浮着两米直径的大叶子,比大圆桌面还大不少呢!队员们很庆幸当天的好眼福,但等待着他们的那个夜晚却是十分的凶险。

夜幕降临了,因为岸边的丛林复杂难测,探险队便决定在船上过夜。他们把船固定在一棵倒向河面的大树下,然后站在船上,把吊床吊在树枝上,再把一块防雨布覆盖在吊床之上。半夜时分,天下起了雨。由于有防雨布,他们仍然高枕无忧。他们听到吊床下的水里有短鼻鳄鱼在号叫,但这也没什么,因为吊床和河面之间的距离足以保证他们的安全。

当西克尔第二次醒来时,却觉得不大对劲了——鳄鱼的低号仿佛就在枕边!他打开手电一照,立刻惊得魂飞魄散——吊床和水面只相距四十公分了!原来雨布上积了太多的雨水,把树枝压了下来。西克尔正准备唤醒队员们,却见一条短鼻鳄已经向他扑过来了。他赶忙拿起木刀狠狠地迎头击去。这一击击空了,由于用力过猛,西克尔摔出了吊床,几乎落到水里去,幸亏另一只手攀住了吊床。要是这时鳄鱼来进攻,西克尔就一点也没办法了。但这时鳄鱼受了惊,一摇尾巴逃跑了。啊,真谢天谢地!

几天之后,探险队来到了一个丛林部落,当然,这不是个吃人部落,只是一个常见的土著部落。在这里,西克尔他们得知那个吃人部落名叫图帕利族,离那儿不很远。西克尔花了很多"钱",才雇到了三个向导。要晓得,土著是不用钱的,付给他们的是梳子、镜子、毛巾、盐等一些日用品。

当这一行人走近图帕利族驻地时,三个向导就把行李扔在地上,再也不肯前进了,他说:"如果你们真不怕被吃掉,就向前走好了。我们是不愿给他们吃的。"说完,就往回奔去。

探险队继续前进,不久就远远看见了一些茅草结顶的村舍。

四个人悄悄走过去,钻进了围绕着村舍的灌木丛中。

村舍前有一片场地,那儿正聚集着二十多个人,其中有妇女和儿童。西克尔他们提心吊胆地看着这些人,认识到这是一生之中千载难逢的机会。

西克尔读过很多探险记,研究了其中一些人被杀死的原因。原因往往是因为探险者自己的过错:他们在对象面前表现自己有威力,往往就此惊吓和激怒了土著。土著是因为怕被杀才杀人的。

西克尔向队员们打了个手势,按照预先商定的办法,他首先跳出了灌木丛,站在那些受惊的土著前面,把来福枪和左轮枪扔在地上,又脱光了上身的衣服,用土著的语言喊道:"我们是朋友。"

受惊的主人有的捡起长矛,有的拿起弓箭对准了西克尔的胸膛。西克尔努力保持若无其事的笑容(这实在是很不容易的事),轻松地走近一些,从裤子口袋里掏出准备好的小礼物,放在站在最前面的一个土著手中。当这个土著接住一条好看的手巾时,西克尔的三个伙伴一齐跳出了灌木丛,重复着西克尔的动作。当然玛利并没有脱衣服。土著又紧张了一下,但很快就平静下来,一个个把武器放在地上。

西克尔拍拍一个年轻汉子的肩,笑着说:"我们是朋友,都是朋友!"年轻汉子说了一句听不懂的土话,那些土著都轻松地笑起来。这一笑很重要,戒备和恐惧又减少了许多。玛利和一个妇女打着很优美的手势,很亲切地交谈起来。

这时,从村舍里走出来一群半裸的男人,拥着一位高大结实的中年人。

从这中年汉子的虎皮帽饰看，他是这个部落的酋长。

西克尔很快活地迎上去，把一把木刀送给酋长作为礼物。酋长把木刀接了，转交给他的助手，平静地说："托阿普。"西克尔也说了一声"托阿普"。他猜想这是一句客气话。但是西克尔猜错了。酋长拉住了西克尔的右手，引着他向森林里走去，其他的人没有跟上去。西克尔心里很不安，但还是装作高兴的样子，听从酋长的安排。

两人走到一条小河旁，酋长又说："托阿普！"放开手，脱得一丝不挂，跳到了水里。西克尔这才知道"托阿普"就是洗澡的意思，而且猜想这是他们的一种待客仪式。也许他们想看到裸露的毫无掩藏的客人才能放心。西克尔连忙也脱衣下水，好在他这时正汗流浃背，需要洗澡。

西克尔猜得不错，这正是他们接待客人的一种古老习惯。

当西克尔回到村场时，那儿的气氛已变得很轻松了。探险队员们已被主人们邀请进村里。

村子里另一个要人——一个大男巫又向西克尔发出了"托阿普"的邀请。酋长说了一句什么，大概是说已洗过了，但大男巫还是坚持要去。西克尔只得遵命。

就这样，西克尔他们成了正式的客人，住在一间用整木搭成的屋子里。十二个武装的卫士站在门口保护（不如说监视）四个客人。

探险队的四个人轮流守夜，保持有一个人醒着，以防不测。一踏进这个村落，他们就细心观察，等着看土著吃人的苗头。

几天过去了，西克尔他们和主人越混越熟，站在门口的卫士逐渐减少，队员们松了一口气，夜里也不再轮流值夜，可以安心睡觉了。

西克尔和塔吉里里成了好朋友，这个老人是这个部落的首领之一。他们很快就能交谈了。

"我没有恶意，只是想了解你们的习惯，告诉我，塔吉里里，你们真有吃人肉的习惯吗？"西克尔终于等到了询问这个问题的时机。

老人很严肃他说："噢，这个，怎么说呢？是这样，我们曾经吃过人……"老人告诉西克尔他们吃人的故事。

他们吃过被他们杀死的敌人，也吃过他们自己族里被人仇杀的人——病死的人是不吃的。他们并不是饿肚子才吃人，而是为了"心灵"上的需要。他们相信吃了人肉同时也吃了人的灵魂。吃别人的好灵魂是为了增加自己的灵魂。

要是有了适宜的被杀死了的人，他们就举行全村大会，在院子里点起熊熊大火，在火堆旁跳裸体舞。这时，尸体就被缚在一根棒上放在火里烤。烤熟后切成块，分给每一个人一块肉。当然，酋长和男巫得到的是最好的肉。

他们认为一个人的精华在手和脚，因为无论做什么，没有手和脚是不行的。

或许因为有这狂欢的仪式，他们很喜欢有吃人肉的机会。那些仇杀就很微妙地多起来，头人有时就很轻率地发动和外族的战斗。由于杀人过多，图帕利族很快从1925年的2000多人减少到五年之前的180人。90％以上是被敌人杀死后，拖回来被自己人吃掉的。

阿贝托（就是现在的酋长）于是召集全族人，说了许多道理。他说要是还保持吃人的习惯，他们这个族就会有灭绝的危险。就这样，终止吃人的决定立即通过。

这还是五年之前的事。

西克尔很庆幸他来晚了五年。图帕尔族吃人的原因并不是他研究出来的那些原因。如果在五年之前，尽管西克尔丢掉武器、脱掉衣裳、面带笑容，也还是不能逃脱被吃掉的厄运。当西克尔向队员们转说塔吉里里的话时，大家都毛骨悚然，后怕得不得了。

麦洛的愿望

麦洛从小就有一个愿望，他想到东方去漫游。14岁时，他就当了水手，两年后，他已在一艘陈旧的木制货船"朱蒂号"上做了大副。这一年，他终于有了去东方的机会："朱蒂号"要从英国泰恩运煤到曼谷去。麦洛非常高兴。

在最初的三百海里航程中，大海一直风平浪静。他们满以为再有两个星期就可以顺利到达曼谷了。可是这时刮起了台风。一天又一天，狂风凶猛地怒吼着，没有间歇和停顿。天空压得低低的，仿佛伸手就可以摸到。天地间只剩下了狂涛恶浪。"朱蒂号"只得顶风停泊下来。船激烈地颠簸着，人根本站不住脚。只得紧紧地扒住甲板。接着船漏了，船上的人整天整夜地往外抽水，船还是逐渐在下沉。船樯断开了，支柱被风浪拔起，舱室门破裂了，通风装置被击碎，船帆也刮跑了。船员们用绳索把自己同水泵、主桅杆捆在一起，不停地抽水。麦洛这时却很兴奋，他年轻的生命，欢迎一切生活的磨炼和挑战！

一天夜里，麦洛把自己捆在桅杆上抽水时，突然觉得浮在甲板上的一件硬东西打了一下他的小腿，天黑得要命，他什么也看不见，直到那东西又打了他一下，他才抓住它，原来是一只长柄平底锅，他大吃一惊，赶紧摸向厨房，可是厨房已经消失了，被巨浪完全击碎了。幸存的炊事员被吓成了疯子！

幸好第二天台风停了。"朱蒂号"只得开往最近的港口去修补。港口的修船工好像堵住了一些漏洞，可船一回到海上却漏得更厉害了，只好又回到港口去。连港口的居民和游客都不相信这条船还能航行，船员们纷纷离船而去，最后只剩下船长、麦洛和老船员马洪三个人了。船长坚信他的船一定能航行到曼谷，他把煤卸下，彻底检修了一次，"朱蒂号"又结结实实地漂起来了。然而，在一个月光皎洁的夜晚，船上所有的老鼠都离开了"朱蒂号"，它们一个接一个地爬上甲板，回头一望，便跳到附近的船上去了。船员们都认为，老鼠会预先离开将沉没的船，所以没有人肯到"朱蒂号"上来工作了。

他们好不容易才从附近招收到足够的水手。"朱蒂号"在风平浪静的海面上驶进了热带地区，进入了印度洋，又向北部爪哇海峡前进。一个星期六的晚上，麦洛突然闻到一股难闻的气味，不断地从舱底散发出来，呛得人直咳嗽。他立刻意识到，是他们装的煤开始自燃了。煤本来是一种安全的货物，但是它在台风中因船漏受了潮，又经过长时间的航行，内部温度升高，就有自燃的可能。他立刻采取措施，隔绝货舱的空气。然而从第二天起，船上到处都冒出烟来了！他们试着用木条钉住所有冒烟的地方，可是烟还是能从难以觉察的缝隙中冒出来。

没有别的办法了，船长决定打开舱口用水浇。舱口一打开，一股巨大的烟柱猛然向天空冲去。白色的、黄色的，夹杂着油污和令人窒息的气味的浓烟到处弥漫，逼得人不敢接近舱口。船员们不顾一切地扑上去，操纵压力泵抽水，用水桶提水，把大量印度洋的海水灌进货舱口。晶莹的水流在阳光的照耀下闪闪发光，"哗哗"地落入缓缓漂浮的白色烟雾层中，渐渐散落在漆黑的煤堆上，可立刻又变成水蒸气升腾起来。他们就像把海水灌入一个无底洞似的，烟气和水汽就像工厂的烟囱一样不停地冒着。麦洛心想，他们这一趟航行大概注定是要不停地抽水了：台风中是从舱里往海里抽，现在又从海里往舱里抽！

尽管如此，"朱蒂号"仍在晴朗的天气中坚定地航行着，不过它离沿途所知道的所有港口都太远，如果不能及时把火扑灭，他们就都完蛋了！马洪苦笑着说："现在船底下要有个漏缝就好了！"船员们想方设法地扑灭煤火，可始终弄不清燃点到底在什么地方。他们试图到舱里去挖出火源。马洪第一个下去，没多久就晕倒在里面。第二个人刚来得及把马洪拉出来，麦洛也下去了，可他晕得更厉害。他的铁锹丢在舱里，再没人敢下去拿了。情况已经十分危急，他们把三条救生小艇都放到了海里，随时准备撤离大船。可是烟突然小了！船员们高兴起来，加倍使劲地朝舱里灌水。烟终于消失了。

接下来的两天里，一点烟也没有了。大家这才松了口气，洗了脸，换了衣服。整整两个星期以来，他们还是第一次洗脸呢！他们还为庆祝灭火胜利美美地吃了一顿。麦洛像打赢了一次伟大战役一样自豪。然而那种令人厌恶的燃烧气味仍在船边萦绕着。船长和马洪警惕地徘徊在舱口和通气口查看，但是一点燃烧的迹象都没有。第二天，几乎每个人都又闻到了烟味。

大约十点钟，麦洛正在桅杆边同人说话，突然觉得全身悬了空！等他醒悟过来时，已经掉进了后舱口，看见了里面熊熊燃烧的火。原来是煤气引起了爆炸。麦洛扒开身上的煤灰爬出来，甲板上已是一片破碎的船骨。一大片脏污的破船帆在他面前轻轻飘动。桅杆摇摇欲坠。麦洛走到船尾，看见马洪呆呆地坐在船梯上，长长的白发直直地竖在脑袋上，大约他正要从梯上下来，被突如其来的恐怖景象吓坏了。马洪看到麦洛，也大吃一惊，因为麦洛的头发、眉毛、年轻的小胡子都被烧得一干二净！但更使他们惊愕的是船仍在继续漂浮着，船员们也都还活着。船长检查了毁坏的情况，命令大家立刻开始抢修。但是船员们谁也不相信这只船还能修好，就算能修好，那扑不灭的煤火也会把一切都烧光！所以没有一个人动手，只有舱里烟气不慌不忙地朝外飘散。船长终于丢开炸坏的舵盘，手托下巴在船舷边坐了下来，呆呆地望着滔滔的海水。

正在这危急的时刻，马洪突然发现远处出现了一条轮船。船长命令求援。麦洛迅速地向对方发出旗语信号："失火，需要立即援助！"不久，那条船上回答："我们前来援助！"他们加快速度，向"朱蒂号"驶来。半小时后，轮船靠近了"朱蒂号"。这是一只邮船。邮船的大副乘小船登上"朱蒂号"，检查了火灾和爆炸的情况，建议船员们立刻转移到邮船上去。但是船长不同意。他同邮船大副争执了很久，最后总算统一了意见，由邮船把"朱蒂号"拉到最近的港口，然后凿破底舱放水灭火，再继续航往曼谷。他们用一根一百二十八米的拖缆，把两船拴在一起，邮船就拖着"朱蒂号"前进了。"朱蒂号"上的烟继续冒着，上升的烟雾和突出的桅顶使船后留下了一层宽宽的烟幕。邮船拖着"朱蒂号"走了半天，到了夜里，由于航行引起的空气流动，船上已经熄灭的闷火又燃烧起来！一点蓝光在甲板的残骸下闪烁，在破碎的舱板间浮动，就像夏夜里萤火虫的光一样缓缓移动。麦洛看到了那火星，立即告诉了马洪。马洪说："我们最好停下来。不然在我们离开之前，整个船都会爆炸的！"他们大声呼叫前面的邮船，敲起船钟吸引邮船的注意，可是邮船上的人一点也没听到，还是继续拖着"朱蒂号"前进，麦洛和马洪只得慢慢爬到船头，用斧子砍断了绳索。船上的火这才小了下去。

过了好长时间，邮船上的人才发觉绳索断了。它发出一声汽笛的尖叫，打开船灯寻找"朱蒂号"。邮船长大声招呼"朱蒂号"的船员："赶快到我们船上来吧！"可是"朱蒂号"的船长却不相信他的船完全没有希望了，他坚持要留在船上。邮船等了一会，说明他们船上有邮件，不能久等，如果"朱蒂号"的船员不愿上他们的船，他们只好先走，到目的地再报告"朱蒂号"的险情。

船长坚定地谢绝了邮船的邀情。

在这生死关头，"朱蒂号"上的船员没有一个离开他们的船长。麦洛看着这幅景象非常感动。邮船渐渐远去了。"朱蒂号"的船员们轻轻放下为离船准备的包袱，拿起拖把、铁桶灭火去了。但是火势越来越大，眼看整个木船都被火焰包围了。直到这时，船长这才下达了准备撤离"朱蒂号"的命令。

所有的船员将分别下到三只救生艇中，船长、马洪和麦洛各带领一只。麦洛带着船员们尽量取下了"朱蒂号"上能用的东西，把小艇装得满满的。收拾完了，麦洛坐在小艇上，等其他的船员撤下来。他的脸不知是烧伤还是碰伤了，十分疼痛，四肢也累得像折断了一样，但他的心情很激动，因为他将第一次单独指挥一只小艇了！小艇停在黑暗之中，他看到四周被火照亮的海域。

"朱蒂号"上熊熊燃烧的火焰一直不停地向上升腾，那声音就像打雷一样轰隆隆地响。小艇贴在大船边上，被风浪推着不断与大船发生碰撞，可是大船上的人还不下来。麦洛忍不住大叫起来："甲板上有人吗？我们准备离开这儿啦！"这时有个人探头望了望下面，便消失了，过了一会又探出头来，说："船长让你看好小船！"半小时过去了。船上突然传出一阵可怕的喧闹声。原来是吊锚杆被烧毁了，两个烧红的铁锚沉到了海底，后面拖着三百七十米长的通红的锚链。锚链发出了惊人的铿锵巨响，数百万火星向上飞溅，海水发出嘶嘶的叫声。船摇晃着，火焰晃动着。桅杆折断了，它急冲而下，像一支火箭冲进海里。麦洛再一次冲向甲板上呼喊，还是没有人答应。他以为又出了什么意外，立刻沿着绳索爬上了大船的船尾。

船上被火光照得亮如白昼。船员们离火这样近，简直烤得无法忍受。船长默默地坐在甲板上，一只手托着头，事到如今，他还是舍不得离开"朱蒂号"！船员们陪着他，一边吃面包，喝烧酒。火焰不时扑到他们身边，好像要吞没他们，他们却毫不在意。每个人身上都有伤痕，有的用绷带包着头，有的裹着肩臂，有的包着膝盖。他们坦然地面对着烈火，好像要同"朱蒂号"同归于尽！麦洛感动极了，他明白了一个真正的水手对他的船的深情厚谊！直到最后的瞬间，船长才费力地爬起身来，命令道："年纪最小的先下！"麦洛虽然年纪最小，但是他留下了。他让其他的船员先下小艇。船员们一个个消失在船尾，船长仍在忧郁地徘徊，他要求让他单独沉思一会。麦洛又等了一会，现在船尾的铁栏杆都被烤得烫手了，他又去劝船长离船，船长这才离开了"朱蒂号"。三只小艇划离了"朱蒂号"，但并没走远，他们仍在注视着"朱蒂号"最后的结局。在夜色茫茫的海天之间，"朱蒂号"在火光照亮的紫色海面上猛烈地燃烧着。一股高高的、明亮的火焰从海面升向天空。好像为了感谢"朱蒂号"长久以来的辛苦航行，它的结局十分壮丽辉煌！天亮的时候，"朱蒂号"完全消失了。三艘小艇开始向北划行，到了中午，所有的小艇最后一次聚在一起。麦洛的小艇没有桅杆和帆,他用一只多余的桨做桅杆,扯起一块破篷布作帆。

船员们一块吃了一顿硬面包加水的便饭,查看了船长的海图,接受了船长最后的命令:"向北行驶,尽可能保持联系。"便又继续开始航行。

傍晚时分,突然下了一场暴雨,风把三只小艇冲散了。麦洛举目四望,除了大海和蓝天,什么也看不见。他深感自己肩上的担子沉重。尽管这只是一条救生小艇,艇中连他只有三个人。但他得指挥着。他连海图都没有,只知道一直向北可以到达爪哇,那同样是一个东方的都市。他和两名船员不分昼夜地划着,可小船总好像原地没动。海太大了,而他们的速度毕竟太慢。

天气非常闷热,他们的淡水早已喝光,只好靠经常降落的暴雨解渴。有一次,他们接连十六个小时没有水喝,嘴里干得就像含着煤渣一样。当他们实在没有力气划船时,就停住桨,躺在船上,任海水带着他们漂流。

终于,有一天早晨,在朦胧的曙光中,麦洛在地平线上看到了一条遥远的山脉的轮廓。它像薄薄的雾霭一样飘动着。他们欣喜若狂,加倍使劲划船。

傍晚,山脉已经像一堵紫色的屏障横亘在眼前。这时,麦洛看见了一个宽阔的海湾,它波平如镜,在黑暗中闪着银光。朦胧的大陆上,还有一缕红光在远远地跳跃。夜风柔和而温暖,他们用疼痛的臂膀摇着桨。忽然一阵微风,饱含着花蜜和树木的芳香,扑面而来,在恬静的夜空中飘逸,弥漫……麦洛第一次领受到了东方令人心醉的气息。与它相比,这一段航程中一切艰难和惊险,都算不了什么了!麦洛终于到达了东方世界。

浮冰险渡

1908年的复活节,春天姗姗来迟,加拿大北海岸还是一片冰雪世界。准备过节的当地名医葛林费尔忽然发现信鸽雷西飞回来了,他心里一阵欣喜,但马上又预感到,他不会在家和孩子们一起欢度佳节了。

他解开白围单,奔向鸽笼。雷西红红的脚上果然绑着一封信,那是一个危重病人的家属写来的。不久前,葛林费尔沿冰岸巡回医疗,给那病人留下鸽子,吩咐一有情况就捎信来。信里果然写着,病人情况很不好,如果葛林费尔不赶去治疗,他将活不过这为时四天的复活节。

方圆几百里内,除了葛林费尔,谁也救不了他。但是,病人在六十多公里之外,这冰天雪地的,怎么以最快速度赶去救他呢?葛林费尔稍一思索,就拿起医疗箱,奔出屋子。屋外的四条大狗,一见主人出来,立即摇头摆尾围了上来。

"贝克,汉丝,拉脱,夏里,都跟我来!"葛林费尔一边招呼,一边打开存放杂物的贮藏间,拉出一辆雪车。四条狗一见,立刻顺从地低下头来,让葛林费尔扣上皮套。

葛林费尔给它们吃了些肉,坐上雪车,朝浮冰驶去。从这里穿过去,可以提早两小时到达,两小时,对于垂危病人来说,是多么重要啊!四条狗颈上的皮带都拉得紧紧的,说明都很卖力。雪车底擦着晶莹的冰面,发出欢快的"咔咔"声。葛林费尔心里很高兴,照这个速度,很快就能到达病员家。

浮冰是从极地附近的洋面飘流过来的,面积很大,充塞着整个海湾,只要不吹温暖的南风,它们能像临时浮桥一样给周围的居民带来方便。

但是,就在这时,一阵紧一阵的南风吹了起来,不多久,到处传来清脆得令人胆战心惊的冰层断裂声。葛林费尔大声吆喝,希望能赶在浮冰完全断裂前冲上对岸。四条狗也似乎觉察到危险,尽管浑身冒汗,还是奋力拖拉着雪车向前急驶。

海岸已能看见了,胜利在望,但是,一连串"咔嚓咔嚓"的断裂声响过,葛林费尔觉得雪车摇晃起来,接着,又是一声巨响,身下的浮冰竟断裂开,雪车轰隆一声,连人带狗一齐掉进冰冷的海水里。

幸亏葛林费尔早有准备,他拔刀割断皮带,免得雪车把他们拉入海底。四条狗浮了出来,和他一起游向一块有两张乒乓桌大小的浮块。但是,浮冰边缘很滑,冻僵的手使不上劲,一次次努力都失败了。葛林费尔的另一只手还紧紧抓住医疗箱的皮带,如果松开,用两只手使劲,有可能爬上浮冰,但医疗箱是要用来救人的,怎么能丢弃它呢?

这时,四条狗像商量好了似的,游到葛林费尔周围,咬住他的外衣,将他往浮冰上顶。葛林费尔一阵惊喜,趁身子被抬高的一刹那,用力一撑,胳膊肘支上了浮冰,再将医疗箱甩上去,另一只手也腾出来了。四条狗继续将他往上顶,他的另一只胳膊顿时也支了上去,一眨眼,他的整个身子都翻上了浮冰。

葛林费尔很高兴,也很感激那四条狗,他顾不得揩抹身子。马上伸出胳膊,把四条狗都拉了上来。

四条狗都抖动身子,甩掉水珠,又一齐汪汪大叫,像是在庆祝脱险,又像是在向可恶的大自然抗议。

这时,葛林费尔却感到越来越冷,起初只是四肢发抖,接着,全身都颤抖不止。他意识到,如果不能使衣服迅速烘干,他将活活冻死在浮冰上。浮冰这时也在向外海漂流,如果不及时制止,他最终仍会被大海吞没。

四条狗依偎着他,但一点也不能减弱寒冷的侵袭。他想,为了使那个危重病人获救,为了今后能为千万病人服务,自己必须活下去,现在,他要立即作出抉择。

他想到了杀狗。这是极地居民被暴风雪围困时常会作出的举动。但是,这四条狗刚救了他的命,将他从冰海里顶上来,他怎么下得了手呢?

他考虑了好一会儿,觉得越来越冷,终于下定了决心。这时,他的左手正搭在夏里的脖子上,他将它抓住,刀子往下一插,刀尖直中心脏,鲜血涌了出来。那三条狗还没反应过来,葛林费尔又抓住拉脱的脖子,手起刀落,把它杀死了。

这时,贝克和汉丝惊恐地瞪圆双眼,死死盯住主人,弄不懂他怎么会干出这种事来。

两条大狗的脂肪,足能点起一堆火来。但是,葛林费尔知道,杀狗的行为将酿成狗的反叛,如果不将它们也杀掉,说不定眨眼之间,自己的喉咙会被狗牙咬穿。

他看了一眼汉丝。它和贝克是最要好的一对,这时,它正朝葛林费尔龇牙咧嘴。贝克也蹲起身子,警觉地望着他,嘴里发出愤怒的呜呜声。

葛林费尔并不胆怯,他站起来,把刀藏在身后,步步走向汉丝。他知道,贝克跟随自己的时间长,可能一时不会攻击他,但汉丝这条母狗的自卫意识是很强的。

果然,还没等他走近,汉丝已经朝他狂叫着扑了过来。他向旁边一闪,伸手夹住狗头,对准它胸脯上的心脏部位,迅速插上一刀。

这时,蹲着的贝克也跳了起来,但它没有扑向葛林费尔,只是不停地在他周围纵跳,咽喉里发出既悲哀又愤慨的呜呜声。

葛林费尔的眼泪流了下来,他知道贝克仍是一条忠心的狗,它的动作只是表示对失去母狗的痛苦和对主人的无可奈何。

但是,要绝对相信它,还得试一试。

葛林费尔握着刀,又朝贝克走去。

贝克是条最强壮的狗,如果它使起性子来,再有经验的人也对付不了它。

但是,贝克永远只会做人类的朋友。它摇摇头,纵身跳下冰冷的海水,向另一块浮冰游去。它似乎以逃走来向主人提出抗议。

瞧着贝克在不断试着爬上二十米外的一块浮冰,葛林费尔的眼泪接连不断地流了下来,终于,贝克爬了上去,站在那儿遥遥望着自己的主人。

葛林费尔低下头,把那三张狗皮剥下来,又脱下自己的湿衣裳,将还有点温热的狗皮裹在身上。接着。他又打开医疗箱。火柴全潮了,但备用的火石还是燃着了酒精,由三条狗的脂肪组成的火堆终于点了起来。

葛林费尔的身子渐渐暖和起来,他真希望贝克也和他一起烤着这小小的火堆,当然,贝克是不会肯靠同伴的牺牲来取得温暖的。

葛林费尔吃了几块半生不熟的狗肉,又拿出几块,尽力扔到贝克的那块浮块上去。虽然距离较远,但有一块居然扔上去了。贝克看看那块狗肉,掉过头,走开了。

葛林费尔用一条狗的骨骼当桨,努力制止浮冰向外海漂流。那特殊的桨居然还有点用。天黑之前,他所在的那块浮块被划进主航道,不久,他就看见远处驶来一艘海轮。

这时,他大声呼喊起来。贝克也在它那块浮冰上,帮着汪汪大叫。

海轮驶近来,放下舢板,把葛林费尔救了上去。当和蔼的船长问他,还有什么需要他帮忙时,葛林费尔连声说:"快、快,快驶向海岸!我要去救人!"海轮全速驶向海岸。一靠边,葛林费尔身背药箱,头也不回地跳了上去,直奔病人家。

在他的全力抢救下,病人终于转危为安。

葛林费尔笑了,他疲惫到了极点,打开门准备吸点新鲜空气,一抬头,发现贝克呆呆地蹲在他的面前。

他埋怨自己,船长问他还有什么要帮忙时,他竟没有想到还留在浮冰上的贝克!这条忠实的狗,它是怎么游上岸的呢?

葛林费尔一激动,猛地搂住了贝克,而贝克呢,它一面悲哀地呜咽着,一面伸出舌头舔掉主人流下的泪水。

销毁死亡判决书

艾里库森是一位瑞典石油商人,第二次世界大战中,他受美国情报机关的委托,伪装成亲纳粹分子,利用与德国石油商人的交易做掩护,搜集德国石油工业情报,为打败德国法西斯,立下了不朽的功勋。

在艾里库森的合作者中,有一位德国石油商人,名叫何尔兹,他是艾里库森多年的老朋友,对于德国法西斯的暴行十分反感。何尔兹愿意为美国提供情报,可是他担心,万一艾里库森牺牲了,谁能证明他为打败德国法西斯出过力呢?所以他要求艾里库森写个书面证明给他。艾里库森犹豫了一下,因为这样的证明是一个人命关天的文件,万一落到德国人手里,他就等于给自己开了一张"死亡判决书"。但是他相信何尔兹不会出卖他,于是接过何尔兹先生递给他的白纸,毅然写道:"汉堡的何尔兹先生在战争时期经常向我提供纳粹德国的重要军事情报。我受美国情报机关的委托,在此郑重证明,何尔兹先生曾为打败纳粹德国尽忠效力。艾里库森。"写完之后,他建议把这张证明书存在英国或美国银行中,那样比较安全。可是何尔兹坚持要自己保存这张证明。

不幸的是，何尔兹先生的夫人和九岁的儿子汉斯，却受到纳粹分子奴化教育，忠于法西斯主义。艾里库森到他们家里做客的时候，汉斯不断地吹嘘希特勒的"丰功伟绩"，并且表示，如果他的父母不是"真正的爱国者"，他就会向盖世太保检举他们。何尔兹哭笑不得地说："汉斯简直不像我的儿子，倒像是希特勒的儿子！"何尔兹和艾里库森合作了几年，为艾里库森提供了不少重要的军事情报。当然他们公开的交往仍然是做石油主意。这些生意总使何尔兹能赚较多的钱，所以何尔兹的夫人克娜娜对艾里库森留有良好的印象。

　　1943年9月，艾里库森在瑞典忽然得到消息，说何尔兹先生因心脏病突发而去世了。艾里库森像被人当头敲了一棒，只觉得两耳嗡嗡作响，眼前一片昏黑。何尔兹一死，他遗留下的各种证件信函按照法律将由他的妻子和律师进行清理。艾里库森亲笔所写的证明，当然也在遗物之中，万一被克娜娜发现告发，艾里库森就是不到德国去，恐怕也难逃一死！

　　艾里库森经过一番思索，他觉得，现在唯一的办法，就是抢在克娜娜的前面找回那张"死亡判决书"。然而他又想到，在这种时候再去德国，简直就是送死。艾里库森想来想去，没有别的办法，只有孤注一掷了！他立刻以帮助克娜娜清理贸易文件为理由，向德国大使馆申请入境。因为艾里库森与何尔兹的生意是人所共知的，他顺利地得到了批准。

　　艾里库森乘坐的飞机降落在柏林机场，在机场等着他的却是一辆黑色囚车。一个秘密警察对他说："你去汉堡的证件正在办理。你先跟我们走一趟吧！"艾里库森上了车，他的身边坐着几名秘密警察。车开了，艾里库森尽量装作无所谓地问："我们去哪儿？"秘密警察冷冷地回答说："去监狱！"艾里库森再也不能保持镇静了，大声嚷起来："为什么去监狱？我犯了什么罪？"警察说："我们执行命令，先生，这是例行公事。"车子开得飞快，艾里库森的脑子里像开水一样翻滚不停，他决心咬紧牙关，什么都不承认！然而，当车子开进杀气腾腾的监狱时，他不禁一阵阵头皮发麻。下车后，他发现还有一些外国人等在这里，原来，秘密警察是让他们来看处决反法西斯分子的。枪声响了，"犯人"们一个个倒在血泊中。艾里库森心中十分愤怒，但脸上还要装得神情坦然。看完屠杀，艾里库森才被允许去汉堡。据说，这是盖世太保对可疑分子的一种警告。只有受到这种警告后，才让他们自由行动。

　　在汉堡，艾里库森在旅馆安顿下来后，洗完澡，换上一身整洁的衣服，开始给克娜娜打电话。听着对方的电话铃响，一种恐惧感又袭上了他的心头，他不知道那张证明是不是已经落到了克娜娜的手里。话筒里传来克娜娜的声音，艾里库森连忙说："听说何尔兹先生去世了，我非常吃惊，但愿这不是真的。如果可能，我想今天晚上来拜访你。"克娜娜高兴地约他晚上九点去。

艾里库森没有听出克娜娜的声音有什么异样，这才有点放心了。晚上九点整，艾里库森按响了克娜娜家的门铃。克娜娜穿着丧服出来迎接他，对艾里库森的关心表示感谢。汉斯也在家里，他穿着"希特勒少年冲锋队"的制服，好像很讨厌艾里库森，勉强同他握了握手。艾里库森一边安慰克娜娜，一边探问何尔兹先生的遗物有没有清理过。克娜娜说，准备过两天就请律师来清理。

艾里库森大喜过望，连忙对克娜娜说，他愿意帮助清理何尔兹先生的遗物。他说："何尔兹先生同我正在筹建一座炼油厂，办成以后肯定可以赚大钱，不过这个消息最好不要透露给别人！今后是我们两人做生意，所以最好是我们自己来清理这些文件和材料。"克娜娜觉得他说得有道理，爽快地同意了。

第二天，艾里库森立刻开始清理工作。何尔兹先生的财产保险证书、贸易契约、投资记录等文件，都放在书房的写字台抽屉里。艾里库森一看到就想，那份性命攸关的证明不会放在这里。他一边随手翻着，一边仔细地打量房里的摆设，突然发现屋角里有一个小保险箱。他向克娜娜问明了开保险箱的号码，乘克娜娜有事离开的时候，打开保险箱，把里面的信件全都倒在桌上，堆得像一座小山。他正聚精会神地检查每一个信封时，不料汉斯却偷偷地溜了进来，以怀疑的目光盯着他每一个动作。艾里库森吃了一惊，他顾不得礼貌，大声命令说："汉斯，你不要打扰我工作！我正处理你爸爸的文件，你先出去。等我处理完了再带你去玩。"说着一把将他推出房门，紧紧地把门闩上，又急忙翻拣起来。可是，他仔细检查了每一个信封，每一份文件，却唯独没有他急着要找的证明。这时，克娜娜送饮料来，艾里库森只好开了门。他一边喝着饮料，一边装着老练内行的样子，向克娜娜建议该如何继承和利用何尔兹的遗产。克娜娜听得连连点头。艾里库森抓住时机又问："克娜娜，还有一件重要的合同没有找到，那是我同何尔兹先生的一笔秘密交易，利润是很大的！他还有别的放文件的地方吗？"克娜娜先说了"没有"，忽然又像小孩子一样拍着双手叫道："啊，想起来了，还有一只小箱子，放在床边的衣橱里。"她很快从卧室里捧出来一只小箱子。但是箱子是锁着的，克娜娜没有钥匙。艾里库森让克娜娜去找一把螺丝刀来橇，克娜娜刚走开，他立即掏出随身带的水手刀，一下就撬开了小箱子。这时克娜娜已经拿着螺丝刀进来了。艾里库森连忙接过螺丝刀，说："我们休息一下好吗？你能给我一杯白兰地吗？"克娜娜答应着出去了，艾里库森赶紧打开箱盖，可里面根本没有一张纸片，只有几粒旧纽扣，几枚外国镍币，还有三四把钥匙，其中一把还刻有数字。艾里库森立刻认出，这是打开存在银行里的保险柜的钥匙。他紧紧握住这把钥匙，又兴奋又紧张。

他还不知道何尔兹租用的是哪家银行的保险柜；就是知道了也没有用，因为按照法律，这得在清理何尔兹遗物时，由克娜娜和律师共同打开。唯一的希望，是克娜娜能利用别的关系让他提前单独打开保险柜。克娜娜愿不愿意这样办？能不能办得到？他正在想着，克娜娜送来了白兰地。她见小箱子已打开，便问："找到了吗？"艾里库森摇了摇头，说："没有。只找到这把钥匙。如果按法律程序，还要拖很长时间才能去银行打开保险柜，可那样我们的贸易合同就会失效了，你就会损失一大笔财富。你在银行里有熟悉的人吗？"克娜娜想了想，说："银行一位副经理常常请我吃晚饭，像是很喜欢我。"艾里库森趁热打铁地说："那你一定有办法办好这件事的！你给他打个电话怎么样？"

克娜娜打通了电话。副经理开始有些犹豫，因为他不愿意触犯法律。可是克娜娜说："像你这样有地位的人，办这点小事还不容易得很！你一定不会让我失望的，对不对？其实根本不会有人知道，下午下班时，你晚一点走。办完了事情，我们一块去吃晚饭！"副经理总算答应了，说银行五点下班，他五点十五分在门口等克娜娜。克娜娜又说，她那时正好有点事，而且她对生意上的事不熟悉，所以委托何尔兹先生生前的好朋友艾里库森来办这件事。副经理不同意，可是经不起克娜娜热情的吹捧劝说，最后还是答应了。

到了约定的时间，艾里库森正想上银行去，汉斯却节外生枝地叫起来："我也要到银行去，看看爸爸有什么遗物。"艾里库森心里很讨厌他，但又不好发作，只得婉转地劝道："汉斯，到银行去没有什么意思。我把东西取回来，我们三个人一同清理好不好？"汉斯却一点也不肯让步："我要看着你打开保险柜。你想一个人去偷我爸爸的遗物呀？"克娜娜觉得汉斯太没礼貌了，要他向艾里库森道歉。母子俩争执起来。眼看时间来不及了，艾里库森只好同意带汉斯去。两个人进了银行，副经理一看还多来了个孩子，十分不高兴，他怕汉斯不懂事，无意间把他的违法行为泄露出去，便把汉斯引到走廊上一张沙发边，说："你坐在这里等一下吧，银行有规定，小孩子不许进去的！"汉斯抗议道："我不是小孩子！"艾里库森劝他说："汉斯，你不要让经理叔叔为难。而且他同你妈妈是好朋友，他会监督我的，你还不放心吗？"副经理也表示一定监督艾里库森，汉斯只好留了下来。

艾里库森按钥匙上的号码，打开了保险柜，里面只有三个大信封，信封里好像都装着文件。但是他不能当着副经理的面来找那份证明，只好谢了副经理，挟着三个大信封，领着汉斯回家去。一路上，他一直在想，怎么避开汉斯来找那张证明呢？没想到汉斯却冷不防一把夺过三个信封，拔腿就跑。

艾里库森惊呆了，几秒钟后才反应过来，一边气愤地叫："汉斯，你干什么!"一边追了上去。眼看汉斯就要钻进人群里,他只好大叫起来:"抓住那个小孩!"不少行人回头张望,虽然没帮忙抓汉斯,却纷纷给他让开了路。有的人也帮着叫:"抓住那个小孩!"汉斯一边跑一边回头望,结果一头撞在一位妇人的怀里。这一停留,艾里库森赶上去,抓住他,夺回了信封。看热闹的行人围拢来,问是不是抓住了小偷。汉斯很狼狈,艾里库森连忙解释,说:"不是小偷。他是我的同伴,就是太调皮了!"这时他完全镇静下来了,便客气地把汉斯拉进路边一家冷饮店,请他吃冷饮。他挑选了一张靠近洗手间的小桌子,两个人坐下来。女服务员送冷饮过来时,刚好挡住了汉斯。这一瞬间,艾里库森站起来说:"你先吃,我上厕所!"急忙奔进男厕所,紧紧地闩上了门,打开信封翻找起来。汉斯已经在门外乱拧门把手了,还不停地叫:"艾里库森叔叔,让我进去!"艾里库森尽量缓和地说:"请等一下,我马上就好!"他打开第一个信封,这是一张别人向何尔兹借钱的借据。汉斯在门外"咚咚"地敲门,艾里库森不理他,急忙打开第二个信封,一看,正是自己签名的那份证明!他赶紧划着火柴,把这份"死亡判决书"烧成灰烬,丢进马桶放水冲掉。眼看这人命关天的证据彻底消失,这才轻松地吁了口气。

他打开门,笑嘻嘻地对汉斯说:"真对不起,让你久等了!"他请汉斯大吃了一顿,给了服务员许多小费。啊!他仿佛获得了新生,他太高兴了!

回到家里,汉斯要求当场打开信封来看。三个信封都检查了,当然不会有关于那桩"秘密交易"的合同。克娜娜很失望。艾里库森安慰她说,也许在别的地方会找到的。当天晚上,艾里库斯平安离开了汉堡。

生死一瞬间

很多人都怕蛇。俗话说:"一朝被蛇咬,十年怕井绳。"可见蛇是多么可怕。不管谁,只要被毒蛇咬一口,若不及时抢救,便会很快死去。

据科学家们观察,毒蛇咬人时的速度快如闪电,十分惊人。

当它看准目标时,头部向前急落,猛咬一口,从毒腺中排出毒液,然后将头回复到原先的位置,这一系列冲击动作,总共只需要1/4秒时间。可见,若是在荒山野岭中,一个人靠近毒蛇时,生死只在一瞬间。

这里要说的,是有一个人,跟一条毒蛇睡在一个被窝里整整十二个小时,硬是凭着自己的智慧与毅力,终于死里逃生了。

在南美洲的西北部,有个哥伦比亚共和国。在这个国家里,有一大片热带丛林。1957年8月,美国工程师道格拉斯和他的助手马尼埃,受当地政府的委托,到丛林中考察。

道格拉斯四十多岁,满脸大胡子。马尼埃比他小十来岁,还是个小伙子。道格拉斯像个大哥哥,处处照顾着他这位助手小弟弟。这天早晨,他从自己的帐篷里爬起来，收起睡袋，就点燃火油炉做早点。七点钟，早点做好，他走进马尼埃的帐篷，喊他起来共进早餐。他看到马尼埃还躺在睡袋里，可是眼睛却睁得大大的，好像要对道格拉斯说什么，但又显出没法儿说的样子。

　　道格拉斯心里一咯噔，不知发生了什么事。他走近马尼埃，而马尼埃却愤怒地瞪着他，似乎不许靠近他。道格拉斯站住了，朝马尼埃的头慢慢儿看到他的脚。他猛然发觉，马尼埃的睡袋里，有一只鼓鼓囊囊的东西，在一起一伏地蠕动着。他只觉得头皮发麻，猜想那蠕动着的，也许是一条大蛇！

　　道格拉斯盯着马尼埃，两手比画着在问马尼埃：是一条大蛇吧？马尼埃一看他那手势，上眼皮一垂，意思说，老兄，你猜对了！

　　道格拉斯见马尼埃眼皮一垂，顿感毛骨悚然。天哪，一条蛇，跟他的好兄弟睡在一个被窝里，该怎么救他呢？道格拉斯闭上眼睛，稳定了一下自己的情绪，然后他睁开眼，弯下腰，屏住气，仔细观察起来。他从睡袋的形状判断，这是一条大蛇，该是昨天晚上游进帐篷，并且神不知、鬼不觉地钻进了马尼埃的睡袋里。看样子，这条蛇现在正睡着，它蜷成一团，盘在马尼埃的肚子上面。哎，难怪他不敢说话，又不能动弹啊。因为他肚子稍微动一下，将蛇惊醒，它就会立即伸出头咬人。

　　如果这是一条无毒蛇，也许只是受些惊吓。如果是条毒蛇呢？马尼埃只要被它咬上一口，就会一命呜呼。而在这热带丛林里，剧毒的蝰蛇到处出没，现在盘踞在马尼埃肚子上的，很可能就是蝰蛇啊。想到这儿，道格拉斯不由心惊肉跳，深深为马尼埃的生命担忧了。

　　道格拉斯多次到过热带丛林，也不止一次碰到过毒蛇，可像今天这样的事，还是头一次碰到。他知道，惊恐和焦急是无济于事的。眼前只有想个办法，把这可恶的大蛇，从马尼埃的睡袋里赶出来。

　　道格拉斯默默地站着，脑海里在紧张地盘算着，怎样才能既不碰着它，又不发出响声，而将它赶出来呢？

　　道格拉斯想到了个好主意。他轻手轻脚走出帐篷，取出自己那枝双筒猎枪，装上子弹，然后像偷袭敌人似的，趴在地上，匍匐前进十几米，在马尼埃的睡袋前停住了。他伏在地上，仔细观察着睡袋里那隆起的怪物，端起枪瞄准着。他想靠自己的射击本领，仅仅将蛇射死，而不伤着马尼埃的皮肉。

　　道格拉斯瞄准着，他那扣在扳机上的手指微微地抖动着。在扣动扳机前，他看了看马尼埃。天哪，这时的马尼埃眼睛发亮，额头汗珠直滚。不用说，他在警告道格拉斯：危险，千万别这样干！

　　一看马尼埃的眼神，道格拉斯将平端着的猎枪放下了。他再冷静地想想，是啊，自己无法判断蛇的准确位置，如果冒冒失失地开一枪，不仅会误伤人，万一惊动蛇，它会立即咬人，那将更可怕。道格拉斯想罢，又悄悄倒爬着，退出帐篷，放下猎枪。

道格拉斯一计未成，又生一计。他在帐篷外把沾着水珠的树枝点着了，将冒出来的浓烟装进一只塑料口袋里，然后又在一块石头上"刷刷刷"地磨刀。他准备用"烟熏"法，将蛇从睡袋里熏出来。而躺在睡袋里的马尼埃，听到他折树枝的"劈啪"声，磨刀的"刷刷"声，真吓出了一身冷汗。因为他知道，任何响声，都会使蛇发怒。而蛇一发怒，他将成为第一个被攻击目标。此刻，他与蛇同在一个睡袋里，蛇要攻击他，只是一瞬间的事。

马尼埃默默地念叨着，但愿道格拉斯用最明智的办法将蛇引出来，千万莫用笨办法。而偏偏在这时，道格拉斯一手提着一只半胀的塑料袋，另一只手拿着一把锋利的刀走了进来。马尼埃一见他这样，心里真是急死了。但他不说话，连那只一直伸在睡袋外的手，也不敢动一下来做个手势。他只好通过他那双眼睛，来表达他紧张的心情，竭力告诉伙伴千万别干这蠢事。可道格拉斯并不理会，他自以为是，依然小心翼翼地实施他的援救计划。

道格拉斯跪在睡袋前，仔细看了看睡袋折痕，选定了一个部位，然后一手提着袋角，一手用刚刚磨得很锋利的刀刃割将下去。他轻轻地，手儿抖抖地割着，足足割了45分钟，总算割出一条小口子。他把塑料袋口对准这小口子，用双膝夹着塑料袋，直往睡袋里挤浓烟。他将塑料袋里浓烟挤完，又轻手轻脚爬出去，再装一袋浓烟进来，想把大蛇熏出来。

总算幸运，这烟没有向马尼埃的头部飘去，若马尼埃被烟一呛咳嗽起来，那可不得了。而蛇，在受到烟熏后，微微地蠕动了。道格拉斯发现蛇动了，急忙出了帐篷，取来猎枪，静静地等待着。一旦蛇头钻出来，他便立即开枪。

可等了好一会，蛇并没出来。烟一消失，蛇又安静不动了。

道格拉斯见烟熏无效，又取来一只灭蚊用的药泵瓶，将瓶口对准睡袋被切开的小口子，食指从弹簧的按扭上压下去。也许杀虫药起了作用，突然，睡袋里发出一阵嘘嘘声，紧接着睡袋动了，原先隆起的地方一下子拱了起来。

道格拉斯知道，那拱起的正是蛇头。它已经钻到马尼埃的腋下了。道格拉斯惊恐极了。马尼埃呢，此刻紧闭着眼睛，等待着那被蛇咬的一刹那。

可过了一会儿，那肉峰又沉了下去，蛇又不动了。

道格拉斯浑身是汗，他望着脸色疲惫的马尼埃，一句话也不敢说，担心蛇会在顷刻间去咬他。就在他盯着马尼埃时，只见马尼埃扬起眉毛，然后低下眼睛，这样反复了多次，想让道格拉斯注意他伸在睡袋外的手指。道格拉斯看到他的手指在晃动着，他终于领会了：啊，他要画画！

道格拉斯爬出帐篷外，取来一盒咖啡粉，轻轻地撒在马尼埃那只手的周围。马尼埃便用手指在咖啡粉上画了个圆圈,又在圆圈周围画上几道线。道格拉斯看着马尼埃这幅画,又琢磨了一阵,从口袋里掏出笔和笔记本,在纸上写了"太阳"两个字,然后递到马尼埃眼前。马尼埃看了,眨眨眼睛,意思是说:对,就是它!

道格拉斯一想,心里叫道:好小伙子,还是你有办法!他站起来,开始小心地拆帐篷。他一厘米、一厘米地卷着帐篷布,卷了足足半个小时,终于将帐篷全部搬走,这时,马尼埃躺在睡袋里,而睡袋完全暴露在太阳下。阳光将睡袋晒热。蛇一起一伏,慢慢儿游动了。道格拉斯清楚地看到,蛇头所显出的肉峰,朝着马尼埃的下巴爬去。渐渐地,蛇头终于从睡袋口露了出来,接着便一厘米、一厘米地向外爬着,最后终于全爬了出来。好家伙,这条足有一米长的大蛇,正是能致人死命的蝰蛇。道格拉斯和马尼埃看了,都深深地吸了口凉气。

马尼埃仍然静静地躺着,他知道,他仍处在蝰蛇闪电式攻击的范围以内。

道格拉斯跪在十多米外的帐篷口,他一直端着枪,瞄着蛇头,当蛇爬到离马尼埃七八步远的地方,他一扣扳机,枪声响了,那条蝰蛇立刻变成了三段。

枪声响过,马尼埃这才"霍"地一下跳起来。他从遇险到得救,以一动不动的姿势,足足躺了12个钟头。他就以这惊人的毅力,保住了自己年轻的生命。

帐篷外,道格拉斯重新点燃了火油炉,在准备晚餐了。他大声招呼道:"伙计,快来吃晚餐吧,我知道你肚子可饿坏了!"马尼埃这时已钻进道格拉斯帐篷的睡袋里,他有气无力地说:"老兄,你先吃吧,我太累了,要睡一会儿。"

鱼腹脱险

人们常说"虎口脱险",没听说过鱼腹脱险的。难道真的有人从鱼肚子里逃出来吗?下面要讲的,是件千真万确的事。

1891年春天,英国"东星号"捕鲸船离开码头,在大海上已航行半个多月了,连鲸鱼的影子也没看见,船员们垂头丧气,都哀叹这次运气不好。捕鲸能手巴尔特里更是焦急。捕不到鲸鱼,船老板决不会多给他一个子儿。他要靠这些钱养家糊口哩。另外,巴尔特里似乎天生是鲸鱼的死对头。他一生中最大的快乐,是发现鲸鱼、追赶鲸鱼、捕捉鲸鱼、解剖鲸鱼……在捕捉鲸鱼时,他的眼睛睁得滚圆、手指微微颤抖,连叫喊声也变了调儿。他兴奋得忘乎所以。你想,这样一个酷爱捕鲸的人,出海半个月,却见不到一条鲸鱼,

青少年开心故事会

他能不焦急吗？

就在巴尔特里心情烦躁的当儿，站在桅杆半中腰瞭望台上的瞭望员发出了报告："注意，注意，左前方发现有条鲸鱼！"瞭望员的报告声，顿时使船员们振奋起来，各人奔向自己的岗位。巴尔特里举起了鱼叉，仰头看着瞭望员，等着他的进一步报告。瞭望员举着长长的单筒望远镜，一边对着焦距，一边说："注意，注意，左前方发现鲸鱼，正在朝我们这儿游过来……"船员们朝左前方看去，只见远处海面上，一个黑点子在渐渐漂过来，漂过来。啊，用不着望远镜，也能判断出那是条鲸鱼。毫无疑问，那是条大家伙！

船长举起望远镜观察了一会，摇动着手里的蓝色小旗帜，发出了开始捕鲸的命令。船员们一齐动手，从"东星号"的船舷上，放下了捕鲸小船。巴尔特里站在小船的船头，昂首挺胸，那威风劲儿，很像是骑在战马上的将军，即将冲入敌人阵地一样。

八个船员，奋力划桨。小船乘风破浪，迎向正在游过来的鲸鱼。

巴尔特里盯着鲸鱼，在计算着鱼的长度，该从什么地方下手……船头有五六支带倒钩的鱼叉。每支鱼叉的后面都系着一根长长的棕绳，这鱼叉刺进鱼肉里，怎么也拔不出来。长长的棕绳把鲸鱼拖住，任它怎么翻滚，也挣不断，待到鲸鱼游得筋疲力尽了，再把它拖到大船旁边，拖上船后再剖腹割肉，尽快运往港口去。

此刻，巴尔特里手里握着一支鱼叉。这支鱼叉，关系到这次捕鲸成功与否，也关系到伙伴们的生命安全。因为第一支鱼叉将由巴尔特里投掷。若是投掷不中，鲸鱼游走了，大家空欢喜一场。若鱼叉只是擦破了一点鱼皮，没插进鱼肉，那反而会将鲸鱼激怒，它将掀起滔天巨浪，将小船颠翻，说不定有人会葬身鱼腹。每当想到这些，巴尔特里就紧张地咬紧下嘴唇。嘴唇被咬出了血，他也不觉得。

小船飞快地向鲸鱼扑去。那庞然大物，似乎根本没把这小船看在眼里，仍然悠闲自得地游过来。巴尔特里也许是被鲸鱼这毫不在乎的样儿激怒了。他扯开嗓门叫开了："伙计们，划呀！划呀！那该死的家伙过来啦！"随着巴尔特里的呼喊声，小船箭一般地冲上去。巴尔特里看准鲸鱼那厚实实的背部，使尽浑身力气，将鱼叉掷了过去。"嚓"的一声，鲸鱼被刺中了。巴尔特里抓住时机，弯下腰，拾起第二支鱼叉，身子一仰，甩开手臂，投掷出去。啊，第二支鱼叉又刺中了。鲸鱼也许已感觉到背部疼痛，猛地一扭身子，掉转头，往回游去。这畜牲游得飞快，小船被它拖着，"刷刷刷"地向前直驶。船员们收起桨，任小船行驶着。站在船头的巴尔特里，拉着棕绳，像拉着疆绳，赶马车似的，大声吆喝着，叫骂着："哈哈哈，快跑哇，狗娘养的，你快跑呀！"正在拼命游着的鲸鱼，似乎听懂了巴尔特里的叫骂声，它又猛地一转身，尾巴一扫，"哗哗"一声，将小船掀了个底朝天。船员们纷纷落水，一个个拼命划向远远赶来的"东星号"大船，生怕被鲸鱼一口吞进肚子里。

鲸鱼挣扎了一下，游走了。这时"东星号"及时赶到，将落水的船员们救上了船。就在这时，鲸鱼浮上了水面，它已奄奄一息，快断气了。

在船长指挥下，船员们七手八脚，把大鲸鱼拖上了甲板，准备剖腹割肉。

直到这时，忽然有人问："巴尔特里呢？"是呀，巴尔特里呢？他到哪儿去了？伙伴们四下里寻找起来。船舱里，没有；海面上，没有。大家不放心，纷纷驾着小船，在附近海面找了一会，也没见巴尔特里的影子。大家怀疑，巴尔特里也许沉入海底，或是被海浪卷到别处去了。

失去了巴尔特里，船员们心里都很难过。大家闷声不响地剖开鲸鱼的肚子，掏出鱼肺、鱼肠、鱼胃……甲板上，只有刀斧相击声，再也没有平日那样的欢笑声，更没有巴尔特里那爽朗的吆喝声了。

当一个船员割下鱼胃，拖上甲板时，只见鱼胃在一动一动地晃着，这船员喊来了船长。船长沉思了一下，举起一把锋利的小刀，小心翼翼地划开鱼胃，慢慢儿撕开，哎呀呀，巴尔特里在这儿，他正迷迷糊糊地躺在鱼胃里！巴尔特里还活着！伙伴们什么也没问，什么也没说，一个个像救火似的，从后舱端来一盆盆清水，朝巴尔特里浇去。巴尔特里被清洗干净，伙伴们将他抬进船舱，给他涂上药膏，让他休息，这时，船长已下令返航，要尽快将巴尔特里送医院抢救。

经医生抢救，巴尔特里醒了过来。他尽力回忆着。他终于想起了他落水后的那段经历。

巴尔特里从船头摔下去，正巧落在鲸鱼那大嘴巴里。他就像坐着个黏糊糊的滑梯，"哧溜"几下，落到了鲸鱼的胃里。他只觉得四周一片漆黑，里面又闷、又热、又潮湿。他也不知自己是站着，还是躺着，只知道四周样样都在晃动着，到处是稀粥一样的东西，散发出一股又酸、又臭的气味。渐渐地，他觉得呼吸困难，浑身上下，像有千万支针在刺似的疼痛，不一会，他就昏迷过去，什么也不知道了。

巴尔特里说的，全是实话。后来，据专家们分析，巴尔特里之所以能脱险，是因为他掉进鲸鱼胃里的时间不太长。鲸鱼被拖上甲板时，几乎还活着，它呼吸时，给了巴尔特里一些氧气。但鲸鱼胃里的液体，使巴尔特里的皮肤和一些内脏，受到了严重的损伤。四年之后，他便去世了。

据说，巴尔特里并不是唯一从鱼腹脱险的人，在他之后还有几个人，也是从鱼腹中脱险生还的。

巨鼠岛历险记

20世纪80年代一个初秋的早晨,湛蓝的墨西哥湾行驶着一辆新型的水陆两栖汽车,上面乘坐着一支由美国费城俱乐部组织的民间探险队,去大安德列斯群岛考察美洲虎的生活习性。

十二名队员中有美国一流的拳击家、射击运动员、工人、银行职员等,还有两名活泼勇敢的少年彼得和克莱特,他俩立志要当一名驯虎员。队长鲍曼是一位学识渊博的中年学者,费城大学著名的生物学教授,专门从事哺乳动物的研究。

两栖汽车终于登岛,队员们立即为岛上的壮美景色所吸引。满眼原始森林,地上长着片片淡绿色的兰花,散发出一股奇特的芳香。突然,草丛中出现一条灰白色土路,汽车在土路上颠簸,两旁不时出现一些土房木屋的残垣断壁。鲍曼教授说,这里曾有人居住生活过,后来不知什么原因搬迁走了。

不一会,汽车驶到一个平坦的低洼处,这里有间还较完整的石屋,屋内长着一棵数百英尺高的巨杉,穿过屋顶,直插蓝天。鲍曼教授决定在这儿宿营。卸完东西后,鲍曼命其他人留下修整房屋,自己领着射击运动员威尔特、记录员查尔斯和棋王利比等五名队员,携带枪支、手雷和摄像机,乘汽车去寻找淡水。彼得和克莱特也想跟鲍曼教授他们去,可想到出发前曾一再保证过"绝对听从指挥"的话,也就不开口了。

在岛上最高峰脚下,一股飞瀑直泻而下,他们正准备用密封桶灌水,查尔斯一声惊呼:"老虎!"果然,在五十英尺外的一块岩石边,一只庞大凶猛的美洲虎正在那儿不安地转动着,鲍曼他们连忙伏在草丛中,连大气也不敢喘。

那美洲虎一声咆哮,而岩后对面的沟里,有一条尖嘴、长胡子的黑溜溜的怪物,正露出一对锋利的门齿,瞪着一双小眼睛朝老虎爬过去。这是什么动物,连老虎也不怕? 鲍曼教授仔细观察了一番,初步认定这是一种畸形返祖大老鼠。

威尔特轻轻惊叫道:"老鼠! 这么大的老鼠!"其他人也目瞪口呆。鲍曼教授取下微型摄像机,准备摄下这一极其珍贵的镜头。

巨鼠继续朝老虎爬去,老虎又一声吼,就猛扑过去,巨鼠"嗖"地一下闪到老虎背后,凶相毕露,伺机反扑。就这样,扑来闪去几个回合,巨鼠被老虎的尾巴扫中,摔昏在一旁,老虎正要去吞噬巨鼠,只听一阵"吱吱"乱叫,从一个岩洞里窜出十多只同样的巨鼠,将老虎团团围住,轮番攻击,一场恶战,这只骄狂的猛虎,终于被蜂拥而上、凶悍无比的巨鼠撕咬得四分五裂。队员们目睹这一场面,吓得胆战心惊。

　　鲍曼教授摄完这组镜头后,刚收拾好摄像机,不料,几只巨鼠朝他们这儿窜来。他刚想嘱咐队员不要动,威尔特手中的枪响了,一只巨鼠脑袋开了花。鲍曼教授惊呼道:"糟了,快上车!"队员们一跃而起,朝汽车狂奔而去,而一群巨鼠也如潮水般卷来。就在鲍曼教授和两名队员爬上汽车时,突然涌出的另一股巨鼠,拦住了威尔特、查尔斯和利比。司机建议说:"队长,我们过去营救他们,用枪扫射!"鲍曼咬咬牙说:"好!"几百只巨鼠狂追威尔特他们,威尔特边跑边射击,他虽然弹无虚发但仍很害怕,查尔斯胆子更小,拼命逃跑;棋王利比虽很害怕,但他边跑边观察,决定往山上跑,查尔斯也跟着上山了。威尔特却只管沿灰白色的土路跑。他见汽车朝这里冲来,知道救兵到了,胆壮起来,转身用机枪猛烈扫射,但老鼠实在太多了,他最终也被鼠群吞噬了……见这惨景,爬上半山坡的利比和查尔斯既心惊又悲愤。查尔斯失去了理智,端起枪就是一阵猛烈的扫射。巨鼠们听到枪声,仿佛听到召唤,"哗"地朝山坡上卷来,他俩只好再往山上跑。情况十分危急,眼看威尔特的命运也要降临到他们身上,足智多谋的棋王利比也束手无策。陡然,他们的眼前一亮,山顶上发现一大片水面,原来是个天然水库,利比高兴得几乎要发狂了,他大声喊道:"神奇的上帝!"便拉着查尔斯一头跳进水里,奋力划去。

　　追来的巨鼠们望水兴叹,无可奈何地在水边"吱吱"狂叫……鲍曼教授他们在两栖汽车里,看到威尔特惨死,想象利比和查尔斯也难逃厄运,便狂怒地端起机枪扫射起来,一群巨鼠闻声冲来,鲍曼只好叫司机加大油门赶快逃走。汽车到了宿营地,司机就朝正在劈木材的拳击家格林大喊:"快,都躲进屋去!"格林以为来了美洲虎,他毫不在乎地要彼得和克莱特两个孩子进屋,自己拿过冲锋枪准备对付。司机跳下车,拉住他急促地说:"快进屋,你一支枪怎能抵挡得住老鼠呀!"一听说是老鼠,格林哈哈大笑起来:"胆小鬼,连老鼠也把你们吓成这样!"彼得和克莱特也想出来看看是些什么样的老鼠。在家里,他们抓活老鼠玩是顶开心的事。

　　司机上气不接下气地说:"这里的老鼠又大又恶,威尔特已经被恶鼠吃掉了!"这简直是天方夜谭! 格林怎么也不信。鲍曼教授跳下车,严厉责令他快进屋,而他依然不动,他相信自己如钢铁般的拳头。

　　不到半小时,黑糊糊的鼠群如涌浪般卷来,万只鼠头攒动着,尖叫声奔跑声汇成一股巨大的声浪。队员们见到这阵势,脸都吓白了,两个孩子也吓得一动不动,不知将会发生怎样的险情。鲍曼教授明白眼前的处境十分危险,他很后悔,刚刚没有抓紧时间要队员们乘车离岛,现在最好的办法是用无线电跟费城联系,要他们派直升飞机来,可细心的他偏偏犯了大错误,这次竟忘了带无线电发报机，眼前只能靠这石屋来抵挡恶鼠的侵袭了。

刚刚还是不可一世的格林，这时也慌了。鲍曼教授再次喊他进屋，但已迟了。几只恶鼠已窜到格林身后。格林挥拳击鼠，边打边退，鼠群拥了上来。

鲍曼急令朝远处而来的鼠群开火。机枪手扣动扳机，子弹如雨，满眼血肉横飞，但恶鼠仍然蜂拥而上，终于淹没了拳击家那铁塔般的身体。

鲍曼教授和队员们忍住悲痛，一边加固门窗，一边用钢钎和武器守卫，鼠群围住石屋，又叫又跳，奇臭熏人，就这样一直僵持到夕阳西下，修理工凯勒开动了小发电机，屋里顿时一片雪亮。大家又累又怕，强忍恶心，吃了点干粮充饥，一个个躺在地上休息。彼得和克莱特紧紧相偎，这时，他们想到了家，想起了妈妈……鲍曼教授内心也十分沉痛，这意外的灾难吞噬了两名队员的生命，也不知查尔斯和利比的命运如何。剩下的人生命也危在旦夕。眼下除了乘直升飞机，真是插翅难逃。怎么办？这时他才明白了岛上居民外逃的原因。

恶鼠的进攻又开始了，它们用身子撞，用牙齿咬，木柱被咬断，鼠头伸进窗户来，队员们只好开枪。鲍曼教授叮嘱说："节省子弹！往窗外扔火把！"队员们立即行动，彼得和克莱特也参加战斗，他们用柴油点燃木棍和乱草往外扔去，最后将能燃烧的东西扔光了，鼠群仍是有增无减。一个队员急中生智，脱下衣服作火把扔出去，其他人纷纷照着办，团团烈火，烧得恶鼠有的乱逃，有的被烧死。浓烟呛人，热浪烤得人人汗如雨下，终于使鼠群后退了十几米。

鲍曼教授招呼大家乘大火燃烧时，休息一会。他估计火一烧完，恶鼠还要进攻，更加残酷的战斗还在后面。果然，火势一弱，窗口又出现一群恶鼠，它们从被烧焦的窗口往屋里钻，狰狞的鼠脸露出了得意的神色，似乎在耻笑这些现代人的无能。队员们光着身子，一个个惊恐万分，仿佛现在只有束手待毙了。彼得和克莱特禁不住哭着叫起妈妈来……就在窗栅栏眼看要被恶鼠全部冲垮的紧急关头，鲍曼教授突然从屋角拖出一张准备用来罩美洲虎的铁丝网，大声命令道："快，把它钉在窗架上，通上电！"修理工凯勒被提醒了，他和几个队员迅速拉好铁丝网，接上电流，"吱吱吱"一阵惨嚎，几只恶鼠被电死了。这下可好了，来一只电一只，不到两小时，七英尺高的窗口竟被鼠尸堵得严严实实。黑夜过去，天渐渐亮了，凯勒关上发电机，一束晨光从屋顶缝隙处射了进来，给石屋注入了生命的希望，鲍曼教授决心要带队员们活着冲出去！可现实却是十分严峻的。他正想着，屋顶传来一阵"嚓嚓啦啦"的声响，啊，该死的恶鼠们又爬上屋顶了！没一刻工夫，屋顶出现了豁口，队员们忙四下散开，举起冲锋枪朝洞口就打，一些恶鼠消失了，更多的恶鼠又爬上来，又扒又啃。照这样，用不了几分钟，整个屋顶就会被掀开。那死神也随之降临，队员们已作好同恶鼠同归于尽的准备了。

这时，鲍曼教授几乎绝望了。猛然，他看到屋内那棵巨杉，他眼睛一亮，有了主意。队员们按照他的吩咐，立即行动。在枪弹的掩护下，凯勒和两个强壮队员先后攀上屋顶，凯勒在屋顶上看到四周已成了恶鼠的"海洋"，石屋如同一座孤岛一样。他一咬牙，猛扫机枪，消灭了屋顶上的恶鼠，另外两个队员已用尼龙绳将屋里的其他队员一个个吊上了屋顶。

时间就是生命！鲍曼教授要两个队员迅速攀上树顶，其他人集中火力掩护。两名队员如猿猴一般飞快往上爬，不一会便隐没在树顶浓密的枝叶里，接着抛下两根长长的尼龙绳，啊，这生命之树，这希望之绳！队员们禁不住热泪滚滚。彼得和克莱特两个孩子先彼吊了上去，绳子又落，又是两个队员被吊上去……屋顶上只剩下凯勒和另一名队员了，他们换了六支冲锋枪，灼热的枪管烫得他们手上起泡了，正当他们将尼龙绳捆到腰上往上升时，凯勒的那根尼龙绳突然断裂，他"啪"的一声掉进了汹涌的"鼠海"之中。树顶上的人们嗓门已哑得喊不出声，只好为他们又失去一位好伙伴默默哀悼。

队员们暂时松了口气，鲍曼教授骑在树桠上，不敢松懈。他放眼望去，远处似乎有一个岛屿，离此二百多海里处，也许有牙买加渔民活动，便叫一个队员立即鸣枪报警。

枪声惊动了恶鼠，一只如小黑熊的恶鼠拼命啃咬起树干来，其他恶鼠也同时行动，只听一阵一阵的啃咬声，令人心悸，照这样子，要不了几小时，两人合抱不拢的树干就会被轮番进攻的老鼠们啃断。队员们真正的绝望了，他们射完最后三十发子弹，一个个面色死灰，一动不动，准备向世界作最后的告别。

就在巨杉开始晃动的时候，从岛的最高处方向传来"轰隆"一声巨响，不一会儿，一股白色怒涛向石屋这里涌来，滚滚洪流势不可当，不多时便吞卷了鼠群，一只只恶鼠在浪涛里挣扎、尖叫、沉浮着，很快全部葬身水底，石屋前的洼地成了一片汪洋。

鲍曼教授和队员们惊讶得不知说什么好，莫非是上帝来救他们了？这时水中出现两个黑点，黑点渐渐移近飘浮着的两栖汽车，片刻，汽车发动了，朝巨杉下飞快开来。

彼得和克莱特眼尖，认出了汽车上的人，高声惊呼起来："利比！查尔斯！"其他队员也看清了，笑着，哭着，叫着："查尔斯！利比！"原来，利比和查尔斯跳进天然水库，躲过恶鼠的追赶后，想回营地来，他们发现千万只恶鼠包围了石屋，急得直跺脚，愁得一夜没合眼。利比急中生智，想起恶鼠怕水的特性，便和查尔斯把身边所有的手雷捆在一起，把天然水库炸开一个缺口,挽救了同伴们的生命。

人,毕竟是人,智慧的力量是无穷的。

空中历险记

1983年9月29日,澳大利亚布利斯班将举行第12届英联邦运动会。在这次盛大的运动会上,最令人感兴趣的一个项目,就是开幕式那天的跳伞表演。这次跳伞,非同一般,而是九人分三组在空中叠罗汉。

9月26日,是预演彩排的日子。这一天,当地面和空中曳光弹发出红、白、蓝三色耀眼的光芒时,体育场上掌声震天,欢声雷动。一万多观众,仰脸观看,所有的视线都集中在蓝天的一点上,那就是卡斯那182号飞机。九名跳伞勇士,也在飞机上俯瞰体育场这沸腾的场面,他们一个个摩拳擦掌,都决心把这次彩排表演得尽善尽美。

然而,天有不测风云。正当飞机盘旋着往上爬高的时候,忽然从西南方向大约六七公里处射来一束刺眼的亮光。他们仔细一看,原来那里有一片乌云在闪电。紧接着,就是一声闷雷传了过来。

九、十月份的布利斯班,天气变化无常,暴风骤雨,说来就来。其特点是来势凶猛,但不一会儿就过去了。

这时候,看那闪电的乌云移动很慢,因此,大家都没有在意。飞机仍在继续升空。

当飞机升到六千英尺高度时,跳伞队长威尔逊看了一下手表:此刻是三点整。这时,他命令第一组开始跳出飞机。当第一组自由下降十二秒之后,他又命令第二组跳出。威尔逊和诺布斯还有麦克尼,是第三批。当第二组跳出七秒钟之后,他们三个也跳出了飞机。

他们跳出飞机不久,便打开了降落伞,一个个在徐徐下降。

诺布斯熟练地操纵着降落伞,而且很快而精确地跟威尔逊叠罗在一起。然后,他们二人同步行动,又很快地同他们下面的麦克尼叠罗组合,按规定,形成一个三层"三明治"。看上去,就像一架三翼飞机。这时候,威尔逊又看了一下高度仪,指针正指着五千英尺。

三人一体同步往下降落着,忽然,他们被身下的一团乌云吞没。他们觉得好像被一团浓黑浓黑的棉花裹住了,上下左右什么都看不清。威尔逊感到一阵眩晕。他为了使自己尽量保持清醒,就在自己的大腿上狠狠地拧了两下。

但他不知怎的,好像吃了安眠药,就要窒息般地昏迷过去。他用尽力气向他的上下同伴呼喊,但就是喊不出声音来。他赶紧用手指掐了掐脑门,又掐了掐人中,就差点没掐出血来。这样一来,他感到清醒了许多。

这时，他又看了一下高度仪，指针却仍旧指在五千英尺处，既不上升，也不下降。"喂！诺布斯！"威尔逊仰脸呼喊着，"这是怎么回事？咱们在这儿抛锚啦！"他等了等，没有听到诺布斯的回话。

又过了令人焦躁难熬的四分钟，威尔逊又看了一下高度仪，那指针竟然指在六千英尺的数字上了。狂风的转速越来越大，把他们吹得像个陀螺，一个劲儿地旋转。降落伞被风吹得忽上忽下，忽伸忽缩。眼看他们这个所谓的"三明治"有被风吹散的危险。

伞盖"呼啦啦呼啦啦"地响着，伞绳发出"呜——，呜——"的声音，叫人听了心惊胆颤。他们都默默地向上帝祈祷着：可千万别把降落伞吹破啊。这时候，威尔逊又看了看高度指针，他不敢相信，那指针清清楚楚地指在八千英尺的数字上。他算了一下速度，现在正以每分钟一千英尺的速度上升，恰巧跟平时下降的速度一样。他们好像失去了地球对他们的吸引力，好似天上的太阳在把他们吸引而去。

三个人的绳索忽松忽紧，随时都有纠缠在一起的危险。就跳伞来说，他们都有上千次的经历了。但从来也没有遇到过这样的坏天气，这一回，他们都第一次想到了死。

失去了自控能力的"三翼机"还在继续上升，高度仪指针已指在九千英尺的数字上了。气温越来越低，人被冻得索索发抖。突然之间。又下起了倾盆大雨。寒如冰水的雨点，劈头盖脸地向他们打来。威尔逊用袖子把脸上的雨水擦了擦。就在这时，一道耀眼的白光从他面前闪过，使他的眼睛顿时什么也看不见了。紧接着，"咔啦啦！"一个炸雷般的霹雳，把三个人震得耳聋脑胀，骨散肉酥。啊，这太危险了，他们随时随地都有被雷电击毙的可能。

一声霹雳刚过，一股特大的气流狂飙般向他们袭来。"三翼机"就像一粒毫无分量的蒲公英种子伞儿，被吹到了一万英尺的高寒广空。又一个惊心动魄的炸雷火球从眼前滚过，只听得诺布斯"啊呀！我的妈呀！"惊叫了一声。威尔逊急忙抬头一看，诺布斯不见了。威尔逊心里惊恐地想着：他不会是被炸雷熔化了吧？麦克尼在威尔逊的下方呼喊着他的名字，威尔逊急忙低下头来跟麦克尼说话，但麦克尼也不见了。刹那工夫，两个战友都离他而去。威尔逊更加感到恐惧，他胡乱地想着：他俩会不会是被外星人绑架了？也许他俩脱险了，不管谁，现在只要能下降，便是好事啊。

现在只剩下威尔逊和他的降落伞像一根毫无分量的鸡毛，急剧地向上升着。高度仪已指向了一万二千英尺。他想：要是再上升，升到一万二千五百英尺，那可就真的没命了，因为在一万二千五百英尺的高度是死亡线，人在那个高度，会因空气稀薄而窒息的。

威尔逊想到这里，打算冒险弃伞下坠，降到一定高度再打开备用伞。然而他的手却被冻僵了。突然之间，雨又变成了冰雹，而且冰雹的个头越来越大，这些不讲情面的玩意儿，一颗接一颗地向威尔逊的头上、脸上、身上砸过来。威尔逊想：这一来可就完啦，如果再不采取措施，就有被冰雹砸成肉酱的可能。他忙将冻僵的右手插在胸部暖了暖，然后咬紧牙关，用尽吃奶的力气，去拉动伞柄。只听"嗖"地一声，降落伞飘向了九霄云外。同时，他也急剧下坠。风，在他耳边呼呼地响着。他的耳朵仿佛要被寒风撕去似的。脸像被刀子割了一般，痛得他筋抽肉跳，只好用一只手臂护着脸，用另一只手臂护着脑袋，任凭那冰雹砸在手臂上。

五十秒钟后，威尔逊降到了一万英尺的高度。他的眼睛死死地盯着他身边的唯一宝贝——高度仪表。当指针指在二千五百米时，他想打开他的备用伞。但又一想，这时还不能开伞，因为在这样的高度开伞，还有被风暴卷走的危险。然而此时此刻，下坠的速度越来越快。万一来不及开伞，那就会被摔个粉身碎骨。到一千五百英尺的高度时，他用力拉开伞拉锁，哎呀，拉锁怎么拉不动呀？再一看，我的天哪，伞上的拉锁被冰雹冻住了。这备用伞张不开，掉下去准被摔成肉泥啊。威尔逊不愧是个久经锻炼的跳伞家，他在面临死神威胁的紧急关口，没有惊慌。他握紧拳头，"啪"的一声，向那冻结的拉锁处狠狠地砸去，只见那冰凌"刷"的一声，向着四面八方散去。接着他猛力一拉开拉锁，只听"哗啦"一声，备用伞打开了。一看高度指针，还有五百英尺，好玄乎！他想，要是这伞再晚开几秒钟，可就没命了。

威尔逊和他的降落伞徐徐下降。往下一瞧，糟啦！下面是一片房子，电线纵横，要是降落在这种地方，说不定有触电或是被摔死的危险。时间不容考虑，说时迟那时快，他拼命控制拉绳，使伞向远处飘去。离地面还有五六十英尺了，往下一看，脚下是一条大河。威尔逊可不想到河里洗澡，他又用力控制拉绳，徐徐降落在大河边的沙滩边上。这时，公路上的行人，都停下来看他，使他觉得很狼狈。唉，这些不去管他了，总算活着回到了地面，就应该感谢上帝了。

当威尔逊刚刚收拾好伞具，诺布斯和麦克尼一起喊着向他跑来。威尔逊风趣地对他俩说："啊呀！我还以为你们两位做了外星人的俘虏哪！"诺布斯笑着说："你快回家吧，你的夫人正为你哭鼻子哪！"

威尔逊看了一下手表，正是三点三十六分。去掉五六分钟整理伞具的时间，他在空中整整游荡了半个多钟头。要是在平时，只用六分钟就够了。不过，他并不后悔，这次空中历险，倒使他长了不少见识哩。

丛林历险

1971年圣诞节前一天,一架洛克希德号飞机,从秘鲁首都利马机场腾空而起,直向秘鲁北部的普卡尔帕飞去。

机上有九十名旅客和机组人员。空中小姐用甜美的声音告诉大家:本次航班只要飞行一小时,但要穿过安第斯山,大家可以欣赏到飞机下安第斯山的壮丽景象……十六岁的德国姑娘米利安妮和她的妈妈坐在窗口,却无心朝窗外看一眼。她俩都坐立不安,激动不已。米利安妮的父亲汉斯·凯波克博士正在那里等着她们欢度圣诞节呢,要晓得,他们已经一年多没见面啦。再过一小时他们就要欢聚,能不激动吗?

米利安妮抬腕看看表,飞机该越过气势雄伟、冰雪覆盖的山峰了。就在这时,喇叭里响起航空小姐亲切的声音:"乘客们,现在飞机已进入高空雷爆区,请大家系好安全带……"航空小姐正讲着,突然机身激烈地摇晃起来,行李架上的手提包纷纷落下。顿时,机舱里乱成一团,响起一片惊叫声。乘客们拼命抓紧自己的安全带。米利安妮透过舷窗向外张望,看到右舷发动机已经着火,她吓得一头扑进妈妈的怀里。

机舱外电光闪闪,雷声隆隆,暴雨哗哗。飞机猛烈地晃荡着。乘客们被突如其来的袭击惊呆了,有的用手遮住脸,有的瞪大了惊恐的眼睛。米利安妮紧紧抱住母亲,母亲在喃喃地祷告:"上帝保佑……"妈妈还没祷告完,飞机劈劈啪啪地爆炸了!她意识到眼下正面临着死亡。

她一把推开米利安妮,要把生的希望留给女儿。这时,米利安妮感到飞机在急剧下坠,下坠!她和其他乘客一样,无法摆脱眼前的厄运,只得紧闭双眼,等待着死亡……

米利安妮渐渐醒了过来。她使了好大的劲才睁开眼睛,不料一串串滚雷又将她打昏过去。过了好一会,她才慢慢睁开眼睛,发觉自己正躺在飞机残骸里。脚上的鞋子掉了一只,脚面在淌血,一只眼睛严重擦伤,锁骨裂开似的疼痛……在这场毁灭性的空难中,别的旅客和机组人员,连同米利安妮的妈妈都已粉身碎骨,只活下了米利安妮一个人,她真算得上是个幸运儿。但当她环顾四周,看不到一个人时,不禁恐惧起来,眼泪簌簌地流了下来。

雨,终于停了。米利安妮的思绪像脱缰的野马,在密林中奔驰。自己深受重伤,孤独一人困在这无法穿越的亚马孙流域热带雨林中,随时都会丧生!她知道,这里是死亡地带,到处是毒蛇、鳄鱼、比美洲虎还厉害的毒蜘蛛……想到这里,一阵剧痛,又使她昏了过去。

圣诞节的黎明降临了,米利安妮被一阵不知名的鸟叫声唤醒。她经过一夜的休息,有点儿力气了。她蜷曲着身子,咬紧牙关缓缓地爬呀,爬呀,终

青少年故事会开心

于爬出了飞机的残骸。

米利安妮爬到一棵大树下，背靠树干，坐在地上直喘粗气。阴森可怖的丛林中，只有她孤零零的一个人。她虽然害怕，但对这里的环境并不陌生。

1967年到1969年，她曾和父母在这热带雨林里的研究站里待了两年。她有在森林中生活的经验。她清楚，在亚马孙热带雨林的许多地方，只有河流才是"林中之路"。唯一生还的希望就是找到一条河，才可以到达安全地带。

但要想在充满危险的密林中找到河流谈何容易！而且河中有食肉鱼，不小心便会被鱼吃掉！但米利安妮还是决定冒险去找"林中之路"。动身前，她首先想到了食物，没有它怎么也不能走出密林呀！想到食物，她这才记起一天一夜滴水未进，真饿极了。森林里果子虽随手可摘，但大多数有毒！她打算到飞机残骸里找食物。她刚站起，眼前直冒金星，一下摔倒了。她扶着树干站起来，一步一步移向飞机的残骸，在残骸堆里东翻西寻，总算找到一块淋湿的圣诞节蛋糕和一袋饼干。

米利安妮狼吞虎咽地吃下蛋糕，最后望了一眼飞机残骸，带上那袋饼干，找了根赶蛇的大长棍子，带着生存的信念，开始在丛林中寻找河流。

密林中灌木丛生，身体虚弱的米利安妮，只穿着一只鞋，一瘸一拐地向前走着。这时，天又下起了瓢泼大雨。她冒雨走呀，走呀，走了好几个小时，才只走出一里路。她身上被雨水淋得湿漉漉的，伤口也感染化脓了，眼前又被杂乱的灌木挡住去路。可米利安妮毫不犹豫，从灌木丛中穿过去，手脚被灌木戳得鲜血淋淋，衣服也扯烂了，但她终究胜利地走出了灌木丛。这时，她已累得筋疲力尽，瘫了下来，她告诫自己不能睡着。可眼皮却不听她的指挥，渐渐合拢了，迷蒙中她感到腿上凉飕飕的，她睁开眼一看，不由倒吸一口冷气，只见一条毒蛇吐着舌头，盘在她的腿上。米利安妮想伸手去抓，但很快又缩回来。她想：如果抓不住，反被毒蛇咬上一口，那就性命难保了。她凝神屏息地注视着毒蛇，心里在想着赶走这条毒蛇的办法。

毒蛇游动了，爬上米利安妮的肩头，停了下来，血红的蛇舌朝她脸上咝咝地吐着。米利安妮的心在狂跳，几乎快要跳出嘴巴！但她坚持忍着，不出一口大气。不知过了多久，滑溜溜的感觉才消失。米利安妮长长地松了口气，可浑身已泡在汗水里了。

为了尽快离开这危险的地方，米利安妮迈着踉踉跄跄的步伐，走走爬爬，爬爬走走，傍晚时分，终于来到一块略为平坦的草地。草地前面有条浅浅的小溪。米利安妮忍不住狂呼起来："噢，我的天，你终于出现了！"米利安妮感到已进入安全地带，好像看见了生的希望。她竟不顾一切地飞跑起来，扑倒在小溪边，把脸埋在溪水里，拼命地吮吸。现在她得抓住这条生命线，一直走到它汇入大河的地方。

小溪曲曲弯弯,时而穿越沼泽,时而绕过丛林,米利安妮步履维艰,可她顽强地坚持着,沿着小溪走下去,她心里明白,一旦看不见小溪,就永远别想找到它,她也只好葬身在这热带雨林中。

也不知走了多久,米利安妮失去了时间概念,她知道的只是白天和黑夜。她的衣服已被撕成碎片,火辣辣的太阳晒在她赤裸的背上,使她头晕脑胀。米利安妮对这还能忍受,搅得她无法安稳的是苍蝇和蚊子,它们一刻不停地纠缠她。苍蝇在她溃烂的伤口产卵,迅速繁殖成蛆。蛆长到十二毫米时,就开始吃她身上的肉。有的地方已被蛆咬成了一个深深的洞,能放进一个指头。这伤口真使她疼痛难忍啊,她被折磨得死去活来。

米利安妮为了生存下去,让感染的伤口不再恶化,就把一个戒指断成两截,咬紧牙用它来挖右边手臂上的蛆。可蛆太多,米利安妮怎么也挖不完。

这天,米利安妮露宿时,恍惚听见飞机的轰鸣声,当她惊醒后,周围却一片静寂,偶而传来令人毛骨悚然的狼叫,她以为空难的情景在梦境再现。

后来,有一天,她行进在密林中,透过树顶,果然看见一架直升飞机!她一阵激动,挥动胳膊拼命叫喊起来。这架飞机确实是搜索空难幸存者的。由于密林遮挡了飞行员的视线,根本无法看清地面的一切,也听不到米利安妮的呼叫。飞行员在树林上空盘旋了一圈,飞走了。孤苦伶仃的米利安妮哭了。但她没有完全失望,又振作起精神,沿着小河向前走去。

米利安妮走着走着,她头一低,忽然发觉那一袋赖以生存的饼干不见了!她发疯似地回头去找,但地上是齐膝深的野草杂木,连饼干的屑子也看不到。她瞧着藏饼干的袋子发呆,上面撕裂了几条缝,饼干准是漏光了。米利安妮又气又急,把袋子扔得老远,朝着森林大声喊着:"上帝,我饿不死,我会活着走出森林的!"这一天,米利安妮什么也没吃。她沿着小河,来到一条宽阔的河边。这是希伯牙河的主流。这儿野兽成群,它们从没见过人,根本不把人放在眼里。米利安妮才站定,就见远处尘土飞扬,一群狮子拥来。她惊恐万分!想躲又没法躲,周围是空地,前面是条大河。这当儿,狮群发现了她,咆哮着扑过来。米利安妮没命地奔跑着。狮群紧紧追赶着,眼看离她只有十几米远了!她没有别的选择,"扑通"一声跳进大河里。狮群冲到大河边,对着米利安妮吼叫了几声,甩甩尾巴走了。

米利安妮在河里只游动一会儿,那只肿得粗粗的右臂便疼得抬不起来了,脚也没一点儿力气。她被急流冲着,一会儿沉下去,一会儿浮上水面……不好!食肉鱼发现了她,成群朝她游了过来。

这种名叫皮拉尼亚的食肉鱼,长只有五六寸,长有一对赤红色的眼睛,嘴巴很大,上下颌各有两排锯齿状的牙齿,它不用两分钟,就能把人吃得只剩下一副骨头。米利安妮被食肉鱼团团包围,眼看就要葬身鱼腹!幸好一

青少年开心

故事会

个巨浪铺天盖地扑来，把米利安妮高高托起……也不知过了多久，她缓缓苏醒过来，发觉自己躺在河滩上。

她虽浑身疼痛，却暗自庆幸没被鱼吃掉。她咬咬牙，沿着河岸爬着。也不知爬了多久，她吃力地仰起头朝前看去，啊，船！船！在一片夕阳下，她看到前面有一只小船停泊在河边，再一看，啊，河边有一条通往森林的小路。有路必有人。顷刻间，一阵狂喜涌上米利安妮的心头。她不假思索地爬起来，冲了过去，她跌跌撞撞来到一间木屋前。木屋的门紧闭着，米利安妮有气无力地喊着："开开门，请救救我……"米利安妮喊了好一会，仍不见有人答应，她便使劲将门推开。

屋里放着摩托艇和塑料包着的一桶汽油，却没有人。她从屋里退出来，在小屋四周转了一圈，又喊了一阵，还是没有人。她失望地叹口气，又跑回屋里，躺在地上美美地睡了一觉。

第二天清晨，米利安妮来到河边停泊小船的地方，见小船还在，就坐下休息。突然，她听到身后有动静，就警觉地站起来，看见三个猎人打扮的青年朝她走来，他们大声问："喂！你是谁？"米利安妮听了，却不知道如何回答。这是她十天以来第一次听到人类的声音。

米利安妮激动得哽咽住了，眼泪止不住夺眶而出，她摇摇晃晃地站起来，扑向猎人的怀里，嘴里喃喃自语地说："我得救了……"

米利安妮靠着坚韧不拔的意志，终于走出了亚马孙流域的热带雨林。

梦游死亡谷

阿尔卑斯山脉横穿欧洲几个国家，位于法国和意大利交界处的勃朗峰，高达四千八百多米，是阿尔卑斯山脉的最高点，也是风景最优美、山势最险峻的地方。勃朗峰下有一处深谷，不少探险觅胜的游客从绝壁上坠落下去，往往找不回尸体，因此，这名副其实的"一落千丈"的深谷被人称作死亡谷。攀上绝壁，还有一段像薄刀一样狭窄的山脊，一人通过还得小心翼翼，山风又大，两边又无栏杆，因此，这几百米的山脊连冒险家见了也胆战心惊。

20世纪60年代中期的一个夏天，勃朗峰下的旅馆里住进兄妹俩，哥哥叫弗朗科，妹妹叫莲娜。令人奇怪的是，兄妹俩在旅馆里一连住了几天，却从没露出要攀登勃朗峰的意思，害得几个想赚笔外快的导游白跑了几趟。

原来，这位叫莲娜的14岁的女孩是位严重的梦游症患者。她常常夜间独自穿着睡衣到处游逛，有次甚至用哥哥的猎枪打坏了自己最心爱的洋娃娃。白天，她是个胆小、脆弱的女孩子，而在梦游症发作时，她甚至敢走进森林与黑熊搏斗。她在睡梦中能做出种种令人难以相信的复杂的事情，而做这些事情，即使在神智清醒时，也需要超人的意志和才能。

他们父母双亡，留下一笔遗产，17岁的弗朗科成了妹妹的保护人。他陪她到处求医。后来，听从医生的嘱咐，陪莲娜在阿尔卑斯山脉周围几个国家旅游，希望能减轻她的症状，如能痊愈，那是再理想不过的了。

旅游中，弗朗科几次提出去爬爬阿尔卑斯山，在滑雪的季节里也去滑滑雪，但都被妹妹拒绝了。她说，她只希望站在远处看看那些景色，看看别人怎样滑雪，要叫她亲自做那些危险的事，她说什么也不敢。

弗朗科很想玩，但为了不使莲娜觉得孤单，他只好一次次放弃那些打算。两个少年人，竟像老头儿老太太那样，只是远远地看风景，远远地看别人玩。

将近一年的时间过去了，莲娜夜间梦游的症状果然大大减轻，有时竟一连几周睡得很安宁，即使偶尔出来，也不过在旅馆的盥洗室里洗洗东西，或到花园里去溜达一圈。弗朗科很高兴。他想，游完勃朗峰回去，莲娜的病大概会全好了。

但是，弗能科也没有松懈警惕，在容易出事的山区住下，他都在夜间用一根尼龙绳把自己和莲娜悄悄拴在一起，万一莲娜又犯病，他可以被惊醒，跟在她后面暗中保护。当然，他不会去惊动她，因为他知道，如果对梦游症患者叫喊，她会猝然倒下。因此，不到万不得已，他是不会去阻拦她的梦游行动的。

这天夜里临睡前，弗朗科又悄悄将尼龙绳的一头拴在莲娜腰上，另一头拴着自己左胳膊，然后放心地睡去。半夜时分，他被一阵冷风吹醒，一睁眼，发现门开着，阵阵山风吹来，胳膊上顿时出现鸡皮疙瘩。再一看，不好，莲娜的床空了，尼龙绳的那一头被解开扔在地上。弗朗科一惊，忙打开灯，在旅馆内四下寻找，哪儿也没有。他跑到大门外，发现铁栅栏门也开着，路旁有条莲娜遗落的丝巾。

莲娜到哪里去了？是在附近瞎走，还是攀上绝壁？她出去了五分钟还是一小时？弗朗科心乱如麻。考虑片刻，他给旅馆服务员留了张便条，又急忙返回室内，找出一直携带的登山工具，向攀登勃朗峰必经之道奔去。

弗朗科的选择是对的。莲娜确实走了一条上顶峰的山路。旅馆所在地海拔四千米，离顶峰虽然只有八百多米，但那条路是阿尔卑斯山中最陡峭崎岖的险途，有绝壁，有深谷，有薄刀片样的山脊，有冷不防呼啸而来的山风……她两眼茫然发直，梦幻使她变成和原来截然相反的一个人。原来被压抑的才能得到最大限度的发挥，就像演员拿到了最好的剧本，她的感觉非常敏锐，登山动作恰到好处，准确无误。现在，她就是欧洲最好的女登山家！

弗朗科赶到绝壁前，借着月光，见到黝黑的岩石上爬着个穿淡装的人，从窈窕的身材可以断定，她就是平时看见高楼也要头晕的莲娜。她穿着紧身羊毛运动服,没带任何登山工具,徒手向欧洲最高峰攀登。

如果在城里,弗朗科可以去悄悄请一群消防队员来帮助,但在这荒无人烟的深山里,他能去请谁呢? 旅馆里的那帮人,他们只会大叫大嚷,准会把莲娜吵醒,一跤从绝壁上摔下去,掉进死亡之谷。他决定跟在她后面,见机行事。

弗朗科戴上防滑的橡胶手套,穿上登山鞋,身挂丁字镐和绑着尼龙绳的搭钩,奋力向莲娜前进的方向攀去。月光下的山峰下,两个人一前一后无声地攀登着,真是一幅奇妙的景象。

弗朗科毕竟备有工具,很快就缩短了和莲娜之间的距离,渐渐地,他们之间几乎只隔十步之遥了。弗朗科很奇怪:怎么一点也听不到莲娜的气喘吁吁声? 而他自己呢,刚攀上五十米,就喘个不停了。梦游,真是一种不可思议、充满神秘感的疾病!

绝壁上的小路呈 N 形盘旋上升,不一会儿,人就身临死亡谷之上,听着山谷中呼啸的夜风,弗朗科感到不寒而栗。他停下休息一下,考虑下一步该怎么办。

莲娜却一点也没有停留,她伸出手去就能抓住一块足够牢固的岩石,随着双脚的移动,身体的重心一点点上升。在通往薄刀形山脊的狭窄道路前,有一块面积几乎和篮球场大小的山顶平台,她沿着四周转 3 圈,就快步走向两边没有扶手的陡峭的山脊。

这时,弗朗科已经来到平台上,他发现自己已失去拦住莲娜的极好机会,因为现在她已走上了山脊,是一点也不能去惊动她的。医生都说,梦游症患者是在做梦中之梦,如果惊醒她眼前的这个梦,她会倒在自己第一个梦里,而现实是,她将跌入死亡之谷! 没法子,他只得跟在她后面。走完这条几百米的险路,大概还会有比较宽阔的地方,到时再说吧。弗朗科把搭钩抓在手里,以防万一不慎滑跌,可以及时甩出搭钩,钩住什么突出的地方。

莲娜走得很轻盈,简直和走乡间小路差不多,走走看看,十分潇洒,哪里像是站在海拔四千多米高的一条狭窄得出奇的山脊上! 弗朗科一边小心地摸索前进,一边为莲娜的安全担心害怕,不一会儿,身上就被汗水浸湿了。他发现自己的一个最大错误:没带表。因为莲娜的梦游一般不会超过清晨五点,如果那时她还在山上,那就十分危险了。在五点之前,她一般是会赶回她自己的床上去的,即从第二梦回到第一梦,然后再清醒过来。如果就在这狭窄的山脊上转身回去,他将进退两难……想到这里,他又发现自己犯了第二个大错误:和她之间的距离太近了! 顿时,他吓得身子晃了晃,差点从山脊上掉下去。

等他平稳下来,定神朝前看,却发现莲娜已经完全转过身,发直的双眼穿过他,茫然地看着前面,一步一步向他走来。

他们之间,只有五六步距离!他们两旁,是漆黑的万丈深渊,死亡之谷!

月光下,莲娜的脸苍白得像个死神!但是,她却是自己的妹妹,只是,她患了病。得想法拯救她和自己!

弗朗科急中生智,迅速将两只搭钩挂住山脊一面的岩石,自己抓住尼龙绳,让身体从山脊的另一面荡下去,给梦游的莲娜让出条路。

莲娜的脚步声过来了,但是,她又在尼龙绳旁站停了,大概是在看风景。弗朗科暗暗祈祷:千万别让她发现尼龙绳,别让她发现自己,否则,她将从第二梦直接坠入可怕的现实中去。

一分钟过去了,五分钟过去了,十分钟过去了……莲娜一直呆呆地站在危险的山脊上。荡在下面的弗朗科几乎怀疑她在上面躺下睡着了,不过,他终于听见她又慢慢地向绝壁方向走去。

这时,弗朗科试着登上山脊,但是,手臂又酸又麻,一点儿也使不上劲。山脊的那一面看来是背阳的阴面,又湿又滑,脚一点也帮不上忙,丁字镐也变成了废物。现在,弗朗科真的急起来了:自己吊在这里不要紧,莲娜总得有人照顾呀!照他的估计,五点之前,她是绝对赶不回旅馆的了,如果正巧在绝壁上……他不敢再想下去了。他努力睁大眼睛,朦胧中,他看到莲娜已走完山脊的那段路,来到了平台中央。这时,他竭尽全力,高喊一声:"莲娜!"莲娜像是听见了呼喊,她愣了一下,接着,身子软软地倒了下去。

弗朗科见自己第一步目的已达到,怕她再回到原来的梦里,就继续呼喊她的名字。一会儿,只见她抬起身子,恐怖地惊叫:"弗朗科,我怎么会在这儿呀?!"弗朗科马上对她说:"你别动,就在那儿坐到天亮,会有人来救咱们的。"接着,他就把事情经过,讲给她听。

莲娜听罢,哭了起来。过了一会,她突然站起来说:"弗朗科,你是为保护我才被吊在下面的,如果不及时拉你上来,你的手臂会没力气,那样你会掉下去的!"弗朗科大声制止她,说:"别动,你不能再做梦了!走上山脊,你就会出事!"但是,莲娜却没听他的,崇高的兄妹之情给了她超越梦境的勇气。她走上山脊,来到弗朗科上面,将自己的羊毛运动服脱下,坠到下面。弗朗科满满咬了一嘴,鼻子里"唔"了声,莲娜就在上面用力拉扯起来。

弗朗科顿时觉得浑身有了力量,手脚使劲,终于攀回狭窄的山脊。

当他们来到安全的山顶平台时,莲娜大声说:"真可怕,真可怕,快叫醒我,这是在做梦,快叫醒我!"弗朗科笑着说:"真是在做梦,但愿这个梦永远不会醒。瞧你,变得多勇敢呀!"莲娜说:"我没法回去了。"弗朗科说:"让我们就坐在这里。我给旅馆服务员留了条子,天亮后,他们会派直升飞机接我们的。我也不敢看你从绝壁上爬下去了。"

青少年开心故事会

第十二篇

成长故事

浪漫诗风之祖——屈原

屈原（公元前340—前278），名平，字原，战国时代楚国人，是我国文学史上第一个伟大的诗人。其传世之作有《离骚》、《九章》、《九歌》、《天问》等。他的作品富有独创性和浪漫主义色彩，对我国古代诗歌的发展产生过极其深远的影响。

少年时代，屈原家住山上，每天读书必须跨过湍急的溪水，穿过苍苍林莽到山下的乐平里。他早去晚归，家里人很不放心，妈妈常让姐姐屈须到书房去接他。

一天，浓重的夜色笼罩着山头，屈原还没有回来。屈须到山下书房问塾师，知道弟弟背完晚书，第一个离开书房回家了。屈须返回家里，屈原还没回来。妈妈着急了，连忙求邻居帮忙到溪涧和后山上去找。结果，到处不见屈原的影儿。妈妈失望地回到家，一进门，却看见屈原正吃饭呢。问他刚才到哪儿去了，他只是笑笑，就是不说话。

这件事引起了姐姐的好奇。第二天下午，屈须早早赶到书房，等弟弟背完晚书，便悄悄地跟在后边。穿过树林，越过溪流，她跟着，跟着，只见屈原在溪旁一闪，不见了。屈须以为弟弟回家了，可是到了家里，才知道弟弟并没有回来。屈须更加奇怪，就又返回去找弟弟。

原来，小溪旁边有一个天然岩洞，每天放学以后，屈原总要钻进这个岩洞里刻苦读书。这个岩洞虽然不大，但景物别致：洞壁如浮雕图案，花鸟虫草，情态各异；洞顶悬挂着石钟乳，千姿百态，水顺着钟乳石尖一滴一滴地滴下来，叮咚叮咚，犹如玉落银盘，更显得洞里幽静深邃。这天，屈原照例走进洞里，来到他早已支好的石桌石凳旁边，把小藤包放在桌上，掏出书本，端坐在凳子上，低声背诵起来。他哼着哼着，不禁声音渐渐激昂起来，音韵深沉，宛如惊涛拍岸。过了一会儿，他又坐下来，双手托腮，疲惫地闭上双目。

恍惚间，屈原看见一个人影从石缝中走出来，提着衣裙，飘飘悠悠地来到屈原身旁,舞着长袖,向他施礼,然后捧着一叠厚厚的书简献给他。屈原不由心中一怔:难道真是仙女面传天书吗?他急忙参拜仙女,接过书一看,原来是一部《楚声》。"渔夫歌"、"五谷调"、"砍柴曲"、"蚕花谣"、"越人歌"……尽是楚国各地民歌民谣。屈原惊疑道:"人间烟火之事,上天如何知道?"他分外激动,再拜仙女,低声问道:"好诗向谁求?请仙姑赐教。"说完,抬头一看,眼前仙姑已不知去向,手中天书也无影无踪。半晌,听见一女子的声音:"真诗乃在民间!"这声音把屈原弄蒙了。"仙姑在哪里?"屈原惊叫着,回头一看,原来是姐姐屈须。屈须寻到洞里,见弟弟打盹,说着梦话,便答了一句,这才使屈原从迷梦中清醒过来。

屈须一边责备弟弟,一边拉着他向洞外走。一出洞,姐弟俩便听见山上传来丁丁(zhēng)的伐木声和悠扬的山歌声。屈原央求着:"好姐姐,咱们听一会好吗?"姐弟俩坐在溪边,只听见:

河水清清哟,波纹像连环,栽秧割稻你不管哟,凭什么千捆万捆往家搬?

……

屈原听到这歌声带着无比的愤怒和怨恨,深深地感叹道:"果真'好诗在民间'。"他边听边记,记好了就读给姐姐听,直到很晚了才回到家中。

从此,屈原常找樵夫、猎人、渔翁、蚕女、巫师等采集民间歌谣,并在小溪旁这个岩洞里加以整理、吟咏。这为他后来创造出文学的一种形式——骚体,打下了坚实的基础。

屈原以后官至三闾大夫,因直谏而遭贬。他爱国的抱负无法施展,于公元前 278 年农历五月初五,投汨罗江而死。

史家之绝唱——司马迁

司马迁(约公元前 145—前 87),陕西韩城人。他是西汉伟大的史学家、文学家和思想家。他写的《史记》,计 130 篇,约 50 万字,记述了从黄帝到汉武帝太初元年约三千年中的重大历史事件和杰出的历史人物,是中国古代历史的总结,也是光耀千古的文学著作。

司马迁幼年是在韩城龙门度过的。龙门在黄河边上,山岳起伏,河流奔腾,风景十分壮丽。这条中华民族的母亲之河滋养了幼年的司马迁。他常常帮助家里耕种庄稼,放牧牛羊,从小就积累了一定的农牧知识,养成了勤劳艰苦的习惯。在父亲的严格要求下,司马迁 10 岁就阅读古代的史书。他一边读一边做摘记,不懂的地方就请教父亲。由于他格外的勤奋和绝顶的聪颖,有影响的史书都读过了,中国三千年的古代历史在头脑中有了大致轮廓。后来,他又拜大学者孔安国和董仲舒等人为师。他学习十分认真,遇到疑难问题,总要反复思考,直到弄明白为止。在父亲的熏陶下,他从小立志做一名历史学家。

一天,快吃晚饭了,父亲把司马迁叫到跟前,指着一本书说:"孩子,近几个月,你一直在外面放羊,没工夫学习。我也公务缠身,抽不出空来教你。现在趁饭还不熟,我教你读书吧。"司马迁看了看那本书,又感激地望了望父亲,说:"爸爸,这本书我读过了,请你检查一下,看我读得对不对?"说完把书从头至尾背诵了一遍。

听完司马迁的背诵,父亲感到非常奇怪。他不相信世界上真有神童,不相信无师自通,也不相信传说中的神人点化。可是,司马迁是怎么会背诵的呢? 他百思不得其解。

从20岁起,司马迁开始到各地游历,考察历史和风土人情,为他日后编写史书提供了充足的史料。做太史令后,他常有机会随从皇帝在全国巡游,又搜集了大量的历史资料,还了解到统治集团的许多内幕。他还如饥似渴地阅读宫廷收藏的大量书籍,收集了各种重要的史料。就在他写《史记》的时候,为李陵说情触犯了汉武帝,被关入监狱,判处了重刑。

司马迁出狱后继续写作,经过前后10年艰苦的努力,终于写成了《史记》。这部巨著,对后世史学与文学都有深远的影响。

博学多能——张衡

张衡(78—139),字平子,是我国东汉时期著名的科学家、文学家,他的出生地在现在的河南省南阳县的石桥镇。他的祖父张堪做过太守,为官清廉。父亲早逝,因此张衡家里很贫穷。张衡从小就勤奋好学,加上天资聪颖,很早就闻名乡里。

据史书记载,他10岁时就"能五经贯六艺",过目成诵。他兴趣很广泛,常常涉猎自然科学方面的读物,而且写得一手好辞赋。

一天,张衡从一本诗集里读到四句诗,描述了北斗星在各个季节傍晚时的变化:"斗柄指东,天下皆春;斗柄指南,天下皆夏;斗柄指西,天下皆秋;斗柄指北,天下皆冬。"他觉得这太有意思了。天上的繁星闪烁,有的像箕,有的像斗,有的像狗,又有的像熊,它们的运行又各有怎样的规律呢? 这简直是太美妙了。于是张衡根据诗的内容又参考别的书籍画成了天象图,每夜只要是没有云彩,他就默默地对着天象图仔细观察着夜空。广漠的星空有多少难解之谜呀,他观察着、记录着、思考着,他的脑袋里装满了各式各样的问题,充满了五颜六色的幻想。后来,他终于确认那四句诗里描述得不够准确,事实上斗柄早春指东北,暮春却指东南。

少年时代对日月星辰的观察,激发了张衡努力探索天文奥秘的决心。后来他两度出任中央政府专管天文的太史令,在这方面取得了辉煌的成就。

据《辞海》记载:他首次正确解释月食是由月球进入地影而产生的;观测和记录了中原地区能看到的2500颗星星,并且绘制了我国第一幅较完备的星图;他创制了世界上第一台候风地动仪;创造了指南车、自动记里鼓车和能飞行数里的木鸟。

渴求知识的张衡总是感到自己知识的不足,不满17岁时,他辞别父母独身一人到外地访师求学。在古都长安,他游览了当地的名胜古迹,考察了周围的山川形势、物产风俗和世态人情。在当时的京都洛阳,他结识了不少有学问的朋友,其中有一个叫崔瑗,精通天文、数学、历法,还是很有名气的书法家。张衡登门向他求教。正是由于他这种虚心好学的精神使得他在各方面获益匪浅。除了在天文学方面有杰出成就外,在地震学的研究上也是举世瞩目的,他创制的候风地动仪比欧洲相类似的仪器问世早1700多年。他还是个大画家,大文学家,他写的《二京赋》"精思博会,十年乃成",为人们所津津乐道。

河南省南阳县的北面有张衡墓和平子读书台,墓碑上有郭沫若的题词:"如此全面发展之人物,在世界史上亦属罕见。"

中华医神——华佗

华佗(141—208),安徽省亳县人,东汉外科医生。他首创了"麻沸散",是我国历史上第一个使用麻醉技术进行手术的医生,成为我国古代医学家中杰出的代表人物。

华佗7岁死了父亲,哥哥被抓去充军,一去不返,音信全无。家庭十分贫困,只有小华佗和母亲相依为命。

华佗从小爱好读书,富有钻研精神,对医学饶有兴趣。在母亲的教育下,小华佗立志不图官位,愿为良医,以救民济世为本。

后来,母亲得了一种奇怪的病,忽冷忽热,周身疼痛,皮肉肿胀。华佗请来很有名气的大夫治病,也不见成效。母亲病故前对华佗说:"孩子,记住你的父母都是被这种古怪的病折磨死的。我希望你早日学成医术,好让百姓少受疾病之苦!"

母亲的去世激发了华佗发愤学医、普济众生的决心。他来到城里,要拜父亲的生前好友蔡医生为师学医。蔡医生开始不想收华佗为徒,可是一想,华佗父亲生前是自己的老朋友,朋友一死,转眼不认人,也太不讲情义了。所以,他想考考华佗,如果他是一块做医生的料,就收;不行,就不收。

蔡医生主意已定。他见几位徒弟正在院子里采桑叶,而最高处枝条上的桑叶够不着,便向华佗说:"你能设法把最高的桑叶采下来吗?"华佗说:"能。"他叫人取了根绳子,拴上块小石子,只一抛,绳子抛过枝条,树枝被压下来，桑叶就采到了。蔡医生又看见两只山羊在斗架，眼都斗红了，谁也拉不开，就说："华佗，你能把这两只山羊拉开吗？"华佗又说："能。"只见他拔来两把鲜草，放在羊的旁边，斗架的羊早就斗饿了，一见鲜草，忙着抢草吃，自然散开不斗了。

蔡医生见华佗如此聪明，就收他为徒。后来华佗跟随师父刻苦钻研，注重实践，终于成为被人拥戴的一代名医。

华佗根据医道，自编了一套"五禽戏"体操，教人用来锻炼身体。不少人练了很有效果。华佗一位表弟长期做"五禽戏"体操，年老时，耳聪目明，牙齿坚固，为同龄人所羡慕。

华佗一生刚直不阿，不求虚名。有一次，华佗替曹操治好了偏头痛病，深得曹操赏识。曹操要他留在曹府，给他优厚的报酬。后来华佗在曹府做了一段时间的侍医，但他身在曹府，却心在民间，总想为老百姓多解除疾病之苦。

有一次，华佗借故妻子有病，回家探望。回家后，不愿再去曹府。曹操知道后，以欺骗的罪名把华佗杀了。曹操成了有罪之人，而华佗一直被后人传颂。

书法界的泰斗——王羲之

王羲之（321—379，一说 303—361，另说 307—365），字逸少，琅玡临沂（今属山东）人。东晋书法家，官至右军将军、会稽内史，人称"王右军"。后辞官，定居会稽山阴（今浙江绍兴）。其书法真、行、草、隶诸体皆精，尤其擅长真书、行书。字势雄强多变化，有"龙跃天门、虎卧凤阁"之誉，为历代书法家所崇尚，有"书圣"之称。少年时期的王羲之，就以刻苦好学、机智勤敏而誉满乡里。

王羲之出生在一个官僚家庭。父亲王旷为淮南太守，叔父王导为司徒，伯父王敦为扬州刺史，叔祖父王澄为荆州刺史。他父亲这一辈人都是当时著名的书法家，所以他有很好的学习条件。

王羲之小时候少言寡语，谁也看不出他有什么与众不同的地方。但他热爱学习，喜欢钻研，遇事机智有心计。他 7 岁开始临池学书，到 10 岁时，字写得已很有水平，他的叔叔伯伯都十分喜欢他。

王羲之到了 11 岁，很想学一点关于书法方面的理论著作，用来指导自己。有一天，他在父亲王旷的枕头里发现了一本叫做《笔谈》的书，讲的都是有关写字的方法。他高兴得如获至宝，便如醉如痴地学起来。正当他兴趣正浓时，被父亲发现了，问他："为什么偷读我枕中秘本？"王羲之只是望着父亲傻笑。母亲从旁插话道："他恐怕是在揣摩用笔的方法吧！"父亲说："你现在年龄太小，等长大了，我自然会教给你读。"王羲之急不可待，不高兴地说："如果等我长大了才讲究笔法，那不成了日暮之学，青春年华不就白白浪费了吗？"王旷十分惊奇儿子的这番议论，认为儿子少有大志，应该从小好好培养，于是便将《笔谈》的内容认认真真向王羲之作了讲解。王羲之有了扎实的临摹功夫，又有了《笔谈》的理论指导，几个月的工夫，书法便上升到一个新的水平。以后，他又拜当时的女书法家卫夫人为老师，在卫夫人的悉心指导之下，练习书法，有了更长足的进步。王羲之跟卫夫人学了一个时期，书法已十分圆转成熟，连卫夫人也不得不惊叹："青出于蓝而胜于蓝，这孩子将来一定要超过我了！"

王羲之从六七岁开始练字，直到 59 岁死时为止，50 年间笔墨不辍。愈到晚年，愈是老练沉雄。他很钦佩汉代张芝"临池学书，池水尽黑"的学习精神，常常以此鞭策自己。根据记载，除绍兴兰亭外，江西临川的新城山、浙江永嘉积谷山以及江西庐山归宗寺等处，都有他的墨池。他的儿子王献之继承父风，又有发展，世称"二王"，影响极为深远。王羲之存世作品已无真迹。行书《兰亭序》、《圣教序》、《姨母》、《丧乱》、《孔侍中》，草书《初月》等帖，皆为后世临摹之作。

七步成诗——曹植

曹植（192—232），字子建，是曹操第四个儿子，自小便受到很好的文学培养。在我国文学史上，他是被后人公认的写五言诗的高手。其诗善用比兴手法，语言精练而文采飞扬。他也擅长写辞赋和散文，《洛神赋》就是他的杰作之一，这篇赋惹得后人做了不知多少解释、猜测和辩论。谢灵运曾经这样评价他："天下的才共有一石（十斗），曹子建一人就占去了八斗，我得了一斗，剩下的一斗其他人去分。"

东汉建安时代的文学是很活跃的，其中曹操、曹丕、曹植三父子对后代文学有着相当大的影响，而曹植的名气又最为响亮。在曹操的培养下，曹植自小就有出众的才华。他常常在大庭广众之下，谈起话来滔滔不绝；与人应酬，对答如流。他写起文章来，下笔琳琅满目，使得人们都很惊奇，称赏不已。

有一天，曹操看了曹植的文章之后，满腹狐疑，就随口说了一句："你是不是请人代写的呀？"曹植看到父亲不信任自己，感到受了极大的委屈，就跪在地上，大声说："我言出为论，下笔成章，为什么要请人代写呀！请父亲亲自一试。"曹操点了点头。

时过不久，曹操在邺城建造了一个著名的"铜雀台"。落成那天，曹操率领儿子们登台观赏，并且当着文武百官的面，曹操说："你们几人就在台上每人写一篇赋。"只见几个儿子提笔疾书，不一会儿就一个接一个交卷了。文武百官见这父子几人，心里油然发出赞叹："果真是'龙生龙，凤生凤'啊。"大臣们拿出第一个交卷的曹植的文章，读后更加吃惊，他们深深被文章的辞采精华所折服了。于是一齐呈给曹操，他读了之后，眼睛一亮，把小曹植从头至脚扫视一遍，他相信了儿子的才能确实非同寻常。心中暗自盘算把魏王之位让给这小家伙。他不由得又回想起小曹植七八岁时候的一件事来：

那年中秋，全家在一起赏月，曹操指着天上一轮明月问曹植："外国跟月亮相比，哪个远，哪个近？"小曹植一口答道："月亮近，外国远呀！""为什么？"全家人都莫名其妙。他说："月亮抬头就能望见，所以说它近；外国怎么也望不见，所以说它远。"大家信服。

第二年中秋，有几个外国朋友来拜访曹操。在宴会上，曹操想起去年赏月的事，就问客人："月亮跟贵国相比，哪个远？哪个近？"客人们众说纷纭，莫衷一是。曹操在一旁含笑不语，等到众人争论都停了下来，说道："这个问题让我家植儿回答，请诸位多多指教！"

曹植被带进了宴会厅，他很有礼貌地对客人说："贵国近，月亮远呀！"曹操一听大惑不解："去年跟今年的说法截然相反呀。你怎么人长一岁，脑子却变糊涂啦！"曹植不慌不忙地答道："月亮虽然抬头能看见，却不能来到我们中间，外国虽然看不见，但可以跟我们互相往来，所以说它近啦！"话说得有理有据，很中外国使者的心意，曹操听了更是暗自得意。

曹植有如此才能，他的哥哥曹丕便对他恨之入骨。后来他凭借权术做了魏王，就想找茬儿害死曹植。

有一天，曹丕把曹植叫了来。心怀叵测地说："父亲在世时，曾经说你才华盖世，今天，你就走七步吟成一首诗。吟成了我佩服，不成你就自己死去吧。"

只见曹植不慌不忙，把手背在后面，如同闲庭信步。他走了七步之后，随口吟道：

> 煮豆持作羹，漉菽以为汁。
>
> 萁在釜下燃，豆在釜中泣。
>
> 本是同根生，相煎何太急。

明里说煮豆，暗里说的是，我们本来是同胞兄弟，何必自相残杀呢？曹丕听了满面羞惭，他只好把曹植分封到外地去了。

天工神笔——顾恺之

顾恺之(约345—406)，字长康，晋陵无锡(今江苏)人。东晋画家。他多才多艺，工诗赋，绘画书法皆精；以人物画最为著名，有"传神写照，正在阿堵

(眼珠)之中"的特长。

顾恺之的"天工神笔"是从小练就的。他三四岁学画画儿，到八九岁时，已成为小丹青妙手了。他家的院里、院外、墙上，以及他的手背上、脚面上，凡是能画画的地方，都留下过他的"杰作"。他有一次到姨家拜年，没进门，就用炭笔在大门上画了一幅《五谷乐》。还有一次，为了画画，他挨了爸爸的一顿打。原来，他暗中端详爸爸好多天，想给爸爸画幅像。一天，他正在丝绸上画画，爸爸从外面进来，见画得那个难看样儿，把他的脸打得又红又肿。

这天夜里，恺之做了一个美好的梦，他梦见月亮变成了一位迷人的姑娘向他飘来。姑娘的眼睛像纯净的湖水那般光亮、莹洁。姑娘还让他画眼睛。接着他梦见池中的莲花都变成了一位位莲花姑娘，都争着让他画眼睛……

恺之醒来，遥望碧空明月，星星在眨着眼睛。星星呀，你就是天空的眼睛吗？你有大、有小、有明、有暗；世上人的眼睛也不都如此吗？不同的是多一点善、恶、丑、美。眼睛呀，最能反映一个人的心灵，最能代表人的性格特征，把天下的眼睛都纳于我的笔下吧！

从此，顾恺之看啊，画啊，看各种各样的眼睛，也画各种各样的眼睛。苦练多年之后，画艺大进。后来在他笔下，孩子们滴溜溜的眼睛像西湖水面上的星星；老人们深邃的眼睛像山林中一汪蓝色的清潭；小伙子们闪烁着刚毅光芒的眼睛像盛着三月的太阳；而姑娘们的眼睛，则温柔得像夏天的露珠儿，在草叶上荡漾……

276

恺之不到20岁就名满京城了，当时有个云祥和尚想修建一座辉煌的寺院，向四方募捐，可捐到的很少。正当云祥食不甘味之时，恺之找上门，要捐一百万钱。他只要了一面空白墙壁，日夜挥笔舞彩，一个多月后，一幅光彩照人的大壁画完成了！

"看神画呀！顾恺之画的！"京城顿时沸腾了。黎明，庙门刚刚打开，烧香的、还愿的，络绎不绝。特别是大绅大户，都怀着虔诚的心情，急忙迈进庙门。他们望着画中人的不同眼神，不禁暗暗叫绝，"天工神笔"！不到一个月，捐赠的钱早已超过了一百万！

映雪夜读——孙康

孙康，晋代京兆(今河南洛阳)人，官至御史大夫。

孙康幼时酷爱学习，常常感到时间不够用。他想夜以继日攻读，可家中贫穷，没钱购买灯油。一到天黑，便没有办法读书。特别到了冬天，长夜漫漫，他有时辗转很久，难以入睡。实在没有办法，只好白天多看书，晚上睡在床上默诵。

一天夜里，他一觉醒来，忽然发现从窗外透进几丝白光。开门一看，原来下了一场大雪。屋顶白了，地上白了，树上也白了。整个大地披上一层银装，闪闪发光，使他眼花缭乱。他站在院子里欣赏银装素裹的雪后美景，忽然心中一动：映着雪光，可否读书呢？他急急忙忙跑回到屋里，拿出书来对着雪地的反光一看，果然字迹清楚，比一盏昏黄的小油灯要亮堂得多呢！

从此孙康不再为没有灯油而发愁。整个冬天，他夜以继日地读书，不怕寒冷，也不感到疲倦，常常一直读到鸡叫。即使是北风呼号，滴水成冰，他也从来没中断学习。功夫不负有心人，孙康砥砺求进，学有大成，终于成为一位很有名望的学者。

诗仙——李白

李白（701—762），字太白，号青莲居士。先世为陇西（今甘肃）人，5 岁时随父亲迁居四川。少年即显露才华，吟诗作赋，博学广览，并好游侠。25 岁时开始漫游各地，42 岁那年被任命为供奉翰林。李白毕生写诗。他写起诗来既快又好，杜甫说他是"斗酒诗百篇"。他的诗歌，热情奔放，气势恢弘，富有浪漫主义色彩，后世称他为"诗仙"。

李白的父亲是位商人，做生意赚了不少钱，相当富裕。相传，李白小时候在四川象耳山读书。有一天逃学下山，经过一条小山涧，见到一位老奶奶在山洞旁磨铁棒。李白觉得很奇怪，走上前询问，老奶奶回答说要用铁棒磨针。一根粗铁棒要磨成一根细小的针谈何容易，但老奶奶信心十足，她说："只要功夫深，铁棒磨成针。"从此以后李白就打消逃学念头，下工夫读书了。他既学文又习武，专门学习剑术，决心要做一个满腔侠义的"游侠"。

李白幼年时候记忆力特别好。诸子百家，佛经道书，无不过目成诵。据说他五岁就会诵写"六甲"，十岁能读诸子百家的书，懂得了不少天文、地理、历史、文学等各方面的知识。此外，他还学会了弹琴、唱歌、舞蹈。

一天，李白家中来了一位客人，风流儒雅，气概不凡，是当时很有名气的文人，这次是到蜀中来做官的。在长安，他早就听说李白的诗名，这次来到蜀中还未上任就前来拜访了。家人带他来到一条河边的柳树荫下，只见一个年幼的书生，头戴纶巾，佩一把宝剑，正在吟诗，同样是风流倜傥，卓尔不群，诗人对这少年的喜欢之情油然而生。他又看了看少年李白的诗稿，先是吃惊，后是赞叹，最后竟是击节拊掌了，他说："小家伙的文辞简直可以和司马相如平分秋色啊！好好写吧，中国第二个屈原就要横空出世了。"

李白少年时代的诗歌留下来的不多，比较早的一篇是《访戴天山道士不遇》。

说的是有一天李白到深山的道观中去寻访一位道士。时值初春季节，桃花正带露开放，飞瀑流泉，野竹小鹿，山中景色确实美不胜收。然而道士却始终没有回来，从早晨到下午，一直见不到人影，他只好怏怏而归了。回到家后愈想愈觉得那道士真是如同不食人间烟火的神人，再也按捺不住诗兴，于是展纸挥笔——

> 犬吠水声中，桃花带露浓。
> 树深时见鹿，溪午不闻钟。
> 野竹分青霭，飞泉挂碧峰。
> 无人知所去，愁倚两三松。

诗圣——杜甫

杜甫(712—770)，字子美，诗中常常自称少陵野老，祖籍襄阳(今属湖北)。他是唐朝著名大诗人，他的诗作成为我国古代诗歌的现实主义高峰，有"诗圣"之称。

杜甫的家庭是书香世家。他的远祖杜预是晋代著名学者、军事家，祖父杜审言是武则天时代的著名诗人。在这样的家庭中，杜甫自幼受到良好的教育。早在咿呀学语时，母亲就教他背诵古代诗歌，从《诗经》到《楚辞》再到汉代乐府。他记忆力特别强，一天能背几首诗。不几年，胸中已装了几百篇诗文。

7岁那年的一天，父亲教他背诵古代的赋，其中有"凤凰"之名。杜甫早就听说过有凤凰鸟，但就是没见过，于是抬起头来问父亲："凤凰鸟是什么样的？"父亲告诉他："这鸟是古代传说中的鸟王，雄为凤，雌为凰。它头像鸡，颈如蛇，领似燕，背如龟，尾如鱼。这种鸟不与其他凡鸟为群，是高洁的象征。"杜甫听了深深地印在脑中，过了一会儿他对父亲说："有志的人也应该像凤凰，对不对？"父亲高兴地抚摩着他的头说："对，对。""那我就作一首凤凰诗吧。"杜甫说。父亲惊喜地睁大眼睛："好，念出来我听听。"于是杜甫吟诵起来。诗中把他理想中的凤凰尽情讴歌了一番，最后抒发怀抱：做人一定要做一个出类拔萃的人。父亲听了非常高兴，从此以后就更加用心培养他了。

到了9岁，杜甫已经能写一般常用的字，他常常把自己的得意诗作写给大人们看。到了十四五岁的时候，当地诗人聚会的时候就一定要有他在场，有时人们还是把他从树上叫下来的呢！当时在长安有一个名人汇聚的中心，那就是岐王的家里，诗人、学者、艺术家常常是济济一堂。最使杜甫难忘的是，他承先辈们的介绍，到过岐王的王宫，在那里结识了许多名流，有幸欣赏了名噪一时的歌唱家李龟年的演出。

杜甫20岁离家漫游，他游吴越、登泰山、访燕赵，增长了很多见识。33岁这一年，在洛阳与另一个诗歌巨子相遇了，那就是李白。40多岁时国家发生动乱，自己也离乡背井，流离失所，生活无着，却用血泪写出千古传诵的诗篇。

年少诗精——白居易

白居易(772—846)，字乐天，号香山居士，原籍太原，后迁居下邽(今陕西渭南县东北)，他是唐代大诗人，新乐府运动的倡导者。与唐代另一大诗人元稹齐名，世称"元白"，有《白氏长庆集》七十五卷。

白居易生活在唐朝由盛到衰的时期，倍尝离乡背井之苦。他的祖父和父亲做过县令一类的地方官，祖母和母亲都能诗善文。他从小就受到很好的文化熏陶，五六岁时开始学写诗，八九岁时已通晓声韵。他学习非常刻苦，读书、作文、学习写诗，一日也不间断。因为经常朗读和写字，他的口舌生了疮，手肘磨出了老趼。

贞元三年(787)，16岁的白居易带着自己的诗稿，去京城长安，行进在咸阳古道上。此时正值早春，冰消雪融，刚刚生出的嫩芽，沐浴着春风在枯槁腐草间探出头来，他喃喃自语道："果真是'春风吹又生'了。"原来他触景生情，想起自己写的题为《赋得古原草送别》的诗来了。

白居易来到长安，拜见了担任著作郎、掌管编纂国史和起草重要文件的大诗人顾况。白居易恭恭敬敬地从书囊里拿出自己的诗稿，恳请顾况指教。老人将诗稿漫不经心地打开，低声吟读起来。读着读着，他忽然被这首题为《赋得古原草送别》的诗吸引住了。他反复吟咏品味着：

> 离离原上草，一岁一枯荣。
> 野火烧不尽，春风吹又生。
> 远芳侵古道，晴翠接荒城。
> 又送王孙去，萋萋满别情。

"妙绝！妙绝！"老人读完这首送别诗，情不自禁地拍案叫绝。他喜欢这首诗真挚充沛的情感和朴实无华的风格，尤其欣赏前四行耐人寻味的独特意境。作为人，不同样应该像那莽原上的野草一样，在逆境中顽强地斗争、倔强地生活吗？"恩师过奖了，晚生无地自容。"白居易红着脸，喃喃地说道。

老人从白居易口里知道白居易家世，知道他从11岁起就远离故乡亲人，在浙江一带过着萍踪浪迹的生活；知道他今天来长安是希望在这人才荟萃的国都，得到诗人的推荐和延聘，找到一个理想的出路，施展自己的抱负。老人越发怜爱这位才华横溢的少年诗人了。顾况开始看到诗稿上写"白居易"三个大字时，还打趣说："长安物价猛涨，只怕居住很不容易呢！"后来紧紧拉住白居易的手说："年轻人，能写出这样的诗句，不要说住在长安，就是走遍天下也不困难了！老夫刚才开了个玩笑，可不要见怪噢。"

第十二篇 成长故事

由于得到顾况的夸赞,白居易很快在长安出了名。不到几年,他考中进士。唐宪宗听说了他的名气,又提拔他做了翰林学士,后来又派他担任右拾遗。

少年及第——元稹

元稹,字微之,唐代河南河内(今河南洛阳)人,是与白居易齐名的大诗人,当世就有"元白"之称。元稹先后担任过校书郎、左拾遗、监察御史等官职,也曾经担任过短时间的宰相,后卒于武昌军节度使任上。有《元氏长庆集》60卷传世。

元稹的家庭世代读书为官。他的祖父元悱曾经担任过南顿丞,父亲元宽也曾经担任过兵部郎中。元稹长得清秀可人,父母都非常宠爱他。从三四岁起父亲就教他读书写字,背诵古诗。母亲更是他的启蒙老师,经常给他讲屈原、李白、杜甫,讲司马迁、班固,还教他背诵美妙的古诗。小元稹的记性可好啦,屈原的一首《离骚》,他两天就会背诵了,而且一字不错。

然而,好景不长,元稹8岁那年,父亲不幸去世。前母所生的几个哥哥,不愿供养后母和弟妹们。年轻的母亲郑氏只好带着子女离开洛阳到凤翔去投依娘家,日子过得十分艰难。坚强贤淑的母亲没让生活的重担压倒,她一方面料理子女的生活,一方面加强对子女的教育。

逆境是人才成长的砥石。聪明颖悟的元稹深知求学不易,他学习更加刻苦勤奋了。没有书读,他就到处去借,借来之后就不分昼夜地读,遇到精彩的地方还要抄下来。

元稹的刻苦自砺精神,赢得了很多人的赞赏。大家又见他十多岁年纪就能吟诗作文,其诗文又往往思路广阔,描写细腻,流露出对自然、对人的无限热爱之情。因此都称他叫"元才子"。

在一个秋天的晚上,天高气爽,星辰灿烂,银河皎洁,萤火虫(丹鸟)挑着小灯笼到处照着,纺织娘(莎鸡)从野外转移到人们的温暖居室中,甚至是在床下大声地鸣叫着。眼前的一切使感情细腻的他,心潮激荡,诗兴冲动。他沉吟着、思考着,等酝酿成熟了,一口气跑回屋内,挥笔疾书,只见他写道:

> 旦夕天气爽,风飘叶渐轻。
>
> 星繁河汉白,露逼衾枕清。
>
> 丹鸟月中天,莎鸡床下鸣。
>
> 悠悠此怀抱,况复多远情。

最后一句,语言虽少,但含义深远,有着丰富的内涵。

元稹刚刚15岁,就明经擢第,成了年轻的进士。后来他又参加了拔萃科和制举考试,也都一举成功。

七岁咏鹅——骆宾王

骆宾王(约640—684),婺州义乌(今属浙江省)人,唐代文学家。他与王勃、杨炯、卢照邻一起,被人们称为"初唐四杰"。他曾经担任临海县丞,后随徐敬业起兵反对武则天,兵败后下落不明,或说是被乱军所杀,或说是遁入了空门。有《骆宾王文集》遗世。

骆宾王年少才高,很小就喜爱文学。他善于从一个天真活泼孩子的角度去观察事物,抓住特征去描绘。他童年时的诗歌,天真率直,很富灵性,素来脍炙人口。

一天,骆宾王来到家门前的小河边玩耍,又看到了那一群司空见惯的鹅。它们像几位绅士在河面上悠然自在地游着。雪白的羽毛,长长的脖子,青枝绿叶般的水,红红的鹅掌,慢慢地拨动着清亮的水波。突然,一只鹅伸长脖子,脆亮地叫一声"鹅",紧接着其他的鹅也都对天歌唱起来。骆宾王见此情景,内心怦然一动,他凝神注视着鹅群,信口吟出了一首四句诗:

> 鹅、鹅、鹅,曲颈向天歌。
> 白毛浮绿水,红掌拨清波。

反复吟诵这首诗,不仅会在眼前浮现出一幅多彩的画面,而且仿佛可以听到美妙的声音:孩子的唤鹅声,鹅儿引颈高歌声、戏水声。我们读了会感受到春天的盎然生机,感受到农村生活的宁静和甜美。

骆宾王自小就胸怀建功立业的远大抱负,天生一副侠肝义胆。但他一生坎坷,曾经担任过长主簿,不久因罪入狱,贬临海丞,郁郁不得志,弃官而去。后来他协助徐敬业讨伐武则天,起草的《代徐敬业传檄天下》名扬天下,连武则天本人读了也感叹说:"这样有才能的人得不到重用,让他流落,宰相的过错不小!"

市民词人——柳永

柳永(987—1053),崇安(今福建崇安)人,原名三变,字耆卿。他是宋代开一代词风的大词人,官至屯田员外郎,世号柳屯田。柳永是北宋第一个专门写词的作家。他的词多取材都市生活,又大量创制慢词,受到下层劳动群众的喜爱,宋元时期流传最广。相传当时有"凡有井水饮处,即能歌柳词"之说。

柳永出身官宦之家,父亲柳宜在北宋朝廷任工部侍郎。柳永小时候与两个哥哥都很有才华,都考中了进士,在乡里有"柳氏三绝"的美称。但在三兄弟中,却是年幼的三变最为聪明伶俐。据说柳永是吃乳娘奶长大的。乳娘是个略通诗歌的女子。她在给柳永喂奶时,常用手指蘸着奶汁在柳永掌心上写字。小柳永虽然不会读,但识字不少,到了7岁,就成了名噪崇安的神童了。

柳永小时候,不仅才思敏捷,而且学习十分刻苦。他家门前有一条柳叶河,河边有块大青石。每天早晚,柳永总提着一杆大笔,蹲在大青石上提腕运劲在水面上练字,日子长了,他在纸上便能写出十分潇洒、飘逸而又沉稳的字了。乡邻们每逢婚丧嫁娶,多有求他写对联的,人称"柳联"。柳叶河边那块大青石,则被后人称为"磨砺石"。

柳氏三兄弟在学习上都是十分刻苦的,据说他们在赶考之前,连家乡素有"风景奇秀甲天下"的武夷山都没有游玩过。只是在临进京之前,三变才提出游一次家乡山水,放松一下情绪,开阔一下眼界。三兄弟流连于山水之间,乐不思归。三变更是灵感勃发,思如泉涌。他一气吟出五阙《巫山一段云》。词的第一首写道:

> 六六真游洞,三三物外天。九班麟隐破非烟,何处按云轩? 昨天麻姑陪宴,又话蓬莱清浅。几回山脚弄云涛,仿佛见金鳌。

大自然的美景与美丽的神话故事,相映成趣,勾勒出武夷山水的奇幻与旖旎。至今,他家乡的群众仍为有柳永这样一支"神笔"而自豪。

妙评《鹭鸶》——苏轼

苏轼(1036—1101),字子瞻,号东坡。四川眉山人,出身于书香门第。其父苏洵是当时的散文大家;母亲程氏出身于一个有文化的官宦家庭,是一位明大义、有才学的女子。苏家藏书甚丰,父母对苏轼有着良好的影响和教育,加上他聪敏好学,7岁知书,10岁能文,出口成章,所以亲友夸奖,远近闻名。

有一天,苏轼和弟弟苏辙跟同乡程建用、杨咨在草堂一边游戏,一边吃着馒头。突然,天空乌云密布,大雨滂沱。四人商量联句成一首完整的诗歌。程建用先出第一句:"庭松偃盖如醉。"意为堂前浓密偃卧的松树在风雨中像喝醉了酒一样不住摇动。杨咨接着说:"夏雨初凉似秋。"意思是夏日的雨一来阴暗凄凉、乌云压顶,好像是秋天。苏轼紧跟着杨咨吟道:"有客高吟拥鼻。"这一句写的最为典雅,用了晋朝大臣谢安的典故。意思是此时此地,有几个文人用雅音拖长声调吟诗作赋。几个人一听齐声叫好,说这句诗有声有色高雅含蓄,这时苏辙看见大家都只顾品诗顾不上吃馒头,于是又联了一句最俏皮的话:"无人共吃馒头。"听罢三人都哈哈大笑。

苏轼稍大一点,就到四川峨眉山下眉山城西面的寿昌书院里读书。书院的教师叫刘微之,他既精通经史又会写诗作文,是位学识渊博的学者。

一天,老师在课堂上吟诵了自己新近创作的一首《鹭鸶》诗。老师吟罢,传来了学生的一片赞扬声,老师看看学生们的反应,然后说:"大家不能都一味夸好,还要大胆提意见。"课堂上一片沉寂,老师用鼓励的眼光望着大家,看到有一位学生开始用手指轻轻敲着桌子,一遍又一遍地默念"渔人忽惊起,雪片随风斜",从他的神态看,老师知道这位学生对诗似乎有点看法,他就问:"苏轼,你对这首诗有什么看法?""诗首先要真,既然不合乎事理,就请你改一改吧。"老师用真诚的眼光看着苏轼,然后又转向学生:"大家都试试看吧。"学生们你看看我,我看看你,都不说一句话。苏轼也沉吟了一下,然后说:"我看可以改为'雪片落芦苇'。"

刘老师是位谦虚好学的人。他凝思片刻,称赞说:"改得好,改得好!这'落'字读起来声音铿锵有力,合乎事理,使人们仿佛看到鹭鸶惊飞时掉羽毛的生动情景,这样诗的意境就比原来清新优美得多了。"

从此以后刘老师经常和苏轼一起切磋诗文,常常告诫别的学生要好好向苏轼学习。

苏轼发愤识遍天下字,立志读尽人间书。他博览群书,少年时代就打下了坚实的基础;他21岁考中进士,在诗、词、散文、书法诸领域里都有巨大的成就;他是唐宋八大家之一,被誉为豪放派词宗;书法方面,他与蔡襄、黄庭坚、米芾并称"宋四家";他的诗清新豪放,善用夸张比喻,在艺术表现方面独树一帜。

诗、书、画"三绝"——郑板桥

郑燮(1693—1765),字克柔,号板桥,江苏兴化县人,清代著名的书画家和诗人。"扬州八怪"中的最杰出者,被后人称为诗、书、画"三绝"。

郑板桥小时候家里很穷,在他需要庇护和爱抚时,母亲却被病魔夺去了生命。在板桥幼小的心灵中,早早地播下了痛苦的种子。尽管母亲没有把他养育成人,但却给了他一个聪明伶俐的脑瓜。少年时代的郑板桥,赋诗撰文就已经很有成就了。

在兴化镇读私塾的郑板桥,没有被生活的贫困缚住手脚,相反却更加发奋苦读。私塾老师看到这样一个有出息的穷弟子,不但不嫌弃,还倍加爱护。

1703年的暮春时节,只有10岁的郑板桥随同私塾老师一起出外郊游。他们来到一条小河边,正准备坐在两块石头上闲谈时,郑板桥突然发现水中有一个鼓鼓囊囊的东西,便随口喊道:"先生,你看那是什么?"塾师顺着他手指的方向一瞧,果然有一堆异物漂在水面,经师徒仔细辨认,确定是一具女尸。老师见此惨景,心中产生一种痛惜之情,不觉随口吟出一首诗:

二八女多娇,风吹落小桥。

塾师刚念完他的诗，郑板桥就急着问："先生，您认识这个少女吗？"老师摇摇头说："不认识！"郑板桥又紧紧追问："那您怎么知道这位少女刚好16岁呢？"看到老师又摇头，小板桥又接着问下去："先生既然没有亲眼看见这位姑娘是怎样落水身亡的，又怎么可断定她是'风吹落小桥'呢？"还没等师来得及回答，他又一阵连珠炮："您能看见她的三魂七魄随波逐流吗？即使在浪里打转又怎么能看见？"私塾先生尽管被郑板桥问得哑口无言，但他觉得板桥的话很有道理，且很有趣。于是塾师和颜悦色地问郑板桥："依你看，这诗应该怎么个说法？"郑板桥皱了皱眉头，心情沉重地吟道：

谁家女多娇，何故葬小桥？

青丝随浪转，粉面泛波涛。

私塾先生听罢郑板桥的诗，连声称赞："改得好，改得好！很有独到之处。"

郑板桥的字画和诗一样有名气。其中的奥妙，还是在于勇于革新，不盲从他人，终于自成大家。板桥画竹最有名气，同时喜欢题诗一旁。他画的《墨竹图》配的诗是：

画竹插天盖地来，翻风覆雨笔头裁。

我今不肯从人法，写出龙须凤尾排。

在这首诗中，他算是把自己品评到家了。郑板桥自幼苦学，名声大噪以后，不仅国内有无数的崇拜者，连朝鲜国的宰相李艮，也慕名前来拜见，并再三恳求他题诗赠画，回国后奉为翰墨珍宝。

"真才子"——袁枚

袁枚（1716—1798），字子才，号简斋，浙江钱塘人，在清代乾隆时期的诗坛上被赞誉为"奇才"、"真才子"，并被公认为诗坛领袖。

袁枚幼年时家境贫困，但他天资聪颖，又嗜书如命，勤奋好学，因此进步很快。少年袁枚买不起书读，就借书看，或者到书店去站着看书。他往往是一手翻书，一手执笔，不论严寒酷暑不间断地摘录，摘录好后，他就分门别类地进行整理，这样积累一多，写诗、作文、议论就可以顺手拈来，左右逢源了。

9岁以前，袁枚除了读"四书"、"五经"外，对唐诗宋词还一无所知，弄不清什么叫诗。9岁那年，他偶然从别人家里借了几本《古诗选》，这本书引发了他对诗歌的极大兴趣，他吟咏、抄写、背诵，很快就熟悉了历代诗歌的发展与特点，天天摹仿着写诗，居然写得清新流畅。

一天，袁枚随着大人们游览杭州吴山，拾级而上，站在山顶鸟瞰。杭州城里千家万户尽在脚下,山腰云雾缭绕,云蒸霞蔚。大人们有的捋髭,有的赞叹,有的感喟"眼前有景道不得",有的只能连声赞美"好景好景!"这美景触发了袁枚心中的灵感,他当即吟了一首五言诗,其中两句说道:"眼前两三级,足下万千家。"大人们都非常惊异于袁枚的诗才,说这首诗想象力丰富、亲切自然。晚年,已是老态龙钟的袁枚重游吴山,回忆 9 岁时写的这首诗,仍很感慨地说道:"童语终是真语啊!"

袁枚 12 岁那年考中秀才,在家乡一带被誉为"神童",但他出身贫微,影响他的进一步深造和发展。父亲为了儿子的前途,托人带袁枚到广西桂林袁鸿处继续深造。有一天,广西巡抚金𬭚看见袁枚相貌不凡,想试试他的才学,让他以"铜鼓"为题写一篇赋。"铜鼓"是广西边境的一个地名,当时正值越南大肆入侵,才华横溢的袁枚略加思索,挥笔立就。金𬭚一看满纸金玉,文采飞扬,极为赞赏,力荐他参加"博学鸿词科"考试。这次考试,生员一共193 人,只录取 15 名。袁枚虽然名落孙山,但是由于他年纪最小,所以顿时名满京城。3 年后,他考取了进士。

袁枚曾任过几年县令,中年以后辞官,专心从事诗文创作。著有《小仓山房集》《随园诗话》等。同代诗人赵翼读了袁枚诗集后写诗称赞道:"才子果是真才子,我要分他一斗来。"

腹内孕乾坤——魏源

魏源(1794—1857),字默深,清代邵阳(今湖南邵阳)人,是杰出的爱国思想家、史学家、文学家,也是最早向西方学习的革新家之一。

魏源出生于诗书世家,祖父有学问但隐居不仕;父亲也是个读书人。魏源从小聪慧,但沉默寡言,常常整日独坐。爷爷说:"这孩子性情相貌都不平常,不要把他当作一般孩子来养育。"

魏源七八岁时,进入书塾学习。他读书非常用功,对好书爱不释手,常常伴灯苦读到天明。母亲怕他熬坏了身体,常常催他早点睡觉,有时硬是吹灭灯逼他去睡。但等到母亲睡后,他又悄悄起来,点上灯,用被子遮住光读起来。勤奋给他插上了智慧的双翅,9 岁那年他就参加县里的童子试,并且在考试中一鸣惊人。

事情是这样的。魏源在去参加童子试前,老师见他年纪尚小,很不放心,就考他对对子,老师出上联"闲看门中月",这是拆字联,门中月合起来是"闲"字。魏源抬头一看墙上正好挂着一幅"春耕图",当即对出下联"思耕心上田"。老师一看魏源应对如此敏捷,激动地说:"好,对得好!"

魏源 11 岁时,揭露乡里有个举人抄袭别人的诗文,那举人恼羞成怒,借题发挥,指着灯笼里的蜡烛出一句上联:"油蘸蜡烛,烛内一心,心中有火。"

魏源随口应对:"纸糊灯笼,笼边多眼,眶里无珠。"弄得举人狼狈不堪,旁观者都暗暗叫好。

魏源长大后没有忘记少时誓言,他与龚自珍、林则徐等人结成好友,一边切磋学问,一边寻求救国救民之路。

开风气之先——胡适

胡适(1891—1962),字适之,安徽绩溪人,出身于官商家庭。1910 年留学美国,1917 年毕业于哥伦比亚大学,获哲学博士学位。回国后曾经担任北京大学教授、校长、国民政府驻美国大使等职务。他在中国文学史上有着"开风气之先"的重要地位。他的《尝试集》是中国第一本新诗集;1917 年 1 月他发表了《文学改良刍议》,此文标志着"五四"文学革命拉开了序幕。

胡适的父亲胡传曾经担任清廷的"淞沪厘卡总巡",后调台湾,1894 年中日甲午战争爆发后不久,病逝于厦门。胡适自小跟着母亲在绩溪老家,母亲是一位普通农家的女子,但也略通诗文,她经常教儿子背诵古典诗词,并且为他请了旧学根底很深的老师。胡适在故乡接受了 9 年的旧式教育,其间广泛接触了中国古代文化典籍,更由于通过阅读大量的明清白话小说,受到了运用白话文的训练,从而也确立了他的文学兴趣。

14 岁这一年,胡适曾经随三哥到上海梅溪学堂求学。他不懂上海话,又未曾开笔写文章,所以就被编到五班,那差不多是最低的一班了。有一次,国文老师在讲解"传曰:二人同心,其利断金"的古文时,随口说这是《左传》上的话。来上海已经有 6 个星期了,胡适已大略能听懂上海话,他知道老师讲错了。等到老师讲完后,他轻轻地走到老师的讲桌跟前,低声对他说:"老师,这个'传曰'是《易经》里的《系辞传》,不是《左传》。"老学究感到十分惊讶,他把花镜向上推了推,"对呀,我刚才是信口说错了。"他把胡适拉到身边又一次上下打量眼前这位一身乡下打扮的学生,心里不由得暗暗惊叹。他又仔细询问了胡适读过哪些书,背了多少东西,胡适都一一回答了。老师又问了他会不会对对子,会不会写文章,胡适当即写了一篇文章。文章完成后,老师更是惊呆了。一篇文章洋洋洒洒,满纸文辞锦绣。他第二天就被升到第二班去了。

在上海,十几岁的胡适还曾主编了《竞业旬报》(白话报刊),他积极称赞维新,也有一定反清革命倾向。15 岁这年,他就发表了自己编写的白话小说《真如岛》。19 岁那年,胡适赴京参加"庚款"留美考试。试题中有一道"对对子"题目,上联是"孙行者",这下可难坏了许多考生,一个个抓耳挠腮答不出,胡适却游刃有余,轻轻松松走出了考场。批卷的时候老师看到他答的对子是"胡适之",不禁拍案惊绝。这一次他的语文成绩是第一名,但是理科成绩却最差,在成绩过关的考生中,他的总分是最后一名。当年9月份,他踏上了赴美的旅程。

一代名人——郭沫若

郭沫若(1892—1978),原名郭开贞,号尚武,后取家乡沫水(大渡河)、若水(雅河)之名,改为沫若。他出身于四川省乐山县的一个封建地主家庭。是中国现代杰出的作家、诗人、戏剧家、史学家、古文字学家和社会活动家。

郭沫若自幼聪颖,才智过人,4岁半上私塾,7岁能背《唐诗三百首》和《千家诗》等,他写诗、对联非常有功力,很小的时候,便显露出横溢的才华。

有一年,私塾周围的桃子熟了。郭沫若和小朋友们一起爬进附近的寺庙里,专拣熟透的蜜桃摘了吃。不到半天工夫,庙里桃树上的甜桃几乎全部进了他们的肚里。老和尚大为生气,便跑去找私塾先生告状。先生痛感自己没有教育好学生,可是追问,结果无一人承认。先生生气了,上课时口出上联,挖苦讽刺学生——"昨日偷桃钻狗洞,不知是谁?"并且向学生声明:"谁要对得好,可以免罚,不打板子。"学生们你瞧瞧我,我瞧瞧你,半天也没有一个敢回答的。先生明白郭沫若最顽皮,一定有他参加偷桃,所以决定叫他回答,也好罚他一下,警告他人。郭沫若无可奈何站了起来,只思考了半分钟,便答出来——"他年攀桂步蟾宫,必定有我。"先生听了非常高兴,连声夸奖,心想:对句不凡,表现了强烈的进取精神,将来必定会出人头地,干出一番大事业。结果全体偷桃学生,一律免罚了。

又一次,先生讲过岳飞和文天祥的故事后,问道:"国家兴亡,匹夫有责。你们该怎么办?"又是郭沫若回答得精彩:"要为振兴中华多读书,为富国强兵读好书。"郭沫若是这样说的,也是这样做的,后来终于成了一位学识渊博、卓有成就的一代名人。

笑傲王侯——梁启超

梁启超(1873—1929),广东省新会县人,我国近代著名的资产阶级改良派代表,和康有为共同领导了"戊戌变法"。他4岁开始认字,6岁读完了"五经",9岁时能写出洋洋千言的好文章,11岁考中秀才,16岁中举人,享有"神童"之誉。

10岁时,他跟着父亲去新会县城应"童子试"。父子俩暂住老相识李秀才家。其时李家庭院杏花盛开,煞是好看,小启超起个大早去摘花,被父亲看见。父亲喊他进屋里,他急忙把一束杏花藏在衣袖之中。父亲想教训他,便出了个上联:"袖里笼花,小子暗藏春色。"这时,启超正坐在一块大镜子前面。他灵机一动,答道:"堂前明镜,大人明察秋毫。"和父亲坐在一起的李秀才,正打算出门。仆人来报说车子已经准备好了。李秀才对启超说:"孩子,我还有一联:推车出小巷。"梁启超用手摸摸脑袋,立刻对道:"策马入长安。"李秀才当即把他揽入怀里,口里不停地说:"果真神童! 果真神童!"

后来,少年梁启超为维新运动四处奔走,曾路过武昌,特意去拜访洋务派首领、湖广总督张之洞。梁启超投的名帖署款为:"愚弟梁启超顿首拜。"张之洞见后大为生气,心想:你小小少年,又是布衣平民,怎敢狂妄地同官位很高、年纪又大的一品总督称兄道弟? 一定得戏辱他一顿,便出一上联让门子送到门外。梁启超一看,写的是:"披一品衣,抱九仙骨,狂生无礼称愚弟。"梁启超看罢,微笑着写出下联:"行千里路,读万卷书,侠士有志傲王侯。"张之洞看了,惊叹不已。知启超不是凡人,立即整装迎出大门。

梁启超博学多才,写了不少有关政治、经济、哲学、历史、文学、法学、宗教方面的文章,后辑为《饮冰室合集》。他的学术思想,对当时和后世的青少年,产生了相当大的影响。

解救天下百姓为己任——毛泽东

毛泽东(1893—1976),字润之,湖南省湘潭县韶山冲人。他是中国共产党和中国人民解放军的创始人,也是中华人民共和国的缔造者;他是一位伟大的无产阶级革命家、理论家、战略家,又是一位著名诗人。

毛泽东小时候聪慧过人,而且助人为乐。上小学时,同学们中午来不及回家,都从家里带午饭。班上有个同学,家里穷得常常揭不开锅,经常不能带饭上学。毛泽东发现后就常把自己的饭分给他吃。一段时间之后,毛泽东的母亲看到儿子每天的晚饭总是吃得很多,好像中午没吃饱似的,感到很奇怪。毛泽东把分饭给同学吃的事告诉了母亲,从此,毛泽东每天都请母亲准备两份午饭带去上学。毛泽东助人为乐的行动感动了老师和同学,以后,大家都伸出了友爱之手帮助那个同学。

少年毛泽东胸怀大志,勤于独立思考,反对私塾里那种让学生死记硬背的学习方法,认为只有多用脑子,才能发现问题、研究问题,学得扎实、记得牢靠。正因为如此,毛泽东读了许多书之后发现一个问题:为什么所学的课本及课外的故事书大都是歌颂帝王将相、圣人君子,而没有歌颂穷苦百姓的呢? 这事他思考了很久,后来他发现:原来这些书都是为剥削和压迫人民的人写的,而不是为穷苦百姓们写的,这种情况太不合理了,应当改变。

毛泽东幼年时身体很弱,经常生病。12岁时,还生过一场大病。他想:身体老是这样下去,以后怎么能为国家做事情呢? 从此以后,他就经常在自家门前的池塘里游泳,经过一段时间之后,他的身体渐渐结实起来,在这以后,他又经常到湘江里去游泳,有意识地磨炼自己的意志,一游就是几个小时。除此之外,他还和同学一起在野外露宿和远足。这样做不仅仅锻炼了身体,还磨炼了自己的意志,树立了吃苦耐劳的精神。这些都有力地帮助他后来在艰苦卓绝的环境中领导革命,战胜了难以想象的困难,完成了以解救天下穷苦百姓为己任的壮志宏图。

为中华崛起而读书——周恩来

周恩来(1898—1976),字翔宇,祖籍绍兴,生于淮安,是中国共产党和中华人民共和国的缔造者之一。他博学多艺、才华横溢,一向为世人赞誉。其实,天才出自勤奋,天才是勤奋之果。

1914年,少年时代的周恩来在上海进步书局出版的《学校国文成绩》上发表了《东关模范学校第二周年》纪念感言,就已经崭露头角。老师评价此文时说:"心长语重,机畅神流。"他为什么会写出这样好的文章呢?

周恩来出生在一个书香世家。他的乳母常常给他讲故事,教他劳作。后来,他过继给叔叔。婶婶天天教他识文断字,写字作画,把童年时代的周恩来带进了一个五彩缤纷的天地,丰富了他的知识,开阔了他的视野,也陶冶了他的情操。

上学后,周恩来用古人"头悬梁、锥刺股"的苦学精神激励自己。每天,他完成作业后,就博览群书。他一边读,一边摘录名言警句,还写读书心得。他常常读到深夜,大地沉沉地入睡了,他还在书海里遨游。

少年周恩来就胸怀中华,放眼世界。他的作文经常联系国家和国际大事。有一次,他看了白人资本家贩卖黑人孩子的《汤姆和琼斯的故事》,为黑人孩子的悲惨遭遇而流下热泪,同时对资本家的罪行而义愤填膺。于是,他带领同学写了两封信,一封写给黑人孩子,倾吐了发自肺腑的怜悯和同情;一封写给白人资本家,表示了无比的愤慨与抗议。

1911年暑假,周恩来从天津到东北探亲,接触了一位有抱负却无处施展的老人。老人隐居乡间,用自己的亲身经历写了很多感时纪事的诗篇,抒发忧国忧民的情怀。老人发现周恩来对时局有精辟的见解,对人民有深厚的感情,便多次带他到烟笼山,并即兴吟诗抒怀:"今吾老兮有何志愿,图自强兮在尔少年。"他对老人非常敬重,把老人的嘱咐深深记在心中。当他离开时,老人特意写了《赠周恩来》和《赠周恩来南归诗》五首,列举历史上的著名人物通过刻苦学习和磨炼,成了"非常之才"、成就了"非常之业"的故事,意味深长地赞扬和激励周恩来。

在中华这块沃土上,周恩来迅速成长起来。他同进步同学一起参加学生运动,并且成为学生领袖,积极地宣传马列主义,参加救国救民的革命斗争,终于成为中国历史上的一代伟人。

桥梁专家——茅以升

茅以升(1896—1989),号唐臣,江苏镇江人,中国著名的桥梁专家,卓有成就的科学家。他出生在一个贫寒的读书人的家庭里。母亲是一个有学问有见地的妇女,为了孩子的前途,省吃俭用供孩子上学,为茅以升日后成才铺平了道路。

茅以升在学堂里,年龄小,个子矮,身上穿的也很破旧。有钱人家的子弟经常讥讽和欺侮他。茅以升十分气愤,全然不顾周围的冷眼和歧视,发愤读书,一直是全班学习成绩最优秀的学生。

小以升学习刻苦勤奋,加上天资聪慧,爷爷十分喜爱他。有一年暑假,爷爷亲自教他学习古文。爷爷教古文的方法很特别,他先把文章从头到尾抄录一遍,一面抄写一面讲解,等全篇抄完之后,让他练习背诵讲解,这样,一个暑假过去了,小以升能背诵上百首古诗和十几篇古文。一天,爷爷用毛笔抄写《东都赋》,茅以升站在旁边默诵着。赋文写得很长但也很美,他被深深地吸引住了,沉入了一片美好的境界之中。老长时间,爷爷抄完了,他抓住爷爷的衣袖说:"爷爷,让我背诵一遍给你听听。"他果真从头到尾熟练地背了出来。爷爷惊喜地说:"好啊,熟能生巧,巧能出快!"

一年一度的端午节到了。南京秦淮河上要赛龙船,河两岸、小桥上挤满了人。锣鼓喧天,鞭炮齐鸣,人声鼎沸。忽然嘈杂声变成了一片呼救声。原来,因为看龙船的人太多,把秦淮河上的文德桥挤塌了。不少人掉进了河里,有的人不幸被淹死。小以升惊呆了,在他幼小的心灵里埋下了理想的种子——长大以后要为人民造桥,造非常非常结实的大桥。从此以后茅以升十分留心各种桥梁。他只要见到桥总是注意观察桥面、桥桩,久久不肯离去。他在读诗文时,读到有关桥的句子或介绍,就立即摘抄在本子上,见到有桥的画面就剪贴起来。有一天爷爷给茅以升讲神笔马良的故事,告诉他得到神笔的秘诀,就是"勤奋"二字。这两个字深深地铭刻在小以升的心灵里,把它看做是得到架桥"神笔"的秘诀。

有一天,当时任南京临时政府大总统的孙中山到唐山路矿学堂视察,并在礼堂里做了鼓舞人心的讲演。他说革命需要两路大军,一路举行起义,建立民众政权;一路向西方学习,掌握先进的科学技术,因而在学堂里学习也是革命。茅以升牢记在心里,他贪婪地学习着。1916年,茅以升以第一名的成绩考取清华学堂官费研究生。

新中国成立以后,他担任过武汉长江大桥技术顾问委员会主任,主持修建了武汉长江大桥,还撰写了桥梁方面的许多著作,并为国家培养了大批建桥人才。

妙算惊人——华罗庚

华罗庚(1910—1985),江苏省金坛人,我国著名数学家。他从小就有天才的数学头脑,在学习中特别善于动脑筋,以后全凭自学,一步一步登上科学的高峰。他先后担任过大学教授、数学研究所所长和中国科学院副院长,曾应邀到许多国家讲学,被公认为世界一流的数学权威。

华罗庚小时候,他的父亲开小杂货铺,家里穷得很。华罗庚一生下来就被装进一个箩筐里,顶上又盖一只箩筐。老人说这样可避邪消灾,所以给孩子起名为"罗庚",很有些吉祥如意的意思。

华罗庚上学期间,并不是一个循规蹈矩的孩子,常常独出心裁,我行我素。而且把作业乱改一通,但这些并不能掩盖他的天资聪慧。华罗庚的数学天赋大大超过了他的同学们。他上初中二年级时,教数学课的是法国留学生王维克。有一次,王老师在课堂上提出一个有趣的问题:"今有物不知其几,三三数之剩二,五五数之剩三,七七数之剩二,问物几何?"过了好半天,竟没有一个学生能回答。王老师用眼扫视全班时,大部分学生都低着头,恐怕被老师喊起来回答。只有一个学生在桌上用笔紧张地算着。过了一会儿,这个学生果然举手要求回答了。他大声说:"是二十三。"王老师问:"大家说他回答的对不对?"教室里又是一片沉寂,同学们只是惊奇地看着站起来的那个学生,他就是很不起眼的华罗庚。王老师说:"他答对了。"接着老师告诉大家,这是我国古代算学经典之作的《孙子算经》里的一道名题。在楚汉之争中,汉王刘邦的大将韩信,还用这个方法点兵呢!西方数学家尊称它为"孙子定理"。王老师一再表扬华罗庚是个好学的孩子,前途不可限量。从此,同学们对华罗庚刮目相看了。其实,这年才刚满 14 岁的华罗庚,根本没看过《孙子算经》。他完全是靠动脑筋,凭聪明才智计算出来的。王维克发现华罗庚是个数学天才后,不断地鼓励他、帮助他,一步一步把他领入"数学王国"。经过许多年的勤奋努力,他进了清华大学,又去了英国剑桥大学进修。华罗庚终于成了一名自学成才的大数学家,在国际上也很有影响。

数学之星——陈景润

陈景润(1933—1996),福建闽侯人,我国现代著名数学家。他在圆内整点、球内整点、华林问题、三维除数等方面均取得了新的研究成果,他的《算术级数中的最小素数》的论文达到了世界新水平。特别是在人们公认的,称之为数学皇冠上的明珠——"哥德巴赫猜想"的研究上,他的关于(1+2)简化证明的论文,轰动了国内外数学界,为我国争得了荣誉。

陈景润出生在一个小职员的家庭里。父亲希望这个孩子的降生能给家中带来"滋润"的日子,因此给他起了这个吉利的名字。

有一次上数学课,老师讲了一个故事:200年前,有一位名叫哥德巴赫的德国数学家提出了一个猜想:凡是大于2的偶数一定可以表示为两个素数之和。比如4=2+2,6=3+3,8=3+5,……哥氏本人虽然对许多偶数进行了验证,都说明是确实的,但他本人却无法进行逻辑证明。他写信向著名的数学大师欧拉请教,欧拉花了多年的精力,到死也没有证明出来。从此这道世界难题就吸引了成千上万的数学家,但始终没有人能攻下来,因此,它被称为数学皇冠上的明珠。自从听了这个故事后,哥德巴赫猜想就时常萦绕在陈景润的脑海中。他常想:那颗明珠究竟会落到什么人之手?中国人,还是欧洲人?应该是中国人拿下这道难题。他暗暗下了决心,从此更加发愤学习数学,有时简直到了如痴如迷的程度。

有一天,妈妈把米倒在锅里,添好水让他看着,然后就上街买菜去了。景润头也不抬地答应了妈妈,却照样看书。他的思路完全沉浸在功课之中,饭糊了也没闻到。等妈妈从菜场回来,一锅米饭有一半已烧成黑炭。

陈景润不仅学习刻苦,还利用余时博览群书,丰富自己的知识,他成了班里有名的读书迷,同学们亲切地送他一个昵称——"booker"。

正因为陈景润具有勇攀科学高峰的雄心壮志和刻苦钻研的精神,少年时代的梦想终于变成了现实,他像一颗璀璨的明星,升上了数学王国的天空。

少年留学生——李四光

李四光(1889—1971),中国地质学家,地质力学的创始人。在20世纪20年代,他首先发现了我国存在的第四纪冰川遗迹,提出了地质力学的构造理论。曾任中华人民共和国地质部部长,中国科学技术协会主席。

李四光是湖北黄冈人,原名李仲揆。14岁那年,因他学业优秀,被保送去日本学习。在填写出国护照时,他把年龄"十四"误填入姓名栏里。怎么办?李仲揆灵机一动,把"十"加几笔成了"李"字。一看,名叫"李四",又太俗气了;又在后面加了一个"光"字。从此,他开始叫"李四光"。

李四光小的时候,家里很穷,兄弟姐妹7人,爷爷又卧床不起。父亲是教书先生,收入微薄,妈妈一人种田,日子很艰难。李四光排行老二,年岁很小,但十分懂事。他平时看到妈妈一人干活,心里难过,就千方百计帮助妈妈干活。天刚亮,他就起床,把水缸装得满满的;上山砍柴,总要挑得满满的才回家。

李四光从小爱动脑。他帮妈妈舂米,用脚踩踏板,人小踩不动,他动脑筋用绳子绑在石杵那一头的踏板上,当脚往下踩时,同时用手使劲拉绳子,这样石杵就动起来了。他和小朋友去荷塘采藕,小伙伴大多嘻嘻哈哈,打闹取乐,半天只能采几节断藕带回家。而李四光精明能干,他先顺叶踩到藕,再用脚小心地探出藕的方向,然后依着它生长的方向一点点把泥踩去,收获一根根完整的鲜藕。

后来,李四光独自一人来到武昌,报考官办小学堂。考试发榜,李四光名列第一。在小学堂,他勤奋攻读,刻苦钻研,成为小学堂一位优等生。14岁那年,他被学校保送到日本深造。在日本上大学期间,他对地质学产生了兴趣,立志探索地质构造的奥秘。

几十年来,他在地质构造上悉心研究,提出了地质力学的构造理论,并用这个理论去寻找石油天然气资源、矿产,预测地震,开发地热,在中国地质史上,写下了光辉的一页。

剧坛泰斗——莎士比亚

莎士比亚(1564—1616),生于英国伦敦附近的斯特拉福镇。他的父亲是位羊毛商人,生意很兴隆。父亲希望自己的儿子将来做一个牧师,一个商人,或者是一个有学问的绅士。因此,在莎士比亚六七岁的时候,就被送进一个有点名气的文法学校,学习英国语文、拉丁文法和修辞,也接触一些古代罗马的诗歌和戏剧。

莎士比亚13岁的时候,父亲破产了,一家人的生活失去了依托。他只得中途退学,帮助父母维持生意,做些家务。困苦的生活并没有使莎士比亚心灰意冷。他那充满幻想的头脑,对任何事情都有浓厚的兴趣:大自然的美丽景色,使他赏心悦目;老人们讲述的动人故事,叫他浮想联翩;对未来的生活,他充满了憧憬。

剧团的演出在莎士比亚记忆的屏幕上总是留下那么明晰的印象。还在他幼年时期,伦敦城里最有名的女王剧团曾经到斯特拉福镇演出过,此后多年中,每年都有几个剧团来这里演出。这些演出在莎士比亚幼小的心灵上播下了爱好戏剧的种子。他惊奇地看到,为数不多的几个演员,凭借一个小小的舞台,竟能演出一幕幕变幻无穷的戏剧来:一会儿再现古代世界,一会儿描绘现实人生;有时候让人捧腹大笑,有时候催人泪下。这多么神奇,多么有趣!他的心完全沉浸在戏剧里了。他常常邀集几个小伙伴,模仿自己看到的戏剧情节,有声有色地演起戏来。有时候,他为了思考一个剧中的情节,独自一人在田间小径上踱来踱去,琢磨某个角色的动作表情。他暗暗下了决心:要终身从事戏剧事业。他知道,当个戏剧家,要有很丰富的知识。因此,他像一头小牛闯进菜园一样,贪婪地读着哲学、文学、历史等方面的书籍,自修希腊文和拉丁文,多方面地汲取营养。几年工夫,他已经是一个相当博学的人了。

一天，莎士比亚突发奇想，能在戏院里谋个职业就好了。可这样的机会不是太多。他就主动到戏院服务：他做马夫，专门等候在戏院门口伺候看戏的绅士。有乘车的贵客到了，就赶紧迎上去拉住马匹，系好缰绳。日子长了，他和看门人混熟了。看门人特许他从门缝里和小洞里窥看戏台上的演出，他边看边细心琢磨剧情和角色。夜深人静的时候，是他发愤读书、苦练演戏本领的时候，他屋里烛光常常彻夜不熄。

莎士比亚凭借自己的勤奋努力，很快掌握了许多戏剧知识。有一位著名演员很欣赏莎士比亚的才能，请他到剧团里演配角。莎士比亚喜出望外，他知道在演出实践中能提高和丰富自己的艺术才能。为了演好戏，他经常深入下层社会，观察那些流浪汉、江湖艺人和乞丐，同自己周围的各种人谈心，学习他们的语言谈吐，熟悉他们的生活习惯，体会他们的思想感情。这样，他很快就成了一个十分活跃的演员。

当时，英国的戏剧界活跃着一批被称为"大学才子"的职业剧作家。他们受过高等教育，在戏剧方面有些成就。他们垄断剧坛，不许他人插入，莎士比亚在他们面前并不自卑和怯懦。他用一年多的时间写出了剧本《亨利六世》三部，引起戏剧界的普遍注意。1595年，莎士比亚的里程碑式的剧本《罗密欧与朱丽叶》问世了，这确立了莎士比亚在世界文学史上的地位。他一生共写了37个剧本，154首十四行诗，还有两部叙事长诗。

3岁背《寓言》——伏尔泰

伏尔泰(1694—1778)，法国作家、哲学家和启蒙思想家。他的文学作品和哲学著作充满了反封建、反宗教的精神，对18世纪法国资产阶级革命有积极影响。他的原名为弗兰苏阿·马利·阿鲁埃，伏尔泰是他的笔名。他出生于巴黎一个富裕的中产阶级家庭，父亲是法律公证人。伏尔泰自小受过良好的教育。他的父亲对文学很感兴趣，小小的伏尔泰受到父亲嗜好的潜移默化影响，自孩提时就深深地爱上了文学。伏尔泰的记忆力极强，3岁时就能背诵拉·封登的《寓言》。

一天，父亲从外面回来，小伏尔泰站在床上自言自语地讲故事，还手舞足蹈。时而洋洋得意，时而板着面孔，表情丰富多变。父亲见了，又觉得好奇，又感到可爱。于是就忍住笑躲在他背后偷偷地看他表演。孩子讲的故事好像是拉·封登的《寓言》上的。父亲悄悄地拿来这本书，经过核对，他惊异地发现，原来儿子讲的故事与《寓言》中的故事居然一字不差。这简直太令人不可思议了。等儿子讲完后，父亲情不自禁地把他抱了起来，高兴地举过头顶，连连称赞道："我的乖孩子，你太聪明了！"

伏尔泰才思敏捷,多才多艺。12岁时便开始写诗,16岁时,讽刺诗和即景诗已写得很出色。20岁时,他随父亲出使荷兰,任文官,其才能得到了进一步的表现。他的作品以尖刻的语言和讥讽的笔调而闻名。他说:"笑,可以战胜一切,这是最有力的武器。"当时人们说他思想之快捷和语言之炽热,犹如闪电和天火。他曾因辛辣地讽刺封建专制主义而两度被投入巴士底狱。他的书被列为禁书,本人也多次被逐出国门。

雪莱召鬼

雪莱(1792—1822),英国19世纪著名浪漫主义诗人。他以自己的诗作抨击黑暗的专制统治,热烈幻想一个没有剥削、人人丰衣足食的乌托邦社会,他以丰富的想象、和谐的音韵、美妙的比喻、深刻的哲理创造了诗歌伊甸园。由于意外的不幸,他英年早逝,享年30岁。

雪莱性格文静倔强,从小就有着和别人不同的志向。他对那个专制黑暗的社会充满了愤恨,一心向往着自由。一天早晨,雪莱来到他就读的伊顿中学,教室里已有了不少同学,他们正高谈着宗教的神圣。"上帝是无所不在的,他掌管着整个世界,我们的一举一动他都知道。"一个说。"世界上不光有上帝,还有魔鬼呢!"另一个说。

听着这些议论,雪莱感到非常可笑,他是个高傲、孤独的孩子,有着不屈不挠的意志,不能忍受那压抑沉闷的空气,不屑于和那些庸人为伍。他眨了眨那细长的眼睛,突然一个念头出现在脑子里。雪莱跳上桌子,大声宣告:"我要捉鬼。"然后,他用小棒在地上画了一个圆圈,又找来一个盆子,倒上酒精,自己跳进圈子,点燃了盆中的酒精。围观的同学惊愕不已,目瞪口呆地望着这个有着深褐色头发和细腻娇嫩的皮肤、宛如天外精灵的同学在酒精燃起的蓝色火焰中舞蹈,并模仿着怪声:"空中、水中和火中的魔鬼,我召唤你们……"突然教师出现了:"雪莱你在搞什么名堂?""报告教师,我在召鬼。"教师勃然大怒,把他交给校长基特博士,遭到一顿痛斥和皮鞭。

从那以后,他受到同学们的白眼,一些同学称他"疯子雪莱",拼凑起"促狭雪莱协会"。只要他坐在河边,阅读文学大师的作品时,就会有一些同学追打他。因此,在他看来,当时社会制度下的人类社会是野蛮的社会。

由于雪莱勤奋好学,他能够做好多化学的、物理的实验,弟妹们及周围的朋友都把他当成魔术师。更具魅力的是他那丰富的想象,编出无数离奇的故事,以至于周围的人们说:"雪莱不是在召鬼,他自己就是魔鬼。"可是使人们感到惊世骇俗的是他在牛津大学因为写了一篇《无神论的必要性》的论文,而使教授们目瞪口呆,把他逐出了牛津大学。

离开了这严酷管制的学校,雪莱没有妥协,继续用那支战斗的笔,写出了流芳百世的诗篇,受到后人的敬仰。

普 希 金

普希金(1799—1837),伟大的俄国诗人,他的著作奠定了19世纪俄国现实主义文学的基础,使俄国文学进入了世界文学的先进行列。他被人们誉为"俄罗斯文学之父"。

普希金出身于没落贵族家庭。他的父亲和伯父都是当时颇负盛名的诗人,常有一些文化名流在他家做客。普希金的双亲自己很少关心孩子,一切都交给家庭教师去照料。照料普希金的是一位农奴出身的保姆,她经常给他讲动听的民间故事。从丰富多彩的民间故事里,他吸取了充足的养料。父亲和伯父的藏书室有很多文学方面的书籍,在这里他接触了大量的俄国和世界文学名著,耳濡目染,他慢慢地爱上了文学。他七八岁时便学写诗,经常到戏院看戏,每次看戏回来,都写点感想,并喜欢用诗歌形式来表达,渐渐地写诗作文成了他的习惯。

12岁时,普希金进入彼得堡皇村学校读书。有一天上作文课,老师出了一个"日出"的题目,要学生或作文或作诗。许多同学觉得这个题目太难了,他们绞尽脑汁、搜肠刮肚也写不出来。普希金略加思索,就提笔写了起来。当他完成作文后,听到一位同学叫苦道:"唉,我想了半天只想出了一句来。"普希金对他说:"请你说那一句吧。"那同学念道:"大自然的主人从东方升起,"普希金立即接下去道:"众百姓又惊又喜。""不知该怎么办,""起床呢,还是躺在被窝里?"……就这样一句接一句,同学的思路就打开了。大家对普希金才思敏捷非常佩服,此后便称他为"少年才子"。

14岁那年,皇村学校举行公开考试,许多作家、诗人都来观看,著名作家杰尔查文也来了。这位文坛老前辈年事已高,因考试过程中没有听到杰出文章,就在主考席上打起瞌睡来。可是,当他听到普希金朗诵长诗《皇村回忆》时,突然显得精神焕发。朗诵一结束,杰尔查文便问这首诗是谁修改的。

当他得知没有经过别人修改时,便十分激动地说:"普希金就是接着杰尔查文的人。"

普希金积极参加反对封建专制的政治斗争和文化生活。在他17岁时写的诗篇《自由颂》中,对封建暴君做了这样大胆的谴责:"专制独裁的暴君,我憎恨你,憎恨你的宝座!"这一诗篇被人们以手抄方式广为流传。他在《致普柳斯科娃》一诗中写道:"我只愿歌颂自由,只向自由奉献诗篇;我诞生到世上,不是为了用羞怯的竖琴讨取帝王的欢心。"他写的著名童话诗《渔夫和金鱼的故事》、叙事诗《茨冈》和长篇小说《上尉的女儿》等,都成为流传千古的不朽之作。

雨果作诗

雨果(1802—1885),19世纪法国著名诗人、小说家、戏剧家和政治活动家。他的诗和小说丰富多彩、雄浑有力。他的作品对封建主和资产阶级的伪善、冷酷进行了无情的鞭挞,对淳朴、善良的人民群众的悲惨命运表示了深切的同情。雨果被誉为19世纪法国积极浪漫主义最杰出的代表。他逝世时,法国人民为其举行了隆重的国葬,送殡的人达百万之众。他被安葬在巴黎的先贤祠。

雨果从小聪明好学,在课余时间很喜欢写诗。但是他的一位教师不愿意让雨果把课余时间耗费在写诗上,每天都留下大量的拉丁文和数学作业来压雨果。雨果赶完作业,天就黑了,学监监督学童准时熄灯睡觉。雨果没有时间写诗,心中感到很苦恼。

夜色是那样的美,四周是那样的静,这是多好的琢磨诗句的机会呀!就这样,雨果每天在入睡以前都在想着新诗句。日久天长,他写出了大量的短诗、抒情诗、讽刺诗及寓言、童话、诗谜。

14岁那年,雨果不听从父亲要他学工艺学的安排,决心从事文学创作。他声言:"要么做个夏多布里昂,要么什么也不做。"(注:夏多布里昂是法国著名作家)

15岁那年,法兰西学院提出诗题,进行征文比赛。雨果以他的诗歌《读书之益》得了奖,受到40位老院士的交口称誉。国王路易十八发给他每年一千法郎的助学金。雨果一鸣惊人,他的名字很快就在巴黎传开了。夏多布里昂称赞他是一位卓绝的"神童"。他的朋友苏梅给他写信说:"人人都在赞美你的天才,你为法国文学展示了无限的希望。对我们来说,你简直是个谜,这个谜只有文艺女神才能猜透。"

雨果一生勤奋写作,创作力历久不衰,作品丰富多彩。他的主要著作有:《布格—雅加尔》、《死囚末日记》、《欧那尼》、《宝剑》、《安琪罗》、《葛洛特·格》、《哈维船长》、《雨果诗选》、《巴黎圣母院》、《悲惨世界》、《海上劳工》、《笑面人》、《九三年》、《雨果论文学》等,其中以《悲惨世界》最为著名。

读书谜——车尔尼雪夫斯基

车尔尼雪夫斯基(1828—1889),俄国杰出的革命民主主义者,伟大的无产阶级革命作家,一生为真理而奔走呼号的战斗者。他除了写有著名长篇小说《怎么办》以外,还著有许多有关社会、自然和文艺理论的论文。

1828年7月24日,车尔尼雪夫斯基出生在伏尔加河边美丽的萨拉托夫城。他的父亲是一个平民出身的牧师,很有学问。家里有一个藏书丰富的图书室，车尔尼雪夫斯基一有空就到这里来。

7岁的车尔尼雪夫斯基，读书简直就入了迷，他经常一面吃饭，一面看书。有一天早晨，妈妈看到孩子好长时间没从厨房里出来，心想这孩子到底吃了些什么？于是，母亲悄悄地走到厨房门前，只看到小车尔尼雪夫斯基正在那里为一篇小说中的人物而哭泣流泪。妈妈喊来了他的父亲，又拿了很多他平时喜欢读的书哄他，他才擦擦眼泪继续吃饭。

车尔尼雪夫斯基最喜欢俄国大诗人普希金和莱蒙托夫的诗，喜欢英国作家狄更斯和法国女作家乔治·桑的小说，还读了许多社会科学方面的书籍。由于他坚持不懈的努力，10岁时，就已赶上了15岁中学生的水平。

他14岁的时候，以优异的成绩考取了萨拉托夫的教会中学。那里的教师多是一些不学无术的人，除了讲些老掉牙的教材外，不能给学生提供任何新鲜有用的知识。车尔尼雪夫斯基十分不满。

有一次，老师布置写作文，他不受老师的限制，很快写出了一篇关于读书学习方法的文章。他说："知识就像一座有无数宝藏的大山，越往深处发掘，越能得到更多的东西。尤其是青少年，更应该在知识的园地里不屈不挠地耕耘。"文章写成之后，学生们就争相传阅，这在他的心灵里，点燃了更旺盛的求知之火。

16岁时，车尔尼雪夫斯基已经通晓7种外国语，大量阅读了俄国民主主义者别林斯基和赫尔岑的文章。第二年，他中学毕业后，又考入彼得堡大学文史系。"读书迷"，名不虚传，这也就是他最终能成为著名文学家的根本原因。

文学上的林肯——马克·吐温

马克·吐温（1835—1910），美国19世纪最优秀的批判现实主义作家。他的原名叫塞缪尔·兰格洪·克莱门斯，生于密苏里州一个不大的村落里。

马克·吐温的父亲是地方法官，经济收入不多，家庭负担颇重。为了摆脱生活的困境，全家迁移到密西西比河岸边的肯尼波尔城。这里是一片几乎未经开垦的处女地，满目荒凉。童年的塞缪尔经常跑到附近的一个农场里，和一群小孩子一起，偷偷地去游泳，捕捉响尾蛇和蝙蝠，采集榛子和野山莓，他和那里的黑人交上了朋友，每到傍晚，就和孩子们一起围坐在黑人丹尼尔大叔身旁，听他讲述娓娓动听的故事。塞缪尔热爱这些勤劳朴实的黑人，尊重他们的智慧和品格，甚至把丹尼尔大叔看做是人类高尚品质的化身。肯尼波尔城是哺育塞缪尔童年的摇篮，他在这儿找到了欢乐，找到了知己，找到了以后创作的丰富的素材。

塞缪尔的父亲很早就离开了这个世界。12岁的塞缪尔被送进肯尼波尔城的印刷厂当了学徒。这里仅供吃穿,不发工钱。他比老板矮半截,却穿着老板给的肥衣长裤,简直就像钻进了帐篷里一样。后来,他离开了这家印刷厂,做了一名流浪的排字工人,来往于密西西比河沿岸的各个城市。在密西西比河上,他经常听到轮船上的水手们测量水深时喊道:"马克·吐温!"意思是说水有"两寻"深("寻"是英美长度的旧称,一寻合1.829米)。领航员听到这种喊声就放下心来,引导着轮船安全行进。他把领航员看做是密西西比河上的"国王"和"主宰",十分羡慕这个职业。经过刻苦努力,他掌握了领航技术,做了领航员。他漂流在大河上下,接触到各种脸谱的人物,洞察他们的心灵,熟悉他们的生活,了解他们的性格,长了许多见识。他开始写些小文章在地方报纸上发表,并且用水手喊的那句话"马克·吐温"作为笔名。

1861年,美国南北战争打响了。马克·吐温真正的文学活动开始于这场战争之后。他的主要作品有:《傻瓜出国记》、《竞选州长》、《汤姆·索亚历险记》、《王子与贫儿》、《密西西比河上》、《哈克贝利·费恩历险记》、《给坐在黑暗中的人》、《使用私刑的合众国》、《战争祈祷》,等等。

美国人民尊称马克·吐温为"我们文学上的林肯"。他说"工作是世界上最大的快乐",他一生都孜孜不倦地工作着,不愿意把"真理带到坟墓里去"。1910年4月,他病在榻上。临终前,他口述对资本主义社会的憎恨,让速记员记下来,准备发表于天下。4月21日,这位文坛泰斗溘然长逝了。

诗坛泰斗——泰戈尔

泰戈尔(1861—1941),印度近代著名的诗坛泰斗、小说家、戏剧家和散文家。他是1913年诺贝尔文学奖的得主。

泰戈尔出生在加尔各答市一个名门望族家庭,弟兄很多,他排行最末。在哥哥、姐姐中,有的是很有才华的诗人、剧作家、小说家。家里的接待室,每天晚上都是灯火辉煌,客人络绎不绝。他的父亲是位有名望的哲学家和社会改革家,对文学也很有兴趣。泰戈尔的聪颖从小就在这优越的环境里得到了培育。

泰戈尔的童年有时也蒙有阴影,他那童年活泼的性格也受过很大的束缚。他母亲去世很早,父亲又经常在外边旅行。他童年的保护者是几个男仆,他们为了免除看护的麻烦,就把泰戈尔关在一间屋子,不准自由行动。有一个仆人,常常叫泰戈尔坐在一个指定的地点,用粉笔在地上画一个圆圈,把他围起来,并且吓唬说,如果迈出这个圆圈,就会有危险。幸亏泰戈尔坐的地方靠近窗口,可以窥视花园的景色,使他忘却"囚禁"的痛苦。泰戈尔一天一天地长大,一天一天地渴望着走出家宅庭院的藩篱,去看看外面的世界。

有一天哥哥去上学，他不禁哭起来，闹着要到学校里去。哭声使他的目的达到了，家人把他送进"东方学校"。在学校里，凡是不会背诵功课的儿童都被罚站在木凳上，两臂伸开，手掌上还要堆上石片。泰戈尔厌恶这个学校，不久就转入师范学校。他专心读书，年终考试得了班上的第一名。一年以后，他又进了英国人办的"孟加拉学校"，虽然没有碰上什么特别不如意的事，可他总觉得那个学校死气沉沉，像一座医院。父亲了解他的心情，并不强迫他去学校，请人在家里教他。他跟着老师学习生物学、物理学、几何学、历史、音乐以及英国文学等。他读了不少诗歌，对诗歌的兴趣一天天浓厚起来。

泰戈尔把大自然当做自己的"老师"。11岁那年，他跟着父亲到喜马拉雅山旅行。火车一路飞驰，广阔的田野，清碧的溪流，翠绿的树林，都从眼前飞奔而过。他们走上山坡，见花儿在草木中盛开，瀑布挂在悬崖上。泰戈尔兴奋地登上山顶，眺望远处覆盖皑皑白雪的高峰。他从这个山峰跑到那个山峰，原来天地是那样广阔而又多姿多彩。他纵情喊着、跳着、唱着，陶醉在大自然的雄浑气魄和瑰丽景色之中。

绮丽的自然风光激起了泰戈尔对生活的热爱和创作的灵感。旅行回来后，他开始写诗。有许多夜晚，他不睡觉，伏在灯下苦读；或者披着月光，在花园里徘徊构思，尝试着写出了一些优美的小诗。不久，他在家里得到"诗人"的称号。

17岁时，泰戈尔随着哥哥嫂嫂去英国留学，开始接触资本主义社会，受到民主思想的熏陶。他在伦敦大学学习英国文学和研究西洋音乐，同时他也忘不了美丽的大自然，常常跑到有山有水、有花有水草的地方，或者坐在海边岩石上，或者躺在草丛里，耳听涛声，眼看绿草，诗神又活动在他的脑海里。

异国虽好，故乡更美。泰戈尔时时感到故乡的天空、大地、白云和江河在默默地呼唤他。他只在英国待了两年，就回到了祖国。

泰戈尔在相当长的一段时间里，常到乡下去住，代替兄长管理祖上留下的田产。他接触到劳动人民，看到许多质朴诚实的农民生活极端贫困，就给他们一些物质上的帮助。他又研究医药学，无论白天晚上，只要有人病了，他就带药箱登门行医。在同农民频繁的接触中，他关心着农民的疾苦。他曾怀着深切的同情描绘农民的悲苦处境："这里有大水，农民割了未熟的稻，用船载回家去，我听见他们的叹息和忧愁的诉说。不幸的农民所希望的不过是能有几粒好谷在谷堆里而已。"

在乡间，泰戈尔写了不少诗歌。1881年，他出版了诗集《黄昏之歌》和《晨歌》。诗歌文笔清新优美，使他名声大振。以后，泰戈尔又写了长篇小说

12部,诗集50余册和几十个剧本。他的作品被译成许多国家的文字,对于传播古老的东方文化和东西方文化交流,都起到了巨大的作用。

坚持不懈的莫泊桑

莫泊桑(1850—1893),法国批判现实主义作家。一生写了近300篇短篇小说和6部长篇小说,形象地揭露了资产阶级虚伪、自私的反动本质。

莫泊桑13岁那年,考入了里昂中学,他的老师布耶,是当时著名的巴那斯派诗人。布耶发现莫泊桑颇有文学才能,就把他介绍给福楼拜。福楼拜是世界闻名的作家,当时在法国享有崇高的声誉。他看了看莫泊桑的作品,对他说:"孩子,我不知道你有没有才气。在你带给我的东西里表明你有某些聪明,但是,你永远不要忘记,照布丰(法国作家)的说法,才气就是坚持不懈,你得好好努力呀!"莫泊桑点点头,把福楼拜的话牢牢记在心里。

福楼拜想考一考莫泊桑的观察能力和语言功底。一天,福楼拜带莫泊桑去看一家杂货铺,回来后要莫泊桑写一篇文章,要求所写的货商必须是杂货铺的那个货商,所写的事物只能用一个名词来称呼,只能用一个动词来表达,只能用一个形容词来描绘,并且所用的词,应是别人没有用过甚至是还没有被人发现的。

刚开始,莫泊桑唯命是从,福楼拜不点头,他就把文稿放在柜子里。慢慢地,文稿堆起来竟有一人多高,莫泊桑开始怀疑:福楼拜是不是在有心压制自己?

一天,莫泊桑闷闷不乐,到果园去散心。他走到一棵小苹果树跟前,只见树上结满了果子,嫩嫩的枝条被压得贴着了地面,再看看两旁的大苹果树,树上虽然也果实累累,但枝条却硬朗朗地支撑着。这给了他一个启示:一个人,在"枝干"未硬朗之前,不宜过早地让他"开花结果","根深叶茂"后,是不愁结不出丰硕的"果实"来的。从此,他更加虚心地向福楼拜学习,决心使自己"根深叶茂"起来。

1880年,莫泊桑已经到"而立之年"了。一天,他拿着小说《羊脂球》向福楼拜请教。福楼拜看后拍案叫绝,要他立即寄往刊物上发表,果然,《羊脂球》一面世,立即轰动了法国文坛,莫泊桑顿时成为法国文学界的新闻人物,同时,他也登上了世界文坛。

洗澡发现了定律的阿基米德

阿基米德(约公元前287——前212),古希腊物理学家和数学家。曾发现杠杆定律和阿基米德定律,终身从事物理和数学的研究。

阿基米德出生在古希腊的一个天文学家的家庭里,从小就受到全家人的宠爱。父亲为了使他早日成才，在起名字上绞尽了脑汁，经过反复选择，在他出生的第10天，取名阿基米德，希望这名字给他带来幸福，并能成为一个真正的希腊人。

阿基米德的童年，是在保姆和奴隶们的照料下度过的。全家人对他要求很严，行走坐立、穿衣吃饭都有规矩，不准他淘气，也不许他交坏朋友。他8岁时进了学堂，每天天不亮就起床，在奴隶的陪伴下走很长的路到学校上课。阿基米德的家里很富有，但他从不骑马或坐车。

阿基米德学习非常刻苦，有时看书，一看就是一天。随着阿基米德年龄的增长，他的许多与众不同的地方开始显露出来。他把大部分时间用在思考、探讨、学习和写作上，极少想自己的事。为了研究一个问题，常常忘记吃饭，忘记洗澡。连穿衣服、脱衣服这类事情，都得由别人帮助来做，只要他一思考问题，就会忘掉自己的一切。

阿基米德对三角形、正方形、圆形的研究简直着了魔，与它们形影不离，一天总画呀画呀，那么聚精会神，专心致志，好像周围的一切都不存在了。有一次，在他跨进浴盆洗澡时感觉到身子入水越深，水越往外溢，身子就越轻。突然，他兴奋地大叫一声，从浴盆里跳出来，一丝不挂地在大街上奔跑，一边朝家跑嘴里一边喊："我想出来了，我想出来了！"人们望着这个赤身裸体奔跑着的怪人，非常惊异，他们哪里会想到，阿基米德就在洗澡时，发现了一条重要的流体静力学规律——"阿基米德定律"，即浸在液体里的物体受到向上的浮力，浮力的大小等于被物体所排开的液体的重量。

青少年开心故事会

"医中之王"阿维森纳

阿维森纳（约980—1037），阿拉伯医学家和哲学家，被誉为"医中之王"。他在地质、天文、物理、化学、文学等方面也有相当成就。他的科学著作《医典》代表了当时阿拉伯医学的最高成就，影响西方学界达数百年之久。

阿维森纳出生在中亚细亚布哈拉附近的阿法西纳小镇（今乌兹别克附近）。他的父亲是一个很有学问的人，任地方税吏，很重视对孩子的早期教育。在阿维森纳出生后，全家迁至布哈拉。布哈拉当时系萨曼王朝首府，是阿拉伯经济、文化的中心之一，学术上比较开放。阿维森纳两岁时，父亲便教他识字写字，6岁以后便以通俗的语言向他讲述各种各样的知识。阿维森纳幼年时聪明过人，嗜书成癖。他10岁时就能诵读阿拉伯和波斯文学作品。他对数学也很感兴趣，学了6种几何图形以后，就能举一反三地演绎出当时已经很深奥的全部几何学。布哈拉有一所藏书丰富的图书馆。阿维森纳如饥似渴地阅读图书馆中的藏书，既攻文学，又深入钻研亚里士多德的著作，对其中的物理学、哲学、伦理学、美学、逻辑学等内容均感兴趣。他还广泛阅读了神学、医学等著作。在医学方面，阿维森纳更显露了他的非凡才智。16岁时，已掌握了广博的医药知识，并且积累了一定的治病经验。17岁时，已成为远近闻名的医师和学者。

阿维森纳在科学上勇于探索，涉及的领域很广泛。他留给后人的著作达99种之多。其中，属于神学和哲学的有68种，属于自然和天文学的有11种，属于医学的有16种，诗集4种。

爱动脑筋的牛顿

牛顿(1642—1727)，英国物理学家、数学家、天文学家，出生于林肯郡。他建立了机械运动的三个基本定律，发现了万有引力定律；在光学方面，曾致力于色的现象和光的本性的研究；在热学方面，确定了冷却定律；在数学方面，建立了二项式定理，并和莱布尼茨一起创立了微积分学；在天文学方面，创制了反射望远镜，初步考察了行星运动规律。

牛顿童年时善于开动脑筋，喜欢制作各种玩具，而且做得十分精巧。12岁那年，他上了中学，寄宿在一个开药店的人家里。他是个好动的小房客，不断地搞一些小把戏，用斧头、锯子和锤子制作各种奇怪的小玩具。有一次，他制作了一架小风车，活捉了一只老鼠，把老鼠捆在风车轮子前面的踏板上，并且在老鼠的前面放上一粒玉米。这粒玉米让老鼠看得到却又吃不到。饥饿的老鼠为了吃上这粒玉米，就拼命往前跑。踏呀踏，就这样带动了风车的轮子。还有一次，他用木箱和玻璃瓶做了一只水钟。他将适量的水注入木箱，箱内滴出的水流控制着钟上时针的转动，每天黎明时水钟能按时滴水到他脸上，叫他醒来，催他早读。

14岁时，他充满理想，不停地思考学习中的各种问题。然而，他的亲戚却不让他读书，把他带到田里去干活，要他种田谋生。此外，还要学习做生意。牛顿却不喜欢这一套，常常偷偷地一个人躲在小树林后面读书。他的舅父发现了，只好摇头，无可奈何地对他说："还是回去念你的书吧，要么你是一个无所事事的大废物，要么你是一个大天才。"

18岁时，牛顿到剑桥大学读书，毕业后留校。他在剑桥大学从事了长达30年之久的科学研究和教学活动，并取得了巨大的成就。

富兰克林发明避雷针

富兰克林(1706—1790)，美国物理学家、社会活动家。他是电学史上第一个正确阐述电的性质的人。他发明了避雷针，在光学、化学、热学、植物学等方面也有所贡献。

富兰克林出生于波士顿，兄妹共10人，全靠父亲开一个小杂货店挣钱过活。他从小就迷上了读书。从他学会阅读后没过多久，家中的藏书就被他读完了。8岁时，富兰克林进学校读书，不到一年他就从一年级跳到三年级。由于家中的生活越来越艰难，不满11岁时，父亲就让他离开了学校，在自家的店铺里当一名小工人。富兰克林虽然失去了求学的机会，但他喜欢读书的习惯并没有改变。每天晚上，干了一天活的富兰克林便点起蜡烛看书。父亲给他的一点零花钱，全部积攒起来，买了心爱的书籍。

看到儿子如此爱读书，父亲便把他送到一家印刷所当印刷工，以便使他有机会多接触一些书籍。每当夜深人静的时候，富兰克林就躲进阁楼，兴趣盎然地翻阅刚装订好的新书。为了读完一本好书，他常常彻夜不眠，因为第二天一早，就得把书归还给店里。

印刷所附近有个书店。一个偶然的机会，富兰克林认识了书店里的一个店员，他想通过这位店员借书读。

"店员叔叔，您能借给我几本书吗？"富兰克林央求道。

听说借书，店员两手一摊，急忙解释说："书是老板的，老板不让借给人。"

富兰克林从头冷到脚跟。失望中，又央求说："叔叔，您晚上借给我，我第二天一早就还给您，老板肯定不会知道，您就借给我吧！"

店员见富兰克林如此恳切，很受感动，就答应了他的要求。

富兰克林还经常到朋友们的家里去借书读。在几年中，他博览群书，攻文学、练写诗、习算术、研究航海术、钻研各种感兴趣的科学问题，成长为一个知识丰富的少年。

一天，富兰克林突然想到给报社投稿。当时，他的哥哥詹姆斯正在办一份《新英格兰报》。他就把自己的想法告诉了哥哥。谁知他哥哥听后却阴阳怪气地说："你孩子家写什么文章呀，还是老老实实地排你的铅字吧！"富兰克林偏不服气，他决心写出一篇好稿子让詹姆斯看看。

不久，詹姆斯收到一篇从门缝里塞进来的稿子。文章语言优美、结构缜密。真是文笔超群，才华横溢呀！编辑们一个个赞不绝口，有人说，这篇稿子虽然没有署名，但它一定出于某名人之手。还有人说，也可能是某名人检验报社的水平吧，否则，他为什么要塞进门缝呢？听着这些七嘴八舌的议论，富兰克林露出了会心的微笑。

瓦特发明蒸汽机

瓦特（1736—1819），英国著名的发明家，生于英国造船中心格拉斯哥附近的格林诺克小镇。他的父亲当过造船工人，祖父、叔父都是机械工人，由于家庭的影响，瓦特从小就熟悉了许多机械原理和制作技术。

瓦特是一个智慧非凡的孩子，勤奋好学，勇于探索，对发明创造最感兴趣。有一天，父亲的朋友前来做客，正好看到小瓦特坐在炉子旁边发呆，手里拿着笔和纸，地上有许多画过的图。他好心地说："小瓦特应该上学了，别光在家里用玩耍来打发宝贵的时光了。"父亲莞尔一笑，说："谢谢你，我的朋友。不过，你还是看看我的儿子在玩什么吧。"原来，小瓦特在设计各种各样的玩具，还画了许多图样，这年小瓦特才刚好6岁整，客人吃惊地说："这孩子真了不起！"

又有一次，家里人全出去了，只留下瓦特一个看门。他呆呆地看着炉子上烧水的茶壶。水快烧开了，壶盖被蒸汽顶起来，一上一下地掀动着。他想：这蒸汽的力量好大啊。如果能制造一个更大的炉子，再用大锅炉烧开水，那产生的水蒸汽肯定会比这个大几十倍、几百倍。用它来做各种机械的动力，不是可以代替许多人力吗？这就是后来人们传说中的"瓦特发明蒸汽机"的故事。小瓦特是这样设想过，只不过真正试制蒸汽机，却是后来的事情。

小瓦特为搞发明创造，发愤学习科学知识。他13岁开始学习几何学；15岁读完了《物理学原理》；17岁开始当学徒工。此后，他才真正投入了蒸汽机的研制和发明，一发而不可收拾。

1757年瓦特到格拉斯哥大学当教学仪器修理工。那里既有完备的实验设施和各种仪器，又有许多著名学者和专家，这些都给瓦特提供了极其有利的条件。学校还专门为他创办了实验车间。1769年，瓦特在大量试验的基础上，经过了无数次失败，终于制成了一台单动式蒸汽机，并且获得了第一台蒸汽机的专利权。1782年瓦特又研制成功一种新式双向蒸汽机，并且可以广泛地应用在各种机器上；1788年，英国政府正式授予瓦特制造蒸汽机的专利证书；从1775年到1800年，瓦特和波尔顿合办的苏霍工厂，就制造出183台蒸汽机，全用于纺织业、冶金业和采矿业，到了19世纪30年代，蒸汽机推向了全世界，从此人类社会进入了"蒸汽时代"。造福于人类的发明家——瓦特，永远被后人敬仰。

轮船的首创者——富尔顿

富尔顿（1765—1815），美国著名工程师。1807年，他利用英国机器制成了世界上第一个蒸汽机轮船"克莱蒙脱号"，是世界上轮船的首创者。他为世界人类航海事业的发展作出了卓越的贡献。

富尔顿出生于美国一个贫苦的农民家庭，从小读书很少，父母没有钱供他去学堂学习，后来取得的成就，全凭个人的奋斗。小富尔顿从小就爱幻想，譬如，当他帮助大人干完农活之后，常常一个人坐在农家阁楼上，在带有木格条的小窗户中,向田野望去,看蔚蓝色的天空,苦思冥想,一坐几个钟头。

有一天,天气晴朗,河水清澈。小富尔顿和邻居大叔一起驾着小船到河的上游去找活干。他们开始悠闲地撑着篙,逆流而上。小富尔顿到离开自己村庄的外地去,心情格外高兴,情不自禁地唱着美国乡村的民谣。河水的"哗哗"声和小富尔顿的悠扬、婉转的歌声交织在一起,令人心醉。早晨的太阳愈升愈高了,阳光洒在水波中,像碎银洒在绿色的缎带上。突然,水流湍急,小船在河中打转,富尔顿和邻居大叔拼命地撑篙,汗水湿透了他们的衣服,但船仅能艰难地移动。小富尔顿心里想:撑篙太费力了,假如有一种东西能让船自动行走,该多好啊!想象的翅膀在河中飞翔,他好像看见在河中出现了一只自动行驶的船。他的神思又回到现实中来,对邻居大叔说:"大叔,撑篙又费劲,又缓慢,如果有一种东西能让船自动行走,该多好啊!"

邻居大叔正用力撑着篙,听了小富尔顿的话,情不自禁地笑了。他用手背擦擦自己脸上的汗水,笑着说:"假如有一种东西能让船自动行走,那这样东西是什么呢?""是啊,这东西是什么呢?"小富尔顿的脸刹那间红了起来,他用劲地撑了一下篙,低下了头,又陷入了沉思。

自此以后,"怎样使船自动行走"就成了小富尔顿苦思冥想的中心问题,促使他长大以后,努力奋斗,终于成为制造人类第一只蒸汽机轮船——"克莱蒙脱号"的著名科学家。

数学奇才——高斯

高斯(1777—1855),德国数学家、物理学家和天文学家。他对研究几何级数、复变函数论、统计数学、椭圆函数论有重大贡献,尤其是他的曲面计算理论是近代微积分几何的开端;此外的物理、天文、测地学上也有很大成就。

高斯幼年时,家境贫寒,晚饭一过,父亲就要他上床睡觉,为的是节省灯油。但他太爱读书了,怎么能睡得着?后来,高斯想了个办法:找个大萝卜,挖去心,塞进一块油脂,插上一个灯芯,做成一盏小油灯。天一黑,他独自悄悄躲到楼上,俯身伏在微弱灯光下,悄悄地读书,常常到深夜。

高斯好学的精神,被当地的公爵知道了。公爵为了给自己造就人才,便决定资助他学习。这样,高斯不到 15 岁就进了卡罗琳学院。

在大学里,高斯非常勤奋,除用心上课外,还尽量利用课余时间钻研各种语言、数学。他很快就掌握了几种外国语言和微积分,并开始直接阅读牛顿、欧拉、拉格朗日这些大数学家的外文原著。在这期间,他还写下不少日记,为他日后的科学研究打下坚实基础。

1795 年,高斯从卡罗琳学院转到戈丁根大学深造。次年,初春的阳光暖融融地撒满了戈丁根大学高大的玻璃窗,室内明亮、洁净。高斯伏在桌上用圆规和直尺,聚精会神地作一个图形——正十七边形。

这是一个闻名已久的难题。早在公元前3世纪,希腊数学之父欧几里得曾指出,用圆规和直尺可以做出正三角形、正四边形、正五边形、正六边形、正八边形、正十边形、正十一边形,等等。但是,能不能做出正七边形、正九边形、正十三边形、正十七边形呢?两千年来,无数有作为的数学家们,像赛跑那样,一个接一个地做下去,但是谁也没有做出来。然而高斯经过不懈努力,终于在这年(1796年)3月30日做出来了。

这是一个十分了不起的成就,从此高斯下定决心献身于数学事业。他太兴奋了,久久不能平静。以至后来明确表示,希望他死后,墓碑上刻一个正十七边形,以纪念他的这个重要发现,那时候高斯还不满19岁。其实早在少年时期,高斯就显露出非凡的数学才华,成为名噪一时的天才人物了。

一天,高斯和同学们坐在教室里学习算术。年轻气盛的老师有意要难一难学生们,便出了这样一道算术题,自然数从1至100之和是多少?并且还说:"谁算不出来,谁就休想回家吃饭!"这位老师是刚从城市调到乡村来教书的,情绪很不好。他压根儿也不相信他面前这些乡下娃娃们能算出这道题来。于是,他坐到讲台的椅子上,跷起二郎腿,埋头读他的小说去了。然而出乎他的意料的是,不一会儿,就有一个稚弱的声音说:"老师,请看这个答案对不对?"他头也没抬,便挥挥手说:"错了! 重算去吧!"但是这个同学没有动。稚弱的声音固执而自信地反问:"这个答案是对的吧?"

老师这才不得不抬起头来,当他看清那答案是5050时,不由得惊讶地跳了起来,说:"你是怎么算出来的?"这个学生不慌不忙地告诉他,他在思考分析这道题的过程中发现,1至100头尾两数依次相加之和都是101,1加100是101,2加99是101,直至50加51也是101。而1至100之间共有50个101,所以用50乘101就是它的正确答案了。

这种计算方法,正是古代数学家经过长期努力才找到的计算等差级数之和的方法。而这个方法被高斯发现了,当时他还不满10岁。

火车之父——斯蒂芬逊

斯蒂芬逊(1781—1848),英国蒸汽机车发明家。他17岁才开始学习文化,全靠自学成才。1814年,制成能牵引30吨重量的蒸汽机车;1825年,设计研制成世界上第一台客运蒸汽机车"旅行号"。人们把他誉为"火车之父"。

斯蒂芬逊的父亲是一名蒸汽机司炉工,母亲是一个普通的家庭妇女。他们全家8口,全靠父亲的一点工资生活,日子过得十分艰难。为了减轻家庭的负担,斯蒂芬逊8岁就开始去放牛了。斯蒂芬逊从小就对那轰隆隆转动的机器有莫大的兴趣。每当去煤矿给父亲送饭,他总是围着机器看个不停。他憧憬着自己成了一个大人,像父亲那样操纵着巨大的蒸汽机。放牛的时候,他喜欢捏泥巴。他捏的既不是兔子、小狗这类动物,也不是锅、碗、瓢、盆这类炊具,而是机器,是蒸汽机的模型,其中也有锅炉、汽缸、飞轮。

14岁那年,斯蒂芬逊真的当上了一名见习司炉工。能亲自操作机器,他很高兴。但光是操纵,又觉得不过瘾。他脑子里老是琢磨着:这机器是怎么转动起来的?它的内部是什么样的?有一天,别人都下班回家去了,他却说要留下来擦洗机器内部的灰尘。蒸汽机被他拆开了,他把所有的零件都仔细观察了一遍,但装配起来却不是那么容易了。他忙乎了好半天,才勉强把蒸汽机安装好。回家的路上,他老是提心吊胆,担心这机器明天转不了。谁知道第二天一发动,那台蒸汽机比平时转得还要好。他经常这样拆拆装装,对机器的结构熟悉透了。

不久,斯蒂芬逊产生了自己制造机器的愿望。由于他没有文化,无法画出设计草图,就用泥巴做成机器模型,仔细琢磨。他感到没有文化很难进行创造发明,于是,在17岁时便报名读夜校,从小学一年级开始读起。斯蒂芬逊每天晚上都和七八岁的儿童坐在一起上课。他像羊群里的骆驼、鸡群里的仙鹤那么突出。

"嘻嘻,戆大!""嘿嘿,笨蛋!"

从夜校的教室外面,常常传来这样的讥笑声。他们讥笑这位"大学生"并没有在念大学,却是在念小学。然而,斯蒂芬逊不怕羞,不怕讥笑,甘愿坐在小学生之中,从头学起。

斯蒂芬逊白天要到矿上上班;为了多挣些钱养家糊口,休息时间还要替人家修理钟表、擦皮鞋,每天累得筋疲力尽。可是到了晚上,斯蒂芬逊总是第一个进教室,专心听讲,埋头学习。放学以后,别人都睡了,他还在昏暗的灯光下复习功课、做作业。经过几年苦读,斯蒂芬逊终于甩掉了文盲的帽子,并掌握了机械、制图等有关知识。从此,斯蒂芬逊便插上了起飞的翅膀,飞翔在创造发明的天空中。

进化论的奠基人——达尔文

达尔文(1809—1882),英国生物学家,进化论的奠基人。曾乘贝格尔号舰作了历时5年的环球航行,对动植物和地质结构等进行了大量的观察和采集。1859年出版了《物种起源》这一划时代的著作,在生物学上完成了一次革命。

达尔文小的时候，一次跟妈妈到花园里为小树培土。妈妈说："泥土是个宝，小树有了泥土才能生长。别小看这泥土，是它长出了青草，喂肥了牛羊，我们才有奶喝，才有肉吃；是它长出了小麦和棉花，我们才有饭吃，才有衣穿。泥土太宝贵了。"

达尔文问："妈妈，那泥土能不能长出小狗来？"

"不能呀！"妈妈笑着说，"小狗是狗妈妈生的，不是泥土里长出来的。"

达尔文又问："我是妈妈生的，妈妈是姥姥生的，对吗？"

"对呀！所有的人都是他妈妈生的。"

"那最早的妈妈又是谁生的？"

"是上帝！"

"那上帝是谁生的呢？"

妈妈答不上来了。她对达尔文说："孩子，世界上有好多事情对我们来说都是个谜，你像小树一样快快长大吧，这些谜等待你们去解开呢！"

达尔文自幼喜欢花草树木、鸟雀虫鱼。上学以后，他仍然保持着对大自然的浓厚兴趣。他骑马、打猎、钓鱼、采集矿石、捕捉昆虫、钻进树林观察鸟类的习性。对达尔文来说，整个世界就是一个大问号，要探索、思考的事情实在太多了。他常常边观察边沉思，甚至忘记了危险。有一次，达尔文在一个古代城堡上散步，像往常一样陷入了沉思。他心不在焉地迈动着缓慢的脚步，突然一脚踩空，从城垛上跌了下来。这时候，达尔文的神智非常清醒，头脑还在思考。他回忆说："在这场突如其来的、跌下来的一刹那间，在我头脑中闪过念头的数目却是惊人的多。这一切，好像和生理学家们所提出的每个念头需要可观时间的说法，是不相符的。"这场虚惊竟成了他一次难得的实验了。

炸药发明家诺贝尔

诺贝尔（1833—1896），是瑞典大化学家，被誉为"炸药大王"。他出生在瑞典首都斯德哥尔摩。他父亲热爱科学，一心想用自己的智慧创造出世界上没有的东西。有一年，诺贝尔家失了火，弄得家中一贫如洗，只得漂洋过海到俄国谋生。父亲开了一家日用五金商店，还设了一个装满机械和各种化学药品的小实验室，在经商之余从事科学实验。

小诺贝尔经常看到工人为了开凿铁路在荒山野岭手拿铁镐砸石头，既费劲又费时。父亲发明了一种炸药，不费劲地把大山劈开了。他对这种神奇的炸药着了迷，喜欢陪父亲泡在实验室里。他记熟了各种化学物品的名称，常向父亲提出各种不懂的问题，父亲总是耐心地给他讲解，还指导他做小实验。

诺贝尔17岁的时候，父亲决定让他去周游世界，开开眼界。他兴奋地问父亲："我这次旅行的任务是什么？"父亲严肃地说："你只身离家，远渡重洋，是为了学习各国新的科学和技术。明白吗？"诺贝尔点点头。

诺贝尔遵照父亲的旨意，先后到了德国、意大利和法国，又去英国参加了世界博览会，最后横渡大西洋，到美国的机械工厂当了一名学徒工。

诺贝尔这次旅行整整用了两年。他除了尽情观赏了世界各地的奇异风光外，还学习了许多新的科学技术和一些科学实验，拜访了著名科学家、教授和学者，大大地开阔了眼界，增长了见识。

诺贝尔回到祖国，继承父亲研制炸药的事业。有一次在实验室里做实验，突然炸药爆炸，他差点儿被炸死，实验室也炸毁了。但他不灰心，又进行了上百次的实验，终于成功了。炸药的专利使他积聚了大量的财富，他临终前留下遗嘱：将全部财产捐献出来，设立学术奖金，鼓励全世界一切献身于科学事业的人。

元素周期表的缔造者——门捷列夫

门捷列夫(1834—1907)，俄国著名的化学家，降生在西伯利亚一个边远城镇的多子女家庭里。他是兄弟姐妹中最小的一个，家里人都亲切地叫他米佳。西伯利亚荒凉而且寒冷，是沙皇流放犯人的地方。门捷列夫一家原来住在彼得堡，由于父母同情十二月党人，才被当局调到这边远的小城镇来，当一名中学的校长。

门捷列夫的妈妈聪明能干，照料着十几个孩子，忙得顾不上休息，她以自己的勤劳支撑着这个多灾多难的家庭。父亲不幸患眼病，双目失明，不得不去莫斯科做手术，可回来时，校长的职位却丢了。家中的积蓄花光后，生活的来源被掐断了。全家搬到另一个村子，妈妈经营起玻璃工厂。

门捷列夫从小生活在玻璃厂里。工厂里奇异的生产活动满足了他童年时的好奇心。他经常目不转睛地观看玻璃工人熔炼玻璃，把它化成透明的液体，吹成漂亮的玻璃器皿。他常常看得手发痒，真想自己动手吹一个大玻璃球。这样，在他幼小的心灵里，滋生了热爱劳动、热爱化学的种子。

1814年，7岁的门捷列夫进了八年制学校。他努力学习、成绩优异，妈妈非常高兴，节衣缩食，坚持让他读完中学。他13岁那年，父亲去世了。不久玻璃工厂在一场火灾中被烧毁了。妈妈为了让心爱的儿子受到高等教育，毅然变卖了仅有的一点财产，带着一儿一女离开西伯利亚，千里迢迢来到莫斯科。因求学无路，不得已来到彼得堡。费了九牛二虎之力，门捷列夫总算考进了彼得堡中央师范学院数理系插班学习。妈妈长期奔波劳碌，心力交瘁，病倒了。临终前，她嘱咐门捷列夫："不要欺骗自己，要辛勤地劳动，

青少年开心故事会

而不是花言巧语，要耐心地寻求真正的科学真理。"

悲痛的心情，贫困的生活，紧张的学习，使门捷列夫的健康受到损害。他食欲不振，干咳不止，住进校医院，一面治病，一面学习。后来，他以全院第一的成绩毕业，学院授予他一枚金质奖章，并授予"一级中学教师"的光荣称号。

门捷列夫在世时，人类已发现了60多种化学元素。他决心把这些元素按一定的顺序排列，经过反复比较，多年研究，他按元素的原子量和化合价排列化学元素，终于在1869年诞生了世界上第一张化学元素周期表，取得了具有划时代意义的成就。

电话发明家贝尔

贝尔(1847—1922)，美籍英国电话发明家。22岁时，任美国波士顿大学的语音学教授。

贝尔少年时代天资平平。上小学时，学习成绩在班里倒数一二名。他不但学习不好，而且淘气、贪玩。书包里常常装着老鼠、麻雀这类小动物。有一次，老师还在台上讲课，贝尔书包里的老鼠钻了出来，在教室里乱窜乱叫，引得同学们哄堂大笑，乱成一团，老师狠狠地训斥了他。他变了，不仅学习成绩好，有发明创造的热情，而且品德优良，经常助人为乐。有一次，他看到一位孤独的老人用笨重的水磨在磨面，小贝尔很同情他，约了一群少年伙伴来帮忙。后来，小伙伴们嫌推磨太苦，纷纷不干了，只有小贝尔一人坚持下来。

回到家里，小贝尔想，怎样才能使水磨省劲呢？为了设计新水磨，他翻阅了大量资料，设计图画了一张又一张。经过1个月的反复琢磨，草图终于设计出来了。几个工匠看了很称赞。在工匠师傅的努力下，省力的水磨制成了，乡亲们十分感激他，小贝尔也成了大家心目中的英雄。

小贝尔年少时，爱好演讲。他父亲是一位演讲家，贝尔少年时代，就组织"少年技术协会"，每周演讲一次。他很有演讲才能，22岁被美国波士顿大学聘请当了语音学教授。父子二人成为美国饶有名气的演讲家。

1875年6月2日，28岁的贝尔经历千万次的失败，终于制成了有线电话。这一天，他和华特生正在进行新的实验。贝尔把一些部件放入硫酸里，不小心，硫酸滴到了他的腿上，他十分疼痛，无意地连声呼救："华特生，快来，我需要你！"声音通过电线传到了华特生的耳朵里。就这样，人类第一部有线电话制造成功了。

飞机发明家——莱特兄弟

威尔伯·莱特(1867—1912)和奥维尔·莱特(1871—1948),科学史上称他们为"莱特兄弟",是美国飞机发明家。19世纪末开始研究航空,通过一个简单的小型风洞进行试验。1903年,设计制造出用内燃机作动力的有人驾驶飞机。同年12月17日试飞成功,飞行时间达59秒,飞行距离达852英尺。

莱特兄弟出生于美国俄亥俄州的达顿市一位牧师家庭。一次,他们从做木工的爷爷那儿拿了些碎木块当积木玩。这时,妈妈来了。"啊,妈妈,这积木怎么摆啊?您快教我们。"妈妈没有伸手,她温和地说:"是啊,怎么摆好呢?自己想想看。要是好好动脑筋,你们能摆出了不起的样式呢。"说着,就在一旁看孩子们怎么摆法。一会儿,兄弟俩叫了起来:"成了,妈妈您看,我垒得多高哇!""我垒的这个才是漂亮的房子呢!"

妈妈看着兄弟俩的成绩,鼓励地说:"两个人垒得都很好。这回你们俩合在一起,想出更好的样子。"

一次,他们扛着自己制作的爬犁到铺满厚厚积雪的山岗上参加爬犁比赛。大家都嘲笑他们制作的爬犁样子古怪。别人都是坐着滑行,而这两兄弟则是趴在爬犁上。"预备,开始!"口令一发,几个爬犁一齐从山岗上滑下来。莱特兄弟的爬犁由于体积轻、阻力小,很快冲在最前面,第一个到达终点。

1878年,威尔伯11岁,奥维尔7岁。他们的父亲从外地给他俩带来了一件礼物——一只名叫"飞螺旋"的玩具。这个奇形怪状东西的顶部有一副螺旋桨,中间挂着橡皮筋。转紧橡皮筋,带动螺旋桨转动,飞螺旋就会飞起来。这件玩具使莱特兄弟入了迷。"为什么飞螺旋能飞起来呢?""把它放大了,我们人坐上去能飞起来吗?"他们的小脑袋里,浮现出许多新奇的想法。他们真想长大以后做架大飞机,飞上天空。可是,那时的人们认为,人是没办法飞上天空的。

1883年,莱特家搬到了里奇蒙城。这里的孩子喜欢放风筝,莱特兄弟不久也成了风筝迷。他们的风筝越做越好。每次和小朋友比赛,兄弟俩的风筝总是比别人的风筝飞得高。小朋友们非常羡慕,请莱特兄弟制作风筝卖给他们。兄弟俩一下子成了"小专家"。莱特兄弟常常躺在草地上,观看着天上翱翔着的老鹰。他们真羡慕老鹰,它们多么自由、惬意呀!如果人类也能长上翅膀,在蓝天中自由地飞翔,那多幸福!

当时,连他们自己也没有想到,人类的千年梦幻,将会在他们手中变为现实。

爱思考的爱因斯坦

爱因斯坦(1879—1955),著名物理学家。生于德国,因受纳粹政权迫害,1933年迁居美国。他在物理学的许多领域中都有重大的贡献,其中最重要的是建立了狭义相对论,并在这基础上推广为广义相对论,于1921年获诺贝尔物理学奖。

爱因斯坦幼时发育较迟缓,三四岁的时候还不大会说话。但是,小脑袋中经常沉思着各种稀奇古怪的问题。他常常托着下巴在想:"雨为什么会从天上掉下来?月亮为什么不会从天上掉下来?"在他四五岁的时候,爸爸给他一个罗盘。他非常喜欢这个玩具,爱不释手地摆弄起来。罗盘的指针轻轻抖动着,转动着。当静止下来的时候,涂着红色的一端总是指着北方,另一端总是指着南方。他小心翼翼地转动罗盘,想偷偷地让罗盘指针指向别的方向。但是,罗盘仿佛发觉了他的心思,红色的一端仍然固执地指向北方。他突然猛转身子,想让罗盘措手不及。但是等指针停下来一看,红色的一端还是指向北方。

"真奇怪!"小爱因斯坦惊奇极了。"为什么它总是指向南北,而不指向东西呢?"他喃喃地向自己提出了一个许多小朋友没有想到的问题。

他为罗盘的指南性着了迷,也为自己提出的罗盘问题着了迷。他一个人玩着,试着,痴痴地思考着,整天精神恍惚,沉默不语,父母还以为他生病了呢!终于,他找到一个答案:"这根针的周围一定有什么东西在推着它!"于是,他想找出罗盘周围存在的某个神秘的东西。但是,找来找去却一直没有找到。

在爱因斯坦对罗盘的探索中,已经孕育了一颗作出伟大发现的种子。

爱因斯坦上小学时,话语不多,手也不太灵巧。同学们讥笑他笨,老师也不大喜欢他。一次老师教同学们做手工,爱因斯坦交给老师的是一条歪歪扭扭的小板凳。老师不高兴地说:"这像什么板凳?谁见过这么糟糕的板凳?世界上还有比这更糟糕的板凳吗?""有的,"爱因斯坦回答道,"世界上还有比这条板凳更糟糕的板凳。"说着,他从课桌的抽屉里拿出两个做得更差的小板凳对老师说:"这是第一次做的,那是第二次做的。您手里的一只是第三次做的。第三只比这两只要好一些,这两只比您手里的一只更糟些。"

老师的气消了。爱因斯坦的手工虽然做得不够好,但他是认真的、努力的。而且,在盛气凌人的老师面前,他竟能镇静地说明事情的真相。从此,老师也喜欢这个平时不大说话的孩子了。

5岁作曲的莫扎特

莫扎特(1756—1791)，奥地利作曲家，维也纳古典乐派的代表人物之一，出生于一个音乐世家。他的父亲雷奥博是个优秀的小提琴家、作曲家和出色的指挥家，担任大主教宫廷乐师。

莫扎特智能超群，自孩提时代就对乐曲产生了兴趣。他一听到音乐就用小手拍着。奇妙的是，他拍得很合拍，很有节奏感。莫扎特的姐姐玛丽娅每次练习钢琴时，爸爸总是精心指导，因而玛丽娅的进步很快。每当琴声响起，小莫扎特就不吵不闹，静静地聆听着。

有一次，当玛丽娅正聚精会神地练琴时，4岁的莫扎特走到姐姐跟前，乞求姐姐让自己弹刚刚演奏过的那首曲子，玛丽娅亲昵地指着弟弟的鼻子说："看看你的小手，还不能跨过琴键呢，怎么弹琴呢，等你长大了再学琴吧。"说过她又继续练起琴来。

一天，全家用过晚餐，玛丽娅帮助妈妈在厨房里洗碗时，莫扎特就坐在钢琴上弹起来。雷奥博正在边喝茶边抽烟休息，听到琴声后，猛然站起来，惊喜地说："听，玛丽娅把这首曲子弹得简直妙极了！"话音刚落，玛丽娅就从厨房里走了出来。雷奥博呆住了，这是怎么回事呢？他立即爬上楼轻轻地推开门，哇，只见小莫扎特正在聚精会神地弹奏呢！父亲看出儿子有着优秀的音乐天赋，便开始对他进行早期教育了。从4岁起，莫扎特就弹起了钢琴，拉起了提琴。莫扎特的接受能力极强，许多曲子只听一遍，就毫不费力地记住了。父亲怕莫扎特负担过重，不想过早教他作曲。可是到5岁时，莫扎特看着父亲写乐谱，便也开始学着作曲。有一次，父亲走进莫扎特的房间，见他正趴在桌上，在五线纸上专心地写东西。他随手拿起一看，不禁吃了一惊。原来儿子在写钢琴协奏曲，而且写得完全符合规格。

一天，父亲创作了一首小步舞曲。他要儿子把这个乐谱送到剧院院长处去，并说明这是专为他女儿创作的。不料，路上一阵大风，把莫扎特手里的乐谱刮跑了。他一面哭着，一面追赶着到处飘荡的乐谱。乐谱没有全找回来，怎么办呀？莫扎特跑到小伙伴家里，借来笔纸，自己写了首乐谱送去。第二天，院长带着女儿来拜谢，说莫扎特父亲的舞曲写得太妙了，他还让女儿把舞曲弹了一遍。莫扎特的父亲听后惊呆了。他说："这不是我作的舞曲。"他转身问儿子："这首乐曲是谁写的？"莫扎特只得说出原委。父亲听后激动得流出了泪，一下子把儿子抱在怀里。

此后，父亲就开始教他难度较大的作曲练习。聪明加勤奋的莫扎特，在家里不是弹琴就是作曲。五六岁的孩子像大人一样整日埋头于音乐之中。为了让莫扎特开阔眼界，少年成名，自1761年秋天起，父亲就带着6岁的儿子到奥地利首都维也纳演出。接着，又到德国、法国、英国、荷兰和瑞士演出。每到一地，都获得好评。7 岁那年，他在法国巴黎一个音乐会上，为一位著名的女歌唱家弹琴伴奏，只听她唱了一遍，就能不看乐谱，自由地伴奏，从头到尾一点不错。女歌唱家再唱一回，他又在琴上另选新的伴奏。每唱一曲，他的伴奏都变化无穷，和谐动听，听众惊叹不已。这件事被欧洲人称为"18 世纪的奇迹"。

莫扎特 11 岁便能指挥大型歌剧演出，并写成了第一部歌剧《阿波罗和吉阿琴特》。12 岁时指挥德国著名的乐队，名闻世界乐坛。13 岁时，便在萨尔斯堡任大主教宫廷教师。

莫扎特只活了 35 岁。在短短的一生中，他写了歌剧 19 部，交响曲 47 部，钢琴协奏曲 27 部，小提琴协奏曲 5 部，弦乐四重奏 22 部，钢琴奏鸣曲 29 部，小提琴奏鸣曲 37 部，其他各类乐曲 100 多部，给人类的音乐宝库中留下了珍贵的艺术财富。

音乐皇帝——李斯特

李斯特(1811—1886)，匈牙利音乐家，被誉为"音乐皇帝"、"欧洲第一钢琴家"、"钢琴之王"。他的钢琴演奏热情、奔放、大胆、充满魄力。

他一生创作了大量作品，有钢琴曲、合唱曲、交响乐、宗教音乐，是西洋音乐史上的重要的浪漫派音乐家，首创出"交响诗"体裁，促进了欧洲音乐的发展。这位"音乐皇帝"早在童年时代就已经是才华横溢了。

他的父亲是一位公爵的管家，爱好音乐还会弹钢琴。爸爸经常指教李斯特学习弹钢琴。小小的李斯特很有毅力，常常从清晨起来一直练琴到中午，他还很聪明，一学即会。9 岁那年就举行了演奏会，引起了人们的注意。

父亲看到儿子的音乐才能，决心让他进一步得到深造，送他到当时被人们誉为"音乐摇篮"的维也纳去。他们卖掉了家具和用品，凑够了路费。在维也纳，一家三口人挤在一间屋中，只有一张单人床，妈妈睡在床上，爸爸睡在凳子上，李斯特睡在钢琴下。生活很清苦，他们却为李斯特聘请了很有名望的教师。学习两年后，李斯特举行了演奏会，并且获得了成功。

演奏的那天，12 岁的李斯特走上舞台。一看到台下的听众，顿时惊呆了，原来就在第一排坐着一位音乐巨人——贝多芬。这时的贝多芬已经耳聋，加上他对当时弥漫于维也纳音乐界的肤浅、堕落之风反感，一般的音乐会从来都不参加。这次，他竟破例来到一个 12 岁的匈牙利孩子的演奏会，怎能不引起轰动？李斯特又怎能不感到震惊？喜悦和兴奋涨红了他的脸，心怦怦直跳。但由于他技艺精湛，弹奏得特别出色，震耳欲聋的欢呼声、鼓掌声使得他不得不在演奏中常常中途停顿下来。但是贝多芬什么也听不见，他如石像般一动不动地坐在那里，用身心感受着回旋在他四周的乐曲。李斯特演奏完最后一曲，从钢琴旁站起来，怀着十分崇敬的心情向这位音乐巨人致敬。贝多芬从座位上站起，像头雄师一样迈着稳健的步伐走上台去，搂住李斯特，亲吻他的额头。

后来，李斯特创办过布达佩斯音乐学院，并担任第一任院长。他的主要作品有交响诗《塔索》、《匈牙利》、《前奏曲》等13部，钢琴曲《旅游岁月》、《匈牙利狂想曲》等19部。此外，还有协奏曲、清唱剧、独奏曲和改编曲等。

画风多变的大师——毕加索

毕加索(1881—1973)，西班牙杰出画家，法国现代画派的重要代表人物。他一生从事艺术创作和研究，几度改变绘画风格。每次转折都有名作问世，对现代西方艺术流派有很大的影响，被公认为享有世界声誉的绘画大师。

毕加索出生在地中海沿岸的马拉加，他的父亲是一个美术教师。在他还没学会讲话以前，就从父亲那里接触到了大量的绘画作品。各种各样的画笔画具，五光十色的颜料，焕发着艺术光彩的美术作品，都使他耳濡目染，给了他深刻的影响。他还没有上学，就深深地爱上了绘画。趁家人不在的时候，他常拿起父亲的画笔作画，先在纸上画人物、房子、树木、小猫、小狗、小鸡、小鸟，虽然不怎么像，可他自己却非常欣赏。小毕加索画得兴起，连墙上、地上也都画上了他的"美术作品"。自己的手上、身上、脸上也不知什么时候涂上了五颜六色。妈妈回来看了哭笑不得。他却稚气地说："妈妈，看我画得多美！"妈妈说："看你乱画得多脏！"假装生气要打他。他却坚强地说："不！不！我是画画。"爸爸回来听见了哈哈大笑，说："哈，我们家里又多了一个小画家！"

毕加索10岁时由于家境贫寒，全家移居巴塞罗那，从那时起父亲正式教毕加索学画。父亲教育他："绘画是一门艺术，不能乱画，要学会观察、思考，要苦练出扎实的基本功，不断探索绘画艺术的真谛。"在父亲的教育培养下，毕加索的艺术才能得到充分发挥，尤其是素描画得相当好。14岁时，毕加索的父亲看到儿子的绘画水平越发出众，就把自己珍藏多年的心爱画笔送给他，对他说："孩子，努力吧！希望你用这支笔画出更新更美的画！你一定会比爸爸更有出息！"毕加索知道父亲对自己寄予无限的希望，学画更努力了。

就在这一年的秋天，在巴塞罗那美术学院任教的父亲，亲自带他去参加学院的入学考试，没想到老师在黑板上出了几道数学题，毕加索绞尽脑汁连一道也算不出，急得满头大汗。这时老师递给他一张纸，对他说："答案全在上面。"多亏了这位老师的帮助,毕加索才考进了美术学院。尽管毕加索的计算能力极差,但在绘画方面却显示出非凡的才能。父亲教他学习美术的初等课程,随后让他参加了静物画、模特画、油画的学期考试,都取得了优异的成绩。更让人吃惊的是,他只用一天的时间就神奇地学完了一个月的课程。面对这样绝顶聪明的学生,美术学院的教授几乎不知道教什么好了。当时才10多岁的毕加索的作品已几次在马拉加和马德里获奖。在勤学苦练中,毕加索特别注意观察生活。他同情下层劳动人民的疾苦,经常深入到他们中间去体验生活。一天,毕加索看到一个骨瘦如柴、衣衫褴褛的男乞丐,手里拿着一个破碗,弯着腰,正在向行人讨钱。他出神地望着这个乞丐,对乞丐的衣着打扮、一举一动都细细地加以观察,久久不愿离去。回家以后,毕加索便创作出一幅乞丐行乞的人物肖像画。他还观察流浪汉、走江湖的马戏演员等形象,并把这些人物惟妙惟肖地画出来。这些画的代表作有《少女肖像》、《穷人的进餐》、《卖艺人一家及猴子》等,较好地体现了他早期作品注重写实的风格。

后来,毕加索摒弃传统艺术表现方法,注意从形式上追求奇异,从上下、左右、前后、内外去观察、描绘事物的形态,成了立体派的代表人物。1936年西班牙爆发战争,毕加索回到祖国参加了人民阵线。1937年德国法西斯把西班牙小镇格尔尼卡夷为平地。毕加索闻讯后十分气愤,立即画了幅《格尔尼卡》,描绘了格尔卡小镇遭轰炸后的惨状,对法西斯行为表示了强烈抗议。德军侵占巴黎后,一些纳粹将领、士兵经常出入巴黎毕加索艺术馆,争相观看毕加索的作品。有一天毕加索站在艺术馆门口,给每个德国士兵一幅《格尔尼卡》的复印品。一个纳粹分子问毕加索:"这是您的杰作吗?"毕加索回答说:"不,这是你们的杰作。"

战后,毕加索继续积极参加和平运动。1950年,华沙召开世界和平大会,毕加索为大会画了一只昂首展翅的鸽子的宣传画。这幅画荣获国际和平奖。智利诗人聂鲁达把它称为《和平鸽》。从此,鸽子作为世界和平的象征就为世界各国人民所公认了。

毕加索的代表作还有《瓶与壶》、《农夫》、《午睡》和雕像《抱山羊的男人》等。他一生画风多变,由注重写实到主张立体主义,由一度回到写实主义到倾向超现实主义。他的作品对西方艺术流派影响极大。

第十三篇
景观故事

万里长城的传说

秦始皇统一中国后，征集了数十万民夫，于公元前214年将秦、燕、赵三国北边的城墙连通、修缮合一，这便是举世闻名的万里长城。孟姜女万里寻夫送寒衣，哭倒长城八百里的传说就发生在那个时候。

古时候，江南有两个老汉——孟老汉和姜老汉，互为邻居，仅一墙之隔。一年的春天，孟老汉在墙跟下种了一粒葫芦籽。很快，葫芦籽发芽长叶。又过了些日子，葫芦蔓顺着墙头长呀长，爬到隔壁姜家院子里去了。这时，葫芦蔓上结出个毛绒绒的小葫芦。孟老汉在这边施肥浇水，姜老汉在那边捉虫搭架。到了秋天小葫芦长成了一个很大很大的大葫芦。孟老汉对姜老汉说："葫芦长这么大，多亏了你的辛勤劳动。咱们把它切开，一家一半吧。"当他们把葫芦打开后，奇怪的事发生了：葫芦里睡着个白白胖胖的小闺女！孟家和姜家别提多高兴了。两家一商量，就给这个葫芦里生的闺女取名叫"孟姜女"。

一年一年的过去了，孟姜女很快长大成人。她聪明伶俐而且很爱劳动，不是纺纱织布，就是洗衣做饭。那时，正是秦始皇到处抓人修筑万里长城的时候。一天，一个叫万喜良的年轻小伙子，因为逃避官府抓人，路过孟姜女家。孟老汉和姜老汉见这小伙子忠厚朴实，就把孟姜女嫁给了他。不料新婚之夜，万喜良就被官府抓住，押到北方去修万里长城了。

春去秋来，万喜良一去半年多没有消息。孟姜女一心想着万喜良，眼看冬天到了，没有棉衣在北方怎么过冬呀！于是，就用自己亲手织的布，给丈夫做了一身厚厚的棉衣。棉衣做好，孟姜女背起包袱，拿着雨伞，就动身上路去给丈夫送棉衣了。孟姜女一路上风吹日晒，饥寒交迫，经过千难万险的万里跋涉，终于找到了山海关修长城的地方。只见成群结队的民工，有的背着又大又重的城砖，有的抬着石块，向高山坡上艰难地爬着。他们衣衫破旧，挥汗如雨。经过几天的寻找和打听，孟姜女才知道，自己的丈夫万喜良，已活活地累死了！他的尸首就埋在了城墙下。

孟姜女听到这一噩耗，真如晴天的霹雳。她悲痛万分，一直在长城脚下哭了三天三夜，直哭得天昏地暗，日月无光。这时，只听"轰隆"一声响，城墙坍塌下来，修好的长城被孟姜女哭倒了800里。孟姜女戴着孝拜了为筑长城而死的万喜良后，面对滚滚的渤海，纵身一跃，投海自尽了。

孟姜女哭长城的故事，很快就被人们传颂。为了纪念这位千里寻夫的孟姜女，人们在山海关长城脚下修建了孟姜女庙。庙里有孟姜女的塑像，庙旁还有传说孟姜女寻夫时登高眺望的"望夫石"呢。

天下第一关——山海关

山海关，因关城在山与海之间而得名。它北倚燕山，南濒渤海，地扼东北通华北之咽喉地带，是历代兵家必争之地。战争的烟云，为山海关蒙上了一层神秘的色彩，加之这座巍巍雄关又是举世闻名的长城的起点，因而前来游览的人络绎不绝。

初到山海关，隔着老远就能看见关城上"天下第一关"五个大字，走到近处才发现它们不仅每字都有1.7米之高，而且字迹浑厚雄健，苍劲有力，如此书法杰作，是谁留下的呢？

山海关建于明朝，传说关城建好之后，镇守山海关的兵部主事，奉命为山海关安上匾额。为雄关题匾，应征的高手自然很多，但无论是谁，字写出来，朝那三丈多高的城楼上一挂，不是显得纤弱轻浮，就是笔锋呆板烦琐，怎么也难与雄关虎踞的气势相匹配。

后来，有人提出，本地进士、大书法家肖显可担此重任，但此人架子很大，请他来写并非易事。主事看到当时的情形实在已无人敢试，只好硬着头皮上门了。

肖显果然不随和，虽然他终于答应了这事，却同时提出一个条件——何时写好，何时送去；不要催促，不要勉强。主事一想，就五个字，大不了五天半旬的，不催就不催吧，于是答应下来。

不料二十天过去了，还没见一个字的影子，主事有点着急了，偷偷派人去探听，只道是老先生天天在家欣赏名家字画；又是二十天过去了，探听的人说先生成天背诵诗词，因有言在先，主事只好耐着性子等下去；一晃又是一个月，打探的人说老先生早已弃文习武，每天在后院练功。主事再也忍不住了，命人抓来肖显，准备治他的罪，不料正巧圣旨到了，要求三日之内完成匾额，主事一下子急坏了，他只好对肖老先生左赔一个不是，右赔一个不是。肖显见状，长叹一声："蒂不落，瓜亦难熟啊。"叹罢，他让人垒起一个垫台，把八丈长的木匾靠在墙上，叫所有的人都来磨墨，之后，他让人取来那支特制的长柄大笔。只见他在匾前来回踱步，徘徊良久，猛一操笔，饱蘸浓汁，疾步走到匾前，屏声凝神地写起来。一时间，人们觉得老先生一下子年轻了几十岁，如使棍挥刀般狂舞，落笔提笔，如飞燕掠食，运笔似力拔千钧，把每个人的眼睛都看直了。

不到一刻，"天下第一关"五个大字落到了匾上，顿时，高大的门厅都矮了半截。

当人们啧啧赞叹的时候，肖先生却悄悄在摇头，他并不满意自己的手笔。原来他想用一个月研究前人墨宝，摆布好五字结构；第二个月读古人诗词，涵养气势开阔胸襟；第三个月锻炼臂力，写起来潇洒自如。可惜时间仓促，准备不足，笔力神韵都有欠缺，这不能不说是一大遗憾。然而直到今天，我们看到这几个结构端庄、笔锋峻拔的书法作品都不由得从内心赞叹。

"万里长城第一关"——牵引着万里长城的山海关，是一长方形的城台，高 12 米，东西向，东为关外，西为关内，南北接长城。城台上筑楼，为双层重檐九脊布瓦顶，高 13 米，宽 20 米，深 11 米，外檐饰以明代彩绘，楼上箭窗巧具匠心——平时以木制朱红窗板掩盖，板上有白环，中又有黑色靶心，同彩绘的桁枋相配合，十分漂亮。最高一层的额枋上悬有巨幅匾额"天下第一关"，陡增气势。城楼雄踞关上，巍然矗立，登临其上，南眺渤海波涛浩淼，北望长城蜿蜒山巅，直插云表，令人心目怡旷，为之气壮。

"天下第一关"的城楼，是关楼建筑中的一颗明珠，而肖显所书"天下第一关"的五个大字，更使它名声大振，成为万里长城的第一名胜。

人间的最后一站——蓬莱阁

蓬莱以近仙境闻名，座落在城西北丹崖山上的蓬莱阁更以它的临海美景而吸引了众多游人。八仙过海的神话也发生在这儿。蓬莱阁是八仙在凡间的最后一站，在飘洋过海前的最后时刻，各具神通而又极富人情味的八仙曾登上高阁，怀着为人间种种悲喜心情，把酒临风，细细辨认这故园的山山水水。但见碧海相连，云烟缭绕，殿阁凌空，真不愧为"人间仙境"。

更久远的时候，历史上赫赫有名的秦始皇一统天下之后，做梦都想着自己能永远年轻，永远主宰这个世界，因此他曾东游海上，寻找神山，搜求"不死之药"，然而"终无有验"。后来他还是不死心，又派方士徐福领数千童男童女从登州乘船入渤海，希冀出现奇迹。徐福他们在海上漂流了一个又一个晨昏，不用说找不到仙药了，就连仙山也毫无影踪。又因为给养不足，很多孩子死去，剩下的也一个个面黄肌瘦，可是他们不敢回去见秦始皇，回家也是死路一条。有一天黎明，突然远方有陆地的轮廓在晨雾中渐渐隐现，幸存者们高兴地欢呼起来，驶近一看，哪里是什么仙山，这分明只是一片荒凉的岛屿。不过好歹有了个歇脚的地方,徐福带着孩子们搭棚盖房,开荒耕地……

就这样长久地居住下来了,后来人口渐渐繁衍增多,形成了自己的语言和文化,一个美丽的国度——扶桑展现出了它的雏形,扶桑也就是今天的日本,传说虽然诡异怪诞,靠人们想象而流传的成分不少,但近年来,的确有不少日本人前往山东寻根,不知是否也从另一个侧面反映了它的真实性。

蓬莱阁建于北宋嘉裕年间,经过明朝和清代重建,显得更加宏伟壮观。阁前松柏苍翠,繁花似锦,青绿之中隐隐现出丹墙碧瓦,令人心旷神怡。蓬莱阁建筑面积约 32 000 平方米,包括吕祖殿、三清殿、蓬莱阁、天后宫、龙王宫和弥陀寺共六大建筑,亭台楼阁高低错落,有韵有致,构成了一个布局巧妙、风格独具而浑然天成的古建筑群。

主体建筑蓬莱阁为双层歇山并绕以回廊,上悬清朝书法家铁保手书的金字匾额,给人以浑厚凝重又不失明媚亮丽的感觉。登阁环顾,神山秀水尽收眼底。由于得天独厚的地理环境,这里不仅一年四季景色有异,就连一日之间也变幻无穷。清晨,在观澜亭看红日初升,霞光万道,蔚为壮观;黄昏,漫步阁下赏晚潮万顷,富有诗情画意。世传蓬莱有十处仙景,"海市蜃楼"为一奇观:每年春夏,夏秋之交,天晴海静之日,时有海市出现,海上劈面立起一片山峦,或奇峰突起,或琼楼迭现,时分时聚,缥缈难测,不由人不心醉神迷。千百年来,慕名而至的文人墨客络绎不绝,虽然大饱眼福的人不过十之一二,却留存了观海述景的题刻二百余石。近代爱国将领冯玉祥也来此题写了"碧海丹心"四个遒劲有力的鲜红大字。

虚幻的琼楼玉宇为古老的"蓬莱仙境"增添了神奇的色彩,如今,整修一新的古阁又焕发出炫目的光彩,以崭新的姿态迎接着游人,激发着人们对美好未来的追求。

凤凰描绘的彩图——五凤楼和天安门

农民出身的皇帝朱元璋,有儿子 21 人,其中以第四子朱棣最聪慧。朱棣从小就机灵过人,悟性极高,颇受老皇偏爱,特意为他找了位才学出众的太学士作老师。而且四太子又聪明好学,遇到难题,只要稍加指点,便能解开迷津,因而深得老师欢心,太学士恨不得将自己满腹经纶全教给这未来的国君。

一日,忙碌了整整一上午的四太子,在鲜花丛中的亭子里,不知不觉地睡着了……

恍惚中,他看见蓝天上飞来了五只明亮耀眼的金凤凰,伴随着七彩云霞,从北至南,在太空遨游飞翔,半个时辰后,金凤凰又顺原路翩然而去。神奇的是，在它们飞过的天空中，出现了一座雄伟壮丽的宫殿。宫殿金碧辉煌，彩云缭绕。醒来方知是梦，然而梦中宫殿仍清晰可忆。他将此梦告诉老师，老师听后，环顾左右，细声告诉他："恭喜，你将来定会成为天子，只是不可将此梦告诉他人。"

后来四太子被封为燕王，居守北京，担负着看管朱家王朝北大门的重任。这时他听从老师的话，网络人才，培植亲信，并建立了一支唯他马首是瞻的私人武装，羽翼日渐丰满起来。老皇帝死后，朱棣通过靖难之役从侄儿手中夺得皇位。得天下后，便按过去梦中的图景在北京大兴土木，建造皇宫。经十万余人十几年的辛苦劳动，终于在永乐十八年（公元1420年）建成一座宏伟的宫城，称为"紫禁城"，今又名"故宫"。而城的正门——午门的门楼，因四太子朱棣曾梦见五凤绘楼而紫阳高照，做成了别称"五凤楼"，以示吉祥和纪念。

五凤楼，高35.6米，下为高大的砖石墩台，台正面以垛墙围绕，后面是砖产墙。墩台正中有三门，正面呈长方形，墩台上建楼五座，围绕以汉白玉精美栏杆。其中有主楼一座，正面有九间宽房，重檐庑殿顶；其余四楼，为重檐攒尖顶。中楼左右有钟楼亭，殿亭相接，廊庑相连，金黄色琉璃瓦和绚丽的彩画交相辉映，气势巍峨，宏伟壮观。每年朝廷在此举行颁发历书的仪式，而且，午门之后即为三大殿，是皇帝主持大典的地方，每当此时，钟鼓齐鸣，惊天动地，直至典礼开始，古乐声起，钟声即停。

午门前的天安门，雄伟壮丽，它是中国人民心中的圣地。1949年10月1日，毛泽东在天安门城楼上向全世界庄严宣告了中华人民共和国的诞生，从此一个崭新的共和国便出现在世界的东方。广阔的天安门广场，布局严整，气魄宏伟，是世界上最大的广场。

现在，天安门城楼已对外开放，游人可购票入内。一年四季，来此游玩的中外游客不断，人们在这里觅古探奇，尽情观赏，享受这皇城中的闲情雅致。

神女助禹治水——神女峰

远古时代，瑶池宫里住着西天王母的第二十三个女儿，名瑶姬。她在紫清阙里，向三元仙君学得了变化无穷的仙术，被封为云华夫人，专司教导仙童玉女之职。

瑶姬生性好动，哪里耐得住仙宫那般寂寞生活。一日，她终于带着侍从悄悄地离开了仙宫，遨游东海。但是，当她看见大海的暴风狂涛，给人间造成严重的灾难时，便出东海腾云西去。一路上，仙女们飞越千峰万岭，阅尽人间奇景，好不欢快。岂料来到云雨茫茫的巫山上空，却见十二条蛟龙正在兴风作浪，危害人民。瑶姬大怒，她决心替人间除龙消灾。于是按住云头，用手轻轻一指，但闻惊雷滚滚，地动山摇。

待到风平浪静，十二条蛟龙的尸体已化作十二座大山，堵住了巫峡，壅塞了长江，使得滔滔江水，漫向田园、城廓，今天的四川一带变成了一片汪洋大海。

为治理水患，治水英雄夏禹当即从黄河来到长江。然而，山势这般高，水势这般急，采用开山疏水之法，谈何容易。正当夏禹焦急万分的时候，瑶姬为夏禹百折不挠的精神所感动，乃唤来黄摩、童津等六位侍臣，施展仙术，助夏禹疏导了三峡水道，让洪水畅通东海。夏禹得知神女暗中相助，便登上巫山，找瑶姬致谢。上得山来，只见眼前一块亭亭玉立的青石；不一会，青石化为一缕青烟，袅袅升起；继而又形成团团青云，霏霏细雨，游龙、彩凤、白鹤飞翔于山峦峡谷之间……夏禹正在纳闷，美丽动人的瑶姬突然出现在他面前。瑶姬说："你治水有功，但还要懂得天地间事物变化的道理。"边说边取出一部治水用的黄绫宝卷送给夏禹。

水患虽已治理，但瑶姬并未离去，她仍然屹立在巫山之巅，为行船指点航路，为百姓驱除虎豹，为人间耕云播雨，为治病育种灵芝。年复一年，她忘记了西天，也忘记了自己，终于变成了那座令人向往的神女峰；她的侍从也化作一座座山峰，像一块块屏障、一名名卫士，静静地守立在神女的身旁。

神女峰的传说，在巫山地区流传甚广，其说不一。古代巫山百姓为了纪念他们心目中的神女，尊称她为"妙用真人"，在飞凤峰山麓，为她修建了一座凝真观（即神女庙）。山腰上的一块平台，就是神女向夏禹授书的授书台。

众神汇聚之地——万仙楼

泰山，自古就有天下第一名山之美称，尊为五岳之首。公元前219年，秦始皇平定天下，统一中国，登泰山，巡视华夏。丞相李斯等为秦始皇歌功颂德，树碑立传，刻有《封泰山碑》。从此，泰山更是声名远扬，为人们所神往。

泰山名胜古迹到处可见，在泰山南麓有一造型精美的古老阁楼，叫万仙楼，其名称由来源远流长。传说八仙之一的吕洞宾在泰山苦练修身时，常常是废寝忘食，不知白天黑夜。一日，太阳当空，骄阳似火，天气异常炎热。练了整整一白昼的吕洞宾口渴难忍，出外觅水，来到路旁，见绿树丛中有一农舍，便上门前去讨碗水喝，这时屋内走出一位美丽女子，热情地为他沏茶倒水，吕氏接连喝了三大碗香浓可口的茶水，望着柔情的倩女，茶水也变成了美酒，吕洞宾心里早已醉了。两人很快坠入了爱河……

这位女子就是远近闻名的白牡丹，两人相爱，后来生下一个儿子，名叫白氏郎。这件事情渐渐被人知道了，在众神仙的非议责难之下，吕洞宾被折去五百年道业，白牡丹也被赶下泰山，来到泰山以南徂徕的一座破庙安身。因孩子没有名正言顺的父亲，娘儿俩受尽了苦难和冷遇。所幸的是，那白氏郎长得活泼可爱，聪明伶俐，为母亲忧愁的心里，注入了丝丝温暖。母子俩相依为命，倒也平静。白氏郎长到十来岁，已是神通广大，当他得知母亲被众神仙逼下泰山的事后，立誓要为母亲报仇。在一个阳光明媚的早晨，他告别了慈母，迎着朝阳，手提葫芦出发了。他要走遍天下，踏破庙宇，将天下的神仙都尽收葫芦中。一路上，他见庙就进，见神仙就收，也不知装进了多少神仙，他要把他们都压在泰山底下，为娘出气。

一天，他云游到泰山红门宫北，迎面来了位鹤发童颜的长者，交谈中方知长者是他娘日夜盼望的亲人——自己的父亲吕洞宾。白氏郎大吃一惊，忙跪倒在父亲面前，慌乱中手里的葫芦掉在了地上，摔了个粉碎。众多神仙连滚带爬，纷纷逃之夭夭。因而泰山的神仙是又多又全，有神山之称。后来，人们在白氏郎葫芦落地的地方修楼建阁，取名"万仙楼"。

万仙楼是泰山上的一座名楼，它建筑雄伟，结构平稳，为二层楼，砖木结构，高约20米。楼外古树浓郁，景色怡人。万仙楼创建于唐朝，后经多次修建，方成现在的格局。该楼布局紧凑，建筑精美，富有民族的风格。

公输天巧之作——悬空寺

在我国山西省东北部，有一条绵绵横亘的大山，这就是被人们称为"北岳"的恒山。

古时候，恒山脚下的山庄村落里，很多人都会趁着农闲时进山采药，来补贴几个家用。

一天，四个熟悉的药农相约一同去深山采药。其中一个叫大狗的说："翠屏山的绝壁上有一个大石耳，分量不在百斤以下，我们去把它采下来怎么样？"他们来到翠屏山下，只见那大石耳高高地生长在峭壁上，被艳阳照耀得如同一朵紫金色的云彩，还随着风儿颤动。他们激动地攀上峰顶，钉好"生死桩"。大狗自告奋勇，飞身溜下悬崖向那罕见的大石耳滑去，当四十余丈的绳索就要放完时，大狗已来到石耳边。可是，大狗却突然砍断绳索，坠向万丈深谷去了。其余三人看到这情形，都惊呆了，好半晌才回过神来，下到深谷去寻找肯定已摔得血肉模糊的大狗的尸体。奇怪的是，怎么找也找不见。

疑惑之际，只听得前方的高岩之上有人喊："我在这里！"定睛一看，果然是大狗！他衣貌如旧、神态依然地站在那里。大家又惊又喜，忙奔过去连声问他是怎么回事。大狗说："我刚一摸到石耳，就发现绳索变成了一条可怕的大蟒蛇。我挥刀斩蛇，人却直往下落，我当时已吓得昏昏沉沉，只仿佛觉得被什么托了起来，还听到一个声音说：'记住，不要去采那石耳！'就什么也不知道了。我刚才醒来，才发现落到这里，又看见你们，便喊了起来。"大家惊诧极了，抬头望望，那石耳仍在山风中摇曳。

大狗的奇遇一下子传开了，许多人都想去摸一摸那神奇的大石耳，可又惧怕那艰险的悬崖。后来，不知是哪天，深山里来了一队工匠，他们用朝霞抹红梁柱，用草木染绿栏杆，用小花的色彩描绘出许多图案，人们就突然发现围绕着神奇的石耳，峭壁上出现了一座上不摩天，下不接地的"悬空寺"。工匠们临走时还留下话说，有灾有病的人，如果登上悬空寺虔诚拜佛，再摸摸石耳，灾祸和病痛就会消除。

正如古代诗人描绘的那样："飞阁丹崖上，白云几度封。""蜃楼疑海上，鸟道设云中。"悬空寺建在翠屏山一道绝壁的半山腰，上载危岩，下临深谷，傍雀暂栖，凌空拔飞，堪称恒山十八景之冠。隔谷遥望，悬空寺如一只玲珑剔透、振翅欲翔的雏凤，美丽而清新；谷底仰视，它又恰似一道瑰丽的彩虹，闪烁在白雾蒙蒙的天际。这寺，在粗犷的燕北大山对比之下，显得纤巧而文静，宛若一座精致的七彩浮雕；然而，它又是那样具有感人的力量，只要看上一眼，哪怕只是一瞥，都会使人感受到一种力的冲击，一种巧的震撼。

镶嵌在万仞峭壁之间的悬空寺为木质结构，根据力学原理，三层檐歇的两座山顶殿间都是半括飞梁为基，巧借岩石暗托，高低错落，参差有致，可谓匠心独运。寺背西面东，南北危楼对峙，共有殿宇楼阁四十余间。上下有螺旋式楼梯相通，走在木梯上，前人似踩在后人的头顶；中心阁与边阁之间搭有栈道，一踩上去就"吱吱"作响，透过木板的缝隙便能望见深谷，比黄山天都峰的鲫鱼背更令人魂飞魄散。

悬空寺里还珍藏着铜铸、铁铸、石雕、泥塑等各种佛像八十多尊。历代名人游历于此的题咏也多镌刻于壁间。经受了上千年雨雪风霜而不朽的悬空寺，不能不说是世界建筑史上一个"公输天巧"般的奇迹之作。

印度佛经的藏所——大雁塔

在我国，很少有人不知道唐僧师徒四人西天取经的故事，那是因为小说家吴承恩在《西游记》中塑造了这几个栩栩如生、性格鲜明的人物形象使之家喻户晓。现在我们知道，孙猴、八戒和沙和尚都是作者虚构出来的人物，而唐僧，在历史上却是确有其人。

唐僧真名叫玄奘，是唐代时一个著名的和尚，为求取真经，他于公元617年孤身从长安出发，不远万里去当时的佛教圣地——印度学习。当时的印度，宗教与学术十分发达和活跃，宗教学派林立，是一个名副其实的佛教大国。玄奘遍访名师，如饥似渴地学习，几年时间便通晓了各派学说并很快以博学善辩而闻名。

一次,印度的戒日王决定举行一次学术辩论大会,邀请中国学者玄奘做大会论主,主讲并裁定辩论各方的学术研究水平。当时玄奘正在潜心钻研一部佛经著作,本欲谢绝,然而在戒日王一再力邀下,他只好同意了,因为他想到这样一个隆重的聚会正是探讨佛经要义、进一步了解各家思想的大好时机,于是,他废寝忘食、通宵达旦地准备论稿。

公元642年12月,当印度18个王国的国王、僧侣、学者等六千余人来到曲女城参加辩论大会时,会场门口高悬的正是玄奘的大作《制恶见论》。玄奘作为论主,连续18天,在辩论会上旁征博引、侃侃而谈。大家认真倾听他的精辟议论,为这位远道而来的中国学者高深渊博的知识和严谨扎实的治学态度而深深折服。当场,戒日王和其他国王便纷纷赠给他珍贵的礼品,各宗教学派也争着授予他各种荣誉称号。一时间,玄奘名扬全印度,被公认为第一流的大学者。

玄奘留居域外17年,行程五万余里,足迹遍及大小110多个国家,举世罕见。贞观十九(1645)年,当他带着617卷梵文经典回到长安时,朝中官员和京城僧众出城迎接,太宗还亲自召见了他。玄奘不为金钱权力所动,只求能专心译经,太宗不肯他远去嵩山少林寺,特让他担任长安慈恩寺主持。为贮藏和保存经卷,玄奘依照印度建筑形状设计建造了一座塔,这便是大雁塔。

大雁塔始称雁塔,后来因区别于小雁塔而改称现名。大雁塔初建时为砖表土心的方形塔,仅五层,后经战火和修缮,明代时在外表加粗两砖予以保护,才成为今天我们所看到的这种楼阁式砖塔的样子。

塔平面呈正方形,高64米,加之修在一高地之上,望去直插云天,的确是"塔势如涌出,孤高耸天宫"。塔基东西长46米,南北宽49米,呈矩形。塔自第一层以上,每层显著向内收分,形成一方锥形。通体而观,塔基如两翼舒展,塔身如引颈向上,整座高塔,颇似一只大雁,雁塔之名,大概正得于此吧。塔的门楣门框上,有阳刻的唐代木结构大殿的建筑图景,画面严谨,线条遒劲。塔内设木梯,可逐级上登,自塔上俯瞰城郊景色,十分壮观,令人心旷神怡。据说,唐代及以后各代参加科举考试的新科进士和文人墨客,都以能"雁塔题名"为荣耀。正如诗人岑参所描写的,"突兀压神州,峥嵘如鬼工",大雁塔以其简洁和古朴的造型给人留下了难忘的印象。

唐太宗和高宗曾分别为玄奘作《大唐三藏圣教序》和《大唐三藏圣教序记》,被著名书法家褚遂良书写并刻碑,立在塔的南面。传说有位怀素和尚十分喜爱晋人王羲之的书法艺术,因太宗为玄奘写了《圣教序》而大受感动,就设想请王羲之来书写《圣教序》。他耐心按序文收集王羲之的字,最后有

青少年故事开心会

几个字怎么也找不着,他因此张贴"求字告示",并答应选中一字赏金千两,成为历史上另一段"一字千金"的佳话。

白族人的骄傲——大理三塔

我国是一个多民族的国家,各族人民都有自己独特而美好的传统和风俗。生活在风光秀丽的苍山洱海之间的白族人民,就有这么一个习惯:新嫁娘出嫁时要穿做女儿时穿的旧衣裳,到新家后才换上新装。你知道这是为什么吗?

在很久以前,大理白塔下的村寨里,住着个老实厚道的石匠,妻子去世得早,他一人辛苦地抚养两个女儿。姑娘们长大后不仅脾气性格好,而且长得十分美丽,连百里之外都有人慕名前来求亲。终于到了姐姐彩花出嫁的日子,她穿起了新的绸缎衣裳,欢喜地在镜子前照来照去,直问妹妹好不好看。妹妹凤花在一旁忙上忙下,一边却不时掉转过头,在姐姐不经意的时候悄悄抹去眼角的泪,她是多么舍不得姐姐离开啊!迎亲的人来了,吹吹打打,十分热闹。老石匠很想再多看一眼自己的大女儿,可姑娘们全穿得那么鲜艳,人群又是那么嘈杂,尽管老石匠费力地睁大因劳累过度而变得视力模糊的双眼,也没能把越走越远的彩花辨认出来,他别提有多伤心了。这一切,妹妹凤花都看在眼里。两年后,凤花的嫁期又到了,她穿着平时穿惯的旧衣裳,怎么也不肯换,大家劝急了,她便哭着说:"我身上的衣服虽然旧了,但它是阿爸买给我的,今天我就要离家了,让我穿着它出嫁吧!"因为她是穿着旧衣裳走的,老石匠便能很分明地认出她的背影,心中也大感宽慰。从那以后,村寨里的姑娘们出嫁时,都学凤花那样,还是旧山流旧水,穿着做女儿时的衣裳。慢慢地,这就演变成了白族的一种风俗,它除了表示见衣思亲不忘父母养育之恩外,还告诉人们:新娘是个贞洁的好姑娘。

"人事有代谢,往来成古今。"耸立在苍山洱海之畔,历经了千年沧桑的大理三塔,就见证了它周围村寨里各种民风民情的旧事和变迁。

大理三塔,一大二小,本是依崇圣寺而建,所以又名崇圣寺三塔。如今古刹已灰飞烟灭,三塔却历久犹在,高高耸立,形如鼎峙,构成一幅优美的图画,巧妙地装点着湖光山色,令人流连忘返。其中的主塔名唤千寻塔,是一座具有典型风格的唐塔。它的底平面为四方型,有19层,高59米,外型呈优美的弧线轮廓,结构十分精致。塔内为空筒16层,沿内部"井"字型交叉术骨架攀登可以到达塔顶。据说,千寻塔塔顶上原铸有四只巨大的金翅鸟。因为大理以前是蛟龙住的水潭,而蛟龙最敬畏高塔并惧怕金翅鸟,所以人们建塔于此,并悬巨鸟于塔角来将蛟龙镇住。

在历史上,大理是地震频繁的地区。除了1925年千寻塔的塔尖曾被震落外,其他部分经风吹雨打仍完好无损。由于大理三塔在各代都曾进行修缮,现已发现塔基和塔内藏有造型、材料各不相同的佛像百余座,琳琅满目,美不胜收,具有极高的文化价值。

藏汉和亲的纪念——布达拉宫

唐朝是中国历史上有名的盛世。由于社会安定,经济繁荣,当时各边境民族都愿结好唐政权。吐蕃人(藏族先民)也不例外。

吐蕃人的年轻首领松赞干布是一位有勇有谋的杰出领袖,他看到唐朝如此繁盛发达,就恨不得能在一夜之间改变西藏的落后面貌,因而他想到了和亲。如果能娶到唐朝的公主,两国的关系必然不同一般,藏族向汉族学习也就不成问题了,因此,他果断地派出使臣,带着丰厚的聘礼到长安向唐朝皇帝求亲。

唐太宗对能说会道、仪表堂堂的吐蕃来使印象很不错,于是慨然应允了求亲之事,答应尽快在唐朝公主中挑选才貌双全的女子嫁给松赞干布为妻。然而,太宗没想到的是,后宫中居然没有人自愿去吐蕃当王后。

尽管后宫中的女子们不太了解外界情况,但有关吐蕃的野蛮和落后的种种传闻,一传十,十传百,弄得人心惶惶。所以,得知吐蕃王求亲,皇帝要挑选公主,大家非但不情愿,还暗暗祈求,千方躲避。只有一位女子与众不同,别看她不言不语,心中可有主张了,她,就是文成公主。

她想:“唐朝虽繁盛,皇上要操心的事却不少,周边关系是一桩大事,边境不宁会成为皇上的心事;况且,从平日所读书中,自己对吐蕃也略微有些了解,那里地域辽阔,风景优美,人民淳朴,只是落后了些。”思考再三,她下决心为皇上分忧,远嫁西藏。

太宗大喜过望,正式召见了她,他对宫中居然还有一位如此秀丽可人、文静聪慧的女子感到十分惊讶,尽管有些后悔,但为了践约,还是举行了十分隆重的送行仪式,并安排了宫娥、乐队和工匠以及家具用品、经史文籍和绫罗珠宝等丰厚嫁妆,派江夏郡王取道青海护送文成公主入藏。

藏王松赞早已迎候在青海。文成公主看到自己未来的丈夫如此英俊有为,悬在心里的石头终于落了地。一路上,藏民们载歌载舞,备上了最好的马匹和食物,文成公主为此十分感动。终于到了拉萨,她一眼就看见了布达拉宫,一座金碧辉煌的宫殿,松赞特意为她修建的新王宫,一座豪华的气派丝毫不逊于唐朝长安的宫殿——就在新王宫里,他们举行了隆重的婚礼,人们争相赶来观看婚礼的盛况,争相赞美王后的美丽和才艺。文成公主的到来,促进了藏汉经济文化的交流发展,西藏的面貌大为改观。藏汉和亲名留青史,它的“见证”——布达拉宫历经千载仍巍然屹立在青藏高原上。

布达拉宫，被惊叹为青藏高原上的一个奇迹。它以自己独特的自然神韵征服了每一个看到它的人，颇具魅力。

布达拉宫，其实也就是一座木石结构的建筑物，东西长百余米，南北宽350余米，共13层。整个建筑随山势起伏，与山的轮廓绝对一致。墙壁与山石互为镶嵌，天衣无缝。远观此宫，使人产生一种"宫即是山，山即是宫"的感受，山的雄伟化作宫的气势。

拉萨素有"太阳城"的美称，在灿灿阳光照耀下，铺盖着镏金钢瓦的屋顶熠熠生辉，美不胜收。它群楼叠嶂，殿宇嵯峨，布局自由匀称而中心突出，具有典型的藏式建筑的风格。

按西藏以柱计间的方法计算，宫内有近万间房屋，建筑面积达13万平方米，真是一座庞大的宫殿。遍及大小殿堂的以佛教故事和地方风物为主题的壁画，用笔细腻线条流畅，显示了极高的艺术功力；十万尊佛像遍布各处，神态各异，分别以金银、珠玉、檀木为原料精工雕制而成，价值连城。

布达拉宫，还是国内现存最大的一座喇嘛教寺庙，喇嘛教宗教领袖达赖曾一度以此为宫，因而它也一直是西藏地区政教合一的统治中心，在藏民的政治、宗教生活中占有重要的地位。

情人的礼物——泰姬陵

泰姬陵是世界上最美丽动人的建筑物之一。印度著名诗人泰戈尔称之为"情人的礼物"，他在诗中写道："你容许你君主的权利化为乌有，沙杰罕啊，可你的愿望本是要使一滴爱情的泪珠不灭不朽……"人们不禁要问，泰姬陵为什么会被称为"情人的礼物"，沙杰罕又是一个什么人呢？

大凡知道泰姬陵的人也都知道它的故事。17世纪中叶的印度，繁荣中孕育着动乱。正值年轻的君主沙杰罕继位不久，南方突然出现了叛乱，叛军力量不大，却来势汹汹，所到之处，杀人放火，无恶不作，破坏力极大。派出的军队也被一再挫败，士气低落。

最初国王沙杰罕就一度准备率兵亲征，但朝廷官员纷纷反对，认为区区叛军，不足使皇帝亲征，况且国不可一日无君，沙杰罕一听也有道理，也就作罢，他心里也实在放心不下家里，特别是美丽的皇后泰姬，她已怀有身孕几个月了……但如今骚乱越来越大，如不立刻制止，后果太严重了！沙杰罕再一次决定南讨叛军，他把这一切告诉了皇后泰姬。

"不，不行，您这一去太危险了！""没有更好的办法了！""您再想想！""真的没有了。""那……我跟您去！""不行！""要么您别去，要么我跟您一起去！"国王拗不过皇后，出征前，他下令让最强悍的侍卫保护皇后。当皇帝亲征的消息传来，军队受到了很大的鼓舞，很快稳住了脚跟。就在国王带领军队日夜拼杀之时,皇后的分娩期临近了,为了不使丈夫分心,她让身边人保密,而沙杰罕,连日的激战已使他心力交瘁,无心他顾。叛军溃散,噩耗也随之而至,皇后泰姬已在分娩时不幸去世。沙杰罕如五雷轰顶,他跌跌撞撞地来到皇后的住所,一天一夜,他把自己关在房间里,出来时,人们发现,国王原来的满头乌发全成了银丝……

班师回朝之后,国王做的第一件事就是下令集中所有的能工巧匠,不惜时间与金钱,建筑最美丽最高贵的陵墓来纪念皇后。20年后,一座集伊斯兰和印度建筑艺术精华、风格独特、富丽肃穆的白色陵墓屹立在叶木那河南岸,这便是泰姬陵。传说沙杰罕原想在泰姬陵边为自己建造同一式样的一座黑色大理石陵墓,以示生死相依。可惜的是,晚年他被王子篡位,囚禁于红堡之中,他天天坐在走廊上,凝望着嵌在圆柱上的一块水晶——水晶里映照出远处的泰姬陵,在思念爱后和失去自由的痛苦心境中,沙杰罕凄凉地度过了残生。

远远望去,在红墙绿树、光影水池的衬托下,坐落在百米见方的红岩台基上的泰姬陵显得格外洁白典雅。它以典型的伊斯兰建筑的大门和巨大的穹顶作为造型的主体和中心,两边各有双层同一式样的小门,东西南北四周有四个小穹顶,屹立在台基顶点上的四个圆顶也采用了这种穹顶,在相同的形式下以大小、远近和高低的不同形成变化而统一和谐的整体,给人以庄严肃穆的感受。走近陵墓,整座陵墓除了采用质地精良的白色大理石外,还镶嵌了其他各色的大理石,有些地方还缀以宝石。细部装饰极为精致,陵内大厅里的屏风用透雕的大理石薄板做成,玲珑剔透,四面墙壁镶嵌着五彩宝石构成的藤蔓花卉图案或同样花叶的浮雕;灵堂墙上的朵朵宝石花,每朵都由十八块红绿宝石、翡翠、玛瑙水晶和黄金拼嵌而成,厚约一寸,连叶脉和叶片都清晰可辨,令人叹服。

不少人认为日落时的泰姬陵最美,当大理石染上霞光,倒映在水中时,像一块巨大的粉红色宝石;也有人喜欢正午的强烈阳光照耀下的肃穆、寒意益然的泰姬陵;而更多的人流连在月色笼罩下的陵边,每当这时,白色的陵墓如同一座冰冷而坚硬的银色宫殿;黎明时分,泰姬陵渐渐褪去银色变得金光四射,如同一个高贵的公主,华丽而迷人。

泰姬陵——"印度的珍珠",令世人无限向往。一批一批的游人来到这里,除了欣赏它那杰出的建筑艺术成就外,还想读一读它珍藏的这个流传千古却依然悱恻动人的爱情故事。

泰国的故宫——大王宫

大王宫,是泰国国王的皇宫。和中国的故宫一样,大王宫中也收藏和布置了许多珍稀名贵的艺术品。令人不能置信的是，大王宫的大殿中，竟然存有一幅年代久远的大型瓷质屏风，上面精心彩绘着《三国演义》的故事！屏风上的人物形象，线条流畅，令人叫绝。

那么，是谁制作了这大瓷屏风，他又为什么而做呢？

早在公元15世纪初，在中国，正是明成祖朱棣统治的时期，与其他皇帝一样他也想长生不老，也不知他打哪儿听说海外有仙人仙药，何况他还有个兄弟原与他争帝位，后来却突然失踪了，这也成了他的一块心病，这两个原因促成了中国历史上一件震惊世界、意义深远的大事——郑和七下西洋。

相传郑和第五次出海时，庞大的船队在途经暹罗（今泰国）时，遇上风暴，其中的一条商船因此而触礁受损，只得留下来修整。商船的船长姓杨，素喜交游，因船破损得厉害，恐怕要修一段时间，便趁这个机会来到城里，并结识了一位年轻的王子，两人一见如故，从此结下了深厚的友谊。王子从船长口中得知中国的许多情形，心中十分向往，待商船修理完好准备启程时，王子与船长依依不舍，两人约定日后一定要再相见，船长将随身所带的一本小说《三国演义》赠给王子作为友情的信物，随后，商船消失在茫茫大海中。40年后，杨船长的孙子为完成已故祖父的遗愿，千里迢迢乘船来到暹罗，他见到已是白发染鬓的王子后，将祖父生前珍藏的大彩瓷花瓶和景泰蓝花瓶送给王子，并将随船所带的几尊高达数米的中国古代文臣武将的石雕搬到王子府中，这也是杨船长因王子仰慕中土物事而专为他所造。王子睹物思人，甚为伤感，于是命人在他住处的大瓷屏风上彩绘出《三国演义》的故事，每日见之，以示其思念故友之情。这便是大王宫大殿中瓷屏的来历。

大王宫坐落在泰国首都曼谷，紧偎湄南河。从1784年第一座宫殿阿玛林宫建成以后，这里先后居住着曼谷王朝拉玛一世到八世的8位国王。由于历代的扩建，至今总面积已达21.84万平方米。大王宫主要由三座宫殿和一座寺院组成，四周筑有高约5米，总长1900米的白色宫墙。从这种宫殿和寺庙连成一体的建筑结构中大概也能窥见出泰国人信仰佛教的虔诚程度。在风格典丽精致的暹罗式建筑群中，大王宫庭院绿草如茵，四季鲜花盛开，每逢节假日，还可见到身穿鲜艳衣裙、体态婀娜的妇女们在树影下憩息，一种东方情调的轻曼柔和弥漫四周。

在大王宫众多的宫殿中，最具特色的当推阿玛林宫和查基宫。阿玛林宫是大王宫的第一座宫殿，至今仍是新国王登基加冕时举行仪式和庆典的地方。1876年，拉玛五世修建的查基宫，是大王宫中最大的一座宫殿、它的建筑式样也别具一格。它由正殿和左右偏殿组成，正殿前还建有一个宽敞的楼台。白色的殿身雕塑着各种西式花纹图案，而其殿顶的三座锥形尖塔却体现出典型的泰式建筑风格。这里是国王接受各国驻泰国使节递交国书的场所。在查基宫右方有律实宫,这里原有大王宫最早建的一座宫殿,但1789年的一场雷击使之毁于一夕,重建以后的律实宫更加堂皇雄伟,四层宫顶层层相叠,顶部中央有一座七层尖塔高耸云天,仿佛国王头上庄严的王冠华光四射;在尖塔基部的四侧还饰有象征无上王权的四个大力神,他们半蹲半立,双手高举,在显现威严与力量的同时,仿佛又在乞求佛祖的庇护。此外,拉玛八世还兴建了陈设富丽而居住舒适的宝隆皮曼宫,作为接待外国国家元首的宾馆。

泰国,是一个以旅游业饮誉世界的国家,在那里,有无数美丽的地方,恰似一颗颗明珠,而大王宫,是其中最亮丽的一颗,吸引着来自世界各地的众多游客。

神魔相争的启示——吴哥窟

古代神话故事,想象丰富,绚丽多姿。其中来自古印度神话关于神魔相争的故事,就是广大读者所喜爱的神话传说。该故事里说的"浮海翻腾",讲的就是神和魔为取得海中的长生不老药而订下合同!谁要是战胜海底马达拉山的九头怪,找到山底的宝贝,长生不老药就归谁。当他们潜入海底的马达拉山时,只见一条巨蟒似的怪物盘住在山上,九只头都张着血盆大口,眼光似电。一见这情景,魔就心怵,口里却说:"这巨蟒长得怪模怪样,甚是有趣。神,你去打头阵,你若是战胜了这畜生,得到宝贝,长生不老药自然就归你了。"神也不谦让,挥剑就上,这九头兽一见大怒,立时张牙舞爪就向神猛扑过来,恨不能将神碎尸万段。于是你来我往,斗得翻江倒海,昏天黑地。战了一整天也不见胜负,在一旁观战的魔可高兴了,心想这样打下去,肯定两败俱伤,到时自己可不费力地得到梦寐以求的长生不老药,便情不自禁地施魔法暗中帮助九头怪。一时神被斗得大汗淋漓,渐渐败下阵来。九头怪哪肯放手,乘胜追击,定要将神置之于死地而后快。殊不知,这一来没有了根基,被神看出破绽,施出看家本领:连环飞碟。只见空中九色飞环,似彩霞般绚丽,如流星般快捷,向九头怪飞去。不一会儿只听九声雷鸣,山崩海啸。

海底的马达拉山摇摇欲坠,这时,神变成一只大金龟,顶住了山崩,而山下翻出了许多宝贝。就在这时,他未来的妻子克希米也从中诞生了,长生不老药也出现了。但当神正在高兴之时,魔企图来偷取长生不老药,被神战败。最后,魔虽敌不过神,却扮成一个善良的僧人,从纯洁、美丽的克希米手里骗走长生不老药,逃回茂路山了。

这个故事情节精彩而曲折,十分动人,它在吴哥窟浮雕上得到了生动的体现。游人可从吴哥窟基座的回廊的观赏中,通过回廊里面墙高2米,长达数百米的经过精心刻画的浮雕"思接千载",领略佛教的传说和精彩,从中得到美的享受和启示。

位于柬埔寨吴哥城南约一公里处的吴哥寺又叫吴哥窟,此寺建于公元12世纪的苏利耶跋库二世时期。寺的主体建筑是造在一个三层的台基之上,每级都建有围廊。所谓主体建筑,即为五座塔,中间一座主塔高42米(从地面算起达65米)。这五座塔形式相近,塔身和塔顶都雕成莲花瓣形状,形式和谐、端庄而又秀美。相传这五座塔象征着印度佛教中的茂摊山上的庙宇,是佛教诸神的家。

吴哥窟是古代佛教文化中的一颗灿烂明珠,是世界人民的宝贵文化遗产。但在15世纪时,由于与暹罗人的战争,国都迁到金边,吴哥城也随着首府的迁移而衰落了,寺窟荒废,无人问津约四百年,直到19世纪60年代,这颗明珠才重放光彩。

乱世的净土——圣索菲亚大教堂

公元14世纪,欧洲大陆上出现了两个强盛的大国,一个是拜占庭帝国,一个就是土耳其帝国。为了扩张势力,它们征服了许多小国,最后它们之间展开了角逐。正在这时,拜占庭帝国发生内讧,土耳其军队乘机渡过了达达尼尔海峡,挺进巴尔干半岛。不到半年时间拜占庭帝国仅剩下君士坦丁堡及其周围一带狭小地区。在国家存亡的危急时刻,拜占庭的封建主们仍然只顾为自己争权夺利,有的甚至公开投降。但是君士坦丁堡的军民不甘做亡国奴,与敌人作着殊死的斗争。

土耳其军队远离本土,供给不足,而攻城又无进展,苏丹穆罕默德二世伤透了脑筋,也没有什么办法。再过几天,粮草就有问题,怎不叫他愁眉不展、心急如焚呢?

几天过去,战斗仍没有进展,反倒损失了不少的兵士。

这时,突然有一位士兵求见。

"吾皇万岁,我为攻城之事来见您。"

"什么,你有办法攻城?"苏丹穆罕默德二世半信半疑地看着他。

"我想到了一个办法,不知您想不想试一试?"

听完这位士兵所讲攻城的谋略,苏丹穆罕默德二世乐了。

于是,土耳其军队又组织了一次新的攻城战,但这一次与前几次不同,他们在大队士兵之前由那位士兵带领着一批扛着许多蜜蜂箱的养蜂人。

部队很快到达了君士坦丁堡城下,这些养蜂人立即把蜂箱扔上城头。霎时间,成千上万只蜜蜂从摔开的蜂箱中铺天盖地飞出来,遇人便蜇,把守城的军民蜇得睁不开眼,一个个哇哇直叫,乱成一团,顷刻间便失去了守战的能力。土耳其军队一鼓作气发起猛攻,两个小时后就完全占领了君士坦丁堡,至此,有着一千多年历史的拜占庭帝国寿终正寝了。

为了报攻城之难,土耳其皇帝下令抢杀三日,城中的百姓死亡无数,金银财宝被恣意抢夺而唯一没有动的就是圣索菲亚大教堂,或许是那宏伟的建筑征服了每个士兵,或许他们也要去寻找精神的寄托。土耳其把这座名城改称为伊斯坦布尔,把这座教堂改为伊斯兰教的清真寺。

现在的大部分建筑应该是在6世纪查士丁尼皇帝时代修建的。前后历时7年多,耗资巨大,它代表着东罗马帝国建筑艺术的顶峰。现在让我们来看一看这座世界建筑的珍品吧。

教堂前部是一个华丽的庭院,周围有柱廊环绕,中央是水池。经过三联门便到了外前廊,其后就是宏伟的大前廊,它长61米,宽9.1米,分为两层,下层为新教徒与忏悔者使用,上层为教堂游廊的一部分。平面组合的正中为正方形,边长32.6米,周长183米,宽7.6米的大石柱筑起拱圈。上承托四个半圈,以支托大圆顶。大圆顶高15米,直径为32.6米。据说在里海中可以看到它。旁附两个半圆顶,中殿是椭圆形。该段最初因施工匆忙,穹顶曾一度倒塌,修复时增加了扶壁。但后人仍可从中了解到,它的结构成就和匠师对结构受力的分析能力都已达到相当高的水平。

其实最引人注目的,还是其内部结构。教堂的内部空间相当宏伟,既统一又富于变化,大小半圆顶错综变化。特别是中央大圆顶有明显的支点,加之支撑穹顶的40个柱子下部开设了40个窗子,斜射的阳光穿过窗户照到大殿中,置身幽暗大殿中的人们的眼中便会出现黑白交错的图案,产生宛如飘浮在空中一般的奇妙感受。怪不得当时著名的历史学家普洛开比乌斯曾说:"仿佛由天空的铁链悬系着。"

在建筑中最富有特色的是色彩的利用。圆顶用砖砌就,外面覆盖着灰色的铅皮。墙身内部各处都贴上彩色的大理石,这些大理石分别从罗马、雅典、以弗等地运来,有白、绿、蓝、黑、红等颜色。柱子大多是绿色的,柱头是色镶金箔,地面用彩色碎石铺成各种图案,拱顶与圆顶则为玻璃绵石,并用金子镶嵌了天使及圣徒像。这样整个大厅就璀璨夺目,神奇非凡,使每一个圣教徒感受到宗教的神秘色彩。而墙身外抹灰泥,作黑白相间的条带,就像石与砖的掺和,使外形显得朴实典雅。

看到这宏伟的建筑,难怪查士丁尼走进教堂时禁不住喊道:"感谢上帝挑选我来完成这宏伟的事业! 所罗门,我超过了你!"

后来土耳其加建4个伊斯兰尖塔,内部换了一些装饰,它的名字便改为阿亚索菲亚,意为"神圣的智慧"。直到1935年这里被改为军事博物馆后,名称又改回"圣索菲亚"。

权力的象征　最后的心声——爱丽舍宫

天悄悄地降下了帷幕,爱丽舍宫笼罩在一片暮霭之中,正像战争失败的阴影笼罩着整个法国,到处都是一片灰色,似乎连空气也是那么的凝重,拿破仑在寝宫里踱来踱去,几个不眠之夜,人似乎一下就老了,想当初金戈铁马、意气风发,而今却山河破碎。明天,明天又将是一个怎样的日子呢?

"嘭嘭嘭",敲门声把他从沉思中惊醒,这又是谁呢?

"请进。""嗯,是你,想不到在这个时候你能够来看我。"拿破仑激动地说道,"黛,你还记得那天晚上吗,天下着大雨,夜也和今夜一样,我骑着马去找你,你跑下楼来只穿着一件睡衣,你给我 12 个金币,那天你多么的漂亮呀!"拿破仑久久地注视着这个曾经令他倾心的恋人,也不由记起那一个雨夜。

那时他已是一个年轻的军官,曾随哥哥一起去当地一个望族家求婚,他见到了黛,他俩一见钟情,度过了一段多么美好的时光!那个雨夜,他永生记得,当时他刚从囚禁中出来,还来不及修剪那一头乱发便在黑夜中跑到黛的窗下,叫着她。她一听到他的呼唤,把头伸出窗来,满脸的惊喜,就穿着睡衣,赤着脚跑下楼来。在雨中,他俩久久地拥抱在一起,雨水把他们全身淋湿了,他俩还是忘情地亲吻着,最后拿破仑不得不告诉她:"亲爱的,我现在不得不连夜赶到巴黎,我发觉我要进行一项新的使命。"

她跑上楼去,把那还带有余温的 12 个金币给了他。当初他就靠这 12 枚金币到达法国巴黎,要不是见到了约瑟芬,这个能带他平步青云的女人,他会和黛结婚的,因为他一直深深地爱着她。

"黛,或许我伤害过许多人,但最对不起的让我内疚的是你。"

"陛下,过去的事就过去了,何必再提。"

"哈哈,过去,明天,我还会有明天吗?想不到现在你作为敌对的使者来了,好吧,我把它交给你,带走吧。"说完,拿破仑把象征权力的圣剑交给她,人也慢慢地坐下来。

第二天悲壮的一幕在爱丽舍宫降临,拿破仑在这儿举行了退位签字仪式。

"爱丽舍宫"法文的意思是"天国的乐土",但对拿破仑来讲却不再是乐土了。他要走了,久久注视着这陪伴他度过多少岁月的房子。爱丽舍宫坐落在巴黎市中心爱丽舍田园大街的圆形交叉路口,东北面对繁华的闹市,与巴黎的主要文化中心之一的"大宫"以及巴黎艺术品展览馆隔街相望。它是一座用大理石块砌成的两层楼建筑,主楼左右两翼是两座平台,中间环抱着庭院,外形朴素而庄重。

宫殿的后部是一个花园,这里一年四季幽静而秀丽,多少个黄昏拿破仑和约瑟芬都是在这里度过的。

宫内则金碧辉煌。厅室墙壁是用镀金细木装饰,特别是墙壁上挂满了著名的油画和精致的挂毯,地面却是一幅大型的绘画作品,在这里陈列着17世纪、18世纪各朝代镀金雕刻家具约2000件,名贵挂毯200多幅和130只精致的各种座钟,以及其他珍贵的艺术品,当人们来到这里,可能会以为是一座博物馆,而二楼就是拿破仑的起居室和办公室。

拿破仑时代已经过去,这座小楼也经岁月更换了多少的主人,留下了法国多少名人的足迹,现在为法国总统密特朗所有,二楼同样也为总统的起居室和办公室,一楼则为客厅,被用作会议厅、会见厅和宴会厅。

仅因为那次拥抱——波旁宫

拉塞侯爵站在窗前伫立了好久,庭院中的黄叶还在盘旋。这已是晚秋的时节,他那苍白的花发在空中飘拂,紧锁的皱眉下凝视的眼光因为憔悴而显得痴呆。这个爱实在太不应该了,对于57岁的他!但那颗不安宁的心总也抑制不住向往。特别是在这时又被重新提起,那止不住的欲望又盈满心怀。她那忧怨的一眼叫他那已死的心弦禁不住地颤动。

路易十三死了,举行了隆重的下葬仪式,他的妻子弗朗索瓦兹王太后成了寡妇。下葬的那天本来天晴,忽而下起雨来,王太后和路易十四都坚持在雨中完成最后的仪式。

作为大臣的拉塞侯爵主持了整个仪式,他紧跟在王太后的后面。回来的路上,他禁不住痴望着这位不幸的妇人,这位才37岁的王太后。王太后登上马车,回头对他投来忧怨的一眼,他知道这一眼里包含着多少的怨恨,也包含着多少情意。记得过去他俩本来可以成为夫妻,当她做新娘的那一天也是这样的一眼。多少年来他们相互容忍着一切磨难,让时间来淡忘一切。想不到路易十三的死又给他俩带来了新的希望,虽然这是不可能的,但是他还是禁不住想入非非。

要不是那件事,他俩还会是很要好的朋友,还会平安无事。那是一个阴冷的冬天,他去看望她。虽然经过了这一场打击,她那张略带苍白的脸还是那么楚楚动人。他们一起回忆过去那些美好的生活,炉中的火映红了他们的脸,他们禁不住相互拥抱,这对苦难的情人终于相吻在一起。他俩忘掉了时间,忘掉了各自的地位,忘掉了世界的一切,但没有不透风的墙,第二天文武大臣都知道了,人们议论纷纷。为了平息这场丑闻,明智的路易十四只得把王太后迁出皇宫,但一时又找不着住处,几位大臣于是建议由拉塞侯爵主建一座王宫以待王太后养老之用,这就是后来的波旁宫。

波旁宫位于法国巴黎塞纳河南岸,协和广场对面。它显著的特色是建筑雄伟,装饰富丽。北门是由 12 根大圆石柱组成的宽阔柱廊,柱廊之上是一个三角形横楣,上刻有"国民议会"一行大字,装饰以通体的浮雕。柱廊下的 30 级台阶两侧列有 6 尊雕像。议会大厦为半圆形建筑,其两层环形走廊由 20 根大理石柱划分为听众席、记者席和使团席,主席台两侧耸立着六尊雕像代表着"自由"、"秩序"、"雄辩"、"谨慎"、"正义"和"力量"。而议长席后面是一幅巨大的 9 世纪雅典式的高布林挂毯,大厦中央是 8 行议员席,约有 500 个座位。

从波旁宫南门进入国民议会,要经过一条昔日专供贵宾和显要人物进出的通道,跨过一扇铜门,才能到达中央大厅。中央大厅长 20 米,宽 11 米。大厅东西两侧分别是布饶厅和德拉克鲁瓦厅,经布饶厅可到达国会图书馆,图书馆前厅玻璃框中保存着拿破仑献给法国的 52 面缴获各国的军旗。北头有"埃及书橱",这里收藏着拿破仑 1798 年远征埃及之前,命令学者为他撰写的有关埃及的材料。这个图书馆藏书达 663 册,其中还有不少珍本,如思想家卢梭等人的 1800 多件手稿,12 世纪审判法国历史上民族女英雄贞德的原始记录,等等。

波旁宫自 1728 年建成后就一直是法国政治活动的中心和法律的象征。

请让我倒着死——圣彼得教堂

他本来是一个渔民,要不是那件事,他成不了伟大的基督教徒,也不会以耶稣的首席弟子而名誉天下。

那一天,太阳照例很好,他们父子三人照例出去打鱼,他的妹妹照例把他们送到门口高声叫着再见,也照例拿出那条红手帕挥扬。他们来到海边,抛开大网,一次又一次,还是没有打着什么鱼。太阳已经要爬下山了,他们只得带着不多的鱼回家。

每当回家,他们准会看到妹妹仰着红扑扑的脸站在那个高高的台上等着他们,回到家里准会看到那热腾腾的饭菜和一杯滚烫的开水。虽然家穷,这样的日子也算开心。今天,怎不见妹妹的身影和微笑?他们放下东西赶忙跑进屋,屋里除了冷冰冰的几件家具外再没有什么热气。一种不祥的预兆使他们惊讶了,怎么了?妹妹去哪里了?

几位邻居气喘吁吁跑了进来:"快!快!你妹妹被人抢走了,现在还在路上。"

"谁?"他怒不可遏,父子三人和几位邻居跑下山去,翻过了一座山,远远看到一帮人推着他妹妹。

"为什么你们要抓我妹妹,我们犯了什么王法?"他大声问道。

"嗯,是你,老实告诉你吧,我家小主人看中了她,要带她回去成亲。你还是乖乖做你的舅子吧，要不然，哼……"其中一个头领模样的人说道。

"光天化日之下，你们竟敢强抢民女，难道不怕王法吗？"

"什么王法，我家小主人就是王法，识相点，让开！"

父子三人一听气愤填胸，直扑过去。但他们人多势众，父子三人寡不敌众，最后都被打在地上爬不起来。好心的邻居们敢怒不敢言，把他们父子三人送回家，眼睁睁看着妹妹被抢走。妹妹被抢后因不甘凌辱悬梁自尽了，父亲听到这个消息也于当晚含恨死去。一个好端端的家就这样被活活地拆散了，只剩下兄弟二人。

他俩养好了伤，含恨埋葬了父亲和妹妹。在一个月黑风紧的晚上，潜入仇家，亲手宰了仇人。为了逃避毒手，他们离乡背井，远走他方，正在这时，遇见了耶稣，成了耶稣的两名弟子。于是他俩紧跟着老师，传道天下，那满腔的怒火也早已熄灭，成了虔诚的基督教徒。

20多年过去了，他俩光大了基督的事业成了耶稣的左右手。在耶稣遇害后，圣彼得到罗马继续传教。但不幸的是他被暴君尼禄抓住，被处以极刑。临刑的那一天，他只讲了一句话："我比不上我的老师，请让我倒着死。"于是他便被倒钉在十字架上悲壮而死。

在欧洲现在到处都有他的陵墓和教堂，但最著名的是坐落在意大利首都罗马西北郊的梵蒂冈城的圣彼得广场上的圣彼得教堂。1480年开始兴建，1626年建成，这座教堂长约200米，最宽处有130多米，从地面直达大圆顶，顶尖十字架高137米。据统计教堂可容纳5万多人。

人们从正面拾级而上就会进入一个艺术之国，在那大门前长廊的廊檐下，就是文艺复兴初期著名画家乔托所作的镶嵌画——《小帆》。画面上描绘的是耶稣的门徒在小船上遇到风暴颠簸前进的情景；人物栩栩如生，各不相同：有的非常恐惧，紧紧抓着船舷；有的非常镇静，紧握着划桨；但有的人却合着双手祈求上帝的保佑，而那暴雨正猛烈地抽打着他们。当人们步入正门，在其右拐角处就是米开朗琪罗25岁时的名作《母爱》：圣母玛丽亚右手搂着受难后遍体鳞伤的耶稣，左手微微摊开，表示出一种真挚的爱又让人感到一种不可言传的无奈。她垂首凝目，悲痛欲绝，把那一种强烈的母爱表现得淋漓尽致。在正门靠左侧处就是贝尔尼尼雕塑《圣小钵》。钵呈贝壳状，是用云田石雕刻而成，两个稚嫩顽皮的小天使各捧一边。在大厅之中还有许多文艺复兴时期艺术家的壁画和雕刻，真是名作集萃，在世界上无与匹敌。值得一提的是安装在大厅中央的圣彼得青铜像，因每一位男女信徒来到这里都得对它亲吻，年深月久竟将其右足磨损。

这里不但是绘画艺术的王国，同时也是建筑艺术的王国，整个教堂是由文艺复兴时期建筑家兼艺术家米开朗琪罗、拉斐尔、勃拉兰特和小莎迦洛等大师们共同完成的杰作,其建筑艺术成就可想而知。

教堂大厅上的那个穹窿大圆顶就是米开朗琪罗设计的,遗憾的是他本人未能欣赏到这一杰作,他死后26年才由其他建筑师完成。大圆顶周长71米,直径42.32米。当人们站在大厅中仰头观望,就能欣赏到色泽鲜艳的镶壁画和玻璃窗。最上端是夜空中的繁星点点,使观赏的游人仿佛独立于天穹之下,飘飘欲仙。在这大厅中央有一座金色的华盖,这是贝尔尼尼用了9年时间建造起来的巴罗克式装饰建筑,其高29米,由四角的四根螺旋形描金蜂铜柱支撑。靠前两根柱高11米,柱上饰以金色的葡萄枝与桂枝,枝叶间攀援着无数小天使,有许多金蜂飞舞其间。在华盖四周垂挂着金色吊叶,波纹起伏,似在迎风招展。华盖下面是一只展翅飞翔的金鸽,光芒四射,耀人眼目。再下面就是圣彼得的陵墓,以及设在陵墓之上的一个祭坛。在陵墓前面栏杆上点着数十盏长明灯昼夜不灭,象征着基督教的光辉永不磨灭,也同时表示对圣彼得的深深敬意。

教堂的外形朴实文雅,与内部的金碧辉煌形成鲜明的对比,这或许也是基督教的一种体现。

1870年,天主教教皇的加冕仪式在这里举行,自此以后教皇的加冕仪式都在这里举行。

现在,这里不属于任何一个国家,而是梵蒂冈的教廷。它也是世界上最大的天主教堂。每年来这里参观的人都必须持有有关的证件,否则很难一睹风貌。

凝固的音乐——科隆大教堂

一天黄昏,一位满脸憔悴的年轻人走进一家饭馆,他已经好几天没有吃过像样的饭菜了,身体已经非常虚弱,饭馆里的芳香让他不由自主地拐了进来,在一个座位上坐了下来。四周的人们一边吃着满桌满桌的菜,一边高谈阔论。他那放着艺术光彩的眼睛只能默然,一身破烂的衣服也让他难堪。当他坐定后,一位伙计以为他是找生计的,或者是来吃别人的剩菜剩饭的,没有招呼他,也没有赶走他,就让他一个人冷冷清清地独坐那儿忍受着饥饿,忍受着芳香的诱惑。时间一分钟一分钟地过去,夜也越来越深,这热闹的场面终于冷静下去,他还坐在那儿,似乎在等待什么……

一位伙计要把地清扫了,于是走了过去:"请问先生还有什么事?"

他想了想,终于鼓起勇气嚅动嘴唇哝哝地说道:"我能不能见老板?"

这时老板走了出来:"请问先生找我有什么事?"

他把手伸进口袋小心地摸出几页纸来,说道:"先生,这是我写的一首曲子,嗯,你看看,能不能换一点饭吃,当然随你给点饭菜就可以了,我已经一天没吃什么了。”

对音乐有着特殊爱好的老板看了看曲子，大吃一惊。想不到这叫花子样的人居然能写得出这么优美的曲子，于是他大叫道：“快摆饭菜，拿酒来，让我与这位老弟痛饮一杯。”后来这位老板就凭这一名曲发了大财，这一名曲就是《莱茵圆舞曲》，那是作者在莱茵河徘徊了多少日子，花费了多少心血写成的。

人们常说建筑是凝固的音乐，音乐是流动的建筑，正是科隆大教堂的优美建筑和那湖光艳影的莱茵河让作者舒曼写出了这举世闻名的曲子，现在让我们看一看科隆大教堂到底是凭什么样的魅力吸引着他呢？

这座以轻盈、雅致著称于世的大教堂，是中世纪欧洲哥特式建筑艺术的代表作，从1248年长罗林王朝到1880年才基本上完成，整座建筑采用磨光石砌成，占地达8000平方米，建筑面积约64万平方米，东西长144.5米，南北长86.25米。

教堂内设10个礼拜堂，教堂的中央是两座与门墙连砌在一起的双尖塔高161米，像两把锋利的宝剑直插苍穹。最引人注目的是中央的大礼拜堂，空间高度43.35米，堂内是一排排木制的席位，其旁是放射性的走廊。在其四壁上开有一万多平方米的花格窗户，且全部绘有《圣经》故事人物的彩色玻璃，当阳光斜射入室，这里金光闪烁，绚丽多彩，特别是听到教堂钟楼那五座响钟洪亮深沉的乐章，真会让人感觉似乎冉冉飘向天堂。这里的结构也独具一格，那裸露着近似柜架式结构的窗子占满了支柱之间的整个面积，支柱又全由垂直线组成，这里既无墙面，也无雕刻和绘画。

教堂中还有一件著名的圣物，那就是主教堂前面高高的祭坛上1164年从意大利米兰送来三博士的遗物——黄金、淳香和没药，现在它们用金神龛装着，这个金神龛本身也是中世纪的一件金饰艺术品，这里还有一件著名的艺术品，那就是唱诗班长廊中有一幅巨大的宗教画，它是15世纪早期科隆画坛杰出画家斯蒂芬·洛赫的杰作。

其实让人颤动的是那冷峻的外表，那并排而立的尖顶直指云霄，一连串的尖拱显得那么清奇冷峻，充满着向上的力量，放射出一股股生机。每当夜晚降临，装有聚光灯的四周墙壁一齐把光柱射到教堂，更添上了一层神秘色彩。站在对面的莱茵河畔，湖光中的大教堂又是一幅多么美妙的图画，这怎不叫人陶醉，难怪舒曼能写出这一名曲来。

谜底是人——古埃及金字塔

提起古代文明，人们就会不约而同地想起古埃及的金字塔，就是连现代文明都还有许多地方不能对它作出完满的解释。现在还有许多人在研究探索它，它是古代文明的一块丰碑，高高地耸立于浩瀚的撒哈拉大沙漠中，让我们参观一下古埃及的金字塔吧。

古埃及的金字塔大小共有 70 余座，都位于开罗南约 10 公里的一片沙漠之中。现代人弄不明白，法老们的陵墓为什么要建在沙漠之中？或许这也是当时的一种信仰吧。金字塔最大的一座为第四王朝法老胡夫的陵墓，它原高 146.59 米，相当于 40 层楼高，由于几千年的风化剥蚀，现在高 138 米，向西望去像一个巨大的金字，这就是译作金字塔的缘故。原四周底边长各230 米，现在只有 220 米左右，其四个斜面刚好正对东、南、西、北四方，每面与底面成 51.52 度的夹角。占地面积 5.29 万平方米。这座金字塔约用了230 万块巨石砌成，每一块平均达两吨多。其中最大的一块就达 16 吨，而石块与石块之间合缝非常严密，没有用任何粘合物，由此可想当时工匠们的高超技巧。塔的东南角与西北角的高度误差仅 1.27 厘米，人们难以想象这是多么的精密。

在金字塔的北极，离地 17 米处有一个入口，经过三条通道可到金字塔的内部。最上面的是法老的墓地，其离地面的垂直距离为 42.28 米，墓室长10.43 米，宽 5.21 米，高 5.82 米，这么大的空间仅在其中摆放着一具红色花岗岩石棺。中间一个是皇后的墓地，和法老的大致相同，最下面一个叫次要墓室，据说它是法老和皇后的魂魄休息室。法老墓中有好几个孔直达金字塔表面，它除作通气用外，还兼作法老和皇后"灵魂"外出"自由活动"的出入口。

在金字塔畔一块露出的巨大岩石上雕刻着一个匍匐的狮身人面石雕，据说它就是传说中的斯芬达克斯。关于它还有一个猜谜故事。

这个狮身人面怪盘踞在一条通往开罗的必经之路上兴风作怪，凡遇到的人它都要提出一个谜语，凡是猜不着的，都作了它的美餐。但那条谜语非常奇特，没有人能够猜着，所以人们都不敢再走那条路了。要去开罗有急事的人都只好绕千里而去，或者干脆不去。

有一天，一位年轻的公子听说了这件事，决定去试一试，别人都劝他不要去，因为去了无异于送死。但他抱着为民除害的坚定信念执意要去。

斯芬达克斯一见有人来了，非常高兴。看来又有一餐好吃，它照例出了那条谜语："什么东西早上是四条腿，到了中午是两条腿，当太阳落山时又变为三条腿？"

"这个……"年轻人确实感到难猜。

"快点！"说着，它就张开那血盆大口，恨不得一口把年轻人吞下。但它想这一顿是跑不了了，还是看一看这小子有什么办法。

"是人。"

"什么?!"它感到万分惊慌,但仍不死心,"那是为什么?"

"因为人刚生下来还不会行走,所以他两手着地爬着走,这不是四条腿吗? 当人长大些学会了走路,不是两条腿吗? 当人老年迈之时走路必须拄着拐杖,这不就是三条腿吗?"

斯芬达克斯被气得哑口无言,只得承认答对了,由于羞愧难当,他举手自尽了。从此这条路又恢复了往日的繁华。

埃及的金字塔表现了古埃及人们的智慧和创造力,成为埃及文明乃至全世界古文明的象征。

公主下树成女王——树顶旅馆

在树顶上建房子或许会认为是奇谈,但在肯尼亚确实有一座房子建立在树顶上,它坐落在赤道附近的阿伯德尔山国家公园内,距中央省会尼里不远,原是定居肯尼亚的英国军官埃里克·金布鲁克·沃克为狩猎和观赏动物于1932年在高高的树干上建起,初建时仅有三间卧室、一间餐室和一个狩猎室。

直到1952年这里才一举成名。当时的英国公主,现在的女王伊丽莎白二世及其丈夫爱丁堡公爵访问肯尼亚时,曾在此下榻。当天夜里,英王乔治六世突然逝世,英国的王室宣布伊丽莎白公主继位。伊丽莎白接到消息既为乔治六世的突然去世而悲伤,同时又为自己能够继位而高兴,当天晚上她敲响爱丁堡公爵的卧室门想和丈夫一起享受这突然而来的幸福。"谁呀,这么晚?""英国女王。""嗯……"但久久没有回音,她只得再敲,"是我,伊丽莎白,你的妻子。"门"吱"地一声开了,这一对英国未来的主人再也按捺不住心头的喜悦,忘情地相互拥抱在一起,分享着他们美好的命运。

第二天清晨,伊丽莎白就返回伦敦登基,因而人们说伊丽莎白上树时还是公主,下树时便成了女王。

这样几间小小的房子就有了名气,可惜在一次大火中被烧毁,直到1954年在原址的对面盖起了现在的树顶旅馆,它无论在规模还是建筑艺术上都大大超过以前,成为建筑史上一朵奇葩。

这是一座离地10米、高约21米的三层建筑,完全采用木质结构,由数十棵粗大树干连接而成。这些作为房柱的大树有的枝叶茂盛,还有的穿过楼层向天空继续伸入,树下依然长着茂盛的青草,许多野生动物往来其间。

旅馆前有一水塘,供动物饮水,洗澡之用水塘的四周是一片盐土沼泽地,水塘中央还设有几个"小岛",小岛上长满杂草,每当夜幕降临时,这里便是鸟的天堂了。几只小鸟在草丛里嬉戏,几只像鹤一样的大鸟在水中追逐寻食,还有许多不知名的鸟儿在引吭高歌,展翅高飞。

作为楼房就必有其楼梯,它的楼梯就是用一棵大树盘旋而上,非常别致。旅馆的第一层作为餐厅和酒吧间,第二、三层就是为前来观光的旅客而设的房间,卧室的陈设都是用原始木料制成,单床就有七十多张。靠近北面的那间就陈列着当年伊丽莎白睡过的那张床,在旅馆的屋顶有一个大平台,在这里游客可以欣赏到肯尼亚美妙的景致,远眺就能见到非洲第二大山——肯尼亚山,白雾覆盖的山顶,那冰清玉洁的世界让人精神为之一爽。

俯瞰可以观赏到漫游公园的野生动物。机灵的小猴还常常攀上平台嬉戏,每当太阳收起它的余光,成群结队的动物便会来到这里,变成一个野生动物园了。大象、野牛、犀牛,还有野猪都陆续汇集到水塘和盐土上舔食盐土,或饮水吃草,或去小池中戏水追逐,等它们喝足吃饱了,玩够了,又呼朋引伴回到森林中去,唯一让人不解的是它们相处都平安无事。有幸见其争吵格斗的不多。游客们就凭借那明媚的月光和柔和的灯光居高临下观赏动物世界的千姿百态,这是多么令人心旷神怡的晚上,这是一个多么令人难忘的晚上。

第十四篇

由来故事

恶作剧

"恶作剧"来源于我国古代的一句俗语，相传古时候有个叫韦生的人搬家到汝州这个地方。半路上他看见一个和尚正独自一个人在赶路，韦生觉得他的光头很好玩，就用弹弓弹了弹他的光脑袋。开始和尚还不知道是怎么回事，继续赶路。后来他的脑袋上一连中了五颗小石子，非常疼，才别过头去看，发现原来是韦生在用弹弓弹他，于是这个和尚忍无可忍地转过身子对韦生说："你不要恶作剧了。"

后来，人们就把"恶作剧"比作戏弄他人、使人难堪的行为。

饭后钟

在我国古代，寺院里的和尚每天都是听到钟声才吃饭的。唐代的时候，有一个叫王播的宰相，小时候家里很穷，王播曾经在扬州的惠昭寺里寄食。寺院里的和尚讨厌王播，往往等开过饭后再敲钟。等王播听到钟声后赶去吃饭时，当然吃不到饭了。后来，王播经过自己的努力，终于做到了镇守扬州的大官。有一年，他重游那个小时候待过的寺院，发现过去他题写在墙壁上的诗，已经被罩上了一层薄纱保护起来。于是，他感慨地说："二十年来，我都是看人的眼色生活，现在我做官了，连我以前写的诗都被保护了起来。"

后来，人们就用"饭后钟"来表示不受欢迎的人。

应声虫

传说在唐朝，有一个人得了一种怪病，肚子里生了一种虫子，这个人开口说什么，肚子里的小虫也会跟着说什么。病人很害怕，就到处去求医问药。有一天，人们给他介绍了一个道士，道士告诉了他，肚子里生的这种虫叫应声虫，然后又告诉了他治疗的方法。

道士让病人读一本名叫《本草》的医书，并告诉他，念到小虫不肯跟着念的药物名称，就是杀死此虫的药。那人按照道士说的去做，当他读到《本草》中的雷丸时，小虫忽然不响了。于是他便服用雷丸，不久就把病治好了。

后来，人们就把"应声虫"比喻为毫无主见、随声附和的人。

扶不起的刘阿斗

我国古代三国的时候，有个蜀国，蜀主刘备有个儿子小名叫阿斗。刘备死后，阿斗继承皇位，历史上称为蜀后主。但这个阿斗平庸无能，只知道吃喝玩乐，什么事都干不好。虽然有诸葛亮等大臣相助，也不能振兴蜀国。最后蜀国被魏国灭掉了。

后来，人们就用"阿斗"、"扶不起的刘阿斗"称呼软弱无能、没有大志、不思进取的人。

马　虎

据说宋朝有位画家，做事、画画都有点稀里糊涂，如果赶上他头脑清醒，画的画还真不错，尽管有时犯糊涂，也还有人向他求画。

这一天，有人来找他画虎。他刚把虎头画好，又有人来找他画马。他说："这就画，这就画。"

结果，又犯了糊涂病，在虎头的后边画了个马身子和马尾巴。

那两个求画的人跑来一看，这幅画既不是那位所要的虎，也不是这位所要的马，他们一齐问画家："这画画的是什么呀？"

画家这时把画端详了一番，觉得有点问题。可是，他平时糊涂惯了，不肯当面认错，自我解嘲地说："是呀，画的是什么呢？叫虎不是虎，叫马不是马，就算是马马虎虎吧！"

两个求画的人说："这也不是我们要的画呀！"

画家说："不是就别要，我再分别给你们画一张。"

他重新开始画虎、画马。

正在他画虎的时候，他的大儿子指着墙上的画问："这画的是什么？"

画家以为大儿子问的是他正画的虎，就说："这是虎。"

虎画完了，二儿子又指着墙上的画问："这上面画的是什么？"

当时，画家正在画马，顺口说道："这是马。"

后来，大儿子上山打猎，看见一匹马，把马当成老虎来射杀。马的主人要求赔偿，画家吃了大亏；二儿子上山看见老虎，以为那是马，撵着要骑，结果被老虎吃掉了。画家这才看到那幅画造成的恶果，痛心地烧掉了那幅画，并写了一首诗：

"马虎图,马虎图,像马又像虎。大郎依图射死马,二郎依图喂了虎。而今痛烧马虎图,我劝诸君勿马虎。"

从此就有了"马虎"这个词,来形容那些办事糊涂不认真的人。

吃　醋

房玄龄是唐初大臣,因协助李世民谋划大业、帮助他取得帝位,深得李世民的信任和赏识。贞观年间,任房玄龄为中书令(相当于宰相),还封他为梁国公。

相传李世民为了感谢房玄龄对他的忠心,打算送他美女。房玄龄怕夫人反对,不敢接受。李世民看他挺为难,就派皇后去做工作,房玄龄的夫人死活不同意。李世民动了点脑筋:他叫人往房家送了一壶酒,说:"夫人再不应允,就把这壶酒喝下去吧!"

房夫人一听,知道这是一壶毒酒,皇帝要让她去死。她面不改色,镇定自如,从容妆扮了一番,拿过毒酒就喝。喝完了,静静地躺在床上等死。可是,等了好半天,竟没有反应。房玄龄得知了真相,为夫人的刚烈所感动,对她说:

"夫人,你起来吧,皇上给你喝的是米醋,而不是毒酒。"

房夫人这才坦然地坐起来。从此,"吃醋"成了典故,形容男女私情上的嫉妒心。

敲竹杠

清朝末年,鸦片屡禁不止,官府在水陆码头上设卡,严加缉查。因为卖鸦片能谋取暴利,走私商人常常铤而走险,想方设法加以隐藏,有的把大烟土装进划船用的竹篙里,通过水路运往各地。

据说有一天,绍兴码头上来了一艘商船,缉私的官员跳上船去,上下搜了个遍,也没发现什么异常。有一位老谋深算的绍兴师爷,也跟着官员来到船上。他端着烟袋,一面抽烟,一面琢磨私货藏在哪里。他抽完了一锅烟,不经意地走到船头,往竹篙上磕烟灰。一听那个动静,知道竹篙里有东西。这可吓坏了船主,瞅人不见,急忙把师爷拉进船舱,往师爷怀里塞银子。一边塞,一边点头哈腰地说:

"请多多包涵,多多包涵,可不要再敲竹杠了!"

竹杠即是竹篙。后来,"敲竹杠"成了勒索钱财的代名词。

拍马屁

传说明朝天启年间有位太监叫魏忠贤,骑马有术,十分得意。此人野心很大,为了得到皇帝的重用,挖空心思往上爬。这一天,他在马背上正玩得高兴,突然想出一个主意:骑马乃是我的长处,我何不在皇上面前露上一手呢?他回到宫中,向熹宗皇帝奏请进行跑马比赛。皇帝恩准,下旨京城里的百官到校场赛马。

魏忠贤急于参赛,第一拨赛手刚出场,他就参加进来。马上了跑道,魏忠贤在马屁股上轻轻拍了三下,那马得到指令,箭也似的跑到了最前边。魏忠贤越是轻拍马屁股,马儿越是跑得快。最后,到底把参赛的其他马落到了后边,他的马得了第一。

熹宗皇上龙颜大悦,对魏忠贤说:"魏爱卿常在朕的左右,朕却不知爱卿马术如此高明。朕见你在马上并未扬鞭,你的马为何能跑到前边去呢?"

魏忠贤上前一步,跪地说道:"启禀皇上:别看这马是个畜生,其实很通人性,赛马之时,要想法使它舒服,千万不可拗着它的性子来;轻拍屁股,马感到舒服了,再叫它做什么,它都愿意了,即使不用扬鞭,它也能跑到前边去。"

熹宗皇帝点了点头,说:"这样说来,要想叫马跑得快,不用他法,只拍马屁就可以了?"

魏忠贤应声答道:"正是。"

从此,魏忠贤深得皇上赏识,当上了秉笔太监。从那以后,留下了"拍马屁"的话,专指一些人投机钻营、谄媚奉承的卑劣行径。

莫 须 有

秦桧是南宋的一位卖国宰相,罗织罪名,杀害了抗金英雄岳飞。大臣韩世忠当面质问他:"你说岳飞谋反,有什么证据?"

秦桧支支吾吾地说:"其事体莫须有。"意思就是:这事情恐怕是有的吧!

韩世忠说:"这'莫须有'三个字怎么能服天下呢?"

后以无中生有地罗织罪名、诬陷好人为"莫须有"。

狼 外 婆

一个民间童话故事,说的是小羊的妈妈外出了,只留小羊兄弟在家。一只老狼得知羊妈妈不在,就装扮成小羊的外婆,来到小羊家门口来叫门。小羊一听声音不对,知道这个假外婆是个老狼,就让它把尾巴从门缝伸进来看看。老狼伸进了尾巴,小羊用斧子把老狼的尾巴砍下来一截。老狼疼痛难忍,落荒而逃。后以"狼外婆"来指用心险恶而假装善良的一类人。

打溜须

据传，宋真宗时的副宰相丁渭，是个很会阿谀奉承的人，凡是比他大的官，他都极力巴结。有一次，他和宰相寇准一起吃饭，他既夹菜，又让酒，好一阵忙乎，还是觉得不够殷勤，一抬头，看见寇准的胡子上沾了一个饭粒，便动手去扒拉，还说：

"宰相有一口好胡须啊！"

寇准不由得大笑起来，说："难得天下有你这样会溜须的宰相啊！"

不倒翁

春秋时候，楚国有个叫卞和的人，十分有眼力。有一次，他在荆山脚下采了一块璞玉。这块玉表面看来没有什么出奇，但他认定这是一块难得的宝玉，就把它献给了楚厉王。厉王叫来一个玉工，问他这块璞玉是真是假。玉工看了一眼，便说："这不是玉，而是一块普通的石头。"

楚厉王怒道："大胆卞和！竟以石充玉来欺骗本王，拉下去！砍断他的左脚！"

后来，楚武王继位，缺了左脚的卞和又来献玉。玉工仍说璞玉是块石头。武王又以欺君之罪砍下他的右脚。

卞和还是不死心。后来他听说楚文王即位了，就跑到荆山脚下大哭起来，一边哭，一边述说世道的不公，竟然真假不分。这样哭了三天三夜，楚文王知道了这件事，叫人请卞和持玉进宫。文王问他："你哭什么？难道是因为失去双脚而感到委屈吗？"

卞和说："我悲伤的不是因为失去了双脚，而是为那些真假不分的人难过。"

楚文王见卞和说得诚恳，就命人把那块璞玉剖开，一看，果然是一块稀世的美玉。楚文王为卞和敢于坚持真见的精神所感动，张口赞道："真不倒翁也！"

这块玉后来被命名为"和氏璧"，"不倒翁"一词也由此而来。不过，它的意思后来有所变化，指的是为人东倒西歪，没有立场，怎么折腾也不倒。

欠 打

赣南客家小孩做错事或不听话，长辈或父母往往会说"你可是欠打"，以示警告。比较熟悉的亲友之间，如果有什么小事做得不太地道或不如意、不合常理逻辑，也经常会用这句话来表示提醒、嗔怪或警示，其意思与北方话

青少年故事会开心

"欠揍"、"欠修理"相似。有意思的是，赣南人说"欠打"的来历还有一个传说。

从前有一个塾师，很爱作诗。一日，他用三百文钱，买了一只鸡，罩在庭前。塾师授课时，邻家儿来报：狗抢鸡食，鸡惊飞……

塾师听报，慌忙出来，口中仍然喃喃念着："万章曰，万章曰……"定神一看，鸡已飞到屋上。无计可施，只好望而兴叹。心中有感，口占两句："屋上飞三百，庭前走万章。"低回吟哦，甚觉满意。屋上飞着三百文钱买的鸡，先生在庭前边走边诵着"万章"，而且屋上对庭前、飞对走、三百对万章，对仗天然工整：首句仄仄平平仄，次句平平仄仄平，音调也和谐悦耳。

吟哦之余，忽见地上一只青蛙，一条蚯蚓。蛙肚朝天，色白，四脚展开，像一个"出"字而略阔；蚓死色紫，形弯曲，恰如一个"之"字而稍长。他见景生情，续了两句："蛙翻白出句，蚓死紫之长。"两联四句，已成一绝。兴犹未尽，决意凑成一首五律，于是又添了一联："骑驴思母舅，见鸭忆妻良。"这写的是他的母舅和他的妻子。母舅脸儿长长，有点像驴子；夫人一对金莲，走起路来，总给人"鸭婆踩田岸"的联想。还少两句，却颇费思量。忽然想起邻居夫妻夜来吵架的事，于是又续一联："隔壁张三嫂，夫妻一夜相打。"结句多了一个字，一时难以取舍。欲留"相"字，意思隐晦难懂；欲留"打"字，又没有押到韵脚。后来全首吟了一遍，觉得还是"相"字好些。

踱回书房，时已近午，立即宣布放学。忙将全诗录下。恰巧一友人来访，即请斧正。友人反复看了几遍，颇觉费解。塾师逐句为他诠释。友人这才知道原来是这么一回事，脱口说道："欠打。"意思是说做这样的诗该打，塾师误解其意，以为是说欠一个"打"字，于是欣然说道："高见，高见！'于吾心有戚戚焉'。我本来也想用'打'字，后来为了押韵，才用'相'字。圣人言'勿以词害义'，信然，信然！"

上 当

人们常把受骗叫做"上当"。其实"上当"的原意是指到当铺去典当东西。

清朝末年清河地方有一个大户人家姓王，世代经营当铺，家大业大，生意兴隆。生活富裕了，各房的族人开始懒于经营了，就把资金存入当铺作入股的股东，日常的典当营业事务全交给一个名叫寿苎的年轻人来主持。寿苎酷爱读书，喜欢校刻书籍，对生意却并不精通，处理典当业务非常随便。

王氏族人见此情景，都认为有机可乘，不约而同地从自己家中拿一些无用的东西到当铺来典当。各人估定了高于物品本身的价格，要伙计如数付给，伙计不敢得罪股东老板，寿苎也心不在焉，不加阻拦。

就这样，没过两个月，典当的资本就被诈骗得差不多了，一家资金充足的当铺破产了。因此，当时流传着这么一首民谣：清河王，自上当，当得当铺空了档。

"上当"原指去当铺典当东西，后来人们就把受骗叫成"上当"。

借　　光

战国时期，秦国有个大臣叫甘茂，因遭奸臣陷害，不得已逃往齐国。

当甘茂逃出秦国的边境函谷关时，正好遇到当时很有名的纵横家苏秦。苏秦问甘茂要到哪里去，甘茂没有直接回答，而是给他讲了一个"借光"的故事：

据说，在一条江边住着许多人家，每天晚上，各家的姑娘们各自带着点灯的油聚在一起把油倒进一盏大灯里，一起在灯下做针线活。而有一个姑娘家里很穷，出不起灯油。所以，其他姑娘就讨厌她，准备把她赶走。穷人家的姑娘却对大家说："我确实不能拿灯油来，可是，如果每天我早早地赶到这里，大家回家时我晚点走，替大家打扫打扫屋子，安置一下桌凳，这样对你们会有好处的，你们为什么还吝惜这照在四周墙上的一点余光呢？如果借点光给我，我同你们一起做针线，这样对你们也不会有任何妨碍的。"姑娘们觉得她说的话很有道理，就把她留下了。

苏秦听了甘茂的这个故事后，明白了他的意思，于是他们俩一起去了齐国，苏秦在齐王面前竭力推荐甘茂，于是齐王拜甘茂为上卿。

现在，我们经常听到"借光"一词，就是从这个故事里来的，指请求别人给自己方便。

倒　　楣

"倒楣"一词本是江浙一带的方言，指事不顺利或运气坏。

此语产生的时间算来不长，大约在明朝末年。那时候，由于"八股取士"的科举制度严重地限制了广大知识分子的聪明才智的发挥，加之考场舞弊之风甚盛，所以一般的读书人要想中举是极不容易的。为了求个吉利，举子们在临考之前一般都要在自家门前竖起一根旗杆，当地人称之为"楣"。考中了，旗杆照竖不误，考不中就把旗杆撤去，叫做"倒楣"。

后来，这个词被愈来愈多的人用于口语和书面，直到现在。值得一提的是，在运用这个词语过程中，人们常把这两个字写作"倒眉"或"倒霉"，这当然是由于不懂得它的来源的缘故。

五花八门

古时候，"五花八门"指：金菊花——比喻卖茶的女人；木棉花——比喻上街为人治病的郎中；水仙花——比喻酒楼上的歌女；火棘花——比喻玩杂耍的人；土中花——比喻挑夫；一门巾——算命占卦之人；二门皮——卖草药的人；三门彩——变戏法的人；四门挂——江湖卖艺人；五门平——说书评弹者；六门团——街头卖唱的人；七门调——搭篷扎纸的人；八门聊——高台唱戏的人。

"五花八门"有时候也解释为古代战术中的阵势："五花"是五行阵；"八门"则是"八门阵"。春秋战国时期，许多战略家都懂得使用这种五行阵。五行系指金、木、水、火、土。古人认为，构成各种物质的种种元素即是五行。加之五行又代表红、黄、蓝、白、黑五种色素，它们混合在一起还可变成多种颜色，能够使人眼花缭乱。

八门阵也称八卦阵，这个阵势，原来是按照八卦的次第列为阵势的。

但是，八八可变成六十四卦，常使对方军队陷入迷离莫测之中。相传，春秋时期的孙武、孙膑最早运用八门阵。后来三国时期的诸葛亮又将八门阵改变成为"八阵图"。

不读哪家书不知哪家理

明朝万历年间，有个叫马绍良的，在朝中做官，他自以为满腹经纶，学识非浅，很自高自大，常常卖弄自己的文才。

这日，皇帝召马绍良进宫，拿出一首诗来给他看，问他写得怎么样。马绍良不知这是皇上的诗作，接过来一看，见其中的两句："明月上竿叫，黄犬宿花蕊。"就不假思索地说："此诗不通，明月怎能上竿叫，黄犬怎能宿花蕊呢？"说完拿起笔将那两句诗改成"明月上竿照，黄犬宿花荫"。皇帝接过来一看，微微一笑道："你才疏学浅，所见甚少，不配在京为官！"随后将马绍良官贬三级，发配到福建。

马绍良怎么也弄不清楚皇帝为什么要贬他的官。直到过了数年，他才知道闽南有一种黄绒绒、胖乎乎的小虫叫"黄犬虫"，习惯于往花蕊里钻；还有一种鸟，叫声悦耳，可是只有在月上中天时才叫，所以叫"明月鸟"。

马绍良这才明白皇上贬他官的道理，心中暗暗惭愧。

以后，他常对人说："不读哪家书，不知哪家理。我这一生中最大的错误，莫过于自以为是，无自知之明呀。"

后来，就传下了"不读哪家书，不知哪家理"这句话，告诫人们知识广博，个人所知不如九牛一毛，要谦虚谨慎。

一物降一物

传说，商朝的国王纣十分残暴。人民在他的统治下，简直就是生活在水深火热之中。百姓们提起他就咬牙切齿，恨不能把他千刀万剐。

后来，周武王便利用了老百姓对纣的怨恨，举兵伐纣。在交战中，周、商双方都请了神仙助战。周方请的是阐教，而商方请的是截教。两教神仙各显其能，在交战中都拿出了自己看家的"法宝"。一方神仙拿出一种法宝，另一方立刻拿出更厉害的一种法宝来制服它。

战斗十分激烈。从日出打到日落，又从黄昏杀至清晨，持续了好几日，各家的招数使得也差不多了，终于分出了高下：阐教胜而截教败了，周武王终于灭了商纣王。

后来，人们就用"一物降一物"来说明一种事物总有另一种事物可以制伏它。

三个臭皮匠顶个诸葛亮

唐末，在长安城里住着兄弟三人，以修鞋做皮匠为生。

当时，番邦见大唐气数已尽，摩拳擦掌地要攻长安。皇上的手下无人能领兵御敌，于是贴出招贤榜。

这天，兄弟三人正在街上修鞋，其中一人的手被锥子扎破，血流不止，顺手撕下墙上一张纸来擦血，没想到撕的竟是皇榜。差人一拥而上，将其拉走见皇上。其他俩兄弟一见，便上前问明缘由，心想：这下可闯了大祸了，与其让他一人进宫，不如三人一起去，也好有个商议。于是就一起进宫见皇上。

见了皇上，兄弟三人对皇上说："我们三人不需一兵一卒，只要十万马匹，十万山羊，十万皮鼓便可退敌。"皇上将信将疑，可事到如今也只好如此了。

兄弟三人带着这些东西来到潼关，命人将马头全部吊起，让它们吃不到草；又将羊的前腿吊起，后腿蹬在皮鼓上。一切安排就序，只等番兵来战。番兵将帅，领着十万精兵到了潼关，远远听见潼关城，人喊马嘶，鼓声震天，似有百万雄兵。番将心想：我军远道而来，人困马乏。大唐百万雄兵，坚守关隘，以逸待劳，怎么敌得过。于是下令回兵。

原来，番兵一到，兄弟三人就让人将草放于马前，马儿饿了几天，见到鲜草，苦于头被吊住，吃不着，急得长嘶起来。十万匹马一起长嘶，声音的确吓人。那些蹬在皮鼓上的山羊，听得群马狂叫，吓得后蹄乱蹬，十万面皮鼓在羊蹄下轰然作响，鼓声、马声吓退了番兵。

皇上一听他们兄弟如此这般就吓退了番兵，大喜过望，连连夸道："这三个臭皮匠，真如诸葛亮再世啊。"

以后，人们就把群策群力、献计献策攻难题，叫做"三个臭皮匠，顶个诸葛亮"。

小巫见大巫

三国时，有两个文学家，一个叫张纮，一个叫陈琳。两人都很有文才，能诗善赋，又相互敬慕，经常对别人称赞对方。两人还是同乡，即使后来不在一地，关系也十分密切，常有书信往来，讨论文章，交流思想。

有一次，张纮看了陈琳写的《武库赋》、《应机论》，十分赞美，立刻写信给陈琳，向他表示祝贺，并表达了自己的敬佩之情。

陈琳回信十分谦虚地说："我在北方，几乎与天下隔绝了，这里写文章的人少，所以容易被人注意，你对我过于夸奖了，我其实不配。我在这里，你和张昭在那里，我与你们两位相比，差得太远了，真好似小巫遇见大巫，相形见绌，法术都无法再施展了。"

后来人们就用"小巫见大巫"来比喻相形之下，能力高低，相去甚远，一个远远赶不上另一个。

天要下雨娘要嫁人

宋朝，北方强虏屡屡进犯，边关吃紧。皇上命江南诸郡，火速调运粮草北上，以供军用。

江南某县小吏陆喻奉命押运粮草，临行之前，向双亲二老道别。陆母重病在身，陆喻怕自己走后，母亲思儿心焦，加重病情，就偷偷对父亲说："县令逼迫，须星夜兼程，误了军粮是要杀头的。儿此一去，迢迢千里，不知何日得返，望二老保重。"老父亲闻听声泪俱下，陆喻见状，心中不忍，又劝慰了几句，临走前叹道："天要陆喻，粮要解营。"意思是：皇上天子要陆喻去押粮草，粮要去解军营士兵之饥。这也是没有办法的事情。

果然，陆喻一去，因误了日期，被斩首，再也没有回来。

陆母闻讯便疯了，逢人便说："天要陆喻，粮要解营。"由于陆母年事已高，口齿不清，时间长了，人们误以为她说的是"天要落雨，娘要嫁人"。传到北方，"落雨"就成了"下雨"，从此成了无可奈何时的口头禅。

天高皇帝远

明嘉靖年间，苏州府昆山县知县杨廷桢，勾结朝内高官子弟，在地方上横行霸道，搜刮民脂民膏，百姓苦不堪言。

这年，杨廷桢做寿，又少不得四处敲诈百姓，还要百姓给他送匾。有个秀才想乘机骂骂杨知县，出出这口气，于是，写了块匾："天高三尺"，暗骂杨廷桢刮地皮把地刮下去三尺，天变高了三尺。

送匾那天，告老还乡的宰相顾鼎臣，看见送匾队伍中的"天高三尺"的横匾，觉得奇怪，上前打听。

老百姓一看是顾老宰相，便把事情一五一十地说了。杨知县祸害百姓，使昆山县的天一日日变"高"，皇帝又远在千里之外，百姓告状都没处告去。顾老宰相查明事实，进京告了杨廷桢，为昆山除了一大害。

"天高皇帝远"这句话就流传了下来，本意是：无处诉苦，苦不堪言。传至今日变成了离皇帝远了可以胡作非为，反正皇帝鞭长莫及。

丈二和尚摸不着头脑

有一年，苏州要建一个罗汉堂。设计督建的是一个和尚。

大家都不知道他的法号，看他身材高大，便管他叫"丈二和尚"。

丈二和尚有点奇怪，施工中一没有图样，二不将施工计划告诉工匠们。只是很自信地指挥工匠们干这干那，他不仅指挥，还亲自动手干，只是干到哪儿就要别人跟到哪儿。忽而往左，忽而往右，忽而东拐，忽而西转，罗汉堂真像一个"八卦"式的建筑，工匠们则稀里糊涂，晕头转向，不知所措。因此，人们都议论说，摸不着丈二和尚的头脑。就这么稀里糊涂地干了好些日子，待工程完成以后，仔细一看，才清楚了。这"八卦"罗汉堂造型优美，布局合理，玲珑剔透，人们都惊叹不已，无不佩服丈二和尚的本事高强。"丈二和尚摸不着头脑"这话就传开了。

后来，人们常用"丈二和尚摸不着头脑"来形容一时弄不清事情的原委和底细。

露马脚

相传黄帝治世时，百兽驯服，虎不伤人，蛇不横道。黄帝出巡时，凤凰伴驾，六龙拉车，威武凶猛的狮子为他充当前卫，就连桀骜不驯的苍鹰也伴在黄帝的左右飞来飞去，扇动着他那劲翅铁羽为扇凉风。但美中不足的是主祥兆瑞的麒麟却一直不肯来归服。为这事皇帝心中老不痛快了。

这事被马知道了，马心里想，大家都拍黄帝的马屁那才是正当防卫。于是他想方设法找来一张麒麟皮，披在身上，把自己打扮成麒麟的样子，来见黄帝。果然，黄帝见到麒麟后，喜动天颜，命人将其牵到一所漂亮的偏殿中，精心饲养起来。从此，马吃精草饲料，饮甘泉之水，既不用为追水逐草而奔波，也不必为驾车耕田而担忧，长得膘肥体壮，好不快活！

话说这一日,皇帝要出巡天下,他正要招六龙驾车,旁边有个臣子说:"我听说麒麟行如疾风,一时三刻就能走遍天下,大王为何不乘那匹麒麟出巡呢?"皇帝闻言大喜,命人将那匹"麒麟"牵来,刚要乘骑时,忽然一阵风吹来,把马身上的麒麟皮掀起,露出四支马脚和一条马尾巴来。真相既露,皇帝大怒,命人将马拴在马桩上,勒上"嚼子",带上"过梁",狠狠地用皮鞭把它抽了一顿。从此,嚼子和过梁二物,便作为一种驯马的刑具,留在了人间。不论多烈的马,只要一勒上嚼子,再给勒上过梁,那匹马就立刻变得服服帖帖了。

看来,马屁要是拍不好,掩饰工夫不到家,不小心露了马脚,那坏处也不少。所以,凡事都有它的两面性,不能光顾着拍马屁而不顾后果,往往是得意忘形之时就是阴谋败露之日。

道高一尺 魔高一丈

相传远古时代,有两女子化装成男人上山拜师学艺,未等到学成就骄傲自满,擅自下山,到处吹嘘,说自己神通广大,善用八卦,说能前算八百年、后算五百载,预知过去和未来。她们俩以大仙自居,唯我独尊,目空一切。不知内情的人跟着起哄,一传十,十传百,一时之间方圆几里之外都知道了她俩。

有一天,她们忽然心血来潮,决定云游四方,遍访名师比个高下。说走就走,二人大摇大摆上了路。这日她们路过一片树林,由于天气炎热就坐在树下乘凉,忽见一瞎眼婆婆摸索着朝她们走来。在老人前面不远有棵大树,眼看瞎眼婆婆就要碰到树上了,她们顿时来了兴趣,各自操卦掐算起来,甲女说瞎眼婆婆会从树左绕过去,乙女说瞎眼婆婆会从树右绕过去,二人都说自己算得灵,正争执不下,却见瞎眼婆婆腾空跃起,从树上飞过去了。二人见状大惊失色,知道遇见了高手,慌忙奔过去双双跪在老人面前,恳求老人收下她们做徒弟,老人不说话只顾往前走,二人遂各自抱住老人一条腿不放,老人被逼无奈,叹了口气说:"东山头,西山头,逮住了就别撒手。"说罢,金光一闪老人不见了,二位女子你看看我,我看看你,不解其意,只好继续赶路。

这日二人来到了峨眉山下,因心中不快,便登上山顶散心解闷,待下山时忽然发现东西两山头的凹处,有一团雾气,再细一看雾气中不时放出金光,二人觉得奇怪,走近一看,见一只千年恐龙趴在那里,她们立刻明白了瞎眼婆婆说的意思,忙走过去,一人抓住恐龙的一条腿,使劲往外拉。顿时"轰隆"一声,好像山崩地裂一般,转瞬间却什么都看不见了,只是每人手中多了张纸条。一张纸上写着"道高一尺",另一张写着"魔高一丈"。

这时二人恍然大悟，才知原来那瞎眼婆婆是自己的恩师，二人思前想后，羞愧难当，即刻打消了云游天下的念头，决定回师傅那里继续修炼功夫，决不再自高自大，不可一世了。

穿小鞋

人们常把那些背后捣鬼，出坏点子的行为叫做给人"穿小鞋"。

相传，宋朝有个美丽的姑娘叫巧玉玉，她后母想把她嫁给又丑又哑的娘家侄儿做媳妇，玉玉不从，气恼了后母。正在这时，有个媒婆给玉玉提亲，两家很快定了成亲的日子。后母嫉恨，便在背地里剪个很小的鞋样送给男方。上轿那天，玉玉怎么也穿不上鞋，一气之下，便悬梁自尽了。从此，人们便把那些故意在背地里捣鬼的人，叫做给人家"穿小鞋"。

吹牛皮

黄河上游一带，人们用牛、羊皮缝制成筏当做渡河工具。过去没有打气工具，全靠人吹起来，没有足够的气力，光说空话是不行的。对那些说大话的人，人们会对她说，你有本事到河滩上吹吹牛皮看。以后人们就把人说大话叫"吹牛皮"了。

狗腿子

人们将给有势力的坏人奔走帮凶的人叫"狗腿子"。说起这一不雅的称呼，还有一段小小的故事呢。

相传，从前有个有钱有势的人腿摔断了，一个奴才为讨好主子欢心，主动要求截下自己的腿给主子接上。主人问："你自己的腿怎么办呢？"奴才说："我可以接上一条狗腿。"主人又问："那狗的腿又怎么办呢？"奴才说："给狗用泥巴捏上一条。"所以，狗在撒尿时，总要把后边一条腿跷起来，是怕那条用泥巴捏的腿，让尿给冲掉。

破天荒

"破天荒"一说与古代科举考试有关联。唐朝时，荆州南部地区几十年没有一个考上进士的，于是，人们便将荆州南部地区称为"天荒"（意为荒远落后）。

唐宣宗大中四年，荆南应试的考生中，有个叫刘锐的考中了，总算破了"天荒"。旧时文人常用"破天荒"来表示突然得志扬名，现在用来指一反常规惯例"爆"出来的新鲜事。

挂羊头卖狗肉

"挂羊头卖狗肉"是我们生活中常用的一句俗语,用来比喻表里不一、名不副实的人和事。那这句俗语是怎么形成的呢?为什么偏偏选了"羊"和"狗",而不是其他动物呢?其实,这里还有一个感人的传说。

唐代有一个名叫张诚的山西商人特别爱吃狗肉。有一年,他前往西域贩马,途中在一家狗肉店酒足饭饱之后,又花钱买下了店主家的一条大黄狗,准备在路上杀了吃肉。不想离开小镇没走多远,张诚便醉倒在偏僻的山路旁,在草丛中酣睡起来。

没想到那狗肉店的店主见张诚携带了大量银钱,起了歹意,一直尾随而来,见机会来了,便准备行窃。但是,已经易主的大黄狗却不让这见利忘义的旧主靠前。于是,店主恼羞成怒,索性放火点着了张诚四周的茅草。大黄狗急得窜来窜去,却怎么也叫不醒张诚,就一遍一遍地跳进路边的小河沟里,用自己湿透的身子打湿张诚身边的茅草,防止火势蔓延到张诚身上。最后,火渐渐熄灭了,大黄狗也筋疲力尽,死去了。

张诚酒醒之后,虽然不明白因何起火,却发现是大黄狗救了他。他旋即回到那个狗肉店,付重金让店主放掉所有待杀的狗,并请求店主以后改卖羊肉。张诚还亲自为店主买来了羊,并把一只羊头挂在店门口做幌子。但贪心的店主卖掉羊之后,继续卖狗肉,又怕张诚回来后发现,所以就没有摘下做幌子的羊头。从此,世上便留下了"挂羊头卖狗肉"的俗语。

大水冲了龙王庙

传说在很久以前,东海岸边有座龙王庙。离龙王庙几里远的地方有块菜园地,菜园子紧挨着一座庙。庙里的老和尚和种菜的老头是好朋友,两人经常在一起下棋聊天。

这天,他俩闲聊时,老头神秘地对和尚说:"方丈,有件奇事!原先我那二亩菜园子都是我自己打水浇,可自从昨天开始,等我去浇园子时,菜园子已都浇过了,也没看见是谁给浇的。你说怪不怪?"和尚听了也觉着奇怪,决定去看看,弄个水落石出。

当晚,老和尚早早地来到菜园,在离那口水井不远处藏起来观察动静。整整盯了一夜,天快亮时,忽听"咔嚓"一声,从井内射出一道白光,接着"扑棱"一下从井里飞出一只像鹅似的怪物。只见它两只大翅膀"呼扇"了几下,井水就溢出老高。眨眼间,那只怪物又飞入井内。和尚到井边看时,菜已全浇好了。

一连三个夜里都是这样。老和尚练过武术,第四天夜里,他带了把宝剑,等那只怪物刚一飞出井口时,一个箭步上去猛刺了几下。那只怪物翅膀一斜,一头栽入井中。顿时,"轰隆"一声巨响,井裂开有几亩大的口子,大水翻滚。眨眼间,连几里外的龙王庙前也成了一片汪洋。

龙王大怒,带领水兵前来与那怪物交战。战了三天三夜,怪物因寡不敌众,现了原形。原来它是龙王的三太子,因犯了律条,被贬出东海,受罪三年。三太子为了立功赎罪,想在凡间做些好事。不想被和尚刺了一剑,一怒之下,掀开海眼,淹了龙王庙。与龙王交战时又不敢泄露天机,造成一场误会。

后来,人们在议论这事时,都说"大水冲了龙王庙,一家人不认一家人"。

眼 中 钉

相传宋朝真宗时,宰相丁渭勾结宦官,独揽朝政,陷害忠良,将寇准排挤出京城。老百姓敢怒不敢言,一首民谣悄悄流传开来:"欲得天下宁,须拔眼中钉,欲得天下好,莫如招寇老。""丁"指丁渭,"丁"与"钉"谐音,一语双关。

另据《五代史·赵在礼传》所载,唐明宗时,赵在礼为宋州节度使,此人贪婪昏庸,剥削无度。当他调到永兴时,宋州百姓无不拍手称快,称:"此人若去,可谓眼中拔钉子,何不快哉!"

三长两短

当一个人冒着生命危险去完成某项事业时,人们便会说:"万一有个三长两短呢?"

三长两短的由来,与以前我国人的入殓方式有关。因为棺材是先用五块木板拼成的,其中左右两块帮和一块底都是长的,前后的两块挡板则是短的,这样,死人放进去之后才能盖上盖。故而,人们用"三长两短"这个俗语来表示遇到危险差错之事。

急来抱佛脚

人们常用"平时不用功,急来抱佛脚",比喻那些平时不注重学习,考试时慌忙应付的人。

溯其源,"抱佛脚"是一种深表崇敬的宗教礼节。传说,古时候有一个国家,人人都信仰佛教,政府便制定了一条法律:凡犯了重罪而逃亡的人,只要逃到寺庙里抱住佛像的脚,表示悔过,就可以减轻对他的处分。因此,当时社会上流传着一句话:"闲时不烧香,急来抱佛脚。"唐代诗人孟郊也曾在《读经》一诗中写道"垂老抱佛脚",这是见之于文字的最早的"抱佛脚"之证明了。

魔 戒

古时候,有一个老头和老太婆,他们有一个儿子,叫马尔丁卡。老头打了一辈子的猎,打过野兽,打过飞鸟,打回来自己吃,也给家里人吃。后来老头一病不起,去世了,留下老太婆和马尔丁卡。母子二人哭得很伤心,但是死人不能再活。过了一个星期,他们吃完了储存的面包,再也没有别的东西了。老太婆琢磨着往后吃什么,得想办法挣钱。老头留下两百块钱在钱罐里,老太婆舍不得动用,可是没有办法,该花的还是得花,总不能活活饿死吧!

老太婆拿出一百块钱,对儿子说:"给你一百块钱,你向邻居借一匹马,到城里买些粮食,把冬天对付过去,春天我们再找活。"马尔丁卡向邻居借了一辆大车,路过肉铺门口,只见围了一大堆人,吵吵闹闹。是怎么回事?原来是老板抓住了一条猎狗,绑在柱子上,正在用棍子打。猎狗挣扎着,唔唔叫。马尔丁卡走过去问老板:"兄弟,为什么这样狠心打一条可怜的狗?""这个坏东西,"老板回答说,"咬坏了一大块牛肉,不打它行吗!""那好,兄弟,不要打了,把它卖给我算了。""可以卖给你!"一个大汉讥笑说,"给一百块钱。"马尔丁卡从口袋里拿出一百块钱,交给老板,解下绳子,把狗牵走。狗对他摇尾巴,显得很亲热,表示知道是谁救了自己。

马尔丁卡回到家,母亲马上问他:"买回了什么,儿子?""买回了一件宝贝。""撒谎!买回了什么宝贝?""你看,就是这个菇尔卡。"他指着狗说。"没有买到别的东西?""有钱就买了,一百块钱买这条狗花光了。"老太婆骂了起来:"我们自己都没有吃的,刚刚扫粮仓扫出了一点剩下的面粉,烤了几块饼,明天连这个也没有了。"

第二天,老太婆又拿出一百块钱,交给马尔丁卡说:"给你,儿子,到城里买点粮食,千万不要乱花。"马尔丁卡来到城里,在大街上走来走去,东张西望。他看见一个很凶的小孩,抓住了一只猫,用绳子套住猫的脖子,牵在手上。"等等，"马尔丁卡喊小孩，"你把猫牵到哪里去？""我想淹死这个坏东西！"

"它有什么错？""把桌子上的煎饼弄到了地上。""不要淹死它，最好卖给我。""行，可以卖给你，给一百块钱。"

马尔丁卡没有多想，从口袋里拿出一百块钱，交给小孩，把猫装进布袋里带回家。

"买了什么，儿子？"老太婆问他。"买了只猫，叫瓦西卡。""没有买别的？""有钱当然会买别的。"

"你这个傻瓜，"老太婆大声骂他，"滚出去，到别人家里找吃的。"马尔丁卡去别的村子找活干，狗和猫一路跟着他。对面来了一个神父问："上哪儿去，小伙子？"

"去找活干。""给我去干活吧，只是我雇人不签合同，干满三年，我不会亏待你。"马尔丁卡答应了，不知疲倦地干了三个冬天和夏天。该付工钱了，主人把他找去说："喂，马尔丁卡，来领工钱。"

主人带着他走进粮仓，指着两个满满的袋子说："你愿意要哪一个就拿走。"马尔丁卡看了看，一个袋子装的是银子，另一个袋子装的是沙子。他想了很久："这不是随意开玩笑，算我白干了，我倒要试试，拿这袋沙子会怎么样。"

他对主人说："老爷，我要这袋细沙子。""那好，小伙子，既然你不喜欢银子，就拿沙子吧，这是你自己挑的。"马尔丁卡背上沙子，到别的地方去找活干。他走啊，走啊，走进了一座阴森森的树林。树林中央有一块草地，草地上点着一团火，一位姑娘坐在火上。姑娘漂亮得很，只有神话里才有。姑娘说："马尔丁卡，你是个孤儿，如果你想得到幸福，你就用三年打工赚到的沙子撒到火上，救出我。"

"这么重的东西，背着它还不如拿它帮助别人。"马尔丁卡心里想。"沙子又不是什么值钱的东西，到处都有，多得很。"

他放下布袋，解开来，把沙子撒到火上。火很快灭了。姑娘在地上猛击一下，变成一条蛇，跳到马尔丁卡的胸上，围着他的脖子蜷成圈。马尔丁卡吓坏了。

"别害怕！"蛇对他说。"现在你到很远很远的一个地下王国去，我父亲是那里的国王。你走进院子见到他的时候，他会给你很多金子和银子，还有宝石。你什么也不要拿，只求他给你小拇指上带着的那个戒指。这个戒指很不简单，你把它换一个手戴，立刻会出现十二个小伙子，不论你叫他们干什么，他们都能在一夜之间完成。"

不知道走了多久，也不知走了多远，小伙子终于走到了。他看见一块大石头,蛇从他脖子上跳下来,在地上猛击一下,又变成了原来的漂亮姑娘。

"跟我来!"姑娘对他说,领着他走到石头下面。他们沿着地道走了很久,突然闪出一线亮光,越往前越亮。他们走到一块很大的空地上,见到一座富丽堂皇的宫殿,宫殿里住着姑娘的父亲。他就是这个国家的国王。

两人走进玉石宫殿,国王亲切地迎接他们:"你好,我的好女儿!你去了哪里失踪了这么多年?""好爸爸,如果不是这个人救了我,我永远也回不来了。他把我从九死一生的地方救出来,送回家乡。""谢谢你,好小伙子!"国王说。"为了感谢你做的好事,我要奖赏你,金子和银子,还有宝石,想要多少拿多少。"马尔丁卡说:"国王陛下,我不需要金子和银子,也不需要宝石。如果你不介意,请把你小拇指上的戒指赏给我。我孤身一人,经常看看戒指,想想未婚妻,就不会那么孤独。"

国王马上取下戒指,送给了马尔丁卡。"给你,保管好,千万不要对别人说起戒指,不然会给你带来大祸。"马尔丁卡谢过国王,拿了一些钱,走原路回家。不知道走了多久,也不知道走了多远,马尔丁卡找到了母亲,母子二人在一起过日子,无忧无虑。马尔丁卡想结婚了,请求母亲去说亲。"你去见国王,求他把公主嫁给我。"

"儿子啊,"母亲回答说,"你也不自己照照镜子,亏你想得出来,我才不去哩!明摆着的事,国王一生气,就会把我和你处死。"

"不要紧,别害怕,妈妈!我让你去你就放心大胆去。国王怎么说,你回来告诉我,没有答复别回来。"

老太婆收拾了一下,勉勉强强地走了。她来到皇宫门口,走上台阶,没有向谁报告,往里面走去,被哨兵抓住。"站住,老妖婆!你想上哪里去?将军也要得到允许才能进去。""你们这些没出息的,"老太婆大骂起来,"我有好事要见国王,替我儿子向公主求婚,而你们把我当小偷抓起来。"

老太婆大吵大闹,惊动了国王,他向窗外一看,吩咐放老太婆进宫。老太婆走进国王的房子,对着圣像画了十字,向国王鞠躬。"你有什么事,老太婆?"国王问。"我来求陛下开恩,请不要见怪。我有一个买主,你有货物。买主就是我的儿子,一个非常非常聪明的人;货物是你的女儿,美丽的公主。能不能把公主嫁给我的儿子?他们是天生的一对!""怎么,你发疯了?"国王大声对她说。"没有,陛下,一点都没有,请您给一个答复。"国王把大臣召到面前,商议怎样答复老太婆。议论的结果这样:要马尔丁卡一夜之间修好一座富丽的宫殿,还要修一座水晶桥和国王的宫殿连接起来。桥两边要有结满果实的苹果树,树上要有各种各样的鸟唱歌,还要修一座五角形的大教堂,可以在那里举行婚礼。如果老太婆的儿子都能做到,说明他确实聪明,可以把公主嫁给他。如果他做不到,就要杀老太婆和她儿子的头,治他们的罪。老太婆得到这样的答复回去了。

老太婆回到家里，站立不稳，眼泪双流，见到儿子说："我告诉过你，儿子，不要异想天开，你偏不听。现在好了，我们可怜的头保不住了，明天会处死我们的。""别说了，妈妈，我们不会死的，上帝保佑你，好好去睡吧，车到山前必有路。"半夜里，马尔丁卡从床上起来，走到院子里，把戒指从一个手换到另一个手上，立即有十二个小伙子出现在他面前。他们长得一模一样，头发一模一样，声音也一模一样。"有什么吩咐，马尔丁卡？"

于是马尔丁卡把国王的要求对他们说了一遍。十二个小伙子回答说："天亮前一定完成！"

他们向四面八方跑去，从各地赶来能工巧匠，立即动工。一切顺利，进展神速。

早晨，马尔丁卡醒来，发现自己住的不是普通的小屋，而是非常阔气的房间。他走到高高的台阶上一看——一切就绪：宫殿、教堂、水晶桥、挂满果实的苹果树，应有尽有。

这时，国王也走到阳台上，用望远镜一看，感到惊讶：一切符合要求！他把女儿叫到身边，吩咐她打扮起来，准备订婚。

"我本来不想把你嫁给一个乡下孩子，"国王说，"可是现在无法改变了。"

公主洗头梳发，戴上贵重的首饰。马尔丁卡走到宽大的院子里，把手上的戒指换了个手，十二个小伙子像从地下冒出来似的，出现在他面前。

"有什么事要我们效劳？"

"弟兄们，给我穿上贵族衣服，准备一辆有花纹的马车，还要六匹马。""马上办好！"马尔丁卡没有来得及眨眨眼，衣服拿来了，他穿上一看，正合身，就像照着他的身量过似的。

他回头看了一眼，马车已停在门口，拉车的马漂亮得很，分银白和金黄两种。他上了马车，向教堂驶去。教堂里正要做弥撒，到了很多很多的人。新郎到了不久，新娘带着女佣人来了，国王带着大臣也到了。做完弥撒，新郎拉着公主的手，按教会的规矩举行了婚礼。国王送给女儿很多嫁妆，给女婿封了个大官，举行了很大很大的宴会。新郎和新娘生活了几个月，马尔丁卡天天修新宫殿，修新花园。可是公主心里总是不高兴，后悔没有嫁给王子，没有嫁给亲王，而是嫁给了一个普通的乡下人。她琢磨着怎样除掉他。她千方百计讨好丈夫，想方设法服侍他，探问他的秘密。马尔丁卡闭口不说，什么也不讲。

有一次，他到国王那里做客，喝得太多了，回到家里躺下就睡。公主走到他身边，吻他，说一些恩爱的话，向他撒娇。马尔丁卡终于说出了戒指的秘密。

"这下好了。"公主心里想："现在看我怎样对付你！"马尔丁卡刚刚睡着，公主就抓住他的手，从小拇指上取下戒指。她走到院子里，把戒指从一个手上换到另一个手上，马上有十二个小伙子出现在她面前。

"有什么事要我们效劳，美丽的公主？""你们听着，小伙子！明天天亮前，要把宫殿、教堂、水晶桥统统从这里搬走，恢复原来的小屋，让我丈夫再过穷日子，你们把我送到很远很远的老鼠国去，太丢人，我不想再在这里住下去。"

"遵命，一定照办！"

马上刮起一股风，把她卷到了老鼠国。早晨，国王醒来，走到阳台上用望远镜一看，宫殿、水晶桥、五角形教堂统统消失了，只剩下一间小屋。"这是怎么回事？"国王心里想。"都到什么地方去了？"事不宜迟，他派副官到当地去了解情况。副官骑着马匆匆忙忙去打听，回来报告国王说："陛下，原来宫殿的地方，只剩下一间旧屋子，你的女婿和母亲住在里面，不见公主的踪影。"国王召开一个很大的会议，审判自己的女婿，控告他玩弄妖术害了公主。

国王把他吊到很高的石柱上，不给吃，不给喝，要饿死他。来了几个石匠，砌上围墙，把马尔丁卡关起来，只留一个小洞透气。可怜的马尔丁卡被关起来了，没有饭吃，没有水喝，过了一天又一天，流着眼泪过日子。猎狗听说马尔丁卡遇到不幸，跑进小屋，看见猫躲在炕上打呼噜，便大骂起来："你这个不要脸的东西，光知道睡，伸懒腰！你不知道主人被吊在石柱上吗？看来你忘记了他花一百块钱救你一命的恩情，要是没有他，你早就没命了！快起来，得想办法救他。"

猫从炕上跳下来，和猎狗一道去找主人。猫走到石墙下边，爬上墙，从小洞钻进去。"你好，主人！没死吧？"

"差不多了。"马尔丁卡回答说，"只剩下一层皮，看来要活活饿死了。"

"你等等，不要着急，我们给你弄来吃的和喝的。"猫从小洞爬出来，落到地上。

"喂，兄弟，我们的主人快饿死了，有什么法子救他？"

"你真傻，连这个也想不出来！我们现在进城去，只要遇到挑担卖面包的，我钻到他脚底下，打掉他的货担子，你赶快抓面包，送给主人。你当心点，不要大意！"

他们走到一条大街上，一个挑担子的人从对面走来。狗钻到他的脚下，那个人的身子晃了晃，担子从肩上掉下来，撒了一地的面包。他吓得跑开了，以为是遇上了疯狗，活不长了。猫抓了一个面包，送给马尔丁卡。又跑

第十五篇 民间故事

去捡第二个、第三个。

他们用这样的办法，吓住了哭丧着脸的卖面包的人，给主人弄到了面包。

过了不久，猫和狗想到很远的老鼠国去，找回那个神奇的戒指。路途很远很远，要走很长的时间。他们给马尔丁卡准备了面包和面包干，还有别的东西，够他吃一年的。

"注意，主人，要省着点吃，等我们回来。"他们和马尔丁卡告别，走了。不知道走了多远，走了多久，他们来到大海边，狗对猫说："我可以游到对岸去，你怎么样？""游水我是外行，一下去就会淹死。""那好，爬到我背上来！"

猫爬到狗背上，爪子抓住狗的头，怕摔下去。他们游过大海，上了岸，来到老鼠国。这里没有一个人影，只有很多老鼠，成群结队，数也数不清。狗对猫说："喂，兄弟，你准备露一手，把这些老鼠捏死，我把他们放在一堆。"猫干这种事是老手，他一施展手脚，老鼠就断了气。猎狗好不容易把他们捡起来，一星期捡了一大堆。老鼠国一片惊慌。国王发现死了很多老鼠。他从洞里爬出来，对狗和猫说好话："我求求你，大力士先生，可怜可怜我的百姓，不要把他们都杀死。你们需要什么，请告诉我，我一定尽力效劳。"狗回答说："贵国的皇宫住着一位漂亮的公主，她偷走了我主人的戒指。如果你找不回来，你自己就要完蛋，我把贵国的一切消灭干净。"

"请等一等，"老鼠王说，"我把百姓叫来问一问。"他马上把大大小小的老鼠叫来，问他们谁能溜进宫去，见到公主，把戒指偷出来。一只老鼠回答说："我经常到皇宫去，公主白天把戒指戴在小拇指上，夜里睡觉的时候衔在嘴里。""那你想办法去弄到手，完成之后，我以国王的名义奖赏你。"

小老鼠等到黑夜，溜进皇宫，悄悄爬进公主的卧室，看了看，公主睡着了。他爬上床，用小尾巴扎公主的鼻子。公主打了个喷嚏，戒指从嘴里掉到地毯上。小老鼠跳下床，捡起戒指放进嘴里，送给老鼠王。

老鼠王把戒指交给大力士狗和猫。狗和猫向老鼠王表示感谢。两人商量由谁保管戒指，猫开口说："给我吧，保证不会丢失。"

"行，"狗同意了，"当心点，要像保护眼睛一样保护戒指。"

猫把戒指衔在嘴里，两人往回走：他们走到大海边，猫爬到狗的背上，使劲抓住狗。狗走进水里，向对岸游去。

游了两个小时，突然飞来一只乌鸦，啄猫的头。可怜的猫啊，不知怎样躲闪。用爪子还击吗？就会滚进海里，沉下底去，不会有好结果。用牙齿咬吧，又可能把戒指丢掉。真是左右为难！猫忍了很久，最后还是忍受不住了。乌鸦啄破了他的头，血都流出来了。猫急眼了，张开口用牙齿抵抗，戒指掉进了大海。

乌鸦向空中飞去，飞进了密密的树林。狗游上对岸，问戒指在哪里。猫耷拉着脑袋说："对不起，兄弟，我做了错事，把戒指掉进海里去了。"

"哎呀，你这该死的家伙！算你运气好，我不知道你丢了戒指，不然早把你淹死在海里了。现在我们怎么有脸去见主人？你马上到水里去找，找不到就别想活！"

"我死了对你有什么好处？不如想个别的办法，像过去抓老鼠一样，去抓虾子，也许我们会时来运转，虾子能帮助我们找到戒指。"

狗同意了。他们沿着海边走，把虾子捏死，放到一块，堆成好大一堆。这时，一只很大很大的虾浮上水面，想呼吸新鲜空气。狗和猫一把抓住他，在他身上乱抓乱搔。"不要整死我，大力士先生。我是虾王，愿意听你们指挥。""我们有一只戒指掉在海里，你把它找回来，我们就饶了你，要不然把你们全国砸个稀巴烂！"虾王立刻把所有的虾找来，问他们知不知道戒指在什么地方。一只小虾回答："我知道戒指在什么地方。戒指掉进大海的时候，有一条鱼拿走了，我亲眼见他吞进了肚里。"虾子游进海里找那条鱼，他们用头上的小刀扎可怜的鱼。鱼一会东，一会西，躲来躲去。虾紧紧追赶，不让鱼安宁一会。鱼躲来躲去，蹦到岸上。虾王从水里爬出来，告诉狗和猫："大力士先生，这就是那条鱼，是他吞下了你们的戒指。你们不要可怜他，找他算账。"狗向鱼扑去，从尾巴吃起。他心里想：这下可以饱餐一顿。狡猾的猫知道戒指在哪里，爬到鱼的肚子上，咬了一个洞，一下子扑到戒指上。他把戒指放进嘴里，撒腿就跑，心里打着小算盘："我回到主人那里，把戒指交给他，说是我一个人找到的，主人就会喜欢我，多给奖赏。"

狗吃饱了一看，不见猫。他猜到了同伴的小算盘是想在主人面前讨好。"想撒谎，你这个骗子手！我一定追上你，把你撕碎。"狗放开腿追，追了一阵追上了，要咬死猫。猫发现旁边有一棵树，爬了上去，一直爬到树尖上。

"好吧，"狗对猫说，"你总不能在树上待一辈子，总要下来，我一步也不离开，等着你。"

猫在树上待了三天，狗在树下守了三天，眼都不眨一下。两人都饿了，同意讲和。两人和好了，一块去找主人，来到石墙旁边。猫爬上小孔问："主人，你还活着吧？""你好，猫，我以为你们回不来了，我已经饿了三天三夜了。"

猫把戒指交给主人，马尔丁卡等到半夜，把戒指从一个手换到另一个手上，十二个小伙子立刻出现在他面前。"有何吩咐？"

"小伙子，恢复原来的宫殿和水晶桥，还有五角形教堂，把我不忠实的妻子带来，天亮前完成。"说到做到。

早晨，国王醒来，走到阳台上，用望远镜一看，在原来小屋子的地方，修起了雄伟的宫殿,一座水晶桥通过来,桥两边长着树,树上挂满苹果。国王吩咐备车,坐上车去亲眼看看,是真的恢复了原样,还是他看错了。

马尔丁卡迎接了他,拉着他的洁白的手,走进金碧辉煌的宫殿。马尔丁卡向国王报告了事情的经过,是公主害了他,国王命令处死公主。

遵照国王的命令,公主被绑到一匹野马的尾巴上,把马赶到野外。马驮着公主的尸体,像箭一样,越过深沟,翻过高山。

马尔丁卡现在还活着,过着舒舒服服的日子。

幸 福 鸟

从前有一对夫妻,丈夫叫雅西克,妻子叫马洛霞,他们住在一间破旧的房子里。由于房子和土地都是地主的,雅西克每年要缴纳许多租税。

有一天夜里,夫妻俩都做了一个梦。

"喂,当家的,说说你的想法?"

"依我看,还是年轻的时候吃点苦头好。"

"你说得对。年轻时睡光板凳也是软的,老年人睡羽绒被腰还是疼的。""对,还是年轻时吃点苦,老年时过安稳日子。"这一夜,房子起火,全烧光了。地主知道后,非常恼怒:"你们是有意烧房子!我不要这种佃户!你们从我的地上滚出去!""你为什么这么凶狠呢?我们烧房子,对自己有什么好处?要知道,我们自己的不少财产也烧了。""好,那么留下来吧!不过要给我盖一间新的房子。"他们只得造了新房。造了一年、两年,后来他们终于搬进了新居!可是这一夜房子又烧了,这次夫妻俩差一点被火烧死。

地主知道他们又烧了房子,更加愤怒。他骑着马,赶到那里,对受灾的夫妻叫道:"你们滚出我的地方!你们是故意烧坏房子的!"

"房子烧掉对我们有什么好处?我们为了造房子,不仅花光了最后一点钱,而且还欠了债!"马洛霞哭着说。

"我们到哪里去安身?在这块土地上安息着我的祖祖辈辈,我们怎么能离开故乡的土地?"雅西克说。"好吧,既然如此,就留下来吧。"地主答应了,但他说,"不过你们应该再造一所新房子,而且比以前还要好。"

没办法,夫妻俩卖了牛、马、猪,用这钱来造房子,自己只剩了一只山羊、一只母鸡和一只公鸡。

过了许多年,他们才造好了新房,但房顶还没盖好,已债台高筑了。夫妻俩吃不饱,穿不暖,起早摸黑不停地干活,仍然没有一个钱去买瓦片和铁钉。可是,房子没有屋顶,不像房子,这怎么办?于是穷人只好用稻草盖屋顶。

这夜,飞来一只不知什么鸟,吃光了屋顶上的稻草。真糟!雅西克又气又急。他只好又盖好了屋顶,就坐下来守护。半夜里,不知名的鸟又来了,又开始吃稻草了。"去,没良心的!去!贪馋鬼!你怎么搞的?身体那么小,肚子却是填不满的!"雅西克想捉住小偷,可是没那么容易!鸟吃空了整个屋顶,就飞走了。"当心我收拾你!"雅西克怒气冲冲地说,"我要掐断你的头颈!"雅西克又盖了屋顶,在每束稻草上都安上了套鸟索。到了半夜十二点钟,鸟又飞来了,它落进了套鸟索。雅西克把鸟关在笼子里,又把笼子吊在窗口。

从这以后,鸟开始住在雅西克家里了。鸟的叫声动听极了,每个听到的人都会忘记一切不快的事,心里感到十分轻松。于是鸟的好声誉很快到处传扬,人们在礼拜天都不上教堂做祈祷了,而到雅西克家里来听鸟的迷人的歌声,人们还把它叫做幸福鸟。

地主听到他的佃农家里有这样一个宝贝,心想:一个泥腿子有那么个宝贝,而我地主却没有,这可不行。

这一天,地主也到雅西克家里来听鸟的歌声,说:"你把鸟卖给我吧!我愿以一百个金币换只鸟。"

雅西克心里马上明白:哼!要是贪心的地主肯用一百个金币买这只鸟,那么国王一定肯花几千金币来买的!所以他对地主说:"老爷!我不卖!这鸟我不卖给你!""穷鬼,那么你等着瞧!你对我如此无礼,我要惩罚你,把你关起来!"

地主愤怒地叫了几声,就走了。雅西克毫不迟疑,拿了鸟笼,就去见国王。当他在森林里走时,鸟突然对他说起人话来了:"国王无论出什么代价买我,你都不要答应。你只向他要扔在厨房里的一块缠头布。"雅西克听到鸟说人话,甚为惊奇,就问:"这块缠头布对我有何用?""你拿了后,是永远不会后悔的!"

雅西克进了王宫,来到了国王面前。国王听了鸟的迷人歌声,就对雅西克说:"你这只鸟要卖多少金币?"

"无论多少钱都不卖。如果你愿把厨房里一块旧的缠头布给我,我就把鸟给你。""给你吧!我才不吝啬一块缠头布!"国王轻蔑地笑了一下,附着王后的耳朵,轻轻说:"不要金子,要缠头布!这种傻瓜一百年也难遇一个!"雅西克把缠头布搭在肩上,就回家了。雅西克在森林里走,头顶上太阳烤着,口渴得难熬,肚子饿得咕咕直叫。他把缠头布从肩上取下来,坐在小树墩上,用手拍着自己的额角,叹息着说:"我的头脑真简单,竟相信了笨鸟的话,不要金子,要了一块旧的缠头布!这缠头布懂得什么东西!"雅西克说完,气得用拳头揍缠头布。

这时,缠头布上竟出现了美酒佳肴,雅西克望着神奇的缠头布,惊奇得几乎不相信自己的眼睛。因为那么好的菜，他在地主家里也从来没有见到过。"鸟啊，你真聪明，你是无价之宝！老太婆，现在我们不用发愁了！我们可以永远吃饱肚子了，还可以请穷兄弟一起来享受享受。""那么请先叫我吃吧！"突然传来了某种声音。雅西克回头一看：他身后是一个士兵，长着黄头发。"你坐下，请吃吧！"士兵坐了下来，吃饱，喝足了，可是酒菜还是一点不见减少。士兵站起来，想再干一杯酒，不小心，带走了缠头布，顿时酒菜没有了。士兵望着空的缠头布，惊得目瞪口呆。

"你闭住嘴，要不乌鸦要飞进去的！"雅西克说着放好了缠头布，又用手拍了一下。突然，缠头布上又出现了酒菜。"真奇怪！"士兵十分惊奇，说，"种田的，我们交换东西吧！我给你一只魔袋，你给我这块缠头布！""你的魔袋是个什么样的，先给我看看！"

士兵从袋里拿出一只旧的钱袋，雅西克接过来，打开一看，里面只有三粒干豆子。

"这对我有什么用？""这可不是一般的豆，而是有魔力的！"士兵笑起来说，"你把豆扔到地上，只要说一声'豆子，变成士兵'，豆马上开始裂开，每半粒豆里出来一个士兵。"雅西克想：换还是不换？这时，他只觉得耳边好像有人在轻轻说："换吧！换吧！"雅西克回头一看，原来是他卖给国王的那只神奇的鸟停在树枝上。雅西克高兴极了，竟忘记了黄头发士兵，忘记了缠头布和装了三粒魔豆的袋，抚摩着神鸟问长问短。士兵不是傻瓜，看到雅西克忘记了他，就抓了缠头布溜进了森林，逃之夭夭了。

雅西克发现后伤心地哭了，但鸟安慰他说："雅西克，不要哭，不要难过！偷去的东西不会丢失的。"雅西克让神鸟停在自己肩上，继续走。后来，他在森林里过夜，烧了一堆篝火，然后，躺在旁边。这时，一个手拿棍子的行人向篝火走来，问："可以取取暖吗？""你坐下吧，你是客人！"雅西克很客气地回答，然后他往火堆上添了一把柴，说："我们要是早点见面，我就可以请你美美地吃一顿了！"于是雅西克向客人讲了幸福鸟的故事，讲了黄头发的骗子偷走了他的缠头布。"你的忧愁不难消除！"那个人听了笑了起来，然后把棍子插在地上，突然在客人面前出现了三个随从，客人对他们说："你们去找到黄头发士兵，把他打死，夺回有魔力的缠头布，还要抢走他的有三粒魔豆的袋子，以惩罚他的偷窃罪！"

"是！"随从们齐声回答后，就马上出发了。客人坐在火堆边，身体还没有烤热，随从们已回来了，他们带来了神奇的缠头布和有三粒魔豆的袋子。

"我不是说过偷去的东西不会丢失的吗？"神鸟说完，又唱起了动听的歌。客人听得入迷了，连手上的棍子也失落了，他请求说："你把这神鸟给我吧！"雅西克不忍同鸟分开，但又想感谢过路人。

"给我吧!"过路人又请求雅西克说,"我给你魔棍作为交换。"雅西克不知怎么办。这时,鸟看出了他的想法,说:"雅西克,我会来到你家做客的。我看,我的新主人是个好心人,他知道,任何笼子都关不住我的。""我知道!"过路人和颜悦色地笑了一下,说:"人家叫你为幸福鸟是有道理的。幸福鸟,就是自由的鸟,不是用链条拴得住的!"雅西克想了一想,就同意了。他告别了过路人,把鸟交给他,就回家了。雅西克回到家时,妻子站在门槛上就叫道:"你快说,国王给了你什么?""就是这块缠头布!"雅西克说着,把缠头布扔在地上。"嗨! 你这个呆子! 为了一块缠头布跑到那么远的地方去! 你看,我家院子里堆着那么多的缠头布!""老太婆,不要叫,你还是弄点什么给我吃吧!""我没有东西给你吃,一只那么好的鸟,换了一块缠头布,你可真聪明! 你如果只把缠头布拿来,不把鸟拿回来,就不要回家!"老太婆咆哮着。"你不给我吃是不应该的!"雅西克说着,笑了一下,然后敲了敲缠头布,于是,缠头布上马上出现了一桌酒菜。"老太婆,你看见了吗? 你没有吃的,就坐下来,我请客!"雅西克笑着说。

老太婆向丈夫跑去,紧紧抱住他,吻他,嘴里还说:"啊哟,雅西克! 啊哟,雅西克! 你是怎么搞到那么好的东西?""老太婆,我还有宝贝!"雅西克刚向老太婆讲了自己的奇遇,地主的狗腿子走进了院子,说:"你不把鸟卖给老爷,老爷对你十分不满。他决定把你从家里赶出去。现在,你先到他家里去一次。"

雅西克回答说:"你对老爷说,从他的家到我的家,同从我的家到他的家是一样远的,要是你的老爷要想见我,就叫他自己来吧。"狗腿子把雅西克说的话都告诉了地主。"马上备马! 我要教训这无法无天的泥腿子,叫他自己把舌头吞下去,把他赶走!"

地主说完手持鞭子,骑上马,急急向雅西克家驰去。雅西克把棍子插在地上,马上出现了三个随从,他们问:"主人,有什么吩咐?""你们去抓这个地主,把他狠揍一顿,缚在马鞍上,你们把他连同马一起赶到他的家里去!"三个随从就那么做了。

再说,地主被打了一顿后,就去向国王告状,要求严惩大胆的泥腿子。

国王读了状纸,叫道:"什么事? 农民打地主? 快派一个团的士兵去帮助地主!"地主领着一个团的兵,向雅西克的家赶去。他们团团围住雅西克的家,然后叫道:"大胆的泥腿子,投降吧! 否则要你的命!"雅西克从袋里拿出三粒干豆子,扔在地上,说:"豆,快变成士兵!"

说完,三粒豆开始分裂,从每半粒豆里跳出一个兵。半粒豆又分成半粒,半粒里又跳出一个士兵,这样无限地分下去,雅西克的身边很快就出现了一支强大的军队。战斗开始了,国王的士兵纷纷倒毙,而雅西克的兵,死了一个,就变成两个。当战斗快结束时,国王的士兵只有一个还活着。地主在战斗一开始,就吓破了胆,死了。

雅西克看到自己得胜了,就下令道:"士兵们,变成豆!"士兵们一瞬间就变成了豆子。雅西克把豆子放进袋里,笑着说:"老太婆,现在没有一个人敢来欺侮我们了!"那个国王的士兵好不容易逃到王宫里,向国王报告说:"陛下,全军只留下我一个还活着! 这个雅西克的士兵多得数不清,我们哪里是他敌手!"

"还是不要去碰这个庄稼汉了,算了吧!"国王也吓坏了,说,"否则他是不会放过我们的!"

雅西克和老伴临近暮年时生活过得很愉快,他和大家一样对一切都称心如意。他们死后,这段神奇的圆木头,这只会施魔法的钱包,这块怪异的缠头布分给了谁就不清楚了。

鹦 鹉

据说从前有一个国王,他有一只聪明的鹦鹉,养在金丝笼里。

国王跟侍臣们谈厌了,就和鹦鹉交谈。

有一天,鹦鹉说:"放我回故乡去探望一下亲戚吧,过两天我就回来。"

国王放走了鹦鹉。

谋士知道这件事,对国王说:

"鹦鹉骗了你,它永远也不会回到笼子里来了。"

"如果鹦鹉不回来,"国王说,"我把王位让给你,你来统治国家。如果它回来,你就把你家的家财全给我。"

国王和谋士就这样讲定了。

过了两天,鹦鹉回到笼子里,并且带来了一粒树籽,它对国王说:"要是你种下这粒种子,它将会长成一棵树,一年之后,会结出果子。老人吃了这棵树的果子能变成青年。"

谋士输了,国王把他的家财抢了过来。国王命令园丁种下这奇怪的种子,老园丁夫妇把它种下了,于是这粒种子长成了一棵树。一年之后结出两只果子。园丁留了一只果子给自己,把另一只盛在盘子里去送给国王。

路上碰见了谋士。"你这盘子里放的是什么?"谋士问。

"是吃了能返老还童的果子。"园丁回答,"我把它送进宫去献给国王。"

"让我闻闻这个果子。"谋士说。他向园丁要了奇妙的果子,拿回家去,在果子里下了毒药然后拿去还给园丁。园丁把果子献给了国王。

国王拿到果子刚送到嘴,谋士奔来了。"啊,我的陛下,不要吃那些谁也没有尝过的东西吧!"他喊叫着说,"说不定,这种果子根本不能吃,它会夺走人无限宝贵的生命!"

国王觉得谋士的话也有道理,就从果子上切了一小块扔给了狗。狗吃下了这块果子,当场就断了气。这时候,怀恨鹦鹉的谋士对国王说:"你瞧,你给了鹦鹉许多思想,可是它想用什么来报答你呀!"

国王大怒,把鹦鹉从笼子里抓出来,扭断了它的脖子。接着又下令要砍掉怪树,把园丁带来砍头。刽子手提着斧头来到花园中,看见一对男女,坐在怪树底下。"园丁在哪儿?"刽子手问他们。"我就是园丁。"男的回答,说着又指了指女的:"这是我的妻子。"刽子手不相信,他明明知道园丁夫妻是老头子跟老太婆。他在花园里东找西找,始终没有找着他们,于是刽子手砍倒了怪树,回到王宫里,向国王报告说:"砍头是便当的事,可是花园里除了一对青年男女,我什么人也没有看到。"

国王命令把他们带来。青年男女一到他面前,他就问:"你们在我的花园里做什么?"

"我是你的园丁。"青年男人回答。

"我没有派你当园丁!"国王愤怒地大喊,"我的园丁是大老头子,他七十岁了!"

这时青年男人说:"请不要生我们的气吧!我和妻子听说你要把我们处死,就决定吃掉树上结出的两只果子中间的一只。可是我们并没有死,反而成了年轻人。饶了我们的命吧!"

国王听了这番话,沉思起来。

"你把果子放在盘子里送来的时候,顺路去过什么地方吗?"他问。

"没有,我哪儿没有去过。但是我遇见过谋士。他把果子拿回家去,后来又拿来放在盘子里。"

国王叫来了谋士,逼他招认了自己的诡计,把他处死了。

这件事过后,国王为了那扭死的鹦鹉,和那砍掉的能结出返老还童果子的怪树,伤心了很久。

鲁珀和希娜

鲁珀和希娜两兄妹彼此相亲相爱。他们总是在一起过日子,只要一分开就感到不高兴。

一天,妹妹希娜从一块很高的岩石上失足落海。尽管她游泳游得很好,但是不论她如何挣扎,浪涛还是把她卷过峭壁脚下冲到大海里。她被海浪冲到离她的家、她的朋友们和她亲爱的哥哥很远很远的地方。

眼看她很可能要淹死或被鲨鱼吃掉了,但幸运的是她系着一根魔法腰带。有了这根魔法腰带,不管浪有多大也不会淹死她;任何生物都不能伤害她。就这样，她在海面上漂荡着，一直朝海对面漂去。

当她落海时，周围没有一个人。因此，谁也不知道她在哪儿，也没有一只船来搭救她。后来村里的人们发现她失踪了，大家都去找她，她哥哥也四处寻找，脸上显露出十分悲哀的神情。

她的朋友们为她哭泣，哀悼她。"她死了，大地的花朵。"他们哭着说，"她是她哥哥的心肝。她的声音犹如黎明的鸟叫，但是她死了。夜里的黑女人把她带走了。"

但是希娜的哥哥鲁珀绝对不相信她已经死了。她系着魔法腰带！他喊道："她不会死。她失踪了，但是我们会找到她的。我要去找她。"

他出发了。他走过了一个地方又一个地方，绕着海岸，在森林、村庄和山洞里四处搜寻，但是哪儿都找不到妹妹。一周周、一月月、一年年都过去了，他还是没找到妹妹。

希娜在哪儿呢？她在很远的海上漂着，越漂越远。一天又一天，一周接一周，靠着那根魔法腰带，她逃过了各种各样的死亡威胁，甚至逃过了饥饿和干渴。

就这样她长时间地躺在这宽阔的海面上，慢慢地漂着，身上都长上了小水草和藤壶什么的。海浪把她忽高忽低、忽东忽西地抛着，最后一个拍岸的大浪把她卷到一个小岛的沙滩上。她躺在那里，精疲力竭，动弹不得。

岛上的人们来洗澡时，发现了希娜。她躺在那里，好像睡着了。他们把她抬到村里的一个小山上。替她刮去缠在身上的水草，喂她饭吃。一切都照料得很好。他们的国王听说一个年轻的姑娘被卷到他的岛上，立刻跑来看她。国王非常喜欢她，便把她带回皇宫。希娜在那里住了一年，得到很好的照料，但是希娜总是十分想念她的哥哥鲁珀。

就是在这时候，鲁珀已觉得在地球上难以找到她了。"我要到神仙那里去。"他说，"我要到天上去打听她的消息。在最高的天堂里，住着雷胡安，这是一个通晓一切的大仙。我要到他那里，他也许知道我妹妹在何处。"

他开始念起有力的咒语，把自己变成一只野鸽子。然后，他展开魔翅往上飞，穿过天空，飞上一重天、二重天、三重天，最后来到十重天，一直飞到通晓一切的大仙雷胡安面前。

"我已听说你从海上的小岛飞到我这里来了，"雷胡安说，"有一个人在那里等你。"他用手指着下面远处闪光世界里的一个小岛说。

鲁珀好像弹出的一颗石子，直冲这个小岛飞去。在那，他找到了村庄和国王的家，希娜正坐在国王的屋里。

鲁珀飞到门槛上，停在上面瞧着，等待着让希娜看见他。国王的奴仆们看见了他。"哈！"他们说，"一只野鸽子停在门槛上，咱们抓住它，让国王美餐一顿吧!"

一个奴仆拿来一根长矛想刺中这只鸟,可鲁珀用嘴把矛拨到一边,并把矛在门柱的木头上折断了。另一个奴仆又拿来一个套索,想套住他,可他只转了转头,套索就滑掉了。他们碰不到他。

"我们伤害不了他。"奴仆们互相小声说,"这是一只魔鸟。"

他们跑进屋子,向希娜报告说野鸽子是只魔鸟。"不要伤它,"她说,"把它留一下,让我来看看。"

"这是我哥哥!这是鲁珀!"她看了好久,终于大喊起来,"啾!鲁珀,真的是你吗?"

"我是你的哥哥鲁珀,不是别人。"鲁珀现出原形。希娜扑到他怀里,他们互相拥抱着,谈论着分别以后的事。

"国王待我很好,他不会让我离开他的。"她说,"可是我再也不愿和你分开了,我的哥哥。你到哪儿,我就跟到哪儿。"

"那么就跟我到最高一层天上去吧!"鲁珀说,"那是雷胡安的住处。那里一切都是光辉明亮的,那是地球上从来没看见过的。我们到那里可以快乐地生活。"

"我去!"希娜高兴地说。

鲁珀念了咒语,把他们俩都变成了鸽子,一起飞往最高一层天空。他们在雷胡安的光明世界里幸福地生活着。

卡 库 依

在很久很久以前,有一对青年男女,不知什么原因,逃离了他们的村庄,隐居在深山老林里。在那里,他们盖起了一间孤寂幽静的茅屋。男的打猎捕鱼,女的采集野果。他们生了一男一女。当孩子还小的时候,母亲得寒热病死了。没过多久,父亲也被毒蛇咬死了。

这样,兄妹俩从小就自食其力了。哥哥像父亲一样学会了打猎捕鱼,保护茅屋免遭野兽的侵害,还外出采集野果。他性情温和、开朗,待人体贴入微。虽然他不会耕耘土地,也不会饲养家禽,却是一个好猎手。他每次外出打猎,从不空手而归,不是带回一只野鹿,就是一只大蜥蜴,至少也有几只鹧鸪。他还善于跟踪蜜蜂,很容易找到悬挂在树枝上或者隐藏在树洞里或者巧妙地埋在地下的蜂窝,获取蜂蜜。

然而,妹妹的脾气截然不同。她任性、粗暴而且蛮横,对哥哥没有一点温柔和亲热。她很少外出,喜欢在家里编织和裁剪衣服。她很少同哥哥讲话,只要一说话,不是顶撞抢摆,就是严厉斥责。这种举止使人觉得她仿佛憎恨哥哥或者对他十分蔑视似的。

尽管如此，哥哥仍然很爱妹妹，对她关怀备至，不让她做繁重的劳动。他把茅屋尽量安排得舒适一点，好让妹妹生活得方便，应有尽有。哥哥宠爱妹妹，对她百依百顺，给她采来最鲜美的野果，带回最香甜的蜂蜜，捕获鲜嫩的鱼，寻觅滋补的鹧鸪蛋。然而，妹妹的脾气使他内心痛苦，满腹忧愁。他对妹妹一片温情，可妹妹对她却视如仇敌。她怎么了？怎样才能使她对哥哥和气一点，以兄妹相待呢？

可是，妹妹不仅没有所节制，反而越来越蛮横，越来越粗暴了。哥哥的痛苦和忧虑也与日俱增，甚至感到了绝望。

一天，哥哥外出打猎，运气不好，一无所获，到家又很晚了。他拖着血淋淋的双脚，腹中空空，疲困不堪。妹妹见他两手空空，便劈头一顿斥责，骂他废物、笨蛋。哥哥不愿同她争吵，要了一杯蜜糖水解渴和一点草药，医治脚上的伤口。妹妹拿来了这些东西，没有递给哥哥，而是把水泼在地上，把药扔进篝火里。哥哥忍受了妹妹的侮辱，静静地蹲在角落里，哀叹自己的不幸。这还没完。第二天早上，他做好了早饭。妹妹在饭快熟的时候，两手提起饭锅，连饭带锅全扔到了远处的草地上。这时，哥哥才感到，对妹妹的无理取闹已经不能再忍受下去了。他打算离开她。可是怎么办呢？如果仅仅是独自远离茅屋，那么她会跟着踪迹来的。把她杀死？不！绝对不行，因为她是亲妹妹。最后，他酝酿了一个简单而又切实可行的计划。

有一次，哥哥在森林的最深处看到一只姆鲁姆鲁蜂窝。姆鲁姆鲁是一种小蜜蜂。它们把蜂窝筑在树顶上。这种蜜蜂蜇人很厉害，可是它们的蜂蜜却十分香甜可口。蜂窝在树顶上，需要有人帮助才能拿到。妹妹是最喜欢吃姆鲁姆鲁蜂蜜的。她听了哥哥带回来的消息后跃跃欲试，决定同哥哥一起去取蜂窝。

他们远离了茅屋，进入了森林的深处。到了目的地一看，那棵大树枝叶繁茂，蜂窝在树上很高的地方，很难摘取。在树下，哥哥显得束手无策，他说，树干太粗，爬不上去，还是算了吧！妹妹生性固执，坚持己见。她说不拿到蜂蜜就不离开大树。她还说，假若哥哥不敢爬这么高，她准备自己去，即使没人帮忙，她也能爬到蜂窝的地方。

"不行！妹妹，我不能让你独自爬上去。咱们一块上，还可以互相帮助。"

妹妹同意了，于是，首先上树。爬这样高大的树确实很难。树杈之间的距离大，没人帮忙，简直不可能爬上去。他们爬到接近蜂窝的时候，哥哥说，必须用布把脸包上防止姆鲁姆鲁蜂蜇刺。这种小蜜蜂成群结队，一旦被激怒，会一齐扑到人的脸上，蜇得人脸肿变形，几天也不消痛。妹妹取下了围巾，把头包起来。这样一来，她的眼睛也被蒙住了，等着哥哥指点她怎样爬到蜂窝旁边,如何从树枝上把它摘下来。可是,很奇怪,哥哥却一直一言不发。

"哥哥,我该怎么办呀?"她等了一会儿以后问道,可是得不到回音。"哥哥,你怎么了?怎么不指点我呀?"她又焦急地问道。哥哥仍然不回答。她害怕了,马上摘下了围巾。一看,哥哥已不在树上了。她吓呆了,好像看见地上哥哥正往森林隐蔽的地方跑去。这时,姆鲁姆鲁蜂开始疯狂地向她进攻了。可怜的妹妹企图从树枝上往下爬,可是不行,下面已经没有树枝了。哥哥下树的时候把它们全都弄断了,只剩下秃秃的树干。哥哥跑了,消失在神秘的森林里。

妹妹在绝望中呜咽央求,她想说:"别走!哥哥,别离开我,我需要你的保护。"可是,喉咙只能发出两句话"卡库依,杜拉依"("哥哥,别离开我")。然而,这时,哥哥早已不知道跑到哪去了。

她一个人待在树上。在一望无际的森林里只有她一个人。她的脸、手和脚还不断地遭受残忍的蜜蜂的蜇刺。她叫喊着,希望自己的哀求能让正在逃离的哥哥听见。"卡库依,杜拉依……卡库依,杜拉依……"

太阳工作了一天以后,疲乏了,蜷缩在西方他那火红色云彩的床上。黑夜慢慢地、静悄悄地降临了,森林开始沉没在黑暗的王国里。姆鲁姆鲁蜂也结束了它们一天的劳动。

可怜的妹妹被遗弃在树顶上。她的脸、手和脚都被蜜蜂蜇得变了样。她不甘心从此失去哥哥。她苦苦思念着他,两手紧紧抓住树枝不放,不断地发出凄凉的哀求声:"卡库依,杜拉依……卡库依,杜拉依……"

夜深了,哥哥的形象始终在她的头脑里回绕。她想变成一只鸟,去寻找哥哥。于是,她祈求森林里的神仙帮助。神仙听见了她的祈祷。顿时,她觉得身子变小了,脚也变成了爪子,胳膊变成了翅膀,脸上长出了一副鸟嘴。同时,身上也披上了厚厚的羽毛。她可以展翅飞翔了,不过,她飞不远,无法找到哥哥。她只能从一棵树飞到另一棵树,在树上跳来跳去,呼唤着哥哥:"卡库依,杜拉依……卡库依,杜拉依……"

从那时起,她一直活到现在,也将永远这样生活下去了。

渔夫和北风

很久很久以前,当大地还没有多少居民的时候,有一个打渔人的部落。

他们一到夏天就走很远的路,跑到北方来,在这里,他们会捉到许许多多好吃的鱼。但是一到冬天,他们就得回到比较温暖的地方去。因为北方有一个统治者,名叫卡比保努加,也叫北风。这个凶恶的老头子会把他们赶走的。

有一天早晨，渔人们起来，看见他们撒网的湖面上，已经蒙上一层薄冰了。不久又下起雪来，冰也越积越厚。渔人们已经能够听到卡比保努加从远处走来的脚步声了。

"卡比保努加要来了，"渔人们喊起来，"卡比保努加快来到了，是我们该走的时候了。"

但是，一个叫做辛几比斯的渔人，只笑了一笑。

他对同伴们说："我干吗要走呢？我可以在冰上打一个窟窿，用钓丝来钓鱼吃，我才不管卡比保努加来不来呢！"

渔人们惊奇地看着他。当然，他们知道辛几比斯是个聪明的小伙子，但是这点聪明又怎能帮他来对付可怕的北风呢？

他们说："卡比保努加比你强壮多了，连树林里最大的树也在他面前低头，流得最快的河碰到他也会冻结。除非你能变成一只熊或是一条鱼，要不然，他会把你冻死的。"

辛几比斯还只是笑着。

他说："白天我可以穿上皮袄，戴上皮巴掌，晚上我可以在小屋里烧起很旺的火，这都能够保护我。卡比保努加要是有胆量的话，就请他到我的小屋里来吧！"

渔人们离开的时候，心里都很难过。他们都喜爱辛几比斯，的确认为不会再看见他了。

渔人们往南方去了，辛几比斯就立刻动手。他准备了许多大圆木头，收集起许多干树皮和枯枝，每天晚上，都把屋里的火烧得很旺很亮。早晨他到湖上去，在冰上打个窟窿来钓鱼。在傍晚，他就拉着一大串的鱼从雪中的小路走回家去。

"呜，呜！"北风怒吼起来。"大雁和野鸭早都飞到南方去了，谁还敢留在这里？咱们看看到底谁是这个冰天雪地的主人！今晚我就要到他的小屋去，把他的火堆给扑灭！呜，呜！"

夜来到了，辛几比斯坐在小屋里的火堆旁边。多旺的一堆火呵！每一根大木头都够烧一个月的！辛几比斯在煮鱼，这是他白天刚钓到的一条大鱼。鱼的香味闻起来鲜美极了，辛几比斯高兴地搓着双手。这一天他走了好几里路，在这温暖的小屋里坐在火堆旁边，真是怪舒坦的。他想到他的那些回到南方去的伙伴们。

他对自己说："他们认为卡比保努加是一个凶神，认为他比任何一个印第安人都厉害。的确，我比他怕冷，可是他一定比我更怕热呀。"

这个想法使他高兴得又笑又唱起来。他吃着晚饭，北风在他小屋周围树林子里呼啸，他简直听不见。雪下得又密又急，北风把地面的雪卷起来，对着小屋抛过去。但是雪片没能够进到屋里，只是把小屋盖了起来，像一层厚毛毯似的，保护着小屋，不让它受寒冷的袭击。

卡比保努加气坏了。他站在小屋门口叫喊，声音大得吓人。但是辛儿比斯一点也不怕。他倒觉得在这一片空阔安静的大地上，有些声音来打破寂寞，也很不错。他大笑着回答：

"哈，哈！你好吗，卡比保努加？你要是不留神的话，会把腮帮子胀破的。"

小屋被大风吹得摇晃起来，门口的皮帘子也在呱嗒呱嗒响。

"进来吧，卡比保努加，"辛儿比斯高兴地叫着，"别害怕，进来烤烤火吧！"

卡比保努加听到这些嘲笑的话，就鼓起勇气，把皮帘子掀开一条缝，挤了进来。嗬，他吐出来的气可真凉呵！这冷气使得小屋里仿佛充满了云雾。

辛儿比斯装做没有理会。他站起来，嘴里唱着歌，又往火里添了一根大木头。这根大松树干发出很大的热力，热得辛儿比斯只好往后坐远了一些。他一看卡比保努加的样子，招得他又笑了起来。这老头子的额上热汗直流，头发上的雪珠和冰块都不见了。这个凶猛的北风卡比保努加，正在融化下去，他的鼻子和眼睛越来越小，连身体也越来越矮了。

辛儿比斯招呼他说："到火堆边上来吧，再靠近一点，烤烤你的手和脚吧。"

但是，北风卡比保努加不敢到火堆边上来。他跳起来，用比进来时候更快的速度，窜到门外去了。

冷空气给他增加了些力量，他的满腔怒气又发作了。他不能把辛儿比斯冻死，就把怒气发泄在他周围的一切东西上。

他把脚下的雪都踩硬了，他把冷气喷出来，树林都颤抖着，所有的野兽都吓得躲了起来。

卡比保努加又跑到辛儿比斯的小屋前面。

他喊："出来，你有胆量就给我出来。咱们在这雪地上摔跤，早晚就能看得出到底谁是这冰天雪地的主人！"

辛儿比斯想了一会。"火力一定把他烤得软弱一些了，我的身上却是热的。我相信我能和他摔跤。让他看到我的确比他厉害，他就不敢同我捣乱了。那么，我在这地方爱待多久就能待多久了。"

他从小屋里跑了出来，一场猛烈的摔跤开始了。他们俩在坚硬的雪地上翻滚，爬起来又倒下去。

他们俩摔了一整夜的跤。辛儿比斯并不感到寒冷，因为他时刻不停地活动，他的血脉流得更快了。他感觉到卡比保努加越来越没劲儿，他的冰冷的呼吸不再像一阵狂风，而只像一声叹息了。

当太阳从东方升起的时候，卡比保努加终于被征服。他怒吼一声，回身就跑，跑到世界的顶点，那很远很远的北方去了。辛几比斯站在小屋旁边，大声欢笑着，因为他知道快乐和勇敢是能把凶猛的北风征服的。

穷汉的木碗

从前有一个农夫，十分贫穷，靠挣少得可怜的几个钱过生活。但是他很虔诚，每晚他都要向真主表示感谢。一吃过晚饭，他就和妻子、孩子们坐在低矮破旧的小房子前的台阶上高高兴兴地唱歌、讲故事，很安于自己穷困的家境。

离穷汉家不远的地方，住着一个财主，他有着宫殿一样富丽堂皇的房舍，里面有许多漂亮的家具，每天晚上灯光通明。可是，由于这个财主牢骚满腹，经常发脾气，他的妻子、儿女总是想法子躲开他。所以，尽管他钱多，可他的屋子从来没有笑声和歌声，他时常一夜夜愁眉苦脸地站在窗口发呆。相比之下，穷汉的一家是多么幸福呀！

很快地，财主就开始嫉妒穷汉了。像所有嫉妒的人一样，看到穷汉生活得很幸福，他连一分钟也不能安宁。怎么办呢？最有效和省事的办法就是夺去他口中的面包。因为人总是不能空着肚子笑和唱的呀。

第二天，财主来到穷汉干活的陶器厂，要老板辞掉穷汉。他说："这个穷光蛋和他的老婆真可恶，天天晚上他们都大喊大叫，搅得我不得安静。"因为他是个财主呀，老板不得不马上把穷汉辞了。那晚，穷汉的小破屋里果然就没有了笑声和歌声；财主呢，却幸灾乐祸地上床睡觉了，他感到非常满意。

一连几天，穷汉到处奔跑，但哪里也找不到工作。他仅有的一点积蓄，很快就花光了。一天早晨，他的妻子对他说："这是最后一个皮雅斯特，你拿去给孩子们买一些熟豆子来吧，以后就只好听天由命。"穷汉拿了一个裂了缝的破木碗到市场去买豆子，回家的路上，不小心摔倒了，满满的一碗豆子全撒在地上。穷汉难过地看着脚下的豆子，他怎么能这样空着手回家去见妻子和孩子呢？没办法，他只得捡起那只空碗，扣在头上，然后他就朝河边走，想在那里找点活干。

走到河边，刚好有一只小船坐满了人，就要开船了。他赶忙走过去问船主是否需要个帮忙的，船主正好缺个帮手，就让他上了船。

船在河里划了几个钟头，正当船到了河中心的时候，突然刮起狂风，把小船摔在一个小岛上，沉底了，有的人淹死了，其他的包括穷汉在内的一些人，倒安全地爬上了小岛。刚一上岸，岛上的土人就把他们包围了，将他们带到头领面前。这时正是晌午，天气非常热，头领正坐在一个茅草搭的大棚子底下乘凉。他们来到头领面前,头领用怀疑的眼光挨个地仔细打量他们。他一下子就注意到了穷汉头上的木碗,因为那木碗很显眼。

"谁把你带到了我的岛上?"头领非常凶暴地问。

"命运。"穷汉简单地答道。

"你头上那个奇怪的东西是什么?"

"木碗。"穷汉说,把木碗摘下来递给了头领。

头领从来没有见过木碗,他把木碗转来转去仔细端详了好半天,然后问道:"你干吗把它扣在头上?"

"为了挡着晒我头的太阳。"穷汉回答。

头领不大相信穷汉的话,他把木碗顶在自己头上,在太阳地里走了几圈,感觉头上真的凉爽了。

"这只木碗我要了。"头领对穷汉说:"这个岛子上的东西只要是你喜欢的,我都可以送给你。"

"我只希望能回到我妻子、孩子那里去。"

"我一定想法让你回家。"头领说,"可我拿了你的一样东西,我决不让你空着手回去。"说着,头领就从身边一个草篮子里掏出一大把一大把的红宝石、"猫儿眼"和"祖母绿",并对穷汉说:"你可以把这些亮光光的小玩意带给你的孩子们。"说着就把这些宝石扔进了穷汉的一个大皮包袱里,那是从穷汉的衣服上撕下来的。然后他就命令手下的人把穷汉护送到河边,并招呼来一条小船,让他安全地渡过了河。

穷汉一上岸,就径直跑到市场上买了许多许多好吃的食物,带给他的妻子和孩子。那天晚上,吃过了丰盛的晚餐,穷汉的小破屋中又传出了欢声笑语。

财主听到了歌声,他想,这不过是穷汉临时找到了一件粗活儿,他们高兴不了几天。可是一晚又一晚,欢乐的歌声还是不断地从穷汉的小破屋中飘出来。财主再也受不了啦,他心里又生出了恶念。一天晚上,财主装出一副非常关心的样子来到穷汉家里,问他为什么这么高兴。穷汉是一个老实巴交的人,他向来不怀疑别人。他万万没料到自己失业的不幸是这个财主造成的,便一五一十地把事情的经过全告诉了财主。

财主一言不发地听穷汉讲,又贪心和嫉妒起来。回到家里,他怎么也睡不着,整夜坐在窗前发呆。天亮的时候,他突然想起了一个主意:"我为什么不也到那个岛子上去走一趟呢?"他狡猾地盘算着,如果土人头领认为穷汉的一只破碗就值那么多钱,要是我给他带去许多礼物,他会给我多少珍贵的宝石呀!"

主意已定,等妻子一起床,他就命令她给自己准备几十只火鸡、鹅和鸽子,拔去毛,烧好,然后放进好几个篮子里;还装了好几篮子奶油、鸡蛋、热面包和新鲜干酪。他带上这些东西,雇了一个小船,来到了小岛上。

他来到岛上的时候正好也是中午。他刚一上岸,岛上的土人就把他包围了,也把他带到了头领面前。头领也正坐在草棚下乘凉。

"是谁把你带到了我的岛子上?"头领凶暴地问。"只是想看望您并向您问好这一愿望把我带来的。"财主假装着笑脸回答,并谦恭地鞠了一躬。

"你的篮子里装的是些什么东西?"头领两只眼睛怀疑地盯着篮子问。

"只不过是一点小意思,请您一定收下。"财主讨好他说。他马上把那些篮子一个个地全打开,摆在头领面前。

头领挨个察看每一个篮子,津津有味地吃着财主带来的东西,脸上露出了满意和赞赏的微笑。财主又把其他的食品分给围在周围的土人吃,他们也都非常高兴。头领一边走一边大声咀嚼,把所有的东西都尝了一遍,然后回到座位上对那个伸着脖子眼巴巴地等着奖赏的财主说:"你看,你的礼物我们非常喜欢,为了向你表示我是多么地喜欢这些食物,我要把岛上最值钱的东西送给你。"

说着他从身边的一个草篮里拿出了穷汉那只裂缝的破木碗,郑重其事地送给了财主。

勇士海森

从前有一个女人,生了一个儿子,取名海森。海森非常勇敢,力大过人,人们给他起了个绰号,叫勇士海森。母亲把他看成是掌上明珠。

海森为自己的绰号而自豪,每天早上醒来,他都要进行锻炼,活动肌肉,然后挺起胸膛走到母亲面前问道:"妈妈,我是最勇敢的勇士吗?"母亲总是骄傲地回答:"你当然是最勇敢的,我的儿子。"

有个邻居老太婆,没有孩子,她非常嫉妒海森的母亲。一天,她对海森的母亲说:"如果明天你的儿子再问你,他是不是最勇敢的勇士,你就说'夏娃的后代多如牛毛,世界是广大的,我的儿子'。如果你不这样对他说,他就会被骄傲冲昏头脑的。"

海森的母亲听了邻居的话。第二天早晨当海森又向她提出问题时,她便回答说:"夏娃的后代多如牛毛,世界是广大的,我的儿子。"

"怎么,妈妈,你不相信我是最勇敢的勇士?"海森说,"好吧!我要出去周游世界,如果我发现了比我还要勇敢的人,我就永远不再回来了。"

母亲极力劝阻海森不要出走,可海森的决心是不可动摇的。他带上剑,装了满满一背囊粮食,告别了母亲,骑着马走了,他决心要看看世界上到底有没有比他更勇敢的人。

他走呀走呀，一天，来到了一个荒凉的地方，发现前边不远有两个人，一个骑着一头狮子，另一个骑着一只老虎。

"啊！"海森勒住了马缰，心想：他们俩人，一人骑狮子，一人骑老虎，我呢，骑的是一匹马，看来，这两个人确实比我勇敢。

海森想了想，决定和他们认识一下，以便更多地了解他们。于是他来到那两人面前，翻身下马，向他们施礼。那两个人回了礼，也分别从狮子和老虎背上跳了下来，邀请海森和他们一起休息，等炎热的中午过去，再继续赶路。海森接受了邀请，就同他们一起坐在枣椰树下乘凉聊天。

太阳下山了，海森想，是动身的时候了，就问两个同伴要到什么地方去，那两人说他们还想在这里住几天，轮流出去打猎和烤面包。他们问海森是否愿意和他们一起住几天。海森正想和他们较量一下力气和胆量，就欣然同意了。

第二天，轮到海森出去打猎，骑老虎的人捡柴，骑狮子的人留下来烤面包。

晚上，海森打猎回来不久，骑老虎的人也捡柴回来了，可是骑狮子的人却没有为他们准备好烤熟的面包。

"噢，"骑狮人说，"我把面包烤得又热又香，等你们回来吃，可是来了一个饥饿的老头，他向我要面包吃……"

"你做得很对！人嘛，应该互相帮助。"海森高兴地说。那个骑老虎的人却什么都没说。

过了一天，轮到海森捡柴，骑狮子的人打猎，骑老虎的人留下烤面包。和头一天一样，当海森和骑狮子的人回来时，骑老虎的人也没有把面包烤好。

"这回面包又到哪儿去啦？"海森问。

"噢，"骑老虎的人回答："我把面包烤得又热又香，可是来了一个饥饿的老头，他向我要面包吃。"

"你做得很对，人嘛，应该互相帮助。"海森仍然这样说，可那个骑狮子的人也一言不发。

第三天，轮到海森烤面包，那两个人出去打猎拾柴。海森计算好了时间，开始做面包，他把面揉得不软不硬，做成面包条，放在噼里啪啦作响的柴禾上烤。

不一会，荒野上就满是面包的香味。海森闻到面包的香味，直咽口水。

"这面包闻着真香，吃起来一定更香。"他边从火上把烤好的面包拿下来，一边想："这回呀，那个饥饿的老头连一点面包屑也休想得到。"

其实，根本没有什么饥饿的老头，而是一个大黑怪，它从地下的大黑洞里爬出来,要海森把所有的面包都交给他。

海森打量了一下这个巨人说:"这么说,你就是那个每天都来抢面包的饥饿的老头啰?""是的,"巨人说,"你放聪明点,赶快像你的那两个同伴一样乖乖地把面包交给我,要不的话,那你可是自找麻烦。"

"我喜欢麻烦!"海森高声叫道,"我决不把面包给你!"

"那我只好把你杀死!"巨人说着,就伸出可怕的大手来抓海森。

海森迅速地拔出剑,当巨人还没有碰到他的时候,就一剑割下巨人的头。

"哈哈!"巨人肩膀上马上又长出了第二个头,他嘲弄地大笑说,"你没想到吧? 我还有第二个头。"

"你也不知道我还有第二把剑!"海森麻利地拔出第二把剑,割下巨人的第二个头。

"哈哈!"巨人的肩膀上又长出了第三个头,他又大笑道,"我还有第三个头。"

"你看,我也还有第三把剑。"海森拔出第三把剑,割下巨人的第三个头。

就这样,海森一连割下了巨人的六个头,最后当他割下了第七个头,巨人就像一块沉重的大石头,倒在地上死去了。

海森细心地检查无头尸体,发现巨人的左腿上有一块突出的东西,他用剑在上边划开一个口子,露出一个透明的小盒,里面有七只绿色小鸟,他把小盒取出,放在自己的口袋里。

不久,打猎捡柴的两个人回来了,他们向海森要面包吃。

海森拿出了烤好的面包,那两个人都羞愧地低下了头,默默坐下来一声不响。海森指着巨人的无头尸体,冷冷地、不屑地说:"每天来向你们要面包吃的那个饥饿的老头已被我杀了,尸体就在这里。"

那两个人低着头,无言以对。海森接着说:"我们到巨人居住的那个世界去看看好吗? 我走在前面,抵挡危险。"

那两个人为了掩饰他们的怯懦,就一起叫了起来:"不! 不! 我们要走在前边抵挡危险。"

"好吧,那我们就轮流走在前边吧。"海森说着把一条绳子束在骑狮人的腰上,然后把他慢慢地吊进黑洞去,可刚刚放到一半,他就大叫起来:"火! 火! 快点把我拉上来!"

海森把他拽上来。解下他腰上的绳子系在骑虎人的腰上,然后吊下洞去,可是刚放到一半,骑虎人也大声喊起来:"火! 火! 快快把我拽上来!"

海森又把他拽了上来。这回该轮到海森下洞去了,他的两个同伴将绳子系在他的腰上,放他下洞。刚下到一半,他感到有火在燃烧,可是他却大声说:"继续放!继续放!快点!快点!"他终于到达了洞底,发现洞里有一个宫殿般的大厦,泉水不停地喷涌,空气凉爽舒适。

海森在洞中穿来走去,被这里的景致迷住了,很想知道谁是这个宫殿的主人。

突然海森听见什么地方有人低声哭泣,他顺着声音找去,在一个小屋里,发现了一个年轻美丽的姑娘被捆在床上,动弹不得。

海森走到床边问:"你是人,还是鬼?"

"我是人。"姑娘回答,"一个大黑怪把我抢来,硬逼着我嫁给他,我拒绝了,他就天天打我,把我捆在这里,怕我逃跑。"

海森替姑娘松开绳子,告诉她那个黑怪已经被杀死了,再也不会来欺负她了,还说他要把姑娘送到上面去。

姑娘听了非常高兴,很感激海森,于是就把黑怪的秘密宝藏告诉了海森。姑娘帮助海森把金子和宝石装进了许多口袋里。海森用绳子把口袋捆好,然后发信号给上面的人,让他们往上拉。运完宝石和金子,海森又将绳子系在姑娘身上,姑娘也被安全地拉了上去。最后,该轮到海森了。可是那两个人看到不但有了许多金子和宝石,还得到了一位美丽的姑娘,就起了坏心。

他们把海森拉到一半就松了手。海森一下子掉了下去。

由于海森往下掉的冲力很大,砸穿了洞底,来到更下一层世界中。他看到那里的人都在不停地哭泣。海森问他们发生了什么事情。人们告诉他,这里有一个海神,他每年都要娶一个漂亮的姑娘做新娘,现在轮到国王的女儿了,她必须嫁给那个海神。

海森让他们带他去见国王的女儿,他发现国王的女儿正一个人坐在水边呜咽,无望地等着海神来娶她。

海森坐在她旁边,安慰她。姑娘感谢海森的好意,劝海森马上离开,担心海神会把他杀死。海森只是大笑。他把头枕在姑娘腿上,告诉她说,如果海神出现,就赶快叫醒他,说完就睡着了。

过了一会儿,姑娘看到海神从水中出现了,她害怕地哭了起来,泪珠落在海森脸上,海森一下子醒了过来。"你快逃命吧!"姑娘哭着说,"否则海神会杀死你的。"可海森却勇敢地站起身,拔出剑来。

"海森,你快给我滚开,把新娘留下!"海神威胁道。

海森并不答话,他举起剑猛地向海神头上劈去,海神却一动也不动。

"你白费力气,海森。"海神嘲笑说,"我不会像凡人那样死掉,我的生命并不在我的身体内。"

"这么说,我的命运却捏在你的手心里,我是必定要死的了?你能告诉我，你的生命藏在什么地方吗？我马上就要死了，永远不会走漏秘密的。"

"我的生命藏在七只活着的绿色小鸟中，这些小鸟关在黑色巨人左腿上的透明小盒里，而这个巨人却活在上面一层的世界中。海森，你的死期到了！"海神狂妄地说。

海森听了海神的话，想起他从黑色巨人的左腿上取下的那个透明小盒中活着的七只绿色小鸟。于是，海森请求海神给他一点时间，他好把自己的灵魂还给上帝。海森转过身来，偷偷拿出那个小盒，一下子用手掐住了那七只小鸟的脖子。只听海神一声怪叫，就掉进海里死了。

那些躲在远处观看的人们涌上前来，他们高兴得又喊又叫，都夸海森真勇敢。他们把海森举起来，送到了国王那里。国王非常感激海森救了他的女儿，答应把女儿许配给海森，并把财富分给他一半，海森都谢绝了。

"我只有一个要求，"海森对国王说，"请你帮助我，把我送回上面的世界去，我是属于上面那个世界的。"

"我会这样做的。"国王说。他立即召集全国最有能力的术士和魔术师，命令他们设法满足海森的要求。

术士和魔术师们在那里整整坐了一夜，不停地背诵咒语，天亮时，他们让海森坐在一只魔鹰的翅膀上，这只鹰飞过七层世界，最后终于把海森送到了最上面的世界。

海森上来后，找到那两个骑狮和骑老虎的人，他们正为独占那个姑娘和全部财宝而互不相让，争吵不休。海森杀死了这两个坏家伙，带着姑娘和财宝回到了母亲那里，并把全部经过告诉了母亲。

第二天清晨醒来后，海森像以前一样活动了一下肌肉，挺起他的胸膛，走到母亲面前问："我是最勇敢的勇士吗？"

这一回，母亲毫不犹豫地回答说："你确实是最勇敢的，我的儿子。"

穷人的沉默

有一天，一个穷苦的人骑着马去旅行。中午，他感到又渴又饿。于是，就把马拴在一棵树上，然后坐下来吃午饭。这时，一个有钱有势的人来到这个地方，并把自己的马也往同一棵树上拴。

"请不要把你的马拴在这棵树上。"穷苦的人说，"我的马还没有驯服，它将会把你的马给踢死的！"

但是，这个有钱有势的人却回答说："我愿意把我的马拴在哪里就拴在哪里！"就这样，他把他的马拴牢后，也坐下来吃午饭。然而，不一会儿，他们就听到了可怕的嘶叫声，并看到两匹马踢咬起来。两个人向马奔去，但已经迟了——有钱有势的人的马已经被踢死了。

"看到你的马做的好事了吧!"有钱有势的人咆哮道,"你必须赔我一匹马!"说着,他拉着穷人去见法官。

法官问穷人:"你的马真踢死他的马了吗?"穷人什么也没回答。接着,法官又对穷人提了许多问题,穷人还是一字不答。最后法官颓丧地说:"这有什么办法呢? 他是个哑巴,不会说话。"

"哦,"有钱有势的人惊奇地喊道,"他可以像你我一样讲话呀! 我刚见到他时他还说话来呢!"

"真的吗?"法官问道,"他跟你说什么啦?"

"当然是真的!"有钱有势的人回答说,"他告诉我,不要把马拴在他拴马的那一棵树上。他的马还没有驯服,如果拴在一起,他的马会踢死我的马的。"

"哎呀!"法官说,"这样说来你是无理的了,因为他事先曾警告过你。因此,现在他是不应该赔偿你的马的。"

这时,法官又转向穷人,问他为什么不回答他的所有问话。

穷人说道:"因为我知道,你宁愿相信有钱有势的人的万语千言,也不愿相信穷人的只言片语。同时,我想让他告诉你事情的所有过程。你看,现在你不是已经弄清楚谁是谁非了吗?"

狮身人面兽和美人鱼

这是个古老的故事,它发生在很久很久以前,当时华沙还是个不大的城堡,红色的城墙围住的只有市场和几条小街。规规矩矩的华沙市民从事着手工业或商业,在维斯瓦河岸上,倚坡建造的茅舍如同燕子窝。这些茅舍里住的是渔民和放排人,他们的木排满载着粮食和水果顺河漂荡。

维斯瓦河的波浪里还住着个被称为狮身人面兽的奇怪的动物。它长着漂亮的人脑袋,狮子的身子,尾巴像蛇,还有对大蝙蝠的翅膀。它有着超人的智慧,无比高尚的精神,它的勇敢胜过最英勇的骑士。此外它还有颗温柔的心,对任何不幸都充满了同情。

谁也不明白,为什么杰出的狮身人面兽偏爱这条灰色的静静流淌的河和这座河岸上的城。只有一点是肯定的,那就是它在保卫着这条河和这座城市,在关怀爱护着它们,使它们免遭火灾和水患。它振动着自己巨大的翅膀驱散天上的乌云,一旦敌人前来进攻城市,它总是用自己的宝剑杀退敌人。

在平静、晴朗的日子里,它常常钻出维斯瓦河的波浪,出现在浅滩上。人们不止一次见到它在瞭望塔上或楼房的屋顶上,有时它会溜过王宫花园的绿草坪。夜晚,明月当空的时候,它会在市场上漫步,或跑过狭窄的街道,或在石头的台阶上休息。

华沙城的父老乡亲们感觉得到它的关怀,因此把它的形象永远留在了城市的印章上,所有的文件,为了证实它们的重要性,都要盖上狮身人面兽的火漆封或蜡封的印戳。

终于有一天,狮身人面兽坐上了木排,漂了好远,好远,一直漂到了波罗的海。它在木排上漂游,很是愉快,当木排撞到格但斯克海岸时,狮身人面兽遇见了从海浪中浮出的美人鱼。金发的美人鱼漂亮极了,她那鱼尾上的鳞闪着银光。她的歌声是那样优美动人,只有美人鱼才会唱得那么好。

美人鱼看到狮身人面兽便停止了唱歌,轻声说道:"我是波罗的海王的女儿,你是谁?"

"我是狮身人面兽。"它回答。

"狮身人面兽?"美人鱼兴奋地重复了一遍,"啊,请留在这里永远跟我在一起。我将给你唱我最喜欢的歌。"

"我不能留在这里,哪怕你是世界上最美丽的美人鱼。我必须回到维斯瓦河上我那平静的小城去。我不能抛弃它。我不能让它无人照顾。"

"那么你就把我带走,"美人鱼说,"我想跟你在一起,因为再也没有比你更光辉的骑士了。"

狮身人面兽带着金发的美人鱼回到了华沙。他俩住在喧闹的维斯瓦的河湾里。

可是有一天,号手在瞭望塔上吹起了警号,喊声传遍了全城:"拿起武器,敌人包围城市啦!"

狮身人面兽听到这喊声,振翅飞起,投入了保卫自己可爱的城市的战斗。它的宝剑像霹雳一样打击着敌人,使敌人狼狈逃窜,可是敌人中有个人用阴险狡诈的办法接近了狮身人面兽,刺伤了它的心脏。

受了伤的狮身人面兽最后一次费力地鼓动着翅膀,飞到维斯瓦河湾落下,美人鱼正在那里等待它。

但这已是狮身人面兽最后的一息了。

这时,美人鱼绝望地惨叫一声,抓起它的宝剑就投入了战斗,她像一阵暴风雨般地砍杀,狮身人面兽的宝剑杀得敌人尸横遍地。

吓坏了的敌人只好撤走了。

由于这个胜利,城市里一片欢腾。人们欢呼着,点燃了篝火,奏起了乐曲。然而在维斯瓦的河湾里,美人鱼却在被刺穿了心脏的狮身人面兽身边痛哭着。她深深爱上了狮身人面兽的城市,决定永远留在这座城市里;而且也像狮身人面兽一样,在危险的时刻,举起金色的宝剑保卫华沙。

于是,华沙市的参议员们便开始用美人鱼的肖像代替狮身人面兽的肖像刻在城市的印章上了。